A Irmã da Sombra

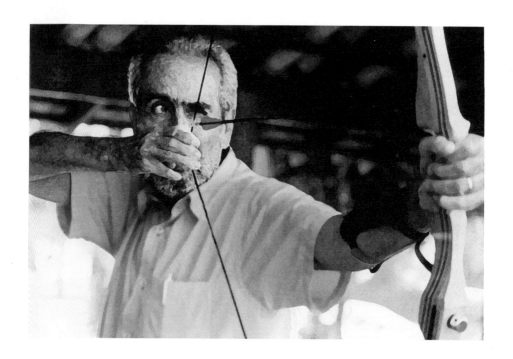

O ARQUEIRO

GERALDO JORDÃO PEREIRA (1938-2008) começou sua carreira aos 17 anos, quando foi trabalhar com seu pai, o célebre editor José Olympio, publicando obras marcantes como *O menino do dedo verde*, de Maurice Druon, e *Minha vida*, de Charles Chaplin.

Em 1976, fundou a Editora Salamandra com o propósito de formar uma nova geração de leitores e acabou criando um dos catálogos infantis mais premiados do Brasil. Em 1992, fugindo de sua linha editorial, lançou *Muitas vidas, muitos mestres*, de Brian Weiss, livro que deu origem à Editora Sextante.

Fã de histórias de suspense, Geraldo descobriu *O Código Da Vinci* antes mesmo de ele ser lançado nos Estados Unidos. A aposta em ficção, que não era o foco da Sextante, foi certeira: o título se transformou em um dos maiores fenômenos editoriais de todos os tempos.

Mas não foi só aos livros que se dedicou. Com seu desejo de ajudar o próximo, Geraldo desenvolveu diversos projetos sociais que se tornaram sua grande paixão.

Com a missão de publicar histórias empolgantes, tornar os livros cada vez mais acessíveis e despertar o amor pela leitura, a Editora Arqueiro é uma homenagem a esta figura extraordinária, capaz de enxergar mais além, mirar nas coisas verdadeiramente importantes e não perder o idealismo e a esperança diante dos desafios e contratempos da vida.

LUCINDA RILEY

A IRMÃ DA SOMBRA

As Sete Irmãs | Livro 3
A História de Estrela

ARQUEIRO

Título original: *The Shadow Sister*

Copyright © 2016 por Lucinda Riley
Copyright da tradução © 2016 por Editora Arqueiro Ltda.

Todos os direitos reservados. Nenhuma parte deste livro pode
ser utilizada ou reproduzida sob quaisquer meios existentes
sem autorização por escrito dos editores.

tradução: Fernanda Abreu
preparo de originais: Gabriel Machado
revisão: Midori Faria e Nina Lua
projeto gráfico e diagramação: Valéria Teixeira
capa: Raul Fernandes
imagens de capa: mulher: Maxim Guselnikov/ Trevillion Images;
paisagem de fundo: tbradford/ iStock.com;
esfera armilar: nicoolay/ Getty Images
impressão e acabamento: Lis Gráfica e Editora Ltda.

CIP-BRASIL. CATALOGAÇÃO NA PUBLICAÇÃO
SINDICATO NACIONAL DOS EDITORES DE LIVROS, RJ

R43i	Riley, Lucinda
	A irmã da sombra: a história de Estrela/Lucinda Riley; tradução de Fernanda Abreu. São Paulo: Arqueiro, 2016.
	512 p.; 16 x 23 cm. (As sete irmãs; 3)
	Tradução de: The Shadow Sister
	Sequência de: A irmã da tempestade: a história de Ally
	ISBN 978-85-8041-593-3
	1. Ficção irlandesa. I. Abreu, Fernanda. II. Título. III. Série.

	CDD 828.99153
16-34390	CDU 821.111(41)-3

Todos os direitos reservados, no Brasil, por
Editora Arqueiro Ltda.
Rua Funchal, 538 – conjuntos 52 e 54 – Vila Olímpia
04551-060 – São Paulo – SP
Tel.: (11) 3868-4492 – Fax: (11) 3862-5818
E-mail: atendimento@editoraarqueiro.com.br
www.editoraarqueiro.com.br

Para Flo

*"Mas deixe espaços na sua intimidade.
E permita que os ventos do paraíso dancem entre vocês."*

Khalil Gibran

Personagens

ATLANTIS

Pa Salt – *pai adotivo das irmãs [falecido]*

Marina (Ma) – *tutora das irmãs*

Claudia – *governanta de Atlantis*

Georg Hoffman – *advogado de Pa Salt*

Christian – *capitão da lancha da família*

AS IRMÃS D'APLIÈSE

Maia

Ally (Alcíone)

Estrela (Asterope)

Ceci (Celeno)

Tiggy (Taígeta)

Electra

Mérope (não encontrada)

Estrela

Julho de 2007

1

empre me lembrarei de onde estava e do que estava fazendo quando recebi a notícia da morte do meu pai...

Com a caneta ainda suspensa acima da folha de papel, ergui os olhos para o sol de julho, ou pelo menos para o pequeno raio que tinha dado um jeito de se esgueirar por entre a janela e o muro de tijolos vermelhos alguns metros à minha frente. Todas as janelas do nosso minúsculo apartamento davam para essa vista soturna e, apesar do tempo bonito lá fora, o interior estava escuro. Muito diferente da casa da minha infância, Atlantis, às margens do lago Léman.

Percebi que estava sentada exatamente no mesmo lugar onde me encontrava quando Ceci me contara sobre a morte de Pa Salt, na nossa salinha de estar sem graça.

Larguei a caneta e fui pegar um copo d'água da torneira. Fazia um calor pegajoso, úmido e abafado, e bebi com vontade, pensando que não *precisava* me obrigar a passar pela dor da recordação. Fora Tiggy, minha irmã mais nova, quem sugerira, quando nos encontramos em Atlantis logo após a morte de Pa:

– Estrela querida – dissera ela, enquanto velejávamos no lago para tentar afastar a tristeza. – Sei que você acha difícil *expressar* o que sente. Sei também que a sua dor é grande. Por que não escreve o que está pensando?

Quinze dias antes, voltando para casa de avião, eu refletira sobre as palavras dela. E, naquela manhã, eu havia me desafiado a aceitar a tarefa.

Encarei o muro de tijolos e percebi, com ironia, que aquela era a metáfora perfeita para minha vida atual, e isso pelo menos me fez sorrir. E o sorriso me levou de volta à mesa de madeira toda marcada que nosso duvidoso senhorio devia ter comprado a preço de banana em uma loja de quinquilharias. Tornei a me sentar e, mais uma vez, empunhei a elegante caneta-tinteiro com que Pa Salt me presenteara no meu aniversário de 21 anos.

– Não vou começar pela morte de Pa – falei em voz alta. – Vou começar por nossa chegada a Londres...

O baque da porta da frente se fechando me assustou, mas logo vi que era minha irmã, Ceci. Tudo que ela fazia era barulhento. Não parecia sequer capaz de pousar uma xícara de café sem batê-la com força e derramar o líquido para todos os lados. Tampouco tinha compreendido o conceito de "voz para falar dentro de casa": ela gritava tanto que, quando éramos pequenas, Ma ficara preocupada e testara a audição da menina. É claro que não havia nada de errado. Um ano depois, nossa tutora estranhara o fato de eu não falar e me levou a um fonoaudiólogo.

– Ela guarda as palavras lá dentro. É só que prefere não usá-las por enquanto – explicara a profissional. – Vai chegar a hora certa.

Em casa, na tentativa de se comunicar comigo, Ma tinha me ensinado o básico da língua de sinais francesa.

– Sempre que você quiser alguma coisa, pode gesticular para me dizer o que está sentindo. E o que estou sentindo por você agora é isto aqui. – Ela apontou para si mesma, colocou as mãos sobre o coração, depois apontou para mim. – Eu... amo... você.

Ceci também tinha aprendido depressa e nós duas havíamos adotado e aprimorado essa linguagem para criar um idioma particular, uma mistura de sinais e palavras inventadas que usávamos se houvesse gente por perto e precisássemos conversar. Gostávamos de ver a expressão de perplexidade das outras irmãs quando eu gesticulava um comentário dissimulado à mesa do café da manhã e desatávamos a rir.

À medida que crescíamos, Ceci e eu fomos nos transformando na antítese uma da outra: quanto menos eu falava, mais alto e com mais frequência ela se expressava por mim, logo menos eu precisava falar. Nossas personalidades simplesmente se exacerbaram. Isso não parecera importar na infância, espremidas como estávamos em uma família de seis irmãs, pois assim podíamos recorrer uma à outra.

O problema era que agora importava...

Ceci irrompeu sala adentro já falando:

– Adivinhe só? Achei! E a gente já pode se mudar daqui a algumas semanas. A construtora ainda precisa fazer uns acabamentos, mas, quando estiver pronto, vai ficar incrível. Nossa, que calorão aqui dentro. Não vejo a hora de ir embora deste lugar.

Ceci foi para a cozinha e ouvi o barulho da torneira sendo aberta no máximo. Era bem provável que a água tivesse espirrado, molhando as bancadas que eu limpara com tanto cuidado mais cedo.

– Quer água, Sia?

– Não, obrigada.

Repreendi mentalmente a mim mesma por me irritar com Ceci. Eu não gostava de ser chamada pelo apelido que ela inventara quando éramos pequenas, mas pelo menos Ceci só o usava quando estávamos a sós. O nome vinha de um livro que Pa Salt me dera de Natal, *A história de Anastásia*, sobre uma menina que morava nas florestas da Rússia e descobria que era uma princesa.

– Ela parece com você, Estrela – dissera Ceci aos 5 anos enquanto examinávamos as ilustrações. – Talvez você *também* seja uma princesa... Com seus cabelos louros e olhos azuis, é bonita o suficiente para ser mesmo. Então vou chamar você de Sia. Combina muito bem com Ceci! Ceci e Sia... as gêmeas! – Ela batera palmas, animada.

Só depois é que descobri a *verdadeira* história da família real russa, o que havia acontecido com Anastásia Romanova e seus irmãos – algo muito diferente de um conto de fadas.

Além disso, eu não era mais criança e, sim, uma adulta de 27 anos.

– Eu sei que você vai amar o apê. – Ceci tornou a entrar na sala e se jogou no sofá de couro gasto. – Marquei uma visita para a gente amanhã de manhã. Custa os olhos da cara, mas agora tenho dinheiro para isso, ainda mais porque o agente me falou que a City está um turbilhão. Não tem ninguém interessado em comprar neste momento, então consegui barganhar o preço. Já está na hora de termos uma casa de verdade.

Já está na hora de eu ter uma vida de verdade, pensei.

– Você vai *comprar* esse imóvel? – perguntei.

– Vou. Ou melhor, se você gostar.

Fiquei tão espantada que não soube o que dizer.

– Está tudo bem, Sia? Você parece abatida. Não dormiu bem ontem à noite?

– Não.

Apesar de eu tentar me conter, lágrimas brotaram dos meus olhos ao pensar nas longas horas insones que se sucederam rumo à aurora, durante as quais eu passara chorando a morte de meu amado pai, ainda sem conseguir acreditar.

– Você ainda está em choque, o problema é esse. Afinal, faz só umas poucas semanas. Juro que vai se sentir melhor, principalmente depois de ver nosso apartamento novo amanhã. O que está deprimindo você é este pardieiro. Com certeza está *me* deprimindo – acrescentou ela. – Já mandou e-mail para o cara sobre o curso de culinária?

– Já.

– E começa quando?

– Semana que vem.

– Ótimo. Assim dá tempo de escolher alguns móveis para a casa nova. – Ceci se aproximou e me deu um abraço sincero. – Mal posso esperar para lhe mostrar o apartamento.

✿ ✿ ✿

– Não é incrível?

Ceci abriu bem os braços, indicando o espaço amplo, e sua voz ecoou enquanto ela andava até a imensa fachada envidraçada e abria uma porta corrediça.

– E, olhe, esta varandinha é para você – continuou, acenando para eu segui-la. "Varandinha" era uma palavra muito humilde para descrever aquele espaço comprido, suspenso sobre o Tâmisa. – Vai poder enchê-la com todas as suas ervas e aquelas flores em que você gostava de mexer lá em Atlantis. – Ela foi até a balaustrada e olhou para a água cinzenta lá embaixo. – Não é um espetáculo? – Ceci tornou a entrar e eu fui atrás. – A cozinha ainda precisa ser ajeitada, mas assim que eu assinar a compra você vai ficar livre para escolher o fogão, a geladeira e tudo o mais. Agora que vai virar profissional – completou, piscando.

– Não exagere, Ceci. Eu só vou fazer um curso de extensão.

– Mas você tem tanto talento... Tenho certeza de que vai conseguir um emprego quando as pessoas virem do que é capaz. Enfim, encontrei o apê perfeito para nós duas, não acha? Posso usar aquele canto para o meu estúdio. – Ela apontou para uma parte estreita entre a parede mais distante e uma escada de caracol. – A iluminação ali é fantástica. E você vai ter uma cozinha grande e a varanda. Foi a coisa mais parecida com Atlantis que consegui encontrar no centro de Londres.

– Sim, é lindo. Obrigada.

Pude ver como ela estava empolgada com seu achado e precisei reconhecer que o apartamento era *mesmo* impressionante. Não quis ser estraga-

-prazeres dizendo a verdade: viver dentro de uma imensa caixa de vidro sem personalidade, com vista para um rio de águas barrentas, não poderia ser mais diferente de Atlantis.

Enquanto minha irmã e o corretor conversavam sobre o piso de tábua corrida clara que mandaríamos instalar, sacudi a cabeça para espantar os pensamentos negativos. Sabia que eu era muito mimada. Afinal, comparado às ruas de Délhi ou às favelas que eu vira no Camboja, um apartamento novinho em folha em Londres não chegava a ser um calvário.

Mas a questão era que eu teria *preferido* uma cabana simples, minúscula, com bases firmes plantadas no chão e uma porta de entrada que desse diretamente para um espaço de terra batida.

Já não prestava muita atenção na conversa de Ceci sobre um controle remoto que abria e fechava as persianas e outro que operava alto-falantes invisíveis de um sistema de som *surround*. Pelas costas do corretor, ela gesticulou para mim as palavras "cheio de onda" e revirou os olhos. Consegui abrir um pequeno sorriso em resposta, mas estava sentindo claustrofobia por não poder abrir a porta e *sair correndo*... Cidades me sufocavam. Eu achava um exagero todo aquele barulho, os cheiros e as hordas de pessoas. Mas pelo menos o apartamento era vasto e arejado.

– Sia?

– Desculpe, Ceci. O que você disse?

– Vamos lá em cima ver nosso quarto?

Subimos a escada e entramos no aposento que, segundo ela, iríamos dividir, muito embora houvesse um cômodo extra. Senti um calafrio percorrer meu corpo ao admirar a vista, que era espetacular ali de cima. Quando examinei o incrível banheiro da suíte, percebi que Ceci tinha dado o melhor de si para achar algo bonito que conviesse a nós duas.

Mas a verdade era que não éramos casadas, e sim *irmãs*.

Depois da visita, Ceci me arrastou para uma loja de móveis na King's Road, então pegamos o ônibus e atravessamos o rio pela Albert Bridge.

– Esta ponte foi batizada em homenagem ao marido da rainha Vitória – expliquei, por força do hábito. – E existe um memorial para ele em Kensington...

Ceci me interrompeu fazendo o gesto de "exibida" na minha cara.

– Sério, Estrela, não me diga que você ainda carrega um guia para todo canto?

– Carrego – admiti, fazendo o sinal de "nerd". Eu adorava história.

Saltamos perto do nosso apartamento e Ceci se virou para mim.

– Vamos jantar aqui na rua mesmo. Deveríamos comemorar.

– Estamos sem dinheiro.

Ou, pelo menos, eu estou, pensei.

– Eu pago – afirmou ela.

Fomos até um pub próximo. Ceci pediu uma garrafa de cerveja para ela e uma taça pequena de vinho para mim. Nenhuma de nós duas bebia muito; minha irmã descobrira que era fraca para o álcool da forma mais difícil, após uma festa. Enquanto ela esperava junto ao balcão, fiquei pensando sobre o dinheiro que Ceci ganhara misteriosamente depois que todas as irmãs tinham recebido envelopes de Pa Salt das mãos de Georg Hoffman, seu advogado. Ceci fora visitá-lo em Genebra. Eu havia implorado a ele que me deixasse acompanhá-la à reunião, mas Georg fora categórico:

– Infelizmente, tenho que seguir as instruções do meu cliente. Seu pai insistiu para que todas as reuniões com as filhas dele fossem individuais.

Assim, fiquei esperando na recepção durante a conversa de Ceci. Quando ela saiu, pude ver que estava ao mesmo tempo tensa e empolgada.

– Desculpe, Sia, mas precisei assinar uma cláusula idiota de privacidade. Deve ser mais um dos joguinhos de Pa. Tudo que posso dizer é que as notícias são boas.

Até onde eu sabia, aquele era o único segredo que Ceci já havia escondido de mim e eu continuava sem ter a menor ideia da origem daquele dinheiro. Georg Hoffman nos explicara que o testamento deixava bem claro que continuaríamos a receber nossas mesadas básicas, mas que estávamos livres para recorrer a ele se precisássemos de um extra. Então talvez bastasse só pedir, como Ceci devia ter feito.

– Tim-tim! – Ela bateu com a garrafa na minha taça. – À nova vida em Londres.

– E a Pa Salt – completei, erguendo a taça.

– Sim. Você o amava mesmo, não é?

– *Você* não?

– É claro que sim, muito. Ele era... especial.

Fiquei observando minha irmã enquanto nossa comida chegava e ela começava a devorá-la. A morte dele parecia ser uma tristeza só minha, não nossa.

– Acha que a gente deveria comprar o apê?

– Ceci, é você que decide. Quem vai pagar não sou eu, então não cabe a mim opinar.

– Deixe de ser boba. Você sabe que o que é meu é seu, e vice-versa. Além disso, se algum dia você decidir abrir aquele envelope que ele lhe deixou, quem sabe o que vai encontrar? – incentivou-me ela.

Ceci não largava do meu pé desde que tínhamos recebido os envelopes. Abrira o seu com um rasgão quase na mesma hora, imaginando que eu fosse fazer o mesmo.

– Vamos lá, Sia, você não vai abrir? – ela me pressionara na época.

Mas eu simplesmente não conseguira... Não importando o que houvesse lá dentro, abri-lo significaria aceitar que Pa tinha partido. E eu ainda não estava preparada para isso.

Depois de comermos, Ceci pagou a conta e voltamos para casa. Ela ligou para o banco e solicitou o depósito para pagar o novo apartamento, em seguida se acomodou em frente ao laptop e começou a reclamar da conexão instável.

– Venha cá me ajudar a escolher uns sofás – chamou da sala enquanto eu enchia a banheira amarelada com água morna.

– Vou tomar banho – respondi, trancando a porta.

Fiquei deitada, imersa, e mergulhei a cabeça. Ouvi os sons distorcidos – *sons uterinos*, pensei – e decidi que precisava ir embora antes de enlouquecer de vez. Nada daquilo era culpa de Ceci e eu com certeza não queria descontar nela. Amava minha irmã. Ela sempre estivera ao meu lado, mas...

Vinte minutos depois, com minha decisão tomada, fui até a sala.

– O banho foi bom?

– Foi. Ceci...

– Venha cá ver os sofás que achei.

Ela acenou para que eu me aproximasse. Obedeci, encarando, distraída, os diversos tons de creme.

– Qual você prefere?

– O que você quiser. É você que curte decoração, não eu.

– Que tal este aqui? – Ceci apontou para a tela. – Claro que a gente precisa sentar nele, pois um sofá não pode ser só bonito. Tem que ser confortável também. – Ela anotou o nome e o endereço do revendedor. – Quem sabe a gente faz isso amanhã?

Inspirei fundo.

– Ceci, você se incomoda se eu for passar um ou dois dias em Atlantis?

– Se é isso que você quer, Sia, claro, sem problema. Vou ver uns voos para a gente.

– Na verdade, eu estava pensando em ir sozinha. Quero dizer... – Engoli em seco, esforçando-me para não perder o embalo. – Você agora está ocupada aqui com o apartamento e tal, e eu sei que tem vários projetos de arte que está ansiosa para tocar.

– É, mas um ou dois dias não vão tirar pedaço. Se é isso que você precisa fazer, eu entendo.

– Sério – falei, firme. – Acho que eu preferiria ir sozinha.

– Por quê?

Ceci se virou para mim, arregalando os olhos amendoados.

– Porque... porque sim. Quero me sentar no jardim que ajudei Pa Salt a plantar e abrir minha carta.

– Entendi. Claro, sem problema – disse ela, dando de ombros.

Senti a atmosfera gélida, mas dessa vez não daria o braço a torcer.

– Vou deitar. Estou com uma baita dor de cabeça.

– Vou dar um analgésico para você. Quer que eu pesquise uns voos?

– Já tomei. Sim, obrigada, seria ótimo. Boa noite.

Inclinei-me e beijei Ceci no topo da cabeça. Como sempre, seus cabelos encaracolados escuros e lustrosos estavam com um corte curto e masculino. Fui até o minúsculo quarto com duas camas de solteiro, mais parecido com um armário.

A cama era dura e estreita, com um colchão fino. Embora nossa criação tivesse sido privilegiada, em meio ao luxo, havíamos passado os últimos seis anos das viagens pelo mundo pernoitando em espeluncas, pois nenhuma das duas estava disposta a pedir dinheiro a Pa Salt, embora estivéssemos duras. Ceci, em especial, sempre fora muito orgulhosa, por isso eu ficava tão espantada ao vê-la gastar dinheiro a rodo, um dinheiro que só poderia ter vindo *dele*.

Talvez eu perguntasse a Ma se ela sabia algo mais, porém tinha consciência de que minha tutora era discretíssima e não espalharia fofocas entre as irmãs.

– Atlantis – murmurei.

Liberdade...

Naquela noite, peguei no sono quase na mesma hora.

2

hristian estava à minha espera no barco quando cheguei de táxi ao píer flutuante instalado no lago Léman. Cumprimentou-me com seu sorriso caloroso habitual e, pela primeira vez, me perguntei quantos anos ele teria. Embora, sem dúvida, fosse capitão da nossa lancha desde a minha mais tenra infância, com seus cabelos escuros, pele morena bronzeada e musculatura tonificada, parecia ter sempre 35 anos.

Partimos pelo lago e eu me reclinei no confortável banco de couro na proa, imaginando por que os empregados que trabalhavam em Atlantis nunca davam a impressão de envelhecer. Enquanto o sol brilhava e eu respirava o ar puro tão familiar, pensei que talvez Atlantis fosse *mesmo* um lugar encantado e os que viviam do lado de dentro de seus muros tivessem recebido a dádiva da vida eterna e lá permaneceriam para sempre.

Todos, menos Pa Salt...

Eu mal conseguia suportar pensar na última vez em que estivera ali. As seis irmãs – cada qual adotada e trazida dos cantos mais remotos do mundo, batizadas em homenagem às Plêiades – tínhamos nos reunido na casa de nossa infância por causa da morte dele. Não houvera sequer um funeral, um instante para lamentar sua partida; segundo Ma, ele havia insistido para ser enterrado reservadamente no mar.

Tudo que nos restara fora seu advogado suíço, Georg Hoffman. Ele nos mostrara o que, à primeira vista, parecera um complexo relógio de sol, surgido da noite para o dia no jardim especial de Pa. Georg tinha explicado que aquilo era uma esfera armilar, que mapeava a posição das estrelas. Em cada um dos aros que rodeava o globo central estava gravado o nome de uma de nós e um conjunto de coordenadas indicava exatamente onde Pa nos encontrara, acompanhadas por uma citação em grego.

Maia e Ally, minhas irmãs mais velhas, tinham passado para as outras os locais das coordenadas e o significado das inscrições. Eu ainda não lera nenhum dos dois; guardara o papel em uma pasta plástica com a carta que Pa Salt havia escrito para mim.

A lancha começou a desacelerar e, por entre um aglomerado de árvores que a impedia de ser vista do lago, vislumbrei partes da linda casa na qual tínhamos sido criadas. Com o exterior rosa-claro, quatro pequenas torres e janelas cintilando sob o sol, parecia um castelo de conto de fadas.

Lembro que, depois de Georg nos mostrar a esfera e entregar as cartas, Ceci ficara ansiosa para partir. Eu não: queria ao menos passar um tempinho lamentando a morte de Pa na casa em que ele havia me criado com tanto amor. Agora, duas semanas mais tarde, eu estava de volta, desesperada para encontrar a força e a solidão necessárias a fim de aceitar a morte dele e seguir em frente.

Christian guiou a lancha até o deque e amarrou as cordas. Ele me deu a mão para eu saltar e vi Ma atravessando o gramado na minha direção, como havia feito todas as vezes em que eu retornara para casa. O simples fato de vê-la me trouxe lágrimas aos olhos e me deixei envolver por seu abraço apertado, acolhedor.

– Que delícia ter você de volta aqui comigo – disse ela, em tom carinhoso, beijando-me nas bochechas e recuando para me olhar. – Não vou falar que está magra demais porque isso nunca muda – acrescentou, com um sorriso, e me conduziu em direção à casa. – Claudia preparou seu doce predileto, strudel de maçã, e a chaleira já está no fogo. – Ela apontou para a mesa na varanda. – Sente-se lá e aproveite os últimos raios de sol. Vou levar sua mochila para dentro e pedir para Claudia trazer o chá e a torta.

Observei-a desaparecer dentro da casa, então me virei para admirar os jardins luxuriantes e o gramado perfeito. Vi Christian subindo o discreto caminho até os aposentos situados acima da garagem de barcos, abrigada em uma enseada depois dos jardins principais da residência. Atlantis era um mecanismo bem-azeitado que continuava funcionando mesmo que o seu inventor original não estivesse mais ali.

Ma reapareceu e Claudia veio atrás dela com a bandeja do chá. Ergui os olhos e lhe dei um sorriso, pois sabia que a governanta era ainda menos falante do que eu e nunca iniciaria uma conversa.

– Oi, Claudia. Tudo bem?

– Tudo, obrigada – respondeu ela, com seu sotaque alemão carregado.

Todas nós, irmãs, tínhamos aprendido francês desde pequenininhas por insistência de Pa. Ma era francesa até o fio dos cabelos. Dava para notar sua origem na blusa e na saia de seda, simples porém impecáveis, e nos cabelos presos em um coque. Mas com a governanta só conversávamos em inglês. Comunicando-nos com as duas, havíamos nos acostumado a trocar de idioma em poucos segundos.

– Estou vendo que ainda não cortou os cabelos – disse Ma com um sorriso, gesticulando para minha franja loura comprida. – Então, *chérie*, como você está?

Ela serviu o chá enquanto Claudia se retirava.

– Estou bem.

– Bom, estou vendo que não. Nenhuma de nós está. Como seria possível, depois desse terrível acontecimento tão recente?

– Pois é – concordei.

Ela me passou o chá e adicionei leite e três colheres de açúcar. Apesar de as minhas irmãs viverem me chateando por causa da magreza, eu gostava muito de doce e não fazia cerimônia.

– E Ceci, como vai?

– Segundo ela, bem, mas na verdade não sei se é o caso.

– A tristeza afeta cada um de um jeito diferente – ponderou Ma. – E, muitas vezes, causa mudanças. Sabia que Maia pegou um avião para o Brasil?

– Sabia. Ela mandou um e-mail para mim e para Ceci faz uns dias. Você sabe por quê?

– Imagino que tenha algo a ver com a carta que o seu pai deixou para ela. Mas, seja qual for o motivo, estou feliz por Maia. Teria sido difícil ficar aqui sozinha chorando a morte de Pa. Ela é jovem demais para se isolar. Afinal, você mesma bem sabe como viajar pode expandir o horizonte de uma pessoa.

– Sei, sim. Mas agora me enchi de viajar, pelo menos por enquanto.

– É mesmo?

Assenti e, de repente, senti nos ombros o peso daquela conversa. Em geral, Ceci estaria ao meu lado para falar por nós duas. No entanto, como Ma permaneceu calada, tive que prosseguir:

– Já vi o suficiente.

– Tenho certeza disso – replicou Ma com uma risadinha. – Existe algum lugar que vocês duas não tenham visitado nos últimos cinco anos?

– Austrália e Amazônia.

– Por que esses dois em especial?

– Ceci morre de medo de aranha.

– Claro! – Ma bateu uma palma ao se lembrar. – Na infância, ela parecia não ter medo de nada. Você deve lembrar como Ceci vivia pulando no mar da pedra mais alta.

– Ou como ela as escalava.

– Também lembra como ela conseguia prender a respiração debaixo d'água por tanto tempo que eu pensava que tivesse se afogado?

– Lembro – respondi, séria, recordando como minha irmã havia tentado me convencer a acompanhá-la nos esportes radicais. Mas eu fincara o pé, me recusando.

Durante nossas viagens pela Ásia, ela passava horas fazendo mergulho com cilindro ou tentando escalar as vertiginosas rochas internas de vulcões na Tailândia e no Vietnã. Enquanto ela estava debaixo d'água ou nas alturas, eu ficava deitada quietinha na areia lendo um livro.

– E ela sempre odiou usar sapato... Quando ela era criança, tinha que obrigá-la a calçá-los – rememorou Ma, sorrindo.

– Ela os jogou no lago uma vez. – Apontei para as águas calmas. – Precisei convencê-la a ir buscá-los.

– Ela sempre teve um espírito livre. – Ma suspirou. – Era tão corajosa... Então, um belo dia, quando ela devia ter uns 7 anos, ouvi um grito bem alto vir do seu quarto e achei que Ceci pudesse estar sendo atacada. Mas não, era só uma aranha do tamanho de uma moeda no teto. Quem poderia imaginar? – Ma balançou a cabeça.

– Ela também tem medo de escuro.

– Ora, isso é novidade para mim.

Os olhos de Ma se anuviaram e senti que, de alguma forma, havia ofendido as habilidades maternas daquela mulher contratada por Pa Salt para cuidar de nós – as bebês adotadas que, sob os cuidados dela, tinham virado meninas e depois moças –, para agir *in loco parentis* durante as viagens dele pelo estrangeiro. Ma não tinha vínculo genético com nenhuma das seis. Apesar disso, era muito importante para todas.

– Ela ficou com vergonha de contar que tinha pesadelos horríveis.

– Foi por isso que você se mudou para o quarto dela? – indagou Ma, compreendendo enfim, após tantos anos. – E, pouco depois, me perguntou se podia ganhar uma luminária noturna?

– Foi.

– Achei que fosse para você. Isso mostra que nunca conhecemos as pessoas como pensamos. Mas, enfim, como anda Londres?

– Eu gosto de lá, mas faz pouco tempo que chegamos. Além disso...

Suspirei, sem conseguir traduzir em palavras minha consternação.

– Você está de luto – concluiu Ma por mim. – E talvez sinta que não importa o lugar, pois não faz a menor diferença.

– Pois é, mas para cá eu quis vir.

– E, *chérie*, é um prazer tê-la aqui, principalmente por estarmos só nós duas. Isso não aconteceu muitas vezes, não é?

– Não mesmo.

– Você quer que isso se repita?

– Eu... quero, sim.

– É uma evolução natural. Nem você nem Ceci são mais crianças. Isso não quer dizer que não possam ser próximas, mas é importante as duas terem vidas próprias. Com certeza Ceci deve sentir o mesmo.

– Não sente, não, Ma. Ela precisa de mim. Não posso abandoná-la – retruquei, soltando toda a frustração, todo o medo e toda a... *raiva* que fervilhavam dentro de mim, por mim mesma e por aquela situação.

Apesar da minha capacidade de autocontrole, não consegui conter o súbito e enorme soluço que brotou do fundo da minha alma.

– Ah, *chérie*...

Ma se levantou e uma sombra passou na frente do sol na hora em que ela se ajoelhou na minha frente e segurou minhas mãos.

– Não precisa ficar com vergonha. Faz bem pôr para fora.

E eu pus. Não posso dizer que foi choro, pois mais parecia um uivo o som de todas as palavras não ditas e todos os sentimentos represados que saíram acompanhados por uma enxurrada de lágrimas.

– Desculpe, desculpe... – murmurei quando Ma tirou do bolso uma caixa de lenços de papel para enxugar meu dilúvio. – Estou só... chateada por causa de Pa...

– É claro que está, e não precisa se desculpar, sério – disse ela com delicadeza.

Fiquei ali sentada com a sensação de ter me esgotado completamente, como o tanque de gasolina de um carro que tivesse secado.

– Muitas vezes me preocupei com o fato de você guardar tanta coisa aí dentro – continuou Ma. – Então agora estou mais feliz. – Ela sorriu. –

Mesmo que você não esteja. Posso fazer uma sugestão? Que tal subir até o quarto e tomar um banho antes de jantar?

Acompanhei-a para dentro da casa, que tinha um cheiro tão especial. Muitas vezes tentara desconstruí-lo para poder recriá-lo nos lares provisórios em que vivia: um aroma de limão, um pouco de cedro, bolos recém-saídos do forno... mas, é claro, o cheiro era mais do que a soma das partes; era simplesmente algo específico de Atlantis.

– Quer que eu vá com você? – perguntou Ma quando comecei a subir a escada.

– Não, tudo bem.

– Depois conversamos mais, *chérie*. Se precisar de mim, sabe onde me encontrar.

Cheguei ao andar de cima, onde cada uma das irmãs tinha um quarto; Ma ocupava uma suíte com saleta e banheiro privativos. O cômodo que eu dividia com Ceci ficava entre o de Ally e o de Tiggy. Abri a porta e sorri ao deparar com a cor das paredes. Aos 15 anos, Ceci havia passado por uma fase gótica e quisera pintar três delas de preto. Eu não tinha deixado, e sugerira um meio-termo: roxo. Ela insistira para decorar por conta própria a quarta parede junto à cama.

Depois de um dia inteiro trancada no quarto, surgira pouco antes da meia-noite, com os olhos vidrados.

– Agora você pode olhar – falou, guiando-me até lá.

Fiquei impressionada com as cores vibrantes: um fundo azul-escuro vívido salpicado de manchas de um azul mais claro e, no centro, um aglomerado de estrelas douradas de um lindo brilho flamejante. Reconheci na hora o formato: Ceci tinha pintado as Plêiades... tinha pintado *nós sete*.

Quando minha visão se ajustou, percebi que cada estrela era formada por pontos diminutos e precisos, como pequenos átomos se combinando para dar vida ao todo.

Eu tinha sentido a presença da minha irmã atrás de mim e sua respiração apreensiva em meu ombro.

– Que fantástico, Ceci! Ficou incrível, sério. Como você teve essa ideia?

– Não tive. Eu só... – Ela dera de ombros. – Eu sabia o que fazer, só isso.

Desde então, eu tivera tempo de sobra para observar a parede da minha cama e às vezes ainda encontrava algum pequeno detalhe no qual nunca havia reparado antes.

No entanto, mesmo depois dos fartos elogios das irmãs e de Pa, Ceci nunca mais tinha repetido aquele estilo.

– Ah, foi só uma inspiração que eu tive. Já evoluí depois disso – afirmara ela.

Ao ver a parede agora, após doze anos, eu ainda pensava que aquela era a obra de arte mais criativa e linda que Ceci havia produzido.

Vi que minha bolsa de viagem já fora desfeita, as poucas roupas dobradas direitinho em cima da cadeira. Sentei-me na cama, subitamente pouco à vontade. Não havia quase nada meu no quarto e a culpa disso era toda minha.

Fui até a cômoda, abri a última gaveta de baixo e peguei a velha lata de biscoitos em que guardara minhas mais preciosas recordações. Tornei a me acomodar na cama, coloquei-a sobre os joelhos, abri a tampa e peguei um envelope. Após dezessete anos ali dentro, adquirira uma textura seca, ainda que lisa. Removi o conteúdo e olhei para a ficha de papel grosso no qual a flor seca ainda estava presa.

Bem, Estrela querida, no final das contas a gente conseguiu fazer essa flor brotar.

Beijo, Pa

Passei os dedos pelas pétalas delicadas, tão finas quanto as asas de um inseto, mas que ainda continham uma lembrança desbotada do tom rubro vibrante da primeira floração de nossa planta no jardim, que eu ajudara Pa a criar durante as férias escolares.

Para isso, eu precisara acordar cedo, antes de Ceci. Ela dormia tão pesado – sobretudo depois dos pesadelos, que tendiam a ocorrer entre duas e quatro da madrugada – que nem reparava nas minhas ausências matinais. Pa me encontrava no jardim com cara de quem já estava acordado havia horas, e talvez estivesse mesmo. Eu chegava com os olhos pesados de sono, mas animada com o que ele teria para me mostrar.

Às vezes eram apenas poucas sementes na sua mão; noutras, uma delicada muda trazida de uma viagem. Nós nos sentávamos no banco sob o caramanchão da roseira, abríamos sua enciclopédia botânica, imensa e muito antiga, e ele a folheava com as mãos fortes e morenas até encontrar a origem de nosso tesouro. Depois de ler sobre o habitat natural da espécie e as suas preferências, percorríamos o jardim e decidíamos o melhor lugar para plantá-la.

Na verdade, pensei, *ele sugeria e eu concordava. Mas sempre parecia que minha opinião tinha importância.*

Muitas vezes me lembro da imagem bíblica que ele me contou certo dia quando estávamos trabalhando no jardim: Deus cuida dos homens como cuida dos lírios do campo, vestindo-os de forma bela.

– É claro que nós, humanos, somos iguaizinhos às sementes – dizia Pa com um sorriso, tirando das mãos a terra fértil e cheirosa enquanto eu usava meu regador infantil. – Com sol, chuva... e amor, temos tudo de que precisamos.

De fato, nosso jardim floresceu e, nessas manhãs especiais de jardinagem na companhia de Pa, aprendi a arte da paciência. Quando às vezes, poucos dias depois, voltava ao local para ver se nossa planta tinha começado a crescer e via que não houvera mudança, ou então que ela estava seca e morta, perguntava a Pa por que não estava brotando.

– Estrela – falava ele, segurando meu rosto entre as mãos calejadas. – Qualquer coisa de valor duradouro leva tempo para se realizar plenamente. Quando isso acontecer, você vai ficar feliz por ter perseverado.

Então amanhã vou acordar cedo e voltar ao nosso jardim, pensei, fechando a lata.

Naquela noite, Ma e eu jantamos à luz de velas em uma mesa na varanda. Claudia havia preparado umas costeletas de cordeiro perfeitas, acompanhadas por cenouras baby glaceadas e brócolis fresco da horta. Quanto mais eu começava a entender sobre culinária, mais percebia como ela de fato era talentosa.

– Você já decidiu onde vai morar? – perguntou Ma, ao término da refeição.

– Ceci tem o curso preparatório de arte em Londres.

– Eu sei, Estrela, mas estou perguntando de você.

– Ela vai comprar um apartamento com vista para o rio Tâmisa. Vamos nos mudar para lá no mês que vem.

– Entendi. Você gostou do lugar?

– Lá é muito... grande.

– Não foi o que eu perguntei.

– Eu posso morar lá, Ma. O lugar é mesmo incrível – acrescentei, sentindo-me culpada pela reticência.

– E você vai fazer o curso de culinária enquanto Ceci se dedica à arte?

– É.

– Quando você era menor, pensei que fosse virar escritora. Afinal, você se formou em Literatura Inglesa.

– Sim, eu adoro ler.

– Estrela, você se subestima. Ainda me lembro das histórias que costumava escrever na infância. Às vezes Pa as lia para mim.

– Sério? – Isso me encheu de orgulho.

– Sim. E não esqueça que lhe ofereceram uma vaga na Universidade de Cambridge, mas você não aceitou.

– Pois é.

Até eu reparei no tom abrupto da minha própria voz. Aquele era um episódio que eu ainda considerava doloroso recordar, mesmo após nove anos...

– Ceci, você não se importa de eu tentar uma vaga em Cambridge, certo? – eu havia perguntado à minha irmã na época. – Meus professores acham que eu deveria.

– É claro que não, Sia. Você é muito inteligente, tenho certeza de que vai ser aceita! Também vou dar uma olhada nas universidades da Inglaterra, mas duvido que vá receber alguma proposta. Você sabe como eu sou burra. Se não conseguir, vou com você e arrumo um emprego num bar ou algo assim. – Ela deu de ombros. – Não faz mal. O mais importante é estarmos juntas, não?

Na época, eu tinha certeza de que sim. Em casa e no colégio interno, onde as outras meninas sentiam nossa proximidade e nos deixavam em paz, éramos tudo uma para a outra. Por isso, escolhemos outras universidades com cursos de graduação que agradassem a ambas, assim poderíamos ficar juntas. Eu me candidatei a Cambridge e, para meu assombro, recebi uma proposta para preencher uma vaga no Selwyn College, condicionada às minhas notas nas provas finais do colégio.

Ouvira Pa ler a carta no Natal, sentada no seu escritório. Ele havia erguido os olhos para mim e eu me deliciara com o orgulho e a emoção que vira estampada neles. Meu pai apontara para o pequeno pinheiro decorado com enfeites antigos. Bem lá no alto brilhava uma reluzente estrela prateada.

– Olhe você ali – dissera ele, sorrindo. – Vai aceitar a vaga?

– Eu... Eu não sei. Vou esperar para ver o que acontece com Ceci.

– Bom, a decisão deve ser sua. Em algum momento precisa fazer o que for certo para você – acrescentara ele, contundente.

Depois disso, Ceci e eu tínhamos recebido duas propostas cada para universidades às quais havíamos nos candidatado juntas, em seguida feito as provas e aguardado, nervosas, os resultados.

Após dois meses, Ceci e eu estávamos sentadas com nossas irmãs no convés intermediário do *Titã*, o magnífico iate de Pa. Fazíamos o cruzeiro anual – naquele ano, uma viagem pelo litoral do sul da França – segurando, aflitas, os envelopes que continham as notas das provas finais. Pa havia acabado de entregá-los, tirando-os da pilha de correspondência que chegava por lancha, a cada dois dias, sempre que estávamos no mar.

– Então, meninas, querem abrir aqui ou sozinhas? – perguntara Pa, sorrindo ao ver nossas caras tensas.

– Melhor acabar logo com isso – respondera Ceci. – Estrela, abra o seu primeiro. Não devo ter passado mesmo.

Diante de todas as irmãs e de Pa, eu abrira o envelope com os dedos trêmulos e puxara as folhas de papel.

– E aí? – perguntara Maia, pois demorei a anunciar os resultados.

– Consegui! Fui chamada!

Todos irromperam em vivas e palmas enquanto eu recebia um abraço apertado das minhas irmãs.

– Agora você, Ceci – dissera Electra, a caçula, com os olhos brilhando.

Todos sabíamos que Ceci tivera dificuldade na escola por causa da dislexia. Já Electra conseguia passar em qualquer prova que quisesse, mas era preguiçosa.

– Seja qual for o resultado, eu não me importo – falara Ceci, na defensiva, e lhe gesticulei as palavras "boa sorte" e "amo você".

Ela rasgara o envelope e eu prendera a respiração ao ver seus olhos percorrerem os resultados.

– Ai, meu Deus! Eu...

Todos a encaravam na expectativa.

–... Eu passei! Estrela, eu passei! Posso ir para Sussex estudar história da arte.

– Que maravilha! – respondera eu, pois sabia que ela havia se esforçado.

Porém, também tinha visto a expressão questionadora de Pa, pois ele sabia da decisão que agora eu precisaria tomar.

– Parabéns, querida – dissera meu pai, sorrindo. – Sussex é um lugar lindo, ainda mais que as montanhas das Sete Irmãs ficam lá.

❁ ❁ ❁

Mais tarde, Ceci e eu tínhamos ido nos sentar no convés superior do iate para assistir ao glorioso pôr do sol no Mediterrâneo.

– Sia, vou entender perfeitamente se você quiser aceitar a vaga em Cambridge em vez de estudar em Sussex comigo. Não quero atrapalhar você nem nada disso. Mas é que... – O lábio inferior dela tremera. – Não sei como faria sem você. Só Deus sabe como iria me virar para escrever os trabalhos da faculdade sem a sua ajuda.

Naquela noite, no iate, eu ouvira Ceci se remexer e gemer baixinho. Entendi que era o começo de um de seus terríveis pesadelos. Àquela altura, eu já sabia reconhecer os sinais, então me levantara da cama, fora até a dela e começara a fazer sons tranquilizadores, embora soubesse também que não conseguiria acordá-la. Os gemidos ficaram mais altos e ela se pusera a gritar palavras ininteligíveis que eu já havia desistido de entender.

Como vou poder deixá-la? Ela precisa de mim... e eu, dela...

Na época, eu precisava mesmo.

Portanto, acabei recusando a vaga em Cambridge e aceitado a de Sussex junto com minha irmã. No meio do terceiro período do curso de três anos, Ceci anunciara que ia largar tudo.

– Você entende, não é, Sia? Pintar e desenhar eu sei, mas não consigo, por nada deste mundo, escrever um trabalho sobre os pintores renascentistas e aqueles malditos quadros de Nossa Senhora que não acabam mais. Não consigo. Desculpe, mas não consigo.

Depois, Ceci e eu havíamos largado o quarto compartilhado no alojamento estudantil e alugado um apartamento sem graça. Enquanto eu ia às aulas, ela pegava o ônibus até Brighton para trabalhar como garçonete.

No ano seguinte, eu chegara o mais perto possível do desespero ao pensar no sonho que havia abandonado.

3

Após o jantar, pedi licença a Ma e subi para o nosso quarto. Tirei o celular da mochila e vi que tinha recebido quatro torpedos e havia várias chamadas perdidas, todas de Ceci. Como prometido, eu lhe enviara uma mensagem de texto depois de o avião pousar em Genebra. Agora, mandei uma resposta curta dizendo que estava bem e ia deitar cedo, e que nos falaríamos no dia seguinte. Desliguei o telefone, entrei debaixo do edredom e fiquei deitada escutando o silêncio. Percebi como era raro para mim dormir sozinha em um quarto, em uma casa vazia que antigamente era cheia de vida, ruidosa. Naquela noite, eu não seria acordada pelos murmúrios de Ceci. Se quisesse, poderia dormir até de manhã.

No entanto, ao fechar os olhos, tive que me esforçar para não sentir saudades dela.

Na manhã seguinte, acordei cedo, vesti um jeans e um moletom de capuz, peguei a pasta plástica e desci a escada pé ante pé. Abri a porta da frente sem fazer barulho, tomei o caminho à minha esquerda e andei até o jardim especial de Pa segurando bem apertado na mão o objeto que continha a carta dele, minhas coordenadas e a inscrição grega traduzida.

Devagar, percorri os canteiros que tínhamos plantado juntos e verifiquei a evolução dos rebentos. Era julho, e eles estavam todos em plena floração: zínias de várias cores, flores de ásteres roxas, ervilhas-de-cheiro amontoadas feito minúsculas borboletas, e as rosas que subiam por todo o caramanchão.

Dei-me conta de que agora eu era a única que restava para tomar conta daquelas flores. Embora Hans, nosso antigo jardineiro, fosse a "babá" das plantas quando Pa e eu não estávamos lá para cuidar delas, nunca pude ter certeza de que ele as amava como nós. Na verdade, é uma bobagem pensar em plantas como filhos, mas, como Pa me dissera muitas vezes, Deus cuidava delas como dos homens.

Parei para admirar uma planta muito amada, com delicadas flores roxo-avermelhadas suspensas em finos caules acima de uma profusão de folhas verde-vivo.

– O nome dela é *Astrantia major* – explicara Pa quase vinte anos antes, ao plantarmos as minúsculas sementes em vasos. – Supostamente, o nome vem de *aster*, "estrela" em latim. Ela dá flores esteladas lindíssimas. Às vezes é difícil de cultivar, e estas sementes vieram comigo de outro país, estão velhas e secas. Mas, se conseguirmos, ela não requer grandes cuidados, só uma terra boa e um pouco d'água.

Poucos meses depois, Pa me levara a um canto sombreado no jardim para plantar as mudas, que milagrosamente brotaram após muitos cuidados. As sementes passaram até mesmo um período na geladeira; segundo Pa, isso era necessário para "assustá-las" e fazê-las germinar.

– Agora precisamos ter paciência e torcer para ela gostar da casa nova – dissera ele enquanto limpávamos a terra das mãos.

A *Astrantia* ainda tinha levado mais dois anos para florescer, mas desde então vinha se multiplicando alegremente, propagando-se sozinha por qualquer canto do jardim que lhe agradasse. Colhi uma das flores e alisei com o dedo as pétalas frágeis. E senti mais saudades de Pa do que pude suportar.

Virei-me e andei até o caramanchão. A madeira do banco ainda estava coberta por uma grossa camada de orvalho e usei a manga do casaco para secá-la. Sentei-me e tive a impressão de que a umidade me invadia até a alma.

Olhei para a pasta que continha os envelopes. Perguntei-me, então, se havia cometido um erro ao ignorar o pedido original de Ceci para abrirmos as cartas juntas.

Peguei o envelope com as mãos trêmulas. Respirei fundo e o rasguei. Lá dentro havia uma carta e, tâmbém, o que parecia uma pequena e delgada caixinha de joias. Desdobrei o papel e comecei a ler:

Atlantis
Lago Léman
Suíça

Minha querida Estrela,

De certa forma, o mais adequado mesmo era eu lhe escrever, pois ambos sabemos que essa é a sua forma de comunicação preferida. Até hoje guardo preciosamente as longas cartas que você me escreveu do colégio interno e da universidade e, depois, das muitas viagens pelos quatro cantos do mundo.

Como você talvez já saiba a esta altura, tentei deixar para cada uma de vocês informações suficientes sobre a sua herança genética. Embora eu acredite que vocês sejam minhas filhas de verdade e façam parte de mim tanto quanto qualquer filho biológico poderia ter feito, talvez chegue o dia em que a informação que tenho lhes possa ser útil. Dito isso, também aceito que não seja uma viagem que todas as minhas filhas vão querer fazer. Sobretudo você, minha querida Estrela... talvez a mais sensível e complexa de todas as minhas meninas.

Esta carta foi a que mais demorei a escrever, em parte porque a redigi em inglês em vez de francês, e também por saber que você entende muito mais de gramática e pontuação do que eu, logo me perdoe por qualquer erro cometido. Mas também porque, confesso, estou me esforçando para achar um caminho direto que lhe dê informação suficiente para colocá-la na trilha da descoberta, mas que não atrapalhe a sua vida caso você decida não investigar as próprias origens.

É interessante, porque as pistas que consegui deixar para suas irmãs foram quase todas inanimadas, enquanto a sua vai envolver uma comunicação verbal, pelo simples fato de que a trilha que conduz à sua história original foi muito bem escondida ao longo dos anos e você vai precisar de ajuda para desbravá-la. Eu mesmo só descobri os verdadeiros detalhes recentemente, mas, se existe alguém capaz de fazer isso, essa pessoa é você, minha brilhante Estrela. Seu cérebro arguto, aliado à compreensão da natureza humana estudada em anos e anos de observação e, mais importante ainda, de escuta, serão muito úteis caso você decida seguir a trilha.

Assim sendo, deixei-lhe um endereço; está anotado em um cartão de visita no verso desta carta. Caso resolva ir até lá, pergunte por uma mulher chamada Flora MacNichol.

Por fim, antes de encerrar e me despedir, sinto que devo dizer: às ve- zes na vida é preciso tomar decisões difíceis e frequentemente dolorosas que, na época, você pode achar que magoarão entes queridos. E pode ser que magoem mesmo, pelo menos por um tempo. Muitas vezes, porém, as mudanças provocadas acabarão sendo a melhor coisa para as outras pessoas também. E vão ajudá-las a seguir em frente.

Estrela querida, não vou subestimar sua inteligência falando mais nada; ambos sabemos a que estou me referindo. Durante meus anos nesta Terra, aprendi que nada pode permanecer igual para sempre... Ter essa esperança, é claro, é o maior erro que nós, seres humanos, cometemos. As mudanças vêm, quer nós as desejemos ou não, e de inúmeras formas diferentes. Aceitar isso é fundamental para alcançar a alegria de viver neste magnífico planeta.

Cultive não apenas o esplêndido jardim que criamos juntos, mas talvez o seu próprio, em outro lugar. E, mais do que tudo, cultive a si mesma. E siga sua própria estrela. Chegou a hora.

Seu pai que muito te ama,
Pa Salt

Ergui os olhos para o horizonte e vi o sol surgir por trás de uma nuvem do outro lado do lago, afastando as sombras. Sentia-me anestesiada e ainda mais deprimida do que antes de abrir a carta. Talvez fosse a expectativa, mas Pa e eu já tínhamos conversado sobre quase tudo contido naquele texto, quando eu podia encarar seus olhos bondosos e sentir o toque delicado da sua mão no meu ombro durante nossas atividades de jardinagem.

Soltei o cartão de visita preso ao papel por um clipe e li as palavras escritas:

Livraria Arthur Morston
Kensington Church Street, 190
Londres W8 4DS

Lembrei-me de ter atravessado Kensington uma vez, de ônibus. Se eu decidisse falar com Arthur Morston, pelo menos não teria que viajar tanto quanto Maia. Então peguei a citação que ela havia me traduzido da esfera armilar: *O carvalho e o cipreste não crescem à sombra um do outro.*

Sorri, pois era uma descrição perfeita de mim e de Ceci. Ela, tão forte e difícil, com os pés firmemente enraizados no chão. E eu, alta e muito magra, sacudida pela mais leve brisa. Já conhecia aquela citação. Era do livro *O profeta*, de um filósofo chamado Kahlil Gibran. E também sabia quem ficava sempre "à sombra"...

Só não sabia como começar o processo de sair em direção ao sol.

Tornei a guardar a citação no envelope e peguei o outro, que continha as coordenadas decifradas por Ally. De todas as pistas, aquela era a que mais me assustava.

Eu queria mesmo saber onde Pa havia me encontrado?

Resolvi que, por ora, não queria. Desejava continuar pertencendo a ele e a Atlantis.

Guardei o envelope outra vez dentro da pasta, em seguida peguei a caixa de joias e a abri.

Lá dentro havia uma pequenina estatueta de animal, feita de ônix, talvez, presa a uma fina base de prata. Tirei-a da caixa e a examinei; o formato esguio era claramente de um felino. Vi um selo e um nome gravados na base: *Pantera*.

No lugar dos olhos, fragmentos de âmbar piscaram para mim sob o sol fraco da manhã.

– A quem você pertencia? E qual era a relação dessas pessoas comigo? – sussurrei para o vazio.

Coloquei a pantera na caixa, levantei-me e andei em direção à esfera armilar. Da última vez que a vira, todas as minhas irmãs estavam reunidas à sua volta, perguntando-se qual seria o seu significado, por que Pa nos deixara aquela herança. Examinei o centro e estudei o globo dourado cercado pelos aros de prata que formavam uma elegante gaiola. Era um objeto lindíssimo, e os contornos dos continentes se destacavam orgulhosos em meio aos sete mares que os rodeavam. Passeei por sua superfície e reparei nos nomes gregos originais: Maia, Alcíone, Celeno, Taígeta, Electra... e, é claro, o meu, Asterope.

O que um nome contém?, me questionei, citando a Julieta de Shakespeare. Como tantas vezes já fizera, pensava se *nós* havíamos adotado a personalidade das xarás mitológicas ou se era o nosso nome que havia *nos* adotado. Ao contrário das minhas irmãs, pelo visto se sabia bem menos aspectos sobre a personalidade de Astérope. Às vezes eu me perguntava se era por isso que me sentia tão invisível no meio das outras.

Maia, a bela; Ally, a líder; Ceci, a pragmática; Tiggy, a cuidadora; Electra, a arrebatada... e, por último, eu. Ao que parecia, eu era a apaziguadora.

Bem, se guardar silêncio significava fazer reinar a paz, talvez essa fosse *mesmo* eu. E talvez, se um pai ou uma mãe definia você no nascimento, então, independentemente de quem você fosse de verdade, tentaria sempre fazer jus a esse ideal. Não restava dúvida de que minhas irmãs se encaixavam com perfeição em suas características mitológicas.

Mérope...

Meus olhos pousaram de repente em um sétimo aro e olhei mais de perto. Ao contrário dos outros, não havia coordenadas. Nem citação. A irmã ausente... o sétimo bebê que todas nós esperávamos que Pa Salt fosse trazer para casa, mas que nunca tinha chegado. Será que ela existia? Ou será que Pa sentia, perfeccionista como era, que a esfera armilar e a sua herança para nós não estariam completas sem seu nome? Talvez, se alguma de nós tivesse uma filha, pudéssemos batizá-la de Mérope e os sete aros estariam completos.

Sentei-me no banco pesadamente e tentei lembrar se algum dia Pa havia mencionado uma sétima irmã. Até onde minha memória alcançava, não. Na realidade, ele quase nunca falava sobre si mesmo; sempre estivera muito mais interessado no que andava acontecendo na *minha* vida. E, embora eu o amasse tanto quanto qualquer filha poderia amar seu pai, e embora ele fosse, com exceção de Ceci, a pessoa de quem eu mais gostava no mundo, dei-me conta de repente de que não sabia praticamente nada a seu respeito.

Tudo que sabia era que ele gostava de jardinagem e que, é claro, era muito rico. Mas o modo como havia adquirido essa fortuna era um mistério tão grande quanto o sétimo aro da esfera armilar. Mesmo assim, eu nunca sentira, nem por um instante, que o nosso relacionamento não fosse íntimo. Ou que ele houvesse deixado de me dar alguma informação quando eu tinha perguntado.

Talvez eu simplesmente nunca tivesse formulado as questões certas. Talvez nenhuma de nós tivesse.

Levantei-me e dei uma volta pelo jardim. Verifiquei as plantas e fiz uma lista de cabeça para Hans. Iria encontrá-lo ali mais tarde antes de ir embora.

Quando estava andando de volta para casa, percebi que, depois de querer estar ali tão desesperadamente, agora minha vontade era pegar um avião de volta para Londres. E tocar minha vida.

4

No final de julho, Londres era uma cidade quente e úmida, sobretudo considerando que eu passava o dia inteiro enfurnada numa cozinha sem janelas no bairro de Bayswater. Com apenas três semanas ali, eu tinha a sensação de estar aprendendo habilidades culinárias para uma vida inteira. De tanto cortar legumes em cubinhos, em palitos e à julienne, comecei a sentir que minha faca de chef havia se transformado numa extensão do braço. Sovei pão até ficar com os músculos doloridos e me deliciei com o instante em que a massa se tornava elástica, quando sabia que estava pronta para crescer.

Toda noite, voltávamos para casa com instruções para planejar cardápios e cronogramas de preparação e, pela manhã, completávamos nossa *mise en place*: aprontávamos os ingredientes e posicionávamos os utensílios nas estações de trabalho antes de começar. Ao final da aula, limpávamos cada superfície até deixá-la brilhando e eu experimentava uma satisfação íntima ao pensar que, *naquela* cozinha, Ceci nunca poria os pés para fazer bagunça.

Meus colegas de curso formavam um grupo heterogêneo: eram homens e mulheres, de adolescentes ricos de 18 anos até donas de casa entediadas querendo dar mais sabor aos jantares que ofereciam em suas casas no Surrey.

– Eu sou caminhoneiro há vinte anos – contou-me Paul, um divorciado fortão de 40 anos enquanto espremia delicadamente uma bisnaga cheia de massa dentro de uma assadeira para formar delicadas *gougères* de queijo. – Sempre quis ser cozinheiro. Enfim estou realizando esse sonho. – Ele me deu uma piscadela. – A vida é curta demais, né?

Por sorte, o ritmo puxado do curso tinha deixado de lado as reflexões sobre minha própria situação estagnada. O fato de Ceci estar tão ocupada quanto eu também ajudava. Quando não estava entretida escolhendo móveis para o novo apartamento, ela percorria Londres de norte a sul e de leste a oeste nos ônibus vermelhos que serpenteavam pela cidade, reunindo inspiração para seu mais recente fetiche criativo – as instalações artísticas. Elas envolviam coletar um monte de quinquilharias e largá-las dentro da nossa pequena sala: pedaços de metal retorcido que catava em ferros-velhos, uma pilha de telhas de barro vermelho, latões de gasolina vazios e malcheirosos e, o mais perturbador, um boneco semicarbonizado em tamanho real feito com trapos de roupa e palha.

– No mês de novembro, os ingleses queimam em fogueiras bonecos que representam um sujeito chamado Guy Fawkes. Nunca vou saber como este aqui sobreviveu até julho – disse ela enquanto recarregava uma pistola de grampos. – Parece que o cara tentou explodir o Parlamento séculos atrás. Um pirado! – acrescentou ela com uma risada.

Na última semana de curso, fomos divididos em duplas e instruídos a preparar um almoço de três pratos.

– Todos vocês sabem que o trabalho em equipe é um elemento fundamental para se ter uma cozinha de sucesso – informou Marcus, nosso espalhafatoso instrutor gay. – É preciso saber trabalhar sob pressão; não apenas dar ordens, mas receber também. Então, vamos às duplas.

Fiquei desanimada ao ver que trabalharia com Piers, um rapaz de cabelo comprido mais menino do que homem. Até então, ele havia contribuído muito pouco para as conversas em grupo, limitando-se a comentários juvenis.

A boa notícia era que Piers tinha um talento natural para a cozinha. Para irritação dos outros, era ele quem recebia os maiores elogios de Marcus.

– Ele está a fim do garoto, só isso – era o comentário maldoso que eu ouvira no banheiro, feito por Tiffany, integrante do bando de riquinhas.

Eu estava lavando as mãos e sorri. Perguntei-me se os seres humanos algum dia se tornavam adultos ou se a vida era um eterno playground.

❂ ❂ ❂

– Então, Sia, quer dizer que hoje é o seu último dia? – Ceci sorriu para mim enquanto eu engolia uma xícara de café na cozinha na manhã seguinte. – Boa sorte com essa tal competição.

– Obrigada. A gente se vê mais tarde.

Saí do apartamento e fui andando pela Tooting High Street para pegar o ônibus – de metrô era mais rápido, mas eu gostava de observar Londres durante o trajeto. Fui recebida por placas amarelas indicando que a rota da minha condução tinha sido modificada devido a obras em Park Lane. Assim, depois de atravessar o rio rumo ao norte, o coletivo não pegou o caminho de sempre. Passamos por Knightsbridge e ficamos engarrafados com o resto do tráfego desviado. Por fim, o ônibus se livrou do congestionamento e me fez passar em frente à magnífica cúpula do Royal Albert Hall.

Aliviada por estarmos liberados, pelo visto, fiquei escutando minhas músicas habituais: o *Amanhecer*, de Grieg, que me fazia pensar muito em Atlantis, e *Romeu e Julieta*, de Prokofiev, ambas tocadas pela primeira vez para mim por Pa Salt. Agradeci a Deus pela invenção dos iPods; com a predileção de Ceci pelo rock pesado, o velho aparelho de CD do nosso quarto vibrava a ponto de quase arrebentar com o clamor das guitarras e os gritos dos vocalistas. Quando o ônibus parou, olhei para a rua em busca de alguma referência conhecida, mas não reconheci nada... exceto o nome no letreiro de uma loja à minha esquerda.

Arthur Morston... Estiquei o pescoço a fim de enxergar melhor e me perguntei se estaria tendo uma alucinação, mas já era tarde. Quando o ônibus dobrou à direita, vi a placa que identificava a Kensington Church Street. Um arrepio percorreu meu corpo ao perceber que acabara de ver a encarnação da pista de Pa Salt.

Ainda estava pensando nisso ao entrar na cozinha com os outros alunos.

– Bom dia, amor. Preparada para arrasar?

Piers veio se postar ao meu lado e esfregou as mãos, animado. Engoli em seco. Eu era uma feminista no sentido mais verdadeiro da palavra: acreditava na igualdade sem a dominação de *nenhum* dos sexos. E era preciso dizer que odiava com todas as minhas forças ser chamada de "amor", fosse por um homem *ou* por uma mulher.

– Então... – Marcus entrou na cozinha e entregou um cartão em branco a cada dupla. – Do outro lado está o cardápio que vocês deverão preparar. Quero que, ao meio-dia em ponto, todos os pratos estejam em cima das bancadas para eu provar. Vocês têm duas horas. Certo, meus amores, boa sorte. Podem virar o cartão.

Piers arrancou o nosso da minha mão na mesma hora. Tive que espiar por cima do ombro dele para ver o que deveríamos cozinhar.

– Mousse de foie gras com torrada Melba, salmão pochê com batatas *dauphinoise* e vagem salteada. E, de sobremesa, Eton Mess – leu ele em voz alta. – É claro que eu fico com a mousse e o salmão, pois carne e peixe são o meu departamento, e os vegetais e o doce ficam por sua conta. A primeira coisa que você vai precisar fazer é o merengue.

Senti vontade de dizer que carne e peixe *também* eram o meu departamento, e de longe os elementos mais impressionantes daquele cardápio de almoço de verão. No entanto, disse a mim mesma que o brilho individual não importava; como Marcus tinha dito, aquele era um desafio de equipe. Portanto, pus mãos à obra e comecei a bater as claras com açúcar mascavo.

Nosso limite de duas horas foi chegando. Eu estava calma e preparada, mas Piers ainda batia freneticamente pela segunda vez a mousse, que havia decidido refazer no último minuto. Olhei de relance para o salmão ainda na panela e soube que ele o deixara ali tempo demais. Quando eu tentara falar algo, o garoto tinha perdido a paciência e me dado um fora.

– Certo, o tempo acabou. Por favor, parem agora o que estiverem fazendo – ecoou a voz de Marcus pela cozinha, e clangores soaram quando os outros cozinheiros largaram os utensílios e se afastaram dos pratos.

Piers ignorou o instrutor e, apressadamente, colocou o salmão no prato ao lado das minhas batatas e vagens.

Depois de elogiar e aniquilar em igual medida as outras cinco duplas, Marcus se postou na nossa frente. Como eu sabia que faria, elogiou a apresentação e a textura da mousse e piscou para o chef predileto.

– Maravilha, muito bem. Agora o salmão.

Observei-o levar uma garfada à boca, franzir a testa e olhar em cheio para mim.

– Não está bom, nada bom mesmo. Cozido muito além da conta. Mas estas vagens e estas batatas aqui... estão perfeitas – comentou ele.

Mais uma vez, sorriu para Piers e olhei para meu companheiro esperando que ele corrigisse o engano do instrutor. O rapaz desviou os olhos e não disse nada. Marcus passou para a minha sobremesa.

A Eton Mess parecia mais uma tulipa prestes a desabrochar e o merengue em si formava o recipiente dentro do qual ficavam escondidos o chantilly e os morangos macerados em licor de cassis. Eu sabia que Marcus iria adorá-lo ou odiá-lo.

– Estrela – disse ele depois de provar uma colherada. – A apresentação está criativa e o gosto está incrível. Muito bem.

Ele nos concedeu o primeiro prêmio pela entrada e pela sobremesa.

No vestiário, abri o armário com uma força ligeiramente maior do que a necessária e peguei as roupas para me trocar.

– Achei incrível como você manteve a calma.

Ergui os olhos, pois as palavras traduziam exatamente o que eu estava pensando. Era Shanthi, uma lindíssima indiana que eu calculava ter mais ou menos a minha idade. Ela era a única outra aluna do curso que, como eu, não se juntava aos outros para beber no pub no fim de cada aula. Mesmo assim, era muito querida por todos e sempre transmitia uma energia calma e positiva.

– Eu vi Piers deixando o salmão passar do ponto. Ele estava ao meu lado na bancada. Por que não disse nada quando Marcus pôs a culpa em você?

Dei de ombros e balancei a cabeça.

– Não tem importância. Era só um salmão.

– Para mim teria. Foi uma injustiça. E as injustiças sempre devem ser reparadas.

Sem saber o que dizer, tirei a bolsa do armário. As outras meninas já estavam de saída, rumo à comemoração do último dia de aula com uma rodada de drinques. Despediram-se e só sobramos eu e Shanthi no vestiário. Enquanto amarrava os cadarços, observei-a escovar os longos cabelos negros, depois passar um batom vermelho-escuro com os dedos compridos e elegantes.

– Tchau – falei, seguindo em direção à porta do vestiário.

– Quer beber alguma coisa? Conheço um bar de vinhos ótimo aqui na esquina. Lá é bem calmo. Acho que você vai gostar.

Hesitei por um instante; as conversas individuais não eram nem um pouco o meu forte. Senti os olhos dela pousados em mim enquanto pensava.

– Está bem – concordei, por fim. – Por que não?

Fomos andando pela rua e nos acomodamos com nossas bebidas em um cantinho tranquilo do bar.

– Estrela, a enigmática – disse ela, sorrindo para mim. – Quer me contar quem você é?

Como essa era a pergunta que eu sempre temia, já tinha uma resposta pronta:

– Nasci na Suíça, tenho cinco irmãs, todas adotadas, e estudei na Universidade de Sussex.

– Estudou o quê?

– Literatura Inglesa. E você? – perguntei, passando logo a bola para ela.

– Eu sou a primeira geração britânica de uma família indiana. Trabalho como psicoterapeuta e, em geral, atendo adolescentes deprimidos e com tendências suicidas. Infelizmente, eles são bem numerosos hoje em dia. – Shanthi suspirou. – Principalmente aqui em Londres. A pressão dos pais para os filhos terem sucesso é algo que eu conheço bem.

– E por que o curso de culinária?

– Porque eu amo cozinhar! É o meu maior prazer. – Ela abriu um largo sorriso. – E você?

Agora que sabia que aquela mulher estava acostumada a fazer as pessoas se abrirem, fiquei ainda mais na defensiva.

– Eu também amo cozinhar.

– Pretende fazer isso profissionalmente?

– Não. Acho que gosto porque sou boa nisso, mesmo que soe um pouco egoísta.

– "Egoísta"? – Ela deu uma risada, e o timbre musical soou caloroso aos meus ouvidos. – Na minha opinião, alimentar o corpo é também uma forma de alimentar a alma. E não é nem um pouco egoísta. Não tem problema nenhum gostar daquilo que se sabe fazer. Na verdade, isso melhora muito o resultado final. A paixão sempre ajuda. Quais são as suas outras paixões, Estrela?

– Jardinagem e...

– E...?

– A escrita. Gosto de escrever.

– E eu adoro ler. Foi isso, mais do que tudo, que abriu minha cabeça e me ensinou as coisas. Nunca tive dinheiro para viajar, mas os livros me proporcionam isso. Onde você mora?

– Na Tooting. Mas daqui a pouco vamos nos mudar para Battersea.

– Eu também moro em Battersea! Bem pertinho da Queenstown Road. Você conhece?

– Não. Ainda sou meio nova aqui.

– Ah. E onde você morou depois da faculdade?

– Em lugar nenhum, na verdade. Viajei bastante.

– Que sorte a sua – comentou Shanthi. – Espero conhecer o mundo um dia, mas nunca tive dinheiro. Como você conseguiu?

– Minha irmã e eu arrumamos empregos nos lugares que visitamos. Ela, em bares e eu, em geral, fazendo faxina.

– Caramba, Estrela... Você é inteligente e bonita demais para enfiar a mão numa privada, mas parabéns. Pelo visto vive buscando novas experiências... não consegue sossegar.

– Foi mais uma coisa da minha irmã do que minha. Eu só acompanhei.

– Onde ela está agora?

– Em casa. Nós moramos juntas. Ela é artista plástica e vai começar um curso preparatório no Royal College of Art mês que vem.

– Entendi. E você... tem namorado?

– Não.

– Nem eu. Algum relacionamento importante do passado?

– Não. – Senti um calor se espalhar por minhas bochechas diante daquela saraivada de perguntas e consultei o relógio. – É melhor eu ir andando.

– Claro.

Shanthi terminou seu vinho e me acompanhou até o lado de fora.

– Foi ótimo conhecer você melhor. Tome aqui o meu cartão. Me mande um torpedo de vez em quando para me contar como andam as coisas. E, se algum dia precisar conversar, estou sempre por aqui.

– Pode deixar. Tchau.

Afastei-me dela depressa. Não me sentia à vontade falando sobre relacionamentos. Com ninguém.

❀ ❀ ❀

– Até que enfim!

Ceci estava parada com as mãos na cintura na entrada do apartamento.

– Onde você se enfiou, Sia?

– Saí para tomar um drinque rápido com uma amiga.

Passei por minha irmã a caminho do banheiro e fechei a porta às pressas.

– Bom, você podia ter me avisado. Preparei um jantar para comemorar o fim do seu curso. Mas a esta altura já deve ter estragado.

Era raro Ceci "cozinhar", para não dizer inédito. Nas poucas ocasiões em que eu não estava por perto para alimentá-la, ela havia pedido comida em casa.

– Desculpe. Eu não sabia. Já vou sair.

Fiquei escutando através da porta e pude ouvi-la se afastar a passos firmes. Depois de lavar as mãos, afastei a franja dos olhos e dobrei os joelhos de leve para me olhar no espelho.

– Alguma coisa tem que mudar – falei para o meu reflexo.

5

Chegado o mês de agosto, Londres parecia uma cidade fantasma. Todos que tinham dinheiro haviam fugido do temperamental clima
britânico, que parecia oscilar de modo inconstante entre úmido e
nublado, ensolarado e chuvoso. A Londres "de verdade" hibernava, esperando os moradores voltarem de lugares distantes para poder retomar sua
rotina.

Eu também experimentava um estranho torpor. Nos dias seguintes à
morte de Pa Salt, não conseguira dormir, mas agora mal era capaz de me
levantar da cama de manhã. Ceci, por sua vez, era um furacão em atividade
e vivia insistindo para eu ajudá-la a escolher uma geladeira especial ou os
ladrilhos perfeitos para a parede da pia da cozinha.

Em um sábado abafado e úmido em que eu teria ficado feliz na cama
lendo um livro, ela me obrigou a me levantar, arrastando-me para ver a
mobília de um antiquário.

– Aqui estamos – falou, olhando pela janela do ônibus e apertando o botão
para solicitar a parada. – A loja fica no 159, então chegamos.

Quando saltamos, eu arquejei, pois, pela segunda vez em duas semanas,
constatei que fora parar a poucos metros da porta da livraria Arthur Morston. Ceci dobrou à esquerda e seguiu na direção da loja ao lado, mas fiquei
para trás e espiei a vitrine por um instante. Estava repleta de livros antigos,
do tipo que eu sonhava um dia ter dinheiro para colecionar e enfeitar as
estantes que ladeariam minha lareira imaginária.

– Ande logo, Sia, já são quinze para as quatro. Não sei a que horas eles
fecham no sábado.

Fui atrás dela e entramos em uma loja cheia de móveis orientais: criados-
-mudos laqueados de vermelho, armários pretos com delicadas borboletas
pintadas nas portas e budas dourados sorrindo com serenidade.

– Você não fica com vontade de ter trazido um contêiner da viagem? – Ceci

42

examinou uma das etiquetas, arqueou as sobrancelhas e fez com as mãos o gesto de "muito caro". – Temos que achar um lugar mais barato.

Ela nos fez sair da loja e, depois de olhar as vitrines dos outros antiquários estilosos na mesma rua, voltamos para o ponto de ônibus. Enquanto esperávamos, não houve nada a fazer a não ser olhar para a livraria do outro lado da rua. Minha irmã Tiggy teria dito que era o destino. Para mim, foi no máximo uma coincidência.

❂ ❂ ❂

Uma semana mais tarde, enquanto Ceci ia ao apartamento ver a quantas andava a instalação dos ladrilhos, pois iríamos nos mudar dali a poucos dias, fui a pé até a mercearia da esquina comprar meio litro de leite. Quando estava no caixa esperando o troco, vi de relance a manchete no canto inferior direito do *Times*:

Capitão do Tigresa *morre afogado em tormenta na Fastnet*

Senti meu coração parar por um segundo; sabia que minha irmã Ally estava participando da regata Fastnet, e o nome do barco era terrivelmente familiar. A foto abaixo da manchete era de um homem, mas continuei nervosa. Comprei o jornal e li a matéria com aflição enquanto voltava para o apartamento. Ao fim, suspirei aliviada, porque, pelo menos até então, não houvera notícias de mais vítimas. No entanto, parecia que o tempo estava horrível e três quartos das embarcações tinham sido obrigadas a desistir da competição.

Na mesma hora, mandei um torpedo para Ceci e, ao chegar em casa, reli a matéria. Embora minha irmã Ally fosse velejadora profissional havia anos, eu nunca pensara no risco de ela morrer em uma regata. Tudo nela era tão... *cheio de vida*. O destemor com o qual ela vivia era algo que eu só podia admirar e invejar.

Escrevi-lhe uma mensagem de texto curta dizendo que tinha lido sobre o acidente e pedi que entrasse em contato com urgência. Quando apertei "enviar", meu celular tocou e vi que era Ceci.

– Sia, acabei de falar com Ma. Ela me ligou. Ally estava na regata e...

– Eu sei, acabei de ler no jornal. Ai, meu Deus, tomara que ela esteja bem.

– Ma disse que recebeu uma ligação assegurando que está tudo bem. Obviamente, o veleiro saiu da regata.

– Graças a Deus! Coitadinha da Ally... Perder um companheiro de equipe desse jeito.

– Um horror. Enfim... daqui a pouco chego em casa. A cozinha nova está ficando show. Você vai amar.

– Tenho certeza disso.

– Ah, e as nossas camas e a cama de casal para o outro quarto já estão aqui. Quase no fim da obra! Mal posso esperar para a gente se mudar. Até mais tarde.

Ceci desligou e fiquei maravilhada com a sua capacidade de abordar assuntos práticos tão pouco tempo depois de receber uma notícia ruim, embora soubesse que era o seu jeito de lidar com a situação. Pensei se deveria ser corajosa e lhe dizer que, com a avançada idade de 27 anos, talvez fosse mais adequado termos *cada uma* o nosso quarto em vez de dividi-lo. Se tivéssemos hóspedes, eu poderia voltar para o cômodo dela por alguns dias. Parecia ridículo dormirmos no mesmo quando tínhamos um aposento a mais.

Um dia você vai ter que lidar com isso, Estrela...

Mas, como sempre, esse dia ainda não chegara.

❁ ❁ ❁

Dois dias depois, quando eu estava arrumando meus poucos pertences para a mudança, recebi um telefonema de Ma.

– Estrela?

– Sim. Está tudo bem? Ally está bem? Ela não respondeu às minhas mensagens – comentei, aflita. – Você falou com ela?

– Não, não falei, mas sei que ela não está ferida. Conversei com a mãe da vítima. Você deve ter lido que ele era o capitão do veleiro da Ally. Que mulher maravilhosa... – Ouvi Ma suspirar. – Parece que o filho lhe deixou meu número para ela ligar caso alguma coisa acontecesse. A mãe acha que ele teve algum tipo de premonição.

– Da própria morte, você quer dizer?

– É... Sabe o que é... Ally estava noiva dele em segredo. O nome dele era Theo.

Fiquei calada, absorvendo a notícia.

– Ele deve ter imaginado que Ally estaria em choque e não conseguiria nos ligar – prosseguiu Ma. – Principalmente por ainda não ter contado para vocês que estava namorando com ele.

– Você sabia, Ma?

– Sabia, sim, e ela estava muito apaixonada. Faz só alguns dias que foi embora daqui. Ally me disse que ele era "o cara certo". Eu...

– Ma, sinto muito.

– Me perdoe, *chérie*, mas, mesmo sabendo que a vida dá e que a vida tira, essa situação é particularmente trágica para Ally, tão pouco tempo depois da morte de Pa.

– Onde ela está? – perguntei.

– Em Londres, na casa da mãe do Theo.

– Você acha que eu devo visitá-la?

– Seria maravilhoso se você pudesse ir ao enterro. Celia, a mãe do Theo, me disse que vai ser na quarta que vem às duas da tarde, na Holy Trinity Church, em Chelsea.

– A gente vai, sim, Ma. Prometo. Você já avisou às outras?

– Já, mas nenhuma delas vai conseguir chegar a tempo.

– E daria para você vir?

– É... Não vai dar, Estrela. Mas tenho certeza de que você e Ceci podem nos representar. Digam a Ally que mandamos todo o nosso amor.

– Vamos dizer, claro.

– Deixo por sua conta avisar a Ceci. Mas e você, Estrela, como está?

– Estou bem. É que... não consigo suportar isso que está acontecendo com a Ally.

– Nem eu, *chérie*. Não espere resposta a nenhuma mensagem... No momento ela não está respondendo ninguém.

– Não vou esperar. Obrigada por me avisar. Tchau, Ma.

Quando Ceci chegou em casa, contei o ocorrido com a maior calma de que fui capaz. Informei também a data do enterro.

– Você deve ter dito a Ma que não vamos poder ir, certo? Vai ser muito pouco tempo depois da mudança e ainda vamos estar chafurdando em caixas.

– Ceci, a gente *tem* que ir. Precisamos estar do lado da Ally.

– E as outras irmãs? Onde elas estão? Por que nós é que precisamos mudar os planos? Pelo amor de Deus, nem conhecíamos o cara.

45

– Como você pode dizer uma coisa dessas? – exclamei, levantando-me. Toda a raiva latente que vinha guardando parecia prestes a explodir. – Isso não tem nada a ver com o cara, tem a ver com a Ally! Ela ficou do nosso lado durante toda a vida e agora precisa que *nós* estejamos do lado dela na quarta que vem! E vamos estar!

Então me retirei na direção do banheiro, que pelo menos tinha tranca na porta.

Sem querer ver minha irmã enquanto estivesse trêmula de raiva, resolvi que o melhor seria ficar lá dentro e tomar um banho. Na selva de concreto claustrofóbica ao meu redor, a banheira amarelada era um santuário ao qual eu frequentemente me recolhia.

Submergi e pensei em Theo sem conseguir escapar da água. Sentei-me na mesma hora, em pânico e com a respiração entrecortada, fazendo a água transbordar sobre o chão de linóleo vagabundo.

Alguém bateu à porta.

– Sia? Está tudo bem?

Engoli em seco e tentei sorver o ar em inspirações profundas – um ar que Theo não tinha encontrado e que nunca tornaria a respirar.

– Está.

– Você tem razão. – Houve uma longa pausa. – Me desculpe, de verdade. É claro que a gente precisa estar lá com a Ally.

– Pois é. – Puxei a tampa do ralo e estiquei a mão por cima da borda para pegar a toalha. – Precisa mesmo.

✿ ✿ ✿

Na manhã seguinte, o motorista providenciado por Ceci para a mudança encostou sua van em frente ao apartamento. Após carregar todos os poucos pertences, que consistiam principalmente de toda a tralha de Ceci para o novo projeto artístico, saímos para coletar os móveis que ela havia comprado em diferentes lojas por todo o sul de Londres.

Chegamos a Battersea três horas mais tarde. Depois de Ceci assinar os documentos necessários no escritório de vendas do térreo, as chaves da nova casa lhe foram entregues. Ela destrancou a porta para entrarmos e deu uma volta pelo cômodo cheio de ecos.

– Não consigo acreditar que isto seja tudo meu. E seu, claro – acrescentou ela, generosa. – Agora estamos seguras, Sia, para sempre. Temos a nossa própria casa. Não é incrível?

– É.

Ceci me estendeu os braços e, sabendo que aquele era o momento dela, me rendi ao seu abraço. Ficamos abraçadas no meio do espaço vazio e cavernoso, rindo feito as crianças que um dia havíamos sido, rindo do ridículo de ser *tão* adultas assim.

❁ ❁ ❁

Após a mudança, Ceci começou a acordar e sair cedo todas as manhãs atrás de material para suas instalações antes do início do primeiro semestre da faculdade, no começo de setembro.

Assim, *eu* passava o dia inteiro sozinha no apartamento. Tentei me manter ocupada desencaixotando a roupa de cama e banho e os utensílios de cozinha que Ceci havia encomendado. Ao espetar no suporte um conjunto de facas superafiadas, me senti uma recém-casada montando a primeira casa. Só que eu não tinha me casado. Longe disso.

Depois de tirar tudo das caixas, comecei a transformar a comprida varanda em um jardim suspenso. Usei as poucas economias que me restavam e quase toda a mesada de Pa Salt para comprar tudo que pude e colorir o espaço ao máximo. Quando vi o homem da loja de plantas entrar na varanda carregando o imenso vaso de barro com uma esplendorosa camélia cheia de pequenos botões brancos, soube que meu pai estaria se revirando no túmulo com aquela extravagância, mas afastei o pensamento, dizendo a mim mesma que, naquela ocasião, ele entenderia.

❁ ❁ ❁

Na quarta-feira seguinte, desencavei trajes adequadamente sóbrios para nós duas; como não tinha saia nem vestido, Ceci teve que se virar com um jeans preto.

Todas as irmãs haviam entrado em contato por torpedo ou e-mail e pedido que mandássemos um beijo para Ally. Tiggy – a quem eu era mais chegada, depois de Ceci – me deu um telefonema e pediu que eu desse um abraço apertado em nossa irmã velejadora.

– Queria tanto poder estar aí... – disse ela com um suspiro. – Mas é que a temporada de caça começou por aqui e acabamos de receber uma porção de cervos feridos.

Sorri ao pensar na minha delicada irmã mais nova e sua paixão pelos animais. Na época em que ela começara a trabalhar em um santuário de cervos na Escócia, eu havia achado que esse emprego era perfeito. Tiggy tinha o passo tão leve quanto o dos próprios cervos; eu me lembrava nitidamente de vê-la dançar em uma apresentação escolar quando ela era mais jovem e de ficar fascinada com a sua graciosidade.

Ceci e eu cruzamos a ponte até Chelsea, onde seria a missa de Theo.

– Nossa, tem até câmeras de TV e jornalistas – sussurrou minha irmã enquanto fazíamos fila para entrar na igreja. – Será que devemos esperar Ally chegar para dizer oi? O que você acha?

– Não. Melhor nos sentarmos em algum lugar mais para o fundo. Com certeza vamos poder falar com ela depois.

A grande igreja já estava completamente lotada. Algumas pessoas educadas se apertaram em um dos bancos do fundo e conseguimos nos sentar na pontinha. Inclinei-me para um dos lados e vi o altar, uns bons vinte passos à frente. Senti-me pequena e assombrada com o fato de Theo ser tão amado a ponto de atrair centenas de pessoas até ali para sua despedida.

Um "shhh" repentino fez calar o burburinho e todos se viraram para ver oito rapazes descerem a nave carregando o caixão. Atrás deles vinha uma loura miúda apoiada no braço da minha irmã.

Observei o rosto abatido de Ally e pude ver a tensão e a tristeza estampadas nele. Quando ela passou por mim, quis lhe dar um abraço ali mesmo e dizer como me deixava orgulhosa. E quanto eu a amava.

A missa foi um dos momentos mais revigorantes e, ao mesmo tempo, mais dolorosos da minha vida. Fiquei escutando os elogios feitos àquele homem que eu jamais conhecera, mas que a minha irmã havia amado. Quando chegou a hora da prece, enterrei o rosto nas mãos e chorei por aquela vida interrompida tão cedo e por minha irmã, cuja existência também fora paralisada por aquela perda. Chorei também pela morte de Pa Salt, que não tinha dado às filhas a chance de pranteá-la da maneira tradicional. Foi então que compreendi, pela primeira vez, por que aqueles antigos rituais eram tão importantes: proporcionavam estrutura em uma fase de caos emocional.

Fiquei observando Ally de longe enquanto ela subia os degraus do altar rodeada por uma pequena orquestra e vi seu sorriso forçado ao levar aos lábios a flauta que passara anos aprendendo a tocar. A famosa melodia da antiga canção "The Sailor's Hornpipe" tomou conta da igreja. Imitei os outros, que começaram a se levantar e a dobrar os braços à frente em ângulos retos antes de iniciar os típicos movimentos de flexionar os joelhos, até que todos estavam se movendo ao ritmo da música. No final, a igreja irrompeu em palmas e assobios. Eu soube que aquele seria um momento inesquecível.

Na hora de nos sentarmos, virei-me para Ceci e vi lágrimas escorrendo por seu rosto. Fiquei mais comovida ainda ao ver minha irmã chorando feito um bebê, logo ela que raramente demonstrava qualquer emoção.

Segurei a mão dela.

– Tudo bem?

– Tudo lindo – sussurrou Ceci em resposta, enxugando os olhos no antebraço. – Tudo lindo.

Quando o caixão de Theo foi conduzido para fora da igreja, a mãe dele e Ally o seguiram. Cruzei olhares por um instante com minha irmã e vi a sombra de um sorriso atravessar seu semblante.

Ceci e eu saímos atrás do caixão com os outros participantes e ficamos paradas na calçada sem saber direito o que fazer.

– Você acha que a gente deveria ir embora e pronto? Isto aqui está tão cheio... Imagino que Ally tinha que falar com todo mundo – observou Ceci.

– A gente precisa dizer oi. Pelo menos dar um abraço rápido nela.

– Ela está ali.

Com os cabelos ruivos dourados caindo em ondas ao redor do rosto incomumente pálido, Ally se afastava dos outros e caminhava em direção a um homem em pé sozinho. Algo na linguagem corporal dos dois me disse que não deveríamos interrompê-los, porém chegamos mais perto para ela nos ver depois que terminasse a conversa.

Por fim, Ally deu as costas para o homem e seu rosto se iluminou enquanto ela vinha na nossa direção.

Em silêncio, eu e Ceci a abraçamos. E a apertamos com a maior força de que fomos capazes.

Ceci lhe disse que estávamos muito tristes por ela. Para mim foi difícil falar qualquer coisa; eu sabia que estava à beira das lágrimas outra vez e não me sentia no direito de chorar.

– Não é, Estrela? – indagou Ceci.

– É – consegui responder. – A missa foi linda, Ally.

– Obrigada.

– E foi maravilhoso ouvir você tocar flauta. Você não perdeu o jeito – acrescentou Ceci.

– Escutem, preciso ir embora com a mãe do Theo, mas vocês não querem passar na casa dela? – indagou Ally.

– Infelizmente não vai dar. Mas nosso apartamento fica logo do outro lado da ponte, em Battersea, então, quando estiver se sentindo melhor, dê uma ligada e apareça, que tal? – sugeriu Ceci.

– A gente adoraria ver você, Ally, de verdade – completei, e lhe dei outro abraço. – Todas as garotas mandaram beijos. Cuide-se, ok?

– Vou tentar. Obrigada de novo por terem vindo. Vocês não sabem como foi importante para mim.

Com um sorriso agradecido, ela nos deu um último aceno antes de se afastar rumo à limusine preta que esperava na calçada.

– É melhor a gente ir andando também.

Ceci começou a descer a rua, mas fiquei para ver o carro se afastar do meio-fio. Ally, minha maravilhosa irmã mais velha, corajosa, linda e, como eu pensava até então, invencível. Só que agora ela parecia muito frágil, como se uma rajada de vento pudesse levá-la embora. Enquanto eu me apressava para alcançar Ceci, entendi que o que havia abalado sua força era o amor.

Naquele momento, prometi a mim mesma que um dia também vivenciaria tanto a alegria quanto a intensidade dolorosa daquele sentimento.

Alguns dias depois, fiquei aliviada quando Ally cumpriu o prometido e telefonou. Combinamos de ela visitar o apartamento, embora Ceci fosse estar fora tirando fotos da usina de energia de Battersea para um de seus projetos. À tarde, comecei a preparar um cardápio.

No dia seguinte, quando a campainha tocou, o apartamento estava tomado pelo que eu torcia ser um aroma tranquilizador de comida caseira. Shanthi estava certa, pensei: eu queria alimentar a alma da minha irmã.

Fui abrir a porta e lhe dei um abraço.

– Oi, querida. Tudo bem com você?

– Ah, tudo indo – disse Ally, e me acompanhou para dentro, mas pude ver que ela não estava nada bem. – Uau! Que lugar fantástico! – exclamou minha irmã, aproximando-se das janelas da altura do pé-direito para admirar a vista.

Eu tinha posto a mesa na varanda, avaliando que o tempo estava quente o bastante para tal. Enquanto eu servia a comida, Ally admirou meu jardim improvisado e senti compaixão quando ela começou a perguntar sobre mim e Ceci, pois sabia que o coração da minha irmã estava partido. No entanto, entendi que o seu mecanismo para lidar com a situação era seguir em frente como sempre fizera e nunca esperar a pena dos outros.

– Nossa, que delícia, Estrela. Hoje estou descobrindo vários talentos ocultos seus. Na cozinha, sei fazer no máximo o básico e não sou capaz de plantar nem agrião, quanto mais isso tudo aí. – Ela gesticulou em direção às minhas plantas.

– Ultimamente, andei pensando no verdadeiro significado do talento. Quero dizer, será que as coisas em que temos facilidade são dons? Por exemplo, você teve mesmo que se esforçar para tocar flauta daquele jeito tão lindo?

– Não, acho que não. Pelo menos não no início. Mas depois, para melhorar, precisei treinar muito. Não acho que o simples fato de ter talento para algo compense o trabalho árduo. Veja os grandes compositores: não basta ouvir as melodias na cabeça; é preciso aprender a escrevê-las no papel e a orquestrar uma peça. Para isso, são necessários anos de prática e aperfeiçoamento do ofício. Tenho certeza de que milhões de pessoas têm uma habilidade natural, mas só quem a doma e se dedica consegue alcançar seu pleno potencial.

Assenti, absorvendo o que ela dizia e me sentindo perdida em relação aos meus próprios possíveis talentos.

– Já acabou? – perguntei. Pude ver que Ally mal havia tocado na comida.

– Já. Desculpe, Estrela. Estava uma delícia mesmo, mas não ando com muito apetite.

Depois disso, conversamos sobre nossas irmãs e o que elas andavam fazendo. Contei sobre Ceci e a faculdade de arte e sobre como suas "instalações" a mantinham ocupada. Ally comentou a respeito da mudança inesperada de Maia para o Rio, onde ela enfim encontrara a felicidade.

– Isso tudo me alegrou de verdade. E foi ótimo encontrar você, Estrela.

– Também gostei de ver você. Para onde acha que vai agora?

– Na verdade, talvez eu vá à Noruega investigar o local referente às coordenadas de Pa Salt.

– Que ótimo – falei. – Dou a maior força.

– Dá mesmo?

– Por que não? As pistas de Pa podem mudar sua vida. Já mudaram a de Maia.

Depois de Ally partir prometendo voltar logo, subi lentamente a escada até o quarto e tirei minha pasta de plástico de uma cômoda cujas gavetas eram dispostas como se fossem degraus – uma escolha de Ceci, não minha.

Soltei o cartão preso ao verso da carta de Pa e tornei a encará-lo. Lembrei-me da esperança no olhar de Ally ao me falar sobre a Noruega. Inspirando fundo, enfim estendi a mão para o envelope com as coordenadas que Ally havia pesquisado para mim. E o abri.

❂ ❂ ❂

Na manhã seguinte, acordei e dei de cara com uma leve bruma pairando sobre o rio. Quando fui cuidar dos meus vasos, encontrei a varanda coberta de orvalho. Sem considerar os pequenos arbustos e as rosas já meio murchas da minha varanda, era impossível ver qualquer coisa verde a não ser usando um binóculo, mas inspirei os aromas cambiantes da estação e sorri.

O outono estava mesmo chegando. E eu *adorava* o outono.

Fui para o andar de cima, peguei minha bolsa e tornei a tirar a pasta da gaveta de baixo. Então, sem permitir que meu cérebro excessivamente analítico processasse o caminho que os pés me faziam percorrer, andei até o ponto de ônibus mais próximo.

Meia hora mais tarde, encontrava-me outra vez diante da livraria Arthur Morston. Espiei a vitrine; antigos volumes de mapas estavam dispostos sobre um pedaço de veludo roxo desbotado. Notei que o mapa do Sudeste Asiático ainda indicava a Tailândia como "Sião".

No centro da vitrine, um pequeno globo terrestre amarelado me fez recordar o que ficava no escritório de Pa Salt. Não conseguia ver o interior da loja: o dia estava claro, mas dentro do estabelecimento reinava a mesma densa escuridão de todas as livrarias sobre as quais eu já havia lido nas obras de Dickens. Eu me demorei ali fora, pois tinha certeza de que entrar me faria embarcar em uma jornada que eu não sabia se queria fazer.

Contudo, o que mais eu tinha naquele momento? Uma vida vazia, sem objetivo, que não acrescentava nada de valor. Queria fazer algo útil.

Tirei a pasta da mochila de couro e pensei nas últimas palavras de Pa Salt; torci para que elas me instilassem a coragem de que eu necessitava. Por fim, abri a porta da livraria e uma sineta retiniu em algum ponto lá dentro. O lugar me fez pensar em uma biblioteca antiga: piso de madeira escura e uma lareira com topo de mármore no meio da parede, em torno da qual estavam dispostas duas poltronas de espaldar alto. Entre elas havia uma mesa de centro baixa entulhada de livros.

Curvei-me para abrir um deles. Tufos de poeira se levantaram e se dispersaram como minúsculos flocos de neve no feixe de sol. Endireitei o corpo e vi que o resto do cômodo era ocupado por intermináveis estantes abarrotadas.

Olhei em volta, adorando aquilo. Algumas mulheres talvez sentissem o mesmo ao encontrar uma loja cheia de roupas estilosas. Para mim, aquele recinto era um nirvana do mesmo calibre.

Fui até uma das estantes e comecei a procurar um autor ou título que conhecesse. Muitos das obras eram em língua estrangeira. Parei para examinar o que parecia ser um original de Flaubert, depois avancei até onde estavam os títulos em inglês. Retirei um exemplar de *Razão e sensibilidade*, talvez o meu preferido entre os romances de Jane Austen, e folheei as páginas amareladas, tocando com delicadeza o papel envelhecido.

De tão entretida, não percebi um homem alto que me observava do vão de uma porta nos fundos da livraria.

Sobressaltei-me ao notar sua presença e fechei o livro com força, perguntando-me se teria sido uma "impropriedade" abri-lo – acabara de ler a palavra no texto da autora.

– Fã de Austen, é? Eu prefiro Brontë.

– Eu adoro as duas.

– Já deve saber, claro, que Charlotte não era a maior admiradora do trabalho de Jane. Ela deplorava o fato de os suplementos literários elogiarem tanto a prosa mais, digamos, "pragmática" de Jane Austen. Na hora de escrever, a veia romântica de Charlotte não tinha limites. Ou, talvez melhor dizendo, sua pena romântica.

– É mesmo?

Tentei discernir os traços do homem, mas as sombras estavam densas demais para eu distinguir mais do que o fato de ele ser muito alto e magro, ter cabelos louros meio arruivados e usar óculos de armação de chifre e o que parecia ser uma casaca dos tempos do rei Eduardo. Sob aquela luz, poderia ter qualquer idade entre 30 e 50 anos.

– É. Mas a senhorita está procurando algo específico?

– Não... Na verdade, não.

– Bom, pode olhar. Se quiser tirar algo da estante para ler, por favor, fique à vontade para se sentar em uma das poltronas. Nós somos tanto biblioteca quanto livraria, sabe? Acredito que a boa literatura deve ser compartilhada. Não acha?

– Com certeza – concordei com fervor.

– Então me chame se precisar de ajuda para achar algo. E, se não tivermos o livro, provavelmente devo conseguir encomendar.

– Obrigada.

Ele desapareceu por uma porta dos fundos e me deixou sozinha em pé na livraria. *Muito estranho isso*, pensei comigo mesma, já que a qualquer momento eu poderia tirar um dos livros da estante e sair correndo com ele debaixo do braço.

Um barulho repentino quebrou o silêncio empoeirado e percebi que era meu celular tocando. Morta de vergonha, estendi a mão para pegá-lo e colocar no silencioso, mas não antes de o homem reaparecer e levar o dedo aos lábios.

– Desculpe, mas essa é a única regra que temos aqui. Não é permitido celular. A senhorita se importa de atender lá fora?

– É claro que não. Obrigada. Tchau.

Com o rosto ardendo de vergonha, saí da livraria me sentindo uma estudante travessa flagrada mandando torpedos para o namorado debaixo da carteira. Aquilo era também uma ironia, pois meu celular quase nunca tocava, a menos que fossem Ma ou Ceci. Na calçada, olhei para o visor e percebi que era um número desconhecido, então deixei cair na caixa postal e escutei o recado: *Oi, Estrela, aqui é a Shanthi. Peguei seu telefone com o Marcus. Liguei só para dar um oi. Me ligue quando puder. Tchau, linda.*

Senti uma irritação irracional pelo fato de aquela ligação ter provocado uma saída nem um pouco digna da livraria. Depois de passar tanto tempo reunindo coragem para entrar, sabia que não teria mais nenhum resquício naquele dia. Ao ver o ônibus que me levaria de volta a Battersea, atravessei a rua e pulei a bordo.

Você é patética, Estrela, sério mesmo, ralhei comigo mesma. *Deveria ter voltado a entrar, e pronto.* Chegara até a gostar do meu breve diálogo com o homem lá dentro, o que por si só já era um milagre. E agora estava a bordo de um ônibus no caminho de volta para meu apartamento vazio e para minha vida vazia.

– "Um cômodo sem livros é como um corpo sem alma" – recitei para mim mesma.

No entanto, como eu estava sem um tostão até o mês seguinte, depois de ter comprado tantas plantas, sabia também que precisava arrumar um emprego. Depender do dinheiro deixado por Pa Salt não serviria de nada, sobretudo não para a minha autoestima. Talvez no dia seguinte eu pudesse passear pela rua principal do bairro e perguntar se algum bar ou restaurante necessitava de uma faxineira. Devido à minha introversão, eu com certeza não tinha perfil para lidar com o público.

Subi para tomar uma ducha e reparei que a gaveta de onde havia tirado a pasta continuava aberta. Com um choque de horror, não consegui me lembrar da última vez em que a vira. Desci correndo para procurá-la e, com o coração a batucar feito um tambor dentro do peito, despejei todo o conteúdo da mochila, mas não a encontrei. Tentei pensar se a estava segurando ao descer do ônibus para entrar na livraria, e lembrei que sim. Mas depois disso...

Só me restava torcer para tê-la colocado sobre a mesa da loja enquanto vagava pelas estantes.

Pesquisei o site da livraria no laptop, à procura de um telefone de contato. Quando liguei, uma secretária eletrônica atendeu e a voz reconhecível do homem que eu havia encontrado disse que alguém retornaria a ligação assim que possível se eu deixasse um número. Assim fiz, e roguei a Deus para ele ligar *mesmo*. Porque, se perdesse aquela pasta, eu perderia também o vínculo com o passado. E talvez com o futuro.

6

No dia seguinte, acordei e chequei o celular em busca de algum recado da livraria. Como não havia nada, não tinha outra escolha senão refazer o caminho até a Kensington Church Street. Uma hora mais tarde, entrei pela segunda vez na Arthur Morston. Nada mudara desde a véspera e, felizmente, sobre a mesa em frente à lareira, estava minha pasta. Não pude conter um gritinho de alívio ao pegá-la de cima do tampo e verificar o conteúdo: tudo certinho.

A loja estava deserta e a porta nos fundos, fechada; era perfeitamente possível eu ir embora sem incomodar quem quer que houvesse lá dentro. No entanto, por mais que quisesse fazer isso, precisava me lembrar do motivo original que me fizera procurar aquele estabelecimento. Além do mais, o som da sineta devia ter alertado alguém sobre a minha presença e avisar que eu tinha encontrado o que procurava antes de sair não passava de boa educação.

Mais uma vez, meu celular rompeu o silêncio e corri para sair da livraria antes de atender.

– Alô?

– Senhorita D'Aplièse?

– Sim.

– Aqui é da livraria Artur Morston. Acabei de receber seu recado. Vou descer agora e ver se consigo encontrar o que perdeu.

– Ah – falei, sem graça. – Na verdade estou bem aqui em frente. Entrei na livraria há poucos segundos e, sim, achei minhas coisas em cima da mesa.

– Peço desculpas. Não devo ter escutado a sineta tocar. Eu abri e subi logo, entende? Tem um livro sendo leiloado hoje... – Um toque o interrompeu. – É o meu representante ligando no fixo. Com licença um instantinho...

Tudo se silenciou do outro lado e, então, tornei a escutar sua voz:

– Desculpe-me, mas precisei decidir qual seria meu lance máximo para uma primeira edição de *Anna Kariênina*. Um exemplar estupendo, o melhor que já vi, e ainda por cima autografado por Tolstói, mas tenho medo de que os russos, com seus rublos, vençam minhas parcas libras. Ainda assim, vale a pena dar um lance, não acha?

– Ahn... Claro – respondi, atordoada.

– Como já está aqui, não quer entrar de novo e tomar um café?

– Não... estou bem, obrigada. Acabei de tomar um.

– Bom, entre de novo mesmo assim.

A ligação foi cortada e, mais uma vez, fiquei parada na calçada pensando na maneira bizarra como aquela livraria era administrada. No entanto, como ele bem dissera, eu já estava *mesmo* ali e agora tinha um convite para entrar e conversar com o homem que podia ou não ser Arthur Morston.

– Bom dia. – Ele estava passando pela porta dos fundos quando entrei. – Lamento por tudo isso e aceite minhas sinceras desculpas por não retornar mais cedo a sua ligação. Tem certeza de que não quer um café?

– Tenho. Obrigada.

– Ah! A senhorita não é uma daquelas moças que acham que cafeína é o mesmo que heroína, ou é? Devo dizer que não confio em quem toma café descafeinado.

– Não, não. Quando não bebo minha xícara de manhã, o dia começa mal.

– Concordo.

Observei-o se sentar. Agora que ele estava mais perto e a luz, mais forte, avaliei que tivesse uns 30 e poucos anos. Era um varapau igual a mim. Nesse dia, usava um terno de três peças impecável, de veludo, com os punhos perfeitamente engomados da camisa aparecendo sob as mangas do paletó, uma gravata-borboleta e um lencinho de estampa *paisley* no mesmo tom, dobrado com esmero no bolso da frente. Pálido como se nunca tomasse sol, tinha dedos longos que se entrelaçaram em volta da xícara quando ele a segurou com ambas as mãos.

– Estou com frio. A senhorita não?

– Não especialmente.

– Bom, já é quase setembro, e pelo que as previsões do rádio disseram, está fazendo menos de 13 graus. Que tal acender um fogo para alegrar nossos sentidos nesta manhã cinzenta e enevoada?

Antes de eu conseguir responder, ele se levantou e começou a cuidar da lareira. Em poucos minutos, a lenha sobre a grelha estava acesa e dela começou a emanar um calor delicioso.

– Não quer se sentar? – Ele apontou para a poltrona, e foi o que fiz. – A senhorita não é muito de falar, não é? – comentou o homem, mas prosseguiu antes que eu respondesse: – Sabia que a pior coisa do mundo para a saúde dos livros é a umidade? Passaram o verão inteiro secando, sabe, e é preciso cuidar deles e de seus frágeis interiores para que não amarelem.

Ele se calou e fiquei encarando o fogo, mas sem enxergá-lo de verdade.

– Fique, por favor, à vontade para ir embora quando quiser. Desculpe se a estiver obrigando a ficar.

– Não está, não. De verdade.

– A propósito, por que veio parar na livraria ontem?

– Para olhar os livros.

– Estava só de passagem?

– Por que a pergunta? – rebati, sentindo-me repentinamente culpada.

– Porque a maior parte dos meus negócios hoje em dia é feito on-line. E as pessoas que vêm à livraria são moradores do bairro que eu conheço há anos. Além do mais, a senhorita tem menos de 50 anos e não é chinesa nem russa... Para ser bem direto, não se parece com meus clientes habituais. – Ele me examinou com ar pensativo por trás dos óculos de chifre. – Já sei! – Deu um tapa na própria perna, animado. – É decoradora, não é? Está mobiliando um apartamento de luxo na Eaton Square para um oligarca e precisa de 20 metros de livros para o dono poder mostrar aos amigos analfabetos como ele é culto. Acertei?

Eu ri.

– Não. Errou.

– Bom, então tudo certo, não? – disse ele, com alívio genuíno. – Perdoe-me por considerar meus livros como rebentos. Quando penso neles feito simples adornos para um cômodo, ignorados e jamais lidos, simplesmente não consigo suportar.

Aquela conversa estava se tornando uma das mais esdrúxulas que eu já tivera. E, pelo menos dessa vez, isso não se devia apenas a mim.

– Então, o que veio fazer aqui? Ou talvez, melhor dizendo, o que veio fazer aqui ontem, para depois esquecer uma coisa e ter que voltar?

– É que... me mandaram vir aqui.

– Ah! Quer dizer que a senhorita está *mesmo* trabalhando para um cliente? – indagou ele, em tom triunfal.

– Não, sério mesmo, não estou. Quem me deu seu cartão foi meu pai.

– Entendi. Um cliente nosso, talvez?

– Não faço a menor ideia.

– Então por que lhe dar o meu cartão?

– O fato é que eu também não sei.

Mais uma vez, tive vontade de rir daquela conversa sem pé nem cabeça. Resolvi explicar enfim:

– Meu pai morreu há uns três meses.

– Meus pêsames, Srta. D'Aplièse. Que nome maravilhoso e incomum, aliás – acrescentou ele após um breve intervalo. – Não conhecia. Não que isso compense o fato de o seu pobre pai ter morrido recentemente, claro. Na verdade, foi um comentário muito inapropriado. Perdoe-me.

– Não faz mal. Posso perguntar uma coisa? O senhor é Arthur Morston?

Abri a pasta e lhe mostrei o cartão.

– Meu Deus, não – respondeu ele, estudando o papel. – Arthur Morston morreu há mais de cem anos. Foi o primeiro dono da livraria, aberta em 1850, muito antes de minha família, Forbes, tomar as rédeas.

– Meu pai também tinha bastante idade. Estava com 80 e poucos anos quando faleceu. Pelo menos é o que a gente acha.

– Caramba! – exclamou ele, analisando-me com atenção. – Isso é uma prova de que os homens mantêm a fertilidade até bem tarde.

– Na verdade ele me adotou, eu e minhas cinco irmãs.

– Ora, que história mais interessante. Mas, tirando isso, por que seu pai a mandou vir aqui falar com Arthur Morston?

– Ele não chegou a dizer especificamente que eu precisava falar com Arthur Morston. Só imaginei isso porque era esse o nome no cartão.

– O que ele lhe pediu para fazer quando chegasse aqui?

– Perguntar sobre... – consultei rapidamente a carta de Pa Salt para verificar o nome correto –... uma mulher chamada Flora MacNichol.

Ele me examinou de forma atenta. Depois de algum tempo, falou:

– Foi mesmo?

– Foi. O senhor a conhece?

– Não, Srta. D'Aplièse. Ela também morreu antes de eu nascer. Mas é claro que ouvi falar nela...

Esperei que ele prosseguisse, mas não foi o que aconteceu. O homem apenas ficou encarando o vazio, obviamente perdido nos próprios pensamentos. O silêncio acabou se tornando desconfortável, até mesmo para mim. Certificando-me de recolher a pasta de cima da mesa, levantei-me.

– Desculpe por incomodá-lo. O senhor tem meu telefone, então se...

– Não, não... Preciso me desculpar de novo, Srta. D'Aplièse. Na verdade estava pensando se deveria aumentar meu lance máximo pelo *Anna Kariênina*. São exemplares muito raros, entende? Mouse vai me esganar, mas quero muito subir o lance. O que foi mesmo que a senhorita me perguntou?

– Sobre Flora MacNichol – falei, devagar, perplexa pela maneira como a mente dele parecia passar de um assunto a outro na velocidade da luz.

– Sim, claro, mas por enquanto acho que vai precisar me dar licença, Srta. D'Aplièse, pois decidi que não devo mesmo deixar os tais russos vencerem. Vou só dar um pulinho lá em cima e pedir ao meu agente para aumentar meu lance antes de o leilão começar. – Ele se levantou e tirou do bolso do colete um relógio de corrente dourado, que fez um clique ao se abrir, como o do Coelho de *Alice no País das Maravilhas*. – Bem na hora. Será que poderia ficar de olho na livraria?

– Claro.

– Obrigado.

Observei suas pernas compridas fazerem o curto trajeto até a porta dos fundos. Então fiquei sentada me perguntando se eu era louca ou se o louco era ele. Mas pelo menos aquilo tinha sido uma conversa, e eu enunciara as palavras que precisava dizer. *E pusera as engrenagens em marcha...*

Passei um período agradável me familiarizando com o estoque da livraria. Elaborei também uma lista mental dos títulos que gostaria de ter na estante dos meus sonhos. Shakespeare, claro, e Dickens, sem contar Fitzgerald e Evelyn Waugh... Além desses, alguns livros modernos que eu também adorava e que ainda não haviam se tornado clássicos, mas que, eu sabia, dali a cem anos também seriam valiosos para qualquer colecionador, mesmo sem as lindas encadernações de couro de antigamente.

Não entrou ninguém na livraria enquanto eu vagava pelas estantes. Ao vasculhar a seção infantil, encontrei uma coletânea de Beatrix Potter. De todas as histórias, *O conto da Sra. Tiggy-Winkle* sempre fora a minha preferida.

Sentei junto à lareira e comecei a folheá-lo. Tive a vívida lembrança de um Natal; eu devia ser muito pequena na época. Havia encontrado um volume desse conto debaixo da árvore, presente do *Père Noël*. Naquela noite, Pa Salt tinha me colocado em seu colo, diante da lareira que passava o inverno inteiro ardendo na sala de estar, e lera para mim. Recordava-me agora de olhar pela janela, para as montanhas de picos nevados, e me sentir aquecida, satisfeita e muito, muito amada.

– Em paz comigo mesma – sussurrei. *É isso que desejo encontrar outra vez.*

– Pronto. – A voz do homem me trouxe de volta à realidade. – Pode me chamar de imprudente, mas eu simplesmente *precisava* conseguir esse livro. Estou atrás dele há anos. Mouse com certeza vai me passar um sabão, que eu sem dúvida mereço, por ter nos arruinado ainda mais. Nossa, que fome! É o estresse. E você?

Olhei para o relógio de pulso e vi que havia transcorrido mais de uma hora desde que ele desaparecera no andar de cima: eram cinco para a uma.

– Não sei.

– Bom, será que eu consigo convencê-la? Há um restaurante ótimo do outro lado da rua que faz a gentileza de me oferecer o que estiver no menu do dia. É um cardápio fixo – esclareceu ele, como se isso fosse muito importante. – É sempre emocionante não saber direito o que vai aparecer na mesa em vez de escolher, certo?

– Acho que sim.

– Que tal eu atravessar a rua correndo, pegar a comida e ver se consigo tentá-la? Devo-lhe pelo menos isso pela gentileza de ficar aqui enquanto eu suava lá em cima por causa do leilão.

– Ok.

– Beatrix Potter? – indagou ele, olhando para o livro que eu segurava. – Uma ironia e tanto. Em todos os sentidos. Ela conhecia Flora MacNichol. Mas, afinal, nada na vida é coincidência, concorda?

Dizendo isso, ele saiu da livraria. Se eu tinha qualquer intenção de sumir durante a sua ausência, as últimas palavras dele me impediram. Fiquei cuidando da lareira do jeito que Pa Salt havia me ensinado, aproximando os pedaços de carvão para que não queimassem tão depressa e a lenha não fosse desperdiçada, mas proporcionasse um calor constante.

Como mais uma vez a livraria permaneceu deserta, li *O conto de Jemima Puddle-Duck* e *O conto de Tom Kitten* enquanto o esperava voltar. Estava prestes a começar *O conto do Sr. Jeremy Fisher* quando meu companheiro anônimo de almoço reapareceu pela porta segurando dois sacos de papel pardo.

– O prato de hoje parece excelente – disse ele, trancando a porta e virando a plaquinha para o lado que dizia "Fechado". – Não gosto de ser incomodado durante as refeições. Atrapalha a digestão, sabia? Vou lá em cima pegar uns pratos. Ah, e uma boa taça de Sancerre para acompanhar o peixe.

Então, atravessou a livraria a passos largos, e eu o ouvi subir a escada saltitando.

Achei divertido seu modo empolado. Embora já estivesse acostumada ao inglês entrecortado falado em Londres pelas classes mais abastadas, meu novo amigo levava esse conceito um pouco além. *Um verdadeiro inglês excêntrico*, pensei, e isso me fez gostar dele. Aquele homem não tinha medo de ser exatamente quem era e eu sabia que isso exigia muita personalidade.

Ele reapareceu com pratos, talheres, uma garrafa de vinho pingando por causa da condensação e dois guardanapos de linho branco engomados com perfeição.

– Bom, espero que goste de linguado, e essa vagem fresca sem dúvida deve estar salteada no ponto exato.

– Gosto, sim, muito. E é surpreendentemente difícil deixar vagens no ponto certo.

– A senhorita é chef? – perguntou-me ele enquanto retirava a tampa de duas quentinhas, que me fizeram pensar em comida de avião. Pude apenas torcer para o sabor ser melhor.

– Não, só gosto de cozinhar. Fiz um curso algumas semanas atrás e tive que preparar vagens.

– A senhorita precisa entender que não sou um esnobe gourmet. Não ligo muito para o que como, mas insisto para que esteja bem-feito. O problema é que sou mal-acostumado. O Clarke's é um dos melhores restaurantes de Londres e a cozinha de lá hoje nos preparou isto aqui. Aceita uma taça de vinho? – indagou, colocando a comida num prato de porcelana e pousando-o com delicadeza na minha frente.

– Não costumo beber no almoço.

– Sempre acho bom acabar com maus hábitos, a senhorita não? Aqui.

Ele me serviu uma taça e a estendeu para mim.

– Tim-tim!

Tomou um grande gole, em seguida começou a devorar enormes garfadas do seu peixe. Toquei o meu de leve com o talher.

– Está uma delícia mesmo, Srta. D'Aplièse – encorajou-me ele. – Não vá me dizer que está de regime?

– Não. É que também não estou acostumada a almoçar.

– Bom, como diz o ditado, "é preciso comer como um rei no café da manhã, como um príncipe no almoço e como um miserável no jantar". Muito simples seguir essa máxima e, mesmo assim, a raça humana a ignora e depois fica reclamando por não conseguir emagrecer. Não que o peso pareça ser um problema para nós dois.

– Pois é.

Enrubesci e continuei a comer, reparando que ele já havia raspado o prato. O homem tinha razão: a comida estava excelente. O livreiro ficou me observando atentamente durante minha refeição, o que eu considerava bem constrangedor. Peguei a taça de vinho e tomei um gole, tentando reunir coragem para fazer as perguntas que precisava fazer. Fora até ali encontrar respostas, lembrei a mim mesma.

– O senhor disse que Flora MacNichol conhecia Beatrix Potter?

– Sim, sim. Conhecia mesmo. Na verdade, a Srta. Potter antigamente era dona desta livraria. Já acabou? – Ele espiou o único bocado que eu havia deixado no garfo. – Vou levar os pratos lá para cima. Odeio ficar olhando para louça suja, a senhorita não?

No segundo em que tornei a pousar o garfo no prato, ele o retirou, assim como a garrafa de vinho. Pegou também a própria taça já vazia e, ao ver que a minha ainda tinha mais da metade, deixou-a sobre a mesa e desapareceu pela porta dos fundos.

Tomei outro gole de vinho, que na verdade não queria beber, e recordei que precisava perguntar seu nome quando ele retornasse. Extrair informações daquele homem era uma operação delicada.

Ao retornar, o livreiro trouxe uma bandeja com duas xícaras e uma cafeteira. Posicionou-a perigosamente em cima de um velho dicionário.

– Açúcar? – indagou. Perguntei-me por um instante quanto valeria aquele livro. – Sou louco por açúcar.

– Eu também. Três cubos, por favor.

– Ah, eu sempre ponho quatro. – Ele me passou a xícara.

– Obrigada – agradeci, com a sensação de ter ido parar na festa do Chapeleiro Maluco. – Mas como Flora MacNichol conhecia Beatrix Potter?

– Elas eram vizinhas.

– Na região de Lake District?

– Isso – confirmou ele com um ar de aprovação. – A senhorita sabe tudo sobre autores e seus livros?

63

– Por favor, pode me chamar de Estrela. E o seu nome é...?

– Você se chama Estrela?

– Sim. – Não pude deduzir por sua expressão se ele gostava do meu nome ou não. – É apelido de Astérope.

– Ah! Veja só! – Um sorriso lhe curvou os lábios e ele começou a rir baixinho. – Mais uma ironia deliciosa! Astérope, esposa... ou mãe, depende do mito, do rei Enomau de Pisa. A senhorita é uma das Sete Irmãs das Plêiades, a terceira filha de Atlas e Plêione, depois de Maia e Alcíone, e antes de Celeno, Taígeta, Electra e Mérope! "Em tantas noites vi as Plêiades surgirem em meio à suave sombra e cintilarem qual um enxame de vaga--lumes envoltos em uma trança de prata..."

Reconheci a citação de um dos livros de Pa.

– Tennyson – falei automaticamente.

– Isso mesmo. Meu falecido pai, o dono desta livraria antes de mim, estudou Letras Clássicas em Oxford, de modo que tive uma infância repleta de mitos e lendas... embora não tenha sido *eu* o filho batizado em homenagem a um mítico rei grego, mas essa é outra história... – Sua voz se perdeu e tive medo de ele ter se distraído outra vez. – Quem me batizou foi minha santa mãezinha, que Deus a tenha, que estudou Literatura em Oxford. Foi lá que meus pais se conheceram e se apaixonaram. Os livros estão no meu sangue, por assim dizer. Talvez no seu caso seja assim também. Mas a senhorita sabe algo sobre a sua família de origem?

Estendi a mão para a pasta.

– Na verdade é por isso que estou aqui. Meu pai me deixou algumas... pistas para descobrir de onde vim.

– Ah! Que os jogos comecem! – Ele bateu uma palma. – Adoro um bom mistério. As pistas estão aí dentro?

– Sim, mas toda a informação que tenho... com exceção do cartão da livraria dizendo para perguntar aqui sobre Flora MacNichol... é o lugar onde nasci. E isto aqui.

Pousei a caixa de joias diante dele, sobre a mesa, abri-a e peguei a pantera. Meu coração batia de medo por causa da confiança que eu depositava naquele desconhecido, trocando informações que ainda não havia revelado sequer para Ceci.

Ele empurrou os óculos mais para cima do nariz com os dedos compridos e examinou detidamente o aparente local do meu nascimento, em

64

seguida a pantera. Então tornou a olhar para mim e se recostou na cadeira. Abriu a boca para falar e me inclinei à frente para ouvir o que ele ia dizer.

– Uma boa hora para um bolo. Mas sempre é, não?

Ele desapareceu escada acima e, em seguida, ressurgiu com duas fatias de *gâteau* de chocolate cheio de calda.

– Quer um pouco? Está muito bom. Comprei hoje de manhã na pâtisserie aqui da rua, mais adiante. Minha taxa de glicose no sangue sempre cai entre três e cinco da tarde, então ou como um doce ou tiro uma soneca.

– Aceito, por favor. Também adoro bolo. Mas qual é o seu nome, afinal?

– Meu Deus! Eu não lhe disse? Com certeza devo ter dito em algum momento.

– Não disse, não.

– Ora, ora... Que coisa. Peço desculpas. Minha mãe me batizou em homenagem aos seus livros preferidos. Portanto, eu sou um gato ruivo muito gordo ou a personificação fictícia de uma famosa autora que fugiu para a França com a amante e se fez passar por homem. Então, qual é o meu nome? – desafiou-me ele.

– Orlando. – *E é perfeito*, pensei.

Ele me fez uma mesura.

– Srta. D'Aplièse, estou profundamente impressionado com seu conhecimento literário. Mas, então, estou mais para gato ruivo gordo ou mulher disfarçada de homem?

Reprimi uma risada.

– Acho que nenhum dos dois. O senhor é *o senhor* e pronto.

– E eu acho... – Ele se inclinou para a frente e apoiou uma das mãos na bochecha esquerda. –... que a senhorita entende muito mais de literatura do que está deixando transparecer.

– Eu me formei em Letras, mas na verdade não sou nenhuma especialista.

– Está se subestimando. Poucos seres humanos neste planeta saberiam sobre o gato ruivo e o famoso romance biográfico assinado por...

Observei-o tentar lembrar o nome da autora. Soube muito bem que ele estava me testando.

– Virginia Woolf – completei. – O romance foi inspirado na vida de Vita Sackville-West e seu caso com Violet Trefusis. E *Orlando, o gato ruivo* foi escrito por Kathleen Hale. Uma das suas melhores amigas era Vanessa Bell, irmã de Virginia... que também teve um caso com Vita Sackville-West. Mas o senhor já deve saber tudo isso...

De repente, fiquei constrangida por ter me exibido. Eu me deixara levar pela empolgação de encontrar outro amante de livros obcecado como eu.

Orlando passou algum tempo calado, digerindo minhas palavras.

– Algumas coisas, sim, mas não tudo. E nunca tinha feito a conexão entre as autoras desses dois livros completamente distintos. Como fez isso?

– Meu tema de dissertação foi o Grupo de Bloomsbury.

– Arrá! Mas enfim, como a senhorita talvez já tenha notado, minha mente vive pulando de um lado para outro. Parece uma abelha atrás de néctar e, depois que o encontra, segue o seu caminho. Mas com a sua acontece o contrário. Acho que a senhorita está escondendo o jogo.

– Eu...

– Mas, me diga, como é que sabe tanta coisa e expõe tão pouco? A senhorita parece uma nesga de lua crescente e é igualmente misteriosa. Srta. D'Aplièse... Estrela, Astérope ou qualquer pseudônimo que prefira usar, estaria interessada em um emprego?

– Estaria. Preciso de um, estou sem um tostão. – Tentei não parecer desesperada.

– Rá! Depois da minha comprinha de hoje, eu também. O salário seria horrível, claro, mas a comida, de primeira qualidade.

– Horrível quanto? – perguntei, tentando fazer Orlando se concentrar antes de ele se interessar por outro assunto.

– Ah, sei lá. O último estudante universitário que contratei ganhava o suficiente para pagar por um teto. Me diga de quanto precisa.

Na verdade, eu sabia que seria capaz de pagar *a ele* só para ir àquele lugar todos os dias.

– Duzentas e cinquenta libras por semana?

– Fechado. – Orlando abriu um sorriso largo, que deixou à mostra os dentes tortos. – Preciso lhe avisar que não tenho muito talento com pessoas. Sei que todos me acham meio estranho. Parece que, por algum motivo, eu intimido as pessoas quando elas entram aqui. Pela internet é melhor, sabia? Não consigo nem vender banana para um macaco, mas meus livros são bons.

– Quando quer que eu comece?

– Amanhã. Seria possível?

– Às dez?

– Perfeito. Vou subir um instante e lhe trazer um molho de chaves.

Ele se levantou e ia subir a escada quando eu o detive.

– Orlando?

– Sim?

– Não vai querer ver meu currículo?

– Por que cargas-d'água eu iria querer ver? – perguntou ele, girando nos calcanhares. – Acabo de fazer a melhor entrevista do mundo. E a senhorita foi aprovada com louvor.

Minutos depois, eu já havia guardado minhas pistas na pasta e recebido um pesado molho de chaves de latão. Orlando me conduziu até a porta.

– Obrigado, senhorita... Como quer que eu a chame?

– Estrela está ótimo.

– Senhorita... Estrela. – Ele abriu a porta e eu passei. – Amanhã nos vemos, então.

– Sim.

Eu já tinha começado a descer a rua quando ele me chamou:

– Ah, Srta. Estrela?

– Sim?

– Lembre-me de contar mais sobre Flora MacNichol. E sobre a ligação dela com aquela sua estatueta de animal. Até amanhã.

Minha sensação foi ter sido cuspida de Nárnia, para fora do guarda-roupa. Da rua, a livraria Arthur Morston parecia um universo paralelo. Mesmo assim, ao pegar o ônibus para casa e inserir o cartão que me dava acesso ao apartamento, senti-me dentro de uma pequena bolha de felicidade e expectativa. Preparei o jantar cantarolando e me perguntei se deveria ou não contar a Ceci sobre aquele dia extraordinário. Acabei comentando apenas que tinha arrumado emprego em uma livraria e começaria no dia seguinte.

– Acho que é uma boa, por enquanto – disse ela. – Mas você com certeza não vai fazer fortuna vendendo livros velhos para os outros.

– Eu sei, mas gosto de lá.

Pedi licença da mesa assim que possível e saí para cuidar de minhas plantas na varanda. Meu emprego novo podia não ser grande coisa para mais ninguém, mas significava muito para mim.

7

inhas primeiras duas semanas na Arthur Morston seguiram mais ou menos o padrão do dia em que lá cheguei. Orlando passava a manhã quase inteira no outro andar. O espaço atrás da porta dos fundos e o restante do piso superior continuavam um mistério para mim, e recebi a instrução de ligar lá para cima caso algum cliente desejasse ver um dos livros mais raros e valiosos, guardados dentro de um imenso cofre enferrujado no porão, ou tivesse uma pergunta à qual eu não soubesse responder. Só que raramente acontecia uma coisa ou outra – nem perguntas nem clientes.

Comecei a reconhecer aqueles a quem Orlando chamava de "clientes habituais", em sua maioria aposentados, que tiravam um livro da prateleira e me perguntavam educadamente o preço, sempre anotado em um cartão na última página. Superadas as formalidades, levavam o volume até uma das poltronas de couro e se sentavam para ler junto ao fogo. Muitas vezes passavam horas sem erguer os olhos das páginas, então iam embora com um "obrigado" cortês. Um senhor particularmente idoso, vestido com um paletó de tweed puído, aparecia todos os dias, pegava *A essência da paixão* e ia se sentar com a obra. Reparei que ele até colocava um pedacinho de papel para marcar a página em que estava antes de depositar o exemplar na estante e ir embora.

No nicho nos fundos da livraria, Orlando tinha me deixado uma cafeteira para fazer a bebida e oferecê-la a todos os "clientes" que aparecessem. Um dos meus deveres era, no caminho para o trabalho, comprar meio litro de leite, que em geral eu jogava fora sem usar, já que havia tão poucos interessados.

Foi acima da prateleira do nicho que um quadro chamou minha atenção, pois o estilo das ilustrações era tão conhecido quanto a palma da minha própria mão. Fiquei na ponta dos pés para olhar mais de perto e, pela caligrafia já desbotada – um vestígio espectral do que um dia fora –, vi se tratar de uma carta. As diminutas aquarelas que salpicavam o papel tinham resistido melhor do que o texto e admirei, maravilhada, sua perfeição. Com o nariz quase encostado no vidro para decifrar as palavras, identifiquei uma data e o tênue contorno de um nome.

"Minha querida Fl..." O restante do nome estava apagado demais para se poder decifrá-lo com certeza. No entanto, a assinatura no pé da página, numa caligrafia miúda e caprichada, era visível, e sem dúvida alguma afirmava que a autora da carta se chamava "Beatrix".

Será que tinha sido endereçada para a *minha* Flora MacNichol? Orlando dissera que ela e Beatrix Potter se conheciam. Tomei a decisão de perguntar.

À uma em ponto, o livreiro descia a escada e desaparecia pela porta da frente. Esse era um aviso tácito para quem estivesse lendo nas poltronas junto à lareira: hora de partir. Ao voltar, Orlando trancava a porta e virava a plaquinha para "Fechado".

Os pratos de porcelana, talheres e guardanapos de linho engomado surgiam do andar de cima e começávamos a comer.

Era meu momento preferido do dia. Eu adorava escutá-lo conforme sua mente ia pulando de um assunto para outro, o discurso em geral pontuado por uma citação literária. Passou a ser um jogo tentar adivinhar que tema específico iria conduzir ao seguinte. Mas eu quase nunca acertava, pois Orlando se desviava por caminhos inexplorados e obscuros. Fiquei sabendo que sua "santa" mãezinha, Vivienne, havia falecido em um trágico acidente de carro quando ele tinha apenas 20 anos e cursava o segundo ano em Oxford. Seu pai ficara tão arrasado que partira na mesma hora para a Grécia a fim de "se afogar na infelicidade de seus deuses mitológicos e no *ouzo*". Havia poucos anos, tinha morrido de câncer.

– Logo, eu também sou órfão, viu? – concluiu Orlando, dramático.

A conversa dele era esporadicamente salpicada com perguntas sobre a minha criação em Atlantis. Pa Salt, em especial, parecia fasciná-lo.

– Mas quem era ele? Para ter tanto conhecimento assim... – balbuciou certa vez depois de eu confessar que nem sabia em que país Pa tinha nascido.

Apesar da obsessão com meu pai, ele nunca ofereceu nenhuma informação sobre o tema de Flora MacNichol. Quando comentei sobre a carta emoldurada de Beatrix Potter, não obtive a reação que esperava.

– Ah, aquela velharia. – Ele acenou em direção ao quadro. – Beatrix escreveu muitas cartas para crianças.

Orlando embarcou em outro assunto antes que eu conseguisse insistir.

Prometi a mim mesma que um dia, em breve, arrumaria coragem para perguntar mais. No entanto, mesmo que não descobrisse mais informações sobre Flora MacNichol, meus dias eram preenchidos por gloriosos livros; seu cheiro e sua textura enchiam-me de prazer quando eu catalogava os novos volumes, com uma pesada caneta-tinteiro, em um imenso livro-caixa encadernado em couro. Tive que fazer um teste de caligrafia antes de ser autorizada a escrever. Sempre havia sido elogiada por minha letra nítida e elegante, mas nunca pensara que algum dia uma habilidade que estava se tornando rapidamente arcaica e obsoleta fosse se transformar em um trunfo.

❀ ❀ ❀

Sentada no ônibus a caminho da livraria, no início da minha terceira semana, fiquei pensando se deveria ter nascido em outra época, quando o ritmo da vida era mais lento e as mensagens levavam dias, às vezes meses, para chegar, em vez de serem entregues em poucos segundos por e-mail.

– Meu Deus do céu! Como eu odeio a tecnologia moderna! – Orlando deu voz aos meus pensamentos ao entrar pela porta da frente no horário habitual das dez e meia, com a caixa da pâtisserie na mão. – Ontem à noite caiu uma chuva fora do normal e todas as linhas telefônicas de Kensington pararam de funcionar, levando junto a internet. Por causa disso, não consegui dar meu lance para um exemplar espetacular de *Guerra e paz*. Eu amo esse livro. – Ele suspirou e se virou para mim com um ar arrasado. – Mas enfim, Mouse vai ficar aliviado por eu não gastar um dinheiro que não temos. Falando nisso, comentei sobre você outro dia.

Eu já tinha ouvido falar muitas vezes naquele tal de "Mouse", mas nunca conseguira determinar exatamente *o que* esse indivíduo representava para Orlando.

– Foi mesmo?

– Foi. Tem compromisso neste fim de semana, Srta. Estrela? Preciso ir a High Weald para o aniversário de Rory. Mouse também vai estar lá. Você poderia ver a casa, conhecer Marguerite e conversar sobre Flora MacNichol.

. – Não... Estou livre – respondi, percebendo que devia agarrar a oportunidade.

– Então está combinado. Encontro você no sábado de manhã na estação de Charing Cross, no vagão da primeira classe do trem das dez para

Ashford. Vou estar com a sua passagem. Agora preciso voltar lá para cima e descobrir se a internet sem fio, esse nosso grande deus moderno, se dignou a aparecer para nós, meros mortais.

– Para onde vamos exatamente?

– Eu não falei?

– Não.

– Para Kent, claro – disse ele, distraído, como se fosse algo óbvio.

Passei o resto da semana dividida entre a empolgação e o temor diante do desconhecido. Já tinha ido a Kent uma vez, em uma viagem da universidade para conhecer Sissinghurst, a gloriosa residência com jardim da romancista e poeta Vita Sackville-West. Lembrava-me da região como um condado tranquilo, agradável, apelidado de "jardim da Inglaterra", como havia revelado um de meus colegas.

❁ ❁ ❁

Conforme prometido, Orlando já estava no vagão quando cheguei a Charing Cross. Seu paletó de veludo azul-escuro e cachecol de *paisley* eram uma visão incongruente naquele trem tão moderno, sem falar no imenso cesto de piquenique que ocupava toda a mesa que deveríamos dividir com os outros passageiros.

– Minha cara Srta. Estrela – disse ele quando me sentei ao seu lado. – Bem na hora, como sempre. A pontualidade é uma virtude que deveria ser mais elogiada do que costuma ser. Aceita um café?

Ele abriu o cesto e tirou de lá uma garrafa térmica e duas xícaras de chá de porcelana, seguidas por pratos de croissants fresquinhos e ainda quentes enrolados em guardanapos de linho. Enquanto o trem saía da estação e Orlando me servia o café da manhã, conversando como sempre sobre os mais variados assuntos, vi a expressão de espanto dos passageiros próximos. Ainda bem que não havia ninguém sentado bem à nossa frente.

– Quanto tempo de viagem? – perguntei enquanto ele fazia surgir mais dois pratinhos com pedaços de frutas arrumados à perfeição e removia o filme plástico.

– Uma hora, por aí. Marguerite vai nos buscar na estação de Ashford.

– Quem é Marguerite?

– Minha prima.

– E Rory?

– Um menininho encantador que vai fazer 7 anos amanhã. Mouse também vai estar lá, embora, ao contrário da sua digníssima pessoa, o coitadinho não tenha noção do que seja pontualidade. Agora, se me dá licença, preciso tirar uma soneca.

Orlando tornou a guardar a louça no cesto de piquenique, em seguida limpou cuidadosamente todas as migalhas do colo e da mesa e as recolheu dentro de um guardanapo. Então, cruzou os braços em frente ao peito como quem se protege de um tiro e pegou no sono.

Meia hora mais tarde, eu estava começando a ficar nervosa com a aproximação de Ashford, mas não queria incomodar Orlando. Foi então que seus olhos se abriram de supetão.

– Vamos saltar daqui a dois minutos, Srta. Estrela.

A plataforma na qual descemos estava banhada pelo sol ameno de outono e tivemos que nos esquivar dos outros passageiros.

– E o progresso vai cobrando seu preço – lamentou Orlando. – Com a estação do Eurotúnel que estão construindo, nunca mais vamos ter paz e tranquilidade por aqui.

Quando saímos para a esplanada da estação, reparei que na noite anterior havia geado e pude notar que minha respiração estava levemente condensada.

– Ali está ela – disse Orlando, marchando a toda velocidade em direção a um Fiat 500 gasto. – Marguerite, minha querida, quanta gentileza vir nos pegar.

Uma mulher tão longilínea quanto ele tirou as pernas e os braços compridos de trás do volante do carro pequeno.

– Orlando – falou ela com uma voz entrecortada, beijando-o nas duas faces. Apontou para o grande cesto de vime. – E como é que nós vamos conseguir pôr isso dentro do carro? Ainda mais que você trouxe uma convidada.

Senti aqueles grandes olhos se virarem na minha direção. Tinham uma cor estranha... Eram quase violeta.

– Permita-me apresentar a Srta. Astérope D'Aplièse, mais conhecida como Estrela. Srta. Estrela, esta é minha prima, Marguerite Vaughan.

– Que nome incomum – comentou ela.

Quando chegou perto, pude ver, pelas finas rugas da pele clara, que era mais velha do que eu inicialmente pensara; decerto tinha uns 40 e poucos anos.

– Prazer em conhecê-la – acrescentou. – Tudo que posso fazer é me desculpar pela insensatez do meu primo ao trazer essa cesta ridícula, ao lado da qual você agora vai ter que se espremer. Só Deus sabe qual é o problema de comprar um café na rua... – disse ela, revirando os olhos para Orlando, que tentava acomodar o cesto no banco de trás. – Mas você com certeza sabe como ele é.

Marguerite me deu um sorriso afável.

– Sei, sim – confirmei e me peguei sorrindo também.

– Acho que deveríamos obrigá-lo a percorrer a pé os 8 quilômetros até em casa, para você poder sentar confortavelmente. – Ela deu uns tapinhas cúmplices no meu braço. – Vamos, Orlando, tenho muito a fazer. A carne ainda não chegou.

– Perdoe-me, Srta. Estrela. – Orlando parecia uma criança repreendida. – Não sei onde eu estava com a cabeça.

Ele segurou a porta para mim e entrei no banco traseiro, espremendo-me no espaço diminuto ao lado do cesto, com os braços imobilizados junto ao corpo.

Partimos pelas verdes estradas rurais. Marguerite e Orlando, sentados na frente, eram tão altos que o topo de suas cabeças quase roçava no teto. Tive um pouco a sensação de ser criança outra vez. Eu me entretive olhando pela janela, admirada com a beleza dos campos.

Orlando não parou de falar sobre os livros que tinha comprado e vendido, e Marguerite o repreendeu delicadamente por ter gastado demais com *Anna Kariênina*. Mouse lhe contara, pelo visto, mas deu para perceber o tom afetuoso em sua voz. Sentada bem atrás dela, eu estava perto o suficiente para sentir o cheiro de seu perfume, um aroma reconfortante de almíscar que preenchia o carro inteiro. A abundante cabeleira escura caía nos ombros em ondas naturais e, quando ela se virava para falar com Orlando, eu podia ver que o nariz – que Pa Salt teria qualificado de romano – se destacava no rosto forte. Ela com certeza não tinha uma beleza clássica e, pelo aspecto da calça jeans e do suéter velho que estava usando, não se importava em melhorar a própria aparência. No entanto, havia nela algo de muito atraente, e me vi desejando que ela gostasse de mim, um sentimento bem raro.

– Tudo bem aí atrás? – perguntou Marguerite. – Falta pouco agora.

– Tudo. Obrigada.

Recostei a cabeça no vidro. As grossas cercas vivas passavam voando, parecendo ainda mais altas por causa da pequenez do carro. A estrada foi ficando mais estreita. Era tão bom estar fora de Londres e ver apenas uma ou outra chaminé de tijolos vermelhos despontar por trás de um muro verde. Viramos à direita e passamos por um velho portão de duas folhas que dava para um acesso de carros tão esburacado que as cabeças de Marguerite e Orlando bateram no teto do Fiat.

– Preciso mesmo pedir para Mouse trazer o trator e encher esses buracos de cascalho antes de o inverno chegar – comentou ela com o primo. – Chegamos, Estrela.

Ela parou o carro em frente a uma casa grande e graciosa, feita de tijolos de um vermelho suave, com hera e glicínias emoldurando de verde as janelas irregulares. Chaminés altas e finas, que enfatizavam o estilo Tudor, subiam em direção ao céu claro de setembro. Quando me espremi para fora do automóvel, imaginei que o interior devesse ser meio confuso; aquela com certeza não era uma residência imponente. Pelo contrário, parecia ter envelhecido aos poucos e afundado nos campos ao redor. A construção me lembrou de uma época que já não existia mais e sobre a qual eu adorava ler nos livros, provocando-me uma sensação de nostalgia.

Segui Marguerite e Orlando rumo à esplêndida porta da frente de carvalho maciço e vi um menininho pequeno oscilar na nossa direção montando uma bicicleta vermelha brilhante. Ele soltou um estranho grito abafado, tentou acenar e, na mesma hora, caiu.

– Rory!

Marguerite correu até ele, mas o garoto já tinha se levantado. Ele tornou a falar e me perguntei se era estrangeiro, pois não consegui entender o que dizia. Ela limpou a terra de Rory, que ergueu a bicicleta, e os dois tornaram a caminhar até nós.

– Olhe quem está aqui – disse Marguerite, virando-se de frente para o menino. – Orlando e a amiga dele, Estrela. Tente dizer "Estrela". – Ela pronunciou de modo distinto o "st" do meu nome.

– Ss-te-laa – falou Rory e veio até mim sorridente, levantando a mão e abrindo os dedos como se fossem uma estrela.

Vi que o menino era dono de um par de olhos verdes curiosos emoldurados por cílios escuros. Seus cabelos ondulados cor de cobre reluziam ao sol e as bochechas rosadas exibiam covinhas de felicidade. Era o tipo de criança a quem ninguém jamais diria não.

– Ele prefere ser chamado de Super-Homem, não é, Rory?

Orlando deu uma risadinha e ergueu o punho fechado no ar como se fosse o super-herói levantando voo.

Rory assentiu, em seguida apertou minha mão com toda a dignidade do Homem de Aço. Então se virou em direção a Orlando para um abraço. Depois de pressioná-lo contra si com toda a força e lhe fazer cócegas, o livreiro o pôs no chão, agachou-se na sua frente e gesticulou enquanto pronunciava as palavras de modo distinto.

– Parabéns! Seu presente está no carro da Marguerite. Quer vir pegar comigo?

– Quero, por favor. – Rory falava e gesticulava, e compreendi que era surdo.

Percorri meu enferrujado catálogo mental do que havia aprendido com Ma mais de duas décadas antes. Observei os dois se levantarem e se encaminharem de mãos dadas para o carro.

– Entre comigo, Estrela – disse Marguerite. – Pode ser que eles demorem um pouco.

Segui-a até um hall, onde havia uma larga escadaria em estilo Tudor. A julgar pelo maravilhoso corrimão maciço de carvalho esculpido, constatei que não era uma réplica. Quando avançamos por um corredor calçado com velhas lajotas rachadas e irregulares, inspirei o ar recendendo a poeira e fumaça de lenha e imaginei as centenas de fogos que deviam ter sido acesos ao longo dos séculos para manter aquecidos os moradores. Senti uma nítida inveja da mulher que vivia naquele lugar incrível.

– Lamento, mas estou levando você direto para a cozinha, pois preciso apressar as coisas. Por favor, desculpe a bagunça... Vamos receber não sei quantas pessoas para o almoço de aniversário do Rory e ainda nem descasquei as batatas.

– Posso ajudar.

Entramos em um cômodo de pé-direito baixo com o teto dominado por vigas, no qual uma lareira embutida ladeada por um fogão de ferro fundido constituíam as principais peças de mobília.

– Bom, você com certeza poderia ajudar servindo uma bebida para nós – sugeriu ela. Seu olhar franco espelhava o calor e a beleza do lar. – A despensa fica ali... Sei que lá tem uma garrafa de gim e estou rezando para ter água tônica na geladeira. Caso contrário, precisaremos apelar para a criatividade. Mas onde foi que enfiei o descascador de batatas?

– Está aqui. – Peguei o utensílio de cima da comprida mesa de carvalho abarrotada de jornais, caixas de cereal, louça suja e uma única meia de futebol enlameada. – Por que não vai preparar os drinques enquanto eu cuido das batatas?

– Não, Estrela, você é nossa convidada...

Mas eu já tinha pegado o saco de batatas e tirado uma frigideira de um suporte. Peguei o que vi ser um jornal da semana anterior para recolher as cascas e sentei diante da mesa.

– Ora, ora. – Marguerite abriu um sorriso agradecido. – Vou buscar o gim, então.

Ao longo de mais ou menos uma hora, descasquei todos os legumes, preparei a peça de carne e a pus no fogo, em seguida comecei a ajeitar a cozinha. Depois de encontrar o gim e incrementá-lo com um pouco de tônica já meio choca, Marguerite me deixou no comando enquanto saía e entrava para cuidar do filho, receber os convidados e pôr a mesa do almoço. Eu cantarolava, trabalhando naquela que era a cozinha dos meus sonhos – sem contar as migalhas e os diversos resíduos e sujeiras. O calor do fogão aquecia o recinto. Ao erguer os olhos para as rachaduras do teto, imaginei as velhas paredes amareladas cobertas por uma camada de tinta nova. Limpei a mesa de carvalho toda salpicada de respingos de vela e lavei o que devia ser o equivalente a uma semana de panelas e pratos imundos.

Uma vez que tudo estava sob controle, olhei pela janela de vidraças irregulares e vi uma horta que antigamente devia ser a origem dos legumes e verduras da casa. Saí da cozinha para olhar os canteiros mais de perto e percebi que estavam abandonados e tomados por ervas daninhas, mas achei um pé de alecrim e colhi um pouco para dar sabor às batatas assadas.

Eu poderia morar aqui, pensei. Nessa hora, Marguerite voltou. Havia trocado de roupa e usava uma blusa de seda cor de mel um tanto amarrotada e um lenço roxo no pescoço que combinava com a cor de seus olhos.

– Estrela, ai, meu Deus! Que milagre foi esse? Há anos não vejo a cozinha desse jeito! Obrigada. Aceita um emprego?

– Orlando já me deu um.

– Eu sei, e estou muito feliz por você estar na livraria com ele. Talvez consiga convencê-lo a parar de gastar uma fortuna para financiar o que está se transformando na sua biblioteca pessoal.

– Na verdade, ele vende muitos livros pela internet – falei, defendendo-o, enquanto Marguerite se servia outra dose de gim.

– Eu sei – disse ela com afeto. – Rory está se divertindo à beça abrindo todos os presentes na sala e Orlando foi até a adega buscar o vinho para os convidados, então posso me sentar cinco minutos. – Ela verificou o relógio antes de dar um suspiro. – Mouse está atrasado outra vez, mas não vamos adiar o almoço. Imagino que hoje de manhã você tenha notado que Rory é surdo.

– É, notei – respondi, e pensei que o cérebro de Marguerite, assim como o do primo, parecia passar feito uma borboleta de um assunto a outro.

– Ele nasceu assim. Tem um pouquinho de audição no ouvido esquerdo, mas os aparelhos não adiantam muito. Eu fico... – Ela se interrompeu e me encarou. – Não quero nunca que ele se sinta incapaz de fazer algo, como se fosse inferior aos outros. Às vezes as pessoas dizem cada coisa... – Ela balançou a cabeça e suspirou. – Ele é o menino mais maravilhoso e inteligente do mundo.

– Ele e Orlando parecem bem próximos.

– Foi Orlando quem ensinou Rory a ler quando ele tinha 5 anos. Aprendeu a língua de sinais britânica só para isso. Decidimos colocá-lo numa escola fundamental convencional, aqui das redondezas, e Rory está até ensinando a língua de sinais às outras crianças. Toda semana, tem sessões com uma fonoaudióloga que o incentiva a falar e fazer leitura labial, e está indo muito bem. Crianças dessa idade aprendem bem depressa. Mas agora eu deveria levar você para conhecer os convidados, em vez de mantê-la trancafiada na cozinha feito a Cinderela.

– Não tem problema nenhum, sério. Vou ver a quantas anda a carne. – Fui até o fogão e me abaixei para tirar do forno a carne e as batatas. – Espero que não se incomode, mas pus um pouco de mel e gergelim que achei na despensa para dar sabor às cenouras.

– Nossa! Não me incomodo nem um pouco. Nunca tive muito talento na cozinha e foi uma maravilha você ter preparado o almoço. Com o trabalhão que tenho com Rory e com esta casa imensa... Sem falar no meu emprego, de que preciso desesperadamente para pagar as contas. Vivo lutando para fechar o mês. Me ofereceram uma comissão fantástica para pintar um mural na França, mas não sei se consigo deixar Rory aqui... – Ela não terminou a frase. – Desculpe, Estrela. Você não tem nada a ver com isso.

– Você é artista plástica?

– Gosto de pensar que já fui, mas alguém me disse recentemente que só desenho papel de parede. – Ela arqueou uma das sobrancelhas. – Enfim, obrigada por hoje.

– Gosto de ajudar, sério mesmo. A que horas vocês querem almoçar? A carne está pronta, só precisa descansar.

– Assim que estiver pronto. Todo mundo que vem comer em High Weald está acostumado a esperar quanto for preciso.

– Que tal daqui a meia hora? Se tiver uns ovos, posso fazer suflê.

– Ah, temos ovos, sim; as galinhas correm soltas lá na horta. Aqui vivemos de comer omelete. Vou buscar alguns para você.

Ela entrou na despensa.

– Mag! Tô com fome!

Eu me virei e vi Rory entrando na cozinha.

– Olá – falei na língua de sinais, depois tentei imitar os movimentos que Orlando fizera mais cedo: bati duas palmas, depois movi as mãos à frente, com as palmas para cima. – Parabéns.

Ele pareceu espantado, então sorriu.

"Obrigado", gesticulou de volta.

Em seguida, apontou para o fogão e bateu no pulso como se estivesse de relógio, depois ergueu os ombros como quem faz uma pergunta.

– O almoço vai sair daqui a meia hora.

– Tá.

Ele se aproximou para espiar a carne.

"Vaca", gesticulei, aproximando os dedos da cabeça para imitar pequenos chifres.

Rory desatou a rir e fez o gesto com a posição correta dos dedos. Peguei uma faca e cortei uma fatia para ele. Nessa hora, Marguerite saiu da despensa. O menino levou a carne à boca e começou a mastigar.

– Está bom. – Ele ergueu o polegar para mim.

"Obrigada", gesticulei, levando os dedos até o queixo e, em seguida, afastando a mão; torcia para que o gesto britânico fosse parecido com o francês.

– Não vá me dizer que você também conhece a língua de sinais? – perguntou Marguerite.

– Aprendi um pouco quando era pequena, mas não sou muito boa, não é, Rory?

O menino se virou para a mãe e moveu as mãos em alguns gestos velozes que a fizeram rir.

– Ele disse que a sua língua de sinais é péssima, mas que a sua "vaca" acaba compensando. Pelo visto você cozinha bem melhor do que eu. Seu macaquinho atrevido.

Marguerite bagunçou os cabelos do filho.

– Mouse chegou – anunciou Rory, olhando pela janela.

Ele fez um gesto rápido, como um animal correndo.

– Até que enfim. Estrela, você se importa se eu a deixar aqui um pouquinho enquanto faço sala para os convidados?

Ela pôs os ovos para fazer o suflê sobre a mesa.

– É claro que não.

Rory agarrou a mãe pelas mãos e a arrastou para fora da cozinha.

– Prometo voltar para ajudá-la – disse Marguerite por cima do ombro.

– Não se preocupe – falei, e fui até a despensa buscar farinha.

Passei a meia hora seguinte pondo em prática alguns dos macetes aprendidos no curso e, quando Marguerite voltou, o almoço estava pronto. Eu conseguira encontrar travessas de servir na cômoda de pinho, e as sobrancelhas da minha anfitriã se arquearam de surpresa ao me ver passar os pratos.

– Meu Deus, esqueci onde essa louça toda tinha ido parar. Estrela, você é mesmo um anjo.

– Não tem problema. Foi um prazer.

E tinha sido mesmo. Era raro eu cozinhar para alguém além de Ceci. Estava pensando que devia pôr um aviso no jornaleiro do bairro anunciando meus préstimos quando um homem apareceu na cozinha.

– Oi. Me mandaram fatiar a carne. Onde ela está? – indagou, sucinto.

Observei os cabelos revoltos, levemente grisalhos nas têmporas, e os traços fortes do rosto dominado por um par de olhos verdes atentos que senti me percorrerem de cima a baixo. Ele estava usando um suéter de gola em V roído pelas traças por cima de uma camisa de colarinho puído e uma calça jeans. Quando veio na minha direção, notei uma nítida semelhança com Orlando, mas aquele homem era uma versão bem mais grosseira, e certamente mais malconservada, e me perguntei se poderia ser o irmão sobre quem ele havia me falado.

Eu me recuperei e respondi:

– Ali, em cima do fogão.

– Obrigado.

Estudei-o discretamente enquanto ele passava por mim. Exibia uma postura tensa ao pegar uma faca na gaveta e começou a fatiar a carne em completo silêncio, não demonstrando nada da afabilidade espontânea dos possíveis parentes. De súbito pouco à vontade, fiquei zanzando pela cozinha como se ele me considerasse uma intrusa e me perguntei se deveria ir para a sala. Quando estava prestes a fazer isso, Marguerite reapareceu.

– Está pronto, Mouse? Se não se apressar, o pessoal vai comer a louça.

– Essas coisas levam o tempo necessário – foi a resposta, tão fria quanto a primeira frase dirigida a mim.

– Bom, venha comigo, Estrela. Vamos deixar Mouse fazer sua mágica.

Nunca imaginaria que aquele fosse o famoso "Mouse", um homem que, embora bonito, era capaz de esfriar um ambiente em poucos segundos. Segui Marguerite para fora da cozinha e adentrei uma sala de jantar de pé-direito baixo com a lareira acesa, torcendo para não acabar sentada ao lado dele durante o almoço.

– Aí está você, minha cara – disse Orlando; as bochechas coradas indicavam que ele vinha saboreando o vinho trazido da adega. – A comida está com uma cara incrível.

– Obrigada.

– Venha sentar aqui comigo. Mouse vai ficar do seu outro lado, pois acho que pode lhe falar sobre Flora MacNichol. Ele andou fazendo umas pesquisas sobre ela.

– Estrela, posso apresentar você a todos da mesa? – perguntou Marguerite.

Foi o que ela fez. Dei um "oi" automático para a meia dúzia de rostos novos e tentei, em vão, decorar todos os nomes e seus respectivos graus de parentesco com Rory.

– Mouse é seu parente? – perguntei a Orlando, baixinho.

– É claro que sim, minha cara. – Ele deu uma risadinha. – Meu irmão mais velho. Eu não tinha contado? Com certeza devo ter mencionado isso.

– Não.

– Antes que você comente alguma coisa... Sim, sei que ele roubou toda a beleza e a inteligência dos nossos pais, deixando para mim o fardo de personificar a raspa do tacho. Papel esse que eu cumpro de bom grado.

Sim, mas você personifica calor e empatia, enquanto o seu irmão não tem nenhuma dessas duas coisas...

Mouse contornou a mesa e se sentou ao meu lado. No mesmo instante, Orlando se levantou.

– Senhoras e senhores, peço que me deem a honra de propor um brinde ao mestre Rory na ocasião de seu sétimo aniversário. À sua saúde e riqueza, meu rapaz – disse ele, fazendo sinais simultâneos para o menino.

Todos ergueram o copo e vi Rory irradiar felicidade. Os outros ergueram as mãos numa salva de palmas e, levada pela alegria generalizada, também aplaudi.

– Parabéns – murmurou Mouse ao meu lado, sem fazer qualquer esforço para gesticular.

– Ok, todo mundo, por favor, vamos comer – conclamou Marguerite.

Fiquei imprensada entre os dois irmãos: um deles, como de hábito, comeu feito uma draga; o outro mal pareceu se interessar pelas iguarias. Ao olhar em volta, para os convivas alegres um pouco além da conta, senti um súbito arrepio de prazer e me permiti pensar no longo caminho que havia percorrido nos meses desde a morte de Pa. O fato de estar almoçando diante de uma mesa cercada por desconhecidos era o equivalente a um milagre.

Um passo de cada vez, Estrela, um passo de cada vez...

Senti-me também transportada de volta aos muitos almoços dominicais em Atlantis, quando éramos todas jovens e morávamos juntas. Não me lembrava de nenhum desconhecido presente nessas ocasiões, mas Ma, Pa e nós seis já formávamos um grupo de oito, grande o suficiente para gerar o tipo de calor humano e burburinho que eu vivenciava ali. Sentira saudade de fazer parte de uma família.

Percebi que o Homem de Gelo estava falando comigo:

– Orlando me disse que você está trabalhando para ele.

– Pois é.

– Duvido que vá sobreviver por muito tempo. Em geral ninguém sobrevive.

– Calma lá, meu velho – interrompeu Orlando, bem-humorado. – Estrela e eu estamos nos dando bastante bem, não é?

– Estamos, sim – concordei, em um tom bem mais alto e veemente do que usaria, tentando defender meu patrão esquisito, porém adorável.

– Bom, meu irmão precisa de alguém para dar um jeito nele. A livraria já vem dando prejuízo há anos, mas ele se recusa a escutar. Você sabe que ela vai precisar ser fechada em breve, Orlando. Fica em uma das ruas mais caras de Londres. Valeria um preço muito bom no mercado.

– Será que daria para falarmos disso outra hora? Para mim, misturar negócios com o prazer da comida dá indigestão – retrucou Orlando.

– Está vendo? Ele sempre inventa alguma desculpa para não falar no assunto.

As palavras foram ditas num murmúrio e, quando me virei, vi que Mouse estava me encarando em cheio com seus olhos verdes hipnotizantes.

– Quem sabe você consegue incutir juízo naquela cabeça? O negócio poderia até virar cem por cento on-line. Os impostos devidos pela livraria são astronômicos e o lucro, como sabemos, é desprezível. As contas não fecham.

Desviei a vista daquele olhar estranhamente hipnótico.

– Na verdade eu não entendo nada do ramo – consegui falar.

– Me desculpe. É inadequado ficar falando disso com uma funcionária.

Com certeza quando o patrão pode ouvir, pensei, zangada. Mouse tinha dado um jeito de me tratar com condescendência, de me diminuir, contradizendo seu pedido chocho de desculpas.

– Mas qual é exatamente a sua ligação com Flora MacNichol, senhorita...?

– D'Aplièse – respondeu Orlando por mim. – Talvez você se interesse em saber que o nome de batismo dela é Astérope – comentou ele devagar, movendo as sobrancelhas para o irmão feito uma coruja empolgada.

– Astérope... uma das Plêiades?

– Isso – respondi, sucinta.

– O apelido dela é Estrela. E acho que combina muito bem, não é mesmo? – indagou Orlando, amigável.

Duvidei que Mouse concordasse. Ele estava com a testa franzida, como se algo em mim fosse um enorme enigma.

– Meu irmão comentou que seu pai morreu recentemente – disse ele depois de um tempo.

– Pois é.

Depositei meu garfo e minha faca juntos, torcendo para conseguir pôr um fim nesse assunto.

– Mas ele não era seu pai de verdade? – perguntou Mouse.

– Não.

– Embora a tratasse como se fosse.

– Sim, ele era maravilhoso com todas nós.

– Então você discorda que um laço de sangue represente um vínculo inextricável entre pai e filho?

– Como eu poderia afirmar uma coisa dessas? Nunca conheci meu pai.

– É, imagino que não.

Mouse se calou e eu fechei os olhos, sentindo uma súbita e ridícula vontade de chorar. Aquele homem não sabia nada sobre o meu pai e suas perguntas não haviam demonstrado a menor empatia. Senti um aperto na mão, bem efêmero, pois Orlando logo recolheu o braço e me lançou um olhar compreensivo.

– Tenho certeza de que Orlando comentou que estou tentando pesquisar a história da família – continuou Mouse. – Sempre houve muita confusão em relação às diversas... facções e achei bom esclarecer os fatos de uma vez por todas. Naturalmente, esbarrei em Flora MacNichol. – Reparei no tom desdenhoso da sua voz ao pronunciar o nome dela.

– Quem foi ela?

– Irmã da nossa bisavó Aurelia – respondeu Orlando, mas outra vez um silêncio sombrio se fez à minha direita.

Depois de um tempo, Mouse suspirou fundo.

– Essa não é a história toda, como você bem sabe, Orlando, mas isso não é assunto para discutirmos agora.

– Perdoe-me, Srta. Estrela, mas fui convocado para ajudar Marguerite a tirar a mesa – disse o livreiro, pondo-se de pé.

– Também posso ajudar – falei, imitando-o.

– Não. – Ele me empurrou com delicadeza de volta para a cadeira. – Você preparou nosso delicioso almoço e de jeito nenhum vai fazer também o trabalho sujo da cozinha.

Quando ele se afastou, decidi que limpar todas as privadas daquela casa imensa seria mais agradável do que ficar sentada ao lado de Mouse. Minha imaginação já o havia rebaixado ao nível de um rato de esgoto.

– Você faz alguma ideia da ligação entre o seu pai e Flora MacNichol?

O Rato de Esgoto tornara a falar. Resolvi responder. Com educação.

– Nenhuma. Não acho que haja ligação. Meu pai deixou para cada uma das filhas pistas sobre as *próprias* origens, não sobre as dele. Portanto, a relação provavelmente é entre mim e ela.

– Quer dizer que você talvez seja mais uma estranha no ninho de High Weald? Bom, uma coisa eu posso lhe dizer: já houve alguns na história dos Vaughan-Forbes.

Mouse empunhou sua taça de vinho e a esvaziou. Eu me perguntei o que teria acontecido na vida dele para deixá-lo com tanta raiva. Ignorei a insinuação e me recusei a lhe dar o prazer de me ver perturbada. Usando minha aperfeiçoada técnica de combater silêncio com silêncio, fiquei sentada com as mãos unidas no colo. Sabia que seria capaz de vencer qualquer batalha que quisesse travar nesse front. E, de fato, depois de algum tempo, quem falou foi ele:

– Imagino que deva pedir desculpas pela segunda vez no nosso recém-estabelecido relacionamento. Tenho certeza de que você não é nenhuma interesseira e que está só seguindo a trilha do seu falecido pai. Orlando também comentou que ele lhe deixou outra pista, não foi?

Antes que eu conseguisse responder, um grande bolo cheio de velas surgiu pela porta da sala, trazido pelo livreiro. Todos à mesa começaram a entoar "Parabéns pra você". Marguerite e Orlando foram fotografados sorrindo atrás de Rory. Arrisquei uma olhada para o Rato de Esgoto e vi o que parecia uma expressão mal-humorada. Mas então fitei seus olhos pousados em Rory e percebi que transbordavam de tristeza.

Comemos o bolo de chocolate coberto de calda quente, que Orlando tinha trazido de Londres dentro do cesto, e tomamos café em um cômodo que – só para intensificar minha inveja daquela casa – ostentava duas imensas estantes de carvalho ladeando a larga chaminé da lareira.

– Hora de partir, Srta. Estrela – anunciou Orlando, levantando-se. – Temos que pegar o trem das cinco. Marguerite... – Ele beijou-a nas duas faces. – Foi um prazer, como sempre. Melhor eu chamar um táxi?

– Eu levo vocês – disse uma voz da poltrona em frente.

– Obrigado, meu velho – agradeceu Orlando ao irmão.

Marguerite se levantou e pude ver a exaustão em seus olhos quando ela se virou para mim.

– Estrela, por favor prometa voltar para me visitar e deixar que *eu* prepare o *seu* almoço.

– Adoraria – respondi, sincera. – Obrigada por me receber.

Rory apareceu animado ao nosso lado, abrindo e fechando as mãozinhas, e percebi que gesticulava meu nome repetidas vezes.

– Volte logo – acrescentou ele com sua vozinha esquisita, então envolveu minha cintura com os braços pequeninos.

– Tchau, Rory – despedi-me quando o menino me soltou, e vi atrás dele o Rato de Esgoto nos encarando.

– Obrigada pelo bolo incrível – ouvi Marguerite dizer para Orlando. –
No fim das contas, valeu a pena ter trazido aquele cesto ridículo até aqui.

Obedientes, seguimos Mouse até um Land Rover tão gasto e velho
quanto o Fiat de sua prima.

– Vá na frente, Srta. Estrela. Tem muito mais a falar com Mouse do que
eu. A conversa fica bem chata quando uma pessoa já sabe tudo sobre a outra – afirmou Orlando, e sentou no banco de trás com o cesto.

– Ele não me conhece – rosnou o Rato de Esgoto entre os dentes enquanto
entrava no carro ao meu lado e dava a partida. – Apesar de achar que sim.

Não comentei nada, pois não queria me meter em uma guerra entre os
dois irmãos, e nos afastamos de High Weald num completo silêncio, que se
prolongou pelo restante da viagem. Distraí-me olhando pela janela, para o
suave poente outonal que banhava as árvores com um brilho âmbar e ia aos
poucos se transformando em crepúsculo. Não queria voltar para Londres.

– Muito obrigado, Mouse – disse Orlando quando chegamos à esplanada
da estação e saltamos do carro.

A voz do Rato de Esgoto emergiu da penumbra:

– Você tem celular?

– Tenho.

– Digite aqui. – Ele me passou seu aparelho. Ao ver minha hesitação,
acrescentou: – Vou pedir desculpas pela terceira vez hoje e prometo que, se
me der seu número, ligarei para falar sobre Flora MacNichol.

– Obrigada.

Digitei meu telefone depressa, pensando que aquilo devia ser apenas
uma demonstração de boas maneiras e eu nunca mais teria notícias dele.
Devolvi-lhe o celular.

– Tchau.

Assim que embarcamos no trem de volta para Londres, Orlando pegou
no sono. Também fechei os olhos e fiquei revivendo os acontecimentos do
dia, relembrando seus parentes incomuns e interessantes.

E High Weald...

Poderia dizer que o dia tinha valido a pena só por ter encontrado a casa
na qual poderia viver feliz para sempre.

8

— Você fez um baita sucesso com a minha excêntrica família – comentou Orlando ao chegar à livraria na manhã seguinte com seu bolo das três da tarde.

– Mas não com o seu irmão.

– Ah, deixe Mouse pra lá. Ele sempre desconfia das pessoas em quem não consegue encontrar defeitos. Ninguém sabe as motivações dos atos dos outros até, bom, até descobrir – desconversou ele. – Quanto ao seu magnífico almoço, estou pensando em desistir das quentinhas e lhe passar a tarefa de cozinhar para este nosso pequeno estabelecimento. Embora duvide que o equipamento do andar de cima corresponda aos seus padrões profissionais. – Orlando me encarou com um ar pensativo. – Está escondendo mais algum talento?

– Não.

Eu corei, como sempre acontecia quando alguém me elogiava.

– Você é mesmo uma moça prendada. Como sabe a língua de sinais?

– Minha babá me ensinou o básico em francês quando eu era pequena. Mas na maioria das vezes minha irmã e eu inventávamos os nossos próprios sinais. Porque eu não gostava muito de falar.

– *Mais uma* das suas virtudes. Quando não se tem nada de útil a dizer, o melhor é ficar calado. É por isso que eu gosto tanto de conversar com Rory: ele é muito observador em relação ao mundo. E a dicção dele agora está melhorando a olhos vistos.

– Marguerite falou que você tem sido maravilhoso com ele.

Foi a vez de Orlando enrubescer.

– Que gentil da parte dela. Gosto muito do meu sobrinho. Ele é superinteligente e está indo bem na escola, embora, infelizmente, não tenha uma figura paterna para orientá-lo. Não que eu me considere digno de assumir esse papel, mas faço o melhor que posso.

Apesar de louca para perguntar sobre a identidade do pai de Rory e sobre o seu paradeiro, não quis ser enxerida.

– Agora preciso cuidar das coisas, mas tenho certeza de que tinha algo a lhe dizer... Deixe estar, depois me lembro.

Pude ver que a atenção dele, concentrada em um único tópico por bem mais tempo do que o normal, tinha se desviado. Assim, acendi a lareira e fiz o café que ninguém iria tomar. Em seguida, peguei o espanador e me encaminhei para as estantes, lembrando-me dos comentários do Rato de Esgoto em relação aos impostos da livraria e à quantidade de dinheiro que ganhariam caso vendessem o imóvel. Eu nem conseguia conceber essa possibilidade. Sempre que Orlando saía, a livraria parecia um ninho sem pássaro; aquele era o seu habitat natural e não se podia romper o vínculo entre os dois.

Como o dia estava frio e chuvoso, eu sabia que nenhum dos clientes habituais iria aparecer, portanto tirei *Orlando* de uma das estantes e me sentei junto ao fogo para ler. Minha mente não conseguiu se concentrar nas palavras, algo pouco usual para mim. Eu não parava de pensar no dia anterior, de tentar desvendar a dinâmica familiar daquelas pessoas e, mais do que tudo, de visualizar High Weald e sua beleza tranquila.

❂ ❂ ❂

Conforme eu previra, não tive notícia alguma do Rato de Esgoto. Aos poucos, resignei-me à ideia de que não veria High Weald de novo e concentrei minhas energias no plano de comprar uma casa semelhante para mim.

À medida que os dias encurtavam, uma grossa camada de gelo passou a me acolher a cada manhã no caminho para o trabalho e as aparições de nossos clientes regulares se tornaram ainda mais raras. Assim, com um ímpeto recém-descoberto, num dia em que não havia mais nada a fazer, sentei-me em frente à lareira e tomei notas para o romance que queria escrever. Permiti que as palavras de incentivo de Pa Salt combatessem as dúvidas sobre minha capacidade, e estava tão entretida que não ouvi Orlando descer a escada. Foi só quando ele pigarreou alto que ergui os olhos e o vi parado ao meu lado.

– Desculpe, desculpe...

Fechei o caderno com um estalo.

– Não tem problema, Srta. Estrela. Vim lhe perguntar se já teria compromisso no fim de semana vindouro.

Reprimi um sorriso diante daquele estilo formal de sempre.

– Não. Não vou fazer nada.

– Bem... Posso fazer uma proposta?

– Sim.

– Marguerite recebeu uma grande encomenda da França. Vai ter que pegar um avião e passar uns dois dias lá conversando sobre as condições e "avaliando o terreno", como diriam alguns.

– É, ela comentou comigo.

– Ela me perguntou se nós dois poderíamos passar o fim de semana em High Weald para cuidar de Rory enquanto ela estiver fora. Disse que ficaria feliz em remunerá-la...

– Não preciso de remuneração – interrompi, levemente ofendida por ela me considerar uma funcionária.

– Não, claro, e me perdoe, pois eu deveria ter dito que o primeiro pensamento dela foi que Rory tinha gostado de você, e talvez você conseguisse proporcionar o toque maternal que me foge quando ela está fora.

– Eu adoraria – respondi, animada com a ideia de voltar a High Weald.

– É mesmo? Nossa, fico muito feliz. Nunca cuidei de uma criança sozinho. Não saberia por onde começar, a hora do banho, essas coisas. Posso dizer a Marguerite que você aceitou?

– Pode.

– Combinado, então. Partimos amanhã no trem das seis da tarde. Vou fazer a reserva na primeira classe e marcar os assentos. As viagens andam um pesadelo ultimamente, sobretudo às sextas-feiras. Mas agora estou atrasado para pegar nossas quentinhas de quitutes. Quando eu voltar, vamos comer, depois passaremos o resto da tarde aprimorando sua língua de sinais.

Depois que Orlando saiu, parei no meio da livraria e me dei um abraço de prazer. Aquilo era melhor do que qualquer coisa que eu pudesse ter imaginado: um fim de semana inteiro, duas noites, na casa dos meus sonhos.

– Obrigada – falei para o teto da livraria. – Obrigada.

O trem para Ashford estava lotado e havia gente em pé até no nosso vagão da primeira classe. Felizmente, Orlando não levara seu cesto, substituindo-o por uma surrada mala de couro e uma bolsa de lona repleta de mantimentos, da qual tirou meia garrafa de champanhe e duas taças.

– Sempre comemoro o fim da semana assim. À sua saúde, Srta. Estrela – brindou ele enquanto o trem saía de Charing Cross.

Depois de tomar a bebida, ele cruzou as mãos diante do peito e pegou no sono. De repente, meu celular emitiu um bipe e vi que era um torpedo. Imaginei que fosse Ceci, contrariada por eu viajar outra vez a Kent e passar o fim de semana com meu patrão.

Mas a mensagem era de um número desconhecido:

Soube que está vindo para High Weald com Orlando. Espero que possamos nos encontrar e falar sobre Flora MacNichol. E.

Fiquei intrigada com a letra no fim da mensagem, curiosa por saber o nome de Mouse.

Pouco mais de uma hora depois, saímos para a esplanada da estação. De táxi, percorremos as estradas rurais escuras feito breu até chegarmos a High Weald.

– Lando! Stela! – Rory estava lá para nos receber.

Com o menino pendurado em seu pescoço feito um chimpanzé, Orlando pagou o motorista. Ao me virar, vi uma silhueta no vão da porta já sacudindo as chaves do carro na mão. Orlando e eu avançamos devagar na direção da figura.

– Vou indo, então – avisou Mouse. – Dei a ele a comida que Marguerite deixou, mas acho que ele não comeu muito. Tenho certeza de que está feliz por vocês terem chegado. Se precisarem de qualquer coisa, você sabe onde estou – disse para Orlando. Então dirigiu-se a mim: – Você tem meu telefone; entre em contato quando for uma boa hora. Se é que vai haver.

Com um meneio seco de cabeça, ele andou até o carro e foi embora.

– Nossa, parece que somos pais – sussurrou Orlando para mim.

Ele entrou na casa carregando a própria mala e Rory, e eu o segui com os mantimentos e a bolsa de viagem.

"Você gosta de panqueca?", tentei gesticular.

Rory me olhou sem entender e Orlando deu uma risadinha. Então soletrei as palavras cuidadosamente usando gestos. O menino fez que sim, animado.

– Com calda de chocolate e sorvete? – perguntou, soletrando as palavras com grande paciência enquanto se contorcia para sair do colo de Orlando e segurava a minha mão.

– Vamos ver se tem. Pode ir desfazer a mala – sugeri para Orlando; sabia quanto ele gostava de ser organizado.

– Obrigado.

Não havia calda, mas encontrei uma barrinha de chocolate com caramelo na despensa e a derreti para servir com o sorvete e as panquecas. Enquanto Rory as devorava, expliquei bem devagar que ele precisaria me ajudar com a língua de sinais, pois eu estava muito atrasada. Depois de eu limpar todas as manchas da sua roupa, o menino bocejou.

– Dormir? – gesticulei.

Em resposta, ele franziu a testa, relutante.

– Quer ir procurar Orlando? Aposto que ele conta histórias como ninguém na hora de dormir.

– Quero.

– Você vai ter que me mostrar onde fica o seu quarto.

Rory me fez subir a grandiosa escadaria e avançar por um longo corredor que rangia até a porta bem no final dele.

– Meu quarto.

Quando entrei, a primeira coisa em que reparei – em meio a pôsteres de futebol, um edredom colorido do Super-Homem e uma bagunça generalizada – foram os desenhos pregados de qualquer maneira nas paredes com massinha adesiva.

– Quem fez isso? – perguntei-lhe enquanto ele subia na cama.

– Eu.

Ele apontou para si mesmo com o polegar.

– Caramba, Rory... São incríveis.

Dei a volta no quarto para examiná-los. Alguém bateu à porta de leve e Orlando entrou.

– Chegou bem na hora. Rory quer ouvir sua melhor história – falei, sorrindo.

– Com prazer. De qual livro?

O menino indicou *O leão, a feiticeira e o guarda-roupa* e Orlando revirou os olhos.

– Outra vez? Quando vamos poder passar para os outros volumes da série? Já falei muitas vezes para você que *A última batalha* talvez seja o meu livro preferido de todos os tempos.

Sem querer me intrometer naquele momento a dois, tomei o rumo da porta, mas, quando passei pela cama, Rory abriu bem os braços para mim. Eu lhe dei o que ele queria.

– Boa noite, Stela.

– Durma bem, Rory.

Abri um sorriso, acenei e saí.

Com Orlando e Rory contentes e entretidos, desci para o térreo e entrei na sala de estar parcamente iluminada, onde examinei as fotos espalhadas pelo cômodo em mesinhas. Quase todas eram imagens granuladas em preto e branco de pessoas em trajes de gala. Sorri ao ver uma foto colorida de Rory todo orgulhoso, montando um pônei, com Marguerite em pé ao seu lado.

Prossegui minha exploração e atravessei um corredor até um cômodo que parecia ser um escritório. Havia uma escrivaninha antiga coalhada de papéis, livros empilhados no chão, um cinzeiro e uma taça de vinho vazia equilibrados precariamente no braço largo de um sofá de couro gasto. As paredes exibiam gravuras diversas, e o papel listrado que as cobria estava esmaecido – fazia muito tempo que aquele lugar não passava por uma reforma. Acima da lareira estava pendurado o retrato de uma linda mulher loura de vestido eduardiano. Passei por cima de um cesto de papel transbordando para contemplá-lo melhor, mas me sobressaltei ao ouvir passos na escada acima de mim e saí depressa do escritório para a cozinha. Não queria que Orlando soubesse que eu estava bisbilhotando.

– Sobrinho bem abrigado e quentinho na cama. E agora... – Ele empurrou uma garrafa de tinto e seis ovos na minha direção. – Eu cuido da garrafa e você pode transformar estes ovos em uma omelete para nós.

– É claro.

Como já estava familiarizada com a cozinha, apenas quinze minutos depois já estávamos sentados à mesa fazendo uma refeição agradável. *Como um casal muito antigo*, pensei. Ou talvez uma analogia mais adequada fosse a de dois irmãos.

– Amanhã Rory e eu vamos levá-la para fazer um tour pela propriedade. Considerando sua paixão confessa pela botânica, é provável que você fique horrorizada ao ver o estado do jardim. Mas acho aquela confusão lindíssima. Resquícios de um tempo que não volta mais, esse tipo de coisa. – Ele suspirou. – E a raiz de tudo isso, para usar uma metáfora bem apropriada, é a falta de dinheiro.

– Para mim, sua casa é perfeita.

– Isso, minha cara jovem, é porque você não precisa morar nela nem pagar pela manutenção. High Weald, outrora cenário de elegantes eventos sociais, chegou a ficar fechada por anos, pois não havia dinheiro para restaurá-la. E tenho certeza de que talvez acabe mudando de opinião depois de um fim de semana dormindo em um colchão de crina cheio de calombos e sem água quente para se lavar, sem falar no frio de cão que faz nos quartos devido à falta de um sistema de calefação moderno. Esteticamente, concordo com você, mas, de um ponto de vista prático, morar nesta casa é um pesadelo. Em especial no inverno.

Dei de ombros.

– Não me incomodo. Estou acostumada a condições difíceis.

– Em países quentes, posso lhe garantir que é bem diferente. A verdade é que, depois da guerra, como aconteceu com tantas famílias, a vida ficou dura para os Vaughans. É meio irônico que o pequeno Rory um dia vá virar um "lorde", já que o seu único domínio é uma propriedade decrépita, decadente.

– Lorde? Não sabia. Ele vai herdar o título de quem? Do pai?

– É. E agora... o que será que conseguimos desencavar na despensa para a sobremesa? – indagou ele, mudando de assunto depressa.

✿ ✿ ✿

No dia seguinte, acordei em um quarto que parecia ter saído de um filme de época. A cama em que dormi era de metal e, toda vez que eu me virava, as bolas das quatro colunas tilintavam feito sinos de Natal por causa da estrutura frouxa. O colchão tinha tantos calombos quanto Orlando me alertara. O papel de parede estampado se soltava em alguns pontos e as cortinas das janelas estavam rasgadas. Quando tentei descer da cama, mesmo as minhas pernas compridas não alcançavam o piso de madeira, balançando a alguns centímetros dele. Dirigindo-me ao banheiro, olhei com um ar desejoso para a lareira de ferro fundido, querendo acendê-la para espantar o frio.

Na noite anterior, fora atormentada por sonhos estranhos, algo raro de me acontecer. Eu costumava dormir um sono tranquilo e, ao acordar, não tinha a menor lembrança das maquinações noturnas do meu cérebro. Pensei em Ceci e nos seus pesadelos, tirei o celular do bolso do pijama para lhe avisar que chegara bem e, então, percebi que ali não havia sinal.

Olhei pela janela e vi delicadas tramas de gelo avançando pelas pequenas vidraças quadradas. Através delas, lampejos da primeira luz da manhã anunciavam o nascimento de um dia claro de outono, justo o tipo de dia que eu adorava. Vesti todas as camadas de roupa que havia trazido na mala e desci.

Quando cheguei à cozinha, Orlando já estava lá, bocejando. Usava um roupão de seda de estampa *paisley* e um cachecol de lã no pescoço; nos pés via-se um chamativo par de chinelos de seda azul-pavão.

– Ah, a cozinheira chegou! Rory e eu pegamos salsichas e bacon na geladeira, e temos ovos à vontade, claro. Que tal um café da manhã inglês completo para começar bem o dia?

– Boa ideia.

Dividimos o trabalho e Rory remexeu as gemas preparadas para embeber o pão, que seria tostado depois – ele afirmara nunca ter provado isso e, ao terminar, qualificou-o como "delicioso".

– Então, jovem Rory, hoje de manhã vamos levar a Srta. Estrela para um tour pela propriedade, ou pelo menos do que restou dela. E vamos torcer para o almoço de domingo não despencar do céu na nossa cabeça.

– Como assim? – estranhei.

– Estamos na temporada de caça ao faisão, infelizmente. Mouse vai trazer um punhado deles para você fazer sua mágica amanhã. – Ele se levantou. – Quem sabe, enquanto os rapazes fazem a toalete, você não faz uma lista de tudo que precisa para preparar as aves e eu mando a loja aqui perto entregar? Falando nisso – ele parou ao chegar à porta da cozinha –, as árvores do jardim ainda dão frutos que acabam apodrecendo no chão. Se não der muito trabalho, quem sabe não possa usá-los para fazer uma torta?

Achei um pedacinho de papel e uma caneta com ponta de feltro na gaveta e me sentei para escrever uma lista. Como nunca tinha feito faisão, revirei a cozinha atrás de livros de receitas, mas não achei nenhum e tive que inventar a minha própria.

Meia hora mais tarde, avançávamos a duras penas pelo acesso de carros, que estava coberto de gelo. Orlando havia planejado um trajeto que, pelo visto, nos levaria até os confins da propriedade e, depois, ao que ele chamava de "joia da coroa de High Weald".

– Pelo menos costumava ser, setenta anos atrás.

Rory ia de bicicleta à nossa frente e, quando ele chegou ao portão, Orlando gritou para que parasse por causa da estrada, mas o menino não obedeceu.

– Meu Deus! Ele não me escuta!

O livreiro saiu desabalado atrás do sobrinho. Pensei na supervisão constante de que Rory necessitava e nos perigos que ele precisaria enfrentar conforme ficasse mais velho. Também saí correndo, com o coração disparado. Dei com o garoto sorridente, com um ar travesso, saindo de trás de um arbusto no barranco que margeava a estrada.

– Tava escondido, peguei vocês!

– É, meu velho, pegou mesmo. – Orlando suspirou, resignado, enquanto tentávamos recobrar o fôlego e o equilíbrio. – Você não pode andar de bicicleta na estrada, nunca. Aqui tem carro.

– Eu sei. Mag me falou.

Orlando colocou a bicicleta do menino do lado de dentro do portão.

– Vamos atravessar a rua juntos.

E assim fizemos: Rory seguia no meio, segurando cada um de nós pela mão. Achei engraçado ele chamar a mãe pelo apelido – aquela era mesmo uma família excêntrica. Orlando nos conduziu por um buraco na cerca viva até o outro lado. Campos sem fim margeados por sebes se estendiam à nossa volta e Rory girava a cabeça para todos os lados, admirando a vista ao redor. A primeira coisa que ele notou foram as amoras tardias, que colhemos juntos, mas a maioria acabou indo parar dentro da sua boca.

– Este é o caminho de cavalos que margeia a antiga propriedade – explicou Orlando. – Sabe montar, Srta. Estrela?

– Não. Tenho medo de cavalos – confessei, recordando minha única aula de equitação com Ceci; de tão apavorada, eu nem conseguira subir no animal.

– Também não sou muito chegado. Mouse é excelente cavaleiro, claro, assim como é excelente em tudo mais. Mas tenho pena dele às vezes, sabia? Na minha opinião, ter dons em excesso pode ser tão ruim quanto não ter nenhum, não concorda? Tudo com moderação, é esse o meu lema. Senão a vida sempre inventa um jeito de revidar.

Conforme avançávamos, vi que as sebes estavam cheias de pequenos pássaros. Era um prazer respirar aquele ar limpo e fresco após semanas em meio à névoa suja da cidade. O sol dava um acobreado aos cabelos de Rory, espelhando as árvores que se agarravam ao que restava de suas gloriosas cores de antes do inverno.

Então Rory viu um trator vermelho ao longe.

– Olhem! Mouse!

– De fato – falou Orlando, protegendo os olhos do sol e semicerrando-os para enxergar melhor. – Rory, você tem olhos de águia.

– Vamos dizer oi? – indagou o menino, virando-se para nós.

– Ele não gosta de ser incomodado quando está no trator – alertou Orlando. Uma salva repentina de tiros de espingarda ecoou em algum lugar. – Além do mais, a caça já começou. É melhor voltarmos. Os faisões vão começar a cair aos montes à nossa volta e eles têm o péssimo hábito de amassar qualquer coisa que estiver debaixo deles, seja ela inanimada ou não.

A passos rápidos, Orlando começou a refazer o caminho em direção à casa.

– Quer dizer que seu irmão é agricultor?

– Como Mouse faz muitas outras coisas na vida, eu não o definiria dessa forma, mas ele muitas vezes não tem outra escolha, devido à constante escassez de funcionários causada pela crise financeira da família.

– Estas terras são dele?

– De nós dois, na verdade. Nos anos 1940, a propriedade foi dividida entre um irmão e uma irmã. O nosso ramo, ou seja, o de nossa avó Louise Forbes, ficou com as terras do lado de cá da estrada e com Home Farm. Nosso tio-avô, Teddy Vaughan, avô de Marguerite, herdou a residência principal e os jardins. E o título de nobreza, claro. Tudo muito feudal, mas é assim que as coisas são na Inglaterra, Srta. Estrela.

Atravessamos a estrada e tornamos a subir o acesso que conduzia a High Weald. Perguntei-me que ramo da família teria levado a pior na divisão da propriedade, mas não sabia nada sobre o valor das terras cultiváveis em relação aos imóveis naquela região.

– Rory! – Mais uma vez, Orlando correu para alcançar o sobrinho, que avançava de bicicleta em direção à casa. – Agora deveríamos mostrar os jardins à Estrela.

O menino fez um gesto de positivo, tornou a se afastar depressa e desapareceu por um caminho na lateral da casa.

– Caramba, vai ser bom quando isto acabar – comentou Orlando. – Vivo com medo de alguma coisa acontecer com esse precioso menino. Que bom que você está comigo, Estrela. Ninguém teria me deixado vir para cá sem a sua companhia.

Surpresa com esse comentário, segui-o pelo caminho até os fundos da casa. Chegamos a um amplo pátio com piso de pedra e, quando olhei para aquele imenso jardim murado, arquejei.

Era como se eu tivesse chegado aos jardins do castelo da Bela Adormecida e agora precisasse atravessar a floresta de espinhos e gigantescas ervas daninhas que os circundava. Fomos descendo os degraus, margeando as trilhas tomadas por mato que serpenteavam pelo labirinto do que um dia deviam ter sido espetaculares arbustos. Vi os esqueletos de madeira de pérgulas que outrora haviam sustentado magníficas trepadeiras de rosas. Os infindáveis canteiros fronteiriços e centrais ainda mantinham o formato original, mas não conseguiam mais abrigar as plantas e os arbustos, que transbordaram de seus limites; suas entranhas secas e escurecidas cobriam o chão.

Parei e ergui os olhos para um antiquíssimo e majestoso teixo que dominava o ambiente. As raízes decididas da árvore haviam rachado as pedras do chão à sua volta. O jardim todo tinha um aspecto ao mesmo tempo selvagem e desolado, um tanto romântico. Devia haver apenas uma ínfima possibilidade de aquelas plantas sobreviventes ainda poderem ser salvas.

Fechei os olhos e imaginei o jardim abarrotado de rosas, magnólias e camélias, as linhas retas das cercas vivas podadas dando lugar aos lilases... Cada buraquinho, cada espaço preenchido com lindos e luxuriantes pedaços de *vida*...

– Dá para ver como foi glorioso – comentou Orlando, como se houvesse lido meus pensamentos.

– Ah, dá mesmo – murmurei.

Vi Rory ziguezagueando pelos caminhos tomados de mato, manobrando a bicicleta ao redor das plantas crescidas como se fizesse algum tipo de prova de habilidade.

– Preciso lhe mostrar as estufas onde meu bisavô plantava e cuidava de espécies do mundo todo. Mas, agora, acha que poderia preparar alguma coisa para o almoço? Hoje à noite vamos comer filé-mignon. A carne do armazém aqui perto é a melhor que já comi. – Orlando deu um grande bocejo. – Nossa, essa caminhada me deixou exausto. Graças a Deus moro na cidade. No campo não há muita coisa a fazer a não ser andar, não é? E a pessoa se sente culpada quando não anda.

Depois do almoço, ele se levantou da mesa.

– Espero que me dê licença para tirar uma sonequinha. Tenho certeza de que vocês dois vão se virar bem sozinhos na minha ausência.

– Estrela, eu gosto da sua comida – falou Rory, gesticulando, assim que o tio saiu da cozinha.

– Obrigada. Me ajuda a lavar a louça? – Apontei para a pia lotada.

Rory fez beicinho para mim.

– Se me ajudar, ensino você a fazer brownie de chocolate. Uma delícia.

Pusemos mãos à obra. Logo depois de eu deixar Rory lamber a tigela, a porta dos fundos se abriu e ouvi pisadas fortes de botas do lado de fora. Virei-me pensando que fosse o entregador do armazém e dei com o Rato de Esgoto entrando na cozinha. Eu e Rory o encaramos, surpresos.

– Oi.

– Oi – respondi.

– Rory. – Ele meneou a cabeça para o garoto, que acenou em resposta, mas sua atenção fora atraída pelo que restava da massa de chocolate. – Que cheiro bom é esse?

– Estamos fazendo brownies.

– Então Rory com certeza deve estar nas nuvens.

– Quer beber alguma coisa? Uma xícara de chá? – balbuciei.

A presença dele estava me deixando nervosa.

– Só se você também for tomar.

– Vou, sim. – Liguei a chaleira elétrica e me voltei para o garoto. – Vamos limpar você.

Enquanto eu tirava o chocolate com um pano, o Rato de Esgoto permaneceu imóvel, apenas nos observando com seu olhar penetrante.

– Estrela, posso ver *Superman*?

– Ele pode ver filme? – perguntei a Mouse.

– Por que não? Vou lá ligar a TV para você, Rory.

Quando o Rato de Esgoto voltou, o chá já estava descansando sobre a mesa em um grande bule de terracota.

– Está um gelo naquela sala. Acendi a lareira. Obrigado pelo chá. – Ele se sentou, ainda de casaco impermeável. – Imagino que Orlando esteja tirando um cochilo. Meu irmão preza seus hábitos.

Vi a centelha de um sorriso afetuoso lhe atravessar o semblante, mas ela desapareceu antes de alcançar o potencial pleno.

– É.

– Na verdade, não vim aqui falar com ele. Vim falar com você. Em primeiro lugar, para lhe agradecer por estar aqui neste fim de semana. Assim, não precisei bancar a babá e fiquei livre para caçar.

– Com certeza Orlando teria se virado igualmente bem sem mim.

– Marguerite nunca teria deixado.

– Por quê?

– Ele não lhe contou? Além de ser asmático, Orlando sofre de uma forma grave de epilepsia. Desde a adolescência. Hoje em dia a doença está mais ou menos controlada, porém Marguerite receia que ele tenha uma convulsão, pois Rory não consegue se comunicar pelo telefone. Ele está aprendendo a mandar mensagens de texto, claro, mas, como o sinal aqui em High Weald é nulo, isso não serve para muita coisa.

– Eu não sabia.

Levantei-me e fui até o fogão dar uma olhada nos brownies e disfarçar meu choque.

– Essa é uma notícia muito boa, na verdade – continuou Mouse –, pois significa que Orlando está sendo um bom menino, tomando os remédios como deveria. Mas, como você tem trabalhado ao lado dele, senti que era importante saber, só para garantir. Ele tem vergonha da doença. Porém, se ele tiver uma convulsão e não receber cuidados médicos imediatos, pode morrer. Quando era mais novo, quase o perdemos em uma ou duas ocasiões. E a outra coisa é que...

Ele fez uma pausa e prendi a respiração enquanto o aguardava prosseguir.

– Eu queria me desculpar por não ter sido muito educado com você na outra vez em que esteve aqui. Ando com a cabeça cheia ultimamente, com assuntos variados.

– Não faz mal.

– Faz, sim. Mas não sou uma pessoa muito simpática; tenho certeza de que você já percebeu isso.

De todas as desculpas autorreferentes, autocomiserativas e egoístas de modo geral que eu já havia escutado na vida, aquela dali ganhava o prêmio máximo. Senti a raiva me dominar como se eu estivesse absorvendo o calor do fogão.

– De todo modo, trouxe isto aqui para você. É a minha transcrição resumida do diário de Flora MacNichol, que ela escreveu entre os 10 e os 20 anos.

– Está bem. Obrigada – consegui dizer, por fim, para os brownies sobre o fogão na minha frente.

– Bom, vou deixar você em paz. – Ouvi os passos dele atravessarem a cozinha em direção à porta. Então o ruído cessou. – Tenho só mais uma pergunta a fazer...

– Qual?

– Você trouxe a estatueta? Gostaria de vê-la.

Eu sabia que era uma reação infantil, mas minha irritação com aquele comportamento enfurecedor estava me dominando.

– Eu... não tenho certeza. Vou dar uma olhada.

– Está bem. Volto amanhã. A propósito, nosso almoço de domingo está no hall. Tchau, então.

Depois de me recuperar e beber dois copos d'água de uma vez só para aliviar o calor provocado pela raiva que sentia com aquela visita indesejada, ignorei a pilha de papéis bem arrumadinha sobre a mesa e fui dar uma olhada no hall. Lá encontrei um punhado de faisões junto a uma caixa de frutas e legumes.

Sinto vergonha em admitir que a maior das aves teve que suportar o grosso da minha ira quando arranquei suas penas, removi as vísceras e cortei-lhe a cabeça, os pés e as asas com ferocidade. Depois, sentei-me diante da mesa, exausta, e me perguntei como uma pessoa que não significava absolutamente nada para mim era capaz de provocar tanta raiva e frustração.

Toquei o manuscrito disposto à minha frente; o simples fato de as mãos dele terem encostado aquelas páginas me fez estremecer. No entanto, ali estavam elas: uma possível pista para o passado que eu vinha buscando. Fossem quais fossem os meus sentimentos em relação ao seu transcritor, o que havia me conduzido a High Weald era uma causa muito superior.

Achei um prato e depositei três brownies nele, segurando o manuscrito debaixo do outro braço. Então saí em busca de Rory, que encontrei grudado à TV, vendo Christopher Reeve voar pelos ares.

Dei um tapinha no ombro dele para chamar sua atenção e apontei para o prato de brownies.

– Obrigado!

Observei-o se servir antes de voltar a prestar atenção no filme. Ao ver que ele estava contente e entretido, aticei o fogo e me sentei na poltrona funda junto à lareira. Pus o manuscrito no colo e comecei a ler.

Flora

Esthwaite Hall, Cúmbria

Abril de 1909

9

lora Rose MacNichol atravessou o gramado correndo, com a barra da saia absorvendo o orvalho do início da manhã como uma folha nova de mata-borrão. A luz suave da aurora reluzia no lago e fazia cintilar as árvores cobertas por um gelo tardio.

Vou conseguir chegar a tempo, disse ela a si mesma ao se aproximar do espelho-d'água e dobrar à direita.

Suas botas pretas de botão já bem gastas tocavam de leve a descida tão familiar de terra dura de Lakeland que, teimosa, se recusava a fingir que era um gramado liso, não dando a mínima atenção aos cuidados constantes do jardineiro.

Bem na hora, Flora chegou ao rochedo que ficava na beira do lago. Ninguém sabia como ele tinha chegado ali nem por quê: era apenas um órfão solitário separado dos numerosos irmãos que povoavam os penhascos e vales ao redor. Parecendo uma imensa maçã na qual alguém tivesse dado uma mordida, a pedra havia proporcionado um descanso conveniente a muitas gerações de traseiros da família MacNichol, que iam assistir ao espetáculo do sol nascendo por trás das montanhas do outro lado.

Assim que ela se sentou, os primeiros raios iluminaram o céu azul-claro. Uma cotovia sobrevoou o lago, que refletiu um contorno prateado de sua silhueta. Flora deu um suspiro de prazer e farejou o ar. A primavera tinha chegado, enfim.

Ficou irritada consigo mesma por ter se esquecido, na pressa, de trazer o bloco de desenho e a latinha de aquarelas para capturar aquele instante. Observou o sol se libertar das amarras que o prendiam ao horizonte, rebrilhando nos dois picos nevados, banhando de mansa luz dourada o vale lá embaixo. Então Flora se levantou, percebendo que havia esquecido também o xale e que já batia os dentes por causa do ar gelado da manhã. Sentia agora uma leve ardência em vários pontos da pele delicada do rosto, como flechas disparadas por um arco celestial. Olhou para cima e percebeu que começara a nevar.

– Primavera, até parece – disse ela, dando uma risadinha, e virou-se para tornar a subir a colina em direção à casa.

Sabia que ainda precisava trocar a saia molhada e as botas encharcadas antes de aparecer à mesa do desjejum. Aquele último inverno parecera mais longo do que qualquer outro e ela só podia torcer para que os fortes ventos que faziam a neve cair em ângulo pronunciado logo se transformassem numa mera lembrança. E, à medida que as pessoas, os animais e a natureza saíssem da hibernação, o seu universo também ganharia vida e se encheria com a vibração e as cores pelas quais ansiava.

Durante os intermináveis meses de dias curtos e escuros, Flora se sentava para capturar o que houvesse de luz diante de uma das imensas janelas do seu quarto e usava um pedaço de carvão para esboçar um desenho da vista – se fosse pintá-la, de toda forma seria apenas em preto e branco. E, assim como a recente sessão de fotos que a mãe, Rose, insistira em fazer com ela e a caçula, Aurelia, o único resultado seria uma cópia sem graça da realidade.

Aurelia... a linda e dourada Aurelia... Sua irmã a fazia pensar em uma boneca de porcelana que ela certa vez havia ganhado de presente no Natal, com o rosto dominado por grandes olhos azuis emoldurados por cílios pretos feito carvão.

– Uma é como uma pintura; a outra, um rascunho – resmungou Flora, satisfeita com a descrição exata de suas respectivas aparências.

Recordou a manhã do ensaio fotográfico, quando as duas haviam se arrumado juntas no quarto e colocado os melhores vestidos. Ao se admirarem no espelho dourado, Flora reparara em como tudo em Aurelia tinha contornos suaves, arredondados, ao passo que seu próprio rosto e seu corpo pareciam angulosos e grosseiros em comparação. Sua irmã era bem feminina, dos pés diminutos aos dedos delicados, e irradiava bondade. Apesar de viver comendo mingau com creme de leite, Flora nunca conseguia obter as mesmas divinas curvas de Aurelia e da mãe. Ao ouvi-la expressar esse pensamento, a irmã a cutucara de leve no flanco.

– Querida Flora, quantas vezes vou precisar dizer que você é linda?

– Eu consigo me ver muito bem no espelho. Os únicos traços que me redimem são os olhos, e eles com certeza não bastam para chamar a atenção de alguém.

– Seus olhos parecem dois faróis de safira a brilhar no céu da noite – dissera Aurelia, dando um abraço afetuoso na irmã.

Apesar da gentileza fraterna, era difícil não se sentir um peixe fora d'água. Seu pai tinha cabelos ruivos dourados e a pele clara dos antepassados escoceses, e Aurelia havia herdado a beleza loura e suave da mãe. Flora, por sua vez, tinha o que o pai chamava com relativa crueldade de um nariz "germânico", pele morena e grossos cabelos pretos que se recusavam terminantemente a ficar arrumados em um coque.

Ela parou um instante ao ver a cena insólita de um pássaro pousando no meio dos carvalhos a oeste do lago, dentro do ninho de outra espécie de ave. A garota se permitiu um sorriso de ironia.

– Um estranho no ninho. Como eu.

Voltou pisando macio sobre os tufos de grama dura até se aproximar dos degraus gastos que conduziam à varanda. As pesadas pedras parecidas com lápides que constituíam o calçamento estavam cobertas por todo um inverno de musgo e folhas. Acima dela erguia-se a casa, com as muitas janelas a cintilar sob a pálida luz matinal. Andrew MacNichol, seu tataravô, tinha construído Esthwaite Hall um século e meio antes não para ser uma casa bonita, mas para proteger os moradores dos cruéis invernos da região de Lakeland, com grossas paredes feitas de xisto bruto obtido nas montanhas próximas. Tratava-se de uma estrutura austera, cinza-escura, com telhados baixos e defensivos de bordas afiadas e intimidadoras. A residência ficava acima do espelho-d'água confinado e imóvel de Esthwaite Water, destacando-se em meio à paisagem selvagem.

Flora deu a volta na casa e entrou na cozinha pela porta dos fundos, onde o garoto encarregado das entregas já havia depositado as compras da semana. Lá dentro, a cozinheira Sra. Hillbeck e sua ajudante Tilly já preparavam o café da manhã.

– Bom dia, Srta. Flora. Imagino que as suas botas tenham encharcado outra vez – comentou a Sra. Hillbeck ao observar a moça desatá-las.

– Sim. Poderia colocá-las para secar perto do fogão?

– Se a senhorita não se importar que fiquem com o cheiro da linguiça que seu pai come de manhã... – respondeu a cozinheira enquanto cortava grossos pedaços de chouriço dentro de uma frigideira.

– Obrigada. – Flora lhe passou as botas. – Venho buscá-las mais tarde.

– Se eu fosse a senhorita, pediria um par novo à sua mãe. Estas daqui já viram dias melhores. Há até furos nas solas – comentou a Sra. Hillbeck, rindo, enquanto segurava as botas pelos cadarços e as pendurava para secar.

Flora saiu da cozinha pensando que seria mesmo maravilhoso ter um par novo; sabia, porém, que não podia pedir tal coisa. Conforme avançou pelo corredor escuro, um cheiro forte de mofo invadiu suas narinas. Também faltava dinheiro para resolver o problema da umidade que tinha começado a penetrar pelas pedras e estragar o papel que enfeitava as paredes do quarto de sua mãe: uma estampa em estilo oriental de cem anos de idade, com flores e borboletas em profusão.

Os MacNichols faziam parte da "pequena nobreza empobrecida", expressão que Flora já ouvira um freguês sussurrar para outro enquanto esperava ser atendida no armazém do povoado em Near Sawrey. Era por isso que, no ano anterior, não ficara surpresa quando a mãe tinha lhe dito que simplesmente não havia dinheiro suficiente para ela debutar em Londres e ser apresentada na corte.

– Você entende, não é, Flora querida?

– É claro que entendo, mamãe.

Em seu íntimo, a moça havia adorado a ideia: escaparia da chateação de ser emperiquitada, perfumada e vestida feito uma boneca enquanto durasse a temporada. Estremeceu ao se imaginar rodeada por meninas bobas que viviam dando risadinhas, sem entender que aquilo tudo era como um leilão de gado, onde entregavam a mais bela novilha ao macho que pagasse mais. Em termos humanos, isso significava agarrar o filho de um duque que fosse herdar uma grande propriedade após a morte do pai.

Além do mais, ela abominava Londres. Nas raras ocasiões em que havia acompanhado a mãe em visita à tia Charlotte na grandiosa residência branca de Mayfair, Flora ficara intimidada com as ruas lotadas e o contínuo estalar dos cascos dos cavalos a se misturar com os rugidos dos automóveis, que começavam a ficar muito populares até mesmo ali, na sua amada região de Lake District.

No entanto, sabia também que, por não ter sido apresentada como as outras jovens, suas chances de arrumar um marido adequado, com boas condições financeiras e status social, eram muito menores.

– É bem possível que eu morra solteirona – murmurou para si mesma enquanto subia a larga escadaria de mogno e atravessava depressa o patamar em direção ao quarto antes de a mãe ver sua saia encharcada. – E não me importo nem um pouco – acrescentou, em tom de desafio.

Ao entrar no quarto, viu vários pares de olhos pequeninos examinando-a.

– Sempre terei vocês, não é? – falou, suavizando o tom de voz e caminhando até a primeira gaiola para abrir a portinhola e deixar Posy, uma grande coelha cinza, pular para os seus braços.

Havia resgatado o animal da boca de um dos cães de caça do pai. Ela era a integrante mais antiga daquele jardim zoológico. Flora aninhou-a sobre os joelhos e acariciou suas orelhas compridas e sedosas – à esquerda faltava uma ponta, perdida quando ela salvara a coelha. Então soltou Posy para deixá-la saltitar pelo chão e foi dar bom-dia aos outros companheiros de quarto: duas arganazes, um sapo chamado Horace, que morava em um viveiro improvisado, e Albert, um esguio rato branco herdado do filho do lacaio e batizado em homenagem ao marido da falecida rainha Vitória. Sua mãe tinha ficado horrorizada.

– Francamente, Flora, não quero reprimir sua paixão pelos animais, mas não tem o menor cabimento você dividir o quarto com bichos nocivos!

Rose não dissera nada ao marido Alistair sobre Albert, mas tinha dado um basta quando Flora tentara trazer uma cobra encontrada no mato. Seus gritos ao ver o réptil haviam ecoado pela sala de estar e Sarah, a única criada de quarto que sobrara na casa, correra em busca dos sais para reanimá-la.

– Que susto a senhorita nos deu com esse bicho! – ralhara Sarah com Flora, com o sotaque de Lakeland ainda mais acentuado por causa da aflição.

A cobra fora devidamente devolvida ao seu habitat natural.

Flora ficou só de roupa de baixo e começou a distribuir o desjejum dos diversos animais, despejando pequenas pilhas de avelãs e sementes de girassol em tigelinhas e oferecendo-lhes feno e folhas de alface. Para Horace, o sapo, deu um punhado das minhocas que o pai usava como isca para pescar. Após tornar a vestir às pressas uma blusa limpa de popelina abotoada até o pescoço e uma saia azul florida, olhou-se no espelho. Como todas as outras peças que ela e a irmã possuíam, aquelas já estavam um pouco desbotadas, e seu feitio se achava longe de respeitar a última moda da *haute couture*, mas pelo menos, por insistência da mãe, tinham bom corte.

Flora ajeitou a gola apertada e examinou os próprios traços.

– Estou parecendo Sybil – balbuciou ela, recordando o inseto em forma de galho que havia criado no viveiro durante quase um ano antes de Horace aparecer.

Ficara muito feliz ao perceber que a querida Sybil dera à luz. Os filhotes haviam se camuflado tão bem no ambiente que ela só tinha reparado neles quando já estavam quase do tamanho adulto.

Eram fantasmas... Assim como ela, tinham talento para ser invisíveis.

Ajeitou uma mecha de cabelo para dentro do coque na nuca, tornou a prender Posy na gaiola e foi se juntar à família para o café da manhã.

Ao adentrar a penumbra da sala de jantar, encontrou os pais e a irmã sentados em volta da mesa de mogno gasta. Quando chegou, um perceptível muxoxo de reprovação emanou de trás do jornal *The Times*.

– Bom dia, Flora. Que bom que finalmente se dignou a se juntar a nós. – O olhar da mãe baixou na hora para os pés da filha, reparando que ela estava só de meias. Uma sobrancelha se arqueou, mas nada foi dito a respeito disso. – Dormiu bem, querida?

– Sim, mamãe, obrigada.

Com um sorriso alegre, Sarah dispôs na sua frente um prato de mingau. A criada cuidava das duas irmãs desde que eram bebezinhas e sabia que o simples cheiro de carne cozida bastava para revirar o estômago de Flora. Em vez do costumeiro desjejum composto de linguiça, morcela e outros embutidos que o resto da família consumia, finalmente ficara estabelecido – após anos de recusas de Flora em ingerir um pedacinho de carne sequer – que a menina comeria mingau. Ela jurou que, quando tivesse a própria casa, nenhum animal morto jamais seria servido.

– Aurelia querida, como você está pálida. – Rose correu os olhos pela filha caçula, preocupada. – Está se sentindo bem?

– Estou, obrigada – respondeu a jovem, levando uma pequena garfada de linguiça à boca e dando uma mordida delicada.

– Você precisa descansar o máximo possível nas próximas semanas. A temporada pode ser muito cansativa e você acabou de se recuperar daquele resfriado horrível de inverno.

– Sim, mamãe – respondeu a moça, sempre paciente com as preocupações maternas.

– Pois eu acho que Aurelia está radiante – afirmou Flora, e a irmã lhe lançou um sorriso agradecido.

Aurelia tivera uma saúde frágil quando pequena, e tanto seus pais quanto os empregados da casa a tratavam como a boneca que parecia ser. Sobretudo agora, ninguém podia deixar que adoecesse. Um mês antes, Rose havia anunciado que Aurelia iria debutar em Londres e seria apresentada na corte ao rei e à rainha. Esperava-se que atraísse a atenção de um homem adequadamente rico, de uma família boa como a sua. Isso se o seu temperamento dócil e a sua beleza conseguissem suplantar a falta de dinheiro dos MacNichols.

Embora Flora não tivesse qualquer desejo de debutar, sentia-se preterida porque a tia materna, Charlotte, que financiava o *début* de Aurelia, não pensara em fazer o mesmo pela sobrinha mais velha.

O desjejum prosseguiu no costumeiro silêncio quase completo. Alistair não gostava de conversa fiada à mesa, pois dizia que atrapalhava sua concentração ao ler as notícias mundiais. Flora observou o pai discretamente. Tudo que conseguiu ver foi a sua careca despontando qual uma meia-lua por cima do jornal e pequenos chumaços de cabelos ruivos já com fios grisalhos brotando acima das orelhas. *Como ele envelheceu desde a Guerra dos Bôeres*, pensou, com tristeza. Alistair havia levado um tiro e, embora os médicos tivessem conseguido salvar sua perna direita, andava mancando muito e com o auxílio de uma bengala. A mais terrível consequência do ferimento era o fato de o ex-oficial de cavalaria, que tinha passado a vida no lombo de um cavalo, agora sentir tantas dores que nem conseguia acompanhar a caçada nas redondezas de casa.

Embora vivessem debaixo do mesmo teto havia dezenove anos, Flora duvidava que fosse capaz de recordar mais de uma ou duas conversas com o pai que tivessem ido além da mais rudimentar boa educação. Alistair usava a esposa como mensageira para transmitir à filha quaisquer desejos que pudesse ter, bem como para expressar seu desagrado. Pela centésima vez, a jovem perguntou-se por que a mãe se casara com ele. Com certeza, considerando a beleza, a inteligência e o berço de ouro de Rose – que, antes do casamento, era filha de nobre –, inúmeros pretendentes deviam ter aparecido, certo? Flora só podia supor que o pai possuísse qualidades ocultas que ela jamais tivera a sorte de testemunhar.

Dobrando o jornal meticulosamente, Alistair declarou encerrado o desjejum. Um leve meneio de cabeça de Rose indicou que as moças podiam se retirar. Elas empurraram as cadeiras para trás e fizeram menção de se levantar.

– Lembrem-se de que os Vaughans virão amanhã à tarde para o chá, então vocês duas precisam tomar banho hoje. Sarah, pode encher as banheiras antes do jantar?

– Pois não, madame.

Sarah se curvou em uma mesura.

– E, Aurelia, você vai usar seu vestido rosa de musselina.

– Está bem, mamãe – concordou a moça.

As duas saíram.

– A filha dos Vaughans, Elizabeth, vai debutar comigo – informou Aurelia assim que atravessaram o hall. Seus passos ecoavam no silêncio, enquanto os pés calçados com meias de Flora não produziam qualquer ruído sobre as geladas pedras de granito. – Mamãe falou que fomos visitá-los em Kent quando éramos mais novas, porém, por mais que eu me esforce, não consigo lembrar. Você consegue?

As duas começaram a subir a escada.

– Infelizmente, sim – respondeu Flora. – O filho deles, Archie, que devia ter 6 anos quando eu tinha 4, atirou maçãs do pomar em mim. Fiquei cheia de hematomas. Ele deve ter sido o menino mais malvado que eu já conheci.

– Será que melhorou? – indagou Aurelia, rindo. – Se você está com 19 anos, ele hoje deve ter 21.

– Bom, veremos. Mas se ele decidir me alvejar de novo com maçãs, vou revidar com pedras.

Aurelia tornou a rir.

– Por favor, não faça isso. Lady Vaughan é a amiga mais antiga de mamãe, que a adora. Bom, pelo menos vou conhecer alguém antes de ir para Londres. Espero que Elizabeth goste de mim, porque tenho certeza de que lá no sul as moças são bem mais sofisticadas. Vou me sentir uma caipira em comparação com elas.

– Tenho certeza absoluta de que não é assim que você vai ser vista quando estiver vestida com suas roupas mais elegantes. – Flora abriu a porta do quarto e a irmã entrou atrás dela. – Aurelia, você vai ser a debutante mais linda desta temporada, tenho certeza. Mas não invejo você.

Cruzando o quarto, foi até a gaiola de Posy e abriu a portinhola para soltar a coelha. Aurelia se sentou na beirada da cama.

– Tem certeza disso, Flora? Apesar de você viver dizendo o contrário, fiquei preocupada que estivesse com inveja. Afinal, não é justo eu debutar quando você não pôde fazer o mesmo.

– O que meus amados animais iriam fazer sem mim?

– Verdade. Mas eu não gostaria de ver a cara do seu futuro marido quando você insistisse em dividir o quarto com o seu jardim zoológico!

Aurelia pegou Posy no colo.

– Se ele se comportar mal, eu solto o Albert em cima dele.

– Posso pegar seu bichinho emprestado se precisar, então?

– Com todo o prazer. – Flora fez uma careta. – Aurelia, tanto eu quanto você sabemos que o único objetivo da temporada é arrumar marido. Você quer se casar?

– Para ser sincera, não tenho certeza, mas eu gostaria bastante de me apaixonar, sim. Não é assim com todas as moças?

– Sabe de uma coisa? Estou começando a pensar que uma vida de solteira seria muito conveniente para mim. Vou morar em um chalé cercada por animais, que terão por mim um amor incondicional. Parece-me bem mais seguro do que amar um homem.

– Mas um tanto sem graça, não acha?

– Pode ser, mas acho que *eu* sou um tanto sem graça.

Flora pegou os arganazes, Maisie e Ethel, na palma de uma das mãos e eles se aninharam satisfeitos, com as caudas peludas enroladas em volta das cabeças, enquanto ela limpava a gaiola com a outra.

– Nossa, Flora, quando você vai parar de se menosprezar? Você era excelente aluna, fala francês fluentemente, sabe desenhar e pintar como ninguém. Em comparação com você, sou uma idiota completa.

– Quem é que está se menosprezando agora? – brincou Flora. – Nós duas sabemos que a beleza é uma qualidade bem mais valorizada em uma mulher. Quem faz bons casamentos são moças bonitas e divertidas, não as feiosas já meio passadas como eu.

– Bom, vou sentir muito a sua falta quando me casar. Quem sabe você poderá ir comigo para o meu novo lar, pois não sei mesmo o que vou fazer sem você. Agora preciso descer. – Aurelia deixou Posy pular para o chão. – Mamãe quer falar comigo sobre a agenda de Londres.

Quando a irmã saiu do quarto, Flora se imaginou atarefada na futura casa de Aurelia, como a tia solteira que aparecia com tanta frequência nos romances que havia lido. Saiu da cama, foi até a escrivaninha, destrancou a última gaveta de baixo e pegou o diário forrado de seda. Arregaçou as mangas para não sujar de tinta os punhos de renda e começou a escrever.

10

Na manhã seguinte, Flora atrelou seu pônei fêmea, Myla, à charrete e foi até Hawkshead buscar a caixa de folhas de alface descartadas e cenouras velhas que o Sr. Bolton, dono da venda, fazia a gentileza de guardar para ela. Sabia que os pais não gostavam que fosse ao vilarejo sozinha, pois achavam inadequado a primogênita de Esthwaite Hall ser vista em outro meio de transporte que não uma carruagem, mas Flora se mostrava irredutível.

– Afinal de contas, mamãe, depois que a senhora e o papai demitiram nosso condutor, só sobrou Stanley para me levar, e acho uma tremenda injustiça lhe pedir isso, já que ele tem tanto serviço a fazer nos estábulos.

Sua mãe não pôde discordar e acabou aceitando. Recentemente, passara até a solicitar que Flora fizesse umas compras enquanto estivesse lá.

Pobre mamãe, lamentou a jovem com um suspiro, pensando como devia ser difícil para Rose aquele constante declínio rumo à pobreza. Ainda se lembrava de visitar a casa de infância da mãe; aos seus olhos arregalados de menina de 4 anos, parecera um verdadeiro palácio. Dezenas de lacaios e criadas, além de um mordomo cujo rosto parecia esculpido em mármore, haviam se enfileirado em postura atenta para receber a filha da casa acompanhada por sua nova família. Mas as duas garotas tinham sido levadas para o quarto de brincar pela antiga babá da mãe e Flora nunca chegara a ver os avós. No entanto, se não lhe falhava a memória, Aurelia, então com 3 anos, fora tirada do cômodo para lhes ser brevemente apresentada.

Depois de fazer o que precisava, Flora deu 1 penny ao menino a quem pedira para ficar de olho no pônei e subiu no banco de madeira com um caixote cheio de legumes e um saco de balas de pera, as preferidas de Aurelia.

O dia estava claro. Enquanto conduzia a charrete para fora de Hawkshead, decidiu tomar o caminho mais longo, dar a volta em Esthwaite Water e atravessar Near Sawrey para ver os açafrões e narcisos que começavam a florescer. Até mesmo o ar tinha um cheiro mais leve, e a neve fraca que caíra naquela manhã havia derretido logo após tocar o chão. Quando pegou o caminho que saía do vilarejo, Flora olhou para cima, para a casa de fazenda visível no topo da ladeira, à esquerda.

Pela centésima vez, pensou em se deter para se apresentar à solitária moradora e lhe lembrar como as duas haviam se encontrado tantos anos antes. E dizer que inspiração a mulher representava para ela desde então.

Como sempre, depois de fazer Myla diminuir o passo, perdeu a coragem. *Um dia vou parar*, prometeu a si mesma. Atrás das sólidas paredes daquela casa, vivia a encarnação de todas as suas esperanças e sonhos.

Myla passou trotando pela fazenda de Hill Top, guiando a charrete pela ponte em arco que atravessava o regato a gorgolejar sobre seu leito de seixos. De tão imersa em pensamentos, Flora não ouviu as batidas dos cascos que se aproximavam a toda pelo campo aberto à esquerda. Logo depois da ponte, um cavaleiro surgiu montado poucos metros à sua frente. Myla se assustou e empinou tão alto que as rodas da frente da charrete saíram do chão por alguns segundos, desequilibrando Flora quando o banco se inclinou perigosamente para um dos lados. Segurando-se na borda, ela tentou se endireitar ao mesmo tempo que o homem fazia seu cavalo parar a centímetros das narinas infladas da pônei.

– Que raios o senhor pensa que está fazendo?! – gritou Flora, tentando acalmar seu animal apavorado. – Não sabe andar na estrada?

Bem nessa hora, Myla resolveu partir a galope para casa o mais depressa possível, para longe do garanhão tordilho que a impedia de passar. Flora se desequilibrou para a frente e perdeu o controle da charrete quando as rédeas foram arrancadas de suas mãos pela pônei, que passou chispando pelo cavalo. Ainda viu de relance, por um breve instante, a expressão chocada nos olhos castanho-escuros do homem.

Foi preciso toda a sua força para se segurar no banco usando uma das mãos, enquanto a outra puxava as rédeas em vão. Foi só ao passarem pelo portão da propriedade que Myla reduziu o passo; dava para ver o suor no seu lombo. Flora chegou aos estábulos abalada e bem machucada.

– Srta. Flora! Mas o que foi que aconteceu? – perguntou Stanley, o lacaio, reparando no olhar apavorado do animal, tentando acalmá-lo.

– Um cavaleiro surgiu do nada, cruzou nosso caminho e Myla disparou – respondeu Flora, quase chorando.

Passou as rédeas para Stanley e aceitou a mão que ele lhe estendia para ajudá-la a descer da charrete.

– A senhorita está pálida feito um fantasma – comentou Stanley.

Já em terra firme, Flora sentiu-se subitamente tonta e se apoiou no ombro largo do lacaio para não cair.

– Quer que eu chame Sarah para ajudá-la a andar até a casa?

– Não. Vou me sentar no celeiro um instante. Faria a gentileza de me trazer um pouco d'água?

– Pois não, senhorita.

Stanley a conduziu até o celeiro, acomodou-a sobre um fardo de feno e foi buscar uma caneca d'água. Flora constatou que estava tremendo.

– Aqui está, senhorita – disse o lacaio ao voltar. – Tem certeza de que não quer que eu vá chamar Sarah? A senhorita está mesmo com uma tez diferente.

– Não – respondeu Flora com a maior firmeza de que foi capaz.

Qualquer menção ao fato de ela ter perdido o controle da charrete em público significaria o fim das viagens e, portanto, da sua liberdade. Forçou os braços e as pernas, que mais pareciam geleia, a lhe obedecerem e se levantou.

– Por favor, não comente nada.

– Como quiser, senhorita.

Flora saiu do celeiro com a cabeça erguida, mas os ossos pareciam chacoalhar dentro de seu invólucro de pele. Enquanto atravessava o gramado em direção à casa, sentiu-se ainda mais convicta de que não poderia deixar seus pais perceberem o que havia acontecido.

Ao entrar na cozinha, viu a expressão aflita da Sra. Hillbeck, ocupada em tirar uma perna de cordeiro do forno.

– Por onde a senhorita andou? Sua mãe desceu não faz nem dez minutos para nos perguntar se a tínhamos visto. Eles já estão se sentando para almoçar no salão.

– Eu... eu saí.

– Srta. Flora? – Sarah se aproximou.

– Sim?

– Seu nariz está sujo e os cabelos estão desgrenhados.

– Você tem um pano?

– Claro.

Sarah pegou um e esfregou seu rosto, do mesmo jeito que fazia quando Flora era criança.

– Está limpo?

– Sim, mas os cabelos...

– Não dá tempo, obrigada.

Flora saiu correndo da cozinha e passou os dedos às cegas pelas mechas soltas para prendê-las de volta no coque. Parou em frente à porta da sala de jantar, escutou o murmúrio abafado de conversas do outro lado, inspirou fundo e entrou. Seis cabeças se viraram na sua direção.

– Queiram me perdoar, mamãe, papai, lady Vaughan, Srta. Vaughan e Ar...

Seu olhar contornara a mesa acompanhando as palavras até dar com um par de olhos escuros, arregalados de alarme e surpresa com o reconhecimento mútuo.

–... Archie – cuspiu ela.

Então aquele era o patife que quase a derrubara da charrete... o mesmo menino malvado que, tantos anos antes, a deixara cheia de hematomas alvejando-a com maçãs. Estava crescido, mas continuava encrenqueiro.

– Meu filho já é maior de idade, então deve ser chamado de lorde Vaughan.

– Perdoe-me, eu não sabia. Lorde Vaughan – conseguiu articular Flora, e se sentou.

– Onde você estava, Flora? – indagou Rose com uma voz gentil, mas sua expressão dizia tudo que ela não podia falar.

A jovem reparou que a mãe usava seu mais elegante vestido de chá.

– Eu... eu me atrasei na volta para casa por causa de... uma carroça que tombou e interditou a estrada – disse ela, optando por uma meia verdade. – Por favor, me perdoe, mamãe, tive que vir com a charrete pelas estradas secundárias.

– Sua filha anda de charrete sozinha? – estranhou lady Vaughan, com seus traços incisivos formando uma careta de reprovação.

– Em geral não, é claro, Arabella querida, mas nosso condutor não estava passando bem e Flora tinha assuntos urgentes a resolver em Hawkshead.

– Perdoe-me, mamãe – repetiu Flora enquanto o almoço era enfim servido.

Ela fez todo o possível para se concentrar em Elizabeth, a irmã um tanto sem-sal de Archie, e na conversa da garota sobre o guarda-roupa esplendoroso que iria usar na temporada seguinte. O tempo todo, pôde sentir os olhos pesarosos de "lorde" Archie perfurando-a do outro lado da mesa. Aurelia fora posta ao lado dele e dava o melhor de si para puxar papo, mas o rapaz parecia tão distraído quanto Flora. Deixando de lado a carne de cordeiro do prato principal, ela se reconfortou pensando que poderia atraí-lo até os estábulos e dar um soco certeiro naquele nariz arrogante e aristocrático. Até que, por fim, Alistair empurrou a cadeira para trás e anunciou que iria se recolher ao escritório para resolver uma papelada.

– Eu, Arabella e Elizabeth vamos nos transferir para a sala de estar. – Rose se levantou. – Temos muito o que conversar, não é, querida?

– Temos, sim – respondeu lady Vaughan.

– Aurelia, quem sabe você não gostaria de levar Archie para um passeio pelos jardins? O dia está bastante ameno, contanto que você se agasalhe bem. Aurelia teve um resfriado terrível algumas semanas atrás – explicou Rose a lady Vaughan –, mas é isso que dá morar neste fim de mundo que é o norte.

Como tinha sido a única do grupo a não receber orientação, Flora foi a última a se levantar e saiu do cômodo atrás dos outros. Ao passar pelo hall, viu que todos já haviam sumido.

Lenta e dolorosamente, subiu a escada até o quarto. Uma vez segura lá dentro, trancou a porta e afundou na cama, agradecida.

O crepúsculo começava a cair quando foi despertada por uma leve batida na porta.

Rolou com cuidado na cama e se sentou.

– Quem é?

– Sou eu, Aurelia. Posso entrar?

Flora se forçou a ficar em pé e, com passos rígidos, caminhou até a porta e a destrancou.

– Oi.

– Archie me contou o que aconteceu mais cedo. Como está se sentindo? – Aurelia tinha os olhos tomados de preocupação. – Ele ficou muito preocupado com você. Estava se sentindo péssimo e, durante todo o nosso passeio, só conseguiu falar disso. Chegou a insistir em escrever um bilhete pedindo desculpas e eu prometi entregá-lo. Tome.

Aurelia lhe estendeu um envelope.

– Obrigada.

Flora guardou a carta no bolso.

– Não vai abrir?

– Mais tarde.

– Flora, entendo que os encontros que vocês dois tiveram até hoje foram... desafortunados, mas Archie é muito simpático, de verdade. Acho que você gostaria dele se lhe desse uma chance. Eu gostei... muito.

Flora notou o olhar da irmã se desviar sonhadoramente em direção à janela.

– Minha nossa, Aurelia! Já está apaixonada por ele?

– Eu... Não, claro que não, mas até você precisa admitir que ele é muito bonito. E tem vários predicados. Parece ter lido todos os livros que já foram escritos e passou um ano fazendo a Grande Turnê da Europa. É cultíssimo. Eu me senti uma bobalhona durante a conversa.

– Archie teve o privilégio de uma educação adequada, mas infelizmente nós, mulheres, não parecemos ser dignas do mesmo tratamento.

– Bem... – Aurelia sabia que, quando a irmã estava de mau humor, era inútil tentar argumentar com ela. – As coisas são assim e pronto. Como não há nada que possamos fazer para mudá-las, precisamos aceitar. Às vezes acho que você não gosta de ser mulher.

– Tem razão, talvez não goste mesmo. Enfim.... – O tom de Flora se suavizou quando ela viu o desconforto da irmã. – Não dê atenção ao que eu digo, querida. Não foi só meu corpo que ficou ferido, mas meu orgulho também. Nossos convidados já foram?

– Já, mas espero vê-los bastante durante a temporada. A casa deles em Londres fica na praça ao lado da residência de tia Charlotte. Elizabeth foi muito gentil comigo e me contou sobre todas as moças que vão debutar conosco. Até Archie disse que talvez vá a um ou dois bailes este ano.

Aí está o mesmo olhar outra vez, pensou Flora enquanto a irmã se perdia em um devaneio íntimo.

– Vai descer para jantar? – perguntou Aurelia por fim. – Posso dizer a mamãe que você está com dor de cabeça e ela pedirá que a Sra. Hillbeck mande subir uma bandeja. Você está muito pálida.

– Obrigada. Acho melhor ficar na cama; hoje não estou me sentindo bem.

– Após o jantar, volto para ver como você está. Tem certeza de que não quer que eu conte a verdade a mamãe?

– Não. Só iria preocupá-la. Estou bem, Aurelia, de verdade.

Depois de sua irmã se retirar, Flora levou a mão ao bolso e tocou o envelope guardado lá dentro. Retirou-o, pensando se deveria simplesmente rasgá-lo e queimá-lo na lareira, pois qualquer coisa que ele houvesse escrito não faria muita diferença. No entanto, a curiosidade levou a melhor e, após reparar na bela caligrafia, rasgou o envelope e leu o bilhete:

Minha cara Srta. MacNichol,

Imploro seu perdão pelo desafortunado acidente de hoje mais cedo. Tive muito trabalho para controlar meu cavalo e, depois de conseguir, saí atrás da senhorita para ver se precisava de ajuda, mas não a encontrei.

Também quero me desculpar por meu comportamento cruel com as maçãs. Antes dessa nova catástrofe de hoje, já estava decidido a implorar seu perdão e a lhe agradecer por não ter feito o que a maioria das meninas faria, correndo em prantos para sua mãe. Isso me poupou uma surra.

Se houver algo que eu possa fazer para me redimir aos seus olhos, gostaria muito de tentar. Nosso relacionamento até hoje foi turbulento, mas espero no futuro ter a oportunidade de recomeçar. A terceira vez dá sorte, como dizem.

Estou certo de que a verei em Londres durante a próxima temporada. Até lá, permaneço seu humilde e contrito criado,

Archie Vaughan

Flora jogou a carta do outro lado do quarto. Viu-a flutuar por um breve instante, como uma borboleta desnorteada antes de aterrissar no chão, e decidiu que Archie Vaughan devia ter muita experiência em escrever para mulheres aquele tipo de prosa bela e elegante. Embora detestasse ter que fazer isto, reconheceu que Aurelia tinha razão: ele era dono de um físico vigoroso, de traços bem delineados que uma leve covinha em cada bochecha só faziam realçar, com cabelos escuros ondulados que caíam casualmente sobre a testa, e seus olhos castanhos se estreitavam quando ele abria o sorriso fácil. De fato, a beleza dele chegava a irritar.

Já o seu caráter eram outros quinhentos.

– Ele parte do princípio de que sempre vai ser perdoado. Bem, não desta vez – murmurou Flora, atravessando o quarto de novo e obrigando o corpo dolorido a se ajoelhar em frente às gaiolas.

A agitação generalizada lá dentro a alertara para o fato de que já passava, e muito, da hora de seu zoológico ser alimentado. Quando estendeu a mão para o caixote onde costumava guardar as sementes e vegetais, soltou um gemido de desespero.

– E ainda por cima a comida deve ter caído da charrete!

11

— lora querida, acho que deveríamos conversar sobre o próximo verão.

– Sim, mamãe.

Ela estava em pé no *boudoir* da mãe, que se encontrava diante do espelho de três folhas da penteadeira, pondo os brincos de pérola para o jantar.

– Sente-se, por favor.

Flora se acomodou na beirada de um banco de adamascado azul e esperou a mãe falar. O rosto de Rose continuava tão liso e bonito quanto devia ter sido quando ela era uma jovem debutante, mas Flora pôde notar a contração ao redor dos lábios e as leves rugas de preocupação entre as sobrancelhas louras.

– Como sabe, Aurelia e eu vamos partir para Londres daqui a uma semana. E seu pai vai tirar as férias habituais para caçar com os primos nas Terras Altas. A pergunta é: o que fazer com você? – Rose fez uma pausa e olhou para o reflexo da filha no espelho. – Sei que detesta a cidade e não iria querer nos acompanhar a Londres.

A senhora não chegou a me perguntar, pensou Flora.

– Ao mesmo tempo, as mulheres não são bem-vindas para acompanhar os homens à Escócia – prosseguiu a mãe. – Portanto, falei com os empregados, e seu pai e eu achamos melhor você ficar aqui na casa. O que acha?

Fossem quais fossem as emoções conflitantes que lhe passaram de forma veloz e furiosa pela cabeça, Flora sabia que a mãe só desejava ouvir uma única resposta.

– Eu ficaria feliz em permanecer aqui, mamãe. Afinal de contas, se não ficasse, me preocuparia com a saúde do meu zoológico.

– De fato.

Uma breve expressão de alívio cruzou o semblante de Rose, e Flora acrescentou:

– Embora sem dúvida vá sentir saudades da senhora, de Aurelia e de papai.

– E nós, de você. Mas pelo menos a questão está resolvida. Vou informar seu pai da decisão.

– Sim, mamãe. Vou deixá-la se preparar para o jantar.

– Obrigada.

Flora se levantou e andou em direção à porta. Estava prestes a abri-la quando viu que a mãe dera as costas para o espelho e a estava encarando.

– Flora?

– Sim, mamãe?

– Eu a amo muito. E sinto muito.

– Pelo quê?

– Eu...

Flora notou que a mãe tentava se controlar.

– Por nada – sussurrou Rose. – Deixe estar.

✿ ✿ ✿

– Você está radiante – afirmou Flora uma semana mais tarde, em pé diante da porta com Aurelia, pronta para se despedir dela e da mãe, que partiam para Londres.

– Obrigada – respondeu a irmã, e então fez uma ligeira careta. – Preciso confessar que este vestido de viagem de veludo é muito pesado e desconfortável, e o espartilho está tão apertado que acho que só vou conseguir respirar quando tirá-lo em Londres!

– Bom, ele lhe caiu lindamente e tenho certeza de que vai ser *a* debutante da temporada. – Ela abraçou a irmã com força. – Me deixe orgulhosa, sim?

– Hora de partir, Aurelia. – Rose apareceu na porta atrás das filhas e beijou Flora nas duas bochechas. – Cuide-se, querida, e tente não ficar saracoteando demais pela região enquanto estivermos fora, sim?

– Farei o melhor que puder, mamãe.

– Até logo, Flora querida.

Aurelia deu um último abraço na irmã, em seguida lhe jogou um beijo, soprando-o na mão. Ela e Rose subiram na velha carruagem que as levaria até Windermere, onde então trocariam de transporte na estação de Oxenholme e pegariam o trem para Londres.

Mesmo aos olhos nada mundanos de Flora, aquele veículo parecia uma relíquia. Sabia que, para o pai, era um desgosto profundo não poder comprar um automóvel. Aurelia se inclinou pela janela e acenou para a irmã enquanto o cavalo descia o acesso da casa estalando os cascos. Flora retribuiu o gesto até a carruagem sumir pelos portões da frente. Então, tornou a entrar na casa escura, que pareceu compartilhar sua sensação de abandono – o pai partira rumo às Terras Altas na véspera. Ao ouvir os próprios passos ecoarem pelo hall de entrada, Flora experimentou um súbito pânico só de pensar nos dois meses de silêncio que tinha pela frente.

Lá em cima, no quarto, tirou Posy da gaiola e se reconfortou acariciando suas orelhas sedosas. Parecia ser um treino para a futura condição de solteirona. Ela precisava aceitá-lo.

❀ ❀ ❀

Perdida sem a rotina que havia respeitado desde a infância, Flora começara a criar a sua própria. Acordava com as galinhas, vestia-se depressa e, dispensando a ideia de um café da manhã formal sozinha na sala de jantar, ia se juntar a Sra. Hillbeck, Sarah e Tilly na cozinha, onde tomava uma xícara de chá, comia pão fresquinho com geleia e fofocava um pouco. Em seguida saía, com sanduíches de queijo embalados em papel de pão e o material de desenho dentro de uma grande bolsa de lona.

Sempre pensara conhecer bem a zona rural que circundava a casa da família, mas foi só nesse verão que descobriu de fato sua milagrosa beleza.

Caminhou pelas colinas ao redor de Esthwaite Water, levantando as sofridas saias para pular os muros baixos de pedra que, havia séculos, demarcavam as terras cultiváveis. Com a dedicação de uma naturalista experiente, catalogou cada tesouro encontrado, como a pequena floração de saxífragas púrpura que encontrou aninhada em uma fenda na rocha. Seus ouvidos buscavam os pios agudos dos bicos-grossudos e os trinados dos âmpelis. Seus dedos roçavam delicadamente o pontiagudo capim dos vales e as ásperas pedras aquecidas pelo sol.

Em um dos dias mais quentes daquele mês de junho, Flora estava caminhando pela margem de um pequeno lago nas montanhas, fresco e liso como um espelho, na esperança de encontrar uma flor que até então só vira em seus livros de botânica. Após horas de busca no calor sufocante, enfim topou com as vivas flores fúcsias de uma papa-moscas presas às pedras ricas em minerais. Admirada com o contraste das pétalas crespas com seu lar inóspito, deitou-se no chão aquecido pelo sol para desenhar a cena.

Provavelmente por causa do calor entorpecedor, ela pegou no sono e, ao acordar, pôde sentir no ombro o toque suave do sol já poente. Levantou-se, olhou por entre os galhos dos pinheiros-da-escócia que se erguiam em direção ao céu e vislumbrou a forma de um falcão-peregrino pousado em um dos galhos mais altos.

Sem se atrever a respirar, estudou a plumagem lustrosa que cintilava ao sol e o bico curvo erguido à brisa. Por um instante, nem ela nem a ave se moveram. Então, abrindo as asas de modo majestoso, o falcão levantou voo, fazendo o galho tremer, e partiu em direção ao poente.

Flora voltou para casa com a noite já caindo e foi na mesma hora transformar em pintura o rápido esboço que havia feito do falcão em pleno voo.

❀ ❀ ❀

A maioria das noites era dedicada ao estudo de seu livro preferido sobre flores, de Sarah Bowdich. Flora comparava os espécimes que colhera com as ilustrações e acrescentava ao seu caderno de colagens os nomes em latim após tirar as plantas da prensa. Sentia uma culpa irracional por prender algo tão vibrante e vivo entre duas folhas de papel, mas pelo menos agora a beleza daquelas flores ficaria preservada além do seu tempo natural.

Também incorporou ao seu jardim zoológico um gatinho de pelo bem liso e preto que encontrara quase afogado junto a um lago. Era tão pequeno que cabia na palma da sua mão, e ela calculou que tivesse apenas poucos dias de vida, pois ainda não havia aberto os olhos. De algum modo, o filhote dera um jeito de se arrastar para fora do túmulo aquático. Sua determinação para viver comovera Flora mais do que qualquer outra criatura por ela adotada e, como não havia ninguém para impedi-la, o animal passou a compartilhar o calor de seu leito.

Ela batizara o filhote de Pantera após surpreendê-lo com os olhos ávidos pousados em Posy por entre as grades da gaiola, embora a coelha tivesse cinco vezes o seu tamanho. Ele logo se recuperou e passou a exercitar as pequeninas garras afiadas escalando as cortinas do quarto. Assim que estivesse desmamado, Flora precisaria levá-lo para a cozinha lá embaixo, caso contrário metade do zoológico acabaria na sua pança.

Lia agora uma das cartas semanais em que Aurelia relatava suas aventuras londrinas:

Estou feliz que a apresentação em si já tenha passado. Fiquei uma pilha de nervos enquanto esperava na fila para ser apresentada ao rei e à rainha. Cá entre nós, Flora, Alexandra é bem mais delicada e bonita do que aparenta nas fotografias, e o rei é mais feio e mais gordo! Para minha surpresa, não me faltaram parceiros de dança nos bailes e dois deles pediram para me visitar na casa de tia Charlotte. Um é visconde e, segundo mamãe, metade de Berkshire lhe pertence, de modo que você pode imaginar como ela está feliz! Já eu não estou lá muito animada: ele é só um tiquinho mais alto do que eu – você sabe como sou baixa – e também anda mancando, parece que devido a uma paralisia infantil. Ele me inspira simpatia, mas com certeza não é nenhum Príncipe Encantado, embora não por culpa dele.

Falando em "príncipes", Archie Vaughan acompanhou Elizabeth a um baile na semana passada. E, ah, não resta dúvida de que é o homem mais bonito de Londres. As outras debutantes ficaram com muita inveja quando ele me tirou para dançar não uma, mas <u>três vezes</u>! Tia Charlotte disse que foi quase indecente! Conversamos um pouco depois de dançar e Archie perguntou de você, estranhando que não estivesse conosco em Londres. Expliquei que você detestava a vida na cidade, por isso havia ficado em Esthwaite Hall. Ele disse que torcia para que o tivesse perdoado. Confesso que eu talvez esteja um pouco apaixonada, embora Archie tenha algo que me perturba um pouco.

E são essas as minhas notícias, por enquanto. Mamãe manda lembranças; tenho certeza de que você vai entender quanto ela está feliz por estar de volta à sociedade. Todos parecem conhecê-la, pois foi uma debutante muito popular antes de se casar com papai. Ela disse que escreverá em breve.

Estou com saudades, irmã querida.

Aurelia

– Francamente! – exclamou Flora com frustração para Pantera, que havia subido pela saia até o seu colo enquanto ela lia a carta. – Seria mesmo muita falta de sorte ter Archie Vaughan como cunhado.

❖ ❖ ❖

Alguns dias depois, em uma tarde quente de julho, Flora estava sentada à mesa do jardim, desenhando. Um chapéu de lona, de aba larga e proveniência desconhecida, agora a protegia dos fortes raios do sol vespertino. Ela o encontrara abandonado no quarto onde eram guardadas as botas sujas de lama. Pantera perseguia borboletas pela grama e estava tão adorável que Flora havia deixado de lado as flores para fazer o seu retrato.

Sobressaltou-se ao ouvir um súbito ruído de passos na grama atrás de si. Virou-se, imaginando ver Tilly de volta do mercado onde fazia as compras semanais. Em vez disso, uma sombra alta passou por ela e, ao erguer a vista, Flora deparou com os olhos escuros de Archie Vaughan.

– Boa tarde, Srta. MacNichol. Desculpe-me o incômodo, mas fiquei com a mão machucada de tanto bater na porta da frente, então dei a volta aqui pelos fundos para procurar algum ser humano.

– Nossa... eu... – Flora se pôs de pé atabalhoadamente enquanto Pantera ficava com o pelo arrepiado e bufava com ferocidade para o desconhecido. – Todos os empregados saíram. E, como o senhor sabe, minha família está fora – completou ela de forma abrupta.

– Quer dizer que a senhorita é uma verdadeira órfã na própria casa.

– Não chego a tanto – rebateu ela. – É que não gosto de Londres, só isso, e preferi ficar.

– Nisso pelo menos concordamos. Principalmente na temporada de acasalamento, quando uma nova leva de jovens fêmeas inocentes começa a bater os cílios do modo mais coquete possível na tentativa de derrotar as rivais para obter o mais precioso troféu masculino.

– E o senhor se considera um "troféu", lorde Vaughan? Minha irmã me contou que esteve em um baile semana passada.

– Muito pelo contrário. Apesar do nosso status e do nosso sobrenome antigo, não temos um tostão furado. A senhorita talvez saiba que meu pai morreu na última Guerra dos Bôeres, sete anos atrás, e que o navio dos Vaughans estava sem capitão até eu atingir a maioridade, faz alguns meses. Mas juro que estou fazendo o que posso para escapar das garras de qualquer rica herdeira com quem cruzar.

Flora não imaginava que o seu comentário atrevido fosse receber uma resposta assim tão sincera.

123

– Posso perguntar o que veio fazer aqui?

– Estou chegando das Terras Altas. Passei uns dias lá caçando com seu pai e o grupo dele. Como a viagem até Londres é longa, decidi matar dois coelhos com uma cajadada só.

– E quem, ou o quê, seriam esses "coelhos"?

– Em primeiro lugar, fazer uma pausa na viagem. Em segundo lugar, passar aqui para ver se a senhorita estava em casa e aproveitar alguns minutos da sua companhia. Desejo me desculpar pessoalmente pelo que aconteceu em abril. E também, quem sabe, conseguir um lanche? Embora talvez isso não seja possível, uma vez que os empregados todos saíram.

– Esse é o mais fácil dos seus pedidos, lorde Vaughan. Sou perfeitamente capaz de preparar um chá e talvez até providenciar um sanduíche.

– Uma dama que sabe fazer chá e sanduíches! Duvido que minha irmã e minha mãe tenham a menor ideia de como se faz isso.

– Não é nada complicado – murmurou Flora, levantando-se. – Quer ficar aqui no jardim enquanto os providencio?

– Não. Vou acompanhá-la para aplaudir os seus dotes culinários.

– Como quiser – respondeu Flora depressa.

Os dois subiram os degraus que conduziam ao terraço. Ela ficou furiosa consigo mesma ao constatar que a raiva que sentia por ele parecia ter derretido diante da sua demonstração de charme e franqueza. Decidida a não esquecê-la, Flora apertou o passo quando entraram na cozinha. Ao ver que a chaleira já estava cheia, colocou-a sobre o fogão para esquentar a água e, sentando-se à mesa, começou a fazer um sanduíche com um naco de pão, manteiga e queijo.

Archie puxou uma cadeira e se acomodou.

– A senhorita é mesmo uma perfeita esposa do campo, não é?

– Por favor, lorde Vaughan, não faça troça de mim. Sobretudo quando estou preparando a sua comida.

– Posso lhe pedir um favor, Srta. MacNichol? Como estamos nesta situação tão informal, quem sabe poderia me chamar de "Archie"? E eu poderia tentar "Flora"?

– Com certeza não lhe dou permissão para me chamar de Flora. Mal nos conhecemos. – Ela colocou os sanduíches com força num prato. – Os homens daqui comem o pão com a casca. Está bom para o senhor?

– Minha nossa, a senhorita é mesmo brava – comentou ele com um sorrisinho quando ela estendeu o prato na sua direção como se preferisse jogá-lo longe. – Ai! – exclamou de repente, afastando a pequena ameaça peluda que acabara de morder seu tornozelo. – O gatinho tampouco parece gostar de mim.

Reprimindo um sorriso, Flora recolheu Pantera no braço e virou-se para servir o chá.

– Srta. MacNichol, será que temos alguma chance de começar de novo? Considerando que o primeiro incidente com as maçãs ocorreu quando eu era um menino melequento de 6 anos, e o segundo foi um lamentável acidente.

– Lorde Vaughan – respondeu ela, virando-se –, não faço ideia do que veio fazer aqui nem do motivo que o leva a dar importância ao que eu penso quando, pelo que diz minha irmã, metade das jovens de Londres não cessa de louvar seus atributos. Se for por não suportar que exista uma mulher no mundo que o senhor não consiga seduzir, lamento, mas as coisas são assim. Podemos levar a bandeja para a varanda, o que acha?

– Permita que eu a carregue. E a senhorita pode carregar esse daí – falou Archie, apontando para Pantera. – Esse tigre bravo disfarçado de filhote de gato precisa ser mantido sob controle caso resolva me atacar outra vez. Sua escolha de animal de estimação foi perfeita.

Archie pegou a bandeja e caminhou em direção à porta.

Lá fora, na varanda, o sol brilhava forte, em total contraste com o silêncio sepulcral que reinava entre os dois. Flora serviu o chá e eles se sentaram lado a lado. Enquanto Archie devorava os sanduíches, ela percebeu que estava sendo insuportavelmente mal-educada. Se sua mãe a visse, com certeza a teria repreendido por se comportar assim, mas ela não conseguia se forçar a manter uma conversa polida. Pelo visto, nem Archie.

– Se o senhor me der licença, preciso buscar meu bloco de desenhos antes que pegue umidade.

Levantou-se da mesa e apontou para o gramado.

– Claro. – Ele aquiesceu. – E, por favor, leve esse tigre junto.

Quando ela voltou, Archie já estava de pé.

– Obrigado por sua hospitalidade. Só fico triste que a senhorita pareça estar com uma impressão errada a meu respeito e que, pelo visto, eu não esteja conseguindo convencê-la a mudar de ideia. Em breve nos veremos, Srta. MacNichol.

– Estou certa de que não fiquei com a impressão errada. Mas minha irmã ficará muito feliz em recebê-lo caso o senhor passe por aqui outra vez.

Flora pôs o bloco sobre a mesa e Archie o acompanhou com o olhar.

– Posso ver?

– Não é nada de mais. São só uns esboços malfeitos. Eu...

Mas ele já havia aberto o bloco e folheava os desenhos feitos a carvão.

– A senhorita está subestimando seu talento. Alguns estão magníficos. Este falcão... e este esboço do seu tigre negro...

– O nome dele é Pantera.

– Perfeito – elogiou ele. – Bem, estão magníficos. Magníficos mesmo. A senhorita tem ótimo olho para a natureza e os animais.

– Desenho apenas para o meu próprio prazer.

– Mas é isso que fazem todos os grandes artistas, não? A paixão vem de dentro... A necessidade de se expressar em qualquer meio artístico que a pessoa escolher.

– Sim – concordou Flora, de má vontade.

– Quando fiz meu tour pela Europa, vi diversas obras de arte incríveis. No entanto, muitos dos criadores passaram grande parte da vida na pobreza, escravos de suas musas. Parece que raros foram os que não sofreram, de uma forma ou de outra. – Archie tirou os olhos do bloco e os pousou em Flora. – Sente dor também, Srta. MacNichol?

– Que pergunta! Só porque decidi desenhar e pintar não quer dizer que padeça de alguma enfermidade mental ou emocional.

– Que bom. Pois eu não gostaria que a senhorita sofresse. Nem que fosse solitária. Mas deve ser, zanzando por este velho mausoléu... – insistiu Archie.

– Não sou solitária. Tenho os empregados e todo um zoológico para me fazer companhia.

– Sua irmã comentou sobre a... *coleção* de vida selvagem na última vez em que nos falamos em Londres. Parece que a senhorita já fez amizade com uma cobra.

– Uma cobra-d'água inofensiva – replicou Flora, sentindo-se ofegante com aquela súbita chuva de perguntas, algo semelhantes às maçãs com as quais ele um dia a alvejara. – Não me deixaram ficar com ela.

– Acho que até eu combateria a ideia de uma cobra morando debaixo do meu teto. A senhorita é uma mulher muito fora do comum. Devo admitir que estou fascinado.

– Que bom que a minha esquisitice o diverte.

– Bem, Srta. MacNichol, meus parabéns – disse ele após um breve intervalo. – A senhorita tem o dom de transformar até mesmo o mais positivo dos comentários em negativo. O que mais posso fazer para conquistar seu perdão? Já tentei quase tudo, inclusive percorrer a região de carro quando poderia facilmente ter pegado o trem expresso escocês para ir e voltar direto de Edimburgo. Pronto, é essa a verdade – concluiu ele, e Flora pôde notar sua frustração.

Como se estivesse exaurido com a confissão, Archie se deixou cair repentinamente sentado em uma cadeira.

– Saí da caçada mais cedo para vir vê-la. Mas, como é evidente que não estou conseguindo cair nas suas graças, por mais que tente, vou seguir meu caminho e me hospedar em um hotel um pouco mais ao sul.

Flora o estudou com atenção. A falta de experiência com os homens, sobretudo tipos tão mundanos quanto Archie, prejudicava seus instintos naturais. Ela não conseguia entender o que o levara a desviar tanto do caminho para lhe pedir desculpas quando, aparentemente, poderia ter qualquer mulher que quisesse em Londres.

– Eu não... não sei o que dizer.

– Quem sabe pudesse considerar a possibilidade de me conceder alguns dias na sua companhia? Durante esse tempo, poderíamos falar sobre todos os assuntos que, segundo me disse a irmã da senhorita, são a sua paixão. E também a minha.

– Por exemplo...?

– Tenho muito interesse por botânica, Srta. MacNichol. Embora duvide que possua um conhecimento do mesmo nível do seu, gosto de pensar que estou dando os primeiros passos em meu aprendizado. Ainda que nosso jardim em High Weald não tenha a mesma beleza crua da paisagem que vocês têm aqui, é igualmente lindo à sua própria e suave maneira. A senhorita já esteve nos Kew Gardens?

– Não. – Flora se animou ao ouvir o nome do jardim botânico nos arredores de Londres. – Mas sempre quis conhecê-los. Já li que lá eles colecionam espécies do mundo inteiro, até mesmo da América do Sul.

– É verdade, e o novo diretor, sir David Prain, é um homem inspirado. Ele teve a bondade de dar uma ajudinha com nosso jardim. Descobri que, se abrigadas, plantas de climas estrangeiros conseguem se dar bem no sul da Inglaterra, graças ao clima ameno. Também gostaria muito de observar a flora endêmica que deve crescer em abundância por aqui. Estou ansioso para criar uma coleção singular de plantas de toda a Inglaterra... Ai!

Pantera havia subido pela perna da calça do rapaz e estava agora ronronando e se exibindo no vale entre suas coxas, cravando as garras bem afiadas no pano da roupa. Ao ver que o gato o perdoara, Flora enfim cedeu.

– Se o senhor pensa que posso auxiliar seus estudos de alguma forma, acho que eu teria prazer em lhe mostrar o que puder.

– Obrigado – disse Archie. Sua expressão se suavizou e ele ergueu a mão num gesto hesitante para acariciar Pantera. – Eu ficaria imensamente grato por qualquer conhecimento que a senhorita quiser compartilhar.

– Mas onde ficará hospedado?

– Já aluguei um quarto no pub aqui das redondezas, em Near Sawrey. – Ele se levantou e, segurando o gatinho satisfeito com o outro braço, ofereceu-lhe o cotovelo. – E agora, será que poderia me mostrar este lindo jardim?

❀ ❀ ❀

No início do passeio, Flora deu o melhor de si para testar os conhecimentos dele, pois ainda não tinha certeza de que aquilo não fosse mais um estratagema típico de Archie para insultá-la e diminuí-la. No entanto, logo percebeu que ele dissera a verdade. O jovem conseguiu nomear sem hesitação diversas plantas raras dos canteiros, com exceção da *Parnassia palustris*.

– Acho que ela é bem rara e prefere o clima aqui do norte da Inglaterra, por isso é que não a está reconhecendo.

Enquanto eles caminhavam rente aos canteiros que margeavam o jardim, Archie lhe contou que, na infância, costumava seguir o jardineiro feito um cachorrinho.

– Infelizmente, ele também morreu na Guerra dos Bôeres. Voltei de Oxford um ano atrás e, sem dinheiro para contratar todos os empregados necessários, tive que aprender sobre jardinagem. Foi assim que descobri essa paixão. A senhorita deveria me ver em casa, de macacão – disse ele com um sorriso. – Virei vestido com ele na próxima vez em que visitá-la, se quiser. Nunca se deve julgar um livro pela capa, Srta. MacNichol – brincou ele, balançando-lhe um dedo.

Flora o encarou, desconfiada.

– Mas foi a sua "capa" que fez do senhor a coqueluche das senhoritas em Londres.

– E isso impede que eu tenha paixão por plantas? A senhorita achou que eu fosse apenas um rapaz fútil e de má reputação que passa o tempo se divertindo e gastando o dinheiro que herdou?

Encabulada, Flora baixou os olhos.

– É bem verdade que só tenho 21 anos e, de vez em quando, aprecio uma festa e a companhia de mulheres bonitas – prosseguiu Archie, vendo a expressão dela. – Infelizmente, como a senhorita também sabe, as famílias tradicionais da Inglaterra não são mais tão ricas quanto antes e minha herança veio na forma da depauperada propriedade de High Weald, não de uma gorda conta bancária. Quero fazer o possível para preservar o esplendor desse lugar, ao menos do exterior. O jardim murado é famoso por sua beleza. E, se isso implica sujar as mãos, que seja.

✿ ✿ ✿

Mais tarde, Flora se sentou à escrivaninha para escrever no diário; os estranhos acontecimentos faziam sua mente girar. Depois de registrar toda a troca de palavras que conseguiu recordar, guardou o diário na gaveta. Nessa noite, ficou deitada na cama sem conseguir dormir, algo que raramente lhe acontecia, ainda pensando no dicotômico Archie que acabara de descobrir. E no fato de que, antes de partir, ele dera um jeito de convencê-la a levá-lo para outro passeio no dia seguinte, mais longo, para visitar Langdale Pikes.

– Esse homem é mesmo um enigma – sussurrou ela para Pantera, cuja cabecinha repousava no travesseiro ao seu lado. – E eu me odeio por começar a gostar dele.

12

— om dia, Srta. MacNichol – disse Archie quando eles se encontraram no pátio do estábulo. – Trouxe o almoço. E não se preocupe: os sanduíches estão sem casca.

Ele colocou o cesto de piquenique na charrete e estendeu a mão para ajudá-la a subir.

Flora empunhou as rédeas e sorriu ao ver as roupas dele. Archie estava usando uma calça de sarja bem antiga e uma camisa quadriculada de fabricação grosseira. Nos pés, via-se um par de grossas botas de trabalho.

– Peguei as roupas emprestadas com o dono do pub onde estou hospedado lá no vilarejo – explicou ele ao notar seu interesse. – Como a calça ficou grande, apertei-a com um pedaço de barbante. Estou vestido a caráter?

– Está, sim, lorde Vaughan. Um verdadeiro homem do campo.

– Como vamos passar o dia sendo diferentes, seria possível *agora* deixar de lado as formalidades? Sou apenas Archie, o assistente do jardineiro, e você é Flora, a leiteira.

– Leiteira? Meu aspecto está tão ruim assim? – Fingindo-se ofendida, ela estalou as rédeas e eles partiram a trote. – Eu não poderia ser pelo menos uma criada da casa... ou mesmo uma acompanhante?

– Ah, em todas as histórias que li, a mais bonita é sempre a leiteira. Não quis ofendê-la, mas elogiá-la.

Flora se concentrou em dirigir a charrete; ficou grata pelo fato de o chapéu de sol ocultar seu rosto, pois sentiu-se corar. Aquele era o primeiro elogio direto que recebia de um homem relativo à sua aparência, e não teve a menor ideia de como reagir.

Langdale Valley ficava abrigado entre os picos majestosos que se erguiam bem alto em direção às nuvens. Emolduravam o chão verde do vale, que, pouco a pouco, dava lugar à face de rocha nua que tomava conta das montanhas conforme o terreno se elevava.

Archie ajudou Flora a descer da charrete e eles ficaram parados olhando para cima.

– "Nas combinações que fazem, erguendo-se umas acima das outras ou subindo em picos qual as ondas de um mar revolto..."

– "... e na beleza e variedade de suas superfícies e cores, nada pode superá-las" – completou Flora. – Eu nasci e fui criada nesta região. Conheço a obra de Wordsworth.

Ao vê-lo se espantar, ela deu de ombros.

– É isso que eu amo nas montanhas – disse ele, ofegante. – Dá para sentir nossa insignificância. Somos apenas um pontinho na vastidão do cosmos.

– Sim, e talvez seja por isso que os londrinos são tão cheios de si.

– Em suas cidades construídas pelo homem, sentem-se mestres do próprio universo. Já aqui... – Archie não concluiu a frase, mas apenas sorveu uma lufada de ar fresco. – Já escalou alguma dessas montanhas, Flora?

– É claro que não. Eu sou mulher. Mamãe teria um troço se eu sugerisse isso.

– Gostaria de ir? Amanhã? – Archie segurou sua mão. – Seria uma aventura. Qual você acha que poderíamos escalar? Aquela dali? – Ele soltou a mão dela e apontou para o desfiladeiro. – Ou quem sabe aquela dali...

– Se for para escolher, com certeza seria melhor que fosse a mais alta: Scafell Pike. – Flora indicou o pico, naquele momento oculto por um halo de nuvens. – Eleva-se acima de qualquer outra na Inglaterra e, segundo meu pai, a vista lá de cima é incomparável.

– Então? Vamos?

– Não de vestido!

Archie riu.

– Você precisa pegar uma calça comprida emprestada. Está disposta?

– Contanto que seja um segredo nosso.

– Claro. – Archie estendeu a mão e ajeitou atrás da orelha dela uma mecha de cabelos. – Pego você amanhã nos portões da frente às seis e meia da manhã em ponto.

Naquela noite, Flora fez algo inédito: entrou no quarto de vestir do pai. Abriu a porta com cautela, mesmo sabendo que não havia ninguém por perto, pois Sarah estava no chalé onde morava com a mãe, e Tilly e a Sra. Hillbeck se encontravam enfurnadas na cozinha, entretidas com a fofoca vespertina. Ao passar pela soleira, estremeceu de leve com a súbita queda de temperatura. Reparou que o cômodo recendia a poeira, umidade e a um leve toque da água-de-colônia do pai. Sombras escuras enviesadas se desenhavam sobre a estreita cama de madeira. Em cima do velho criado-mudo, um relógio contava os segundos na ausência de seu dono.

Ela abriu as pesadas portas de carvalho do guarda-roupa e correu os dedos pelas fileiras de calças até, por fim, selecionar uma peça de tweed usada para caça. Ao se dar conta de que também precisaria de meias, abriu uma gaveta da cômoda de mogno, mas constatou que estava cheia de papéis. No canto havia um pequeno maço de envelopes de cor creme unidos por um barbante. Flora reconheceu a caligrafia da mãe e se perguntou se poderiam ser cartas de amor da época em que os pais namoravam. Sentiu-se extremamente tentada a lê-las – já que talvez a ajudassem a entender o mistério por trás do casamento dos pais –, mas fechou a gaveta com firmeza antes de os próprios dedos traiçoeiros terem a chance de se aproximar. Depois de encontrar as meias e somar uma camisa de pano grosso à trouxa que levava no braço, tornou a andar até a porta.

Seus dedos só tocaram a maçaneta, pois a tentação derrotou o bom senso e ela voltou à cômoda. Largando as roupas sobre a cama, abriu a gaveta de cima e pegou o maço de cartas. Tirou a primeira e começou a ler:

Cranhurst House
Kent
13 de agosto de 1889

Meu caro Alistair,
Em uma semana estaremos casados. Não tenho como lhe agradecer por ser meu cavalheiro audaz e me salvar da desgraça. Em troca, juro que serei a esposa mais atenciosa e fiel que qualquer homem poderia desejar. Meu pai me informou que já fez a transferência e espero que o dinheiro tenha entrado na sua conta hoje à noite.
Aguardo ansiosa a hora de ver você e meu novo lar.
Minhas mais cordiais saudações,
Rose

Flora leu e releu a carta para tentar compreender o significado da palavra "desgraça". O que a mãe poderia ter feito de tão terrível?

– Bem, seja o que for, o casamento está explicado.

O mais provável era que a mãe tivesse se apaixonado pelo homem errado – era isso que acontecia em muitos livros que Flora lia. Perguntou-se quem poderia ter sido. Embora a mãe nunca falasse sobre a própria juventude, Aurelia havia comentado recentemente em suas cartas como todos pareciam conhecê-la. Isso só enfatizava o fato de que ela devia ter um passado. Flora tornou a guardar a carta no envelope e o recolocou com cuidado no maço. Tornou a pegar na cama a pilha de roupas e saiu.

❀ ❀ ❀

Na manhã seguinte, acordou às seis e vestiu a calça, a camisa e as meias do pai. Foi pé ante pé até o quarto das botas e pegou emprestados os resistentes calçados de Sarah – que ficaram muito apertados, mas eram a única opção –, além de uma boina de tweed do pai. Deixou um recado avisando que passaria o dia fora colhendo flores para pintar, em seguida saiu de casa. Ao descer o acesso até o portão, viu um Rolls-Royce novinho em folha estacionado na beira da estrada. Archie lhe abriu a porta e ela entrou.

– Bom dia. – Ele sorriu ao observá-la. – Você está particularmente bonita hoje, Flora leiteira. Vestida de forma perfeita para passear no Silver Ghost.

– Pelo menos as roupas são práticas.

– Na verdade, com essa boina, você poderia até ser confundida com um rapaz. Tome, ponha estes óculos de proteção para completar o traje.

Ela pôs os óculos e franziu a testa.

– Pelo menos assim ninguém por aqui vai me reconhecer.

– Imagine só o que sua mãe e sua irmã diriam se pudessem vê-la – comentou ele, dando a partida.

– Prefiro nem imaginar. E como raios você tem um carro destes se me disse que sua família está arruinada? Papai falou que custa uma fortuna.

– Infelizmente ele não é meu. O dono de uma propriedade aqui perto me deixou usá-lo em troca do usufruto de um chalé em High Weald. Não lhe perguntei com que finalidade. Embora saiba que a esposa do coitado está grávida do sexto filho em seis anos, se é que me entende.

– Certamente não entendo – respondeu ela, pudica.

– Bem, estou feliz por poder dar uma volta de carro pelas montanhas. Trouxe um lanche dentro de uma velha bolsa militar que o atencioso Sr. Turnbull, dono do pub, me emprestou. E também duas mantas, só para garantir.

Flora olhou pela janela, para as nuvens que encimavam os picos ao longe. Ao constatar como estavam pesadas, franziu o cenho.

– Só espero que não tenhamos escolhido o único dia de chuva em semanas.

– Felizmente agora está quente.

– Pode ser, mas meu pai sempre diz que a temperatura cai muito em altitude. Ele já escalou todos os picos desde que veio morar aqui.

– Nesse caso, teremos que encontrar um celeiro para estacionar o carro. Prometi para Felix, sob pena de morte, que o devolveria em boas condições, e não posso correr o risco de deixar que pegue chuva.

Um agricultor das redondezas aceitou abrigar o Rolls-Royce. Archie olhou de cara feia para seus filhos que, com os olhos arregalados, pareciam ansiosos para subir no carro. Isso sem falar nas galinhas.

– Papai disse que levou umas quatro horas para chegar lá em cima – comentou Flora quando os dois partiram pela grama áspera em direção ao vale.

– Seu pai é um andarilho experiente. Imagino que levaremos bem mais tempo. – Archie tirou um mapa da bolsa. – O dono do pub sugeriu uma boa trilha para seguirmos. Vou lhe mostrar... – Ele catou um graveto e fez um risco na terra batida. – Temos que seguir rumo ao sul, em direção a Esk Hause, depois Broad Crag Col. – Com o mapa na mão, ele partiu na frente.

– O que são todos aqueles pontinhos brancos lá no alto da montanha?

– Ovelhas. Elas deixam dejetos por toda parte.

– Quem sabe conseguimos uma carona com uma delas se ficarmos cansados? São animais muito úteis... fornecem comida deliciosa para nossas mesas e protegem nosso corpo com sua lã.

– Detesto carne de ovelha – declarou Flora. – Já decidi que não vou servir carne quando tiver minha própria casa.

– É mesmo? E vai servir o quê?

– Ora, legumes, verduras e peixe, claro.

– Bem, nesse caso não tenho certeza se gostaria de jantar na sua casa.

– Como preferir.

Flora deu de ombros e saiu marchando na frente dele.

A caminhada pelas encostas mais baixas da montanha foi fácil durante as primeiras duas horas, e os dois pararam de vez em quando para refrescar os rostos afogueados e beber nas mãos em concha a água fresca de nascente dos muitos regatos que desciam até o vale. Enquanto seguiam pelas trilhas dos escaladores que os haviam precedido, falavam agradavelmente sobre todos os assuntos, dos livros preferidos à música que lhes agradava. A subida ficou mais árdua e a conversa cessou, já que precisaram poupar fôlego para prosseguir e escalar as pedras escarpadas que coalhavam o declive.

Archie subiu em uma pedra e olhou para cima.

– Avalio que já tenhamos percorrido uns bons dois terços do caminho. Venha, vamos ver quem consegue alcançar o cume primeiro.

Uma hora mais tarde, chegaram ao alto da montanha. Ofegantes e com a respiração acelerada, ficaram parados lado a lado, entusiasmados com o feito. Flora deu a volta devagar pelo topo para admirar a vista magnífica.

Archie surgiu ao seu lado.

– Ontem à noite li em um livro que, se o dia estiver claro, daqui dá para ver a Escócia, o País de Gales, a Irlanda e a Ilha de Man. Pena não termos um fotógrafo para registrar este momento. Quer que eu a ajude a subir na pedra que marca o cume?

– Sim, obrigada.

Archie a pegou pela mão e ajudou-a a se equilibrar enquanto ela escalava a imensa pilha de pedras, em seguida a soltou. Flora abriu os braços e ergueu os olhos para o azul do céu.

– Parece que estou no topo do mundo!

– E está mesmo... pelo menos na Inglaterra – disse ele, rindo.

Estendeu-lhe os braços e ela desceu na sua direção. Archie a segurou pela cintura e a pôs no chão. Manteve-a ali por alguns segundos e a encarou.

– Flora, preciso dizer que você é simplesmente linda quando está feliz.

Ela sentiu o rubor lhe subir mais uma vez às faces. Uma bruma úmida rodopiou à sua volta e a vista desapareceu.

– Estou faminta – avisou, para disfarçar o constrangimento.

– Eu também. Que tal descermos de novo até onde tem sol para fazermos o piquenique? Segundo o Sr. Turnbull, devemos seguir na direção noroeste rumo a Lingmell; o caminho está bem demarcado por pilhas de pedra. Ele disse que a vista que se tem de Wasdale é espetacular. Podemos parar para comer ali.

– Então me guie até nossos sanduíches.

Ele pegou a bolsa e os dois se afastaram do cume. Vinte minutos mais tarde, Flora declarou que não conseguia mais prosseguir, logo se acomodaram sobre uma pedra plana e Archie desembalou o almoço.

– Sanduíches de queijo jamais tiveram um sabor mais divino – murmurou ela. – Só fico com pena de não ter trazido meu caderno e meu carvão. Preciso me lembrar desta vista para reproduzi-la no papel.

Ela tirou a boina, fazendo os cabelos cascatearem sobre os ombros, e inclinou o rosto em direção ao calor do sol.

– Que cabelo maravilhoso você tem – comentou Archie. Estendeu a mão para pegar uma mecha e enroscou um cacho no dedo.

Algo dentro de Flora sofreu um estranho e leve sobressalto com aquele toque tão íntimo.

– É grosso e forte feito uma corda – comentou ela – e minha mãe não faz ideia de onde possa ter vindo. Se você escorregar e cair pelo caminho, posso lhe jogar um punhado, e você o usaria para se levantar. – Flora sorriu e, ao se virar, deu com Archie a encará-la com um olhar estranho. – O que foi?

– Seria inadequado lhe dizer o que eu estava pensando. Só posso falar que a considero uma companhia maravilhosa com essa sua disposição eufórica de agora.

– Obrigada. E quero lhe contar que enfim o perdoei por quase ter me matado. Duas vezes.

– Quer dizer que agora somos amigos?

Por um instante, o rosto de Archie ficou muito próximo do seu.

– Sim, somos.

Quando os dois se recostaram na pedra aquecida pelo sol, Flora pensou que nunca havia se sentido tão relaxada na companhia de outra pessoa, o que, considerando as circunstâncias, era uma senhora reviravolta.

– De onde você acha que veio o seu talento para o desenho e a pintura? – quis saber Archie.

– Não faço ideia, mas com certeza sei quem me inspirou. Você deve conseguir ver a fazenda dela daqui.

– E quem seria essa pessoa?

– Uma escritora infantil chamada Beatrix Potter. Quando eu tinha 7 anos, ela foi tomar chá em Esthwaite Hall com os pais. Eu estava sentada no jardim tentando desenhar uma lagarta que acabara de encontrar sobre uma folha, comparando-a a uma lesma. Ela se sentou na grama ao meu lado, admirou minha lagarta e perguntou se podia me ensinar a desenhá-la. Uma semana mais tarde, recebi um envelope pelo correio. Fiquei animadíssima; era a primeira vez que me mandavam uma correspondência. Dentro do envelope havia uma carta da Srta. Potter. Só que não uma carta normal, pois contava a história da lagarta Cedric e seu amigo Simon, a lesma, acompanhada por pequeninos desenhos em aquarela. Eles são meu bem mais precioso.

– Já ouvi falar na Srta. Potter e em seus livros. Eles lhe valeram muita fama nos últimos anos.

– Verdade. Mas, quando a conheci, ela não era famosa. E agora mora em Near Sawrey, na fazenda de Hill Top, bem perto do pub em que você está hospedado.

– E você já a encontrou desde que ela se mudou para cá?

– Não. Ela hoje é tão ocupada e famosa que não tenho cara de aparecer na sua casa sem ser convidada.

– Ela mora sozinha?

– Acho que sim.

– Então talvez se sinta solitária. Só porque é conhecida não significa que não deseje companhia. Sobretudo de uma moça a quem um dia serviu de inspiração.

– Pode ser, mas ainda não reuni coragem. A verdade é que a considero minha heroína. Espero que um dia minha vida se pareça com a dela.

– Como assim? Uma velha solteirona cuja única companhia são os animais e as plantas?

– Uma mulher independente que tem o próprio dinheiro e pôde escolher o próprio destino, você quer dizer? – rebateu Flora.

– Você acredita que o seu destino é ficar sozinha?

– Como meus pais não consideraram que valia a pena eu ser apresentada na corte como minha irmã, já me conformei com a ideia de que provavelmente nunca vou me casar.

– Flora... – Archie estendeu a mão num gesto hesitante na direção dela. – O fato de você não ter debutado não impede que se apaixone e divida a vida com um homem. Talvez tenha havido motivos...

– Sim. Meus pais não tinham o dinheiro necessário, nem o patrocínio de tia Charlotte, como no caso de Aurelia.

– Não foi bem isso que eu quis dizer. Às vezes existem... circunstâncias que afetam as ações dos outros, circunstâncias de que talvez não tenhamos consciência.

– O fato de eu não ser uma beldade como Aurelia?

– Com certeza não foi o que eu quis dizer! Você não faz ideia do brilho que irradia. Tanto exterior quanto interior.

– Archie, por favor, sei que está tentando ser gentil, mas tenho ciência do motivo. Mas agora precisamos descer. Não está vendo as nuvens se juntando lá em cima? Acho que vai cair um toró!

Flora se levantou, desejando subitamente que aquela conversa nunca houvesse acontecido. Sentia uma vulnerabilidade inexplicável e seu humor havia mudado com a mesma rapidez com que as nuvens escondiam o sol.

Em quinze minutos, estavam os dois deitados de bruços sobre a grama áspera e os dejetos das ovelhas e o céu os fustigava com gotas de chuva afiadas como agulhas.

– Tome – disse Archie, mexendo no interior da bolsa. – Pegue a ponta desta manta. Nós dois podemos nos abrigar debaixo dela.

Flora obedeceu, protegendo a cabeça. Archie segurou o outro canto e eles ficaram deitados juntos no escuro. O abrigo inadequado logo ficou encharcado.

– Olá – sussurrou ele, e Flora sentiu seu hálito na face.

– Olá.

– Já nos cruzamos em algum lugar? Eu sou Archie, o assistente do fazendeiro.

– E eu sou Flora, a leiteira.

Ela não pôde conter um sorriso.

– Aqui dentro está fedendo um pouco a fezes de ovelha, não está?

– Acho que esse é o perfume preferido por estas bandas.

– Flora?

– Sim?

Os lábios dele buscaram os seus e ele a beijou. Pequeninas flechas de desejo partiram da boca de Flora e se irradiaram por todo o corpo. Embora ela tentasse conter os próprios lábios e fazê-los se afastar, eles se recusaram a obedecê-la. Archie a puxou para mais perto, envolvendo-a com força em seus braços e em seu calor. O beijo pareceu durar muito tempo e a intenção de Flora de envelhecer sozinha foi soprada para longe tão depressa quanto uma das nuvens negras no céu acima deles. Por fim, a chuva foi diminuindo e, com grande esforço, ela afastou o rosto.

– Meu Deus, Flora... – disse ele, ofegante. – O que você fez comigo? Você é um milagre! Eu a adoro...

Ele tentou abraçá-la de novo, mas dessa vez a jovem se afastou, em seguida arrancou a manta de cima de si e sentou-se, tonta de choque e de prazer. Archie também saiu de baixo da manta alguns segundos depois e os dois ficaram sentados sem dizer nada.

– Minhas sinceras desculpas. Deixei-me dominar por meus sentimentos. Tenho certeza de que você agora somará à minha lista de ofensas esse meu mais recente mau comportamento. Por favor, eu lhe imploro, não faça isso. Simplesmente não tive como evitar. Confirmo o que disse e, por mais inadequado que isso seja, eu a adoro. Não pensei em nada nem em mais ninguém desde que pousei os olhos em você em abril.

– Eu...

– Me escute. – Ele segurou sua mão. – Esta vai ser uma das últimas oportunidades de estarmos a sós. O motivo pelo qual acompanhei Elizabeth ao baile em Londres foi porque esperava encontrar você lá. Então lembrei que seu pai me convidara para uma caçada nas Terras Altas e foi a desculpa perfeita para me deter aqui e vê-la na volta para casa. Estes últimos três dias com você foram... sublimes. Se algum dia duas coisas se encaixaram como uma mão e uma luva, fomos você e eu. Com certeza você também sente isso, não sente?

Flora fez menção de se levantar, mas ele não soltou sua mão.

– Por favor, acredite no que estou dizendo – pediu Archie. – Preciso que se lembre de cada palavra, que olhe para mim e saiba que é a verdade. Tenho que ir embora hoje e começar a viagem de carro até em casa, pois prometi à minha mãe que chegaria amanhã. Mas juro que vou lhe escrever e que vamos nos ver de novo. – Apesar de escuro, seu olhar brilhava quando ele apertou a mão dela com mais força. – Quero que confie em mim. Aconteça o que acontecer, você precisa confiar em mim.

Flora se virou para ele, tonta com aquela súbita enxurrada de sentimentos. Depois de apenas três dias juntos, como *poderia* confiar nele?

Desviando o olhar a muito esforço, ela replicou:

– É melhor irmos andando, senão Sarah vai se perguntar onde estou.

– Sim, claro.

Ele soltou sua mão como uma corda que se rompe de tanta tensão, deixando-a estranhamente desamparada.

Os dois desceram a montanha em silêncio, com o humor tão pesado quanto as roupas encharcadas.

Quando por fim chegaram ao carro, Flora quase não conseguiu manter os olhos abertos, abatida tanto pelo cansaço quanto pela confusão emocional. Archie se concentrou em dirigir. Sentados a poucos centímetros um do outro, cada qual estava perdido nos próprios pensamentos. Por fim, chegaram aos portões do Hall e ele parou o carro.

– Flora, preciso ir para casa e consertar um erro terrível que agora sei que cometi. Mas juro que vou consertá-lo. E imploro que não descarte o que aconteceu entre nós nos últimos três dias. Por mais surreal que lhe pareça à medida que o tempo passar, tente se lembrar de que foi real, *sim*. Promete?

Flora o encarou e respirou fundo.

– Está bem.

– Adeus, Flora querida.

– Adeus.

Ela desceu do carro, bateu a porta e atravessou os portões com o passo um tanto trôpego, sentindo que o chão não estava firme sob os pés. Na cozinha, Sarah tinha os pés sobre o fogão, mastigando um pedaço de bolo, e a Sra. Hillbeck se encontrava à mesa, com Pantera aninhado no colo. Ambas ergueram os olhos, espantadas, e caíram na gargalhada.

– Srta. Flora! Por onde diabos andou? E que roupas são essas? Parece que quase se afogou! – exclamou Sarah após se recuperar do acesso de riso.

– E foi mais ou menos o que aconteceu – respondeu ela, grata às empregadas por lhe proporcionarem a sensação de normalidade de que necessitava para se recuperar. Sarah já havia começado a secar seus cabelos com um pano fino. – Eu estava nas montanhas... – falou, sonhadora.

– E pegou essa chuvarada – resmungou Sarah. – Pelo amor de Deus, menina, suba já e tire essas roupas molhadas. Vou levar uma bandeja de chá e encher a banheira.

– Obrigada.

Flora caminhou lentamente até o quartinho dos calçados e tirou dos pés doloridos as botas ensopadas. Depois de andar mancando até o hall e subir a escada até seu aposento, foi recebida pelo ruído descontente dos animais famintos. Tirou as roupas encharcadas, vestiu o roupão e começou a enfiar às pressas folhas e sementes por entre as grades das gaiolas. De repente, foi tomada por uma onda de exaustão. Cambaleou até a cama e se deitou.

Quando Sarah chegou com a bandeja de chá, viu que a Srta. Flora já estava ferrada no sono.

13

lora passou a semana seguinte na cama com um resfriado terrível. À medida que a febre subia, tudo que havia acontecido com Archie adquiria um ar onírico e ela começou a se perguntar se teria imaginado tudo.

Quando por fim se sentiu bem o bastante para se levantar da cama, desceu a escada; suas pernas pareciam feitas de geleia. Encontrou várias cartas endereçadas a ela sobre a salva de prata da correspondência, que ficava no hall. Pela caligrafia, reconheceu que duas eram de Aurelia e uma terceira da mãe, mas a quarta estava escrita na letra elegante de Archie. Sentou-se no primeiro degrau e abriu o envelope com as mãos trêmulas. A fraqueza que sentia se devia tanto à enfermidade recente quanto ao medo do que a carta poderia conter.

High Weald
Ashford, Kent
5 de julho de 1909

Minha querida Flora,
Espero que esta carta a encontre bem, embora eu próprio tenha sido acometido por um forte resfriado nos dias seguintes à nossa aventura nas montanhas. Queria lhe afirmar que tudo que eu disse foi sincero. Agora preciso lhe pedir que tenha um pouco de paciência, pois existe uma situação complexa que devo me esforçar para resolver. Não tem nenhuma relação com você – e tampouco, aliás, a ver comigo –, mas adveio do simples fato de eu estar disposto a tomar a decisão certa por todos aqueles que amo.
Sei que minhas palavras devem soar como um enigma, mas infelizmente os planos já estavam em curso antes de eu encontrá-la. Preciso, agora, dar

o melhor de mim para me desvencilhar deles e, assim, abrir um caminho. Dada a atual delicadeza da situação, sugiro que queime esta carta, pois bem sei como este tipo de missiva costuma cair em mãos erradas. E eu não gostaria de comprometê-la.

Enquanto isso, peço-lhe mais uma vez para confiar em mim e permaneço seu amigo e ardente admirador.

Archie Vaughan

P.S.: Queira transmitir meus melhores votos a Pantera. Espero que ele esteja cuidando de você.

Flora leu e releu a carta para tentar dar sentido àquelas palavras. Quando elas começaram a se embaralhar na página à sua frente, dobrou o papel com um suspiro e tornou a guardá-lo no envelope.

Para se distrair, pegou as cartas da irmã. A primeira era pura fofoca e animação:

Já foram anunciados dois noivados, e mamãe e eu fomos convidadas a comparecer às duas festas. Na realidade, vários rapazes aqui andam atrás de mim, mas nenhum deles conquistou meu coração. Fiquei decepcionada quando sua nêmesis, Archie Vaughan, pelo visto se sentiu mal e precisou cancelar a visita planejada a Londres. Agora duvido que o veja antes do final da temporada e de todos se dispersarem para passar o verão em casa ou, em alguns casos, no exterior. Confesso que voltar para Esthwaite talvez seja um pouco maçante depois de Londres, mas estou também muito animada para revê-la, querida irmã. Você não faz ideia de quantas saudades eu senti.

– Nêmesis... Rá!

Flora largou a carta e pensou em quanta coisa havia mudado desde a última vez que vira a irmã. Então, com o coração pesado, entendeu que precisava reconhecer os sentimentos de Aurelia em relação a Archie. Tudo que ela queria era que Flora gostasse dele e que o perdoasse. Como ficaria horrorizada caso viesse a descobrir a verdade...

Subiu para o quarto, guardou as cartas no compartimento de seda na parte de trás de seu diário e trancou tudo na escrivaninha. Fez uma prece silenciosa, e um tanto egoísta, para que algum homem... *qualquer* outro homem que não Archie arrebatasse o coração de Aurelia no que ainda restava da temporada. Havia muitas coisas que desejava compartilhar com a irmã, mas tinha a dolorosa consciência de que a recém-descoberta paixão por Archie Vaughan jamais poderia ser uma delas.

Deitou-se na cama e abriu com um rasgo a segunda carta de Aurelia.

Grosvernor Square, 4
Londres
7 de julho de 1909

Queridíssima irmã,
É com um misto de tristeza e grande alegria que escrevo para dizer que, no final das contas, não vou revê-la em casa tão cedo quanto pensei. Fui convidada por lady Vaughan para ficar hospedada em High Weald! Elizabeth me falou da beleza do lugar e estou ansiosa para conhecer os lendários jardins que ela me descreveu. Como pode imaginar, o que me deixa mais ansiosa em relação a essa visita é o fato de que Archie vai estar lá. Disseram-me que ele continua resfriado, por isso não foi visto aqui em Londres e todos sentem muito a sua falta. Mamãe voltará sozinha para casa e espero que você me perdoe por prolongar minha estadia no sul, mas também que compreenda os meus motivos. Voltarei para casa em setembro e até lá continuarei a escrever.
Mando-lhe todo o meu amor, querida irmã.
Aurelia

Um espasmo de dor apertou o coração de Flora. Era uma dor que transcendia qualquer bolha nos pés, qualquer febre, qualquer pesar do passado com a perda de um animal. Aurelia ficaria hospedada em High Weald. Conheceria a casa que Archie lhe descrevera e – o mais doloroso – seus amados jardins.

A mente traiçoeira de Flora imaginou a irmã usando um de seus lindos vestidos, com um grande chapéu de sol enfeitado de flores pousado sobre a cabeça loura, sendo acompanhada por Archie em um passeio pela propriedade. Ao afundar de novo nos travesseiros, achou que seria capaz de vomitar sobre a pelagem negra e lustrosa de Pantera.

Quando Sarah bateu à porta uma hora mais tarde e perguntou o que ela queria almoçar, fingiu estar dormindo. Duvidava que algum dia fosse sentir fome outra vez.

✿ ✿ ✿

Sua mãe chegou de Londres na primeira semana de agosto. Flora pôde ver que Rose estava tensa e atribuiu isso à infelicidade de voltar para casa após a animação da capital. Três dias mais tarde, seu pai, que Flora achava sempre infeliz, retornou das Terras Altas. Talvez o clima se devesse à ausência de Aurelia, bem como ao fato de que a sua vívida imaginação não parava de entreter pensamentos sombrios sobre a irmã na companhia de Archie em High Weald, mas a casa inteira lhe parecia coberta por uma sombria mortalha.

Agora plenamente recuperada do resfriado, Flora retomou sua rotina normal: acordava cedo para buscar a comida dos animais, pegava a charrete para cuidar de afazeres em Hawkshead e desenhava os novos tesouros encontrados nas andanças sob o ameno sol vespertino. Em casa, ouvia sussurros abafados atrás da porta do escritório do pai, e as conversas durante o jantar eram ainda mais forçadas do que de costume.

Quando agosto deu os últimos suspiros e levou consigo o verão daquele ano, Rose pediu para conversar com Flora após o desjejum. Foi com um estranho alívio que a jovem caminhou em direção à sala íntima e bateu à porta; fosse qual fosse o assunto, seria uma bem-vinda liberação depois de semanas de pressão contida.

– Olá, mamãe – falou ao entrar.

– Sente-se, Flora.

Ela se acomodou na cadeira indicada pela mãe. Uma luz clara entrava pelas janelas e iluminava as cores desbotadas do velho tapete indiano que cobria o chão. Um fogo ardia na lareira, sinalizando a mudança de estação.

– Flora, seu pai e eu temos conversado nas últimas semanas sobre o futuro da nossa... família.

– Entendo.

– Espero que o que vou dizer não seja um choque muito grande. Embora você fale pouco, sei que repara em tudo.

– Reparo? – Ela ficou surpresa com o comentário da mãe.

– Sim. Você é uma moça inteligente e observadora.

Flora soube que a notícia devia ser ruim *mesmo*, pois não conseguia se lembrar de ter ouvido um elogio daqueles da boca da mãe.

– Obrigada, mamãe.

– Não há outro jeito de lhe dizer isso, mas seu pai vai vender Esthwaite Hall.

Flora perdeu o fôlego e Rose evitou o olhar da filha antes de prosseguir:

– Nos últimos anos, cada centavo nosso foi gasto com a manutenção da propriedade, por isso vivemos de modo tão frugal. O fato é que o dinheiro simplesmente acabou e seu pai se recusa a acumular dívidas para financiar as reformas necessárias. Um comprador está disposto a pagar um bom preço e tem recursos para recuperar a sede. Seu pai encontrou uma casa para nós nas Terras Altas, perto de Loch Lee, e é para lá que nos mudaremos em novembro. Lamento, Flora. Tenho consciência de que, dentre todos nós, você é quem mais ama nosso lar e as redondezas. Mas não há nada a fazer.

A jovem não conseguiu dizer nada.

– Reconheço que não é o ideal e... – Flora observou a mãe engolir em seco para manter o autocontrole. – Eu com certeza vou achar a mudança difícil, mas não há outro jeito. Seu pai e eu sentimos que seria errado levá--la conosco para um lugar tão isolado, já que você ainda é jovem e precisa de companhia. Portanto, consegui lhe arrumar um cargo em uma casa em Londres; acho que você vai se adaptar lá muito bem.

Por um instante, Flora se imaginou limpando o fogão ou descascando batatas em uma cozinha no subsolo.

– Que tipo de cargo, mamãe? – conseguiu perguntar por fim, com a garganta seca.

– Uma amiga querida está precisando de instrução suplementar para as duas filhas. Falei-lhe sobre o seu talento para o desenho e a pintura, e também sobre os seus conhecimentos em botânica. Ela me perguntou se você gostaria de morar lá e transmitir suas habilidades às duas meninas.

– Vou ser governanta?

– Não exatamente. A casa onde vai morar é rica e há muitos empregados para cuidar das meninas e educá-las. Consideraria o seu papel o de uma professora particular.

– Posso saber o nome da sua amiga?

– Ela se chama Alice Keppel. É muito respeitada na sociedade londrina.

Flora aquiesceu; no entanto, por morar no distante Lake District, não estava familiarizada com o nome de *ninguém* em Londres, fosse essa pessoa muito respeitada ou não.

– Alice frequenta os círculos mais elevados e o fato de a considerar para esse cargo é uma honra. – Uma estranha expressão perpassou o semblante de Rose. – Bem, é isso. Você se mudará para a casa dela no início de outubro.

– E Aurelia? Ela também vai se mudar com vocês para as Terras Altas?

– Quando voltar de Kent, Aurelia vai morar com sua tia Charlotte em Londres. Pelo menos temporariamente. Estamos torcendo para que, muito em breve, ela tenha a própria casa.

O coração de Flora se sobressaltou.

– Ela vai se casar? Com quem?

– Estou certa de que sua irmã lhe contará assim que o noivado estiver oficializado. Tem alguma pergunta, Flora?

– Não.

De que adiantava? Seu destino já estava selado.

Rose estendeu a mão hesitante para a filha.

– Minha querida... Sinto muito, muito mesmo. Gostaria que as coisas fossem diferentes para você e para mim. Mas não são, e tudo que nos resta é fazer o melhor com o que temos.

– Sim. – Flora sentiu uma súbita empatia pela mãe, que parecia tão desanimada quanto ela própria. – Tenho certeza de que vou... me adaptar às novas circunstâncias. Diga à Sra. Keppel... diga a ela que estou muito grata.

Antes de dar o vexame de irromper em altos e desolados soluços, Flora se retirou depressa da sala. No andar de cima, trancou-se no quarto, caiu na cama, cobriu-se com as mantas e chorou o mais silenciosamente que conseguiu.

É o fim de tudo... meu lar, minha irmã, minha vida...

Pantera também havia entrado embaixo das cobertas e o contato de sua pelagem macia e cálida a fez chorar mais ainda.

– E o que vai ser de você? E Posy e meus outros animais? Não imagino nem por um segundo que a Sra. Keppel... – ela cuspiu o nome como se fosse um veneno –... vá querer que um sapo velho e um rato estraguem seu lar imaculado. Vou ser professora de duas meninas! Por Deus, Pantera, eu mal conheço crianças, que dirá saber educá-las. Não tenho sequer certeza de apreciá-las tanto assim.

O gato escutava, paciente, ronronando em seu ouvido como resposta.

– Como mamãe e papai puderam fazer isso comigo?

Flora se livrou das cobertas e sentou-se para contemplar a vista gloriosa de Esthwaite Water pela janela. A raiva agora havia substituído a tristeza. Levantou-se e pôs-se a andar pelo quarto, tentando desesperadamente pensar em como poderia conseguir, sozinha, salvar seu amado lar. Após exaurir todas as possibilidades, na verdade *inexistentes*, Flora abriu a porta de todas as gaiolas. Os animais saíram de seu cativeiro correndo e pulando e rodearam a dona em uma atitude protetora.

– Ai, meu Deus. – Flora deu um longo e fundo suspiro e os reuniu ao redor de si. – O que é que eu vou fazer?

✵ ✵ ✵

Conforme a névoa passou a pairar acima do lago ao nascer do dia e o crepúsculo começou a cair mais cedo a cada tarde, Flora ficou o máximo de tempo possível fora de casa. Seu pai ainda não havia comentado diretamente com ela sobre os planos de vender Esthwaite Hall, e *tampouco* sobre a mudança iminente para Londres. As refeições prosseguiam como de hábito e a jovem se perguntou se o pai de fato iria se despedir quando ela fosse embora, dali a duas semanas.

O único sinal de que algo mudaria eram os diversos furgões que chegavam em frente à casa e partiam levando a mobília; Flora não sabia dizer se os móveis estavam sendo levados para um leilão ou para a nova casa na Escócia. Ao ver os homens carregando caixotes vazios para a biblioteca, correu até lá e, qual uma ladra, recolheu às pressas quantos de seus livros preferidos conseguiu carregar, depois foi depressa com o saque para o andar de cima.

Era época de recolher o feno em Esthwaite e nos arredores, e o tempo particularmente bom fez o vilarejo inteiro se juntar para ceifar os campos antes de começarem as chuvas. Ao percorrer as estradas com seu cesto, Flora cumprimentava conhecidos aos quais em breve diria adeus e colhia exemplares de todas as espécies diferentes que conseguia encontrar. Imaginava que em Londres fossem faltar espécimes interessantes de fauna e flora para as novas alunas pintarem e desenharem.

O mais urgente de todos os problemas era o que fazer com seus animais. Se os soltasse, nenhum deles sobreviveria em liberdade após tantos anos de casa e comida em Esthwaite Hall. Contudo, o que mais poderia fazer?

Então, ao acordar cedo certo dia de manhã, atinou com a solução. Após o desjejum, amarrou na cabeça sua melhor touca e foi até o estábulo atrelar o pônei à charrete.

– Bom, o máximo que ela pode fazer é dizer não – disse a Myla ao estalar as rédeas para fazê-la partir.

Parou a charrete em frente a Hill Top e amarrou o pônei a uma estaca. Endireitou o vestido e a touca e abriu o portão de madeira. Ao subir o caminho que conduzia à casa, reparou nos canteiros bem cuidados cheios de flores de açafrão e dálias. À esquerda, depois de um portão verde de ferro forjado, havia uma horta, e ela viu repolhos e os grandes tufos das folhas de cenoura. Uma glicínia branca subia pela frente da construção e marmelos maduros também alegravam as paredes cinzentas.

Flora parou diante da residência, consciente de que a única coisa entre ela e sua heroína era agora a porta de carvalho trabalhada. Quase perdendo a coragem, pensou no que seria com certeza o destino de seus animais caso não fizesse pelo menos aquela tentativa e bateu com a aldraba de latão. Segundos depois, ouviu passos se aproximarem. A porta se abriu e um par de olhos brilhantes e curiosos a avaliou.

– Olá. Em que posso ajudá-la?

Flora reconheceu na hora a Srta. Potter. Como imaginava que uma empregada viesse atender à porta, quando a viu não conseguiu falar. Sua heroína exibia um aspecto um tanto desarrumado e limpava as mãos em um avental todo sujo de manchas de frutas que usava por cima de uma saia de lã cinza lisa e de uma blusa branca simples.

– A senhora com certeza não vai se lembrar de mim – começou, tímida –, mas meu nome é Flora MacNichol e moro em Esthwaite Hall, não muito longe daqui. A senhora um dia foi tomar chá lá com seus pais, depois me escreveu uma carta com a história de uma lagarta e de uma lesma...

– Ora, mas é claro que eu me lembro! Nossa, como está crescida, Srta. MacNichol. Não quer entrar? Estou fazendo geleia de amora e preciso ficar de olho na fervura. É minha primeira vez, sabe?

– Obrigada – disse Flora, quase sem acreditar que estava sendo convidada a entrar na casa da célebre Srta. Potter.

Foi acolhida por um hall ricamente decorado, em contraste com o exterior singelo. Junto à escada, um relógio de pé marcava os segundos e, encostada à parede, havia uma grande cômoda de carvalho repleta de pequenos tesouros. Tudo era arrumado com esmero e lembrava um pouco uma casa de bonecas. De fato, Flora quase pôde imaginar os camundongos das histórias da Srta. Potter correndo para lá e para cá e fazendo bagunça pelo chalé. Discretamente, beliscou a si mesma para se certificar de que era tudo real.

– Ah, não, agarrou no fundo outra vez... – disse a Srta. Potter, correndo até uma panela no fogo cujo conteúdo fervia com uma intensidade um pouco além da conta. Um forte cheiro de amora queimada dominava o ambiente. – Me perdoe, mas preciso continuar mexendo... Quem costuma fazer isso para mim é a Sra. Cannon, mas achei que seria bom aprender. Por favor, sente-se e me diga a que devo o prazer desta visita.

– Bem... a verdade é que eu vim lhe pedir um favor ou, pelo menos, um conselho.

Flora se acomodou à mesa e ouviu um "miau" descontente quando um grande gato tigrado pulou da cadeira. Aquela seria Tabitha Twitchit?

– Não ligue para Tom, ele só gosta de criar confusão. E qual seria exatamente esse favor?

– Eu... bem... – Flora pigarreou. – Resgatei alguns animais, que moram no meu quarto em Esthwaite Hall.

– Eu fazia igualzinho quando era criança! – A Srta. Potter deu uma risada gostosa. – Que tipo de animais a senhorita tem?

Flora foi enumerando sua coleção enquanto a dona da casa mexia a geleia e a escutava com atenção.

– Sim, eu tive todos os animais que a senhorita descreve, com a possível exceção de um sapo. Embora talvez tenha possuído um em algum momento... Mas enfim, a senhorita ainda não me explicou qual seria o favor.

– Talvez isso já tenha chegado ao seu conhecimento, mas a propriedade de Esthwaite Hall vai ser vendida. Vou me mudar para Londres e trabalhar em uma casa de família dando aulas de botânica, desenho e pintura para duas meninas. E a verdade é que não tenho ideia do que fazer com meus pobres animais de estimação órfãos.

– Ah! – A Srta. Potter tirou a panela do fogo e a depositou em uma placa de cortiça sobre a mesa. – A solução é muito simples: eles precisam vir morar aqui em Hill Top comigo. Não posso afirmar que receberão a mesma atenção à qual estão acostumados, pois vivo muito ocupada ultimamente. Escrevo livros, sabe?

149

– Sei, sim, Srta. Potter. Tenho todos.

– É mesmo? Quanta gentileza. Bem, em relação ao seu problema: tenho aqui um grande barracão no jardim, aquecido e seco, que sempre uso para abrigar aves feridas e casos do gênero. Seus animais seriam muito bem-vindos para se instalar nele. Há muitos insetos lá para o seu sapo. E mantemos um estoque de sementes para os outros animais... embora eu tenha aprendido a não dar mais cânhamo para os coelhos, pois certa vez meu pobre Benjamin ficou muito engraçado após comer um pouco. A senhorita disse que tem um rato branco? Eu teria que tomar cuidado para Tom nunca entrar no barracão.

Enquanto escutava a Srta. Potter enumerar as providências necessárias para garantir a segurança dos recém-chegados, Flora se sentiu plena de alívio e gratidão.

– Tenho também um filhote de gato chamado Pantera – acrescentou, esperançosa.

– Temo que ele possa causar problemas, pois meu querido Tom domina o território há tanto tempo que talvez não receba muito bem um rival. Não consegue pensar em outro lugar para onde Pantera possa ir?

– Nenhuma alternativa em que eu verdadeiramente confie.

– Bem, também vou perguntar por aí e estou certa de que encontraremos alguém disposto a ficar com ele.

– Obrigada – agradeceu Flora, embora a palavra parecesse inadequada diante da generosidade da escritora.

– Posso pedir sua ajuda para coar e despejar a geleia nos vidros?

– Claro.

Flora se levantou na mesma hora. Sua anfitriã pousou uma bandeja de potes sobre a mesa. Lado a lado, as duas coaram a geleia em um pano fino para retirar as sementes das amoras, depois começaram a despejá-la nos vidros.

– Essa fruta é muito generosa – comentou a Srta. Potter. – Ela amadurece na chuva e, como a senhorita sabe, temos muita chuva por aqui. Mas então, está animada com a ida para Londres?

– Nem um pouco. Não sei como conseguirei suportar ir embora de Esthwaite – confessou Flora. – Tudo que eu amo está aqui.

– Bom, terá que suportar, e vai conseguir. – A Srta. Potter raspou o restinho de geleia da panela. – Eu cresci em Londres e a cidade tem muitos lindos parques e jardins, além, é claro, do Museu de História Natural... Ora, sem falar nos Kew Gardens! Meu conselho para a senhorita, minha cara, é aproveitar ao máximo as experiências que tiver por lá. Uma mudança vale tanto quanto um descanso, como dizem.

– Vou tentar, Srta. Potter.

– Ótimo. – Ela meneou a cabeça e as duas começaram a encaixar discos de cera nos potes de geleia e a enroscar as tampas. – Agora acho que merecemos um pouco de licor de sabugueiro para recompensar nossos esforços. Enquanto guardo estes vidros na despensa para esfriarem, quem sabe a senhorita poderia fazer a gentileza de nos servir um copo?

Flora assim fez, desejando expressar para a anfitriã que a vida que ela levava era o seu maior desejo. Com medo de o comentário soar banal, apenas entregou à sua heroína o copo de licor e ambas se sentaram diante da mesa. Tentou registrar na memória aquele momento para se reconfortar com sua lembrança no futuro incerto que tinha pela frente.

– A senhorita ainda desenha? Lembro que desenhava quando mais nova.

– Sim, mas praticamente só faço desenhos de natureza e, às vezes, de um ou outro animal.

– E o que mais existe para se desenhar? – comentou a Srta. Potter com uma risadinha. – Além do mais, a flora e a fauna não são críticos de arte temíveis como os seres humanos. Quer dizer que a senhorita vai virar um tipo de governanta. A vida de casada não é algo que deseje? Com certeza é bonita o suficiente para atrair um marido.

– É... talvez. Mas a vida ainda não me apresentou essa oportunidade.

– Minha cara, tenho 43 anos e ainda estou esperando a vida me apresentá-la! E, infelizmente, um coração partido leva anos para cicatrizar. – Uma tristeza repentina obscureceu seus olhos azuis. – Me diga, quem vai ser sua patroa em Londres?

– Uma tal de Sra. Alice Keppel. Acho que as meninas a quem vou ensinar se chamam Violet e Sonia.

Ao ouvir isso, a Srta. Potter jogou a cabeça para trás, gargalhando.

– Por favor, Srta. Potter, qual é a graça?

– Ah, me perdoe, estou sendo infantil. Mas, minha cara, com certeza a senhorita deve ter sido alertada quanto às... relações da Sra. Keppel?

Sem querer aparentar ingenuidade, Flora disfarçou a incompreensão.

– Eu... fui, sim.

– Bem, uma coisa é certa: se existe algo pelo qual valha a pena abandonar a beleza dos Lakes, eu não poderia pensar em uma casa mais interessante para se morar. Agora preciso mesmo cuidar dos meus afazeres, pois também terei que voltar a Londres amanhã para visitar minha pobre mamãe enferma. Por favor, traga seus animais para cá nos próximos dias. Se eu não tiver voltado, os Cannons, que moram na outra parte da fazenda, terão prazer em cuidar deles. Fique tranquila: eles sabem que, pelo menos na minha casa, os animais vêm em primeiro lugar. Seus bichos receberão os mesmos cuidados de... membros da família real.

Ela deu outra risadinha e levou Flora até a porta.

– Adeus, Srta. Potter. Nem sou capaz de lhe agradecer adequadamente por sua bondade.

– Bem, nós, amantes desta região e dos animais, precisamos nos unir, não é? Adeus, Srta. MacNichol.

14

Os últimos dias que restavam a Flora no amado lar da infância passaram voando, e a infelicidade em seu coração foi aumentando à medida que ela via os bens da família serem embalados para a partida. Deram-lhe um grande baú para que guardasse seus pertences e tesouros pessoais, que em seguida seria despachado para a Escócia com os pais. Ao enfileirar todos os diários forrados de seda para embalá-los em papel pardo, um registro detalhado do seu tempo ali em Esthwaite, a jovem não pôde evitar abri-los para ler alguns trechos e lamentar tudo que estava prestes a perder.

Os pais, de tão preocupados, raramente lhe dirigiam qualquer palavra gentil. Embora Flora já estivesse acostumada com esse comportamento, sua sensação de isolamento logo aumentou. Talvez ficasse até aliviada quando o dia da mudança para Londres chegasse.

Além disso tudo, não tivera qualquer notícia de Archie e concluíra que, independentemente do que ele lhe dissera sobre confiança, o melhor era guardar com o restante do seu passado a lembrança do tempo que os dois haviam ficado juntos. Considerando os sentimentos de Aurelia pelo rapaz, evidentes nas cartas escritas pela irmã de High Weald, era a única atitude sensata a tomar. Não que a decisão tivesse ajudado muito. Flora continuava a pensar nele em quase todos os momentos do dia.

O mais doloroso de tudo foi dar adeus aos amados animais ao instalá-los no barracão da Srta. Potter e instruir a Sra. Cannon quanto aos cuidados necessários. A despedida só ficou ligeiramente mais suportável quando ela viu a alegria de Ralph e Betsy, os filhos mais velhos da Sra. Cannon, que na mesma hora pegaram Maisie e Ethel, as duas arganazes, e prometeram cuidar delas como Flora havia cuidado.

Quanto a Pantera, Sarah – que se recusara a se mudar para as Terras Altas por causa "de todas aquelas traças e carrapatos" – iria levá-lo para viver no aconchegante chalé que dividia com a mãe em Far Sawrey. Ao menos

Flora estava aliviada porque seus animais estavam seguros – ainda que ela não estivesse.

❁ ❁ ❁

Na manhã da partida para Londres, com o coração pesado feito o grande rochedo que havia às margens de Esthwaite Water, Flora desceu ao térreo para assistir ao nascer do sol na região pela última vez.

Lá fora, a paisagem a presenteou com uma derradeira e maravilhosa recordação. O céu de outono estava iluminado por riscas vermelhas e roxas e, quando ela se sentou no rochedo, uma bruma baixa dominava o ar. Saboreando cada trinado da sinfonia da aurora, inspirou uma grande lufada do ar puro de Lake District.

– Adeus – falou, baixinho, e fechou os olhos qual o clique de uma câmera fotográfica para gravar de forma indelével aquela imagem.

De volta ao quarto, vestiu-se às pressas para a viagem. Depois de pôr a capa, chamou Pantera. O gato costumava emergir sonolento de baixo das cobertas e se espreguiçava languidamente, os olhos cor de âmbar exibindo certa irritação por ter sido acordado. Naquele dia, ele não apareceu e, após procurar pelo quarto inteiro, Flora deduziu que devia ter deixado a porta entreaberta mais cedo e Pantera a seguira lá para baixo.

Tilly e a Sra. Hillbeck já estavam ocupadas na cozinha.

– Sua mãe nos pediu para lhe preparar um lanche. A viagem até Londres é longa – falou Tilly, prendendo as correias do cesto.

– Vocês viram Pantera? – perguntou ela às empregadas enquanto espiava debaixo da mesa. – Preciso me despedir...

– Tenho certeza de que ele não foi muito longe, Srta. Flora, mas a sua mãe já está à espera na porta. Vou procurá-lo, não se preocupe – disse Sarah, surgindo da despensa.

– Adeus, Srta. Flora, e boa sorte nessa cidade de bárbaros para onde está indo. Para mim não serviria – comentou a Sra. Hillbeck, torcendo o nariz. – Preparei alguns doces de passas que sei que a senhorita adora.

– Obrigada, mas, por favor, prometam procurar Pantera e me escrever para dizer que ele está bem.

– É claro, querida. Cuide-se. Ficaremos com saudades – afirmou a cozinheira, com os olhos marejados.

– Vou me cuidar, sim.

Flora lançou um último e desesperado olhar para a cozinha, então partiu ao encontro da mãe.

Rose estava em pé no hall com uma postura altiva, as mãos protegidas da friagem matinal por um regalo de pele.

– Temos que sair agora, Flora, senão perderemos o trem.

A jovem andou até a porta, seguida por Sarah, que levava o cesto de piquenique, mas a mãe acrescentou:

– Vá se despedir do seu pai. Depois me encontre na carruagem.

Para surpresa de Flora, Alistair tinha descido a escada até o hall e se apoiava na bengala com mais força do que o normal.

– Flora querida.

– Sim, papai?

– Bem... o fato é que... lamento muito a maneira como tudo acabou se resolvendo.

– Não é culpa sua não termos dinheiro para manter a casa, papai.

– Não, bem... – Ele olhou para os próprios pés. – Eu não estava me referindo diretamente a isso, mas obrigado mesmo assim. Estou certo de que você vai escrever para Rose com regularidade e ficarei sabendo das suas aventuras. Desejo-lhe sorte no futuro. Adeus, querida.

– Obrigada, papai. Adeus.

Flora virou as costas e sentiu uma profunda e repentina tristeza com o caráter definitivo das palavras de despedida do pai. Ao subir na carruagem, deu uma olhada final na direção de Esthwaite Hall. Quando atravessou os portões, pensou se seria a última vez que veria aquela casa. Ou o pai.

❀ ❀ ❀

Já acomodada no vagão da primeira classe para a longa viagem até Londres, Flora permaneceu sentada em silêncio, observando a paisagem mudar rapidamente de colinas e vales acidentados para uma falta de relevo bem pouco familiar. Em seu íntimo, lamentava tudo que havia perdido nos últimos tempos. Rose, por sua vez, foi se animando à medida que os quilômetros se sucediam e o trem as separava mais e mais de casa.

– Talvez eu deva lhe falar um pouco sobre o lar dos Keppels.

– Sim, mamãe.

Flora ficou escutando, sem prestar muita atenção. A mãe falou sobre a linda casa na Portman Square, o status elevado da família e as duas meninas, Violet e Sonia, que tinham 15 e 9 anos, respectivamente.

– Violet é linda e Sonia... Bem, pobrezinha, digamos que ela tem outras qualidades para compensar a aparência banal. É uma menina de temperamento bastante agradável, porém quem dá mais trabalho é Violet. Ainda que, pensando bem... – Rose olhou pela janela e abriu um leve sorriso. – Não se pode culpá-la, considerando a vida que teve.

– Que vida, mamãe?

– Ah... – Rose se sacudiu perceptivelmente. – Talvez seja porque a primeira filha é sempre a mais mimada.

Foi a vez de Flora desviar o olhar, mas não antes de ver um leve rubor surgir nas faces da mãe. Ambas sabiam que não tinha acontecido assim na casa delas.

À uma da tarde, Rose declarou estar com fome e Flora, obediente, abriu o cesto de piquenique.

– Acho a comida do vagão-restaurante absolutamente intragável – comentou Rose enquanto a filha lhe passava um guardanapo e um prato.

As duas soltaram um gritinho quando um minúsculo bicho preto peludo pulou do cesto e, com um rápido olhar para o ambiente em volta, desapareceu debaixo das saias da dona.

– Meu Deus do céu! O que *ele* está fazendo aqui? – Rose fuzilou a filha com o olhar. – Flora, você o pôs aí dentro escondido?

– É claro que não, mamãe. *Ele* se pôs sozinho.

Ela recolheu Pantera de baixo da própria saia e o abraçou. Lágrimas de alegria surgiram em seus olhos.

– O que vamos fazer com ele quando chegarmos a Londres, eu não sei mesmo. Certamente os Keppels não vão querer animais morando na casa, em vista das pessoas que recebem.

– Mamãe, entendo que Pantera possa ser visto como um incômodo, mas, que eu saiba, a maioria das crianças adora filhotes de gato. Talvez Violet e Sonia também gostem.

– Bem, não é um bom começo – disse Rose com um suspiro. – Nem um pouco.

❁ ❁ ❁

Com Pantera dormindo a sono solto dentro do cesto, quase como se entendesse o modo como deveria se comportar, mãe e filha saltaram do trem na estação de Euston.

– A querida Alice falou que mandaria um carro com motorista para nos receber. Ah, ali está Freed.

Rose se pôs a caminhar depressa em direção a um homem baixo, de bigode bem cuidado e casaco verde-escuro elegante com brilhantes botões de latão. A filha seguiu-a depressa pelo espaço lotado. Ele retirou o quepe e lhes fez uma mesura. O cheiro de fumaça e o barulho incessante dos motores e das pessoas estava deixando Flora tonta e assustada. Até mesmo Pantera soltou um grunhido de medo e descontentamento das profundezas do cesto.

– Boa noite, senhora, senhorita. Bem-vindas a Londres – cumprimentou Freed. Ele chamou um carregador para ajudar. – Fizeram boa viagem? – indagou, educado, enquanto Flora e Rose o seguiam para fora da estação.

O carregador veio atrás empurrando com dificuldade o carrinho de bagagem. Um coche elétrico de quatro rodas as aguardava, com seus painéis de madeira reluzindo ao sol do fim de tarde. As duas embarcaram e se acomodaram no estofado de couro macio. Freed deu a partida no motor, que emitiu um leve ronco, e eles partiram pelas ruas largas da cidade.

Flora foi espiando os homens e as mulheres vestidas com roupas da moda que passeavam pela Marylebone Road e os prédios imponentes que pareciam se espichar de forma interminável. Miados descontentes não paravam de emanar do cesto, mas, devido à presença da mãe, Flora não se atreveu a abri-lo para reconfortar o gatinho.

O coche contornou um parque esplêndido cercado por casas de tijolo altas e parou em frente a uma delas. Na mesma hora, a porta se abriu e um lacaio apareceu para ajudá-las a saltar. Elas entraram e o homem se ofereceu para carregar o cesto de Flora.

– Não, senhor, obrigada. Aqui dentro eu trouxe... presentes para os moradores da casa – mentiu Flora depressa.

O empregado recolheu suas capas e chapéus e as conduziu por uma estreita escada até uma saleta no primeiro andar que mais parecia uma estufa do que um cômodo, pois estava repleta de lírios, perfumadas orquídeas e imensos cravos em vasos de vidro lapidado.

Num sofá, entre almofadas forradas de renda, estava sentada a mulher mais linda – e com certeza a mais bem-vestida – que Flora já vira. Seus luxuriantes cabelos ruivos reluziam em uma complexa profusão de cachos, fieiras de pérolas em volta do pescoço realçavam a pele de alabastro e um profundo decote revelava a curva de um busto farto. Seus olhos eram de um azul muito vivo. Fascinada, Flora observou-a se levantar e atravessar o cômodo elegante para ir ao seu encontro.

– Rose querida – disse ela, dando um abraço na mãe de Flora. – Foi cansativa a viagem? Espero que não.

– Não, Alice, foi bem confortável, mas, ainda assim, Flora e eu estamos felizes por termos chegado.

– Claro. – O olhar penetrante de Alice Keppel recaiu na jovem. – Quer dizer que esta é a famosa Flora. Bem-vinda ao meu lar, querida. Espero que você seja muito feliz aqui. As meninas estão loucas para conhecê-la. Nannie me disse que a pequena Sonia passou o dia desenhando para você. Para o grande desprazer delas, as duas estão agora tomando banho e logo irão para a cama, de modo que prometi apresentá-las a você amanhã bem cedo.

Um miado choroso emanou do cesto e uma minúscula pata preta surgiu por baixo da tampa.

– Mas o que foi que você trouxe aí dentro? – indagou a Sra. Keppel, e todos no recinto se voltaram para o cesto.

– É... é um filhote de gato – respondeu Flora, relanceando os olhos para a mãe horrorizada. – Por favor, Sra. Keppel, eu não queria trazê-lo, mas ele se enfiou no cesto sem que eu visse.

– É mesmo? Deve ser um bicho bem inteligente, então. – Ela deu uma risada. – Vamos ver que cara tem esse passageiro clandestino. Estou certa de que as meninas vão ficar absolutamente encantadas.

Flora se agachou para abrir o cesto enquanto Rose balbuciava desculpas constrangidas. A Sra. Keppel as ignorou e, abaixando-se, pegou Pantera no colo com a mão firme e experiente assim que ele surgiu.

– Que belezinha você é, rapaz... e travesso também, não duvido. Tive um gato parecido quando era pequena, em Duntreath. Estou certa de que ele será muito bem-vindo na sala das crianças.

Depois que ela lhe devolveu Pantera, todo se contorcendo, Flora teria sido capaz de cair de joelhos e beijar seus pés.

– Bem, o jantar será servido às oito. Convidei alguns velhos amigos seus, Rose querida. Vou pedir à nossa governanta, Srta. Draper, que lhes mostre seus quartos de modo que possam se trocar. Flora, pus você num aposento ao lado do cômodo da sua mãe. Espero que goste. – A Sra. Keppel segurou as mãos da moça e as apertou. – Seja bem-vinda.

Enquanto elas eram conduzidas por mais um lance de escada, Flora se perguntou se a generosa acolhida da Sra. Keppel era genuína ou apenas fachada. Caso fosse autêntica, era a mais calorosa recepção que já tivera de um desconhecido. Quando Rose estava prestes a desaparecer dentro do quarto, um pensamento ocorreu à jovem e ela puxou a mãe de lado.

– Mamãe, não tenho nada adequado para usar no jantar – sussurrou, já que a governanta e a criada do andar de cima ainda estavam atrás delas.

– Tem razão. Perdoe-me, Flora, eu deveria ter pensado nisso, mas não sabia que a Sra. Keppel tinha a intenção de apresentar você a membros da sociedade. Vou dizer a ela que você está exausta da viagem e pedir que um dos criados lhe traga uma bandeja. Amanhã, quando voltar para casa, deixarei aqui o vestido que trouxe comigo. Ele terá que ser reformado, mas estou certa de que deve haver uma criada que costure. Como pode imaginar, o guarda-roupa da Sra. Keppel é vasto.

– Obrigada, mamãe.

A governanta acompanhou Flora até mais adiante no corredor comprido e abriu a porta de um quarto de dormir amplo e de pé-direito alto, ricamente mobiliado. Um vaso de flores frescas enfeitava a cômoda e toalhas macias pendiam acima de uma pia.

– Se precisar de algo, senhorita, é só tocar a sineta e chamar Peggie – avisou a governanta, indicando a criada atrás de si, que fez uma pequena mesura. – Ela também vai levar seu gato até o subsolo para ele poder fazer... as coisas dele.

– Obrigada.

Flora quase disse que ficaria feliz em levar o gato, mas as empregadas já tinham se retirado. Foi até a janela e viu que já havia escurecido. Lampiões a gás iluminavam a praça lá embaixo. Carruagens estacionavam na frente das outras casas, e delas saltavam passageiros usando reluzentes cartolas ou largos chapéus de penas na borda.

Ela deu as costas à janela e viu que Pantera já ficara à vontade e estava sentado fazendo sua toalete bem no meio da grande cama de metal. Flora subiu ao seu lado, deitou-se e ergueu os olhos para um teto impecável, sem nenhuma rachadura ou mancha de umidade a macular sua alvura.

– Nossa, eles devem ser ricos mesmo, se até os empregados vivem em quartos assim – murmurou.

Seus olhos se fecharam pesadamente e ela pegou no sono. Mais tarde, sobressaltou-se ao ouvir alguém bater à porta e sentou-se, desorientada, lutando para lembrar onde estava.

– Olá, querida. Acordei você? – perguntou Rose ao entrar no quarto.

Usava um vestido verde-esmeralda e a tiara da família, em geral esquecida no cofre de Esthwaite Hall, já que havia muito poucas ocasiões para usá-la. Naquela noite, a mãe parecia brilhar tanto quanto os diamantes que lhe encimavam a cabeça.

– Devo estar cansada da viagem, mamãe. Espero que a Sra. Keppel não se ofenda por eu não descer para jantar.

– Ela entende perfeitamente. Mas eu trouxe algo para você. Pensei que lhe cairiam bem – disse Rose, entregando uma caixa de joias para a filha.

Flora arquejou ao abri-la e ver, aninhados no veludo, o colar e os brincos de pérola da mãe. Rose pegou o primeiro e o pôs em volta do pescoço da filha. As duas admiraram juntas o reflexo de Flora no espelho.

– Ganhei de presente da minha mãe quando debutei em Londres – disse Rose baixinho. – Guardei-os com carinho por muito tempo, mas agora chegou a hora de você usá-los.

Ela pousou a mão suavemente no ombro da filha.

– Obrigada, mamãe. – Flora estava comovida de verdade.

– Espero que se sinta à vontade aqui. Pelo visto, a Sra. Keppel já simpatizou com você.

– Estou certa de que me sentirei. Ela parece muito agradável.

– Sim. Agora preciso descer para o jantar. A Sra. Keppel me pediu para dizer que irá encontrá-la às oito em ponto, amanhã cedo, na sala das crianças, que fica no andar acima deste, para apresentá-la às filhas e aos outros empregados da casa. Nós nos despediremos depois. Pegarei o trem para as Terras Altas amanhã, de modo a preparar a casa para a chegada do seu pai. – Rose beijou a jovem no alto da cabeça. – Peggie lhe trará uma bandeja com o jantar. Durma bem, Flora.

– Dormirei, mamãe. Boa noite.

15

Na manhã seguinte, Flora acordou com os ruídos desconhecidos da casa e de seus arredores barulhentos. Às sete, ouviu um *toc-toc* na porta. Peggie entrou com uma bandeja contendo o desjejum e acendeu o fogo na lareira.

Enquanto bebericava o chá, Flora se perguntou o quão abastada devia ser uma casa que tinha criados para servir aos outros empregados. Depois de Peggie se retirar, com Pantera aninhado em seus braços, a jovem vestiu o que possuía de melhor em sua parca seleção de trajes: um vestido de linho azul com cardos bordados à mão por Sarah. Prendeu com grampos os cabelos indisciplinados e, nesse momento, a porta se abriu e a criada e Pantera tornaram a entrar no quarto.

– Está pronta, senhorita? Já a estão aguardando na sala das crianças.

Flora pegou o gatinho do chão e subiu atrás de Peggie mais um lance de escada. Ao ser conduzida para dentro, admirou-se com as paredes brancas ofuscantes e as grandes janelas, de onde se tinha uma linda vista do parque lá embaixo. A Sra. Keppel estava em pé junto à lareira, ladeada pelas duas filhas. Sonia, a mais jovem, usava uma jardineira branca engomada e calçava sapatos de verniz com fivela. Sua irmã mais velha, Violet, vestia uma saia e o que pareciam ser uma camisa e uma gravata masculinas, com colarinho e tudo.

– Minhas queridas, digam olá para a Srta. MacNichol.

– Como vai, Srta. MacNichol? – entoaram as meninas, educadas.

– Olá.

Flora sorriu e viu que Violet, apesar da roupa estranha, já era uma cópia perfeita da mãe, com curvas femininas e olhos azuis. Sonia era mais morena, mais estreita e tinha um tipo físico parecido com o de Flora. O contraste entre as irmãs a fez pensar em si mesma e em Aurelia.

– Qual é o nome do gato? – indagou Violet, apontando para Pantera, que estava sentado na dobra do braço de Flora. – Ele deixa que o segurem? As unhas parecem bem afiadas e pode ser que me arranhe.

– Ele se chama Pantera e garanto a você que é muito manso. Só não gosta de ser provocado – acrescentou Flora, pois seu instinto lhe disse que Violet tinha um temperamento instável.

Sonia chegou mais perto e estendeu a mão com cautela.

– Posso fazer carinho nele?

– É claro que pode – respondeu Flora, entregando-lhe o gatinho e simpatizando na hora com a caçula.

Pantera, por sua vez, começou a esfregar a cabeça nos dedos de Sonia com os olhos semicerrados de prazer.

– E agora, Srta. MacNichol, gostaria de lhe apresentar Nannie e Mademoiselle Claissac – disse a Sra. Keppel bem na hora em que duas mulheres adentraram o recinto.

A primeira era uma senhora corpulenta, que usava um vestido cinza e um avental sem um vinco sequer; a segunda era uma loura roliça e pequena que encarou Flora como se sentisse um mau cheiro.

– Prazer em conhecê-las – disse Flora.

Pressentindo ser Nannie a força da natureza que reinava nos dois andares das crianças, ela sentiu que, por algum motivo, deveria fazer uma mesura para ela.

– Igualmente, Srta. MacNichol – respondeu Nannie num tom mais suave do que Flora esperava, com um leve sotaque escocês.

– *Enchantée* – falou Mademoiselle Claissac. – Pode me chamar de Moiselle – acrescentou ela, com ar de superioridade.

– Moiselle dá aulas a Sonia no quarto de estudos – explicou a Sra. Keppel. – E Violet frequenta a escola da Srta. Wolff na South Audley Street.

– E não posso chegar atrasada, mamãe – interveio Violet. Seu olhar se moveu na direção do relógio de parede. – Vita deve estar me esperando lá fora.

– É claro, querida. Deixarei vocês três decidirem o melhor cronograma para encaixar uma hora por dia das meninas com a Srta. MacNichol.

– Sim, madame – respondeu Nannie, fazendo uma mesura respeitosa, porém canhestra.

De repente, Violet espirrou e a mãe tornou a se virar na sua direção com a testa franzida.

– Espero que não esteja se resfriando, Violet querida.

– Não, é quase certo de que seja *aquilo ali*.

A menina apontou para Pantera, ainda enrodilhado e feliz no colo de Sonia.

Flora prendeu a respiração, imaginando se o gato seria expulso da sala das crianças, mas a Sra. Keppel só fez dar de ombros.

– Não acredito nessas supostas "alergias", e o melhor que você pode fazer na minha opinião, querida, é ir se acostumando com pelo de animal.

Cada vez mais Flora gostava da dona da casa.

Violet saiu para a escola e Pantera foi removido, relutante, do colo de Sonia, que se retirou do quarto com Moiselle para suas aulas da manhã. Flora ficou a sós com Nannie, e as duas tentaram encaixar a nova hora de instrução no cronograma das meninas. Parecia impossível, pois elas já tinham aulas de dança, ginástica e visitas culturais com Moiselle a museus e galerias, sem falar nos numerosos compromissos sociais vespertinos.

– Quem sabe às seis da tarde? – perguntou Flora, que já começava a perder as esperanças, apontando para um horário vago na agenda.

– Talvez de vez em quando, Srta. MacNichol, mas muitas vezes elas são solicitadas lá embaixo para tomar chá com alguma... visita da mãe.

– Bem, temos que começar por algum lugar, caso contrário jamais conseguirei estar com elas.

– Vou conversar com Moiselle e ver se ela consegue liberar Sonia uma hora ou duas por semana de manhã – disse Nannie, reconfortando-a. – E a senhorita naturalmente é bem-vinda para se juntar a nós na sala das crianças para o almoço e o jantar, embora eu me atreva a dizer que, muito em breve, estará jantando lá embaixo. Mas agora... – Nannie se levantou. – Preciso cuidar dos meus afazeres.

Como não havia recebido nenhuma orientação sobre o que fazer, Flora tornou a descer para o seu quarto. Sentou-se na cama e se perguntou por que cargas-d'água a Sra. Keppel a convidara para trabalhar em uma casa onde era evidente que ninguém precisava dela.

Ouviu-se uma batida à porta e Peggie entrou.

– Srta. MacNichol, sua mãe a está aguardando na saleta da Sra. Keppel.

– Obrigada, Peggie.

Ao descer, Flora encontrou a mãe já vestida com a capa de viagem.

– Olá, Flora. O que achou das meninas?

– Parecem crianças agradáveis, mas até agora só passei poucos minutos com elas.

– Ótimo, ótimo – disse Rose, meneando a cabeça. – Tenho certeza de que será feliz aqui. A Sra. Keppel é uma mulher muito bondosa e compreensiva. E você vai conhecer muitas das pessoas mais importantes da sociedade. Espero que não me decepcione.

– Farei o possível para isso não acontecer, mamãe.

– Já tem nosso novo endereço?

– Tenho, sim, e escreverei com regularidade.

– Então confio em você para me contar todas as fofocas londrinas. Reconheço que a invejo: queria que fosse eu a ficar aqui. Adeus, Flora querida. Rezo para essa ter sido a decisão correta. Para todos nós.

Rose beijou a filha nas bochechas e saiu da sala.

Flora sentiu-se à beira das lágrimas. Foi até a janela para ver a mãe entrar na carruagem. Apesar de ser ela quem havia sido mandada embora do amado lar, não pôde evitar a sensação de que a banida era a mãe.

– Você está bem, querida?

A Sra. Keppel havia entrado no recinto.

– Estou, obrigada.

Flora enxugou as lágrimas depressa.

– Deve ser difícil deixar os Lakes e a família. Mas, por favor, considere esta casa o seu novo lar, e todos nós uma família substituta. Minha costureira virá encontrá-la amanhã de manhã às dez. Temos que mandar lhe fazer um guarda-roupa antes de você poder ser vista e... – ela andou ao redor de Flora como uma águia avaliando a presa –... essa cabeleira maravilhosa também precisa de um corte.

– Não se preocupe, Sra. Keppel, consigo me ajeitar com o que tenho, e meus cabelos foram cortados faz poucas semanas.

– Minha querida menina, pode ser que *você* consiga se ajeitar, mas *eu* com certeza não!

– Pensei que fosse receber um uniforme.

– Uniforme! Misericórdia, você acha que está aqui para ser uma criada?! – A Sra. Keppel soltou uma súbita e melodiosa risada. – Minha querida Flora, essa situação fica mais absurda a cada segundo que passa! Acho que vou apelidar você de "Cinderela" – acrescentou ela, conduzindo-a até a chaise-longue e puxando-a com delicadeza para se sentar ao seu lado.

– Fique descansada: você não é uma criada nesta casa, mas uma jovem amiga da família, que está aqui como convidada. Espere só eu contar isso a Bertie! Ele vai achar muita graça. Por enquanto, porém, até seu guarda-roupa ficar pronto, preciso confinar você aos andares superiores com as meninas. Assim, pelo menos terá a oportunidade de se familiarizar com elas. Sonia é um doce e Violet... bem... – A Sra. Keppel deu um suspiro. – Acho que ela precisa da orientação de uma moça mais velha. Está numa idade muito vulnerável e sujeita a influências.

– Darei o melhor de mim para ajudar as duas, Sra. Keppel.

– Obrigada, querida. Mas agora preciso me trocar. Vou receber convidados para o almoço.

Flora saiu da saleta se perguntando por que cargas-d'água aquela mulher estava gastando seu dinheiro com *ela*. Havia chegado com a impressão de que seria apenas uma espécie de governanta, não que a tratariam como um membro da família. Não tivera nenhuma indicação clara de qual seria a sua posição ali.

No entanto, pelo pouco que tinha visto, já percebera que aquele não era um lar convencional. E Alice Keppel não era uma mulher como as outras.

Aceitou o convite de Nannie para almoçar e comeu junto com Moiselle e Sonia na sala das crianças. A menina passou a refeição tagarelando, contente por ter uma nova companheira de conversas.

– Moiselle disse que você vai me ensinar a pintar, é isso? E me ensinar sobre flores?

– Sim, eu gostaria, se conseguirmos encontrar tempo.

– Por favor, encontre tempo – pediu Sonia baixinho enquanto Moiselle se levantava para pegar a sobremesa no carrinho. – Odeio Moiselle e odeio as aulas.

– Farei o possível – sussurrou Flora em resposta.

– Você tem alguma irmã, Srta. MacNichol?

– Tenho, sim.

– E gosta dela?

– Muito. Na verdade, eu a amo.

– Até mesmo Nannie diz que Violet é meio louca. E ela não me trata lá muito bem.

– Algumas irmãs agem assim, mas no fundo nutrem amor.

Sonia abriu a boca para fazer outro comentário, mas então, ao ver Moiselle se aproximar, mudou de ideia.

– Vou tentar amar mais a minha irmã – comentou, em tom grave.

Depois do almoço, Sonia foi levada por Nannie para tomar banho e escovar os cabelos antes de ser conduzida para uma aula de dança. Flora se recolheu ao quarto para ler, mas, sentindo necessidade de um pouco de ar puro, desceu com Pantera para descobrir um jeito de os dois saírem.

No térreo, havia acabado de abrir uma porta no corredor dos fundos para uma escada que indicava um pátio de algum tipo quando o mordomo, Sr. Rolfe, a segurou pelo braço.

– Aonde vai, Srta. MacNichol?

Flora lhe explicou sua missão. O mordomo pareceu absolutamente constrangido e seus olhos chisparam na direção de um relógio sobre uma mesa de mogno.

– Vou chamar Peggie para pegar o gatinho e devolvê-lo à senhorita depois de ele ter saído.

– Pensei em talvez respirar um pouco de ar puro também.

– Isso não será possível agora. A Sra. Keppel está esperando um convidado para o chá a qualquer momento.

Ele gritou por Peggie, que surgiu um segundo depois e pegou Pantera do colo de Flora.

– Não se preocupe, eu cuido dele para a senhorita. Adoro gatos, adoro mesmo.

A criada se retirou, apressada. O Sr. Rolfe acompanhou Flora até a escada, relanceando os olhos várias vezes em direção à entrada da casa. Quando ela estava subindo, ouviu uma carruagem parar em frente à residência.

– Ele chegou, Johnson. Pode abrir? – pediu o Sr. Rolfe ao lacaio, que deu um pulo para abrir a porta.

Com vontade de ficar e ver quem era aquele convidado especial, mas temendo desobedecer às ordens do mordomo, Flora subiu depressa a escada. Ao passar pela saleta da Sra. Keppel, sentiu emanar lá de dentro um perfume forte de flores. No santuário do segundo andar, espiou por cima do corrimão e pôde entreouvir o som de uma voz masculina e passos pesados galgando os degraus até o primeiro andar. O visitante tinha uma tosse grave, rascante, e um forte cheiro de fumaça de charuto invadiu o vão da escada. Ela se inclinou um pouco mais para tentar ver quem era, mas sentiu a mão de alguém no ombro puxá-la para trás.

– Ora, Srta. MacNichol, nesta casa é melhor não espionar ninguém – disse Nannie, lançando-lhe um olhar bem-humorado.

Uma porta bateu no andar de baixo e passos sumiram atrás dela.

– A Sra. Keppel nunca deve ser incomodada quando estiver recebendo visitas durante a tarde. Compreende?

– Compreendo, Nannie.

Corada, Flora se recolheu mais uma vez ao próprio quarto.

16

Duas semanas depois, com a ajuda de Barny, a criada de quarto da Sra. Keppel, Flora inspirou fundo enquanto o espartilho de barbatana de baleia era apertado. A sensação era de que suas costelas iam quebrar.

– Pronto.

– Mas não estou conseguindo respirar...

– Não, nenhuma dama consegue, mas veja só. – Barny apontou para o espelho. – A senhorita agora tem cintura. Vai se acostumar, Srta. Mac-Nichol; todas acabam se acostumando. Ele vai afrouxar depois de algum tempo. É que agora está novo.

– Mal consigo me mexer... – balbuciou Flora.

Barny abriu uma faixa de seda azul-gelo e acenou para que a jovem se posicionasse no centro dela.

– A Sra. Keppel tem razão: essa cor combina com o tom da sua pele. Aliás, ela tem razão em quase tudo – disse a criada em tom de aprovação enquanto fechava os minúsculos botões de madrepérola nas costas do vestido.

– Sim – concordou Flora de bom grado.

Se ela era a Cinderela, a Sra. Keppel sem dúvida alguma era a fada madrinha do número 30 da Portman Square. Dos criados até os bem-vestidos convidados que vinham quase toda noite jantar nos andares de baixo, todos a adoravam. Ela parecia ter uma aura quase mágica de calma. Nunca precisava levantar a voz para conseguir o que queria; em geral, uma palavra bastava.

– Ela parece uma rainha – comentara Flora com Nannie na semana anterior, com o olhar perdido.

Acabara de voltar de uma expedição de compras com a Sra. Keppel e as meninas usando um casaco de veludo e um chapéu emprestados. Elas tinham ido à loja de brinquedos Morrell's, onde os funcionários atenderam a todas as suas solicitações.

Nannie, em geral tão sisuda, soltara uma gargalhada ao ver a expressão da jovem.

– Ah, isso ela é mesmo, Srta. MacNichol. Quem poderia duvidar?

Flora já começara a aprender os costumes da casa e os nomes dos personagens que a dominavam. Assim como a patroa, todos os que ali trabalhavam eram de modo geral encantadores e pareciam considerar uma honra servir aos Keppels. O Sr. Rolfe e a cozinheira, Sra. Stacey, mandavam nos outros, enquanto Barny e a governanta, Srta. Draper, tinham o privilégio de preparar a Sra. Keppel e sua saleta particular para receber os convidados, fazendo arranjos de flores, limpando e arrumando o cômodo por horas.

Flora havia gostado do pouco que vira do marido da Sra. Keppel, o "Sr. George", como chamavam os empregados, um gigante gentil de rosto bondoso e voz suave. Todas as noites, Sonia desaparecia na sala de estar do pai e se enroscava em cima dos seus joelhos para ouvi-lo ler histórias de aventura, que a menina depois repetia para Flora.

Nas duas semanas anteriores, ela havia passado a maior parte do tempo na ala infantil da casa tentando ajudar Nannie e Moiselle, pois não tinha nada mais a fazer. À noite, ela e as meninas se reuniam em volta da lareira na sala das crianças e ficavam tostando *crumpets* no fogo enquanto Flora lhes contava histórias sobre sua infância em Esthwaite. Com a cara enterrada em um caderno, Violet fingia desinteresse e mais mascava a ponta do lápis do que escrevia, porém Flora sabia que ela estava escutando.

– Você dirigia sua própria charrete com seu próprio pônei? – perguntou a adolescente, para confirmar, depois de ouvir sobre Myla.

– Sim.

– Sem condutor? Nem babá, nem criada?

– Sim.

– Ah, quem me dera ter esse tipo de liberdade – comentou Violet baixinho, mas, na mesma hora, voltou a atenção para o caderno.

Obrigando-se a voltar ao presente, Flora pensou que pelo menos agora possuía roupas suficientes para vestir confortavelmente toda uma corte real e torceu para a Sra. Keppel deixá-la caminhar pelo parque do outro lado da rua e, quem sabe, até em lugares mais afastados de Londres. Após tanto tempo dentro de casa, Pantera não era o único a se sentir um animal enjaulado.

– Posso arrumar seus cabelos, Srta. MacNichol?

– Obrigada.

Flora se sentou diante do espelho da penteadeira e Barny começou a pentear a cabeleira grossa e comprida com uma escova de cabo longo de prata.

Embora tudo o mais sobre a casa estivesse razoavelmente claro na cabeça de Flora, um mistério ainda perdurava: a identidade do convidado vespertino da Sra. Keppel. A jovem sempre sabia quando ele estava a ponto de chegar, pois a casa inteira parecia ser tomada por um estado palpável de tensão. A primeira coisa que anunciava sua visita era o barulho de Mabel e Katie lustrando a balaustrada de latão da escada na hora em que Flora acordava, às sete da manhã. Elas começavam pelo alto da casa e iam descendo. Ao meio-dia, o florista ia até a casa para encher a saleta da Sra. Keppel com rosas perfumadas e, depois do almoço, Barny desaparecia dentro do *boudoir* da patroa de modo a prepará-la para receber o visitante.

Quando o convidado chegava, todos se escondiam às pressas e um silêncio se abatia sobre a casa até o homem da tosse grave entrar e subir a escada, deixando em seu rastro um cheiro rançoso de fumaça de charuto. Em algumas tardes, às seis em ponto, Violet e Sonia, ambas usando os mais formosos vestidos, eram levadas até a saleta da mãe lá embaixo para o chá.

Depois que o convidado partia em uma carruagem imensa e luxuosa – Flora tinha visto o teto dela da janela do quarto –, era como se a casa inteira desse um suspiro coletivo de alívio, e as coisas voltavam ao normal. Ela ansiava por obter alguma informação de uma das meninas sobre quem encontravam atrás da porta bem fechada da saleta, mas sentiu que seria falta de educação se intrometer.

– Pronto, Srta. Flora. Gostou?

Barny deu um passo para trás e admirou seu trabalho. Flora examinou o penteado preso para cima que a criada conseguira fazer, mas duvidou que os grampos tivessem força para segurar sua cabeleira por mais do que alguns minutos. Mesmo a contragosto, ficou surpresa com a diferença que boas roupas e cabelos arrumados podiam fazer.

– Estou... diferente.

– Eu diria que está linda, senhorita – comentou Barny, sorrindo. – Acho que está pronta para descer. A Sra. Keppel quer lhe falar na saleta.

Flora se levantou. A anquinha nas costas do vestido e a pressão no peito por causa do espartilho atrapalharam seu avanço até a porta.

– Obrigada, Barny – ela conseguiu dizer, e saiu para o patamar bem na hora em que Sonia estava sendo conduzida escada abaixo por Nannie.

– Cáspite!

Essa era a nova expressão preferida de Sonia, aprendida com Mabel, a faxineira, no dia em que uma grande aranha preta tinha saído do balde de carvão.

– Flora, como você está bonita! Para dizer a verdade, eu não a teria reconhecido de jeito nenhum.

– Obrigada.

Ela deu uma risadinha e fez uma mesura desajeitada para a menina.

– Para onde está indo?

– Sua mãe está organizando uma recepção na sala íntima e me convidou.

– Ah... isso significa uma porção de senhoras tomando chá e comendo bolos, não é, Nannie?

– Isso, meu amor.

– Vai ser um tédio só, Flora. Por que não vem ao parque conosco escutar o realejo, fazer festinha no macaco e tomar sorvete?

– Quem me dera... – sussurrou Flora no ouvido de Sonia antes de se encaminhar para a saleta.

A Sra. Keppel exibiu uma expressão muito satisfeita ao vê-la.

– Minha querida, você está uma perfeita mocinha refinada. Vamos cumprimentar as visitantes que chamei para conhecê-la. – Ela lhe ofereceu o braço e, juntas, as duas desceram a escada. – Tenho uma surpresa para você. Sua irmã é uma das convidadas.

– Aurelia? Que maravilha! Nem sabia que ela estava em Londres outra vez.

– Não, bem, talvez tenha ficado meio cansada de permanecer em Kent esperando uma coisa que nunca parecia acontecer. – A Sra. Keppel baixou a voz quando as duas entraram na sala íntima: – Mas insistiu para trazer aquela sua amiga um tanto sem graça, a Srta. Elizabeth Vaughan. Ouvi dizer que ela ficou noiva de um fazendeiro de chá, imagine, e que vai se mudar para o Ceilão logo depois de se casar. Você também a acha sem graça, Flora?

– Eu... não a conheço bem o bastante para avaliar seu temperamento, mas ela sempre me pareceu razoavelmente agradável.

– Quanta discrição. Isso lhe será muito útil em Londres – comentou a

Sra. Keppel em tom de aprovação. O relógio bateu as três da tarde e uma carruagem parou em frente à casa. – Agora vamos mostrar à sua irmã e a Londres como você floresceu.

❖ ❖ ❖

– Flora! É você mesma? – perguntou Aurelia ao vê-la entrar na sala, indo lhe dar um abraço. – Você está... linda! E esse vestido... – Ela avaliou a renda cara da gola e dos punhos e o complexo bordado das saias. – Ora, é estupendo. – Inclinou-se mais para perto para falar na sua orelha: – Parece que você agora também tem uma madrinha, querida. E ainda por cima a Sra. Keppel... uma das mulheres mais influentes de Londres.

Depois de cumprimentar a empolgada Elizabeth, que não parava de exibir com um ar de superioridade o parrudo anel de noivado de safira, Flora conduziu Aurelia mais para longe de modo a conversarem reservadamente.

– De fato, a Sra. Keppel tem se mostrado muitíssimo bondosa comigo – falou, e apontou para uma chaise-longue. – Vamos nos sentar? Quero saber tudo sobre o seu verão.

– Nesse caso, é melhor eu ficar para jantar e para o desjejum de amanhã – respondeu Aurelia com um suspiro desanimado. Outras senhoras estavam chegando e Flora observou a Sra. Keppel cumprimentar cada uma delas com efusão e interesse. – Ah, se mamãe nos visse agora... suas duas filhas sentadas em meio à nata da sociedade londrina. Acho que ficaria muito orgulhosa.

– Bem, sem contar uma saída para fazer compras, hoje é o meu primeiro dia "social". A Sra. Keppel não queria que eu fosse vista antes de o meu novo guarda-roupa chegar.

– Não me espanta. Ela tem a recepção mais elegante de Londres.

– Devo admitir que estou um tanto confusa com esse desenrolar dos acontecimentos. Pensei que estivesse vindo para ser professora particular das suas filhas, mas ela parece ter outros planos.

– Se ela decidiu patrocinar a sua estreia na sociedade, você não poderia ter madrinha melhor. Embora deva saber que existem alguns dissidentes e algumas portas fechadas para ela, estou certa de que, morando aqui debaixo do mesmo teto, você já esteja sabendo sobre...

– Flora, minha querida menina!

172

Tia Charlotte apareceu na sua frente e Flora se levantou e tentou fazer uma rápida e respeitosa mesura, que foi prejudicada pelo espartilho.

– Tia Charlotte! Como vai?

– Exaurida pela temporada, claro. Já você, querida sobrinha, está divina. Londres deve estar lhe fazendo bem.

– Bem, estou só começando a aprender como tudo funciona por aqui, tia.

– É mesmo um milagre a Sra. Keppel ter decidido se responsabilizar por você. Mas, enfim, imagino que seja compreensível. Você precisa nos visitar na Grosvernor Square o quanto antes. É um prazer ter a querida Aurelia em casa. Ficarei muito triste quando ela nos deixar para morar com os seus queridos pais. Agora, se me dão licença, preciso falar com lady Alington sobre nossa pequena instituição de caridade para órfãos.

Flora se virou para a irmã.

– Você vai voltar para a Escócia?

Os olhos de Aurelia se obscureceram.

– Vou.

– Mas com certeza há dezenas de rapazes loucos para pedir sua mão em casamento.

– Houve, sim, mas infelizmente recusei a corte deles e todos transferiram seu afeto para outro lugar. Meu visconde de Berkshire ficou noivo de uma amiga minha. Saiu no *Times* no começo desta semana.

– Não houve ninguém mesmo que tenha conquistado seu coração?

– Ah, houve, sim, mas foi esse o problema. E ainda é, eu deveria dizer.

– Como assim?

Flora sentiu um peso no coração, pois já sabia do que se tratava.

– Bem, quando recebi o convite para me hospedar com os Vaughans em High Weald, pensei que... que Archie fosse pedir a minha mão. Ele tinha ido caçar com papai em julho e eu sabia que os dois haviam... conversado. Então recusei os dois outros pedidos que recebera, pois imaginei que fora convidada para Archie me desposar. No entanto, embora tenhamos passado um mês debaixo do mesmo teto, foi como se ele fizesse o possível para me evitar. Na verdade eu mal o vi, a não ser nas refeições. E, ah... – Aurelia mordeu o lábio e seus olhos se encheram de lágrimas. – Eu o amo tanto, Flora...

Ela escutava com o coração traiçoeiro tomado por um alívio espontâneo, mas também cada vez mais culpada por talvez ter alguma participação na infelicidade da irmã.

173

– É... Quem sabe ele está apenas esperando o momento certo?

– Flora, querida, é bondade sua tentar me reconfortar, mas houve oportunidades de sobra. A mãe dele o vivia incentivando a me levar para passear pelos jardins, que são mesmo os mais lindos que eu já vi. E tudo em que ele conseguia falar era nos planos para replantá-lo com todo tipo de plantas exóticas das quais nunca ouvi falar! Depois voltávamos para a casa, ele sumia dentro da preciosa estufa e... – Aurelia mordeu o lábio. – No final, acabei decidindo voltar para Londres.

– Talvez ele perceba que sente a sua falta e a siga até aqui – sugeriu Flora, com uma voz monótona.

A carta que Archie lhe escrevera finalmente começava a fazer um terrível sentido.

– Não. Não posso mais viver à custa da generosidade de tia Charlotte, então preciso ir para casa.

– Ah, Aurelia, sinto muito mesmo. Talvez Archie não seja um rapaz casadoiro.

– Isso não vem ao caso. Um dos motivos pelos quais papai decidiu vender Esthwaite Hall foi para que eu tivesse um dote adequado que pudesse ajudar os Vaughans a manter High Weald, já que a propriedade iria se tornar o meu lar. Você sabe como lady Vaughan e mamãe eram amigas íntimas na infância. – Ao ver Elizabeth a poucos metros, Aurelia baixou ainda mais a voz: – Elas duas planejaram isso juntas. Foi sobre isso que papai e Archie conversaram.

– Entendi.

E Flora entendia *mesmo*, com toda a clareza.

– Não tenho outra opção senão ser despachada para a Escócia. Uma ironia e tanto, não? – Aurelia abriu um sorriso sem viço para a irmã. – Eu de volta para casa, fracassada, e você aqui em Londres protegida pela Sra. Keppel. Não que eu tenha qualquer ressentimento, querida, claro.

– Aurelia, acredite, meu coração se partiu quando mamãe me disse que precisávamos ir embora de Esthwaite. Você sabe quanto eu amava aquela casa. Sinto falta dela com cada fibra do meu corpo. Daria tudo para voltar.

– Eu sei, irmã querida – disse Aurelia, segurando a mão de Flora. – Perdoe-me estar tão desanimada, mas, se eu não puder falar sobre isso com você, com quem poderei falar?

Flora franziu a testa.

– Com certeza, se papai e ele fizeram um acordo, Archie precisa honrá--lo. Ou não?

– Tenho quase certeza de que, caso o fizesse, eu não iria mais querer me casar com ele. Depois da atenção considerável que me dedicou no início da temporada, pareceu totalmente desnorteado quando cheguei a Kent. Minha sensação é que alguém roubou seu coração. Porém, por mais que eu me esforce, não consigo atinar quem seja.

Aurelia suspirou fundo e Flora desejou que o chão se abrisse, a engolisse com seu coração traiçoeiro e levasse Archie Vaughan junto.

– Querida, não vamos mais falar sobre os meus problemas. Conte-me como é a vida na casa dos Keppels.

Flora deu o melhor de si para contar à irmã sobre Violet, Sonia e sua rotina diária, porém a traição de que havia participado de modo inocente, mas com grande vontade, tinha arruinado seu raciocínio. Sentiu-se muito grata quando a Sra. Keppel apareceu querendo apresentá-la às amigas.

– Estão todas loucas para conhecer a mais nova e mais linda jovem moradora da nossa casa.

Sorrindo, a anfitriã segurou Flora pelo braço e começou a guiá-la pelo recinto, exibindo-a como se fosse um troféu. De fato, muitas senhoras pareceram genuinamente embasbacadas ao conhecê-la. De vez em quando, Flora olhava de soslaio para Aurelia, que, sentada abatida na *chaise longue*, tentava entabular conversa com uma velha toda vestida de preto que parecia tão sem amigos quanto ela.

Por fim, quando os convidados começaram a se retirar, Flora pediu licença à condessa Torby, que a convidou para uma *soirée* que daria em breve.

– Dame Nellie Melba vai se apresentar para nós. Ela acabou de voltar de uma turnê na Austrália, querida, e irá direto para a Kenwood House – afirmou a condessa diante do círculo de admiradoras ao redor de Flora.

Aurelia se aproximou para dar um beijo de despedida na irmã.

– Quando você vai para a Escócia?

– No final da semana. Quanto antes, melhor, acho eu – respondeu Aurelia, baixinho. – Londres não é uma cidade muito generosa com o fracasso.

– Virá me visitar aqui antes de ir?

– Claro. Por favor, não se preocupe comigo. Quem sabe eu conheço um *laird* lá nas Terras Altas e viro patroa de uma linda propriedade escocesa.

– Aurelia abriu um sorriso chocho. – Já está na hora de esquecer Archie Vaughan de vez. Adeus, minha adorada irmã.

Depois de todos irem embora, e Mabel e o lacaio recolherem as xícaras usadas e os pratos de guloseimas intactas, a Sra. Keppel chamou Flora para se sentar na cadeira em frente à sua, junto à lareira.

– Bem, Flora... Sua primeira incursão na sociedade londrina parece ter sido um sucesso retumbante! Acho que ficará muito ocupada nas próximas semanas. Foram tantos convites... Todos comentaram como acharam você um encanto.

– Obrigada. Porém, não devo negligenciar minhas obrigações com suas filhas.

– Minha querida, ainda não entendeu que isso foi um pretexto que inventei para você e sua mãe de modo a trazê-la para morar debaixo do meu teto? É claro que, como nunca a encontrara, não tinha certeza de como seria a sua... apresentação... então queria ter uma alternativa à mão caso necessário. Você chegou tão elegante, tão culta, totalmente encantadora! Depois de hoje à tarde, de um jantar esplêndido esta semana e de um chá bem mais... *íntimo* pouco depois, não haverá uma só residência em Londres que não vá querer se enfeitar com a sua presença. Não se fala em outra coisa na cidade!

Flora encarou aquela mulher extraordinária sem entender nada.

– Sra. Keppel, por mais que eu me esforce, não entendo por que alguém em Londres iria querer me convidar para ir à sua casa. Afinal, nem apresentada na corte eu fui.

– Não entende que é isso que a torna ainda mais fascinante?

– Com toda a franqueza, não – confessou Flora. – Por favor, não me julgue ingrata, mas, depois de ter aceitado o meu destino, ver tudo mudar de repente à minha volta, sem nenhum motivo compreensível, é um pouco... esquisito.

– Minha querida, eu entendo. Um dia tudo será explicado, mas sinto que não cabe a mim fazê-lo. Tudo que peço por enquanto é que confie em mim. Não a guiarei errado. E, mesmo que você não tenha como saber disto, existem muitas semelhanças entre nós. Enquanto eu puder, quero ajudá-la.

Ainda sem compreender nada, Flora pôde apenas concordar.

Naquela noite, deitou-se com cuidado, aliviada por ter tirado o espartilho. Baixou os olhos para as próprias costelas, contou os pequeninos hematomas arroxeados que haviam surgido e se perguntou como aquelas mulheres na saleta da Sra. Keppel conseguiam suportar o suplício todos os dias da vida.

Pantera tentou subir em seu peito, mas ela o afastou e o acariciou.

– Sinto que mereço essa dor pelo que fiz. A não ser que Archie tenha mentido para nós duas e seja simplesmente o cafajeste que um dia julguei que fosse. Só posso torcer para estar certa quando disse a Aurelia que ele não é um rapaz casadoiro – disse Flora para o gato, coçando suas orelhas aveludadas. – Quanto a hoje, confesso que me sinto um pouco igual a Alice ao cair na toca do coelho... Imagino que, nesse caso, você seja o Gato de Cheshire. A pergunta, querido Pantera, é: que diabos estamos fazendo nesta casa?

A única resposta do gato foi um ronronar satisfeito.

17

— Srta. Flora, é preciso que desça agora mesmo até a saleta da Sra. Keppel.

– Por quê?

– Uma visita veio vê-la.

– É mesmo? Minha irmã?

– Não, um cavalheiro.

– Qual é o nome dele?

– Perdoe-me, Srta. Flora, mas eu não sei.

Flora seguiu Peggie escada abaixo, segurando as pesadas saias de lã para não tropeçar. Encontrou a Sra. Keppel em pé com Archie Vaughan junto à lareira.

– Flora querida, não é muita gentileza de lorde Vaughan vir nos ver para saber se você está bem e adaptada ao novo lar? Tentei garantir que não a tenho mantido no subsolo à base de água e camundongos mortos, mas ele insistiu em ver a prova. Aqui está ela, lorde Vaughan.

Flora conseguiu pensar em muitas palavras para descrever o motivo da presença de Archie naquela casa, mas a última que teria escolhido seria "gentileza".

– Olá, Srta. MacNichol.

– Olá, lorde Vaughan.

– A senhorita está... muito bem.

– Estou em boa saúde, obrigada. E o senhor?

– Me recuperei do resfriado, sim.

Flora evitou o olhar dele, e a Sra. Keppel, como boa fada madrinha, preencheu o silêncio que se seguiu.

– Um pouco de xerez, Flora? Com certeza previne qualquer resfriado.

– Obrigada.

Flora aceitou o copo e os três brindaram, mas ela não soube muito bem a quê.

– Sra. Keppel, vi que aumentou sua coleção de ornamentos Fabergé. Que bela peça – comentou Archie, educado, meneando a cabeça para um pequeno ovo cravejado de joias sobre a mesa.

– Que bondade a sua reparar, lorde Vaughan. Agora, se me dá licença, preciso falar com a Sra. Stacey sobre o cardápio do jantar de amanhã, e o florista vai chegar a qualquer momento. Por favor, mande lembranças para a sua mãe.

– Mandarei, claro.

A dona da casa se retirou, não sem antes lançar para Flora um olhar cúmplice.

Os dois jovens ficaram parados sem dizer nada. Apesar de olhar para todos os cantos, menos para Archie, Flora teve consciência dos olhos dele pousados em si. Por fim, torturada pelo espartilho e pelos sapatos novos, não conseguiu mais se conter:

– Vamos nos sentar?

Quase desabou sobre uma das cadeiras junto ao fogo e indicou ao rapaz o assento logo em frente. Tomou um gole de xerez para se aquecer e esperou que ele falasse.

– Perdoe-me, Srta. MacNichol... Posso chamá-la de Flora?

– Não, não pode.

Ele engoliu em seco.

– Não... eu preciso explicar... A senhorita não está entendendo.

– Nisso o senhor se engana; estive com minha irmã ontem mesmo. Entendo perfeitamente.

– Ah. Posso perguntar o que ela lhe contou?

– Que o senhor e meu pai combinaram que Esthwaite Hall deveria ser vendida para proporcionar um dote a Aurelia, e a High Weald uma injeção de capital crucial quando o senhor a desposasse.

Archie desviou os olhos dos seus.

– Sim, é uma avaliação correta da situação.

– Contudo, minha irmã me disse, lorde Vaughan, que, embora tenham surgido inúmeras oportunidades em High Weald, o senhor ainda não pediu a mão dela. E Aurelia, que acabou recusando várias propostas atraentes, só tem como opção voltar para a casa de nossos pais nas Terras Altas. A mudança deles foi ocasionada puramente pelo fato de o nosso lar de Lakeland ter sido vendido para financiar a perpetuação do seu futuro... e do futuro da minha irmã.

– Sim – disse ele, após uma longa pausa.

– Sendo assim, lorde Vaughan, queira por favor me dizer o que está fazendo aqui, sentado comigo na saleta da Sra. Keppel, quando deveria correr para impedir minha irmã de voltar para casa rumo ao futuro solitário e isolado ao qual o senhor a condenou.

– Meu Deus, Flora! Suas palavras seriam capazes de matar um homem a vinte passos de distância. Já pensou em registrá-las no papel?

– Não estou com disposição para gracinhas, lorde Vaughan. E, por favor, pare de me chamar de Flora.

– Isso eu posso ver, assim como posso ver a elegância das suas roupas e como está deslumbrante...

– *Chega!* – Flora se levantou, trêmula de raiva. – Não vai me dizer por que brincou comigo e com minha irmã assim como Pantera teria brincado com um camundongo? E, ainda por cima, por que convenceu meu pai a vender o lar que pertencia à nossa família por cinco gerações?

– Não consegue adivinhar?

– Estou me esforçando, lorde Vaughan.

– Bem, nesse caso, permita-me contar algo que a senhorita *não* sabe. – Archie se levantou e pôs-se a andar de um lado para outro. Só parou para tornar a encher o copo com o decânter de xerez. – Quando conheci sua irmã em Esthwaite, decidi que não faria muita diferença com quem me casasse, depois de todas as noivas em potencial que minha mãe já fizera desfilar na minha frente. Sei que a senhorita conhece minha reputação, e não a nego. Já tive romances com muitas mulheres ao longo dos anos. Em minha defesa, devo dizer que não foi por causa do meu ego, mas apenas de uma necessidade desesperada de tentar encontrar uma companheira que conquistasse o meu coração. A senhorita talvez pense, como muitas mulheres parecem pensar, que os homens não têm em relação ao amor os mesmos conceitos românticos que vocês. Mas eu garanto que, pelo menos no meu caso, está enganada. Eu também já li Dickens, Austen e Flaubert... e queria encontrar o amor.

Com os olhos pregados no fogo, Flora tomou o último gole de xerez e permaneceu calada.

– Sinceramente, quando conheci sua irmã, já tinha desistido de encontrar uma mulher assim. E mamãe, como a senhorita pode imaginar, ficou muito animada com a ideia de Aurelia, filha da sua mais antiga amiga, virar minha prometida. Ela e a Sra. MacNichol já haviam conversado a respeito e sua mãe concordou em falar com seu pai sobre a venda de Esthwaite. A senhorita talvez saiba que ela sempre odiou aquela casa, que considerava um castigo por... deslizes do passado. Acredito que a possibilidade de ter um pretexto para visitar a filha e a amiga mais antiga em Kent sempre que quisesse, e lá ficar pelo tempo que desejasse, mais do que compensava o incômodo de se mudar para as Terras Altas, lugar que, como bem sabia, seu pai ama.

– Que "deslizes"? – disparou Flora. – O senhor agora decidiu insultar o caráter da minha mãe também?

– Perdoe-me, Flora. Estou só tentando explicar o que nos trouxe até o dia de hoje. Por favor, deixe-me continuar.

Ela concordou com um leve dar de ombros e tornou a encarar o fogo.

– Para ser bem direto, gostei da sua irmã quando a vi em Londres, achei-a bonita e com um temperamento agradável e senti que ela seria alguém com quem eu pelo menos suportaria viver. Assim, durante a caçada, concordei com seu pai que a pediria em casamento e que Esthwaite Hall seria vendida.

– Então por que *diabos* foi me visitar no caminho de volta?

– A verdade é que... eu não sei. – Archie a encarou. – Tudo que posso dizer é... Sei que isso não basta, mas algo dentro de mim me levou a fazê-lo. Flora, a menininha que eu havia alvejado com maçãs e depois quase matado ao chegar a cavalo em Esthwaite Hall. Mas que nunca me "dedurou", como qualquer outra teria feito. E que agora é uma mulher adulta, muito inteligente, destemida e orgulhosa, com uma determinação que nunca vi em mulher nenhuma na vida. E, sim, linda também. Perdoe-me, Flora, mas sou homem, afinal de contas.

– Tem razão. Essa resposta não basta – disse ela depois de um tempo.

– Você me deixou fascinado – prosseguiu Archie. – Tanto que fui visitá-la, apesar do que combinara com seu pai na véspera. E tudo que eu havia imaginado ao pensar na mulher que desejava ter como esposa se materializou na minha frente naqueles dias que passamos juntos. Percebi que o que eu sempre tinha buscado estivera o tempo todo bem debaixo do meu nariz.

Flora não se atrevia a respirar. Apenas seguiu se concentrando nas chamas que dançavam muito suavemente dentro da lareira, em contraste com o peso do olhar dele a encará-la.

– Então fui embora de Esthwaite e lhe disse que tinha uma situação a resolver. Àquela altura, contudo, a engrenagem já estava em movimento e, alguns dias depois, Aurelia chegou a High Weald. Fiz o possível para evitá-la, mas percebi que tanto ela quanto minha família ficavam frustradas. Mesmo assim, mantive-me firme, consegui *não* pedir a sua mão e ela acabou indo embora. Vi que estava muito abalada, mas minha determinação e meu coração estão irredutíveis. Porque é *você* que eu amo.

Ele se sentou pesadamente na chaise-longue. O silêncio caiu sobre a saleta.

– Não vai responder à minha declaração sincera, Srta. MacNichol?

Por fim, Flora ergueu os olhos para ele e se levantou.

– Vou, sim. E minha resposta é a seguinte: o senhor afirma que tudo que fez foi por minha causa. *Não é* verdade. Tudo que o senhor fez foi por *sua* causa. Por algum motivo equivocado, acredita que detenho a chave da sua felicidade. E, ao perseguir a própria necessidade egoísta, não apenas causou a venda do lar da nossa família, que, permita-me lembrar, *eu* amava, e forçou meus pais a se exilarem na Escócia. Mais importante ainda, também humilhou minha irmã aos olhos da sociedade londrina e partiu seu coração. Então eu lhe pergunto, lorde Vaughan, como é que alguma dessas coisas poderia ter sido por *minha* causa? – À medida que a raiva crescia, ela começou a andar de um lado para outro. – Será que não vê o que fez? Ao correr atrás dos próprios desejos egoístas, o senhor destruiu minha família!

– Mas com certeza a busca do amor é muitas vezes egoísta. Eu pensei... Eu tive a impressão de que você correspondia aos meus sentimentos.

– Enganou-se, mas, mesmo que fosse o caso, eu jamais poria meus sentimentos acima das necessidades de quem amo.

– Então você é mesmo a pessoa que eu acreditava que fosse – sussurrou ele quase para si mesmo. – E, claro, Flora... – Ele suspirou fundo. – Você tem razão. O que sugere que nós façamos?

– Não existe nenhum "nós" – respondeu ela, já cansada. – Nem poderá existir. Mas, se o senhor quiser mesmo provar que me ama e recuperar algum arremedo de integridade, vai procurar Aurelia quanto antes e fazer o que deveria ter feito há muito tempo: pedi-la em casamento. Além disso, vai convencê-la de que a ama.

– É isso que você quer que eu faça?

– Sim.

– E não vai reconhecer que nutre qualquer sentimento por mim?

– Não.

Archie ergueu os olhos para encará-la, mas tudo que viu foi ira.

– Que seja, então. Se é isso que você quer, farei como deseja.

– É isso que eu quero.

– Então peço-lhe licença, e desejo boa sorte no futuro.

– E eu, ao senhor.

Flora o observou sair da saleta.

– Eu também o amo – sussurrou ela, arrasada, para o cômodo vazio, enquanto ouvia a carruagem dele se afastar.

18

Felizmente, os planos da Sra. Keppel de introduzi-la na roda-viva social de Londres lhe deixaram pouco tempo para pensar no fato de ter mandado Archie de volta para os braços da irmã.

Na noite seguinte, a campanha de sua madrinha começou a todo o vapor. Usando um vestido azul-cobalto de cetim *duchesse*, com joias de safira emprestadas em volta do pescoço, Flora foi apresentada como convidada de honra em um jantar formal. Durante os drinques na sala íntima, um mar de rostos se reuniu ao redor para admirar sua postura e beleza e para elogiar a Sra. Keppel por tê-la trazido para Londres.

– Acho justo ela ter o próprio *début*, só isso, e estou apenas fazendo o máximo para proporcioná-lo – afirmou a Sra. Keppel, sorrindo para os convidados.

Flora tinha sido apresentada a tamanha profusão de nomes e títulos que sua cabeça rodava com o esforço de se lembrar de todos: "Apresento-lhe lady Fulano", "Queira conhecer lorde Beltrano"... Ficou aliviada ao reconhecer a condessa Torby do chá de alguns dias antes. E, naturalmente, os Alingtons, que moravam do outro lado da praça, cujos filhos brincavam com Sonia e Violet.

O jantar se deu num magnífico aposento, situado no mesmo andar da sala íntima. Flora ficou contente ao ser colocada à esquerda de George Keppel. Ele se virou para ela com um sorriso encimado pelo bigode de curva perfeita.

– Srta. MacNichol... Flora, que prazer tê-la ao meu lado no jantar de hoje – falou, servindo um vinho tinto rubi em sua taça para ajudá-la a atenuar o nervosismo. – Embora deva ser um choque vir morar na cidade após tanto tempo na bela Lakeland, espero que tenha encontrado muitas coisas aqui para estimular suas paixões pela botânica e pela arte. Nossas diversas galerias podem lhe ensinar mais do que qualquer livro. Deve tentar convencer nossas meninas a abraçar uma paixão semelhante.

– Com certeza farei o melhor que puder.

Flora apenas entreouvia o Sr. George, pois lady Alington, sentada bem na sua frente, comentava que, pelo visto, "a menina Vaughan encontrou um pretendente satisfatório. Quanto àquele irresponsável do filho, houve boatos de que..."

A voz do Sr. George a puxou de volta:

– Flora? Está se sentindo bem? Você ficou um tanto pálida.

– Queira me desculpar, deve ser o cansaço do dia.

– Mas claro, querida. Espero que Violet não a esteja importunando demais com sua última ideia para um poema novo.

– Ela tem uma personalidade forte – comentou Flora com cautela. – É uma qualidade admirável.

Um misto de muxoxo e risada se fez ouvir à sua esquerda. O bom humor fazia brilhar os olhos proeminentes de lady Sarah Wilson.

– A querida Alice comentou que a senhorita tem talento para a diplomacia.

Flora se sentia pouco à vontade nesse tipo de conversa londrina cheia de armadilhas.

– Estou só falando sobre o que pude observar, lady Sarah. Como está o foie gras?

Foram servidos dez pratos, pelo menos sete a mais do que o necessário, na opinião de Flora. Chocada com a quantidade de animais que a Sra. Stacey devia ter assado, ensopado ou preparado com curry para a refeição, ela apenas fingira comer a carne.

Quando o Sr. George enfim levou os homens para tomar conhaque e fumar charutos, Flora seguiu as mulheres até a sala íntima e ficou bebericando café em silêncio enquanto entreouvia, desatenta, fofocas sem importância, a maioria sobre mulheres vistas pela cidade com homens que não eram seus maridos. Escutava com um misto de fascínio e horror. Talvez fosse apenas ingênua, mas havia imaginado que o casamento fosse algo sagrado.

– Mas, então, você tem algum pretendente em mente para Flora? – perguntou lady Alington à Sra. Keppel.

– Talvez Flora tenha sua própria opinião a respeito – respondeu a madrinha, lançando à protegida um olhar penetrante.

– Ah, e quem seria esse sortudo cavalheiro?

– Eu... Por Deus, acabei de chegar a Londres – disse Flora, diplomática.

– Bem, tenho certeza de que não vai levar muito tempo para alguém arrebatá-la, ainda por cima com a proteção da Sra. Keppel. Haverá muitos bailes de inverno durante os quais você terá a oportunidade de olhar em volta. Embora a maioria dos rapazes decentes já esteja comprometida.

Desde a partida forçada de Archie de sua vida, na véspera, Flora estava totalmente satisfeita em retornar ao plano original de passar o resto de seus dias sozinha.

Depois que todos foram embora, a Sra. Keppel a beijou nas bochechas.

– Boa noite, querida. Permita-me dizer que se saiu bem. Fiquei orgulhosa de você hoje. Está vendo, George? Eu tinha razão em relação a ela – disse a dona da casa para o marido enquanto ele a conduzia para fora da sala.

– Tinha mesmo, querida, mas quando é que você não tem? – Flora o ouviu dizer, subindo a escada com a esposa.

❂ ❂ ❂

Flora havia pedido autorização a Moiselle e à Sra. Keppel para levar Sonia para passar o dia nos Kew Gardens. O Sr. Rolfe já providenciara o carro para levá-las e a jovem estava animada só de pensar que logo estaria rodeada pela natureza e poderia estudar espécimes raros – embora o passeio que ela inventara decerto lhe fosse recordar Archie.

– Eu *não vou* deixar que ele estrague o dia – declarou com firmeza para si mesma.

Peggie entrou no quarto com a bandeja do café da manhã.

– Com licença, Srta. Flora, mas a Sra. Keppel deseja que tome chá com ela e uma visita hoje à tarde. Disse que precisará escolher outro dia para ir aos jardins.

– Ah. – Flora mordeu o lábio. – Você sabe quem é a visita?

– A senhorita logo vai descobrir, mas virei ajudá-la a se arrumar antes de ir se juntar a eles na saleta da Sra. Keppel. Eu a encontrarei aqui às três em ponto.

– Não se preocupe – disse Flora a Sonia ao vê-la na sala das crianças e notar a decepção da menina com o cancelamento do passeio. – Tenho certeza de que Moiselle não vai se importar se formos caminhar em St. James's Park hoje em vez de ir aos jardins. Teremos que prometer só falar francês na ida e na volta. – Flora piscou para a menina. – Como está, Violet? – perguntou, virando-se para a outra.

– Bem, obrigada. Minha melhor amiga Vita virá almoçar aqui depois das aulas. Temos meio período na escola hoje.

– Entendi.

– Vejo você à uma em ponto, Nannie.

Quando Violet saiu do quarto, Nannie arqueou as sobrancelhas diante do tom autoritário da menina.

– E vou lhe dizer uma coisa: a Srta. Sackville-West é uma pessoa muito estranha mesmo – sussurrou ela para Flora. – Só agradeço por não ter que cuidar dela. A senhorita deveria escutar as duas conversarem sobre livros e literatura como se fossem verdadeiras professoras universitárias. Aquela dali se leva muito a sério. E Violet tem verdadeira obsessão por ela, não há como negar.

– Nesse caso, estou ansiosa para conhecê-la.

– Bem, Srta. Flora, devo dizer que, de uma forma ou de outra, a senhorita terá um dia interessante.

O passeio em St. James's Park com Sonia era exatamente do que Flora precisava. Embora fizesse frio, o dia de outubro estava bonito e as folhas começavam a adquirir tons variados de âmbar, ouro velho e vermelho, criando um tapete vibrante ao cair.

– Olhe ali. – Flora apontou para um telhado bem alto, na quina do parque. – Está vendo as andorinhas se aglomerando? São os preparativos para migrar rumo à África do Sul. O inverno está chegando.

– Ah, a África! – exclamou Sonia com um arquejo ao observar as andorinhas piarem. – A África fica muito longe. O que acontece se elas ficarem cansadas quando estiverem sobrevoando o mar?

– Boa pergunta. Na verdade, não sei. Talvez desçam e peguem carona em um navio. Olhe, um esquilo. Deve estar juntando castanhas para guardar na toca para o inverno. Vai hibernar muito em breve; só tornaremos a vê-lo na primavera.

– Queria ser um esquilo. – Sonia franziu o pequeno nariz. – Eu também gostaria de hibernar no inverno.

Elas chegaram em casa bem a tempo do almoço na sala das crianças e Flora se sentou à mesa com as empregadas e as meninas. Violet mal ergueu os olhos da conversa travada em sussurros intensos com a amiga, uma menina de olhos escuros e pele amarelada, cabelos castanhos curtos e tronco esguio. Se não soubesse que era uma menina, Flora poderia muito bem tê-la tomado por menino. Ficou espantada com a estranha intimidade

187

entre as duas: Violet não parava de tocar a mão de Vita e, em determinado momento, chegou a pousar a mão de leve no joelho da outra.

– Vita e eu vamos nos recolher ao quarto agora, Nannie. Ela quer ler seus poemas novos para mim.

– É mesmo? – resmungou Nannie entre os dentes. – Bem, cuide para estar de volta aqui às três em ponto, hora em que a babá da Srta. Vita vai chegar. Sua mãe vai receber a visita especial às quatro e a casa deve estar silenciosa. Srta. Flora, deve chegar às cinco.

Nannie se retirou com Sonia para lavar-lhe o rosto, e Vita e Violet saíram atrás delas de braços dados.

Às três, Barny surgiu no quarto de Flora com um vestido pendurado no braço.

– A Sra. Keppel quer que use este no chá, então o levei lá para baixo, a fim de arejar um pouco.

Flora se sentou diante da penteadeira enquanto Barny frisava seus cabelos em cachos arrumados, não revoltos, e bem presos por pentes de madrepérola de dentes afiados. Na hora de se submeter à tortura do espartilho de barbatana de baleia, pensou que, apesar da generosidade da Sra. Keppel, já começava a se sentir um pouco uma boneca de tamanho gigante sendo vestida segundo os caprichos da dona. Não que pudesse fazer muito a respeito sem parecer extremamente ingrata. Enquanto Barny fechava o vestido listrado creme e azul, ela refletia sobre a insistência da sociedade no fato de que os homens desejavam as mulheres acinturadas, pintadas e enfeitadas. Porém, lembrava-se de ter subido Scafell Pike usando uma calça comprida do pai. E de Archie, pelo visto, não ter se importado nem um pouquinho...

– Srta. Flora?

– Pois não? – Ela se obrigou a despertar do devaneio.

– Perguntei se pode apertar um pouco mais os brincos. Deus nos livre de um deles cair dentro da sua xícara durante o chá!

– Nossa, seria mesmo uma tragédia – concordou ela, tentando reprimir um sorriso.

– Vou passar um pouco de creme de rosas nas suas bochechas para dar uma cor, e a senhorita estará pronta para descer quando for chamada. Fique aqui sentadinha com seus livros e a Srta. Draper virá buscá-la no momento em que os outros estiverem prontos.

– Obrigada.

– Boa sorte, querida.

Barny se retirou. Flora franziu a testa e se perguntou por que cargas-d'água precisaria de sorte para tomar uma xícara de chá com aquela misteriosa visita, que ouviu chegar dez minutos depois. Para passar o tempo, foi até a escrivaninha e pegou o diário para seguir registrando a horrorosa conversa com Archie. O simples fato de escrever quase a fez chorar. Por fim, alguém bateu à porta e a Srta. Draper entrou.

– A Sra. Keppel deseja que a senhorita se junte a ela agora na saleta.

– Muito bem.

Flora a seguiu escada abaixo e pôde sentir o silêncio tenso da casa que sempre anunciava a presença do convidado especial da madrinha.

– Pronta? – indagou a Srta. Draper.

– Sim.

– Certo.

A governanta levantou o braço para bater à porta da saleta e Flora reparou que sua mão tremia um pouco.

– Entre – disse a voz da Sra. Keppel lá de dentro.

– Pelo amor de Deus, não se esqueça de fazer uma mesura quando ela apresentar a senhorita – sibilou a governanta ao segurar a maçaneta e abri-la.

– Flora querida. – A Sra. Keppel veio na sua direção. – Como está bonita hoje, não é mesmo, Bertie?

Ela segurou Flora pela mão e a levou até um cavalheiro grisalho de barba, cujo corpanzil ocupava o sofá de dois lugares inteiro.

Flora sentiu um par de olhos penetrantes a avaliarem conforme a Sra. Keppel a fazia chegar mais perto até posicioná-la a menos de meio metro dele. O recinto estava tomado por uma nuvem de fumaça de charuto e o cavalheiro deu mais uma tragada sem parar de examiná-la. Flora se sobressaltou ao reparar algo se mover junto à perna do visitante. Notou que era um fox terrier branco de orelhas marrons, que havia se empertigado ao vê-la entrar e agora se adiantava para cumprimentá-la.

– Olá.

Flora sorriu para o cachorrinho e, instintivamente, estendeu a mão para acariciá-lo.

– Flora, este é meu querido amigo Bertie. Bertie, esta é a Srta. Flora MacNichol.

Como fora instruída a fazer, Flora fez uma profunda mesura que torceu para ser também graciosa. Quando se levantou, do modo mais elegante de que foi capaz, percebeu que aquele cavalheiro lhe era bem familiar. No silêncio que se seguiu, enquanto os olhos dele continuavam a perscrutá-la de um modo muito perturbador, finalmente fez a conexão. E sentiu os joelhos fraquejarem.

A Sra. Keppel rompeu o silêncio:

– Eu não disse a você que ela era linda? Venha se sentar aqui ao meu lado, Flora.

Ela seguiu a Sra. Keppel até a chaise-longue posicionada em frente ao homem que a madrinha chamava de Bertie. Ficou grata por *poder* se sentar, caso contrário cairia no chão de tanto choque.

O homem continuava calado, ainda a encarando.

– Vou pedir mais chá. Tenho certeza de que todos nós gostaríamos de mais uma xícara.

Enquanto a Sra. Keppel apertava uma campainha ao lado da lareira, Flora constatou que até mesmo a lendária calma de sua protetora parecia perturbada por aquele silêncio. Por fim, Bertie tornou a pegar o charuto, acendeu-o outra vez e deu um trago.

– O que está achando de Londres, Srta. MacNichol?

– Estou gostando muito, obrigada... – Ela não terminou a frase ao perceber que não sabia como chamá-lo.

– Por favor, quando estivermos em um encontro reservado, pode me chamar de Bertie, como a querida Sra. George. Somos todos amigos aqui. E talvez a senhorita seja um pouco madura demais para me chamar de "Reizinho", como Violet e Sonia.

Ele abriu um sorriso de aprovação, com um olhar de divertimento, e a tensão do recinto diminuiu um pouco.

Bertie deu mais uma tragada no charuto.

– Mas, então, como vai sua querida mãe?

– Ahn... bem, obrigada. Ou pelo menos acho que sim, pois não a vejo desde que ela partiu para a Escócia.

– Está lembrado, Bertie, que os pais de Flora deixaram a casa dos Lakes e se mudaram para as Terras Altas? – interveio a Sra. Keppel.

– Ah, sim, e que boa decisão. A Escócia é, sem dúvida nenhuma, meu lugar preferido nas ilhas britânicas. Sobretudo Balmoral. Já esteve nas Terras Altas, Srta. MacNichol?

– Quando era bem nova, fui visitar meus avós paternos e lembro que lá era muito bonito.

Flora se esforçou para se acalmar o bastante a ponto de formar frases coerentes. Estava surpresa com o fato de as palavras dele terem um timbre quase teutônico, fazendo-o parecer um pouco estrangeiro.

A Srta. Draper e o lacaio entraram com mais chá e um carrinho repleto de sanduíches, bolos e doces. Uma sombra preta passou correndo por seus pés, e o terrier, até então surpreendentemente calmo, partiu para cima dela latindo num volume ensurdecedor. Sem pensar, Flora se levantou num pulo e recolheu nos braços o gato que silvava e cuspia.

Os latidos do terrier foram pontuados por uma ribombante risada.

– César, junto! – ordenou Bertie, e o cão tornou a se sentar ao seu lado. – Quem é esse, Srta. MacNichol?

– Este é Pantera – respondeu Flora, tentando acalmar o gato que tremia.

– Ele é esplêndido. Como o encontrou?

– Resgatei-o de um laguinho quando ele era filhote, lá na minha casa nos Lakes.

– Flora, por favor, leve Pantera lá para fora – pediu a Sra. Keppel.

– Por mim não precisa, Sra. George. Como sabe, adoro animais.

Flora obedeceu, soltou Pantera no corredor e fechou a porta com firmeza, então tornou a se sentar. Quando a Sra. Keppel serviu o chá, soube que não conseguiria tocá-lo, por medo de a sua mão tremer tanto que fosse derrubar a bebida no belo vestido.

– A senhorita me parece ter na Sra. George uma companheira muito arguta e inteligente. – Bertie deu uma baforada e um sorriso afetuoso para a Sra. Keppel. – Pois posso lhe dizer com toda a sinceridade que jamais pensei ver o dia em que...

Que dia era esse, Flora nunca saberia, pois Bertie tragou a fumaça do charuto e foi tomado por um fortíssimo acesso de tosse e engasgos. Sua compleição já rosada ficou vermelha como uma beterraba e os olhos lacrimejaram à medida que o peito lutava para sorver ar suficiente. A Sra. Keppel serviu-lhe um copo d'água e se espremeu ao lado dele no sofá para levar o copo à sua boca e forçá-lo a beber.

– Que droga, mulher! Não preciso de água! Preciso é de conhaque!

Ele sacou do sobretudo um imenso lenço de estampa *paisley* e afastou o copo d'água, fazendo-o se derramar na saia da anfitriã. Começou a assoar o nariz ruidosamente.

– Bertie, você vai ter mesmo que largar esses charutos – repreendeu a

Sra. Keppel, levantando-se e indo até o decânter pousado sobre o aparador.

– Sabe muito bem que todos os médicos que o examinam dizem o mesmo. Essas coisas vão matá-lo, tenho certeza.

Ela lhe passou o conhaque. Ele bebeu de um só gole e estendeu o copo para mais uma dose.

– Que bobagem! É só o maldito clima britânico, com essa umidade sem fim. Lembra como fiquei bem em Biarritz?

– Bertie, você sabe que não é verdade. Da última vez que fomos lá, você...

– Chega! – rugiu ele, entornando o segundo conhaque. Depois, tornou a pousar os olhos em Flora. – Está vendo o que preciso suportar, Srta. MacNichol? Sou tratado como uma criança.

– Você é tratado como alguém amado – rebateu a Sra. Keppel com firmeza.

Flora aguardou uma nova explosão, mas a dona da casa se sentou ao lado dele, pegou sua mão, e Bertie meneou a cabeça com docilidade.

– Eu sei, querida. Mas ultimamente parece que todo mundo está decidido a estragar minha diversão.

– Todo mundo está decidido a evitar a dor de perdê-lo.

– Chega disso tudo. – Ele agitou a mão na direção dela como quem espanta uma mosca. – Não estou passando uma boa primeira impressão para a Srta. MacNichol. Fale-me um pouco de si. O que a senhorita gosta de fazer?

Flora respondeu a primeira coisa que lhe veio à cabeça:

– Gosto do campo. Mas é claro que foi a única coisa que conheci – acrescentou depressa – e poderia ter amado a vida na cidade da mesma forma caso tivesse sido criada aqui. Estou descobrindo que Londres é um lugar lindíssimo.

– Não precisa se desculpar, Srta. MacNichol. Se o destino houvesse sido mais clemente, eu também teria optado pelo campo. Diga-me, a senhorita monta?

– Monto, sim – respondeu ela, incapaz de chamá-lo de "Bertie". – Mas confesso que não saberia o que fazer em Rotten Row. Aprendi a montar em terreno acidentado e não sou nem um pouco elegante sobre a sela.

– Ah, que tempo bom! – Bertie bateu palmas feito uma criança. – Quando eu era jovem, o que mais gostava de fazer era galopar pelos pântanos da Escócia. Que outras atividades fazem seu coração acelerar, Srta. MacNichol?

– Gostaria de lhe responder que é a poesia, ou a costura, ou que sei tocar piano com perfeição, mas a verdade é que tudo que me agrada tende a acontecer ao ar livre. Animais, por exemplo...

– Eu não poderia estar mais de acordo! – Com um gesto afetuoso, ele indicou o cachorro que abanava o rabo aos seus pés. – Quanto às artes... bem, na minha situação, preciso tolerá-las e aplaudi-las. Mas a senhorita nem imagina quantas noites intermináveis passei sentado na ópera ou em peças nas quais supostamente deveria encontrar algum significado espiritual ou psicológico ou em recitais de poesia de que não entendo uma só palavra...

– Bertie! – interrompeu a Sra. Keppel. – Você está sendo injusto consigo mesmo. É um homem extremamente culto.

– Só porque preciso ser. Faz parte do meu trabalho.

Ele piscou para Flora.

– Adoro pintar animais, mas pelo visto sou incapaz de retratar humanos. Eles parecem bem mais... complexos – disse ela.

Flora torceu para esse comentário satisfazer a ambos. Bertie deu um tapa na coxa volumosa.

– Está certíssima!

– Sua carruagem está esperando lá embaixo – disse a Sra. Keppel. – Você sabe que tem compromisso hoje à noite e...

– Sim, sei muito bem. – Ele revirou os olhos para Flora, numa cumplicidade tácita. – Srta. MacNichol, a Sra. George tem razão: preciso ir embora para servir à nação e à rainha.

Flora se levantou na hora e estava prestes a fazer outra mesura profunda quando ele a chamou com um aceno.

– Venha cá, querida.

Ela deu alguns passos até ficar parada na sua frente. E ficou estupefata quando ele lhe segurou as mãos e a jovem pôde sentir os dedos pesados com rubis cabuchão e brasões de ouro.

– Foi um prazer conhecê-la, Srta. MacNichol. É bom lembrar que a Sra. George está sempre correta em seus instintos. Agora, mulher, venha me ajudar a me levantar, sim?

Com a ajuda da Sra. Keppel, ele se ergueu do sofá. Embora Flora fosse alta, Bertie a fazia parecer pequena.

– Espero mesmo que possamos ter mais tempo juntos no futuro. Principalmente no campo. Em Duntreath, quem sabe?

Seu olhar recaiu sobre a Sra. Keppel, que assentiu.

– É claro.

– E agora, Srta. MacNichol... Flora. Preciso ir andando. Até logo, querida.

– Até logo.

– Venha, Bertie. Vou acompanhá-lo até lá embaixo.

E, com isso, a Sra. Keppel, o terrier e o rei do Reino Unido da Grã-Bretanha e Irlanda e dos Domínios Britânicos de Além-Mar, Defensor da Fé e Imperador da Índia deixaram a saleta.

19

uas horas mais tarde, Sonia, já pronta para a cama e com os cabelos cheios de papelotes, deteve-a no patamar do andar das crianças.

– Conheceu Reizinho?

– Conheci.

– Não o achou um amor? Mesmo com seu aspecto gordo e um pouco assustador, ele é mesmo um cavalheiro muito simpático.

– Concordo – respondeu Flora, rindo, e beijou Sonia no alto da cabeça. – Boa noite.

– Flora?

– Sim?

– Por favor, pode me contar uma das suas histórias? São tão mais interessantes do que os livros de figuras que Nannie lê para mim...

– Amanhã eu conto.

– Os adultos sempre dizem isso – reclamou Sonia com um biquinho diante do olhar severo de Nannie, que esperava para colocá-la na cama.

– Prometo, Sonia. Agora boa noite, e sonhe com os anjos.

Como precisava se distrair depois da tarde tão cheia de surpresas, Flora foi até a sala das crianças, onde encontrou Violet lendo um livro encolhida em uma poltrona junto à lareira.

– Estou incomodando? – indagou em voz baixa.

A adolescente se sobressaltou e espiou por cima do livro.

– Seria grosseiro dizer que está.

– Nesse caso, vou embora.

– Não.

Ela indicou a poltrona à sua frente.

– Tem certeza?

– Tenho – respondeu Violet com segurança.

195

Flora atravessou o recinto e se sentou.

– O que está lendo?

– Keats. Vita me deu de aniversário atrasado.

– Quanta generosidade. Confesso que eu não saberia escolher.

– É só uma observação minha, claro, mas acho que, no caso dos poetas românticos como Keats, não importa quanto se entende de literatura. O que importa mais é quanto se entende do amor.

– Não estou entendendo muito bem, Violet – respondeu Flora, embora tivesse quase certeza do contrário. – Pode explicar?

– Bem, antes de eu conhecer Vita, que me explicou sobre poesia, eu também achava essa arte muito sem graça – respondeu Violet, com os olhos pregados no fogo. – Mas agora leio as palavras que ele escreveu e vejo que a poesia é uma expressão universal do amor para quem não consegue expressá-lo sozinho. Entendeu?

– Acho que sim. Continue, por favor.

– Bem, o fato de Vita ter me dado esta antologia de presente significa que deseja que eu leia as palavras que ela própria se sente incapaz de dizer.

– Quer dizer que acha que ela a ama?

– Como eu a amo. – O olhar azul direto de Violet, tão parecido com o da mãe, a encarou em desafio. – Você acha isso errado?

Depois de um dia inteiro tentando pensar no que dizer antes de falar, Flora respondeu com sinceridade:

– Violet, existem muitas formas de amor. Pode-se amar pai ou mãe de um jeito, um irmão ou uma irmã de outro, um amante, um amigo, um animal... cada um de um jeito diferente.

Ela observou o rosto da adolescente, que deu a impressão de se suavizar. De seus olhos toldados pareceu cair um véu.

– Sim, sim! Mas, Flora, como é possível escolher quem amar quando a sociedade nos impõe isso?

– Bem, embora externamente devamos fazer o que a sociedade manda, os sentimentos que carregamos podem contradizer isso por completo.

Violet passou alguns instantes calada, mas então sorriu. Pela primeira vez desde que Flora tinha pousado os olhos nela, pareceu feliz.

– Você entende! – A menina fechou o livro, levantou-se e foi até ela. – No começo não entendi bem o que mamãe via em você, mas agora sim, e alegra-me que esteja aqui. Você também já esteve apaixonada. Boa noite, Flora.

Quando ela saiu, Barny surgiu à porta.

– Com licença, Srta. Flora. A Sra. Keppel mandou perguntar se gostaria de encontrá-la no *boudoir* antes de ela sair para jantar.

Flora se levantou e seguiu a criada até a outra ponta do corredor, onde ficavam os aposentos particulares dos Keppels.

A madrinha estava sentada qual uma imperatriz diante da penteadeira.

– Flora, entre, sente-se aqui ao meu lado.

– Obrigada.

Flora se sentou na pontinha de uma cadeira forrada de veludo e admirou os cabelos ruivos soltos da Sra. Keppel, que cascateavam pelos ombros muito brancos em cachos naturais. Ela estava usando um roupão de renda e um espartilho por cima do qual o busto abundante transbordava. Flora pensou que nunca a vira mais bonita.

– Queria lhe dizer que Bertie gostou muito de você hoje.

– E eu, dele – respondeu Flora com cautela.

– Bem, ele já não é mais como antigamente – respondeu a Sra. Keppel, reparando no tom de voz de Flora. – Está doente, mas ainda assim não faz nada para remediar a situação. Apesar disso, é um homem bondoso e sensato, e muito querido para mim.

– Sim, Sra. Keppel.

– Barny, por gentileza, pode nos deixar a sós por alguns minutos?

– Sim, madame.

A criada estava parada junto à patroa aguardando o sinal para começar a lhe arrumar os cabelos, mas então se retirou. A Sra. Keppel se virou para Flora.

– Minha querida. – Estendeu as mãos e apertou com força as de Flora. – Eu não tinha certeza se apresentá-la a Bertie era a decisão mais sensata, mas você não poderia ter se saído melhor.

– É mesmo? Fiquei muito nervosa.

– Você foi simplesmente você mesma, como o rei comentou comigo ao sair. Natural como uma flor selvagem da Escócia que nasce no meio dos arbustos.

– Que bom que eu... mereci a aprovação dele.

– Ah, Flora... – A Sra. Keppel suspirou fundo. – Você nem imagina quanto. Nem imagina como estou grata a *você* por ser... exatamente quem é. Ele me pediu que não a mimasse, não a transformasse em mais uma dama da sociedade, e garantisse que a sua pureza natural não fosse maculada aqui

197

na cidade. Espera de verdade poder conviver mais com você. No entanto, como não foram oficialmente apresentados, eu preferiria, e ele também, que o encontro de hoje e qualquer interação futura entre vocês dois fossem mantidos em segredo.

– Sim. Mas Sonia e Violet sabem que eu o conheci.

– Ora, é claro que sabem! – A Sra. Keppel deu uma risadinha. – Não estou me referindo às pessoas desta casa. Um dos motivos pelos quais Bertie adora vir a Portman Square é a discrição e a privacidade que encontra aqui, aspectos tão raros no restante de sua vida. Entende isso, Flora?

– Entendo, Sra. Keppel.

– Ótimo. Então estou certa de que você e Bertie vão se conhecer melhor no futuro.

– Sim, eu gostaria que isso acontecesse. Eu...

– O quê, querida?

– Estava só pensando se o Sr. George estaria... a par do segredo das visitas do rei a esta casa.

Flora sentiu o rosto ficar vermelho com tal insinuação.

– Ora, mas é claro que sim! Bertie e ele são grandes amigos, e caçam juntos sempre que o rei se hospeda em Duntreath no outono.

Sentindo-se uma imbecil por ter perguntado, Flora corou ainda mais.

– Entre estas paredes nós não escondemos nada uns dos outros. Mas agora preciso chamar Barny, pois temos que sair para jantar na Marlborough House daqui a meia hora. – Ela sacudiu a sineta sobre a penteadeira. – O primeiro-ministro jantará conosco, ou seja, vamos passar a noite debatendo o último desatino do *kaiser* Wilhelm.

Flora ficou pasma com aquela mulher que dizia nomes famosos como quem cospe os caroços de uma fruta.

– Espero que se divirta.

– Obrigada. Tenho certeza de que não vou me divertir. Acabei de lembrar que amanhã você vai visitar sua irmã Aurelia e sua tia na casa de Charlotte na Grosvernor Square. Eu tenho outro compromisso, mas Freed irá levá-la e buscá-la.

– Obrigada.

– E, querida, parabéns mais uma vez pelo seu comportamento durante o chá de hoje à tarde. Tenho certeza de que não foi seu último encontro com Bertie.

❀ ❀ ❀

– Irmã querida!

Flora foi recebida com um abraço apertado à entrada da sala de estar de tia Charlotte. As duas entraram e Aurelia fechou a porta.

– Pedi que tia Charlotte nos desse um pouco de privacidade, pois preciso urgentemente do seu conselho.

Ela levou a irmã até o sofá e sentou-se ao lado. Flora achou que Aurelia estava diferente da última vez que a vira. Tinha os lindos olhos vivos e brilhantes e sua tez reluzia. Sabia muito bem qual era o motivo.

Meu Deus, por favor, não permita que eu demonstre minha dor...

– Chamei você aqui porque, depois do nosso último encontro, recebi uma visita.

– É mesmo? De quem?

– De Archie Vaughan! Ele veio me ver dois dias atrás, quando eu estava nos últimos preparativos. Parto para a Escócia depois de amanhã. Você pode calcular minha surpresa ao vê-lo.

Flora se fingiu de chocada:

– Nossa! Posso mesmo.

– Imaginei, claro, que ele tivesse vindo só se despedir, por educação. Mas ele entrou, fechou a porta e, na mesma hora, segurou minhas mãos e disse que tinha cometido um erro terrível! Quase desmaiei de tanto susto.

– Claro, não é de espantar.

– Perguntei a que tipo de "erro" Archie estava se referindo e ele me explicou como a responsabilidade do casamento o amedrontara de repente. Disse que talvez só não fosse um rapaz casadoiro, justo como você falou, e que tinha medo de me decepcionar como marido, por isso não havia pedido a minha mão quando eu estava em High Weald.

– Entendi.

– Falou que foi só depois de eu ir embora de lá que percebeu quanto sentia a minha falta.

O olhar de Aurelia se perdeu enquanto ela revivia o instante.

– Nossa, mas que... romântico.

– E quando sua mãe lhe contou que eu estava prestes a deixar Londres e ir para a Escócia, ele entendeu que precisava vir atrás de mim e me impedir. E foi isso que fez.

– Mas ele pediu sua mão?

– Pediu! Ai, Flora, ele perguntou se algum dia eu seria capaz de perdoá-lo por ter cometido um erro de julgamento tão atroz e, na mesma hora, ajoelhou-se e me deu um anel de noivado de esmeralda lindo de morrer.

– E o que você respondeu?

– Bom, é nisso que estou torcendo para você ficar orgulhosa de mim... Respondi que, tendo em vista a súbita reviravolta, precisava de alguns dias para pensar. E foi por isso que pedi para você vir aqui. Você é tão sensata nas questões do coração, Flora querida... O que acha que devo fazer?

Flora reprimiu qualquer opinião pessoal que pudesse ter em relação ao assunto.

– Talvez a primeira pergunta a fazer seja por que você não aceitou o pedido dele na hora. O que a impediu?

– Ora, Flora, eu disse uns dias atrás que recusaria qualquer pedido, mas pode ter sido porque estava protegendo a mim mesma e ao meu orgulho. Além do mais, ainda não tenho certeza se ele me ama como eu o amo.

– Ele disse que a ama?

– Disse... ou pelo menos que a vida dele seria vazia sem mim.

– Bom, então pronto! – Flora se forçou a abrir um sorriso radiante. – É a mesma coisa. Não importa quais palavras ele decida usar.

– É a mesma coisa? – Aurelia a olhou com um ar de súplica. – Talvez eu esteja esperando demais e seja demasiado romântica, mas a hesitação dele me dá a sensação de que tinha reservas, apesar das explicações que me deu.

– Reservas que ele agora superou e que não têm nada a ver com você.

– Perguntei se outra pessoa tinha conquistado o coração dele. Archie jurou que não.

O coração de Flora pôs-se a bater mais depressa.

– Então tudo que ele lhe disse basta para você aceitar o pedido, não?

– Sim, mas você sabe que eu tive outros pretendentes no começo da temporada e que eles me cortejaram com grande ardor. – Aurelia se levantou e começou a andar pela pequena sala. – Fui coberta de flores e bilhetes de amor e, mesmo eu não estando interessada *neles*, com certeza fiquei convencida de que *me* queriam. No caso de Archie, minha sensação é de que a pretendente ardorosa sou *eu*, correndo atrás de um homem que sempre pareceu... indiferente a mim.

200

– Mesmo com minha experiência limitada em relação aos homens, sei que muitos deles têm uma abordagem do amor bem diferente da feminina. Alguns são explicitamente românticos, outros não. – Flora se esforçou para encontrar um exemplo. – Veja só nosso pai. Embora seja evidente que adora mamãe, não é nem nunca foi abertamente romântico com ela.

– Você acha mesmo que ele a adora? – Aurelia parou de andar. – Sempre tive minhas dúvidas. E com certeza não quero um casamento assim.

Flora percebeu que tinha perdido terreno ao usar como exemplo a distante união dos pais.

– Talvez seja por que os homens são ensinados a não mostrar emoção. E Archie Vaughan é só um deles.

Aurelia encarou a irmã. Seu olhar tinha um quê de desconfiança.

– Sei que você nunca gostou dele, nem confiou nele, aliás. Estou bem surpresa com a sua disposição para defendê-lo nessa história toda.

– O que eu sinto por ele é irrelevante. Estou apenas tentando ser o mais pragmática e honesta possível. Você pediu minha opinião e eu dei. Ele viu que tinha agido errado e quer desposá-la. Duvido que você possa pedir mais do que isso, sobretudo considerando a alternativa...

– Eu sei. Antes do pedido dele, achei que fosse morrer de infelicidade ao pensar em ser banida para a Escócia com mamãe e papai.

– Então você já sabe a resposta.

– Sim, mas é que não suportaria pensar que Archie não me ama de verdade e só está se casando comigo por causa do meu dote e para salvar a casa da família.

– Minha adorada Aurelia, acho que lorde Vaughan já provou com grande sucesso que é um homem decidido e não pode ser forçado a fazer nada que não queira.

– Você acha mesmo que eu deveria aceitar?

Flora disse a maior mentira de todas as que já dissera:

– Acho.

– Apesar da opinião negativa que tem dele, aceita ser minha dama de honra principal e dançar no meu casamento?

– Claro.

– Nesse caso... – A expressão de Aurelia se desanuviou. – Você me convenceu. Quando ele vier me ver amanhã à tarde, vou lhe dizer que aceito o pedido. Obrigada, irmã querida. Não sei o que eu faria sem você. Agora que a decisão está tomada, vamos pedir um chá. Esse estresse todo me deixou inteiramente fraca.

Uma hora mais tarde, exaurida pela tensão daquela farsa, Flora deixou que Freed a ajudasse a subir no coche. Tinha feito o que era certo. No entanto, uma dúvida a atormentou durante todo o caminho de volta a Portman Square. Tudo que Aurelia queria era que Archie correspondesse ao seu amor.

E Flora sabia que isso era a única coisa que ele nunca poderia lhe dar.

❋ ❋ ❋

– Imagino que já esteja ciente do anúncio no *Times* desta manhã?

A Sra. Keppel lhe passou o jornal e Flora o leu.

– Sim. Aurelia me contou sobre o pedido de lorde Vaughan.

– E você está feliz que eles se casem antes do Natal? É um noivado mais curto do que o normal.

– Talvez os dois achem que perderam um tempo precioso. Estou muito feliz pelos dois. Eles se amam muito.

A Sra. Keppel estreitou os olhos de modo cúmplice.

– Nesse caso, também estou feliz. Vou mandar agora mesmo uma mensagem de congratulações para eles.

– Também mandarei uma.

– Por coincidência, hoje de manhã chegou uma carta da residência dos Vaughans em Londres, a ser entregue em mãos. Eu disse ao Sr. Rolfe que entregaria a você pessoalmente.

Com a maior calma de que foi capaz, Flora pegou a carta da mão delicada da Sra. Keppel.

Sua madrinha a observou tatear o envelope.

– Flora, minha querida, estarei em casa hoje à tarde e não receberei ninguém. Se, depois de ler a carta, você quiser tomar chá comigo...

– Eu... Obrigada.

Flora saiu da saleta e subiu depressa para o quarto. Fechou a porta com firmeza, sentou-se na cama e ficou encarando o papel. Só de ver a caligrafia de Archie, seus olhos arderam. Rasgou o envelope e desdobrou o papel com as mãos trêmulas.

Berkeley Square, 18
Mayfair
19 de outubro de 1909

Fiz o que você solicitou, embora saiba que é errado para nós três. Agora que está tudo acertado, sugeri que nos casemos quanto antes.
Apesar de tudo, amo você.
Archie

❀ ❀ ❀

Mais tarde, Flora parou diante da saleta da Sra. Keppel.

– Ah, Flora. Estava esperando você.

– Estava?

– Claro – respondeu a dona da casa, direta. – Feche a porta. Seu chá já está servido; não seremos incomodadas.

Flora fechou a porta e andou na direção da Sra. Keppel, aflita de tanta indecisão. Nunca fora de se confidenciar com terceiros, mas naquele dia...

– Sente-se, querida, e se aqueça junto ao fogo. – A Sra. Keppel lhe estendeu uma xícara de chá e Flora sorveu um gole, agradecida. – Bom, podemos ficar aqui sentadas tomando chá e fofocando, ou podemos falar sobre o verdadeiro motivo que a faz estar sentada na minha frente agora. Qual dos dois prefere?

– Eu... Eu não sei.

– O amor é tão desconcertante, não é? E você, assim como eu, prefere tomar suas decisões sozinha. Meu querido Bertie sempre me diz que informação é poder e que, por mais tentador que seja conceder esse poder a outra pessoa em troca de reconforto, não se trata de uma atitude sensata. E *nós duas* tomamos a decisão de não tomá-la.

– Sim.

A jovem estava impressionada com o poder de observação da madrinha.

– Mas, Flora, o *meu* segredo você já descobriu. Todos em Londres acreditam entender a minha relação com o rei e a criticam. Mas as fofocas maldosas e o desejo de prejudicar minha reputação não as deixam perceber o simples fato de que eu o amo. Alguém de fora poderia afirmar que o meu relacionamento com ele não passa de uma farsa para alimentar minha ambição, ou que o fato de você ter recusado o amor de lorde Vaughan foi cruel. Mas sei que a verdadeira motivação vem do amor que nutre por sua querida irmã.

– Que conversa é essa, Sra. Keppel? Ninguém... Ninguém faz a menor ideia de qualquer relacionamento entre mim e lorde Vaughan...

– Sei disso, e duvido que alguém em Londres além de mim tenha adivinhado a situação. Vi o rosto de vocês depois de se encontrarem aqui alguns dias atrás. E o... dilema... estava estampado em ambos. Seu segredo está seguro comigo. Por favor, Flora, confie em mim e ponha-o para fora antes que ele a enlouqueça.

Foi o que Flora acabou fazendo. A Sra. Keppel lhe serviu uma dose de xerez e ofereceu um lenço de renda limpo, e a jovem contou tudo que havia acontecido entre eles. Sem dúvida sentiu-se mais leve.

– Você não será a primeira nem a última a mandar o homem que ama para os braços de outra porque sentiu que era o certo a fazer – declarou a Sra. Keppel. – Já passei por uma situação bem parecida antes de me casar com o querido George ou de conhecer Bertie. Você agiu corretamente pelo melhor dos motivos e agora precisa seguir em frente.

– Eu sei. É essa a parte mais difícil.

– Bem, o melhor jeito de fazer isso é se distrair, e estou mais do que disposta a lhe proporcionar oportunidades para tal. – A Sra. Keppel sorriu. – Em breve haverá vários bailes e posso lhe garantir que, antes mesmo de você comparecer ao casamento da sua irmã, já teremos obtido pelo menos duas propostas.

– Obrigada, mas não estou interessada em nenhum pretendente por enquanto.

– É porque ainda não os conheceu. – Os olhos da Sra. Keppel brilharam. – Vamos começar com um baile na Devonshire House. Em seguida haverá outro de gala no Blenheim, que fica bem distante, mas acho que deveríamos ir, e...

– Sra. Keppel?

– Sim, querida?

– Por que está fazendo isso tudo por mim?

Sua madrinha olhou para o fogo, em seguida tornou a encará-la.

– Porque sinto que você é a filha que nunca tivemos.

Estrela

Outubro de 2007

20

Senti a mão de alguém me dar vários tapinhas no ombro e me obriguei a voltar ao presente. Quando ergui os olhos, vi os créditos finais de *Superman* passando na tela e Rory em pé ao meu lado.

– *Superman II* agora?

Consultei o relógio de pulso e vi que passava das cinco da tarde. Fiz que não com a cabeça.

– Acho que já chega por hoje. Quer ver os faisões? – perguntei, para distraí-lo.

Ele assentiu, animado. Levantei-me da cadeira e me afastei do passado: sabia que não era o momento de analisar o que lera nem de me perguntar se aquilo tinha alguma relação com a minha própria existência. Na cozinha, Orlando mexia nas mercadorias entregues mais cedo.

– Você ganhou muitos pontos por ter depenado o faisão. Ficará aliviada em saber que acabo de encontrar as balas que puseram fim à vida dele, de modo que não teremos nenhum dente quebrado amanhã.

Ele ergueu um pequeno pires, no centro do qual havia três chumbinhos. Na mesma hora, Rory pegou um deles para examinar.

– Coitado do passarinho.

– Ah, sim, mas que sorte a nossa amanhã. Srta. Estrela, isto aqui é para o banquete de hoje.

Na bancada de mármore à frente dele, vi um lindo filé de carne bovina bem vermelho.

– Sei que ninguém mais será capaz de fazer jus a tamanha perfeição. Caso não se importe, gostaria de jantar às oito em ponto. Assim teremos umas boas três horas para digerir a comida antes de dormir – disse ele, com uma olhadela na direção do relógio.

– Então acho que é melhor eu começar a preparar as coisas.

– Enquanto isso, vou levar este rapazinho aqui para uma partida de xadrez. Quem perder lava a louça do jantar.

– Mas você sempre ganha, tio Lando – reclamou Rory.

Os dois saíram da cozinha.

Preparei a carne e os legumes, em seguida me sentei para sentir o aroma da comida e curtir o calor delicioso da cozinha. Fiquei pensando no que lera e entendi que a estatueta que Pa me dera representava o adorado gato de Flora, e não uma pantera de verdade. Então pensei em Flora, que Pa Salt havia indicado ter alguma ligação comigo. Com certeza nós duas partilhávamos alguns aspectos: o interesse por botânica, o amor pela natureza. Porém, milhões de pessoas também apreciavam essas coisas e, pelo que eu tinha lido, o mais provável era que meu vínculo fosse com Aurelia. Afinal, pelo visto fora ela que se casara com um membro da família Vaughan.

O pior era que eu queria muito encontrar alguma conexão, algo que me vinculasse de modo inextrincável a High Weald e me permitisse fazer parte daquela família extraordinária. Meu apreço por dois de seus membros em especial aumentava a cada dia.

Depois de comermos a carne, que Orlando qualificou como "épica", levei Rory para tomar banho no andar de cima, mas não sabia muito bem quais eram as regras. Deixei-o tomar a dianteira. Ele tirou os aparelhos auditivos e os pousou com cuidado sobre uma prateleira.

– Quer que eu saia? – perguntei quando ele entrou na banheira cheia de espuma.

Rory fez que não.

– Fique aqui conversando. Me conte uma história sobre a sua família, Estrela.

Assim, sentei-me na antiquada tampa de madeira do vaso e, recorrendo a mímicas e expressões faciais quando meus sinais não davam conta do recado, narrei para Rory a versão mais resumida de que fui capaz da minha infância em Atlantis, incluindo algumas travessuras praticadas por mim e Ceci.

– Irmãs levadas! – comentou ele, rindo. Saiu da banheira para dentro da toalha que eu lhe estendi e seus olhos verdes ficaram sérios. – Quero uma irmã ou um irmão. Parece divertido.

Ajudei-o a vestir o pijama e lhe passei os aparelhos auditivos. Ele os encaixou direitinho nos ouvidos, depois me agarrou pelos ombros e me deu um beijo na bochecha.

– Estrela, você quer ser minha irmã?

– É claro que eu quero.

Atravessamos o corredor juntos até o quarto dele.

Minutos depois, Orlando apareceu à porta e ficou parado, meio sem saber o que fazer.

– Abluções concluídas?

– Sim. Boa noite, meu anjo – falei, e dei um beijo em Rory.

– Boa noite, Estrela.

❂ ❂ ❂

No dia seguinte, após o café, pus as coxas de faisão dentro de uma grande panela de ferro fundido e acrescentei frutas vermelhas, ervas e um pouco de vinho tinto. Torci para que, depois de fervidos, os ingredientes formassem um rico molho. Então, envolvi o peito da ave em bacon e as deixei de lado para assar depois. Rory pintava sentado à mesa da cozinha. Comecei a abrir a massa para uma torta de frutas e ficamos trabalhando em paz juntos. Eu já tinha visto Ceci pintar centenas de vezes, mas a arte dela tendia a ser muito precisa, ao passo que Rory misturava as tintas até obter o tom que necessitava, então lambuzava o papel com elas sem o menor acanhamento. Quando pus a torta no forno, vi que ele havia pintado uma paisagem outonal que eu não conseguiria reproduzir mesmo que tivesse meses para fazê-la.

– Incrível – elogiei.

Ele assinou a pintura e reparei que suas mãos formavam as letras com gestos canhestros, em total contraste com as pinceladas fluidas.

– Eu gosto de pintar.

– Todo mundo gosta das coisas que sabe fazer – falei, sorrindo.

Orlando saíra de manhã cedo. Não tinha dito aonde iria, mas não parecia muito animado. Bem na hora em que eu amassava as batatas, ele voltou acompanhado por Mouse.

– Olhe. – Rory apontou para sua pintura. – Para Estrela.

Orlando elogiou devidamente o trabalho, mas Mouse deu apenas uma olhadela.

– O que acham de eu ir buscar a garrafa de Vacqueyras que decantei para acompanhar o faisão preparado por Estrela? – indagou Orlando, sem se dirigir a ninguém em especial, e partiu em direção à despensa para pegar o vinho.

– Leu minha transcrição? – perguntou Mouse abruptamente.

– Li. Obrigada.

Apontei para a pilha de papéis bem arrumada junto ao telefone.

– Achou informativa?

– Muito.

– Gostaria de ver a estatueta se você tiver trazido.

– Na verdade, acabei não trazendo – menti, e torci para meu rosto não ficar vermelho, como em geral acontecia quanto eu faltava com a verdade.

– Que pena. Orlando acha que é uma Fabergé.

– Vou procurar de novo antes de ir embora.

– Faça isso.

O telefone tocou e Mouse atendeu.

– Oi, Marguerite. Sim, por aqui tudo certo. Ele está bem... não é, Rory?

– É! – gritou o menino para a mãe poder escutar. – Tudo bem.

– A que horas você chega?

Fiquei mexendo no fogão para não parecer que estava bisbilhotando.

– Entendi. Bom, eu com certeza não consigo, mas vou perguntar a Orlando e Estrela se eles podem. Orlando?

– Sim? – Ele já tinha voltado da despensa com o vinho.

– Pediram para Marguerite ficar mais tempo na França. Ela quer saber se você e Estrela podem cuidar de Rory por mais uns dias.

– Infelizmente não dá. Preciso comparecer a dois leilões importantes em Londres. E você, Mouse?

– Também não consigo. Você sabe a trabalheira que estou tendo na fazenda no momento. Além do mais, Rory só estuda meio período na escola e...

Meus olhos pousaram no menino, sentado no meio dos dois irmãos, virando a cabeça de um lado para o outro enquanto eles travavam aquela partida de tênis verbal. Rory provavelmente se sentia tão pouco importante quanto a metafórica bola.

– Eu fico – falei de repente. – Quer dizer, se você conseguir se virar sem mim na livraria, Orlando.

– É uma possibilidade.

Rory tocou as mãos de Orlando e começou a gesticular vigorosamente.

– Sim, por favor, deixe a Estrela ficar! Comida boa!

Fez-se um silêncio momentâneo quando os dois irmãos olharam para mim.

– Visto a escassez de clientes na livraria, ela não deve ter nenhuma tarefa mais difícil do que espanar as estantes – disse Mouse.

O comentário me irritou profundamente, mas lutei para me controlar. Pude ver que Orlando estava fazendo o mesmo.

– Claro. O mais importante é Rory estar feliz – disse ele por fim.

– Certo, então. Ouviu isso, Marguerite? Estrela vai ficar e Rory gostou da solução – disse Mouse ao telefone. – Estarei por perto para ficar de olho nas coisas. Avise a que horas você chega na quarta, ok? Tá, tchau.

– A comida está pronta – falei para Orlando, que havia servido uma taça de vinho para cada um de nós três.

– Maravilha. Que tal comermos aqui mesmo? E eu estou... – Ele olhou de relance para o irmão. – *Nós* estamos muito agradecidos por sua oferta.

– Não há de quê – respondi, virando-me de volta para o fogão.

Depois do almoço – modéstia à parte, um sucesso, considerando que eu nunca tinha preparado faisão na vida –, Mouse pegou o Land Rover e levou Orlando a Ashford para pegar o trem até Londres. O clima pesado entre os dois era evidente e imaginei que estivesse relacionado ao encontro mais cedo e à conversa ao telefone com Marguerite.

Mouse tinha dito que voltaria para dar boa-noite a Rory, mas o relógio passou das oito sem que ele desse sinal. Arranquei o menino da frente de seu adorado filme do Super-Homem, dei-lhe banho e o pus na cama.

De volta ao meu quarto, procurei na mochila a carta de Pa Salt e o gato preto. Examinei com cuidado a pequena criatura e me lembrei das vívidas descrições de Pantera feitas por Flora.

– É você? – perguntei ao vazio.

Tornei a guardar a estatueta. Se aquilo fosse mesmo um Fabergé, como sugerira Mouse, eu sabia que tinha grande valor. Teria a Sra. Keppel dado aquele gato de presente a Flora? Ela adorava as criações desse joalheiro.

Só havia um jeito de saber: mostrá-la ao Rato de Esgoto... a *Mouse*, corrigi a mim mesma. O apelido que eu inventara para o seu próprio apelido não podia, em hipótese alguma, ser revelado.

Fui ao banheiro e me lavei o mais rápido que pude na água do banho que havia preparado para Rory, pois tinha aprendido na noite anterior que o boiler só enchia uma banheira por dia. Então me dirigi depressa ao quarto para vestir minhas camadas de roupa e desci.

Quando estava parada junto à porta da frente pensando se deveria trancá-la, uma silhueta surgiu da escuridão atrás de mim e me fez gritar de susto.

– Sou só eu – disse Mouse. – Entrei pelos fundos enquanto você estava lá em cima. Só queria lhe entregar isto.

Ele me passou duas enormes chaves de latão presas a uma argola.

– Obrigada.

– E obrigado por estar fazendo isso. É evidente que Rory já se afeiçoou a você. Marguerite disse que vai ligar amanhã. Não é nem um pouco do feitio dela ficar mais tempo. Alguma coisa deve estar acontecendo – resmungou ele. – Em geral ela trabalha aqui por perto, para pelo menos estar em casa com Rory à noite. Mas a sua fama pelo visto se espalhou. Enfim, você vai precisar de mantimentos para esses dias. Se puder me fazer uma lista, passo para pegar amanhã. Só que vai ser cedo.

– Não tem problema. Você se importaria se eu usasse o telefone para avisar à minha irmã que não vou voltar hoje? Meu celular não pega aqui.

– Fique à vontade. E, se estiver desesperada para mandar um e-mail, é só ir até a minha casa: vire à direita no portão e atravesse a estrada. Tem uma placa com o nome "Home Farm" alguns metros à frente, à esquerda. Lá pode não ser luxuoso, mas pelo menos tem wi-fi.

– Não precisa.

– Se tiver conseguido encontrar a tal estatueta, eu gostaria mesmo de vê--la. O passado da nossa família tem muitas lacunas que eu queria preencher.

– Vou dar outra olhada na mala.

– Tomara que acabe achando. Boa noite, então.

– Boa noite.

Abri a porta para ele sair, em seguida a tranquei com firmeza. Fui até a cozinha, peguei o telefone e liguei para o celular de Ceci.

– Oi, sou eu.

– Sia! Cadê você? E por que está me ligando de um número desconhecido?

Expliquei da melhor maneira possível e seguiu-se uma pausa comprida.

– Quer dizer que essa família não só está pagando uma miséria para você trabalhar várias horas numa livraria, mas agora também a usa como babá e cozinheira não remunerada?

– Orlando falou que vou continuar a receber meu salário e Marguerite vai me pagar um extra também.

– Seu problema é ter um coração de manteiga.

– Foi uma emergência e eu era a única que podia ajudar. Não me importo, sério. Adoro isto aqui – falei, sincera.

– Só preste atenção para eles pagarem o que devem. Estou com saudades, Sia. Este apartamento é grande demais para uma pessoa só.

– Vou voltar logo e, se precisar de mim, estou neste número.

– Vou faltar à última aula de quarta na faculdade para a gente poder jantar juntas. Tenho a impressão de mal ter visto você nas últimas semanas.

– Eu sei. Desculpe. Durma bem, Ceci.

– Vou tentar. Tchau.

Ela desligou de forma abrupta. Suspirei enquanto entrava na sala para verificar se a lareira não corria o risco de causar um incêndio durante a noite – outra regra de ouro de Pa. Apaguei as luzes e subi para me deitar. Fui dar uma olhada em Rory, que estava ferrado no sono, e agradeci aos céus por ter ganhado mais duas noites naquela casa maravilhosa.

21

Na manhã seguinte, levantei cedo acordada por Rory, que pulou na minha cama dizendo estar com fome. Quando Mouse chegou à cozinha para pegar a lista de compras. já estávamos sentados tomando café.

– Que cheiro bom – comentou, para meu assombro. Era raro ouvir um comentário positivo dele.

– Quer um pouco? É só pão embebido em ovo e tostado.

– Não como isso desde que era criança. Quero, se não for dar muito trabalho.

– Tem café recém-passado em cima da mesa – falei, apontando.

Rory deu um tapinha no braço de Mouse e gesticulou para ele: "Posso andar de trator?"

– O quê? – Mouse mal havia olhado para o menino.

– Rory quer saber se pode andar no seu trator – expliquei, pondo o prato na sua frente com um pouco mais de força do que o necessário.

– Meu Deus, não – disse ele, e começou a devorar o pão com uma fome que estivera perceptivelmente ausente nas outras vezes em que eu havia cozinhado para ele. – Que delícia. Adoro comida de criança. Certo. – Ele engoliu o café, levantou-se e pegou a lista em cima da mesa. – Volto para deixar estas coisas quando puder.

Ele se foi.

– Trator não?

Rory ergueu os olhos para mim com uma expressão de súplica que me apertou o coração.

– Hoje não, Rory. Mas que tal se vestir e dar uma volta na sua bicicleta?

Rory pedalou até o pomar, onde catamos tantas maçãs e ameixas quanto pudemos carregar. As árvores, muito antigas, precisavam desesperadamente de uma poda, mas eu sabia que ela só poderia ser feita no fim do inverno.

213

Levamos as frutas para a casa em um carrinho de mão barulhento que eu havia encontrado.

– Nunca vamos comer tudo isso – falou Rory, também gesticulando.

– Não, mas elas vão ficar gostosas em tortas e geleia.

– Você *faz* geleia?

– Faço.

Ri da sua surpresa. Ele devia ter sido criado acreditando que a maioria das coisas que comia vinha de uma fada invisível que morava no supermercado.

Passei a tarde fazendo tortas e Rory pediu para ver o filme do Super--Homem de sempre. Coloquei o DVD no aparelho e fui preparar um chá e ver a quantas andavam as tortas no forno. Meus dedos coçavam para dar um jeito nos armários e na despensa, mas me contive, pois sabia que isso não cabia a mim.

Olhei para o relógio. Eram quase seis da tarde, hora do jantar de Rory. Como não havia nem sinal das compras prometidas, fui ver o que conseguia encontrar.

Estava tirando a última torta do forno quanto a porta dos fundos se abriu e Mouse apareceu com duas sacolas de plástico cheias de compras.

– Aqui está – falou, largando-as sobre a mesa da cozinha. – Está planejando dar uma festa? – perguntou, apontando para as tortas.

– Estou só usando as frutas caídas lá do pomar.

Ele pegou uma cerveja dentro de uma das sacolas e abriu.

– Aceita?

– Não, obrigada.

– Tudo bem com Rory?

– Tudo. – Comecei a examinar as sacolas e peguei umas linguiças, que arrumei em um tabuleiro e pus no forno para assar. – Vou fazer batata frita – falei, pegando umas batatas e um descascador na gaveta. – Espero que Rory goste.

– Como ele e Marguerite sobrevivem praticamente à base de ovos e feijão enlatado, tenho certeza de que vai adorar. Eu também não me importaria de comer batata frita, se sobrar alguma.

Disfarcei um sorriso diante daquele súbito entusiasmo.

– É claro que vai sobrar. – Apontei para o grande saco de batatas. – Vou avisar a Rory que você chegou.

Comecei a andar em direção à porta.

– Antes de você ir... – O tom da voz dele me fez estacar e, ao me virar, deparei com uma expressão subitamente grave. – Queria lhe perguntar com toda sinceridade se você trouxe a estatueta Fabergé. Ou não trouxe mesmo ou não quer me mostrar. Entendo por que talvez não sinta que eu mereço a sua confiança. Afinal, não me mostrei muito acolhedor. Mas eu não me importaria com isso, Estrela. Todo mundo me acha um merda. E não são eles quem estão errados. O errado sou eu.

Quer dizer então que estávamos de volta à autocomiseração. Se ele esperava que eu o contradissesse, estava muito enganado.

– Enfim – continuou ele diante do meu silêncio. – Que tal fazermos um acordo? Eu lhe conto o resto do que descobri sobre a história da nossa família e você me mostra o gato. Porque se for *mesmo* um Fabergé, tenho um bom palpite sobre quem o deu de presente a Flora MacNichol.

– Eu...

– Mouse!

Rory entrou na cozinha e a conversa foi interrompida.

Durante o jantar, Mouse se mostrou bem mais alegre do que eu o vira antes; não soube dizer se o motivo eram as batatas fritas caseiras ou a disposição de dar o melhor de si para me transmitir uma falsa sensação de segurança antes de voltar ao seu mau humor habitual. Mas fiquei feliz por Rory, pois Mouse pelo menos estava se esforçando para se comunicar com o menino. Sugeri que disputassem uma partida de jogo da velha, mas o menino nunca ouvira falar daquilo. Ele gostou muito de aprender e gritava de alegria toda vez que conseguia ganhar. Eu sabia que Mouse estava perdendo de propósito, o que também era uma evolução.

– Hora de dormir – disse ele de repente.

Ergui os olhos para o relógio e vi que eram só sete e pouco, mas Rory já tinha se levantado, como um soldado desobediente que acaba de ser enquadrado pelo sargento.

– Venha, vamos subir para tomar banho – falei, estendendo a mão para ele.

– Boa noite, Mouse – disse o menino.

– Boa noite, Rory.

Depois de eu encher a banheira, o garoto ficou chapinhando lá dentro, em seguida se recostou e fechou os olhos enquanto eu passava xampu em seus cabelos. Mergulhou a cabeça para enxaguá-la, depois emergiu e abriu os olhos.

– Estrela?

– Oi.

Ele tirou as mãos da água para gesticular: "Acho que o Mouse não gosta muito de mim."

– Eu acho que gosta, mas ele é péssimo nisso – falei, e apontei para nossas mãos.

– Não é difícil. Vamos ensinar a ele.

– Vamos.

Segurei a toalha com as duas mãos para ele poder sair da banheira e preservar seu recato. Ajudei-o a vestir o pijama, depois o conduzi pelo corredor para colocá-lo na cama.

"Quer que eu leia uma história ou sou ruim demais nisso?", provoquei, fazendo-lhe cosquinha de leve.

"Você é melhor do que o Mouse, então, sim, por favor", gesticulou Rory.

Ele se virou antes de mim e demos com Mouse parado na porta do quarto. Fiquei grata por ele não entender a língua que nossas mãos falavam.

– Quer que eu coloque você para dormir, Rory? – perguntou Mouse.

– Quero, por favor – respondeu o menino, obediente.

– Boa noite.

Dei um beijo na testa dele e saí.

– Você tem muito jeito com ele – disse Mouse mais tarde, ao entrar na cozinha, quando eu acabava de lavar a louça. Dentre todas as mordomias modernas que eu poderia desejar em High Weald, a primeira seria um lava-louças.

– Obrigada.

– Imagino que já tenha trabalhado com crianças surdas.

– Não, nunca.

– Então como...?

Expliquei-lhe rapidamente como aprendera a língua dos sinais. Ele pegou uma cerveja na geladeira e abriu-a.

– Que interessante você e Rory terem se conhecido e criado um vínculo, pois você com certeza é uma mulher de poucas palavras. Ele não sente a falta delas como uma pessoa que ouve sentiria. Você não demonstra muito suas emoções, não é?

Nem você, pensei.

– Você mora com sua irmã, é isso?

Então ele se lembrava.

– É.

– E tem namorado? É comprometida?

– Não. – *Não que seja da sua conta.* – E você?

– Tenho plena consciência de que ninguém me quer, mas tudo bem.

Eu não iria me deixar impressionar para responder àquilo. Em silêncio, guardei os pratos e os talheres.

– Na verdade, fui casado uma vez – disse ele por fim, revelando mais do que pretendia inicialmente, como faziam todos após um longo silêncio.

– Ah.

– Ela parecia me achar razoável.

Mais uma vez, eu não disse nada.

– Mas aí...

Continuei em silêncio.

–... aí ela morreu.

Eu soube que tinha sido derrotada. Não havia como não reagir *àquela* afirmação.

– Sinto muito.

Ao me virar, vi que ele estava parado meio sem graça junto à mesa.

– Eu também senti. Mas assim é a vida... e a morte. Não é?

– É – falei, e pensei em Pa Salt. – Vocês tiveram filhos?

Houve uma breve pausa antes de ele responder:

– Não. Não tivemos. Enfim, é melhor eu ir andando. Tenho três meses de contas a pagar para organizar. Obrigado pelo jantar.

Abandonando a cerveja pela metade em cima da mesa, ele saiu pela porta dos fundos.

❀ ❀ ❀

Naquela noite, não consegui dormir. Sentia-me péssima com a partida abrupta de Mouse, que eu sabia ter sido provocada pela minha reação fria. Por mais grosseiro que ele fosse, havia me feito uma confidência sensível. E eu respondera com um lugar-comum sem emoção alguma.

Basicamente, tinha me rebaixado ao mesmo nível que o *dele*.

Por fim, exausta, levantei-me cambaleando às seis e meia junto com o sol, vesti minhas camadas de roupa e desci para a cozinha.

Então fiz a única coisa que sabia que me acalmaria: um bolo.

Depois do café, perguntei a Rory se ele me levaria à fazenda de Mouse, e o garoto concordou, animado.

– Estava pensando em levar este bolo para ele de presente.

– Sim. – Rory ergueu os dois polegares para mim. – Mouse se sente sozinho.

Com ele de bicicleta e o bolo protegido dentro de uma lata nas minhas mãos, afastamo-nos da casa pela entrada para carros e atravessamos a estrada. Rory me fez margear o estreito acostamento de grama e pude sentir o sugestivo e inconfundível cheiro do outono profundo na Inglaterra, um aroma forte de fermentação que o campo exalava ao descartar os resquícios de mais um verão e se preparar para outra renovação na primavera.

– Ali.

Rory apontou para uma placa que nos conduziu a um caminho tomado pelo mato. Partiu em disparada na frente e eu o segui mais devagar com a lata de bolo. Por fim, a sede da fazenda surgiu: uma construção sólida de tijolos vermelhos, sem nenhum dos adornos de sua vizinha do outro lado da estrada. Se High Weald era aristocrática, Home Farm era simples e aconchegante.

A grande porta da frente já fora pintada de um vermelho alegre, mas agora era uma versão descascada e desbotada de antigamente. Diante da residência, viam-se arbustos de lavanda que já não estavam mais no auge e precisavam ser substituídos, mas seu perfume tranquilizador ainda pairava no ar. Rory deu a volta na casa e seguiu direto para a porta dos fundos.

– Pode bater? – perguntei, e foi o que ele fez, apreciando as vibrações que a porta emitia. Ninguém veio atender. – Bata outra vez – sugeri.

– Ela vive aberta. Vamos entrar?

– Ok.

Sentindo-me uma invasora culpada, fui atrás dele e me vi dentro de uma cozinha que era uma versão em miniatura daquela na qual eu acabara de estar. Só que a dali era ainda mais caótica e quase não dava para ver a mesa de pinho, tamanha a quantidade de jornais, xícaras de café sujas e o que pareciam ser livros-caixa, de onde transbordavam notas fiscais e contas. A brisa produzida pela porta ao se fechar fez algumas delas flutuarem até o chão. Pus o bolo em cima da mesa e me abaixei para pegá-las bem na hora em que Mouse entrou na cozinha pela porta interna.

Ao ver os papéis na minha mão, ele franziu a testa.

– Estavam no chão – falei, sem graça, tornando a colocá-los sobre a mesa. – Trouxemos um presente para você. Rory, dê a lata para Mouse.

"Foi Estrela que fez", gesticulou ele. "Para você."

– É com calda de limão – acrescentei.

Mouse encarou a lata como se ela pudesse conter uma bomba.

– Obrigado.

– De nada.

Ficamos parados, constrangidos, e o frio da cozinha me fez estremecer. O fogão estava apagado e o aconchego prometido pelo exterior da casa certamente não se encontrava ali dentro.

– Está tudo bem? – perguntou Mouse.

– Tudo.

– Ótimo. Bom, se me dão licença, preciso cuidar da vida.

– Tá bom.

Rory e eu retornamos à porta dos fundos. Com a mão na maçaneta, parei e decidi que precisava me comportar como a mais adulta.

– Hoje no jantar vai ter bolo de batata e carne moída, se quiser comer conosco.

Abri a porta e saí com o menino para o dia gélido de outubro.

Rory e eu passamos a tarde inteira disputando uma partida atrás da outra de jogo da velha. Quando ele se cansou, ensinei-o a jogar batalha naval. Não tive certeza se o garoto entendera o conceito: em vez de fazer uma cruzinha para o seu navio no quadrado certo, ele desenhava os navios, o que pelo menos fazia o tempo passar, pois insistia para que cada miniatura ficasse perfeita, apagando-as vez ou outra com a borracha.

Depois de ligar seu estimado DVD do *Superman*, bocejei e fui pôr a chaleira no fogo. Não estava cansada só por não ter dormido direito na noite anterior, mas também porque aquela era minha primeira experiência de cuidar de uma criança o dia inteiro.

Pensei em Atlantis e no que costumávamos fazer na infância para nos distrair durante as férias. Achei incrível como Ma conseguia dar conta de nós seis, cada uma em um estágio diferente do desenvolvimento. Constatei que não me lembrava de algum dia ter sentido tédio: havia sempre Ceci e minhas outras irmãs. Rory, como era filho único, não tinha ninguém com quem brincar. E, se algum dia houvera uma minúscula parcela de mim que se ressentia de ter sido criada no meio daquele nosso imenso ninho de mulheres – sem uma atenção individual –, eu agora me sentia abençoada.

Depois de preparar o bolo de batata com carne, deixei-o assando no forno e subi para fazer as camas. Sentei na minha e, com os dedos rígidos por causa do frio intenso, peguei a caixa que continha "Pantera". Como o bolo com calda de limão não parecia ter resolvido a questão e eu ainda me sentia culpada por ter deixado a raiva sobrepujar a empatia na noite anterior, pus a estatueta no bolso de trás da calça jeans e tornei a descer. Sabia que era a única coisa capaz de me redimir com Mouse.

O relógio marcou sete horas, depois oito, e assim por diante. Dei banho em Rory, em seguida o coloquei na cama e desci de novo para tirar a mesa do jantar. Estava a ponto de apagar as luzes da cozinha e me sentar em frente à lareira para ler quando a porta dos fundos se abriu.

– Desculpe o atraso. Não consegui me liberar antes – disse Mouse. – Sobrou algum bolo de batata?

– Sobrou, sim. – Entrei na despensa para pegar a comida e a pus sobre o fogão. – Vai levar uns dez minutos para esquentar.

Sem saber o que fazer, fiquei parada junto à mesa da cozinha.

– Eu bem que tomaria uma cerveja. Quer um pouco de vinho?

– Ok, aceito.

Mouse pegou as bebidas.

– Saúde.

Ele bateu a latinha de cerveja na minha taça e nos sentamos.

– Obrigado pelo bolo de limão, aliás. Provei um pouco no almoço, está fantástico. Também vim avisar que não vou estar por aqui amanhã. Vou a Londres tentar convencer Orlando a vender a livraria.

– Ele vai ficar com o coração partido – falei, consternada. – Aquilo lá é a vida dele.

– E você acha que eu não sei? – disparou Mouse. – Mas não podemos continuar desse jeito. Como eu disse, os negócios podem ser feitos pela internet. O dinheiro da venda do imóvel pelo menos vai poder pagar as dívidas que contraímos. E preciso comprar uns equipamentos para manter a fazenda funcionando. Entendo os seus sentimentos, Estrela, mas às vezes a vida é cruel e é assim que as coisas devem ser.

– Eu sei.

Mordi o lábio para conter as lágrimas que ameaçavam brotar.

– Infelizmente, um dos irmãos precisa viver na realidade e, para ser sincero, se eu não tomar uma atitude agora, corremos o risco de o banco decretar falência do negócio e confiscar a livraria como garantia por causa da nossa dívida. Ou seja, eles a venderiam por um décimo do valor real e nós veríamos bem pouco do dinheiro que sobraria.

– É, eu entendo. Mas você precisa compreender também a perda isso representa. É um legado...

– Legado? – Ele deu um muxoxo de desdém. – Esta família nunca teve muita sorte em termos de dinheiro... ou talvez eu devesse dizer que nunca teve *bom senso*. Conseguimos manter High Weald a duras penas. Não que seja da minha conta, mas Marguerite também está afundada em dívidas.

– Que pena – foi meu comentário chocho.

Sem saber mais o que dizer, levantei-me para tirar o bolo de batata do forno.

– Enfim, sei que isso não é problema seu, sem contar o fato de que talvez você precise procurar outro emprego nos próximos meses. Para melhorar mais ainda a nossa sorte, o momento não é bom para vender imóveis comerciais, devido à situação mundial. Desgraça pouca é bobagem.

– Não se preocupe comigo. Quem vai sofrer é Orlando.

– Você gosta muito dele, não é?

– Sim, muito.

– E ele, de você. É raro alguém conseguir lidar com a excentricidade dele. Hoje em dia, Orlando provavelmente seria diagnosticado com algum tipo de síndrome... transtorno obsessivo-compulsivo, essas coisas. Isso sem falar na determinação dele em levar a vida como se estivesse no século passado. – Mouse balançou a cabeça. – Quando éramos pequenos, nossa mãe sempre dava mais atenção a ele. Orlando era o xodó. Como a asma dele era muito severa, ela começou a lhe dar aulas particulares a partir dos 9 anos. Os dois passavam o dia trancados na biblioteca lendo seus preciosos romances de Dickens. Meu irmão nunca precisou viver na realidade. Como ele mesmo sempre diz, o passado era uma época bem mais civilizada e clemente.

– Tirando as guerras medonhas que aconteciam sem parar. E a ausência de antibióticos e saúde para os pobres.

Mouse me encarou, espantado, e então me concedeu uma súbita risada.

– É verdade. Sem falar que os endividados eram presos.

– Orlando não se daria muito bem na prisão.

– Na cadeia não tem Sancerre nem camisas engomadas.

Trocamos um sorriso irônico. Pus o prato na sua frente e pensei em quanto aqueles dois irmãos eram diferentes, um pouco como Ceci e eu.

– Muitas pessoas querem glamorizar o passado... Orlando não é o único. Eu com certeza também faço isso – resmungou ele, sentido, ao mesmo tempo que empunhava o garfo para comer.

– Quantos anos a sua mulher tinha quando morreu? – perguntei, cautelosa.

Sentia que precisava abordar o assunto e fazer o possível para me redimir do comportamento da véspera.

– Vinte e nove. Nós dois éramos muito felizes.

– Minha irmã perdeu o noivo em um acidente de vela alguns meses atrás, logo depois da morte do nosso pai. É como você disse: a vida é cruel.

Como penitência, eu estava forçando as palavras a saírem da boca, falando bem mais do que o normal.

– Sinto muito por sua irmã. Eu não desejaria a ninguém perder o companheiro e o pai em pouco tempo. Aconteceu a mesma coisa comigo. – Ele deu um suspiro. – Mas, voltando ao passado, você tem alguma teoria de como estaria relacionada à nossa família?

– Nenhuma.

– Como assim? Quer dizer que você não passou esses últimos dias em High Weald revirando as gavetas atrás de uma conexão?

– Não... Eu...

Senti-me ruborizar, culpada. Mouse era tão difícil de decifrar que eu não fazia a menor ideia se ele estava brincando ou me repreendendo.

– Se eu fosse você, com certeza teria feito isso. Vamos encarar os fatos: se você encontrasse uma ligação, poderia ter direito a uma herança que talvez correspondesse a uma quantia de dinheiro significativa. No caso, incluiríamos o seu nome no pedido de falência.

– Não vasculhei a casa, e também não sou pobre – respondi, desafiadora.

– Bom, que sorte a sua. Só para deixar claro, Estrela: eu falei de brincadeira.

– Ah. – Odiei o fato de ele ter lido meus pensamentos.

– Por favor, sei que meu senso de humor confunde, mas juro que estava brincando. Um mecanismo de defesa, *n'est-ce pas*? Para manter as pessoas distantes. Todo mundo tem o seu. Olhe você, por exemplo: é tão difícil decifrá-la... Às vezes sinto que sei o que está pensando pela expressão desses olhos azuis... mas na maior parte do tempo não faço a menor ideia.

Desviei os olhos na hora, e ele deu uma risadinha e tomou outro gole de cerveja.

– Enfim, eu estava meio que torcendo para que, enquanto estivesse aqui, você encontrasse uma coisa que eu não vejo há muito, muito tempo.

– O quê?

– Como você já percebeu, durante boa parte da vida, Flora MacNichol escreveu bastante em seu diário. Os volumes, uns quarenta ou cinquenta, passaram anos em uma prateleira do escritório em Home Farm. Meu pai os achou em um baú no sótão quando estava limpando a casa depois da morte dos meus avós. Foi assim que ele descobriu a... anomalia sobre a qual me contou logo antes de morrer.

– Que anomalia?

– Tem a ver com a herança da época em que High Weald foi dividida, nos anos 1940. Para simplificar as coisas, ele achava que o nosso ramo, ou seja, os Forbes, tinha sido privado de algo que era o nosso direito.

– Sei.

– É claro que, quando eu vim aqui pesquisar a história da nossa família, peguei os diários e comecei a ler. Mas fui obrigado a parar: todos os volumes a partir de 1910 sumiram. Estrela, sei que existem muitos mais do que os que estão naquela estante. Antes ocupavam duas prateleiras e agora não chegam a encher uma. – Mouse deu de ombros. – O problema é que esses anos que faltam talvez contenham a prova da teoria do meu pai. Não que eu possa fazer algo a respeito agora, mas ainda assim queria ter certeza.

– Entendo.

– Falando nisso, você encontrou a estatueta?

Decidi que não havia por que continuar mentindo.

– Encontrei.

– Eu achava mesmo que você ia encontrar. Posso vê-la?

Enfiei a mão no bolso do jeans e peguei a caixa, que lhe passei por cima da mesa.

– Aqui está.

Ele abriu a caixinha com um ar solene, então pegou os óculos no bolso da frente da camisa e examinou a estatueta com cuidado.

– Bem... – murmurou, tirando os óculos. – Posso ficar com ela por uma semana ou algo assim?

– Por quê?

– Quero mandar autenticar.

– Não sei muito bem...

– Não confia em mim, Estrela?

– Confio. Quer dizer...

– Ou você confia ou não confia. – Ele sorriu. – Astérope, Estrela... parece que estamos brincando de gato...

–... e rato – completei, numa referência ao seu apelido. Demos uma gargalhada, que dissipou a tensão. – Pode ficar com a estatueta, mas tem que jurar devolver. Ela é muito preciosa para mim.

– Eu juro. Ah, uma coisa: Marguerite ligou e disse que só vai chegar amanhã tarde da noite.

– Tudo bem. Eu fico até quinta de manhã e vou direto para o trabalho em Londres.

– Obrigado. Então tudo bem. – Ele tomou um gole da cerveja. – Acho que preciso ir andando. Tenho que organizar as contas hoje para mostrar a Orlando amanhã tudo que ele não quer ver.

– Seja delicado, sim? – pedi, entregando-lhe a estatueta.

– Com Orlando ou com isto aqui? – brincou ele, e guardou a caixa no bolso do casaco. – Vou me esforçar ao máximo. – Mouse se levantou e foi até a porta dos fundos. – Mas às vezes a verdade dói. – Ele fez uma pausa. – Gostei de hoje. Obrigado.

– De nada.

– A gente se fala logo mais. Boa noite, Estrela.

– Boa noite.

22

No dia seguinte, uma mulher apareceu na porta dos fundos e anunciou que tinha ido buscar Rory para sua aula de equitação. Perguntei ao menino se isso era normal, mas o abraço e o beijo calorosos que o garoto lhe deu demonstraram que ela não estava ali para sequestrá-lo. Quando ele voltou, com as bochechas vermelhas devido ao frio e à animação, nós nos sentamos na cozinha e eu lhe pedi que se desenhasse. Ele não queria que eu o olhasse durante o processo, logo me entretive preparando duas fornadas de brownies, uma para congelar, outra para comer na hora.

Observei-o curvado por cima do desenho em uma pose estudiosa e senti uma onda de amor e proteção por aquele menino que tinha dado um jeito de entrar de fininho no meu coração. Pelo que Mouse me dissera, o futuro de Rory era incerto. Será que High Weald ainda lhe pertenceria quando ele tivesse idade para chefiar a propriedade? O lado bom era que o garoto parecia não ter a menor consciência dessas questões adultas e seu temperamento otimista e aberto atraía as pessoas.

Rory acredita na humanidade...

Ele me cutucou e me entregou o desenho todo orgulhoso.

– Para você, Estrela.

Peguei o papel e o examinei. Senti um nó na garganta. Rory havia desenhado nós dois juntos no jardim: ele segurando minha mão, eu inclinada olhando as flores. Tinha conseguido retratar minha postura, o jeito como os meus cabelos caíam sobre o rosto e até mesmo os dedos compridos que agora seguravam o desenho.

– Rory, ficou maravilhoso. Obrigada.

– Eu te amo, Estrela. Volte logo.

– Vou guardar este desenho com carinho para sempre – falei, esforçando-me para manter o autocontrole. – Agora, que tal um brownie e um pouco de *Superman*?

Animado, ele ergueu os dois polegares para mim e fomos até a sala de mãos dadas.

Depois de lhe contar uma última história para dormir, preparei minha bolsa para ir embora no dia seguinte e torci para Marguerite me dar uma carona até a estação, assim eu chegaria na hora à livraria. Tentei não pensar na conversa que deveria ter acontecido entre os dois irmãos durante o dia. Quando tornei a descer, toquei o corrimão e tentei gravar na lembrança sua beleza sólida, de modo a fazê-la durar até minha visita seguinte.

Às dez, vi os faróis de um carro iluminarem o acesso à casa. Segundos depois, a porta da frente bateu e fui cumprimentar a atual castelã de High Weald.

– Estrela querida. – Marguerite me deu um abraço. – Tudo bem com Rory? Muito obrigada por ter ficado aqui com ele. Mouse contou que você foi incrível. Tem alguma coisa para comer? Estou faminta – disse ela de um fôlego só.

– Sim, tudo bem com Rory. Ele está dormindo a sono solto e animado com a sua volta. E tem uma coisa quentinha no forno.

– Ótimo. Meu Deus, preciso de uma taça de vinho. Quer uma também? – indagou ela, encaminhando-se para a geladeira da despensa.

– Não, obrigada.

Ela se serviu uma dose generosa de vinho e deu uma golada na mesma hora.

– Parece que passei o dia viajando. O *château* fica no meio do nada. E o voo atrasou, claro.

Apesar dos protestos, ela estava linda. Uma luz brilhava nos olhos e sua pele corada transmitia sua felicidade, não importando o lugar onde ela estivera e a demora da volta.

– Como estão indo as coisas na França?

– Maravilhosamente bem – respondeu ela com um ar sonhador. – Ah, e a pintura também.

Ela riu baixinho.

– Rory também tem talento. Deve ter herdado de você.

– Duvido. – Marguerite arqueou as sobrancelhas. – A arte que ele faz é de um tipo bem diferente. O dom dele veio de outra pessoa – acrescentou ela depois de uma pausa. – Sabia que Mouse foi conversar com Orlando hoje na livraria? – Ela retirou um maço de Gitanes da volumosa bolsa de couro. – Quer um?

– Obrigada. – Peguei um cigarro e ela o acendeu para mim. Fazia um tempão que eu não fumava um francês. – Ele comentou ontem à noite que iria a Londres.

– Orlando ficou péssimo, claro. – Marguerite tragou fundo e despejou as cinzas dentro de um pobre vaso de cacto no peitoril da janela da cozinha. – Parece que ele se recusou terminantemente até a olhar as contas.

– Mal posso esperar por amanhã – balbuciei entre os dentes enquanto servia em um prato um pouco do *coq au vin* que havia sobrado.

– Para ser sincera, estou muito feliz que você vá encontrá-lo. E Mouse também. Ele me pegou em Gatwick na volta de Londres. Acho pouco provável Orlando cometer alguma besteira, mas nunca se sabe. Caramba, o dinheiro é mesmo a raiz de todos os males, não é?

– É...

Pus o prato na sua frente. Então preparei um chá de camomila para mim e me sentei.

– Estrela, você é uma heroína, sério. Isto está com uma cara maravilhosa. Que delícia chegar em casa e alguém me servir uma comida caseira. – Marguerite comeu um pouco do frango e me lançou um olhar bem-humorado do outro lado da mesa. – Quando a livraria for vendida, você vai ficar sem emprego. Não cogitaria vir para cá me ajudar na casa e com Rory?

Pude ver que ela estava falando meio de brincadeira, mas dei de ombros.

– Talvez.

– Você é superqualificada para o trabalho, claro... Não fique ofendida com a sugestão. É que é tão difícil achar alguém de confiança para cuidar de Rory, e Mouse me contou que vocês se deram tão bem... Além do mais, Hélène, a dona do *château*, me propôs pintar outro cômodo. Eu queria muito aceitar. O lugar é incrível, eu amei aquilo lá.

Fiquei sentada sem dizer nada. Sabia que Marguerite não fazia ideia de que estava me oferecendo o meu sonho: morar em High Weald, cuidar de Rory, da casa e do jardim e poder cozinhar todos os dias para seus incomuns e fascinantes moradores. Eu precisava aproveitar a chance antes de ela se distrair com outro assunto ou com outra *pessoa*.

– Eu ficaria feliz em ajudar quando você precisasse, sério – falei. – E em ajudar Rory também.

– É mesmo? – Marguerite ergueu uma das sobrancelhas. – Nossa, está falando sério? Eu não poderia pagar muito, como você já deve ter percebido, mas você teria casa e comida... Teria que perguntar a Orlando, mas quem sabe nós podemos até dividir você? Se ele concordar, eu aceitaria a nova encomenda no *château*. Hélène está ansiosa para que eu comece quanto antes... – Ela não completou a frase e detectei no seu olhar a animação com aquela possibilidade.

– É claro que eu não iria querer decepcionar Orlando nem fazê-lo pensar que o deixei na mão. Principalmente agora. Mas, na verdade, ele não precisa de mim o tempo todo.

– Tenho certeza de que Orlando vai querer o que for melhor para Rory. – Os olhos de Marguerite brilharam. – Além disso, ele comentou que você talvez seja nossa parente.

– Só não sei de que maneira. Pelo menos não ainda – esclareci.

– Bem, você com certeza deu um jeito de conquistar o coração de todos nós desde que chegou, Estrela. Mal posso esperar para descobrir como se encaixa na nossa família. Mouse deve ter lhe contado sobre a confusão que era a árvore genealógica dos Vaughans/Forbes. Era e ainda é.

De repente, ela se calou e deu um grande bocejo, abrindo e fechando os lábios carnudos e sensuais. Marguerite não tinha nada de delicado, mas seus traços marcantes e a força que eles transmitiam a tornavam atraente.

– Hora de dormir – disse ela, levantando-se.

– Eu tranco tudo.

– Sério? Maravilha.

– Você poderia me deixar na estação amanhã de manhã? Tenho que pegar o trem das oito para Londres.

– Mouse disse que vai levá-la. Acho que ele quer atualizar você em relação a Orlando. Boa noite, Estrela, e obrigada mais uma vez.

❂ ❂ ❂

Na manhã seguinte, acordei cedo para preparar o café da manhã de Marguerite e Rory antes de sair.

Deixei um bilhete avisando a ela que a linguiça, o bacon e as panquecas estavam no forno para não esfriarem e falei das quatro tortas guardadas no congelador. Quando Mouse bateu à porta dos fundos, peguei minha bolsa e o segui até o carro.

– Encontrou Marguerite ontem? – perguntou ele enquanto nos afastávamos da casa.

– Encontrei.

– Então ela deve ter comentado que Orlando não recebeu muito bem as notícias.

– Ela comentou, sim.

– Olhe, se você conseguisse incutir algum bom senso nele, eu ficaria muito grato. Tentei explicar que, se a gente não tomasse a iniciativa de vender a livraria, o banco entraria na jogada de qualquer forma, mas ele literalmente tapou os ouvidos e subiu a escada enfurecido. Depois se trancou no quarto.

– Como uma criança birrenta.

– Exato. Orlando pode dar a impressão de ser um homem doce e suave, mas, quando se trata de decisões difíceis que ele não quer tomar, nunca conheci ninguém mais teimoso. A verdade é que não há escolha. Ele precisa entender isso.

– Vou fazer o melhor que puder, mas duvido que ele me escute.

– Vale a pena tentar. Ele gosta de você, confia em você. Pelo menos tente.

– Vou tentar – falei enquanto nos aproximávamos da estação.

– Pode me ligar para dizer como Orlando está? Ontem à noite ele não atendeu nem o celular nem o fixo.

– Ligo, sim – prometi e saltei do Land Rover. – Obrigada pela carona.

– Era o mínimo que eu podia fazer. Da próxima vez que você vier a High Weald, eu lhe conto sobre o capítulo seguinte dos diários de Flora – disse ele pela janela. – Prepare-se para se assustar. Tchau, Estrela. – Um largo sorriso surgiu em seus lábios e se espalhou lentamente até os olhos, iluminando o belo rosto. – Cuide-se.

Dei-lhe um leve aceno e entrei na estação.

Quando cheguei à Kensington Church Street, foi com grande ansiedade que destranquei a porta da livraria. Não só porque não fazia ideia do que encontraria lá dentro, mas também por causa dos incontáveis torpedos e recados de voz de Ceci que havia recebido no trem assim que o sinal do meu celular voltou. Ficara tão entretida em High Weald que me esquecera de ligar para ela e avisar que ficaria mais uma noite. O último recado dizia:

Estrela, se vc não dar notícia amanhã de manhã, vou liga pra polícia e avisar que vc sumiu. Cadê vc?!

Fiquei péssima e mandei uma quantidade equivalente de mensagens de texto e de voz pedindo desculpas, dizendo que estava bem e que a veria no apartamento no fim do dia.

Senti um estranho reconforto ao constatar que nada havia mudado na livraria. Como Orlando não costumava estar lá quando eu chegava, dei início à minha rotina. Às onze, contudo, ele ainda não dera nenhum sinal e comecei a me preocupar. Olhei para a porta dos fundos que conduzia à escada e ao andar de cima, onde nunca tinha posto os pés, mas onde imaginava que meu amigo morasse. É claro que ele poderia estar lá em cima participando de um daqueles leilões... No entanto, como ainda não tinha aparecido na porta com seu bolo das três da tarde, fiquei nervosa. Sabia que a sua rotina era sagrada.

Passei a meia hora seguinte andando para lá e para cá, alternando olhadelas pela janela para a rua e cogitando encostar o ouvido na porta dos fundos.

Ao meio-dia, não aguentei mais e decidi que não tinha alternativa senão ver se ele estava lá em cima. Quando abri a porta, ela rangeu, denunciando a minha presença. Subi a escada pé ante pé e cheguei a um pequeno patamar no qual havia três portas. Hesitante, bati na da direita.

– Orlando? Sou eu, Estrela. Você está aí?

Como não houve resposta, abri a porta. Era uma minúscula cozinha com uma pia muito antiga, um forninho elétrico de duas chapas e uma geladeira cujo formato de meio século antes estava agora na moda outra vez – aquela devia ser a versão original. Saí e fui testar a porta ao lado. Encontrei um banheiro igualmente antiquado, com um piso de linóleo horroroso que me fez pensar no apartamento em que Ceci e eu morávamos antes da mudança. Para mim era um mistério como Orlando conseguia manter uma aparência tão bem-cuidada com aquela infraestrutura.

Virei-me para a última porta e bati.

– Orlando – falei, dessa vez mais alto. – Sou eu, Estrela. Por favor, se estiver aí me avise. Estou preocupada com você. Todo mundo está – acrescentei, em tom de súplica.

Nada ainda. Tentei a maçaneta, que dessa vez resistiu. A porta evidentemente estava trancada. Uma súbita pancada ecoou lá dentro, como se um livro pesado tivesse caído no chão. Fiquei apavorada. *E se ele não tiver tomado o remédio?*

Tentei abrir a porta com mais urgência.

– Por favor, Orlando, eu sei que você está aí. Está tudo bem?

– Vá embora – respondeu uma voz abafada.

Senti uma onda de alívio. Se ele estava bem o suficiente para ser grosseiro, eu não tinha com que me preocupar.

– Está bem, eu vou. Mas estou lá embaixo se quiser conversar.

Tornei a descer a escada, reaticei a lareira e saí a fim de mandar um torpedo para Mouse e avisar que pelo menos Orlando estava vivo, ainda que se recusasse a sair do quarto.

À uma da tarde – horário em que eu torcia para ele aparecer e aplacar a demanda permanente de seu estômago por comida –, não ouvi barulho algum de passos na escada. Peguei minha bolsa e minhas chaves, saí da livraria, tranquei a porta e me encaminhei para as lojas da rua. Se havia algo que faria Orlando sair era o cheiro de comida.

Vinte minutos mais tarde, após ter voltado com meus ingredientes, subi até a minúscula cozinha. A falta de utensílios se revelou um problema, mas achei uma pequena panela na qual refoguei chalotas e alho para preparar um molho, acrescentando em seguida creme de leite, ervas e um tiquinho de conhaque. Encontrei também uma frigideira deformada para os dois bifes de filé-mignon, que incrementei com cogumelos e tomates-cereja cortados ao meio. Uma vez que tudo estava sob controle, saí da cozinha e cruzei o patamar. Reparei, satisfeita, que o espaço se encontrava tomado pelo aroma suculento de alho e carne.

Bati à porta do quarto de Orlando.

– O almoço está na mesa – entoei, alegre. – Vou pôr nos pratos e levar lá para baixo. O que você acha de trazer o vinho? Coloquei na geladeira mais cedo.

Arrumei os bifes e os acompanhamentos em dois pratos e fui até o alto da escada.

– Não demore. Não tem nada pior do que filé-mignon frio – falei, e comecei a descer a escada cuidadosamente levando minha isca.

Cerca de três minutos transcorreram até eu escutar seus passos na escada. Pela porta surgiu uma versão mal-ajambrada e triste de Orlando, com uma garrafa de Sancerre e duas taças. Tinha os cabelos despenteados e uma barba por fazer. Estava usando o mesmo roupão *paisley* que eu vira em High Weald e, nos pés, os chinelos bordados azul-pavão.

– A porta está trancada? – indagou, relanceando os olhos nervosos na direção dela.

– Claro. É hora do almoço – respondi, com calma.

Ele avançou arrastando os pés e, pela primeira vez na vida, testemunhei com meus próprios olhos o clichê de alguém que tinha envelhecido anos da noite para o dia.

– Espero que goste do bife. Deixei o mais mal-passado possível, e o molho à parte é de ervas – incentivei-o. Mesmo aos meus próprios ouvidos, minha voz soou como a de uma enfermeira falando com uma criança.

– Obrigado, Estrela – resmungou ele em resposta.

Pousou sobre a mesa o Sancerre e as taças, em seguida se deixou cair na cadeira como se todos os ossos doessem. Suspirando fundo, reuniu forças para estender a mão até a garrafa e servir uma dose generosa a nós dois.

– A você – brindou. – Pelo menos tenho uma amiga e aliada.

Observei-o tomar o conteúdo da taça de uma vez só e tornar a enchê-la na mesma hora, e me perguntei, nervosa, como seria um Orlando embriagado.

– Pode comer – falei.

Foi a única vez em nossa curta convivência que terminei de comer antes dele. Orlando fez a refeição como um paciente adoentado, cortando o bife em pedacinhos diminutos e mastigando cada um por um tempo interminável.

– A comida está perfeita, como você sabe muito bem. Sou eu que não estou... – Sua voz morreu quando ele pôs outro pedacinho de bife na boca. Depois de engolir, tomou uma golada de vinho e me exibiu o resquício de um sorriso ao pousar os talheres no prato. – Hoje nem a comida é capaz de me animar. Imagino que você tenha tido notícias do meu... irmão.

– É, tive.

– Como ele pode fazer uma coisa dessas? Quero dizer... Que crueldade! Isto aqui... – Ele abriu os braços para indicar a livraria. – Isto aqui é o meu mundo. Meu único mundo.

– Eu sei.

– Ele disse que vamos falir ou, para ser mais exato, que o banco vai confiscar tudo que temos a não ser que vendamos o imóvel. Você acredita?

– Infelizmente, sim, acredito.

– Mas como? Essa... essa *pessoa* do banco não tem o direito de roubar o que é nosso, tem? Meu irmão com certeza deve estar exagerando.

Sua expressão era de partir o coração. Tive que engolir em seco antes de conseguir responder:

– Infelizmente acho que não. Parece que existem dívidas...

232

– Sim, mas não são nada em comparação com o preço que este imóvel iria render se fosse vendido, não? Eles devem saber que tenho garantias.

– Acho que o problema é que os próprios bancos não estão em uma situação assim tão boa. Eles... – Eu sabia que precisava escolher com cuidado as palavras. – Eles também estão nervosos. A economia mundial não está muito saudável neste exato momento.

– Está me dizendo que a venda da Livraria Arthur Morston, para não dizer da minha *alma*, vai solucionar a crise dos bancos? Nossa, Estrela, eu esperava mais de você. Pensei que estivesse do meu lado.

– E estou, Orlando, de verdade. Mas às vezes a vida não acontece do jeito que a gente quer. É horrível, mas é assim. A vida simplesmente não é justa. E, pelo que entendi, a fazenda também ficou prejudicada.

– O quê?! – A tez pálida de Orlando ficou rosada, depois vermelha e, por fim, roxa. – Foi isso que ele disse a você?

– Foi. Ele precisa comprar máquinas novas para dar à fazenda uma chance de se pagar.

Perguntei-me se Orlando explodiria de tanta raiva. Seus traços simpáticos se contorceram com tamanha ira e desprezo que era difícil pensar como um corpo físico podia controlar aquela quantidade toda de emoção.

– RÁ! Rá, rá, rá! E ele por acaso lhe contou por que a fazenda está passando por dificuldades?

– Não.

– Quer dizer que ele não mencionou o fato de que quase não saiu do quarto por três anos depois que Annie morreu? Que deixou as terras todas se estragarem porque era incapaz de se levantar, de se arrastar até o andar de baixo e falar com o administrador, que passou dias e semanas esperando com as contas a pagar? Até todos os fornecedores se recusarem a dar o básico de que qualquer fazenda necessita e o administrador não ter outra opção senão pedir demissão? Animais morreram sob o comando do meu irmão, Srta. Estrela, por fome e por negligência. Sem falar nas colheitas deixadas para apodrecer durante anos, até nem mesmo elas conseguirem encontrar forças para sobreviver... Uma coisa eu lhe digo: esta situação é de responsabilidade quase total do meu irmão. Não minha.

Enquanto Orlando tornava a encher seu copo, fiz algo que nunca costumava fazer e quebrei o silêncio:

– Mas você com certeza entende por quê, né?

– É claro que entendo. Ele perdeu o amor da vida dele. Não sou imune à dor que isso causa. – Seu semblante tornou a se obscurecer. – Existem coisas de que você *não* sabe e que não tenho liberdade de lhe contar, que ao menos pelos meus critérios são imperdoáveis. Existe um momento na vida de qualquer ser humano em que é necessário esquecer a própria tragédia e estender a mão para quem precisa. A verdade é que meu irmão passou anos chafurdando na autocomiseração. Nós todos nos esforçamos ao máximo para lhe dar amor e apoio, porém mesmo o coração mais mole e compreensivo do mundo pode endurecer quando se vê uma pessoa decidida a se destruir.

Orlando se levantou, com as mãos enterradas nos bolsos do roupão, e começou a andar de um lado para outro.

– Posso lhe garantir, Srta. Estrela, que a família dele o apoiou de todas as maneiras possíveis. E, como você bem sabe, as pessoas escolhem se querem ser vítimas ou heróis. Ele optou pela primeira conduta. E agora, por esse motivo, eu... e *isso tudo aqui*... – Ele tornou a indicar com um gesto o espaço que o cercava, e tufos de poeira flutuaram ao seu redor como pequenos anjos sob a fraca luz de outubro. – Nós somos os cordeiros que devem ser sacrificados.

Com isso, ele desabou no chão e começou a chorar.

– Meu Deus, que situação... – ouvi-o murmurar consigo mesmo em voz alta. – Que situação. Para todos nós.

Ajoelhei-me ao lado dele e passei os braços em volta de seus ombros. No início, ele resistiu, então se aconchegou no meu abraço e eu o ninei como faria com uma criança pequena.

– Você não entende o que isto aqui significa para mim. Não entende...

– Entendo, sim, Orlando. Se eu pudesse, deixaria você ficar aqui para sempre. Juro.

– Você é uma pessoa boa, Estrela. Está do meu lado, não está?

Ele me encarou com olhos cheios de angústia.

– É claro que estou. E, quando você ficar mais calmo, quem sabe posso lhe dar algumas ideias.

– Sério? Eu faço qualquer coisa, qualquer coisa...

Eu tinha *algumas* ideias, claro, mas eram ideias racionais, que levavam em conta as circunstâncias, e duvidava que fossem agradar a Orlando.

– Bem, sou todo ouvidos. – Ele se afastou de mim e se levantou atabalhoadamente; era como se eu estivesse prestes a lhe entregar o velocino de ouro. – O que acha de eu ir lá em cima dar um jeito na minha pessoa? Meu atual estado de negligência dá nojo até a mim mesmo – reconheceu ele, olhando para os próprios trajes.

Fez menção de pegar os pratos, mas balancei a cabeça.

– Hoje é um dia atípico. Pode deixar que eu tiro a mesa.

– Está bem. – Ele foi em direção à porta da frente e então, como quem se lembra de algo, virou-se. – Obrigado por tudo, Srta. Estrela. Eu sabia que você era a única pessoa em quem podia confiar. Quando eu descer, também vou lhe contar um segredo.

Ele ficou parado e deu uma risadinha igual à de Rory.

– Que segredo? – perguntei, sem conseguir me conter.

– Eu sei onde eles estão.

Orlando sorriu, em seguida girou nos calcanhares e desapareceu pela porta. Esperei até ouvi-lo chegar ao alto da escada, então fui tirar os restos de nosso almoço e subi atrás dele. Senti que, agora que ele me permitira adentrar seu enclave particular, outra ponte havia sido atravessada. Enquanto lavava os pratos na pia diminuta, fiquei pensando nas suas últimas palavras. Eu tinha quase certeza do que ele estava falando: só podiam ser os diários de Flora MacNichol. Sentia-me dividida entre aqueles dois irmãos em guerra.

Tornei a descer, virei a plaquinha de "Fechado" para "Aberto", pois já passava das duas, e me postei no meio da livraria para examinar as prateleiras. *Sabia* que tinha visto uma coleção de livros, todos forrados de seda marrom, quando pegara um volume na estante. Também conhecia Orlando e sua mente brincalhona. Que melhor esconderijo para o que ele havia tirado de Home Farm do que um lugar que continha milhares de outros objetos iguais?

Meus olhos vasculharam as estantes... então os fechei e tentei recordar qual livro específico eu tirara da prateleira e onde ele estava localizado...

E ele surgiu. Tão nítido quanto um documento virtual acessado no meu disco rígido.

– *Orlando* – murmurei.

Fui em direção à seção de livros ingleses e olhei para a terceira prateleira de baixo para cima. E lá estavam eles, na categoria "Ficção Britânica, 1900-1950".

Abaixei-me, peguei um dos finos volumes e o abri na primeira página.

Diário de Flora MacNichol
1910

Ao ouvir passos pesados na escada, fechei-o com um estalo e voltei a guardá-lo na estante. Orlando estava andando mais depressa do que o normal e eu havia acabado de me aproximar do fogo e de começar a atiçá-lo quando ele irrompeu no recinto.

– Está se sentindo melhor? – indaguei, calma, colocando mais um pouco de carvão na lareira.

Fez-se uma pausa tão longa que precisei me virar para entender o motivo. O rosto dele estava roxo outra vez e ele avançou na minha direção com os braços cruzados.

– Peço-lhe que não volte a me tratar feito um imbecil. Como você tinha me acalmado, resolvi atender uma ligação do meu irmão. Ele me disse que você aceitou um emprego de governanta e babá em High Weald.

– Eu...

– Não minta para mim, Estrela! Você aceitou ou não a proposta que lhe foi feita?

– Marguerite estava desesperada porque o trabalho vai durar mais do que o previsto, então eu só disse que poderia...

–... me abandonar e virar a casaca para trabalhar com o inimigo?!

– Só falei que iria lá de vez em quando cuidar de Rory para ajudar Marguerite! Nada além disso. Ela falou que iria lhe perguntar se você se importaria de me emprestar ocasionalmente quando a livraria estivesse sem movimento. Isso não tem nada a ver com Mouse.

– Meu Deus, mulher! Isso tem *tudo* a ver com o meu irmão. Ele faz todo o trabalho sujo dela, inclusive me ligar agorinha mesmo com a desculpa de se certificar de que eu estava bem. E depois me anunciar que iriam precisar de você em High Weald no fim de semana.

– Orlando, não faço ideia do que você está falando, sério.

– Não, não faz mesmo. E eu pensando que você estava do meu lado...

– Eu estou. De verdade.

– Não está, não. Será que não entende que esse arranjo convém a ele? Só que não convém a *mim*!

Ele se calou e respirou fundo algumas vezes; estava mesmo precisando.

– Eu sinto muito – falei, impotente.

– E eu, mais ainda – rebateu ele, encarando-me. A raiva tinha se dissipado e não consegui decifrar seu olhar. – Bem, pode ir andando.

– Ir andando para onde?

– Para qualquer que seja a toca de coelho onde você mora, fazer as malas para High Weald. Marguerite e Mouse estão precisando de você.

– Por favor, eu sou sua funcionária, é a você que devo minha lealdade. Eu amo isto aqui...

– Desculpe, mas, se espera que eu vá lutar por você depois da sua traição, está enganada.

Ele deu de ombros num gesto exagerado, cruzou os braços com mais força em frente ao peito e me virou as costas feito uma criança fazendo birra.

– Eu não vou. Quero ficar aqui.

– Estou dispensando você.

– Não é justo...

– Como você disse hoje mesmo, "a vida não é justa".

– É, mas...

– Estrela, qualquer cego pode ver que, desde o instante em que cometi o erro de levá-la para aquela casa de marimbondos, você se apaixonou à primeira vista por High Weald e pelos membros mais glamorosos da minha família. Quem sou eu para impedi-la de estar com eles? É como um canto de sereia, minha cara, e você foi fisgada direitinho. Vá lá, mas não se espante se levar uma picada.

Se as palavras dele não fossem tão dolorosas, eu teria rido daquele drama eduardiano. As lágrimas perigavam transbordar.

– Ok.

Passei por ele, fui até onde fazia o café que ninguém bebia e peguei minha bolsa de viagem e a mochila.

– Tchau, Orlando. Sinto muito.

Continuei até a porta em silêncio, e tinha acabado de pôr a mão na maçaneta quando ele tornou a falar:

– Pelo menos Rory vai poder ter a sua atenção e o seu carinho. Alegro-me com isso. Adeus, Srta. Estrela.

Abri a porta e saí para a rua enevoada onde o céu já escurecia. Meus pés me fizeram atravessar automaticamente a rua em direção ao ponto de ônibus, de onde eu vira pela primeira vez a Arthur Morston.

Fiquei em pé ali, olhando em direção à loja. Na sombra, por trás dos mapas dispostos na vitrine, vi a silhueta de um homem parado me observando.

Sem conseguir suportar o desdém silencioso de Orlando, desviei o olhar.

23

Por sorte, encontrei o apartamento vazio ao chegar em casa. Larguei a bolsa em nosso quarto comum, que me pareceu ainda mais sufocante após as cinco noites passadas sozinha, e fui tomar uma ducha demorada. Enquanto a água pelando escorria pelo meu corpo, deixei sair não apenas as lágrimas, mas também a voz, e soltei um lamento, perguntando-me como, no espaço de 24 horas, havia conseguido estragar tudo.

Saí do chuveiro, enrolei-me em uma toalha branca e felpuda e atinei com a resposta. Eu tinha sido gananciosa. E egoísta. Como uma mulher vítima de uma paixão avassaladora, estava ávida demais por minha presa e não considerara as consequências dos meus atos.

E minha presa, como Orlando havia declarado de forma tão sucinta, era High Weald. E seus moradores...

É claro que eu nunca deveria ter dito que aceitaria qualquer emprego que houvessem me oferecido lá, sobretudo nas circunstâncias recentes. Não: antes de concordar com qualquer coisa, deveria ter dito que consultaria Orlando, que era, afinal de contas, a pessoa que originalmente tinha me apresentado ao País das Maravilhas.

Só que eu não o consultara. E ali estava eu, desempregada outra vez. Porque, se eu fosse para High Weald agora – a casa de marimbondos, nas palavras de Orlando –, meu melhor amigo iria me ver como traidora. E essa possibilidade eu não podia suportar.

Ao esvaziar a mochila à procura da escova de cabelos, senti um aperto no coração ao ver as chaves de latão da livraria ainda guardadas no bolso interno. Recordei o instante de glória, poucas semanas antes, em que Orlando as colocara na minha mão com um sorriso, mas o dispensei rapidamente da memória. Decidi, desafiadora, que ou ele poderia buscá-las ou eu as deixaria lá quando passasse por perto. Mas com certeza não iria sair do meu caminho para devolvê-las.

Desci a escada com passos decididos para fazer um chá e dei com a cozinha, em geral imaculada, imersa em caos. Os resquícios de cinco dias de louça haviam sido jogados na pia, embora na bancada ao lado houvesse um aparelho para lavá-las. O chão estava coberto de migalhas e respingos. Quando fui procurar um saquinho de chá na lata para pôr em uma caneca que acabara de enxaguar, descobri que ela se encontrava vazia.

– Pelo amor de Deus, Ceci! – resmunguei, zangada.

Comecei a vasculhar os armários, desesperada para saciar minha vontade. No fim das contas, joguei um saquinho de infusão de ervas na água fervente e, deixando a cozinha como estava, saí para a varanda. Por sorte, devido ao forte orvalho, a maioria das plantas ali hibernava ou não precisava de água. Reparei que a camélia tinha que ser posta para dentro antes de congelar, mas, como era grande e pesada demais para arrastar, naquela noite se contentaria com um saco de lixo cobrindo suas delicadas flores.

Tornei a entrar e decidi que, como já passava das seis, não havia problema em tomar uma taça de vinho, então me servi e fui me sentar bem no meio de um dos imensos sofás cor de creme. Quando olhei em volta para aquele espaço perfeito e estéril, o oposto completo de tudo que High Weald representava, meus olhos marejaram outra vez.

Eu sabia que não pertencia a nenhum dos dois mundos: nem àquele que minha irmã havia criado e que continha pouca coisa, para não dizer nada, de mim, nem ao de High Weald.

Já estava na cama quando escutei o estrondo da porta da frente, cerca de duas horas mais tarde. Tinha deixado para Ceci um recado escrito em letras grandes na geladeira. Escrevi que pegara um resfriado horrível e fora me deitar no quarto de hóspedes para não lhe passar o vírus. Como eu imaginava, minha irmã me chamou ao chegar e ouvi seus passos até a cozinha, onde ela em geral me encontraria. Houve uma pausa, durante a qual a imaginei lendo o recado, então o ruído dela subindo a escada. Batidas na porta do quarto.

– Estrela? Tudo bem? Posso entrar?

– Pode – respondi, com um gemido fraco.

A porta se abriu e a sombra de Ceci apareceu na nesga de luz.

– Não chegue muito perto. Estou péssima.

Dei a tossida mais funda de que fui capaz.

– Tadinha. Quer que eu traga alguma coisa?

– Não. Já tomei remédio.

– Se precisar de mim durante a noite, você sabe onde estou.

– Sei.

– Tente dormir. Talvez se sinta melhor agora que está em casa.

– É. Obrigada, Ceci.

Pelo olho esquerdo entreaberto, pude ver que ela ainda estava parada na porta, me observando.

– Estava com saudade – disse Ceci.

– Eu também.

A porta se fechou e me dei conta de que aquela era outra mentira do dia. Rolei para o outro lado e implorei aos céus para conseguir dormir. Graças a Deus, minha prece acabou sendo atendida.

❃ ❃ ❃

No dia seguinte, acordei me sentindo tão dopada quanto afirmara estar na noite anterior. Levantei-me cambaleando e vi um recado passado por baixo da porta.

Fui pra facudade. Me liga se precisa. Ti amo. Ceci.

Desci a escada e reparei que a cozinha tinha sido arrumada e estava impecável como sempre. Fiquei me sentindo culpada por ter mentido para minha irmã na véspera. Liguei a chaleira elétrica, então lembrei que não tínhamos mais chá.

Fui até a sala e espiei através da janela um dia que parecia consideravelmente mais bonito do que o anterior.

Enquanto olhava, comecei sem querer a pensar em High Weald e me perguntei se Rory já estaria acordado e o que comeria no café da manhã agora que eu não estava mais lá para prepará-lo. *Ah, Estrela, por favor, ele está com a mãe, está feliz...*

Mesmo assim, talvez mais por vaidade do que por instinto, eu *sentia* que Rory estava com saudades de mim.

Não.

– Essa não é a sua vida. Eles não são a sua família. Rory não é o seu filho – falei para mim mesma em voz alta.

Subi. Sem ter mais nada com que preencher o vazio, adotei a política da

241

rotina de Orlando e tomei outra chuveirada. Saí, me vesti, desci de novo e me sentei à escrivaninha. *Naquele dia tentaria dar início ao meu romance*, pensei. Faria algo por *mim*, para começar a criar o próprio destino. Assim, peguei meu caderno e minha caneta-tinteiro e me pus a escrever.

Algumas horas mais tarde, ergui a cabeça e vi que um crepúsculo alaranjado já começava a cair. Pousei a caneta e, massageando os dedos que a tinham segurado com tanta força, levantei-me para pegar um copo d'água. Olhei para o celular e vi que haviam chegado alguns torpedos e duas mensagens de voz, que fiz questão de ignorar até que tanto a curiosidade quanto o medo de algo ter acontecido com Orlando, ou talvez com Rory, levaram a melhor: "Oi, Estrela, é o Mouse. Não sei se meu irmão deu o recado, mas Marguerite vai passar este fim de semana na França. Ela disse que talvez você pudesse cuidar de Rory e da casa enquanto ela estiver fora. Pode me retornar assim que possível? O fixo de High Weald está quebrado, algo a ver com uma conta em aberto, então Marguerite me pediu para ligar. Obrigado."

O recado seguinte era de Shanthi, que me perguntava como eu estava e dizia que seria ótimo se nos encontrássemos em breve. O som suave da voz dela me reconfortou e fiz uma anotação mental de que precisava ligar de volta e combinar um dia e horário. Verifiquei as mensagens de texto e vi que duas delas eram de Mouse, obviamente desesperado. Com Orlando agora fora da jogada, o trabalho de cuidar de Rory cairia no colo dele. Estava prestes a largar o telefone quando ele ligou de novo. Dessa dez, decidi que precisava atender.

– Estrela, graças a Deus. Já estava pensando se tinha errado o número. Tentei ligar para Orlando, mas ele também não está atendendo.

– Não, não deve estar.

– Recebeu a mensagem de voz e os torpedos que mandei mais cedo?

– Recebi.

– E pode vir a High Weald na semana que vem?

– Não, infelizmente não.

– Certo. – Fez-se uma pausa. – Posso perguntar por quê? Marguerite contou que você pareceu animada com a ideia de trabalhar aqui de vez em quando.

– É, mas só se Orlando concordasse. E ele não concordou.

– Mas ele pode ficar alguns dias sem você pelo bem do sobrinho, não?

– Pode mesmo. Ele me demitiu ontem depois de falar com você. Me chamou de traidora – concluí, abrupta.

– Ai, meu Deus. – Mouse deu um longo suspiro do outro lado da linha. –

Sinto muito, Estrela. Essa confusão não tem nada a ver com você, e a gente não devia tê-la envolvido nisso. Eu não pensei antes de ligar para ele...

– É, bom, é assim que as coisas são.

– E você não cogitaria vir para cá, nem só no fim de semana?

– Desculpe, mas não posso. Orlando me tratou muito bem. Não quero trair essa gentileza.

– Não, eu entendo. E, bom... provavelmente vai ser melhor para você estar longe da nossa família maluca. Rory vai ficar arrasado... Já estamos ficando todos fartos dos elogios dele a você.

– Diga que mandei um beijo.

– Direi, sim, claro. E, quem sabe, quando a poeira baixar, você possa mudar de ideia.

– Acho que não. Desculpe.

– Ok. Vou deixar você em paz. Só mais uma coisa: pode me dar seu endereço para que eu pelo menos mande o que devemos por você ter cuidado dele no fim de semana passado?

– Não tem importância mesmo. Foi um prazer.

– Com certeza tem importância para mim, então se não se importar...?

Dei nosso endereço e ele disse que enviaria um cheque pelo correio.

– Então é isso, meus parentes atormentados e eu vamos deixar você em paz. Quem sabe Orlando não acaba se acalmando e caindo de joelhos para implorar pela sua volta?

– Duvido. Você já me disse quanto ele é teimoso, e eu o magoei profundamente.

– Não, Estrela. Quem o magoou fui eu. Isso tudo é culpa minha. Enfim, boa sorte para achar outro emprego, e não suma. Tchau, então.

– Tchau.

A ligação foi encerrada. Apesar da minha posição firme, a sensação que tive foi de estar terminando um lindo caso de amor: com uma casa, uma família e o que poderia ou não ter sido meu *próprio* passado. Engoli em seco com força para conter as lágrimas e fui até a cozinha preparar o jantar para Ceci e eu... Só nós duas, mais uma vez.

Enquanto picava os legumes para um salteado com agressividade bem maior do que o necessário, percebi que, sob todos os aspectos, estava de volta à estaca zero. Esperando Ceci chegar, torci para que meu falso resfriado a fizesse esquecer que não a avisara da noite extra em High Weald.

Mandei um torpedo para Shanthi convidando-a para um café quando fosse melhor; precisava começar minha própria vida por algum lugar. Ela respondeu na hora com outro torpedo e disse que seria um prazer aparecer às quatro no dia seguinte. Pelo menos fiquei feliz por isso me proporcionar uma ótima desculpa para fazer um bolo, contanto que não fosse com calda de limão, pensei, desanimada. Nessa hora, ouvi a porta da frente abrir e fechar.

– Oi, Sia. Como está se sentindo?

– Bem melhor, obrigada.

Ela estudou meu rosto com a testa franzida.

– Ainda está bem pálida.

– Eu *sou* pálida, Ceci – falei, com uma risadinha. – Estou bem, juro. E você?

– Ah, tudo bem, tudo indo – respondeu ela, e eu soube que não estava. – Quer uma cerveja?

Ela andou até a geladeira para pegar uma.

– Não, obrigada.

Minha irmã veio se sentar na minha frente.

– Que tal o trabalho de babá-empregada?

– Foi bom, obrigada. Rory é um amor.

– Você vai voltar lá?

– Não. Foi uma vez só.

– Que bom. Pelo amor de Deus, Estrela, você se formou em Literatura Inglesa, fala dois idiomas fluentemente e é a pessoa mais inteligente que eu conheço. Precisa parar de se vender por tão pouco.

Esse era o refrão que Ceci vivia repetindo e eu não estava nem um pouco interessada em discutir o assunto.

– E você? O que está pegando?

– Como você sabe que alguma coisa está pegando? – Ela se aproximou e me deu um abraço. – Graças a Deus eu tenho você – falou, suspirando fundo.

– Mas o que houve?

– É difícil explicar, mas parece que voltei para a escola, onde todos os outros alunos estão se enturmando e eu vivo com a sensação de não me encaixar. Na verdade, é pior do que a escola, porque você não está lá comigo. Tento não dar bola, mas realmente pensei que seria diferente com um grupo de artistas. Só que não é. E isso magoa, Sia, magoa mesmo.

– É claro que magoa.

– Os orientadores não param de criticar meu trabalho. Eu sei que é para isso que eles são pagos, mas um elogio de vez em quando não ia fazer mal. Estou me sentindo totalmente desmoralizada e a ponto de jogar tudo para o alto.

– Mas pensei que o mais importante fosse a exposição de fim de ano. A faculdade não manda críticos de arte e colecionadores para ver o seu trabalho? Por mais duro que seja agora, você não vai desistir disso, vai?

– Eu não quero, Sia, mas Pa sempre dizia que a vida é curta demais para ser infeliz.

– Ele também dizia que a gente nunca deve desistir.

Pensei em como, agora que meu pai tinha morrido, cada irmã podia adaptar as muitas palavras sábias de Pa da maneira que bem entendesse.

– É. – Ceci mordeu o lábio e me espantei ao notar um princípio de choro em seus olhos. – Sinto muita saudade dele. Pensei que fosse segurar a barra, mas é como se tivesse um buraco no peito, sabe?

– Sei – falei, suave. – Ceci, faz pouco tempo que você está lá. Por que não tenta mais um pouco e vê como as coisas se desenrolam?

– Vou fazer o possível, mas está difícil, Sia, difícil mesmo. Principalmente com você passando tanto tempo fora.

– Bem, estou aqui agora.

Ela subiu para tomar uma ducha e comecei a pôr os ingredientes do salteado numa *wok*. Pensei que talvez *nós duas* estivéssemos fadadas a sermos isoladas, duas lobas solitárias. Por mais que eu houvesse tentado escapar recentemente, a história e a literatura estavam repletas de histórias de irmãs solteiras que buscaram conforto uma na outra. Talvez eu precisasse me render e aceitar minha sina.

Jantamos juntas e, pela primeira vez em algum tempo, a presença de Ceci me reconfortou em vez de me irritar. Quando ela me mostrou no celular as fotos dos últimos quadros que fizera na faculdade, que eu realmente achei os melhores que a vira produzir em muito tempo, pensei em como uma mudança de percepção e de aceitação tinha a capacidade de alterar tudo.

Fomos dormir cedo nessa noite, ambas exaustas por motivos muito diferentes.

Olhei a lua pela janela e pensei: *talvez fôssemos mais parecidas do que eu queria acreditar. Ambas tínhamos medo daquele mundo cruel que existia fora de nosso ninho confortável.*

24

or motivos que provavelmente estavam relacionados ao meu orgulho, não contei a Ceci que fora mandada embora do emprego. Assim, no dia seguinte, como sabia que minha irmã saía meia hora antes de mim, levantei-me com ela e segui minha rotina matinal de sempre.

– Bom dia para você – entoou ela ao sair.

– Para você também. – Acenei enquanto fingia engolir o café às pressas.

Uma vez que a porta estava fechada, procurei nos livros de cozinha uma receita para Shanthi. Resolvi optar por algo tipicamente inglês, um bolo de malte, mas acrescentando alguma especiaria que fizesse referência às origens dela. Então saí para ir ao supermercado comprar os ingredientes e alguns saquinhos de chá.

A campainha tocou às quatro em ponto e apertei o botão do interfone para Shanthi poder entrar. O fato de alguém ter se dado o trabalho de me visitar me aqueceu o coração. Quando ela saiu do elevador, eu a esperava à porta.

– Estrela! – Ela me tomou nos braços e me puxou para junto de si. – Há quanto tempo!

– É mesmo. Entre.

– Uau! – exclamou ela, correndo os olhos pela sala imensa. – Que lugar. Você não me contou que era uma herdeira rica.

– Na verdade não sou. Quem comprou este apartamento foi minha irmã. Eu sou só uma inquilina.

– Que sorte – comentou ela com um sorriso antes de se sentar.

– Quer um chá? Um café?

– Obrigada, mas vou beber água. Ou alguma infusão de ervas que você tiver esquecida no fundo de um armário. Estou de jejum, entende?

Olhei para o bolo de malte fofo e fresquinho, só esperando para ser devorado, e suspirei.

– Mas como você está, *ma petite étoile*?

246

– Você fala francês?

– Não – respondeu ela, rindo. – Essa deve ser a única expressão que eu conheço e, por acaso, ela contém o seu nome.

– Estou bem.

Levei até Shanthi a bandeja com a infusão, o bolo e um pedaço de manteiga fresca para passar nele. O hábito do bolo vespertino de Orlando tinha me contaminado e eu comeria um pouco, mesmo que ela não.

– O que tem feito da vida?

– Trabalhado em uma livraria.

– Qual?

– Ah, uma de que você nunca ouviu falar. Vende livros raros e tem bem poucos clientes.

– Mas você está gostando?

– Estou adorando. Ou pelo menos estava.

– Não está mais trabalhando lá?

– Não. Fui mandada embora.

– Que pena, Estrela. O que houve?

Pensei se deveria lhe contar. Afinal, ainda não conseguira sequer contar para Ceci. Mas Shanthi tinha o dom de fazer com que eu me abrisse. E, para ser sincera, fora isso que me deixara tão ansiosa para vê-la: eu precisava conversar com alguém.

– É uma longa história.

– Nesse caso, sou toda ouvidos – disse ela, observando-me comer uma fatia do doce. – Ok, eu me rendo – arrematou então. – Esse bolo está com uma cara divina.

Depois de cortar um pedaço, comecei a contar sobre a odisseia da minha incursão na família Vaughan/Forbes. Ela só me interrompia de vez em quando para se certificar de ter entendido direito os fatos, até eu chegar ao desenlace da história.

– Portanto, aqui estamos nós. – Dei de ombros. – Estou desempregada outra vez.

– Eles parecem absolutamente fascinantes – disse Shanthi baixinho. – Eu sempre acho que essas velhas famílias inglesas têm um temperamento muito forte.

– É, pode-se dizer que sim.

– E talvez você tenha algum parentesco com eles?

247

– Se tiver, agora nunca vou descobrir. Duvido que volte a ter notícias deles.

– Pois tenho certeza de que vai, e muito em breve. Principalmente de uma pessoa em especial.

– Orlando? – perguntei, ansiosa.

– Não. Não Orlando. Mas se você não percebe quem pode ser, não sou eu que vou dizer. Além disso... pelo que você falou, todos eles parecem esconder alguma coisa.

– É?

– É. Algo não faz sentido. Mas a casa deve ser o máximo – acrescentou ela.

– É, sim. Adorei estar lá. Mesmo que minha irmã tenha dito que eles estavam me usando e que eu valia mais... Gosto de fazer coisas de casa e cuidar dos outros. Você acha isso errado?

– Nesta época em que todas nós, mulheres, precisamos ter carreiras e tentar superar na marra os obstáculos invisíveis que nos impedem de chegar ao topo, você quer dizer?

– Isso.

– Não vejo nada de errado nisso, Estrela.

– Bem, eu gosto das coisas simples. Adoro cozinhar, jardinar, manter a casa bonita... e adorei cuidar de Rory. Fiquei feliz.

– Então é esse que deve ser o seu objetivo. Você vai precisar de mais um ingrediente para fazer a magia acontecer, claro.

– Qual?

– Você não sabe?

Olhei para ela e entendi.

– Sei. Amor.

– Exato. E, como você também deve saber, o amor pode se apresentar de diversas maneiras e formatos; não precisa ser o esquema tradicional de homem e mulher. Veja o meu caso: tenho um fluxo relativamente constante de amantes dos dois sexos.

Mesmo sem querer, enrubesci. Shanthi observou minha reação com um sorriso.

– Falar sobre sexo a deixa constrangida?

– É... não... quero dizer...

– Nesse caso, não vai se importar se eu perguntar, porque quero fazer isso desde que a conheci: você prefere homens ou mulheres? Ou ambos, como eu?

Encarei-a, horrorizada, e desejei que as macias almofadas do sofá me engolissem ou que algum desastre natural ocorresse para eu não ter que enfrentar essas perguntas.

– Eu sou hétero – balbuciei por fim. – Quer dizer, gosto de homens.

– Sério? – Shanthi aquiesceu com um ar experiente. – Então me enganei. Não se preocupe, vou riscar você da minha lista de possíveis conquistas. – Ela riu baixinho.

– Sério – murmurei, sabendo que eu estava vermelha feito um tomate. – Mais chá?

Quer ela quisesse ou não, eu iria ligar a chaleira – faria qualquer coisa para fugir daquele olhar inquisitivo.

– Você é linda, Estrela, mas parece totalmente alheia a isso. Nosso eu físico não é algo que deva nos envergonhar, sabia? É uma dádiva dos deuses, e é de graça. Você é jovem e bonita. Deveria aproveitar o prazer que seu corpo é capaz de lhe proporcionar.

Fiquei parada na cozinha, sem conseguir voltar ao sofá e ser examinada por aqueles olhos, pois eu não era capaz de continuar aquela conversa. Então pedi, ou melhor, *implorei* por uma intervenção divina de qualquer tipo. Segundos depois, para meu assombro, ela se materializou com o toque do interfone.

Sem ligar se a pessoa do outro lado da porta fosse o assassino da serra elétrica ou, mais provavelmente, Ceci – que muitas vezes tocava para não ter que revirar a bolsa em busca da chave em forma de cartão –, tirei o aparelho do gancho.

– Quem é?

– Estrela? Sou eu, Mouse. Estava passando por perto e pensei que, em vez de pôr seu cheque no correio, poderia entregá-lo em mãos.

– Ah.

– Quem sabe você pode descer para pegar? Aqui fora não parece ter uma caixa de correio.

Ele estava certo: a construtora tinha esquecido de instalar a caixa, e o porteiro se destacava pela ausência sempre que eu passava pela portaria. Após uma indecisão que foi uma verdadeira agonia, meu medo de continuar a conversa com Shanthi acabou levando a melhor.

– Pode subir. É no terceiro andar, bem em frente ao elevador.

– Obrigado.

Fui até os sofás e fiquei parada, sem jeito.

– Desculpe. Um amigo resolveu aparecer.

– Preciso mesmo ir andando – disse Shanthi, levantando-se.

Acompanhei-a até a porta, sem conseguir esconder meu alívio com sua partida precipitada.

– Foi ótimo ver você. Desculpe se a deixei constrangida.

– Não tem problema.

Ouvi o ronco do elevador e percebi que precisaria apresentar os dois.

– Bom, tchau então, minha pequena Estrela.

Shanthi me abraçou e me puxou em direção ao seu busto generoso. E foi assim que Mouse nos encontrou quando as portas se abriram.

– Desculpe – disse ele, e Shanthi me soltou. – Estou interrompendo alguma coisa?

– De jeito nenhum – respondeu minha amiga com um sorriso simpático. – Eu estava de saída. Estrela é toda sua. – Ela passou por nós dois e entrou no elevador. – E o seu nome, qual é? – indagou, apertando o botão para descer.

– Mouse.

– Arrá! Não falei, Estrela?

Shanthi me fez sinal de positivo pelas costas dele antes de as portas se fecharem e ouvi sua risada rouca ecoar pelo edifício enquanto o elevador descia.

– Qual foi a graça? – indagou Mouse quando o conduzi para dentro. – Não entendi.

– Não se preocupe. Eu também não – falei, sincera.

– Ela parece uma pessoa interessante. Amiga sua?

– Sim. Aceita um chá ou um café?

– Você teria uma cerveja?

– Tenho, sim.

– Que lugar incrível – comentou ele, e foi até as janelas, onde as luzes de Londres cintilavam no crepúsculo. – Agora tenho certeza de que você não é uma caçadora de fortunas interessada em High Weald. Quem precisa daquela ruína mofada quando tem isto aqui?

– A dona do apartamento é minha irmã – expliquei pela segunda vez naquele dia.

Passei-lhe a cerveja.

– Bem, um brinde aos parentes ricos. Eu bem queria ter alguns desses à mão. – Mouse tomou um gole e levei-o para se sentar no sofá. Ele espiou o bolo de malte com um ar faminto. – Posso? Não comi nada o dia inteiro.

– Claro.

Cortei um pedaço e passei bastante manteiga.

– Que delícia... como tudo que você faz na cozinha. Você tem um dom de verdade.

– Obrigada – murmurei.

Fiquei me perguntando aonde aquela ofensiva charmosa estaria conduzindo e o que ele queria. Porque a verdade era a seguinte: ninguém apenas "passava" em frente ao nosso prédio. Na verdade, era preciso um mapa e uma bússola para achar a entrada.

– Antes que eu me esqueça, aqui está. – Ele tirou um envelope do bolso do casaco. – Espero que considere suficiente. Também somei o salário de duas semanas pelo trabalho na livraria.

– Não precisava mesmo – falei, muito consciente da sua situação financeira desfavorável. – Como vai Orlando?

– Beligerante e não comunicativo... Foi por isso que vim a Londres. Não tive notícias dele desde que liguei para falar sobre você. É claro que fiquei preocupado. A loja estava trancada quando cheguei hoje à tarde, mas por sorte tenho cópia das chaves. Ele continua trancado lá naquele quarto e não quis me deixar entrar. O único jeito de eu obrigá-lo a falar comigo é ameaçar chamar a polícia e arrombar a porta para ver se ele ainda está vivo.

– Então nada mudou.

– Não. Também fui falar com um corretor para começar o processo de pôr o imóvel à venda. Com sorte, se o banco vir que estamos tomando providências e que vai receber o dinheiro devido, talvez adie o confisco por enquanto.

– Você disse isso a Orlando?

– Não, claro que não. Achei que, se dissesse, meu irmão seria capaz de se jogar da janela lá do sótão. É uma pena ele não aceitar você de volta. Passa dia e noite sentado lá dentro, emburrado. Bem, vai acabar superando. Todo mundo precisa superar a perda daquilo que ama.

– Mas às vezes pode levar um tempo, não é? – indaguei, perguntando-me se o comentário atingiria o alvo. – Afinal, faz só alguns dias.

– Verdade.

Por sua expressão, pude ver que ele estava decidindo se ficava ofendido ou não. Para ser bem sincera, eu não ligava se ficasse.

– Tem razão – disse ele após uma longa pausa. – Mas, escute, vim procurar você por outro motivo também, e não tem nada a ver comigo nem com a minha família. Tem a ver com você.

– Comigo?

– É. Afinal, você entrou na livraria pela primeira vez para descobrir mais sobre o seu passado. E agora nós todos bagunçamos a sua vida, sem que você tivesse culpa nenhuma nisso, devo acrescentar. Então pensei que o mais justo seria vir até aqui e propor contar o resto do que sei sobre Flora MacNichol. E pelo menos explicar de onde acho que veio aquele gato.

– Entendi.

– A estatueta está na Sotheby's, aliás. Deixei lá hoje mais cedo. Eles vão me ligar depois que tiverem feito as pesquisas, mas têm quase certeza de que é uma Fabergé. E devo lhe dizer que, se for autenticada, vale uma fortuna. Até uma estatueta pequenininha como o "Pantera" pode ser leiloada por centenas de milhares.

– Sério? – Eu estava pasma.

– Sério. Parece que você pode muito bem ter acabado de receber sua herança. Mas agora...

Mouse tirou de outro de seus bolsos volumosos um conjunto de finos volumes encadernados em seda. Vi que eram idênticos aos que eu havia encontrado na livraria. Ele bateu com o dedo em um deles.

– Este aqui continua do ponto onde a minha transcrição parou. De uma forma ou de outra, não tive tempo para transcrevê-lo também, mas li o conteúdo. Quer que eu lhe conte mais? É uma história fascinante, digamos assim. Com um desfecho que se poderia chamar de dramático.

Hesitei. Na véspera e na manhã daquele dia, tinha me esforçado muito para deixar para trás as semanas anteriores e prosseguir com determinação rumo a um futuro que eu mesma criaria. Será que ser arrastada outra vez para High Weald e seus moradores mortos havia tanto tempo era uma boa coisa? Se uma conexão entre nós fosse *mesmo* estabelecida, eu estaria ligada inextricavelmente a eles para o resto da vida. E não sabia mais se ia querer isso.

– Tudo bem – falei por fim, sabendo que iria me arrepender se recusasse.

– Talvez leve algum tempo. A letra de Flora é meio difícil de decifrar, então, como já estou acostumado com a caligrafia dela, vou ler em voz alta. Ninguém vai nos incomodar, certo? – perguntou ele, abrindo o diário.

– Não, pelo menos por um tempo.

– Ótimo. Então vou começar.

Flora

Dezembro de 1909

25

Os Keppels não tinham sido convidados para o casamento de Archie e Aurelia, que iria acontecer em High Weald, a residência dos Vaughans em Kent. Visto a aparente popularidade da família em Londres, essa omissão deixara Flora surpresa. A Sra. Keppel, por sua vez, havia absorvido bem a notícia.

– Para ser sincera, mal conhecemos os Vaughans – disse ela, com um aceno distraído. – Eles costumam frequentar mais o círculo rural.

Flora aceitou a explicação, embora soubesse que a Sra. Keppel tinha uma casa de campo em Kent e decerto fazia parte desse "círculo".

Um automóvel fora gentilmente posto à disposição da jovem para o fim de semana do casamento, conduzido por Freed. Sentada no banco de trás enquanto seguia para fora de Londres, ela se perguntou como conseguiria encarar as 48 horas seguintes. Havia pensado em dezenas de planos para impossibilitar seu comparecimento: desde ficar parada no alto da escada, reunindo coragem para se jogar e alegar uma perna quebrada, até se postar no parque enquanto o vento e a chuva gelados de novembro a fustigavam, desejando uma pneumonia. Fisicamente, pelo menos, ela parecia indestrutível. De modo que ali estava, a caminho do casamento da irmã com Archie Vaughan, o homem que amava.

E o pior de tudo era que seria obrigada a ver High Weald e os amados jardins de Archie, que ele lhe descrevera com tamanha paixão no verão anterior. No entanto, não podia se permitir esquecer que fora *ela* a dar a partida nos acontecimentos.

Lembrou-se do rosto da mãe, tão animada na festa de noivado que tia Charlotte dera para o feliz casal em sua casa de Londres. Reinava um sentimento generalizado de alívio: o sacrifício de Esthwaite Hall valera a pena. Seus pais já estavam em High Weald, prontos para as comemorações do casamento.

Eram oito damas de honra no total, mas Elizabeth, irmã de Archie, não estaria presente. Ela havia zarpado para o Ceilão em novembro com o novo marido, e um herdeiro para a fazenda de chá já estava a caminho.

Daqui a 48 horas estará tudo acabado e poderei voltar para casa, pensou Flora à medida que os subúrbios desapareciam e os campos verdes e as cercas vivas de inverno começavam a surgir nas margens da estrada.

Uma hora mais tarde, vislumbrou uma série de frágeis chaminés a se espichar por entre os esqueletos das árvores. Quando o carro entrou no acesso à casa, uma estonteante construção antiga de tijolos vermelhos apareceu na sua frente.

– Não quero amar esta casa – disse ela a si mesma, olhando para a fachada graciosa.

As charmosas janelas irregulares haviam em parte sucumbido à idade, e as dobradiças e os batentes estavam tortos e curvados em certos pontos, como pessoas idosas. Embora o dia estivesse gelado, o sol brilhava, fazendo cintilar o gelo que cobria as sebes perfeitamente aparadas. Parecia a entrada de uma terra de conto de fadas.

– Chegamos, Srta. MacNichol – disse Freed, andando até a porta de trás do automóvel, como mandava a regra, e abrindo-a para ela saltar.

Flora saltou e olhou para as grandes portas de carvalho arqueadas com a mesma angústia de um prisioneiro prestes a adentrar a cadeia. Elas se abriram e, quando a jovem atravessava o cascalho, Aurelia surgiu.

– Querida! Você chegou. Espero que a viagem não tenha sido cansativa demais.

– Não chegou nem a duas horas... Fica bem perto de Londres.

– Mas em outro planeta, não acha? E estas redondezas são tão mais delicadas do que as de Esthwaite... Mas venha – disse ela, dando o braço à irmã. – Como há muito a fazer e inúmeras pessoas chegando, pensei em fingir que não estamos aqui só por um tempo, assim posso ter você só para mim.

Elas entraram em um salão de teto baixo, onde um fogo ardia com intensidade na lareira e irradiava seu calor pelo piso de pedra já bem gasto.

– Suba comigo, vamos nos esconder no meu quarto – falou Aurelia com uma risadinha, e puxou Flora por uma escadaria de madeira toda enfeitada com pesados entalhes em estilo Tudor.

Então, conduziu-a por um corredor comprido e, no final, abriu uma porta que dava para um pequeno cômodo com duas camas de solteiro de metal. As paredes tinham o mesmo revestimento luxuoso de carvalho que conferia ao restante da casa um calor reconfortante, mesmo sob a fria luz invernal que entrava pelas janelas estreitas.

– É aqui que vou dormir hoje. Estava torcendo para você também ficar neste quarto, na outra cama.

– É claro que eu fico se você quiser – respondeu Flora.

– Obrigada. Estou meio assoberbada com tudo, como você pode imaginar. E mal vi Archie desde que chegamos. Nós dois temos estado tão ocupados...

Flora viu a expressão da irmã se anuviar por alguns segundos. Aurelia então se recuperou e deu um sorriso feliz.

– Mas primeiro conte-me tudo que tem feito em Londres. Pelo que ouvi dizer, sua vida social anda muito animada.

Flora fez um breve relato dos intermináveis bailes, jantares e *soirées* aos quais havia comparecido nos dois meses anteriores.

– Sim, sim – disse Aurelia, dispensando os detalhes com um gesto. – Mas o que eu quero *mesmo* é saber sobre Freddie Soames.

– Ah, sim, Freddie. – Flora revirou os olhos. – Ele é uma das estrelas do circuito social londrino.

– *Isso* eu sei, mas quero saber sobre vocês dois.

– Não existe "nós dois".

– Flora, por favor, posso viver escondida no campo, mas até eu escutei as fofocas.

– Ele não é nada para mim, Aurelia. Sério.

– Acho que você está sendo dissimulada. Londres inteira tem comentado sobre como Freddie a corteja. Todo mundo diz que ele está prestes a pedir sua mão.

– Londres pode dizer o que quiser.

– Flora, ele é nada menos do que visconde! E vai ser conde um dia!

– Pode até ser. Mas nunca vou me casar por causa de um título, e você sabe disso.

– Nem mesmo por vastas extensões de terra fértil em Hampshire e uma tiara? Sabia que ele vem amanhã? É primo distante dos Vaughans... de segundo grau, parece.

– Não sabia. Mas, enfim, joguei todas as cartas dele no fogo.

– Flora! Quase todas as moças que debutaram comigo só se casaram com o atual marido porque não conseguiram fisgar Freddie. Ele não só é rico, mas também bonito feito o diabo. E aí está ele, jogado aos seus pés!

O diabo é uma comparação adequada, pensou Flora com um suspiro.

– Ele recusou o convite para o casamento na primeira vez em que o mandamos – prosseguiu Aurelia. – Então, quando ficou sabendo que você era minha principal dama de honra, escreveu para lady Vaughan aceitando. Tem certeza de que não está nem um pouquinho apaixonada por ele?

– Absoluta.

– Ah, bem, fico decepcionada. Estava torcendo para você se achar no meio de um caso de amor consumado e eu ser a primeira a saber todos os detalhes.

– Simplesmente não há detalhe algum a relatar.

– Bom, será que você poderia fingir? Pelo menos amanhã.

– Não – respondeu Flora, rindo. – Agora posso ver o seu vestido?

Naquela noite, para grande alívio de Flora, o noivo fora banido da casa e se hospedara com os Sackville-Wests em Knole, não muito longe de High Weald. O jantar para os convidados do casamento foi servido numa comprida sala, onde centenas de velas brilhavam nos lustres. Flora já havia conhecido as outras damas de honra em Londres e, como tinha adquirido traquejo social para aquele tipo de ocasião, conseguiu desligar a mente e deu o melhor de si para conversar sobre assuntos banais.

Sua mãe parecia feliz como ela nunca vira e até mesmo o pai tinha um ar alegre. A filha favorita havia capturado o peixe grande que ele tanto se esforçara para conseguir, já que para tal sacrificara o lar da família.

Flora ficou satisfeita quando a noiva anunciou que iria se recolher e a levou consigo para o andar de cima.

– Hoje é a última noite em que vou dormir sozinha – comentou Aurelia, sentada em frente à penteadeira, enquanto Flora a ajudava a escovar os longos cabelos louros.

– É mesmo? Pensei que, depois de casada, a pessoa pudesse dormir sozinha sempre que quisesse – comentou Flora, seca. – Os Keppels dormem separados, por exemplo.

– Seria difícil alguém questionar *isso*.

– Como assim? – Flora sabia muito bem, mas queria ouvir da boca da irmã.

– Bom, você imagina como é ser o pobre Sr. Keppel? Todo mundo em Londres sabe sobre Alice e o rei. Você com certeza também, ou não?

– Eles são amigos muito próximos, sim. – O semblante de Flora nada traiu.

– Você não pode ser tão ingênua a ponto de achar que eles são só amigos... Todo mundo sabe que...

–... todo mundo sabe o que deseja saber. Eu vivo debaixo do teto deles e nada vi de inadequado nesse relacionamento. Além do mais, como o Sr. George poderia aceitar isso que você está dando a entender? Ele é um homem muito orgulhoso e íntegro, e a Sra. Keppel o adora.

– Se você diz...

– Digo, sim. E, assim como a Sra. Keppel, não estou nem aí para fofocas. Elas são como a névoa: não têm substância e se dissipam depressa.

– Bem, a "névoa" da Sra. Keppel e do rei paira sobre Londres feito um denso nevoeiro. – Os olhares das irmãs se cruzaram no espelho e a expressão de Aurelia se suavizou. – Vamos esquecer os casamentos imperfeitos e nos concentrar em um que, espero, será o mais perfeito que eu puder fazê-lo ser.

Ela se levantou do banco e andou até a cama. Flora afastou as cobertas e a ajudou a se deitar.

– Boa noite.

Ela beijou a irmã delicadamente na testa, deitou-se na própria cama e apagou a luz de cabeceira.

– Flora? – A voz de Aurelia soou débil na escuridão espaçosa do quarto.

– Sim?

– Você acha que... que "aquilo" vai doer?

O coração de Flora se apertou diante de um pensamento tão íntimo. Fez-se um silêncio antes que ela respondesse:

– Para dizer a verdade, não sei. Mas acredito que Deus é bom e que não nos faria sofrer para demonstrar nosso amor por um homem. Ou para lhe dar filhos.

– Eu já ouvi histórias.

– Isso também é só fofoca.

– Quero agradar a ele.

– E tenho certeza de que vai. Só tente não ficar com medo. Ouvi dizer que o segredo é esse.

– É mesmo?

– Foi o que ouvi.

– Obrigada. Boa noite outra vez, irmã querida. Amo você.

– Também amo você.

As duas fecharam os olhos, adormeceram e sonharam ser abraçadas pelo mesmo homem.

❖ ❖ ❖

– Estou pronta. Que tal?

Flora olhou para a irmã. A renda creme do vestido cobria com delicadeza a pele de pêssego, e a tiara dos Vaughans reluzia sobre os cachos dourados.

– Absolutamente resplandecente.

Ela sorriu e entregou a Aurelia um buquê de rosas vermelho-sangue.

– Obrigada, irmã querida. Então... – sussurrou ela. – Chegou a hora.

– Sim. Papai está esperando você ao pé da escada.

– Deseje-me sorte.

Aurelia estendeu a mão, tomou a de Flora e a apertou.

– Boa sorte, querida.

A noiva andou em direção à porta do quarto, então se virou.

– Foi você, e só você quem me convenceu a tornar este dia possível. E isso eu nunca vou esquecer.

Depois que sua irmã se retirou, Flora tornou a olhar para o próprio reflexo no espelho e viu a dor e a culpa estampadas no rosto.

A velha igreja da propriedade estava lotada com quatrocentos convidados quando a noiva, o pai e as damas de honra entraram no pequeno saguão dos fundos.

– Flora – sussurrou Aurelia enquanto a longa cauda do vestido era arrumada cuidadosamente atrás dela –, ele está lá dentro? Você pode olhar?

Flora foi até a porta que os separava da congregação e a abriu alguns centímetros para espiar. Um par de olhos escuros se virou para encarar os seus; ele estava em pé na parte da frente da igreja. Ela tornou a fechar a porta depressa e virou-se para a irmã.

– Sim, está.

O órgão começou a tocar a marcha nupcial. As portas se abriram e Flora seguiu o pai e a irmã pela nave. Ouviu os votos e ficou tremendo de frio dentro do fino vestido de seda marfim enquanto via Aurelia se tornar esposa de Archie aos olhos de Deus. Quando os noivos saíram da sacristia após assinar o registro, forçou-se a sustentar o olhar dele ao vê-lo passar de braços dados com a esposa. Foi ocupar seu lugar e saiu da igreja atrás dos noivos para o gélido dia de inverno.

Mesmo a contragosto, não pôde evitar admirar a beleza do desjejum de casamento da irmã. Como faltavam apenas três semanas para o Natal, o salão nobre de High Weald estava decorado com velas tremeluzentes, e ramos de visco e azevinho pendiam do teto cheio de vigas, castigado pelo calor da imensa lareira. Pelo que disse um dos convidados, Henrique VIII um dia cortejara Ana Bolena naquele recinto. Em vez de champanhe, vinho aromatizado com especiarias brindava os discursos. No lugar dos doces, comia-se empadões de carne.

Flora sentiu-se tonta devido ao calor e à enorme quantidade de comida e vinho. Ficou grata quando Archie se levantou e anunciou um intervalo na comemoração para dar à orquestra tempo de se preparar para o baile noturno. Aproveitou a oportunidade para sair e tomar um pouco de ar fresco, pois estava precisando. Recolheu a capa de veludo e saiu para o frio do início da noite. A escuridão já era completa, e o amplo terraço e o magnífico jardim murado cintilavam com lampiões posicionados ao longo dos muitos canteiros em seu perímetro. Flora desejou ver aquele jardim no auge do verão, em vez de enfeitado por luzes artificiais. Desceu os degraus, fechou mais a capa e pôs-se a passear por entre os canteiros enquanto o barulho da festa ficava cada vez mais distante. Parou ao chegar diante de um alto muro de tijolos. Seu hálito se condensava no ar frio.

– Lindo, não?

Flora se sobressaltou. Ao se virar, deu com uma silhueta a espreitar nas sombras ao lado de um imenso teixo. A voz fez seu coração dar um pulo.

– Sim.

– Como está, Flora? – tornou a dizer a voz do escuro.

– Estou bem. E você?

– Estou casado. Fiz o que você me pediu.

– Obrigada.

– Amo você – sussurrou ele.

Flora ficou paralisada.

– Não vai responder? Acabei de dizer que a amo.

– Sua afirmação não merece resposta. Você se casou com minha irmã há poucas horas.

– Só porque você pediu.

– Pelo amor de Deus! Está tentando me punir?

– Sim, talvez.

– Então, por favor, se você me ama como diz, pare com isso. O que quer que tenha acontecido entre nós dois naqueles poucos dias ficou no passado.

– Se acredita nisso, está se iludindo. Aquilo nunca poderá ficar no passado.

– Chega!

Flora se virou para voltar à casa, mas Archie agarrou seu braço e a puxou para mais perto. Sem poder gritar por medo de atrair atenção, ela se viu nos braços do jovem. E os lábios dele se abateram sobre os seus.

– Meu Deus, como eu estava louco para fazer isso outra vez...

Por bem mais tempo do que desejava admitir, Flora se abandonou à plena alegria de estar nos braços dele, grudada aos lábios dele. Por fim, um arremedo de sensatez penetrou sua mente e, com imenso esforço, ela se desvencilhou.

– O que nós fizemos? – sussurrou. – Por favor, me solte.

– Perdoe-me. Lá do terraço, vi você entrando nos jardins e lembrei-me de tudo que conversamos quando estivemos juntos em Esthwaite... Você não deve se culpar.

– Vamos rezar para Aurelia jamais ter que nos perdoar – retrucou ela com um calafrio. – Eu imploro: faça minha irmã feliz.

Sem esperar resposta, ela saiu cambaleando pelo caminho que conduzia à casa.

Parado à sombra do antigo teixo, Archie viu seu amor fugir.

26

lora subiu a escada até seu quarto. Bateu a porta, com a respiração rasa e acelerada, e sentou-se na cama para tentar acalmar o coração.

– Que Deus me perdoe – murmurou, tão consternada e envergonhada com o que havia ocorrido que nem se permitia o reconforto das lágrimas.

Quase na mesma hora, alguém bateu à porta. Ela tirou a capa e foi abrir.

– Onde você estava?

– Eu... – Flora pensou que fosse desmaiar ao ver Aurelia, que exibia uma expressão tensa e irritada incomum.

– Bem, pouco importa, estava esperando você vir me ajudar a tirar o vestido de noiva e pôr o de baile!

– Nossa, mas claro! Devo ter cochilado...

– Por favor, pode se apressar, Flora? Preciso encontrar Archie nas portas do salão nobre às sete, e são quase seis e meia.

Ainda se desculpando profusamente, Flora seguiu Aurelia pelo corredor até um cômodo de tamanho impressionante dominado por uma imensa cama de baldaquino, de madeira maciça e escura. Flora desviou depressa os olhos, tentando não pensar em sua finalidade iminente. Um fogo já tinha sido aceso para aquecer o quarto do novo casal e suas luzes dançavam sobre as pesadas tapeçarias que enfeitavam as paredes.

Seus dedos dormentes tiveram dificuldade para abrir os botões de madrepérola das costas do vestido da irmã e Flora rezou para eles congelarem e caírem... era bem o que merecia.

– E é claro que, durante todo o desjejum de casamento, não houve quem não reparasse que Freddie Soames não tirou os olhos de você um só instante – tagarelou Aurelia enquanto Flora a ajudava a pôr um vestido de noite rosa-escuro. – É óbvio que está caidinho. Mamãe disse que ele tem quase 25 anos e precisa se casar em breve. Você diria sim se ele pedisse?

– Nunca pensei no assunto.

– Flora, apesar de todo esse tempo na casa da Sra. Keppel, você é mesmo muito ingênua quando se trata de homens. Bom, acho que devo deixar o cabelo solto nas costas. O que acha?

– Ficaria maravilhoso.

Flora torceu para a irmã não perceber o forte rubor de culpa que se espalhava feito uma alergia pelo pescoço.

– Pode chamar Jenkins? Parece que ela vai ser minha criada pessoal permanente... Presente de casamento da mãe de Archie. Não tenho certeza se ela me agrada tanto assim, mas é muito boa em penteados. Depois você precisa se embelezar. Tenho certeza de que Freddie vai querer dançar muito com você hoje.

Flora saiu para procurar Jenkins, em seguida foi se arrumar. Não que estivesse preocupada com a própria aparência naquela noite. Apesar de ter negado a Aurelia, era verdade que Freddie Soames a cortejara sem descanso nos últimos dois meses. Embora a maioria das mulheres da sociedade londrina não se cansasse de louvar sua beleza máscula, ela o achava arrogante, maçante e de reputação duvidosa, e em todas as ocasiões em que o havia encontrado ele lhe parecera estar bêbado. Se tinha um cérebro, ela ainda não tivera o privilégio de testemunhar seu funcionamento.

Mas parecia mesmo estar apaixonado por Flora e a sociedade londrina não ficaria surpresa se um compromisso fosse anunciado...

Minutos depois, ao entrar no salão nobre, viu que as mesas tinham sido removidas e as cadeiras, afastadas, a fim de abrir espaço.

– Silêncio para os noivos, por favor! Lorde e lady Vaughan!

Flora viu Archie conduzir Aurelia até a pista sob uma salva de palmas. Quando a orquestra começou a tocar, ele passou um braço em volta da cintura da esposa para a tradicional primeira dança. O espaço começou a se encher com outros casais e o recinto se transformou em um arco-íris rodopiante de lindos vestidos e inebriante aroma de perfumes refinados.

– Pode me conceder a honra da primeira dança?

Flora se sobressaltou ao sentir um braço pesado no ombro. Ergueu a vista e deparou com o olhar embaçado de Freddie.

– Boa noite, lorde Soames.

– Suponho que ache que o seu destino seja atuar sempre como a dama de honra e nunca como a noiva, certo, Srta. MacNichol? – Ele a puxou e a conduziu com passos trôpegos até a pista de dança. – Gostei bastante do vestido, devo dizer – sussurrou em seu ouvido.

– Obrigada.

Flora virou o rosto. O cheiro de álcool no hálito provocou-lhe náuseas.

– A senhorita por acaso anda me evitando? Sempre que a procuro parece ter sumido.

– Sou a dama de honra principal, estava ajudando minha irmã.

– Claro. Quer dizer que não foi a senhorita que eu vi no jardim com o noivo quando fui procurá-la mais cedo?

– Não... – O choque a fez engolir em seco e ela lutou para manter o autocontrole. – Eu estava lá em cima com Aurelia ajudando-a a se trocar.

– É mesmo? Ora, ora. Eu poderia jurar que era a senhorita, mas quem quer que seja a dama em questão não é um bom presságio para o casamento da sua irmã.

– Não diga uma coisa dessas! Archie e Aurelia se adoram! O senhor deve estar enganado.

– Não houve engano algum, mas saiba que o seu segredo está seguro – arrematou ele na mesma hora em que a dança acabou. – Não é de espantar que tenha se mostrado tão esquiva nas últimas semanas, Srta. MacNichol.

– O senhor não poderia estar mais equivocado.

– Então prove dizendo que aceita se casar comigo. – Enquanto a orquestra começava a tocar mais uma valsa, Freddie enfiou o rosto nos seus cabelos. – Caso contrário, eu talvez não acredite.

Flora engoliu em seco. Olhou de relance para Archie e Aurelia, em seguida para a expressão de superioridade e satisfação de Freddie. Ele a tinha visto *mesmo*. Seu coração estava disparado. Se ela até então tivera dúvidas sobre como deveria agir, agora era preciso deixá-las de lado. Aquela era sua punição e ela precisava aceitar.

– Sim.

– O quê?! Aceita se casar comigo?

Freddie cambaleou por um segundo antes de se endireitar.

– Aceito.

– Ora, ora, devo admitir que por *essa* eu não esperava.

– Por favor, se foi brincadeira, me diga e...

– Não foi brincadeira – disse ele depressa. – Imaginei que precisasse continuar a ser paciente com a senhorita.

Nesse momento, de uma hora para outra, Freddie parou de dançar, fazendo os outros pares se embolarem em volta deles. Ergueu um dedo para acariciar sua bochecha e Flora teve que se esforçar para não estremecer.

– A senhorita é mesmo uma jovem muito enigmática. Nunca sei ao certo o que está pensando. Tem certeza de que aceita o meu pedido?

– Sim. Absoluta.

– E, se me permite perguntar, essa decisão se deve puramente ao fato de nutrir sentimentos por mim?

– Que outro motivo poderia haver?

– Nenhum, claro – disse ele, rindo. – Bem, não tenho um anel aqui para lhe dar. – De repente, Freddie adquiriu um ar nervoso e hesitante.

– Vamos dançar ou vamos nos afastar para o lado? – indagou Flora, sem graça por estar no meio da pista.

– Vamos dançar. Adoro o fato de conversarmos sobre a nossa união enquanto deslizamos ao som de Strauss. A senhorita precisa conhecer meus pais, é claro; eles já estão cientes de minhas intenções em relação à sua pessoa.

– E fazem gosto?

– Estão intrigados, como Londres inteira está desde a sua chegada. Espero muito que a senhorita aprove aquele que será seu novo lar. É uma propriedade imensa.

– Ouvi dizer.

– E isso a assusta?

– Não me assusto com muita coisa, milorde.

– Estou vendo. E é isso que me entusiasma. A questão é: a senhorita algum dia poderá ser domada?

– Eu não achava que uma mulher "domada" fosse entusiasmá-lo.

Freddie gargalhou, jogando a cabeça para trás.

– Meu Deus, vai ser mesmo um desafio. Mas um desafio que anseio por vencer.

Flora sentiu o braço dele pressionar com mais força a sua cintura, e dedos se cravaram na sua carne.

– Vamos anunciar o noivado assim que possível. Até que poderíamos anunciá-lo agora, pois a maior parte de Londres se encontra presente neste salão.

– Sim, deveríamos fazer isso.

Flora não pensava que houvesse qualquer possibilidade de fuga depois daquela noite. Freddie a encarou.

– Está falando sério, Srta. MacNichol? Ficaria à vontade se eu anunciasse nosso noivado agora?

– É claro. Não faz diferença se for agora, amanhã ou na semana que vem. O senhor me pediu para ser sua esposa e eu aceitei.

– Então que assim seja.

Em perfeita sincronia, a orquestra chegou ao fim da valsa. Freddie a conduziu pelo meio da multidão e disse algo ao maestro. Puxou-a para perto de si e pediu atenção.

– Senhoras e senhores, tenho um anúncio a fazer: no dia do casamento de sua irmã com lorde Vaughan, a Srta. Flora MacNichol aceitou ser minha esposa.

Foi possível escutar o arquejo dos presentes quando ele beijou sua mão, seguido por uma salva de palmas. Na mesma hora, Aurelia foi até eles.

– Eu sabia! – exclamou, encantada.

– Então nós a estamos esperando em Selbourne Park para planejar um casamento na primavera – disse Freddie, que acenara para um criado lhe trazer uma taça de champanhe. – À minha prometida!

Ele ergueu a taça e brindou enquanto os outros convidados se apressavam em procurar um copo que também pudessem erguer.

Arrastado por Aurelia, Archie surgiu na sua frente. Flora detectou a expressão nos seus olhos antes de ele se virar para os convidados.

– Uma noite esplêndida, que só foi melhorada ainda mais pela novidade da minha querida cunhada. A Freddie e Flora!

– A Freddie e Flora! – entoaram todos.

Archie fez um gesto para a orquestra recomeçar e Flora foi cercada por pessoas querendo parabenizá-la, entre elas os pais.

– Por Deus – disse Rose, beijando a filha. – Nunca imaginei uma coisa dessas. A Sra. Keppel tinha razão: foi uma excelente ideia mandá-la ficar na casa dela em Londres. Agora você vai virar viscondessa. Não merecia nada menos do que isso, minha querida Flora.

As duas se abraçaram. Quando Rose se afastou, Flora viu que a mãe tinha os olhos marejados.

– Por favor, mamãe, não chore.

– Perdoe-me, eu subestimei você. Espero que me perdoe um dia.

– Perdoar por quê, mamãe?

– Por nada – respondeu Rose depressa. – Saiba apenas que hoje estou tão orgulhosa de você quanto qualquer mãe poderia ficar.

Agora até sua mãe lhe dizia coisas ininteligíveis, mas Flora estava atarantada demais para tentar entender.

– Obrigada, mamãe.

Em seguida veio seu pai, que lhe deu um abraço rápido, como sempre constrangido com qualquer demonstração explícita de afeto.

– Muito bem, querida Flora, muito bem.

Em seguida, Archie foi congratulá-la:

– Parabéns, cunhada.

– Obrigada – disse Flora, com o coração na boca.

Sem tornar a olhá-la, ele se afastou.

Quando Flora entrou na saleta da Sra. Keppel no dia seguinte, foi recebida com um abraço.

– Quer dizer que você volta para mim noiva?

– Sim.

– E está feliz? Afinal de contas, o visconde Soames é o melhor partido de Londres atualmente.

– Muito feliz.

– Pode pôr a bandeja aqui – ordenou a Sra. Keppel a Mabel antes de se virar para Flora. – Puxe sua cadeira mais para perto do fogo e conte-me tudo sobre o pedido dele. Foi insuportavelmente romântico?

– Acho que sim. Ele me pediu quando estávamos dançando.

– No casamento da sua irmã! Ah, Flora, estou tão feliz por você...

– Meus pais lhe mandam todo o seu amor e seus agradecimentos.

– Uma pena não os vermos no Natal. Como você sabe, vamos para a Crichel House. Já decidiu se vai conosco? Sei que sua irmã a convidou para ficar hospedada em High Weald.

– Eu gostaria muito de ir para Crichel, Sra. Keppel. Comentei a respeito com Freddie, e ele me disse que a propriedade da família fica bem perto, em New Forest.

– Sim, de fato. Quem sabe Freddie e seu pai podem se juntar aos homens para a caçada do dia 26? Assim posso apresentá-la à condessa, mãe dele. Bom, então está acertado. Os Alingtons ficarão radiantes em recebê-la como convidada.

– Obrigada. Será um prazer.

A Sra. Keppel a encarou.

– Para uma moça que acabou de noivar, você não está com a cara que deveria.

– E com que cara eu deveria estar?

– Uma cara feliz. E, sim, reconheço que fiquei surpresa ao receber a notícia. Sabia que o visconde Soames gostava de você, mas...

– Eu estou feliz – interrompeu Flora. – Muito. E desejo lhe agradecer por tudo que a senhora fez para tornar possível essa situação.

– Minha encantadora menina, nada disso teria acontecido se você não fosse simplesmente *você*. Mas, então, vai conhecer os pais de Freddie?

– Acredito que algo esteja sendo organizado.

– Apesar do pedigree impecável e do sobrenome que remonta aos primórdios da história britânica, eles são... diferentes. O conde se manifesta bastante na Câmara dos Lordes. E eu gosto muito de Daphne. Ela tem um temperamento e tanto, como você vai descobrir. E um passado bem picante. – Alice ergueu a xícara para Flora com um sorriso. – Imagino que vá ficar aqui até o casamento.

– Mamãe não sugeriu nada de diferente.

– Nesse caso, preciso escrever para ela e saber se podemos dar sua festa de noivado aqui. Tenho certeza de que todos os nosso amigos desejarão comparecer.

Flora observou o rosto da Sra. Keppel se iluminar ao pensar na festa e refletiu se, no futuro papel de viscondessa, algum dia iria se deliciar com a organização de eventos sociais. Por algum motivo, duvidava.

– Pode me dar licença, Sra. Keppel? A festa ontem foi até bem tarde e estou muito cansada com essa animação toda.

– Mas é claro! Seus pais vão publicar o anúncio no *Times* ou devo fazê-lo eu?

– Não falamos a respeito.

– Vou incluir esse item na carta para sua mãe. Então nos vemos no jantar. Com certeza George e nossos outros convidados vão querer lhe dar os parabéns pessoalmente.

Flora saiu da sala e subiu cansada a escada até seu quarto. Anúncios de noivado, mais festas... Queria que aquilo tudo acabasse de uma vez. Nem havia sido apresentada na corte, muito menos tinha um dote – seus pais nunca poderiam bancá-la. Como é que iria virar viscondessa?

– Pantera estava se perguntando sobre o seu paradeiro.

Violet surgiu qual um fantasma na penumbra do patamar iluminado por um lampião a gás. Aninhado em seus braços estava o gato negro.

– Violet. Obrigada por cuidar dele.

– Não há de quê. Ele parece gostar de mim. Mamãe disse que você ficou noiva do visconde Soames.

– Fiquei.

– Devo admitir que estou surpresa.

– Por quê?

– Não é minha intenção ser grosseira em relação ao homem com quem deseja se casar, mas toda vez que o encontrei aqui ele parecia embriagado. E, quando se conversa com ele, vê-se que na verdade é bem burro. E você não.

– É muita gentileza sua dizer isso, mas posso lhe garantir que é a coisa certa a fazer.

– Porque você tem medo de virar uma solteirona?

– Não, porque quero me casar com Freddie.

– Bem, nesse caso, boa sorte. Mas eu é que não vou me dobrar às regras da sociedade.

Violet entregou Pantera à dona e subiu com passos firmes a escada que conduzia ao andar onde ficavam os quartos de dormir das crianças.

– Não, Violet. Tenho certeza de que não – disse Flora com um suspiro, observando a adolescente se afastar.

Então, fechou a porta do quarto. Ficou parada por alguns instantes, acariciando o gato que ronronava, e sentiu o desespero dominá-la.

O que estava feito, estava feito. Ela não tinha absolutamente mais nenhum direito de obedecer ao próprio coração.

❁ ❁ ❁

Flora deixou Londres com os Keppels no dia 24. Poucas horas depois, chegou à Crichel House, em Dorset, uma imensa casa georgiana feita de pedra bege – em comparação com ela, Esthwaite parecia um chalé. No hall resplandecia uma enorme árvore de Natal, cujas velas eram acesas pelas criadas ao cair da noite.

– Por Deus, vou precisar de um mapa mais tarde para encontrar meu quarto – comentou ela com a Sra. Keppel quando o grupo de trinta pessoas se reuniu antes do jantar para o aperitivo na graciosa sala de estar.

– Minha querida, se você acha esta casa grande, espere até ver Selbourne Park!

O dia natalino raiou e todos foram a pé até a igreja. De modo conveniente – e um pouco estranho, pensou Flora –, ela ficava no meio do jardim. Seguiu-se uma extravagante rodada de troca de presentes. A jovem observou que todas as mulheres recebiam lindos broches trabalhados ou miniaturas de animais, flores e árvores. Todos, informou-lhe a Sra. Keppel, feitos por Fabergé.

– E este aqui é para você – disse ela, entregando-lhe uma caixa lindamente embrulhada. – É do seu amigo Bertie – sussurrou. – Ele lhe deseja um Natal muito feliz. Abra.

Flora obedeceu e deparou com um pequeno e lustroso gato negro de ônix. Ao analisá-lo melhor, viu que os olhos cor de âmbar eram feitos de diminutas pedras semipreciosas.

– É Pantera! – exclamou, ao ler o nome gravado na base de metal. – Adorei!

– Ele mandou fazer especialmente para você – explicou a Sra. Keppel enquanto a via acariciar a estatueta.

No dia seguinte, Freddie e os pais dele chegaram. Pai e filho logo foram se juntar ao grupo que caçava na propriedade, enquanto a Sra. Keppel levou Flora e a condessa até a sala íntima para as duas poderem se conhecer.

– Venha se sentar ao meu lado, querida. E, por favor, me chame de Daphne... como espero poder chamá-la de Flora.

– Claro – disse a jovem, espremendo-se para se acomodar no pequeno sofá ao lado da outra mulher bem mais volumosa.

– Vou procurar uma criada para nos trazer algo para beber – comentou a Sra. Keppel, e se retirou.

– Ah, a querida Alice, tão discreta e prestativa... – comentou Daphne. – Mas, querida, você pode imaginar meu alívio com o fato de Freddie enfim ter escolhido uma noiva. Tenho certeza de que já está ciente do temperamento arrebatado dele, mas sei que conseguirá domá-lo. Ele precisava de uma mulher fora do comum e, com o seu passado exótico, sinto que você preenche bem esse pré-requisito.

– Eu... Obrigada.

– Nós próprios somos uma família fora do comum, mas, atrás de portas fechadas, qual família não é? – A condessa lhe deu uma piscadela. – É claro que o conde precisou ser convencido, mas já se conformou. Afinal, não se poderia querer uma linhagem melhor, não é? – Ela riu, afetada, e deu um tapinha no joelho de Flora. – Você é mesmo uma moça muito atraente – comentou, estudando-a através dos óculos pendurados em uma corrente em volta do grosso pescoço.

Flora pôde ver a pesada camada de pó de arroz no rosto da condessa, e o ruge e o batom vibrantes que ela usava a fizeram pensar em uma das farsas georgianas de Richard Sheridan.

– Antes de irmos embora amanhã, precisamos combinar uma data para você conhecer Selbourne; quem sabe o terceiro fim de semana de janeiro? Esse mês é tão sombrio, você não acha?

Durante o jantar daquela noite, ela e Daphne conversaram sobre datas para o casamento.

– Bem, mamãe – disse Freddie, pressionando a coxa contra a de Flora debaixo da mesa. – Por mim, quanto mais cedo, melhor.

– Alguma preferência, Flora querida?

– Junho? – sugeriu ela, neutra.

– Pessoalmente, sempre achei casamentos em junho um tanto vulgares, e maio é bem mais fresco – contrapôs Daphne. – Que tal a segunda sexta-feira de maio? Vai coincidir agradavelmente com o início da temporada.

– Como quiser, Daphne – disse Flora, baixando os olhos.

– Então está combinado! Mandarei imprimir os convites na gráfica do Sr. Smythsch, na Bond Street. Só serão enviados seis semanas antes, claro, mas todos que precisarem saber serão avisados bem antes. O que você acha: papel creme ou branco?

– Não falta muito agora, querida – sussurrou-lhe Freddie ao se levantar para tomar conhaque e fumar charutos com os homens. – Mal posso esperar pela nossa noite de núpcias. Onde gostaria de passar a lua de mel? Tenho amigos em Vencza... Ou quem sabe o sul da França? Na verdade, que se dane: vamos planejar uma viagem e passar o verão inteiro fora!

Assim como acontecera com a condessa, qualquer opinião que Flora pudesse ter em relação ao assunto havia sido elegantemente atropelada. Estava claro que aquela era uma família acostumada a fazer o que desejava. Mesmo assim, ao percorrer os longos corredores da Crichel House até seu quarto, ela sentiu-se aliviada por pelo menos não estar em High Weald, tendo que suportar a presença de Archie e Aurelia recém-chegados da lua de mel.

27

Janeiro em Londres passou sob um véu de gelo, neve e lama, os feios parentes dos imaculados lençóis de neve branca que cobriam as pedras e os morros do Lake District. Flora teve pouco tempo para pensar no passado ou no futuro. Seus dias eram preenchidos tomando providências e decisões para as núpcias próximas ou, mais exatamente, aceitando qualquer coisa que a futura sogra sugerisse. Quando não estava analisando cardápios, listas de convidados e esquema de assentos, tinha hora na costureira para provar não apenas o vestido de noiva, mas o enxoval inteiro. A Sra. Keppel havia escrito para os pais de Flora e se oferecido para pagar o novo guarda-roupa como presente de casamento. Rose e a filha protestaram contra tamanha generosidade, mas a tutora descartara as reclamações com um gesto casual.

– É o mínimo que você merece, considerando as circunstâncias. Fique descansada, os meus cofres não irão sofrer. Não podemos deixar a nova viscondessa vestir roupas sem graça, não é? – indagou ela, sorrindo, enquanto a Srta. Draper arrumava um chapéu com penas de avestruz inacreditavelmente longas na cabeça de uma Flora perplexa. – Estamos transformando a Cinderela na princesa que de fato é.

Naquele mês, Flora estivera em Hampshire para visitar Selbourne Park e sentira-se um tanto assoberbada com o tamanho do lugar, que lhe parecera ter as mesmas dimensões do Palácio de Buckingham, embora, como a condessa assinalou, fosse bem mais antigo do que aquela residência real "de construção recente". Ao ser conduzida pelo grande hall de piso de mármore ladeada por atenciosos criados de libré, ela se perguntou como algum dia conseguiria aprender a comandar aquela legião de empregados.

– Não precisa se preocupar, Flora – disse Daphne enquanto as duas adentravam uma sala de estar do tamanho de duas quadras de tênis. – Não vou abandoná-la por alguns anos ainda. Você sem dúvida alguma é uma jovem inteligente e vai aprender, assim como eu aprendi quando me casei com Algernon.

O jantar daquela noite fora tenso, pois o conde tomava sopa de tartaruga resmungando sobre a mais recente confusão na Câmara dos Lordes e Freddie tentava tocá-la por baixo da mesa feito um polvo lascivo. Pelo menos ela havia simpatizado mais com Daphne. A condessa agora estava bem avançada na meia-idade e Flora tentou imaginar a tempestuosa e bela moça que devia ter sido quando, segundo os boatos, havia fugido para Gretna Green com um "homem inadequado". A família a arrastara de volta para Hampshire contra a sua vontade e a obrigara a se casar com o conde.

Um prato de gelatina colorida foi posto na sua frente e Flora observou Algernon levar o doce à boca severa com uma colher.

– Se aquele maldito Asquith aprovar o tal projeto de lei...

– Ah, Algy, chega, à mesa não! – exclamou Daphne. Virando-se para Flora, deu um suspiro cansado. – Vamos passar para assuntos mais agradáveis. A lista de convidados está indo muito bem, embora, sinto dizer, seus avós infelizmente tenham recusado o convite...

– Meus avós? – Flora estava tão acostumada à sua pequena família que quase se esquecera dos avós.

– Sim, os pais da sua mãe, os Beauchamps.

– Se eu pudesse escolher, fugiríamos hoje mesmo – sussurrou Freddie para Flora enquanto deslizava a mão por suas saias.

❁ ❁ ❁

Em uma feiosa manhã de fevereiro na Portman Square, apenas dois dias depois de seu vigésimo aniversário, comemorado com um grandioso jantar, Flora ouviu alguém bater à porta do quarto. A Srta. Draper entrou.

– Srta. Flora, a Sra. Keppel a está esperando na saleta.

Obediente, a jovem desceu a escada.

– Flora, minha querida – a dona da casa se virou para cumprimentá-la –, tenho a impressão de que nós mal nos vimos nessas últimas semanas.

Flora reparou que ela estava pálida e, sob o radiante sorriso de boas-vindas, exibia uma expressão tensa.

– Tenho andado muito ocupada com os preparativos do casamento.

– Temo que isso seja mais exaustivo do que o casamento em si. Sente-se e me conte: como estão indo?

Obediente, Flora repetiu todos os fatos e números das núpcias e a Sra. Keppel aquiesceu com um ar de aprovação.

– Sem dúvida vai ser o evento da temporada. E eu ficarei tão orgulhosa quanto qualquer mãe quando você percorrer a nave da igreja em direção ao futuro marido. Mas, Flora, tenho uma pergunta a lhe fazer: seria possível arrastá-la no mês que vem para passar uns poucos dias em Biarritz? Eu, Violet e Sonia fazemos uma viagem anual para lá, onde ficamos hospedadas na Villa Eugénie, do Sr. Cassel. O rei também estará na cidade, no Hôtel du Palais. Acho que a viagem lhe faria bem depois desse inverno londrino tão longo. O ar marinho daria alguma cor às suas faces.

– Obrigada, mas duvido que a condessa vá gostar se eu tirar férias poucas semanas antes do casamento. E não seria correto da minha parte deixá-la sozinha com tanto a fazer.

– Ah, ela adora fazer essas coisas. Além do mais, já consegui sua autorização. E a de Freddie também.

– Entendo. – Mais uma vez, Flora teve a sensação de que a sua vida não lhe pertencia e de que precisava aceitar tudo que a madrinha desejasse que fizesse. – Nesse caso, já que está decidido, tenho prazer em ir.

– Maravilha! Então está combinado. Tenho certeza de que Violet e Sonia ficarão muito felizes. Você sabe como ambas a adoram. E Bertie também. Pobrezinho, estou tão preocupada com ele... Está sob muita pressão do governo e sua saúde continua ruim. Eu...

Flora notou um brilho de lágrimas nos olhos da Sra. Keppel. Era a primeira vez que via neles alguma vulnerabilidade.

–... estou preocupada com ele. – Controlando-se, ela conseguiu dar um débil sorriso. – Este ano tivemos um inverno longo e frio e estamos todos com uma disposição tão cinzenta quanto o céu lá fora. No entanto, a primavera vem chegando e tenho certeza de que você vai amar Biarritz. Mas agora me fale sobre Freddie.

❂ ❂ ❂

Como a Sra. Keppel havia prometido, Daphne se despediu de Flora com a sua bênção quando ela partiu para Biarritz.

– É claro que você deve ir – dissera ela em sua última visita à Portman Square. – Um pouco de ar marinho e de boa companhia só poderão deixá-la em plena forma para o dia do casamento. E quem sabe? Talvez tenhamos que alterar os lugares para acomodar um convidado a mais. Precisaríamos de um assento bem grande. – Daphne rira da piada que só ela entendera.

Freddie também se mostrara a favor da viagem.

– É preciso sempre se curvar diante de uma causa maior – comentara ele ao beijar sua mão, pronto para partir com os pais após um jantar na casa dos Alingtons. – No dia 13 de maio você será minha. Toda minha – arrematara, com um olhar demorado para o corpete do vestido.

Flora ajudou as meninas a fazerem as malas para a viagem. Elas partiriam alguns dias antes da jovem para passar uma semana em Paris. Ela as encontraria mais tarde na Villa Eugénie, em Biarritz, onde seriam convidados de sir Ernest Cassel, um visitante regular da Sra. Keppel e – como Nannie lhe informara – conselheiro principal do próprio rei em matéria de finanças.

As meninas Keppels tinham um grande baú cada, além de diversos cestos para encher com roupas e pertences. Parecia que iriam passar seis meses fora em vez de um.

– Você acha que Pantera poderia viajar escondido no meu cesto como quando veio para Londres? – perguntou Violet.

– Acho que precisaria ser uma decisão dele. Que tal deixar a tampa aberta de hoje para amanhã e ver o que acontece?

– Sim. – Violet se deixou cair sentada na cama; seu rosto era um retrato da melancolia. – Queria levar comigo pelo menos algo que amo.

– Você terá Nannie, sua irmã e sua mãe. Com certeza as ama, ou não?

– É claro que amo, mas elas são da família. Não são... *minhas*.

Seus ombros começaram a tremer e lágrimas rolaram silenciosamente pelas faces. Flora foi se sentar ao seu lado.

– Qual é o problema?

– Nada... Tudo... Ai, Flora! Eu a amo tanto..

– Quem?

– Mitya, claro! Mas Rosamund também gosta dela e, quando eu estiver fora, vai fazer todo o possível para roubá-la de mim. Não consigo suportar isso!

Novas lágrimas rolaram enquanto Flora vasculhava a memória em busca da tal de "Mitya". Sem dúvida podia entender a aflição de Violet.

– Mitya também ama você?

– É claro que sim! Só que ainda não percebeu.

– Talvez o fato de você estar longe ajude. Às vezes isso acontece.

– Você acha?

Violet lhe dirigiu um olhar desesperado.

– Acho, sim.

– Porque eu nunca poderei ser feliz sem ela, entende?

– Entendo, Violet.

– Eu sei que entende e estou feliz que vá para Biarritz também.

Naquela noite, quando estava se acomodando na cama, Flora somou dois e dois e entendeu que "Mitya" era o apelido de Violet para Vita Sackville-West, a menina de tez amarelada que fora almoçar na Portman Square. Ficou refletindo sobre a obsessão da menina pela amiga. Sabia que paixonites por outras garotas eram relativamente comuns, mas Violet tinha 15 anos, e Vita, dois a mais. Pensou se mais alguém naquela casa movimentada estaria a par do fato. A Sra. Keppel se ocupava demais com a própria situação para ter reparado. Flora pensou se deveria comentar com Nannie. Mas aquele não era o tipo de assunto que se pudesse discutir com uma solteirona escocesa de meia-idade.

❁ ❁ ❁

No dia seguinte, Flora observou um caminhão ser carregado em frente à casa. Baús de roupas reforçados de metal quase da sua altura, dezenas de caixas de chapéus e sapatos e uma valise de joias foram embarcados no veículo com destino à estação de Victoria. Um mensageiro do palácio postado em silêncio no hall, as mãos cruzadas diante do uniforme, empertigou-se quando a Sra. Keppel e as filhas apareceram, prontas para sair rumo ao trem que as deixaria no porto de Dover.

– Flora querida, nos vemos em Biarritz. Moiselle irá acompanhá-la e garantir que chegue em segurança.

Ela pôde ver que a madrinha estava radiante.

– Sim, Sra. Keppel. Espero que se divirtam bastante.

– Obrigada. Vamos, meninas, não devemos atrasar o trem.

– Adeus, Flora, até semana que vem – disse Sonia, um encanto em seu novo casaco de viagem rosa. – Que pena eu não poder mostrar nosso vagão privativo, com cadeiras e mesas de verdade e tudo o mais. Sabia que lá na França eles tratam mamãe como a rainha da Inglaterra?

❁ ❁ ❁

Uma semana mais tarde, Flora e Moiselle também chegaram a Biarritz. A viagem pelo Canal da Mancha até Calais e de trem até o sudoeste da França fora longa. Ela estava totalmente exausta.

– *Bienvenues à Biarritz, mesdemoiselles!*

– *Merci, monsieur* – respondeu Moiselle ao lacaio que as ajudou a saltar do trem para a plataforma.

Flora fez uma careta ao ver o céu cinza que ameaçava chuva. Em todos os quadros e fotos que vira, o sul da França estava sempre ensolarado. Naquele dia, mais parecia a Inglaterra.

– A Villa Eugénie não fica muito longe – disse o lacaio, ajudando-as a se acomodar no banco traseiro de um magnífico Rolls-Royce antes de se sentar na frente, ao lado do motorista.

Flora olhou pela janela, empolgada com a ideia de avistar o Atlântico. Tinha visto o mar pouquíssimas vezes, a última delas quando ainda era pequena. Eles atravessaram a cidade modorrenta; talvez devido ao mau tempo, os largos passeios estavam vazios. Ela admirou os pés de tamarisco e as hortênsias plantadas em frente às casas chiques pintadas de creme e rosa. Esticou o pescoço para tentar ver a beira-mar, onde as ondas cheias de espuma rebentavam na areia.

O Rolls-Royce saiu das ruas de paralelepípedos do centro da cidade. Pouco tempo depois, passou pelo acesso de carros de uma grande *villa*. O lacaio as ajudou a saltar e as duas foram recebidas por um mordomo, que as acompanhou escada acima, até as imponentes portas brancas.

Sentindo-se como um animal transportado de um jardim zoológico para outro, Flora seguiu Moiselle por um imenso hall palaciano e por uma larga escadaria. O único ruído que conseguia escutar era o de sapatos ecoando nos degraus de lajota. Bem na hora em que uma criada abria a porta de seu quarto, um par de bracinhos a enlaçou pela cintura.

– Flora! Você chegou!

Sorrindo, ela se virou para Sonia.

– Cheguei.

– Que bom – disse a menina, e entrou no quarto atrás de Flora e da criada.

As janelas estavam abertas e pelo menos a maresia era fresca e purificadora. Sonia pulou na cama enquanto a criada começava a tirar os pertences de Flora do baú.

– Está tudo muito chato desde que chegamos à França. Reizinho não anda passando bem, sabe? Mamãe está cuidando dele.

– Ah. O que ele tem?

– Mamãe disse que ele pegou um resfriado quando estava em Paris e, desde que chegou, dois dias atrás, não vimos os dois sequer uma vez e ficamos presas aqui sozinhas. – Ela se deitou na cama grande, cuja cabeceira era feita de seda azul-clara com dois espigões dourados em cada canto. – Este colchão é muito bom. Posso dormir com você hoje?

– Se Nannie deixar, é claro que pode.

– Nannie está tão nervosa com o fato de mamãe estar preocupada com Reizinho que eu acho que nos deixaria passar o dia inteiro até sem lavar as mãos!

Flora então compreendeu que o rei devia estar seriamente adoentado. Ela foi se juntar a Sonia na cama enquanto a criada fechava a porta.

– Que casa linda, não?

– Acho que sim, mas choveu muito desde que chegamos e todos parecem bem desanimados.

– Bom, estou animada por estar na França. É a primeira vez que venho ao país.

– Na verdade aqui não é muito diferente – afirmou a especialista de 9 anos. – Eles só falam outra língua e comem coisas estranhas no jantar, como lesmas.

Nannie chegou à procura de Sonia, e a menina saiu do quarto. Flora se deitou na cama e sentiu as pálpebras pesarem.

Foi despertada por batidas incisivas à porta.

– *Entrez* – falou, sentando-se.

Era Moiselle.

– Mademoiselle Flora, nós a deixamos dormir quanto pudemos.

– Obrigada... Que horas são?

– Já passa das três. Madame Keppel perguntou se a senhorita poderia encontrá-la no Hôtel du Palais às cinco. Eu quis avisá-la com antecedência suficiente para que pudesse se trocar.

– Será um jantar?

– Ela não disse, mas é quase certo que o rei estará presente. Vou mandar a criada subir para ajudá-la a se vestir.

– Obrigada.

Flora fechou a janela e começou a se aprontar às pressas; a perspectiva de jantar com o rei lhe dava um frio na barriga. Ela não o via desde outubro, quando os dois tinham tomado chá juntos. Depois de ser enfiada e apertada dentro de um vestido verde-esmeralda, foi levada até o carro e conduzida ao Hôtel du Palais, que dava vista para o mar. Com a opulenta fachada vermelha e branca e as altas janelas, o edifício fazia jus ao nome: parecia mesmo um palácio. Um homem vestido com elegância a recebeu na entrada.

– Srta. MacNichol?

– Sim.

– Sir Arthur Davidson, camarista do rei. Vou acompanhá-la até os aposentos dele.

Ela foi conduzida rapidamente pelo grande hall e subiu por um elevador. Os dois saíram em um corredor largo, forrado por um suntuoso tapete, e andaram na direção de um mordomo uniformizado postado diante de uma porta de duas folhas.

– Por favor, avise à Sra. Keppel que a Srta. MacNichol chegou – pediu seu acompanhante.

O mordomo aquiesceu e sumiu lá dentro. Flora aguardou em silêncio, sem saber se devia conversar com o camareiro.

A Sra. Keppel surgiu pelas portas e lhe deu um abraço espontâneo.

– Flora querida! Entre, entre – disse ela, fechando a porta diante do camareiro e guiando-a até uma sala de estar lindamente mobiliada, cujas grandes janelas proporcionavam uma vista esplendorosa do mar. – O rei agora está dormindo, mas vai acordar a tempo de jantar. Ele quer comer aqui, em nossa sala privativa. Preciso lhe avisar que ele não está nada bem. Eu...

Suas palavras foram abafadas por pavorosos tossidos vindos do cômodo ao lado.

– Venha se sentar e vamos tomar uma dose de xerez cada uma. Eu com certeza estou precisando.

A Sra. Keppel foi até a série de decânteres arrumada sobre o aparador e serviu dois copos. Entregou-lhe o seu com as mãos trêmulas e Flora reparou nas olheiras dela.

– Qual é a gravidade da doença do rei? – indagou, nervosa.

– Ele pegou um resfriado em Paris e, nos últimos dois dias, teve uma crise horrível de bronquite. Seu médico, Dr. Reid, e eu estávamos cuidando dele, mas, graças a Deus, agora a enfermeira Fletcher chegou da Inglaterra. Ela já cuidou dele antes.

A Sra. Keppel esvaziou o copo depressa.

– Ele está melhorando?

– Pelo menos não está piorando, mas é claro que o bobo se recusa a fazer o que é melhor para ele. Continua insistindo em manter a rotina em vez de ficar na cama, mas pelo menos conseguimos confiná-lo a estes aposentos.

Outro acesso fortíssimo de tosse se fez ouvir no quarto ao lado e Flora tomou um longo gole do xerez.

– Tem certeza de que é adequado eu estar aqui com ele assim tão doente?

– Minha querida, como eu disse, o rei se recusa a se entregar à doença e duvido que tenha jantado sozinho uma vez na vida. O marquês de Soveral, embaixador de Portugal, também virá jantar conosco, mas é claro que o rei não iria se contentar apenas com a presença de nós dois e de seu médico à mesa. Quando falei que você tinha chegado hoje mais cedo, fez questão de que viesse também.

– Nesse caso, sinto-me honrada.

– Pelo menos não anda fumando aqueles terríveis charutos; o Dr. Reid está convencido de que eles são a causa dos problemas nos brônquios. Sem dúvida vai recomeçar assim que estiver recuperado. Mas o que se pode fazer? Afinal de contas, é o rei.

Flora quis perguntar por que a rainha não acompanhava o marido, se o rei estava tão doente, mas sentiu que era inadequado fazê-lo.

– A senhora deve estar cansada se não dorme há duas noites.

– Estou mesmo: passei a noite sentada ao lado dele, limpando seu rosto com uma esponja por causa da febre alta. Para ser sincera, Flora, houve momentos em que temi pela vida de Bertie. Mas, agora que a enfermeira Fletcher chegou, ele está em boas mãos. – Houve um novo acesso de tosse no aposento ao lado. – Me desculpe, preciso ir ficar com ele.

Nos quinze minutos seguintes, as portas do quarto se abriram e se fecharam quando tigelas fumegantes e emplastros de cheiro estranho foram levados para o rei. Flora se refugiou no canto mais afastado da sala, junto à janela, e tentou ficar invisível.

Por fim, quando o sol fazia as nuvens brilharem com um esplendor vermelho e laranja, a Sra. Keppel e o Dr. Reid surgiram, muito entretidos em uma conversa.

– A pergunta é: devemos avisar à rainha? – indagou o médico.

– O rei já afirmou que não deseja alarmar a esposa – disparou a Sra. Keppel. – Além do mais, ela odeia Biarritz.

– Pode ser, mas seria uma grande tragédia se... – O Dr. Reid torceu as mãos, aflito. – Ele deveria estar no hospital, claro, mas não quer nem ouvir falar nisso.

– Imagino que não. O senhor calcula o pandemônio se os jornais descobrirem?

– Madame, alguns repórteres lá embaixo querem saber por que o rei não está fazendo suas caminhadas habituais pelo passeio ou saindo para jantar fora do hotel. Duvido que consigamos contê-los por muito mais tempo.

– Então o que vamos fazer?

– Passarei esta noite com ele, monitorando-o de hora em hora, mas se sua respiração não estiver mais fácil pela manhã... Quer o rei deseje ou não que a esposa e o resto do mundo se inteirem da enfermidade, devemos entrar em contato com o palácio.

Uma batida à porta fez ambos se virarem. Flora se levantou para atender.

– Flora querida, tinha esquecido que você estava aqui.

Um leve rubor tomou conta das bochechas da Sra. Keppel quando ela percebeu que a conversa fora entreouvida.

O camareiro entrou no quarto.

– As criadas chegaram para pôr a mesa do jantar.

– Sim, sim, faça-as entrar – disse a Sra. Keppel com um suspiro, lançando um olhar desalentado para Flora. – Ele continua insistindo para jantar conosco aqui hoje.

Ela se retirou para o quarto de modo a se aprontar para o jantar e o Dr. Reid desapareceu nos aposentos do rei. Os pratos de porcelana com fio de ouro na borda e os pesados talheres de prata foram cuidadosamente arrumados em ângulos precisos junto às taças de vinho, e as criadas então se retiraram tão silenciosas quanto haviam chegado.

Pelo menos Flora ficou aliviada ao constatar que os tossidos do quarto ao lado pareciam ter se abrandado; talvez o rei houvesse finalmente dormido. Quando a porta do cômodo se abriu, ela se virou, aflita, imaginando que fosse o Dr. Reid. Mas quem apareceu foi o monarca em pessoa, todo vestido e com a respiração pesada.

Flora se levantou depressa e fez uma mesura profunda e constrangida.

– Majestade.

Sentiu os olhos dele observando-a, semicerrados, no outro canto da sala espaçosa.

– Ora, mas que surpresa! É a pequena Srta. MacNichol – disse ele, arfante.

– Sim, Majestade.

– Venha até aqui e me ajude a sentar, sim? Eu fugi enquanto meus carcereiros estavam ocupados no banheiro, sem dúvida preparando alguma injeção ou um emplastro imundo e malcheiroso.

Flora foi até o rei. Ao escutar sua respiração irregular, rezou para não testemunhar ali o último suspiro dele. Bertie lhe estendeu o braço e ela o segurou timidamente.

– Onde gostaria de se sentar?

Os dois avançaram pela sala devagar, com dificuldade. Como o esforço de caminhar o impedia de falar, ele só apontou para sua cadeira predileta. Flora teve que usar de toda a força para sustentá-lo quando ele se sentou pesadamente, e observou-o controlar um novo acesso de tosse. Seus olhos lacrimejaram e a respiração se acelerou muito.

– Quer que eu chame o Dr. Reid, Majestade?

– Não! – sibilou ele. – Apenas me sirva um conhaque!

Flora foi até a bandeja dos decânteres e desejou que o rei tivesse *mesmo* um acesso de tosse, alertando, assim, o médico sobre sua fuga do quarto. Viu o dêcanter para o qual o dedo gordo apontava, aquiesceu, pegou-o, serviu uma pequena dose da bebida e se virou para ele.

– Mais!

Flora obedeceu e encheu o copo até a borda. Então levou o conhaque para ele e o observou pegá-lo e esvaziá-lo de uma golada só.

– Outro – sussurrou.

Ela não teve alternativa senão obedecer.

– Isso, sim, é o que eu chamo de remédio – disse o rei, passando-lhe o copo vazio. Flora tornou a pousá-lo sobre a bandeja. – Shhh – fez ele, levando um dedo trêmulo aos lábios, e apontou para a cadeira mais próxima. – Sente-se. Então, Srta. MacNichol... Flora. Gosto desse nome. É escocês, sabia?

– Sim, Majestade.

– Que estranho, não?

– O quê, Majestade?

Houve um longo intervalo antes de o rei conseguir continuar:

– Que estranho estarmos aqui juntos sozinhos, sendo que talvez eu não veja o sol nascer amanhã de manhã.

– Por favor, Majestade, não diga uma coisa dessas!

– Eu...

Flora observou aquele homem imenso lutar para respirar e viu seus olhos se encherem de lágrimas.

– Eu cometi muito erros.

– Tenho certeza de que não...

– Sim... Cometi, sim...

Outra longa pausa.

– Eu sou humano, entende? E amei...

Flora decidiu que o melhor a fazer era olhar para o outro lado enquanto o rei continuava o solilóquio em *staccato*.

–... amei *mulheres* – ele conseguiu dizer por fim. – Você vai se casar em breve?

– Vou.

– Com um visconde... pelo que ouvi dizer. – Ele sorriu de repente.

– Sim, Majestade. Freddie Soames.

– E... você o ama?

– Acredito que aprenderei a amá-lo, sim.

Ao ouvir isso, o rei começou a rir. Então, percebendo que a sua condição não permitia, controlou a própria risada.

– Você tem coragem, como eu. Venha cá.

Flora segurou a mão que ele lhe estendia; podia ouvir o chiado no peito do rei.

– Eu não tinha certeza, entende?

– Em relação a quê, Majestade?

– Quando a Sra. George fez a suposição. Mulher inteligente, a Sra. George... Ela tem sempre razão.

Nessa hora, a porta do quarto se abriu e o Dr. Reid entrou seguido por uma enfermeira.

– Pensávamos que o senhor estivesse dormindo, Majestade. – O olhar do médico recaiu em Flora, acusador. – Sabe que esse é de longe o melhor remédio.

– É o que o senhor me diz – respondeu o rei com uma voz rascante. – Mas... a boa companhia também é.

O rei piscou para Flora e o acesso de tosse que vinha segurando não pôde mais ser contido.

Trouxeram-lhe água e mais vapor, e a Sra. Keppel apareceu. Com seu vestido de noite de veludo azul, tinha um ar calmo e revigorado.

– Por onde andou, Sra. George?

– Bertie, você deveria realmente estar na cama – repreendeu ela.

– Onde está Soveral? Está atrasado para o jantar. E eu... estou faminto.

❀ ❀ ❀

Duas horas mais tarde, Flora deixou o hotel para fazer o curto trajeto de volta à Villa Eugénie. O jantar que acabara de suportar – e "suportar" era o único termo adequado para descrevê-lo – fora de uma tensão cruciante. Os convidados do rei ficaram escutando sua respiração cada vez mais dificultosa, fingindo que tudo estava normal, mas ao mesmo tempo temendo que ele perdesse os sentidos, sobrepujado pela tosse convulsa. Bertie comera o que Flora definiria como um jantar substancial para pelo menos duas pessoas e, apesar dos olhares de reprovação de alguns dos demais, bebera uma quantidade considerável de vinho tinto.

– Vou ficar aqui com ele – dissera a Sra. Keppel a Flora. – Mande meu carinho para as meninas e diga a elas que as verei quando Reizinho estiver melhor.

Todos se despediram, então Flora foi conduzida escada abaixo, ao Rolls-Royce que a esperava. Recostando a cabeça no couro do estofado, ela se sentiu mental e fisicamente esgotada devido aos eventos do dia.

28

Flora não viu a Sra. Keppel nos três dias seguintes, logo se entreteve com as meninas, dando revigorantes caminhadas pelo passeio e voltando para almoçar na Villa Eugénie. Quando o sol caía, passavam o tempo desenhando e pintando as plantas desconhecidas que cresciam nos jardins da *villa*.

Embora até então houvesse demonstrado pouco interesse pela pintura, Violet agora tinha se afeiçoado a Flora. De fato, suas delicadas aquarelas demonstravam uma genuína habilidade. Mas as irmãs estavam preocupadas e se perguntavam por que sua rotina familiar em Biarritz fora perturbada. Flora não podia lhes contar: fora instruída diretamente pela Sra. Keppel a não fazer qualquer menção à gravidade do estado de saúde do rei.

– Por que não estamos fazendo piqueniques com mamãe e Reizinho? É tão maçante ficar só aqui na *villa*, e ainda nem usei nenhum dos meus vestidos novos – reclamou Sonia.

– É porque tem chovido muito e Reizinho não quer se resfriar.

– Mas hoje está sol, Flora, e já faz dias que não vemos mamãe. Ela também deve estar entediada.

– Estou certa de que a veremos muito em breve, e Reizinho também – respondeu Flora, com uma certeza que não sentia.

Naquela noite, após jantarem cedo, Nannie levou Sonia para tomar banho no andar de cima e Violet ficou sentada com Flora, escrevendo no caderno que levava sempre consigo.

– Flora?

– Sim?

– Reizinho está muito doente, não é? Ele vai morrer?

– Meu Deus, não. É só um resfriado forte. E todo mundo está tomando cuidado porque ele é o rei.

– Eu sei que você está mentindo. Mas não faz mal.

Mastigando a ponta do lápis, Violet se virou para o caderno.

– O que está escrevendo?

– Poesia. Mas sou péssima em comparação com Vita. Acho que ela vai ser escritora um dia. Parece estar se divertindo tanto em Londres, preparando-se para a temporada, que não deve nem pensar em mim.

– Tenho certeza de que isso não é verdade – reconfortou Flora, mas percebeu que o olhar da jovem se obscurecera, algo que sempre anunciava suas disposições sombrias.

– É, sim. Ela é tão linda... Parece um cão de raça indomado... selvagem, sem limites. Mas é claro que a vida e os homens vão domá-la.

– Talvez a vida dome todos nós, Violet. Talvez seja preciso.

– Por quê? Por que nós, mulheres, temos que nos casar com alguém que os outros escolhem? As coisas estão mudando, Flora! Veja só o que as sufragistas têm feito pelos direitos da mulher! Com certeza as coisas podem ser diferentes, não? E o casamento em si... – Violet estremeceu. – Não consigo entender como se pode esperar que duas pessoas que mal se conhecem passem o resto da vida juntas. E façam... aquela coisa indizível, apesar de serem completos desconhecidos.

– Estou certa de que vai entender tudo isso quando for mais velha.

– Não vou, não. Todo mundo vive dizendo isso, mas não gosto de homens. É como pedir para um gato e um cachorro dormirem juntos. Nós não temos nada em comum. Veja mamãe e papai.

– Ora, vamos! Pelo que eu vi, seus pais são bastante felizes juntos. E ótimos amigos.

– Então me diga por quê, neste exato momento, meu pai está no escritório em Londres enquanto mamãe cuida de um rei doente?

– Talvez seja demais pedir ao cônjuge para proporcionar tudo de que se precisa.

– Discordo. Vita me preenche em todos os níveis. Eu nunca me cansaria dela.

– Então tem sorte de encontrar uma amiga assim.

– Ela é muito mais do que minha amiga. Ela é... meu tudo. Não espero que você entenda. Nem você nem ninguém, aliás. – Violet se levantou abruptamente. – Vou para a cama. Boa noite, Flora.

❂ ❂ ❂

Na manhã seguinte, a Sra. Keppel apareceu na Villa Eugénie. As duas se cruzaram quando Flora estava descendo para fazer o desjejum.

– Como vai o rei? – sussurrou ela.

– Graças a Deus, o pior passou. A febre baixou e, pela primeira vez, ele dormiu bem ontem à noite.

– Que notícia maravilhosa.

– É, sim. E, hoje de manhã, ele insistiu para almoçar com amigos, portanto preciso me preparar. Esses últimos dias foram longos e, para dizer a verdade, estou inteiramente exausta. As meninas estão no quarto lá em cima?

– Sim.

– Então vou lá tranquilizá-las. Bertie decerto vai querer que a vida volte ao normal, agora que acredita estar bem outra vez. E que o mundo também saiba que ele melhorou. Hoje de manhã chegou até a acender um daqueles detestáveis charutos.

Depois disso, a vida se normalizou mesmo. Diariamente, Flora ajudava a vestir as meninas para saírem com a mãe e o rei.

– Que coisa mais estranha, Flora. Há tantos lugares agradáveis nos quais poderíamos nos sentar para comer, mas Reizinho insiste para comermos na beira da estrada! – exclamou Sonia ao voltar de um desses passeios, arrancando o chapéu de palha da cabeça.

– É porque ele gosta que todo mundo na França o veja e fique lhe fazendo salamaleques – retrucou Violet com cinismo. – Talvez ache que isso incomoda o rei da França.

– Bem, quanto a isso eu não sei, mas ele parece mesmo muito velho – comentou Sonia. – E muito doente, de verdade.

– O mesmo poderia se dizer de César. Meu Deus, que cachorro fedorento – reclamou Violet, limpando os pelos do cão de sua saia.

No dia seguinte, Flora recebeu uma carta entregue pelo mordomo.

High Weald
Ashford, Kent
Inglaterra
14 de março de 1910

Querida Flora,
Sei que você está com a Sra. Keppel, e o Sr. Rolfe, da Portman Square, teve a

gentileza de me dar seu endereço em Biarritz. Pois, minha adorada irmã, quero que você seja a primeira a saber que vai ser tia antes do final do ano! Sim, estou esperando um filho! Confesso que estou apavorada e ando me sentindo bem mal, o que, segundo meu médico, é normal para os primeiros estágios da gestação.

Minha adorada Flora, anseio por vê-la e queria perguntar se seria possível você vir passar um tempo comigo quando voltar à Inglaterra. Mamãe não pode vir das Terras Altas, pois papai sofreu uma queda em cima da perna ruim e quebrou o tornozelo. Passo grande parte do meu dia aqui sozinha, pois atualmente ando indisposta demais para sair. Sinto-me só, querida irmã. Sei que o seu casamento será em breve e não iria querer atrapalhar os preparativos, mas quem sabe você conseguiria ficar pelo menos por alguns dias? Por favor, escreva quanto antes e me diga se posso me alegrar com a perspectiva da sua visita.

Sua irmã que a ama,
Aurelia

Ao ler a carta durante o desjejum, Flora se sentiu tão mal quanto a irmã afirmava. A prova material da união física de Aurelia e Archie bastou para fazê-la sair da mesa e se recolher ao quarto.

A simples ideia de ficar hospedada em High Weald era um suplício.

– Pare de ser tão egoísta! – repreendeu a si mesma, andando de um lado para outro. – Aurelia precisa de você, e você tem que ficar com ela.

Sentou-se à escrivaninha, pegou o papel de carta e a caneta-tinteiro.

Villa Eugénie
Biarritz
França
19 de março de 1910

Minha adorada irmã,
A felicidade que sinto por você não tem limites. Devo retornar à Inglaterra daqui a pouco mais de uma semana. Apesar dos preparativos para o casamento, é claro que arrumarei tempo para visitá-la. Irei ao seu encontro assim que chegar.

Sua irmã que a ama,
Flora

❀ ❀ ❀

A última noite de Flora na Villa Eugénie coincidiu com a primeira visita do rei à residência. Quando ela chegou ao andar de baixo, a sala de estar já estava repleta de convivas, muitos dos quais falavam um francês veloz e indecifrável. Com uma tiara a luzir entre os luxuriantes cachos ruivos, a Sra. Keppel presidia aquela corte. Ao observá-la, Flora se deu conta de que aquela era *mesmo* a sua corte. Por um mês longe da Inglaterra, ela era a rainha que tanto queria ser.

A chegada do rei foi prenunciada pelo fox terrier César, que entrou trotando na sua frente pela porta dupla seguido pelo costumeiro e forte cheiro de fumaça de charuto. A atenção do recinto se transferiu imediatamente da Sra. Keppel para Bertie. Flora ficou aliviada ao constatar que pelo menos ele conseguia respirar, embora seus olhos continuassem úmidos e a tez, pálida.

– Soube que a senhorita vai embora amanhã.

Um cavalheiro, cuja semelhança com o rei era notável, acabara de surgir ao seu lado. Poderia ser o seu sósia tanto pela barba e pelo bigode grisalhos quanto pelo volume considerável.

– Sim.

– O rei parece bem recuperado da sua enfermidade, não é?

– Sim – respondeu Flora, desejando que o cavalheiro se apresentasse, pois havia esquecido seu nome. – Graças a Deus.

– Ele comentou comigo que a senhorita lhe proporcionou grande reconforto quando estava enfermo.

– Não creio, senhor...?

– O rei não pensa assim. E todos nós lhe agradecemos.

– Perdoe-me, senhor, mas não estou bem certa de termos sido apresentados formalmente – disse Flora, sem conseguir mais se conter.

– Meu nome é Ernest Cassel e a senhorita hoje está hospedada debaixo do meu teto.

Ele sorriu com um olhar bem-humorado.

– Queira me desculpar. Tenho visto tantos rostos novos nos últimos meses...

– Não há problema. A boa notícia é que eu sei quem a senhorita é. Mas deixe-me passar meu cartão. Talvez chegue um momento em que precise entrar em contato comigo. Eu não apenas sou o anfitrião aqui na Villa Eugénie, como também amigo íntimo e conselheiro tanto do rei quanto da Sra. Keppel. Agora, permite que eu a acompanhe até a mesa?

Foi só mais tarde, quando já estava de saída com sua comitiva, que o rei finalmente a procurou. Flora fez uma mesura e abriu um sorriso.

– Alegro-me em vê-lo tão bem-disposto esta noite, Majestade.

– Obrigado, Srta. MacNichol. Tornaremos a nos ver quando eu voltar para Londres, se Deus quiser. Adeus, querida.

O rei beijou a mão dela e, com um sorriso, retirou-se.

❀ ❀ ❀

Flora chegou a High Weald dois dias depois. Aurelia a recebeu na porta e a levou até a sala de estar para tomar um chá revigorante.

– Conte-me sobre o rei. Mal posso acreditar que o conheceu!

– Ele estava bem-disposto e jovial, como sempre.

– Naturalmente essa não pode ter sido a primeira vez que você o encontrou. Considerando a... posição da Sra. Keppel na vida dele.

– Não resta dúvida de que são amigos muito próximos.

– Entendo que a Sra. Keppel a tenha feito jurar segredo.

– Não fez. Mesmo.

– Arabella diz que até poder no governo ela tem! Flora, me perdoe, esqueço como você é ingênua e que só acredita no lado bom da natureza humana e animal. Enfim, não vou mais abusar da sua discrição, mas lhe contar tudo que aconteceu desde o nosso último encontro.

Flora ficou escutando a irmã tagarelar com afeto sobre os cuidados de Archie e odiou a si mesma pela duplicidade da própria alma.

– É difícil acreditar que em breve terei um filho para me manter ocupada. Todos aqui estão rezando para ser menino. Mas torço para vir menina. E com saúde, claro.

– Então Archie está feliz com o bebê?

– Ah, está, sim, e acho que consegui até pôr um sorriso no rosto de Arabella. Às vezes me pergunto por que mamãe era tão amiga dela, sabe? – Aurelia baixou a voz: – Talvez ela fosse mais simpática na época. Ou quem sabe seja por ter perdido o pai de Archie na guerra. Enfim, não é mesmo uma pessoa muito calorosa.

– Temo não poder opinar, pois ela nunca me dirigiu mais do que algumas palavras. Pobrezinha de você, deve ser difícil morar debaixo do mesmo teto que ela.

– Pelo menos Arabella também está viajando agora, então temos a casa só para nós duas. Ah, e tenho novidades! Ainda que mamãe não possa vir agora por causa do tornozelo quebrado de papai, ela me escreveu para contar que a mãe de Sarah morreu faz alguns meses. Sugeriu que eu lhe escrevesse perguntando se ela aceitaria vir morar aqui de modo permanente, para ser minha criada pessoal e me ajudar com a gravidez e o parto. Para minha alegria, Sarah respondeu na hora e disse que não conseguia pensar em nada que a fizesse mais feliz. Portanto, ela chega em High Weald amanhã e pelo menos vou sentir que tenho alguém do meu lado nesta casa.

– Que maravilha! Mas está dizendo que Archie não tem sido atencioso?

– Ah, tem, sim, quando não está entretido com algum livro de botânica nem examinando uma planta da sua estufa. Infelizmente, ele foi a Londres resolver uns assuntos. Disse que voltaria em algum momento da semana que vem. Dependendo de quando você for embora, duvido que vá encontrá-lo, o que é uma pena.

– Sim. – Flora sentiu o alívio inundá-la e, em seguida, transformar-se traiçoeiramente em decepção. – Pelo menos assim você é toda minha.

– Sei que você nunca se afeiçoou a ele, mas Archie é um homem bom e tem sido gentil comigo.

– Então isso é tudo que importa.

– Sim. Agora me perdoe, mas preciso descansar.

– Claro. Quer que a ajude a ir para o quarto? – perguntou Flora, segurando Aurelia pelo cotovelo. A irmã se levantara e estava meio esverdeada.

– Quero, por favor. Sempre fico mais bem-disposta à tarde.

As duas foram até o andar de cima. Enquanto Aurelia chamava a criada e pedia o chá, Flora afastou bem os lençóis e o cobertor da imensa cama de baldaquino na qual ela dormia – e sem dúvida Archie também.

– Obrigada – disse Aurelia quando Flora a ajudou a subir no colchão. – Me disseram que esse enjoo vai passar logo. E o fato de você estar aqui é uma enorme ajuda.

Flora ficou sentada na cadeira junto à cama até os olhos da irmã se fecharem e ela adormecer. Saiu de fininho e foi até o próprio quarto fazer uma rápida toalete, mas sentiu-se atraída para a janela, onde podia ver o sol a iluminar o jardim. Embora soubesse que as grávidas podiam passar mal nos primeiros dois ou três meses, Aurelia agora já estava com quase quatro e tinha passado dessa fase. Rezou para estar tudo bem.

Sarah chegou no dia seguinte com sua robustez reconfortante, um ar atarantado e o rosto vermelho devido à longa viagem desde Esthwaite, mas felicíssima ao ver as duas jovens.

– Mamãe disse que virá para o nascimento, mas foi Deus quem mandou Sarah – comentou Aurelia naquela noite, ao se juntar a Flora na sala de jantar para a refeição. – Ela parece bem contente com o novo uniforme de criada, embora tenhamos que mandar alargá-lo. Espero que os outros empregados não a tratem mal nem com desprezo. Eles parecem pensar que todo mundo nascido no norte é inferior, inclusive eu.

Ela deu uma risadinha fingida.

– Deixe de ser boba, Aurelia querida. Tenho certeza de que está imaginando coisas.

– E *eu* tenho certeza de que não. Até meu marido me chama de ovelhinha e diz que não posso deixar nem os empregados nem Arabella me darem ordens. Talvez eu não tenha estofo para administrar uma casa.

– Ser simpática e doce não impede ninguém de ter autoridade nem de merecer respeito. Você só está se sentindo vulnerável por causa da sua condição.

– Mais uma vez, vou discordar. É muito estranho porque, me perdoe por dizê-lo, na nossa casa você sempre parecia ser a sombra, enquanto aqui a sombra sou *eu*. Como as coisas mudaram neste último ano!

– Mas você está feliz com Archie?

– É claro que estou. Você sabe como eu o adoro, mas, agora que estou esperando um filho, ele não me visita mais. E... – Aurelia suspirou. – É difícil explicar, mas esse é o único momento em que sinto possuí-lo por completo. Você logo vai entender do que estou falando quando se casar com Freddie.

– Sim, com certeza vou – respondeu Flora, reprimindo o calafrio habitual. – E, se você acha que tem problemas na sua casa, deveria ver o meu futuro lar. Acho ótimo deixar a condessa continuar a administrá-lo, pois mal saberei por onde começar.

– Minha irmã, a viscondessa... – Aurelia balançou a cabeça. – Quem poderia imaginar?

– De fato, quem?

Flora ficou aliviada por Sarah trazer consigo um pouco do frescor de Lakeland, muito necessitado pelas duas irmãs tanto do ponto de vista metafórico quanto físico. Sob os seus cuidados competentes e afetuosos, a disposição de Aurelia melhorou consideravelmente ao longo dos dias seguintes.

– Nunca pensei que fosse ver o dia em que teria minhas meninas de volta. Uma casada e esperando um filho, outra prestes a se tornar... ora, quase da realeza! – exclamou Sarah enquanto ajeitava Aurelia na cama para o seu cochilo vespertino. – Sempre gostei de lorde Vaughan, sim, senhor, um cavalheiro muito agradável. Lembra-se, Srta. Flora, quando ele foi visitá-la em Esthwaite no verão passado e a senhorita quase se afogou ao escalar Scafell Pike?

O comentário fez o sangue de Flora gelar nas veias. Ela não havia comentado nada com Aurelia nem com mais ninguém, aliás, sobre onde estivera no dia em que tinha chegado à cozinha de Esthwaite encharcada até os ossos.

– E usando a calça e a boina do seu pai! Eu nunca tinha visto nada igual! Eu e a Sra. Hillbeck não conseguimos parar de rir.

Aurelia olhou para a irmã, intrigada.

– Archie foi visitar você em Esthwaite no verão passado?

– Sim. – Flora conseguiu recobrar o autocontrole. – Ele estava voltando da caçada na Escócia e resolveu passar por lá. Tenho certeza de que lhe contei, querida.

– Se contou, não me lembro. – Aurelia tinha os lábios muito contraídos. – Vocês subiram Scafell juntos?

– Subiram, sim – interveio Sarah –, e nessa noite Flora foi dormir antes mesmo de eu encher a banheira para ela. Com aquelas roupas engraçadas, parecendo um homem, e daqui a poucas semanas vai ser viscondessa!

– Isso você *com certeza* não me contou – disse Aurelia.

– Não. Fiquei com vergonha, como você pode imaginar. Sarah tem razão: voltei mesmo para casa num estado lamentável, mas Archie queria ver as montanhas e não tive alternativa senão lhe mostrar. Então, está acomodada? Vamos deixá-la em paz. – Flora foi até a cama e beijou a irmã na bochecha. – Bom descanso. Estarei no meu quarto lendo.

Antes que o mais ínfimo olhar pudesse traí-la, Flora se encaminhou para a porta.

Na segurança do próprio quarto, segurou a cabeça com as mãos, respirando com dificuldade, e pôs-se a andar de um lado para outro. Agora queria que Archie *estivesse* ali, para poder conversar com ele sobre o que acabara de acontecer. Sarah sem dúvida conhecia o dono do pub que havia emprestado as roupas usadas por Archie na expedição, ou quem sabe alguém a vira subir no carro dele nos portões da propriedade... Afinal, tratava-se de uma comunidade pequena. Pouco importava como Sarah sabia que ela estava com Archie naquele dia. O importante era explicar *por que* Flora nunca tinha mencionado isso à irmã.

No jantar daquela noite, Aurelia não comentou nada sobre a revelação de Sarah nem solicitou mais detalhes quando Flora a acompanhou até o andar de cima e lhe deu um beijo de boa-noite na cama. No entanto, Flora sentira uma frieza no comportamento da irmã, mas pensou que talvez fosse apenas imaginação.

Não dormiu bem e sentiu-se grata ao receber uma carta da condessa lhe pedindo para ir a Selbourne conversar sobre os planos para o casamento.

Aurelia mal murmurou qualquer coisa quando Flora lhe perguntou se acharia ruim que ela fosse a Hamsphire.

– Você deve ir. Estou me sentindo melhor. – Ela olhou com afeto para Sarah, que arrumava o quarto. – Além disso, Archie vai chegar em breve.

– Vou embora amanhã de manhã, então talvez não o veja antes de ir. Mas volto daqui a três dias, prometo.

– Obrigada. Agora que Sarah está comigo, tudo vai ficar bem. Mande lembranças para a condessa e para Freddie.

Aurelia exibiu um sorriso tenso, em seguida rolou de lado, preparando-se para dormir.

Flora saiu do quarto sem ter qualquer dúvida de que a irmã estava desconfiada. Ao entrar no próprio aposento, foi direto para a escrivaninha, onde pegou uma folha de papel de carta e sua caneta-tinteiro.

High Weald
Ashford, Kent
2 de abril de 1910

Aurelia sabe da sua visita aos Lakes. Quem contou foi Sarah, nossa antiga criada, que veio para High Weald tomar conta dela. Por favor, faça todo o possível para lhe garantir que nada de inadequado aconteceu. Estou apreensiva com a condição mental da minha irmã e não desejo comprometer sua saúde. Ela nunca foi forte. Você está prestes a ser pai e a chegada segura do seu filho é da maior importância.

F.

29

— té que enfim! – exclamou Freddie, cumprimentando-a no hall de Selbourne Park e beijando sua mão. – Estava começando a me perguntar se você tinha abandonado de vez a mim e à Inglaterra. Como foi Biarritz? E como vai o rei? As fofocas em Londres dizem que o estado dele se agravou mais do que seus súditos foram informados.

– Ah, ele estava bastante bem quando fui embora – respondeu Flora, de modo quase sincero. – Apenas resfriado.

– Ótimo, ótimo. Mamãe está torcendo para ele comparecer ao nosso casamento. Mandamos um convite. Ele comentou algo quando você o viu?

Freddie lhe estendeu o cotovelo e os dois avançaram até a imensa sala de estar.

– Não. Quem organiza a agenda dele é o secretário particular, então, mesmo que ele vá comparecer, talvez ainda não saiba. Sua mãe está aqui?

– Agora, não. Está visitando uma das instituições de caridade que ajuda, em Winchester. E papai está em Londres. Portanto, minha Flora adorada, estamos sozinhos.

Freddie passou as mãos em volta da sua cintura e a puxou mais para perto. Pousou os lábios nos seus e, com a língua, tentou forçá-la a abrir a boca.

– Freddie, por favor! – Ela lutou para se desvencilhar. – Os criados podem aparecer a qualquer momento.

– E daí se aparecerem? Sem dúvida já viram coisas bem piores.

Ele deu uma risadinha e tentou beijá-la outra vez.

– Não! Não posso. Ainda não somos casados.

– Como quiser. – Freddie a soltou um pouco e fez um biquinho. – Não vejo que diferença faz um anel e a assinatura do registro em uma igreja. Espero que, depois disso, você não continue a me negar sua paixão.

– É claro que não. Estaremos unidos aos olhos de Deus.

Ela baixou o olhar, recatada.

– Ora, maldição, estou ansioso para essa hora chegar. Agora, já que você não me deixa chegar mais perto do que um leproso até estarmos casados, vou pedir um chá e você me contará tudo sobre suas aventuras na França.

Flora ficou aliviada quando a condessa apareceu, dali a uma hora. Tentar manter as mãos de Freddie afastadas era como ser constantemente atacada por um tigre faminto. Depois do almoço, ele saiu para "gastar um pouco de energia" em seu cavalo, enquanto ela e Daphne se acomodavam para resolver alguns detalhes do casamento.

A futura sogra tirou os óculos do nariz e sorriu.

– Imagino que esteja pensando como tudo isso é ridículo, querida. Se não estiver, eu certamente estou. Mas claro que é preciso fazer o que mandam as convenções. Como vai a jovem Violet Keppel? – indagou ela, mudando de assunto de repente.

– Bem, e ambas as meninas estão muito animadas com o fato de serem damas.

– Sempre a considerei uma menina estranha... Lady Sackville, uma grande amiga minha, estava me dizendo semana passada mesmo que Violet parece ter uma estranha fixação por sua filha Vita. O que acha disso?

– Só sei que as duas são amigas.

– Seja como for, Victoria não quis receber a Sra. Keppel em Knole, o que muito me espanta, visto o passado escandaloso da própria mãe dela. Mas, enfim, muitas vezes justamente quem tem um telhado de vidro é que se mostra mais ansioso para atirar a primeira pedra nos outros. Victoria com certeza não aprova o fato de as meninas Keppels serem damas. Tive um trabalhão para convencer Algernon de que era a coisa certa a se fazer. Ele não gosta de seguir os novos tempos... É um antiquado, que Deus o abençoe. Mas, bom... – A condessa lhe deu alguns tapinhas na mão. – Acho que está na hora de um xerez, não?

Mais tarde, em pé diante de uma das janelas do quarto que iam do teto até o chão, Flora observou os imensos jardins à sua frente. Para lá da cerca viva de teixo havia um local onde eram criados cervos e ela pôde ver os animais se moverem qual sombras à luz do crepúsculo. As proporções exageradas de tudo naquela propriedade a faziam se sentir uma minúscula boneca tirada da casa de brinquedos e transplantada para outra em tamanho real.

Pensou em High Weald que, embora grande, tinha uma atmosfera aconchegante e calorosa. Torceu para Archie receber sua carta antes de sair de Londres.

Caso contrário, se Aurelia o confrontasse e ele confessasse, tudo que Flora havia feito teria sido em vão.

❀ ❀ ❀

Após três dias e noites com Freddie – o período mais longo que ela já passara com ele –, Flora descobriu que ele era incapaz de se concentrar no que quer que fosse: muitas vezes lhe fazia uma pergunta e, quando ela começava a responder, seu olhar já havia se desviado e ele perdera por completo o interesse. Um dia, só para testá-lo, Flora começara a lhe contar sobre a infância e, ao ver que Freddie se distraíra, recitara uma canção de ninar. Ele nem tinha notado.

Tomou a decisão de não desperdiçar sua energia em conversas. O passatempo predileto de Freddie era a bebida. Durante os períodos de embriaguez dele, Flora sabia que poderia plantar bananeira em cima da mesa e deixar à mostra a roupa de baixo que o noivo nem repararia. Na última noite da estadia da jovem, ele convidou para jantar o grupo de amigos mal-afamados, que, já meio bêbados, fizeram muitas piadas lascivas sobre Flora.

Daphne a interceptou na escada quando ela estava se recolhendo daquele ruidoso encontro de beberrões, cujas risadas grosseiras podiam ser ouvidas da sala de estar.

– Querida, confesso que o comportamento do meu filho hoje não foi o que nenhuma de nós duas poderia ter desejado. No entanto, acredite quando digo que esse é o seu último suspiro. Ele compreende as futuras responsabilidades, tanto com você quanto com Selbourne, e irá respeitá-las.

– Claro.

Flora baixou os olhos, deferente. A condessa estendeu a mão e segurou a da futura nora.

– Lembre-se apenas do seguinte: o casamento não é o fim da vida de uma mulher. De certa forma, é o começo. E, contanto que a mulher forneça um herdeiro e seja discreta, pode se tornar mais do que prazeroso. Veja o caso da sua madrinha e aprenda com ela. Boa noite, querida.

Com um aperto na mão de Flora, Daphne se afastou em direção aos próprios aposentos.

❋ ❋ ❋

Foi com alívio e aflição que Flora retornou a High Weald.

– Aurelia está dormindo agora. Não tem passado nada bem desde a sua partida – informou Arabella, recém-chegada de Londres, quando as duas se encontraram no hall. – Essa nova criada insiste em ministrar uma diversidade de beberagens nefastas que, tenho certeza, não devem estar ajudando.

– Eu tomo os remédios de Sarah desde que sou bebê e sempre achei que me ajudaram – respondeu Flora, na defensiva.

– Tenho certeza disso. Cissons vai acompanhá-la até seu quarto.

– Obrigada.

– Acho que a cozinheira não preparou nada para a senhorita comer, mas ela conseguirá improvisar uma sopa se for preciso – disse a governanta enquanto acompanhava Flora até o quarto.

– Não estou com fome agora, obrigada.

Ela aguardou alguns minutos, em seguida saiu do quarto e avançou pelo corredor até os aposentos de Aurelia. Abriu a porta, fazendo uma careta quando a pesada folha de madeira rangeu. O cômodo estava às escuras, mas seus olhos se adaptaram à penumbra e ela viu Sarah cochilando em uma cadeira junto à janela. Sentiu uma súbita necessidade de ar fresco, de modo que deu meia-volta e desceu para o térreo.

Quando saiu, seu olfato detectou os primeiros sinais da primavera. Os narcisos que bordejavam os canteiros de grama à margem dos caminhos a fizeram pensar em Esthwaite. Ao descer para o jardim murado, constatou, encantada, que ele já despertava de seu longo sono invernal.

Apesar de ter dito a si mesma que estava tranquila com a probabilidade de encontrar Archie, sentiu-se contente de não ver ninguém no caminho. O que havia acontecido antes jamais poderia voltar a ser mencionado. Ele não só era seu cunhado, mas em breve seria também pai de seu sobrinho ou sobrinha. E ela própria se casaria dali a poucas semanas. Os dois agora eram parentes; não podiam evitar a convivência. Flora estava decidida a manter platônico o relacionamento, a única coisa que poderia ser.

E, quando eu o vir, direi isso a ele, pensou, percorrendo as trilhas.

Pôde ver como Archie havia planejado o jardim murado com flores que produziam muito néctar, de modo a atrair a maior quantidade possível de abelhas, e os gordos e contentes insetos zumbiam junto aos heléboros cor-

-de-rosa e viburnos brancos. O ar parecia vibrante e cheio de vida, como se o ambiente estivesse tão prenhe quanto a sua irmã. Ela apenas torceu para ter a oportunidade de ver o lugar quando ele desse à luz, no verão: imaginava ser uma profusão perfumada de cores.

Uma voz atrás dela a fez se sobressaltar:

– Flora.

– Archie – disse ela, virando-se para encará-lo. – Por que você sempre dá um jeito de chegar sem eu perceber?

– Porque a sua atenção está sempre concentrada em outra coisa. Recebi sua carta em Londres.

– Graças a Deus. Estava preocupada que caísse em mãos erradas. Queria alertá-lo caso Aurelia mencionasse o nosso... encontro em Esthwaite.

– Obrigado. Voltei ontem e até agora ela não disse nada sobre o assunto.

– Então vamos torcer para estar esquecido. Ela não parece bem.

– Não, não parece. Mas você, sim. Vamos caminhar?

Ela assentiu e os dois se puseram a percorrer os caminhos do jardim. Enquanto Archie lhe falava sobre os futuros planos para o local, Flora teve que lembrar a si mesma repetidas vezes a promessa feita mais cedo, de que podia ser, e seria, apenas amiga do cunhado.

– Mas e você, como está?

Archie estacou de repente junto ao magnífico teixo. Flora pôde distinguir os minúsculos caules verde-claros que iriam rebrotar na ponta dos galhos e tentou afastar a lembrança da última vez que estivera debaixo daquela árvore.

– Bem. Acabo de chegar de Selbourne, onde fui encontrar Freddie.

– E está tudo correndo conforme o planejado?

Flora hesitou por um instante antes de aquiescer e Archie percebeu na hora.

– Dentre todas as pessoas no mundo, com certeza comigo você pode ser sincera, não? Apesar de todos dizerem que Freddie é o melhor partido de Londres, isso não passa de uma ilusão fiscal e física. Como tenho certeza de que a esta altura você já sabe, o verdadeiro Freddie é um bêbado desvairado. Pessoalmente, acho que ele caiu do berço e bateu com a cabeça quando era bebê.

– Ele com certeza é... diferente, sim. – Flora reprimiu um sorriso.

– Que situação essa de todos nós... Acredite, não é só meu egoísmo que me leva a dizer isto, mas, para o seu bem, eu gostaria do fundo do coração que você não se casasse com ele.

– As coisas são o que são. Gosto da mãe dele, porém.

– Não é com ela que você vai dormir à noite. Mas assim é a vida.

Flora sentiu um rubor se espalhar pelo pescoço e subir até as faces.

– Como se atreve a falar comigo dessa maneira?!

– Perdão. Não consigo me controlar. Só de pensar em você com *ele*... Meu Deus, Flora, você com certeza deve entender como me sinto, não? Tive tantas saudades suas nesses últimos meses...

– Não me diga mais *nenhuma* palavra. Estou falando sério.

Flora se virou e começou a se afastar, mas ele a segurou antes que ela conseguisse fugir. O toque fez um arrepio involuntário subir por sua espinha, mas ela o reprimiu.

– Solte-me, Archie – balbuciou por entre os dentes. – Eu preciso mesmo voltar para junto de Aurelia. Da sua *mulher*.

– Sim, claro. – Ele suspirou fundo, então se rendeu com um meneio de cabeça e soltou a mão dela. – No jantar nos vemos.

Flora subiu direto para ver se Aurelia já tinha acordado, mas Sarah a impediu de entrar no quarto levando um dedo aos lábios.

– Ela está indisposta hoje, pobrezinha. Reclamou de uma forte dor de cabeça. Pediu-me para lhe dizer que a deixasse sozinha, mas tenho certeza de que vai querer que venha vê-la mais tarde.

Flora foi ao seu quarto se vestir para o jantar. O desconforto com a distância imposta por Aurelia era imenso. Recordou todas as vezes que já havia se sentado à sua cabeceira, sempre que a irmã ficara doente, e sentiu a barriga se contrair de preocupação. Quando ficou pronta para o jantar, desceu para se juntar a Arabella e Archie na sala de estar.

– Pelo visto sua mulher está indisposta outra vez – murmurou a sogra de Aurelia, tomando um copo de xerez. – Espero mesmo que passe logo. Quando eu estava esperando você, querido, fazia tudo normalmente. As moças de hoje em dia são tão diferentes...

– Talvez as *pessoas* sejam diferentes umas das outras, mamãe – rebateu Archie. – Tenho certeza de que Aurelia não gostaria de se sentir tão mal.

– É quase certo que ela vai ter uma menina. Todas as minhas contemporâneas que estavam esperando meninas ficaram muito doentes durante a gravidez.

– Bom, eu, por minha parte, adoraria ter uma filha – disse Archie. – Com certeza é mais fácil cuidar de meninas.

– Mais fácil, talvez, mas elas não são tão úteis quanto os meninos. Vamos para a sala de jantar?

No cômodo com paredes forradas de carvalho, os três se acomodaram juntos em uma das extremidades da mesa comprida. Flora pensou na ironia que era sentar de frente para Archie, com a mãe dele sentada entre os dois; estava consciente de ter ocupado o lugar da irmã. Bem na hora em que a sopa ia ser servida, a porta se abriu e Aurelia entrou.

– Me perdoem o atraso, mas está claro que o descanso me fez bem, pois me sinto recuperada.

Enquanto Aurelia se acomodava ao lado do marido e a criada acrescentava um prato às pressas, Flora reparou como a irmã estava pálida. Seus olhos azuis, contudo, luziam com uma estranha intensidade.

– Tem certeza de que está se sentindo bem o suficiente para se sentar à mesa, querida? – indagou Archie, levando a mão ao seu ombro.

– Ora, é claro que sim. Na verdade, estou faminta!

Ela deu uma risadinha aguda e fingida. Flora ficou satisfeita ao ver que Archie não poderia ter sido mais atencioso, chegando a cortar o bife para a esposa e, diante da reprovação evidente da mãe, servindo-lhe pequenos bocados na boca.

– Não podemos deixá-la definhar, querida. Está realmente muito magra.

– Vou lembrá-lo disso daqui a alguns meses, quando estiver do tamanho de uma casa.

À medida que o jantar avançou, Flora viu o rosto da irmã recuperar a cor e se permitiu relaxar.

Aurelia olhou para ela de viés.

– Mas, me diga, o que achou de seu futuro lar? Pelo que ouvi dizer, é um lugar esplêndido.

– É, sim. Sem dúvida vai ser um desafio para mim.

– O matrimônio é um desafio que todos precisamos encarar.

– Sim.

– E Freddie já parece gostar muito de você. Isso, na verdade, é tudo que uma esposa pode pedir, não é?

Aurelia se virou para Archie e lhe abriu um sorriso radiante.

Flora observou a sobremesa intacta da irmã ser levada embora. Arabella sugeriu que fossem tomar café na sala de estar.

– Vocês se importariam se eu me recolhesse agora? Estou me sentindo bem melhor, mas não quero abusar. Flora, será que você poderia me acompanhar até lá em cima?

– Claro.

Flora se levantou. Aurelia se despediu do marido e as duas saíram da sala juntas.

A irmã nada disse enquanto subiam. Quando ela abriu a porta do quarto, Sarah surgiu no corredor e veio afobada na sua direção.

– Quer que a ajude a vestir a camisola, Srta. Aurelia?

– Não, Sarah, obrigada. Tenho certeza de que Flora pode me ajudar hoje. Pode se deitar.

– Se precisar de algo, sabe onde estou. Durma bem, senhorita.

– Não é engraçado ela ainda me chamar de "senhorita", mesmo eu sendo já há alguns meses uma mulher casada... na verdade uma lady? – comentou Aurelia, fechando a porta do quarto com firmeza atrás delas.

– Quer que a ajude a desabotoar o vestido?

– Obrigada.

Aurelia se sentou no banquinho em frente à penteadeira e Flora se postou atrás dela; ficou olhando o reflexo da irmã no espelho.

– Interessante, não, como as coisas podem ser tão diferentes de como nós as percebemos?

– Como assim? – indagou Flora, nervosa, enquanto começava a abrir os botões do vestido.

– Por exemplo, o fato de eu estar convencida de que você e Archie se detestavam. Mas depois descubro que, na verdade, vocês passaram três dias inteiros juntos em Esthwaite no verão passado enquanto eu estava em Londres.

– Como eu disse, Archie estava apenas voltando da Escócia e pensou que seria uma boa ideia fazer uma visita.

Flora forçou as mãos a continuarem a abrir os botões um a um.

– Sim. – Aurelia se levantou para a irmã poder baixar o vestido de seus ombros. – Foi o que você me disse alguns dias atrás e eu acreditei – falou, e Flora começou a soltar as barbatanas do espartilho. – Até que comecei a raciocinar.

– Sobre o quê?

– Ah, sobre isso e aquilo outro. Passe-me a camisola, irmã querida. Está frio aqui.

Anestesiada, Flora pegou a camisola de seda que fora estendida em cima

302

da cama e Aurelia ergueu os braços para permitir que a roupa passasse por seu tronco e pela pequena protuberância na barriga.

– Uma coisa que Freddie me disse na noite do nosso casamento, logo depois de anunciar o noivado de vocês – prosseguiu Aurelia.

– E o que foi que ele disse?

Flora afastou as cobertas para Aurelia poder entrar na cama.

– Freddie me beijou, me deu os parabéns pelo casamento e eu o cumprimentei pela futura união com você. Ele riu e disse que, no futuro, seria melhor nós dois cuidarmos muito bem dos cônjuges, já que pareciam ter extrema afinidade um pelo outro. Eu, é claro, o corrigi, dizendo que ele não poderia estar mais equivocado e que, pelo contrário, preocupava-me o fato de minha irmã e meu marido antipatizarem um com o outro desde a infância. "Ah, mas a senhorita está errada", sussurrou ele enquanto me conduzia até a pista de dança. E eu estava mesmo, não é, Flora?

Duas manchas rosadas haviam surgido nas faces pálidas de Aurelia e seus olhos cintilavam quando ela se recostou nos travesseiros.

– Acho que não, Aurelia. Freddie estava muito bêbado naquela noite.

– Foi o que pensei na ocasião e esqueci o assunto por completo. Até ficar sabendo sobre a visita de Archie ao Lake District.

– Perdoe-me por não ter lhe contado. Foi só um esquecimento, eu...

– Esquecimento nenhum, irmã querida. Quando eu a vi em Londres pouco depois e lhe perguntei sobre a disposição de Archie, indaguei por que você achava que ele ainda não tinha pedido a minha mão. Você respondeu que não fazia ideia, mas havia passado três dias com ele poucas semanas antes. Se alguém poderia saber o que ele estava pensando, essa pessoa seria você.

– Nós não conversamos sobre isso... Na verdade, falamos sobre plantas e nada mais...

– Sim! – Aurelia deu um sorriso tenso. – Um interesse comum pela botânica. Mas, ainda que as futuras intenções dele em relação a mim não tenham sido abordadas, você deve entender por que acho estranho o fato de não ter mencionado a visita do meu marido sequer uma vez.

– Sim... Em retrospecto, entendo, sim. Mas eu tinha acabado de chegar a Londres e estava inteiramente zonza. Perdoe-me, Aurelia. Foi mesmo um esquecimento.

– Talvez, mesmo levando em conta o que Freddie disse na noite do meu casamento, eu pudesse seguir ignorando o fato. Infelizmente, ele não me saiu da cabeça. Então hoje, quando Sarah pensava que eu estivesse dormindo e eu sabia que Archie estava lá fora nos jardins, fui ao quarto de vestir dele. E veja só o que encontrei, no bolso do casaco com o qual ele voltou de Londres ontem?

Aurelia enfiou a mão embaixo do travesseiro, pegou uma carta e a entregou para Flora.

– Acredito que seja a sua letra, irmã querida.

Flora leu depressa: era a mensagem que tinha escrito para Archie avisando que Aurelia sabia do tempo que os dois haviam passado juntos em Esthwaite.

– Isso não prova nada! Eu só estava com medo de você pensar algo desse tipo. E foi exatamente o que você fez.

– Por favor, não me trate feito uma imbecil! – A voz de Aurelia tremia de tanta fúria contida. – Esta carta por si só já indica uma intimidade evidente, um relacionamento entre vocês do qual eu não tinha a menor ideia. E, se isso não bastasse, quando estava lendo a carta à luz da janela do quarto, eu vi vocês dois juntos no jardim. Flora, meu marido estava segurando a sua mão.

– Eu... – Flora balançou a cabeça; não tinha mais palavras com as quais se defender. – Perdoe-me, irmã querida, tudo que posso fazer é lhe jurar que, embora as provas sejam acusadoras, nada de... inadequado jamais aconteceu entre mim e Archie.

– E eu achando que vocês dois não se suportavam... – Aurelia deu uma risadinha amarga. – Bem, muitos poetas sábios já afirmaram que a fronteira entre o amor e o ódio é muito tênue. Parece que isso também vale para a relação entre meu marido e minha irmã. Meu Deus, como vocês dois devem ter rido da minha estupidez!

– Nunca! Eu sempre quis que Archie se casasse com você.

– Por pena! – cuspiu Aurelia, e Flora deu um passo para longe da cama. – Talvez, desde o princípio, ele desejasse se casar com você, mas, depois de me ver tão abalada em Londres, você lhe implorou que não o fizesse. Então, irmã *querida*? Combinou tudo com ele para aliviar a própria culpa?

As palavras dela ficaram pairando no ar. Flora estava petrificada pelo fel da irmã e pela verdade das suas palavras.

– Entendo. – Aurelia aquiesceu e o primeiro brilho das lágrimas surgiu. – Bem, não lhe agradeço por isso. Você me acorrentou a uma vida infeliz, casada com um homem que amo e que nunca poderá me amar. Agora vou ter um filho dele e não há mais escapatória para nenhum de nós. Flora, o

que você fez comigo? E o que eu lhe fiz para merecer tamanha crueldade? –
Aurelia balançou a cabeça, desolada. – Eu preferiria estar morta.

Sem conseguir dizer mais nada, a irmã começou a chorar. Quando Flora
se adiantou para reconfortá-la, ela a afastou com agressividade.

– Aurelia, por favor, eu repito que não tinha a intenção de que nada disso
acontecesse. Faria tudo para não ver você magoada. Eu vou... vou embora,
mesmo que não exista nada entre mim e...

– Meu marido estava segurando a sua mão no jardim hoje à tarde
mesmo! – sibilou Aurelia entre as lágrimas. – Não se atreva a continuar
me contando mentiras! Está me tratando feito uma criança, quando eu sou
uma mulher casada prestes a ter um filho! E sabe o que é pior? Não é o
relacionamento que você teve com o meu marido, seja ele qual for, mas o
fato de que sempre confiei em você mais do que em qualquer outra pessoa neste mundo! Pensei que você me amasse, que quisesse o melhor para
mim. Admirei-a desde o dia em que nasci. Eu não perdi só um marido, se é
que algum dia o tive... Perdi também minha amada irmã.

– Por favor, Aurelia, pense na sua condição – suplicou Flora, vendo que
ela estava ficando histérica.

– E você, pensou na minha *condição* quando deu a mão para o meu marido hoje no jardim?

– Foi *ele* quem segurou minha mão, eu não pude impedir...

– Não o culpe! Eu vi você ficar lá por mais tempo do que precisava, encarando os olhos dele feito uma menina apaixonada.

Flora se virou e foi em direção ao banquinho diante da penteadeira;
achou que fosse desmaiar caso não se sentasse. Por muito tempo, um silêncio separou as duas irmãs.

– Eu nunca, em toda a minha vida, quis magoar você, Aurelia. Assumo
toda a responsabilidade por meu comportamento lamentável e jamais me
perdoarei por isso.

– E nem deveria! A questão é: que diabos vou fazer agora?

– Posso entender sua mágoa e sua dor, mas juro que Archie tem profundo carinho por você.

– Mas a verdadeira paixão dele é por você. Talvez devêssemos dividi-lo,
da mesma forma que sua protetora divide o rei com a tão sofrida rainha!
Talvez você possa ser amante dele enquanto eu apenas dou à luz seus filhos,
que tal?

Flora se levantou com o corpo inteiro trêmulo.

– Vou embora amanhã de manhã. Mesmo que não acredite, sei que você e Archie podem ter um casamento feliz e bem-sucedido. Vou dizer a ele que...

– Não vai dizer coisa alguma a ele! O mínimo que pode fazer é me prometer que nunca mais na vida vai falar com meu marido nem entrar em contato com Archie seja como for. Se quiser que nós tenhamos a chance de um futuro juntos, não posso deixar que ele saiba desta conversa. Direi que você foi chamada de volta a Londres.

– Você não vai ao meu casamento?

– Não. Alegarei que a gravidez me deixou indisposta. E tirarei um mísero reconforto do fato de que é quase certa a sua infelicidade, em um casamento com um homem que não pode amar. Para ser bem franca, você não merece amor algum.

– Está dizendo que nunca mais quer me ver?

– Nunca mais. Você não é mais minha irmã – respondeu Aurelia, rígida.

Fez-se um novo silêncio quando Flora se levantou.

– Não há nada que eu possa dizer nem fazer para me redimir?

– Não. Agora vá embora, por favor. Adeus, Flora.

– Pensarei em você todos os dias pelo resto da minha vida e jamais me perdoarei pelo quanto a magoei. Adeus, querida Aurelia.

Com os olhos marejados de lágrimas que ela não se atrevia a verter de tanta culpa, Flora lançou um último olhar para a irmã a fim de gravar a imagem dela para sempre na memória. Então deixou o quarto.

30

— eu Deus! Não a esperava de volta assim tão cedo, Srta. Flora – comentou Nannie ao vê-la entrar na sala das crianças na Portman Square.

– Tenho provas do vestido e do enxoval – mentiu ela.

– Imagino que esteja sentindo falta das luzes de Londres, não? Logo a senhorita, que vivia tecendo loas ao campo. Virou uma verdadeira moça da cidade.

Nannie riu.

– A Sra. Keppel e as meninas estão?

– Não, ainda não voltaram da França. Devem vir na semana que vem. – Ela fez uma pausa para estudar a aparência de Flora. – A senhorita está bem? Parece um pouco abalada.

– Sim, estou bem, obrigada – respondeu ela, e se retirou sentindo que nunca mais voltaria a ficar bem.

Nos dias que se seguiram, ficou aliviada com a tranquilidade da casa, já que assim podia suportar sua infelicidade sozinha. Deu longas caminhadas pelos jardins londrinos, que iam se enchendo rapidamente de brotos, e torceu para que a natureza a reconfortasse. No entanto, tudo que ela fez foi lembrá-la de Archie e, por consequência, Aurelia. Andando determinada e louca para se extenuar e se entregar à anestesia do sono, sentia a dor de perder a pessoa que mais amava no mundo dilacerá-la. Não conseguia descansar, não conseguia comer. Sua culpa não tinha limites e, enquanto se preparava para desposar um homem que lhe dava engulhos, Flora pensou que uma pena perpétua de infelicidade era uma punição justa.

❀ ❀ ❀

Quase três semanas antes das núpcias, a Sra. Keppel e as meninas voltaram da França.

– Querida, como você emagreceu! – exclamou sua madrinha quando as duas tomavam chá juntas na saleta. – Deve ser o nervosismo com o casamento tão próximo. Lembro-me de ter perdido 5 centímetros de cintura antes de me casar com George.

– Como vai o rei? – perguntou Flora, mudando de assunto.

– Recuperou-se bastante desde que você o viu, mas tem sofrido uma pressão terrível do governo, que está decidido a forçá-lo, ou melhor, a *chanteá-lo* para aceitar mudanças constitucionais com as quais não concorda. Que bom que ele estava fora e pelo menos ficou afastado disso tudo. Não há dúvida de que a pressão afetou sua saúde, para não falar na sua disposição. Como você viu em Biarritz, Bertie não está forte. Sinto muita pena dele, pobrezinho. É um rei bem melhor do que as pessoas pensam, e um homem bem melhor também.

Mais tarde, Flora saiu da saleta pensando que a Sra. Keppel tampouco parecia estar em seu estado normal. Perguntou-se quais segredos *ela* estaria guardando.

Nas duas semanas seguintes, à medida que se aproximava o dia fatídico, Flora ficou agradecida por ser mantida ocupada. Junto com sete damas de honra, tinha ido fazer a última prova dos vestidos na Worth; ela havia explicado a Daphne que Aurelia não se sentia capaz de ir a Londres por causa da gravidez. Violet entreouviu a conversa e, mais tarde, procurou-a em casa.

– Flora, lamento muito saber que *votre soeur* não poderá ser sua dama de honra.

O novo hábito de Violet de intercalar em sua fala pedacinhos de francês vinha irritando a casa inteira. Flora abriu um sorriso de ironia.

– Obrigada.

– Só gostaria de dizer que, como sou agora a mais velha das damas, se você quiser que eu ocupe o lugar da principal, eu ficarei honrada.

– É muita gentileza sua, Violet, e tenho certeza de que precisarei de ajuda. Já experimentei a tiara que usarei no casamento e só Deus sabe como vou suportar tanto peso – disse Flora, comovida com a proposta.

A adolescente se sentou na cama dela e a observou se preparar para descer para jantar.

– Flora?

– Sim, Violet.

– Posso ser sincera com você?

– Depende.

– Bom, não pense que estou sendo mal-educada, mas você tem parecido *misèrable*. Não está animada com o casamento?

– É claro que estou. Mas nervosa, como qualquer noiva.

– Você ama Freddie?

Algo na pergunta sem rodeios merecia uma resposta honesta:

– Eu... Eu não o conheço bem o bastante para amá-lo. Mas tenho certeza de que acabarei vindo a amar.

– Acho que me recusarei a me casar. Preferiria mil vezes virar solteirona do que ser obrigada a me casar com alguém que não amo. Todos me dizem que vou mudar, mas sei que não. Não como Vita... – Sua expressão ficou sombria. – Que vira-casaca.

– Como assim?

– Ela vai debutar no próximo verão e tudo em que consegue falar são os vestidos novos e os rapazes que já começaram a visitá-la em Knole. E isso depois de tudo que me falou...

– As pessoas mudam, Violet. Às vezes o mundo simplesmente não pode ser como nós queremos.

– Quando eu era mais nova, acreditava em contos de fada. Você também?

– Toda criança acredita.

– Talvez para mim seja diferente; eu cresci com uma mãe que usa tiara e passa as férias com o rei da Inglaterra. Sempre fui tratada como uma princesa. Por que deveria crescer e achar que as coisas são diferentes? Eu só... – Ela suspirou e se espreguiçou de modo exagerado. – Só quero estar com a pessoa que amo. Isso é errado?

Flora engoliu em seco.

– Não. Ou pelo menos não é errado *querer* isso. Se vai acontecer ou não, é outra história.

– E não um conto de fadas.

Violet se sentou e passou as pernas para fora da cama.

– Talvez nem todo mundo mereça um final feliz, Violet – disse Flora, mais para si mesma.

– Bem... – Violet se levantou e foi até a porta. – Eu mereço.

Ela saiu do quarto e Flora pensou na menina que tinha sido em Esthwaite e que também acreditava em contos de fadas.

❋ ❋ ❋

Em um dia chuvoso do início de maio, Flora foi chamada à saleta da Sra. Keppel.

– Por favor, deixe-nos a sós – disse a dona da casa para a criada com rispidez. – Não queremos ser incomodadas.

Assustada, Mabel se retirou depressa e Flora se perguntou o que teria acontecido. Nunca tinha visto a Sra. Keppel ser grosseira com os empregados.

– Sente-se, por favor.

Flora obedeceu e a Sra. Keppel foi até a lareira, tirou o atiçador do suporte e pôs-se a atacar as brasas com violência.

– Apesar de já estarmos em maio, está frio aqui dentro, não acha? E fiquei sabendo que o rei se resfriou de novo. Mesmo assim, adivinhe onde ele vai jantar hoje? Na casa daquela tal de Keyser! É com *ela* que vai jogar bridge logo depois de chegar a Londres. Só Deus sabe o que vê nessa mulher. Perdoe-me, Flora. – A Sra. Keppel se sentou. – Talvez seja inadequado falar com você sobre as minhas preocupações, mas com quem mais eu poderia conversar?

Flora não fazia a menor ideia de quem era "aquela tal de Keyser", mas imaginou que sua madrinha não fosse a única "amiga" do rei.

– Posso lhe oferecer um xerez? – propôs, sem saber o que mais dizer.

– Talvez um conhaque seja melhor. Assim como o rei, estou bastante resfriada. Em geral ele vai direto da França para seu cruzeiro no Mediterrâneo, claro. Mas, com a crise política atual, teve que voltar para cá mais cedo; caso contrário, aqueles dispostos a criticá-lo falariam mal da ausência. E onde está sua esposa? Deixou-o para trás e está fazendo um cruzeiro pelas ilhas gregas! Será que não existe uma só mulher que realmente goste desse pobre homem?

Flora entregou o conhaque que ela havia pedido, e a Sra. Keppel envolveu o copo com a mão trêmula.

– Obrigada, querida. Perdoe-me estar assim tão fora do estado normal.

– Não acho mesmo que a sua preocupação com o bem-estar do rei precise ser perdoada.

– Muita gente nesta cidade se ressente de mim por causa da minha relação com Bertie, mas nada do que fiz foi por egoísmo. Eu o amo, é simples assim. Isso por acaso é crime?

– Não, acho que não.

– Sim, ele cometeu erros – prosseguiu a Sra. Keppel, pousando o copo. – Mas, quando um homem ouve da própria mãe que não é digno de pisar na mesma terra que o pai pisou, e depois vê o posto de rei ao qual tinha direito lhe ser negado porque ela simplesmente não confiava nele para tomar o lugar do marido, que tipo de legado a criança recebe, sobretudo um príncipe de Gales? O que ele deveria ter feito durante todos esses anos que passou ocioso, esperando para assumir seu papel natural? E tudo por causa do amor cego da mãe pelo pai "perfeito". Vou lhe dizer uma coisa, Flora: nenhum ser humano é perfeito. Bertie sofreu muito com o desprezo constante da mãe.

O discurso deixou Flora chocada. Ela havia nascido durante o reinado da rainha Vitória, a monarca mais poderosa da cristandade, a própria *essência* da maternidade, com uma família imensa e um marido amoroso. O que a Sra. Keppel estava dizendo contrastava tanto com a imagem sagrada que Flora tinha da velha rainha que ela não conseguiu absorver as informações.

– E agora, depois de se esgotar provando ao mundo que *podia* ser um bom rei, ele está simplesmente exaurido e sua saúde tem se deteriorado depressa. – A Sra. Keppel apertou a mão da moça, com os dedos frios. – Temo pela vida dele, Flora. Temo mesmo.

– Com certeza no palácio há muita gente para vigiá-lo e cuidar dele, não?

– Você ficaria surpresa... Bertie vive cercado por homens fracos e mulheres que só fazem o que ele manda, que vivem para agradar a ele ou a quem quer que detenha o poder. Ser rei é aprender que, apesar de muitos fingirem se importar com você, essa é de fato a posição mais solitária do planeta.

❧ ❧ ❧

Na noite seguinte, Flora só entreviu a Sra. Keppel pela janela da sala das crianças quando a madrinha saiu da casa; cada passo agitado fazia as penas de seu grande chapéu de veludo estremecerem. Violet foi se juntar a ela na janela, com Pantera no colo.

– Mamãe tem andado muito esquisita. Reizinho está doente outra vez.

– Tenho certeza de que está tudo bem – garantiu Flora, em tom suave.

No dia seguinte, não viu a dona da casa: ou ela estava fora ou não saíra dos aposentos particulares. Torceu apenas para que o rei não estivesse padecendo com outra crise da bronquite que tivera em Biarritz.

Na manhã seguinte, quando estava descendo com Sonia para aproveitar o glorioso sol de maio e desenhar as esporinhas em botão nos jardins em frente, cruzou com a Sra. Keppel no hall.

– Como ele está? – sussurrou enquanto as duas andavam até a porta da frente.

– O Dr. Reid disse que muito mal. Está recebendo oxigênio e pediu para eu ficar com ele. A rainha ainda não voltou.

Ela subiu no coche e Flora seguiu seu caminho até os jardins.

Às cinco e meia, a jovem viu o coche parar diante da casa e a Sra. Keppel saltar. Mais tarde, desceu para o jantar, mas só encontrou à mesa o Sr. George, que a cumprimentou com um sorriso cansado quando ela se sentou.

– Infelizmente a Sra. Keppel não está se sentindo bem hoje e vai comer no quarto. Imagino que você tenha ouvido que o rei não está bem.

– Sim, eu soube.

– Puseram um aviso em frente ao Palácio de Buckingham: "O estado de saúde de Sua Majestade inspira certa preocupação." Minha mulher esteve com ele lá hoje e confirmou que o rei está gravemente adoentado. Graças a Deus a rainha voltou do cruzeiro e está agora no palácio.

– Tudo que podemos fazer é rezar – disse Flora após um intervalo.

O Sr. George aquiesceu com tristeza.

– Sim, foi isso mesmo que minha mulher me falou agora há pouco.

❀ ❀ ❀

– Srta. Flora, está acordada?

A jovem despertou com um sobressalto; não fazia ideia de que horas eram.

– O que foi? – indagou ao ver Barny em pé na porta, à meia-luz.

– É a Sra. Keppel. Ela está histérica. Se a senhorita pudesse falar com ela...

– Claro. Onde ela está?

– No *boudoir*. Veja se consegue acalmá-la.

Na verdade, Flora não precisava ter sido informada sobre a localização da Sra. Keppel, pois os soluços de dar dó a teriam conduzido de toda forma ao *boudoir*. Sentindo que não adiantava muito bater à porta, ela o fez umas duas vezes por educação antes de abri-la.

De camisola e roupão de seda, a Sra. Keppel andava de um lado para outro. Os fartos cabelos ruivos que lhe caíam desordenadamente sobre os ombros espelhavam seu ânimo.

– O que houve? É o rei?

– Não. – A Sra. Keppel parou um instante para ver quem fizera a pergunta, registrou a presença de Flora e recomeçou a andar enquanto a jovem entrava e fechava a porta – É a rainha! Ontem à noite ela chegou em casa depois de todas essas semanas longe de Bertie e mandou me expulsar do palácio! Agora não tenho permissão para vê-lo em seus momentos finais! Como é possível uma coisa dessas? Como é possível...

Ela se deixou cair sobre o tapete, encolheu-se em um montinho de seda e pôs-se a soluçar. Flora se aproximou e se ajoelhou ao seu lado. Por fim, a madrinha se acalmou o bastante para tornar a falar:

– Flora, eu o amo. E ele me ama! E precisa de mim! Eu sei que ele me quer lá! – A Sra. Keppel revirou o bolso do roupão, sacou uma carta e a desdobrou. – Está vendo? – falou, cravando o indicador no papel. – Pode ler.

Obediente, Flora pegou a folha de papel de suas mãos trêmulas.

Minha cara Sra. George,

Caso eu adoeça gravemente, espero que venha me alegrar, mas, caso não haja nenhuma chance de eu me recuperar, espero que, mesmo assim, venha me ver, para que eu possa me despedir e lhe agradecer por toda a gentileza e amizade desde que tive a sorte de conhecê-la. Estou convencido de que todos os que tiverem qualquer afeto por mim respeitarão os desejos que expressei nestas linhas.

– Entendo – disse Flora baixinho.

– O que devo fazer?

– Bem... – começou Flora, devagar. – Acho que ele é o rei e a senhora, sua súdita. E esta... carta decreta que ele deseja que vá vê-lo.

– Mas eu posso mostrá-la à rainha? À esposa dele? Seria impróprio usar esta carta para implorar que me deixem ver um homem a quem só restam algumas horas de vida para eu poder me despedir? Eu só... Eu só quero... me despedir.

Se Flora nunca sentira o peso do mundo nas costas, agora sentia. Não lhe cabia dizer à amante do rei se ela deveria correr ao encontro dele em seu leito de morte, ignorando o desagrado da rainha. Tudo que podia fazer era se colocar na posição de uma mulher que amava um homem e queria vê-lo antes de ele morrer.

– Acho – ela inspirou fundo – que eu iria ao palácio. Iria, sim. No mínimo, mesmo que não consiga entrar para ver o rei, a senhora sempre saberá que tentou fazer o que o soberano pediu. – Ela encarou a Sra. Keppel. – Sim, é isso que eu faria.

– Meus detratores dentro do palácio me odiarão ainda mais por isso.

– Talvez. Mas ele não.

– Só Deus sabe o que será de mim quando ele se for... Nem me atrevo a pensar.

– Ele ainda não se foi.

– Minha adorada Flora. – A Sra. Keppel estendeu para ela os braços trêmulos. – Você é uma alegria para mim. E para o rei. – Ela a abraçou e a apertou com força. – Transmitirei a ele o seu amor.

– Por favor, faça isso. Gosto muito dele.

– E ele, de você. – A Sra. Keppel enxugou as lágrimas e se levantou do chão. – Irei ao palácio e, se não me deixarem ver meu amor, que assim seja. Mas pelo menos terei tentado. Obrigada, Flora. Pode mandar Barny vir me ajudar a me vestir? – Ela estremeceu. – Não devo usar preto, mas alguma cor alegre, para animá-lo.

– É claro. Boa sorte.

Flora se retirou.

✻ ✻ ✻

Os moradores do número 30 da Portman Square passaram o resto do dia em vigília, esperando a Sra. Keppel voltar. Nannie trazia boletins regulares sobre a saúde do rei, transmitidos pela Sra. Stacey, que ouvia as fofocas da rua entre os comerciantes que vinham bater à porta da cozinha com as entregas para a casa.

Sonia foi se sentar ao lado de Flora no quarto das crianças.

– Você acha que Reizinho vai partir hoje para o céu? Todos os criados estão dizendo que ele vai morrer.

– Se ele morrer, tenho certeza de que vai para o céu. É um homem muito bom.

– Conheço algumas pessoas que têm medo dele, mas ele sempre brincou comigo. Costumava fazer descer pedaços de torrada pela perna da calça para eu ver, sujando tudo de manteiga. E é gentil, embora eu não goste muito do seu cachorro. Então acho que Reizinho vai criar asas e morar em cima de uma nuvem com Deus. Afinal de contas, *Ele* também é rei.

– Verdade.

Sonia se aninhou junto a ela e começou a chupar o dedo.

A noite já caía quando Flora enfim escutou o coche chegar em frente à casa, em seguida viu uma pessoa saltar parcialmente carregada. Correu até o alto da escada, debruçou-se no corrimão e aguçou a audição para escutar a voz da Sra. Keppel. Mas tudo que ouviu foi silêncio.

– O senhor e a senhora Keppel vão jantar em seus respectivos quartos, Srta. Flora. Levarei o seu lá para cima numa bandeja – disse a Sra. Stacey, que Flora reparou estar de preto. *Ou talvez ela sempre tenha usado preto e eu nunca tivesse reparado*, pensou.

À meia-noite, ainda estava acordada quando escutou os sinos da igreja próxima soarem as doze badaladas como se fosse um aviso fúnebre. Faltando pouco para a uma da manhã, ouviu sinos ecoarem pesarosos por toda Londres.

❋ ❋ ❋

– Ele se foi. Que Deus o abençoe, que Deus abençoe o rei – disse Nannie na manhã seguinte ao dar bom-dia a Flora no andar das crianças. – As meninas estão inconsoláveis. Quer ir vê-las, talvez?

– Mas claro.

Ao entrar, ela encontrou as duas meninas abraçadas numa mesma poltrona, com Pantera estendido em seus colos.

– Ai, Flora, Reizinho morreu durante a noite! Não é terrível? – exclamou Sonia, levantando-se.

– Sim, é muito triste.

– O que mamãe vai fazer agora? Nunca mais iremos a Biarritz e ela jamais será rainha – disse Violet.

– Reizinho será sempre rei e sua mãe será sempre uma rainha – disse Flora com delicadeza. Então estendeu os braços para as meninas, que se deixaram envolver.

– Há milhares de pessoas reunidas em frente ao palácio, mas muitas diante da nossa casa também – informou Nannie, que, junto à janela, espiava a rua lá fora. – Querem que ela faça um discurso, mas o que ela pode dizer? A Sra. Keppel era a rainha do povo, entende? Mas é claro que não está.

– Para onde ela foi? – quis saber Flora.

– Partiu com o Sr. George durante a noite para ficar na casa dos James na Grafton Street – sussurrou Nannie. – Nós também iremos em breve. Fique a senhorita com as meninas enquanto vou fazer as malas.

Flora aquiesceu.

– Quero ver mamãe – falou Sonia, com a cara enfiada no seu ombro, aos soluços. – Por que ela foi embora com papai e nos deixou?

– As pessoas que ficam tristes muitas vezes querem ficar em paz.

– Então por que não podemos simplesmente fechar as venezianas da nossa casa e ficar tristes aqui?

– Talvez seja difícil fazer isso com tanta gente barulhenta lá fora, querida – respondeu Flora, afagando os cabelos da menina.

Violet se afastou dela e se levantou.

– Por que foram para a casa dos James? É um lugar horroroso e eles são uma gente horrorosa. – Os lábios da adolescente se contraíram quando ela observou o aglomerado em frente à porta de entrada. – Por que as pessoas são tão enxeridas? Por que não podem nos deixar em paz, e pronto?

– Elas também estão de luto e querem ficar perto de quem era próximo de Reizinho.

– Minha vontade era permanecer com aquela gente toda em frente ao palácio... ficar invisível e chorar a morte dele, só isso.

– Bem, vocês todos são quem são e não há muito remédio. Nannie está fazendo as malas e vocês duas precisam ser corajosas como Reizinho teria querido que fossem.

– Vamos tentar, mas ainda não somos adultas, Flora... apenas *enfants* – disse Violet, altiva, antes de se retirar.

Flora seguiu obediente em seu encalço até encontrar Nannie.

– A senhora sabe se há alguma instrução para mim? Devo acompanhá-las?

– A Sra. Keppel não mencionou seu nome, Srta. Flora. Minhas instruções foram apenas levar as meninas e Moiselle para a Grafton Street.

– Entendo.

– Bem, daqui a uma semana a senhorita estará casada. Talvez ela tenha pensado que fosse ficar com sua irmã ou com a família do seu noivo.

– Sim, claro.

– É o fim de uma época, Srta. Flora. – Nannie balançou a cabeça e deu um profundo suspiro. – Depois de hoje, nada nunca mais será como antes para nenhum de nós.

Ao ver as meninas entrarem em um carro com Nannie e Moiselle, Flora acenou um adeus choroso do hall enquanto policiais tentavam conter a turba. O Sr. Rolfe fechou a porta quando o veículo partiu e ela pensou como as pessoas pareciam abutres, com suas roupas pretas de luto. Ao subir a escada, se perguntou se algum dia tornaria a ver qualquer membro da família Keppel.

De volta ao quarto, com um silêncio sinistro a reinar na casa, escreveu um telegrama para Freddie perguntando se seria conveniente chegar a Selboune no dia seguinte e o entregou para o Sr. Rolfe despachar. Afinal de contas, não haveria refúgio para ela em High Weald.

Depois de guardar as roupas nas malas, tornou a se aproximar da janela e viu que a multidão começava a se dispersar. Quando a noite caiu, o silêncio tomou conta da rua. *Um silêncio sepulcral*, pensou ela. Tentou não se sentir magoada nem abandonada. Afinal, como dissera Nannie, a Sra. Keppel decerto havia achado que ela dispunha de pelo menos dois refúgios, se é que raciocinara em meio à imensa tristeza que sentia.

Flora abriu a janela do seu quarto, sentou-se no peitoril com Pantera no colo e ergueu os olhos para o céu limpo da noite.

– Adeus, querido rei. Vá com Deus – falou para as estrelas lá em cima.

31

— Visita para a senhorita – avisou Peggie, entrando no quarto de Flora.
— Quem é?
— A condessa de Winchester. Acomodei-a na saleta e lhe servi um chá.
— Obrigada.

Flora sentiu alívio por aquela resposta ao seu telegrama da véspera, mas se espantou que Daphne tivesse ido pessoalmente falar com ela. Desceu a escada e, ao abrir a porta da saleta, viu-a sentada na espreguiçadeira usando um suntuoso vestido de veludo escuro, com safiras negras a cintilar em uma faixa sobre os cabelos grisalhos.

Ela se levantou e lhe deu um abraço.

— Cara Flora, meus pêsames.

— Não é a mim que a senhora deve dizer isso. A perda é do país, do mundo.

— Bem, nós todos perdemos – retrucou Daphne. Assumindo o papel natural de anfitriã, convidou Flora a se sentar. – Que tragédia isso tudo, não? E o momento não poderia ser pior.

— Talvez nenhum momento seja bom para perder um rei da Inglaterra.

— Claro, mas agora não há hipótese alguma de o casamento ocorrer semana que vem. Qualquer tipo de celebração será visto como uma ofensa ao rei.

— Entendo que a cerimônia tenha que ser adiada.

— Sim, estou certa de que entende. Sobretudo considerando as... circunstâncias.

Flora não entendeu muito bem o comentário obviamente dúbio, mas seguiu falando mesmo assim:

— Imagino que tenha recebido meu telegrama. Os Keppels foram embora e sinto que também não é adequado ficar aqui. Minha esperança era poder ficar em Selbourne até Freddie e eu nos casarmos.

– Com certeza você pode ficar na casa de sua irmã em Kent, não?

– Isso não seria... conveniente.

– Não? – Daphne a examinou. – Pensei que a querida Aurelia precisasse da sua companhia.

– E precisa. Sempre fomos próximas... – Flora tentou encontrar uma explicação plausível, mas não conseguiu. – Eu não posso ficar lá, e pronto.

– Entendo.

Um silêncio pairou no recinto.

– Minha querida... – Daphne deu um suspiro – Considerando as circunstâncias atuais, com a morte do rei, devo lhe informar que o casamento não poderá mais acontecer. Tenho certeza de que você entende.

Flora a encarou sem compreender.

– O casamento está cancelado?

– Sim.

– Eu... Pode me dizer por quê?

Daphne levou muito tempo pensando antes de tornar a falar:

– Posso lhe servir um pouco de chá?

– Não, obrigada. Imploro-lhe que me diga por que meu casamento com Freddie não vai acontecer. Entendo que é preciso adiá-lo, mas...

– Por causa de quem você *é*, minha querida. Com certeza entende que, agora que todos estão com pena da rainha e da terrível perda que ela sofreu, isso seria totalmente inadequado?

– Ah – disse Flora, compreendendo por fim. – Por causa da Sra. Keppel.

– Sim, por isso também.

– Entendo.

– Não estou bem certa de que você entenda, minha querida, mas por minha parte tudo que posso dizer é que essa reviravolta inesperada me entristece. Eu a considerava capaz de dar a Freddie a estabilidade da qual ele precisa e estava contente com a perspectiva de acolhê-la em nossa casa. Com a mudança da situação, porém, meu marido agora já não pode mais defender qualquer união entre você e nosso herdeiro. Como você sabe, as mulheres só podem fazer o que os maridos mandam. Mas, minha querida, por favor, não fique triste. Foi apenas o modo como as coisas se deram, não é culpa sua.

Flora nada disse. Imaginou-se uma folha sendo soprada pelo vento, totalmente impotente para controlar o próprio destino.

– Se não pode ir para a casa da sua irmã, talvez possa voltar para a Escócia e ficar com seus pais? – sugeriu Daphne.

– Talvez possa, sim.

– Então duvido que haja algo mais a ser dito. Pode estar certa de que Freddie está inconsolável, mas sem dúvida vai se recuperar, assim como você. – Daphne se levantou e foi até a porta. – Adeus, minha querida. Que Deus a abençoe.

Após a saída dela, Flora passou algum tempo petrificada. Estava anestesiada... Não sentia nem alívio com a súbita libertação nem medo em relação aonde ir. Sua vida parecia ter começado e terminado dentro daquela casa.

– Ou quem sabe terminou para depois começar – murmurou ela, tentando se recuperar da tristeza com a morte do rei, com a partida abrupta dos Keppels e com o choque da repentina interrupção de seu futuro.

A noite começou a cair, uma noite que o rei jamais veria. Um silêncio de morte reinava nas ruas da cidade, como se todos os habitantes estivessem fechados em casa pranteando o falecimento do soberano. Flora se recostou na cadeira e uma lágrima escorreu quando ela se lembrou dele, de sua presença marcante e de sua alegria de viver. Cochilou sem querer e foi despertada pela campainha. Quando abriu os olhos, viu que já estava escuro. Tateou em meio às trevas em busca da porta da sala, abriu-a de leve e apurou os ouvidos.

Ouviu a Sra. Stacey e Peggie subindo a escada.

– Vá ver se a Srta. Flora está no quarto dela; vou acender as luzes da saleta. Seria útil saber quando ela pretende ir embora... O Sr. George enviou um mensageiro mais cedo pedindo que eu espalhasse naftalina pela casa até decidirem o que fazer. Mandei o lacaio subir ao sótão e pegar os lençóis para cobrir os móveis.

– Se eu fosse ela, iria embora de Londres quanto antes. Por respeito à rainha, em primeiro lugar.

– Ainda nem tenho certeza se ela sabe – respondeu a Sra. Stacey.

– Bem, se não souber, deveria: o resto da cidade inteira parece saber – sibilou Peggie.

– Vá! Veja se ela está lá em cima, pois vou acender os lampiões.

Flora se afastou da porta. A Sra. Stacey entrou e deu um gritinho ao vê-la em pé na sua frente, no escuro.

– Meu Deus, Srta. Flora! Assim vai me matar de susto.

320

– Desculpe – disse Flora.

A empregada começou a acender os lampiões.

– A senhorita tem visita – informou ela. – Vou mandar a pessoa subir, e pedir também para Mabel vir atiçar o fogo. Está bem frio aqui dentro.

– Quem é a visita?

– Sir Ernest Cassel, Srta. Flora.

A Sra. Stacey se retirou e Flora foi arrumar os cabelos no grande espelho folheado a ouro pendurado acima da lareira. Perguntou-se por que cargas-d'água sir Ernest tinha ido visitá-la ou o que Peggie quisera dizer quando falara em sair de Londres por respeito à rainha. Deduziu que devia estar maculada por sua relação com a Sra. Keppel...

– Boa noite, minha cara Srta. MacNichol.

Sir Ernest Cassel entrou na saleta e foi até ela para beijar-lhe a mão. Flora reparou que tinha os olhos vermelhos e a pele pálida.

– Por favor, sir Ernest, queira se sentar.

– Obrigado. Lamento perturbar a sua dor; hoje é de fato um dia terrível para todos nós que conhecíamos e amávamos o rei. E para seus súditos, claro. Ele ficaria assombrado e satisfeito com todas as manifestações de pesar do amado império. Ainda há milhares de pessoas de vigília em frente ao Palácio de Buckingham. E tudo por um rei que pensava não ter capacidade para suceder à própria mãe... nem ao próprio pai. Bem... – Sir Ernest engoliu em seco. – É uma homenagem adequada.

– Sir Ernest, posso saber o que o senhor veio fazer aqui? A Sra. Keppel não está mais na casa.

– Estou ciente disso. Fui visitá-la na Grafton Street para dar os pêsames pessoalmente a ela e à sua família. A Sra. Keppel estava indisposta; Sonia me contou que a mãe está enlouquecida de tanta dor e se recusa até mesmo a ver as próprias filhas.

– Ela o amava muito.

– Acho que sim. Além disso, Srta. MacNichol, perdoe-me a franqueza, talvez esteja chorando por si mesma. O "reinado" dela também acabou junto com o do rei.

– É um período muito duro para ela.

– E para as filhas. Mas, conhecendo-a como eu conheço, tenho certeza de que a Sra. Keppel vai se recuperar. No entanto, é natural que neste momento prefira se manter discreta.

– O senhor sabe se ela conseguiu estar com o rei antes de ele morrer?

– Sim. Eu estava lá. E o episódio todo foi lamentável. Quando viu o rei, a Sra. Keppel ficou totalmente histérica. A rainha precisou pedir que ela fosse retirada do recinto. Não foi a demonstração de dignidade que estávamos acostumados a ver dela, mas enfim... – Sir Ernest suspirou. – O que há de digno da morte? Quando fui à Grafton Street, perguntei se poderia lhe falar e fiquei muito surpreso ao saber que a haviam deixado aqui. A senhorita parece ter sido realmente abandonada.

– Ah, tenho certeza de que não foi por querer. Como o senhor mesmo falou, a Sra. Keppel perdeu a razão de tanta tristeza. No pior dos casos, foi um descuido e, no melhor, foi porque ela sabia que eu poderia encontrar abrigo na casa da minha irmã ou do meu noivo.

– Admiro a sua lealdade, mas posso lhe garantir que tudo que a Sra. Keppel fez na vida foi muito bem pensado. Talvez compreenda por que ela sentiu que era importante se desvincular da sua pessoa neste momento?

– Não. – Flora deu uma risadinha triste. – Embora o senhor não seja o primeiro a vir me visitar aqui hoje. A condessa de Winchester, mãe do meu noivo, visconde Soames, veio hoje à tarde me avisar que o casamento marcado para a semana que vem estava não apenas adiado devido à morte do rei, mas cancelado.

– Então o rei é de fato um homem sábio, pois foi o que ele previu.

– Previu? Por causa da minha ligação com a Sra. Keppel?

– Em parte, sim, mas não só isso.

Flora se levantou e foi aquecer as mãos no fogo; o cansaço, a frustração e a tristeza a estavam derrotando.

– Sir Ernest, desde que fui chamada para viver debaixo deste teto, sete meses atrás, sinto que sou um peão inocente em um jogo do qual todos conhecem as regras menos eu. Perdoe-me a franqueza, mas peço ao senhor *encarecidamente* que me diga por que fui trazida a Londres para começo de conversa. Eu era uma moça de 19 anos, de uma família boa, mas nada aristocrática, e meus pais nem tiveram dinheiro para financiar o *début* da filha mais velha. Então, de uma hora para outra, vejo-me com a Sra. Keppel como madrinha nos mais altos escalões da sociedade, tomando chá com o próprio rei! Sou pedida em casamento por um visconde, logo me tornaria condessa um dia, casada com um conde e senhora de uma das mais prestigiosas propriedades de toda a Inglaterra.

Sem fôlego de tanta emoção, Flora fez uma pausa e se virou para ele.

– E, agora que o rei morreu, a Sra. Keppel me abandonou aqui e não vou mais me casar. Sinceramente, sir Ernest, não entendo nenhuma dessas duas abruptas reviravoltas e isso está me enlouquecendo! Tenho a constante sensação de que todas as outras pessoas sabem de algo que eu não sei. E...

– Agora posso ver com total clareza por que a senhorita descreve a si mesma como um peão inocente. Assim como os outros, imaginei que soubesse. Por favor, deixe-me servir um conhaque.

– Não, obrigada. Não bebo conhaque.

– Considere a bebida um remédio. A senhorita vai precisar.

Sir Ernest se levantou e foi até a bandeja com os decânteres, enquanto Flora, encabulada com a própria demonstração de sentimentos, fazia o possível para recuperar o autocontrole.

– Tome. Beba, minha cara, vai se aquecer.

– Sir Ernest, por favor, nunca quis vir a Londres e estou em êxtase por ter sido liberada de um casamento com um homem que eu nunca poderia nem começar a amar. Portanto, não tenha medo de ferir ainda mais as minhas sensibilidades. O simples fato de estar comigo aqui hoje, na noite da morte de nosso rei, confirma que o senhor deve ter as respostas de que necessito.

– Perdoe-me. Nesta noite em especial, a senhorita está trazendo à tona minhas emoções. No ano passado, o rei me disse não ter certeza em relação à ideia da Sra. Keppel de trazê-la para morar com ela em Londres. Mas depois, é claro, afeiçoou-se pela senhorita e, justo como era a intenção da Sra. Keppel, afeiçoou-se mais ainda *a ela* por tê-la incluído na sua vida, sobretudo em um momento em que ele estava com os dias contados. E o rei sabia que estava, Srta. MacNichol, ah, como sabia. Logo depois de a senhorita encontrá-lo em Biarritz, mandou me chamar e me pediu que provesse o seu bem-estar financeiro caso ele viesse a falecer. Também me pediu que lhe desse isto.

Ele abriu a pasta, retirou um fino envelope e entregou-o a Flora. Ela o segurou e viu que estava endereçado a ela em uma caligrafia pontuda e irregular.

– Ontem à noite, estive com o rei, que me pediu para trazer algum dinheiro, uma alta soma, em notas de papel. Fui ter com ele e deixei o dinheiro junto à sua cabeceira. O rei aquiesceu, agradeceu-me e disse que esperava conseguir transferir o dinheiro para onde ele precisava estar. Infelizmente, pouco depois disso, entrou em coma. Um de seus conselheiros me devolveu o envelope, pois sentiu que não era adequado uma quantia tão grande estar junto do monarca. Eram quase 10 mil libras. Eu sabia para quem era o dinheiro. E aqui estou.

Mais uma vez, sir Ernest retirou um objeto da pasta, dessa vez um embrulho de papel pardo, e o colocou nas mãos trêmulas de Flora.

– Esse dinheiro não pode ser para mim. Eu mal conhecia o rei, encontrei-o duas vezes...

– Minha querida jovem, estou realmente espantado que a Sra. Keppel nunca tenha lhe contado. E queria que não fosse meu o dever de fazê-lo.

Ele engoliu o que restava de conhaque diante da expressão impaciente de Flora.

– Srta. MacNichol, Flora...

– Sim?

– A senhorita é filha dele.

Flora sabia que iria recordar essa curta frase pelo resto da vida. Enquanto seu olhar se perdia na noite lá fora, perguntou-se por que nunca pensara nisso antes. Mas sabia que, mesmo que *houvesse* considerado essa possibilidade, a teria descartado como absurda. Agora, fitando os dois envelopes que tinha no colo, com o homem que havia sido o conselheiro mais próximo do rei sentado na sua frente, tudo fez perfeito sentido.

Talvez, em algum lugar inalcançável da sua psiquê, ela *já soubesse*, mas, por ser uma ideia tão insustentável, nunca tivesse permitido que aflorasse à superfície.

A amante e a filha ilegítima...

Decidiu que precisava do conhaque e tomou uma golada do copinho que até então havia ignorado.

– Perdoe-me, é um choque bem grande. Imagino que não haja prova alguma?

– Todos os envolvidos sabem que é verdade. E, o mais importante, seu pai sabia. Seu *verdadeiro* pai – corrigiu-se sir Ernest. – A senhorita irá entender que, depois do caso do rei com a sua mãe, não havia como reconhecer a sua... situação difícil. Sua mãe aceitou se casar imediatamente e sair de Londres.

– Foi por isso que meus avós nunca quiseram me ver nem ir ao meu casamento...

– Foi por isso também que a senhorita não debutou. Como poderia ter sido apresentada na corte a uma rainha que provavelmente saberia quem era?

– Não poderia, concordo. E meu pai, quero dizer, o marido da minha mãe... Agora entendo por que ele mal conseguia olhar para mim. Devia saber.

– Tenho certeza de que a sua suposição está correta. Se a senhorita examinasse a certidão de casamento dos seus pais e a sua certidão de nascimento, constataria que existe uma... discrepância de três meses nas datas.

Flora pensou na carta que havia encontrado na cômoda do pai.

– Sim. E sei também que houve troca de dinheiro. Acredito que o meu... *padrasto* recebeu para se casar com minha mãe. Ele... O rei amou minha mãe?

– Perdoe-me, não tenho condições de comentar, mas ele com certeza gostava muito da senhorita.

– A Sra. Keppel sabia do relacionamento da minha mãe com o rei?

– As duas debutaram juntas. Eram amigas.

– Londres inteira já sabia quem eu era – sussurrou Flora. – Menos eu.

– Pelo menos, com a ajuda da Sra. Keppel, sua sorte mudou.

– Eu também fazia parte da corte "alternativa" do rei...

– Uma corte que o deixava muito feliz.

– Por que a Sra. Keppel me trouxe para Londres?

– Mais uma vez, não posso dizer ao certo se ela queria apresentá-la ao seu pai por *sua* causa ou por causa dele. Ou ainda para se beneficiar ela própria e, assim, conseguir favores do rei. Mas as coisas deram no que deram e o rei me disse em vários momentos que gostava muito da sua companhia. De fato, via muitas semelhanças entre vocês dois. Sua aparição na vida dele lhe proporcionou grande alegria, Srta. MacNichol. Se ele tivesse vivido mais, tenho certeza de que a relação teria se tornado ainda mais estreita.

– E nisso tudo eu me tornei algo a ser cobiçado pelos outros, pois sabiam que eu era filha do rei. E que havia recentemente sido aceita por ele, ainda que fosse ilegítima... – refletiu Flora, baixinho. – Foi por isso que Freddie quis se casar comigo e que a condessa vivia falando na minha "boa estirpe", mencionando até a possibilidade de o rei ir ao nosso casamento...

– Talvez tenha havido influência, sim. Mas agora o rei está morto, é claro, e a rainha continua viva...

– E a ilusão criada pela varinha de condão da Sra. Keppel desapareceu qual um sonho. Bem... – Flora se permitiu um esboço de sorriso. – Independentemente do que aconteceu e do que possa vir a acontecer, fico feliz por ter pelo menos passado algum tempo com ele.

– O rei tinha orgulho da senhorita, mas precisava guardar segredo. Espero que entenda.

– Entendo, sim.

– E agora, como a senhorita mencionou, estamos no limiar de uma nova era: a velha corte está acabando. Nós, que a servimos, seremos levados embora e precisamos tentar sobreviver ao futuro. Eu, em nome do rei, espero que o conteúdo desse envelope lhe permita fazer isso. E sugiro que não tenha nenhum falso orgulho na hora de usá-lo. O rei a via como um espírito livre, uma inocente que não foi maculada por tudo aquilo com que ele precisou lidar desde o nascimento. Seja qual for o seu futuro, use com sabedoria o legado que ele lhe deixou. Vai se hospedar com sua irmã?

– Não tenho como.

– As portas já estão fechadas para a senhorita por lá?

Flora decidiu não entrar em detalhes.

– Sim.

– Por favor, lembre que a situação na qual se encontra não é por sua causa. A senhorita não deve se sentir culpada. As maquinações ao redor não são sua responsabilidade. Foi um simples acidente de nascimento. Foi essa a sua maldição, e espero com sinceridade que tenha sido recentemente o seu prazer.

– Foi mesmo um prazer conhecer o rei.

– Srta. MacNichol, preciso ir agora. Como pode imaginar, tenho muito a fazer, mas sei que o rei pensou na senhorita quando estava perto da morte.

– Obrigada por se dar ao trabalho de vir até aqui.

Flora se levantou e Ernest Cassel fez o mesmo.

– Não me agradeça. Sinto-me muito mal por ter que deixá-la sozinha nesta casa agora.

– Não, sir Ernest, eu lhe agradeço, *sim*. Por mal ou por bem, o senhor me deu as respostas que venho buscando desde que cheguei a Londres. Agora que sei, posso seguir em frente.

– E eu estarei sempre ao seu dispor. Se desejar que eu a ajude a investir sua herança, não hesite em me procurar. E permita-me dizer que a elegância com a qual escutou o que eu tinha a dizer hoje demonstra que a senhorita é uma grande princesa. E filha de seu pai. Boa noite, Srta. MacNichol.

Ernest Cassel fez uma curta mesura, então se retirou bem depressa; Flora soube, por instinto, que ele queria esconder a própria emoção. Com Pantera em seu encalço, subiu até o quarto calmamente, como se aquele fosse um dia como outro qualquer. Alguém havia acendido os lampiões a gás e ela se deitou na cama e estudou o envelope estufado. Fora invadida por uma grande sensação de calma, mas o que acabara de saber não era mais surreal do que os acontecimentos dos últimos sete meses. Agora tudo se encaixava, como um quebra-cabeça que tivesse acabado de se completar.

A natureza então se apiedou dela e permitiu à sua mente chocada descansar: ela dormiu. Acordou bem cedo, logo antes de o dia raiar. Com Pantera ronronando ao seu lado, abriu o primeiro envelope.

26 de abril de 1909

Querida Flora,
(Meus elogios à sua mãe pela escolha do seu nome: você sabe que sempre tive especial simpatia pela Escócia.)

Como você já deve saber agora que está lendo esta carta, eu sou seu pai verdadeiro. Se duvida, como posso lhe garantir que eu próprio duvidava antes de a Sra. Keppel sugerir que a encontrasse, então não duvide mais. Minha querida menina, até o meu nariz você herdou! Nisso tem toda a minha empatia, pois, apesar de ser um nariz pouco atraente, fica muito nobre no seu rosto. Reconheço muito de mim em você, Flora, e para ser sincero, não queria particularmente que isso acontecesse, embora os fatos relacionados à sua concepção sejam inegáveis: posso confirmar que sua mãe nunca fora tocada por outro homem quando iniciamos nosso breve caso.

Em primeiro lugar, você precisa perdoar meu comportamento para com ela e, subsequentemente, para com você. Espero que consiga entender a situação na qual fui posto. Não é preciso dizer mais nada sobre isso, a não ser que fiquei aliviado ao saber que a sua mãe havia se casado em segurança.

Ernest Cassel deve ter ido procurá-la e lhe entregado esta carta, junto com uma quantia que, assim espero, irá garantir seu futuro. Imploro-lhe apenas que se considere com sorte por não precisar levar a mesma vida de seus meios-irmãos e meias-irmãs. Espero que pelo menos um de meus filhos possa viver longe dos grilhões do protocolo e das exigências de uma situação real. Viva com liberdade e anonimato, como eu gostaria de ter podido fazer. E, acima de tudo, seja verdadeira consigo mesma.

Assim sendo, Flora querida, desejo-lhe felicidade, realização e amor. E fico triste por não ter mais tempo para conhecê-la melhor.

Lembre-se dos breves momentos que tivemos.

E imploro-lhe, por favor, por todos os envolvidos, queime esta carta.

A carta estava assinada com a letra de Eduardo e o selo real.

Flora abriu o pesado envelope; já suspeitando o que ele iria conter. Saíram flutuando centenas de notas, cujo valor ela contaria mais tarde.

Tornou a enfiar o dinheiro no envelope e pôs a carta no bolso de seda na parte de trás do diário. Então se levantou da cama, tocou a sineta para chamar Peggie e lhe pediu para avisar a Freed que iria precisar dele em breve para levá-la à estação de Euston.

❈ ❈ ❈

Ao embarcar e se acomodar em seu assento, Flora olhou pela janela do trem que saía da estação. Pantera miou dentro de seu cesto e, como não havia mais ninguém no vagão, ela o pegou no colo.

– Não chore, querido – murmurou para o gato. – Estamos indo para casa.

Estrela

Outubro de 2007

32

— ntão é isso. Uma história e tanto, não?

A voz de Mouse tinha um timbre tranquilizador e eu havia fechado os olhos e me esquecido de onde estava, deixando que ele me transportasse para quase cem anos antes. A prosa rica e descritiva de Flora – do mesmo tipo que Orlando adorava e continuava a usar – só fazia realçar a imagem que eu criara na mente.

O verdadeiro pai de Flora... um rei. Mas o importante não era isso. Eu estava com um nó na garganta por causa da emoção que ela havia sentido e descrito de modo tão tocante no diário. E perguntei-me o que sentiria caso o mesmo acontecesse comigo um dia.

– Estrela? Tudo bem?

Esforcei-me ao máximo para me concentrar na silhueta sentada no sofá na minha frente.

– Essa... Essa história. Você acha que é verdade? Quer dizer, ele era o rei da Inglaterra...

– Poderia muito bem ser verdade. Eduardo ficou famoso pelas várias amantes em todos os momentos do reinado. Já verifiquei os fatos históricos e descobri o registro de uma gravidez aparentemente atribuída a Eduardo VII. Considerando os níveis de contracepção da época, ou melhor, a falta dela, imagino que seria um milagre não haver outras que deixaram de ser registradas.

– Que terrível para a rainha. Fico abismada com o destaque da Sra. Keppel na sociedade.

– A monogamia se tornou um pré-requisito para o casamento apenas recentemente, pelo menos nas classes mais altas aqui da Inglaterra. Na época de Flora, os matrimônios arranjados entre as grandes famílias eram apenas isto: um acordo de negócios. Depois que um herdeiro nascia, tanto homens quanto mulheres estavam livres para ter amantes, contanto que fossem discretos.

– Você é historiador?

– Estudei arquitetura na universidade. Mas um fato interessante é que as necessidades e os desejos dos humanos têm muito a ver com os edifícios em que eles vivem. Passagens secretas que conduziam de um *boudoir* a outro, por exemplo... – Mouse estudou minha expressão. – Você parece encabulada, Estrela. É uma moça pudica?

– Eu tenho moral – respondi, com a maior calma de que fui capaz. Aquela pergunta não parecia adequada para mim depois da conversa que eu tivera mais cedo com Shanthi.

– Justo. Mas, então, está animada com a possibilidade de ter um vínculo de sangue com a nossa família real britânica? Afinal, seu pai lhe deixou o gato Fabergé como pista e Flora diz no diário que ele foi um presente de Eduardo VII.

– Não estou muito animada, não – admiti.

– Se fosse inglesa, talvez estivesse. Conheço várias pessoas que moveriam mundos e fundos para provar que têm parentesco com a realeza. Nós, ingleses, temos tendência a pertencer à espécie mais revoltante de esnobes e alpinistas sociais. Tenho certeza de que a Suíça é bem mais igualitária.

– É, sim. Estou mais interessada em saber o que aconteceu com Flora depois de ela fugir para sua casa no Lake District.

– Bem, tudo que posso lhe dizer é...

Nesse instante, escutei a chave na fechadura e me levantei na hora.

– Sua irmã?

– Sim.

– Já precisava mesmo ir andando.

Mouse também já estava de pé quando Ceci entrou na sala.

– Nossa, Sia, que dia de merda eu tive...

Ela estacou ao ver Mouse junto ao sofá.

– Oi. Eu sou Mouse.

– Ceci, irmã de Sia.

– Prazer – disse ele enquanto Ceci passava a caminho da cozinha. – Certo, acho que vou indo.

Acompanhei-o até a porta.

– Tome. Fique com eles. – Mouse me entregou os diários de Flora. – Talvez queira relê-los. Além disso... – Ele inclinou a cabeça para cochichar no meu ouvido. – Dê uma olhada dentro do bolso de seda da contracapa.

– Obrigada – falei, honrada com o fato de ele confiar o suficiente em mim para cuidar do que, no fundo, eram importantes documentos histórico ingleses.

– Sia? Você fez alguma coisa para o jantar? Estou faminta! – gritou Ceci da cozinha.

– É melhor você ir – falou ele. – Tchau, Estrela.

Mouse me deu um beijo de leve na bochecha.

– Tchau – despedi-me, e bati a porta assim que ele passou, com a bochecha ardendo no lugar do beijo.

❀ ❀ ❀

Na manhã seguinte, acordei antes de Ceci e, quando ela desceu, preparei-lhe um prato de torradas com mel como oferenda de paz, pois sabia que era uma das suas comidas prediletas.

– Preciso sair correndo – disse ela ao terminar. – A gente se vê mais tarde.

Subi para pegar os diários. Desde que Mouse fora embora na noite anterior, estava louca para lê-los. Decidi que não iria me demorar pensando em como Ceci fora grosseira nem no fato de não ter sequer me perguntado quem ele era.

Fui abrindo os diários na ordem, até que achei o que estava procurando. Retirei delicadamente a frágil folha de papel escondida no bolso de seda na contracapa de um deles. Desdobrei-a com cuidado e li a carta escrita pelo rei da Inglaterra para Flora, sua filha ilegítima. Fiquei maravilhada ao refletir como aquilo havia permanecido em segredo por quase cem anos. Pus a carta no lugar, então tornei a ler as últimas páginas, esforçando-me ao máximo para decifrar a caligrafia. Fiquei ponderando sobre a possibilidade de eu ter algum parentesco com a alta nobreza daquele país. Mas também conhecia Pa Salt bem o suficiente para ter consciência de que o meu caminho rumo à descoberta poderia ter desvios e curvas. E algo me dizia que a viagem ainda não chegara ao fim.

O problema era que eu não podia fazê-la sozinha. E só havia duas pessoas no mundo capazes de me ajudar. Uma delas estava agora fora do meu alcance. E a outra... bem, na verdade eu não sabia nada sobre Mouse.

Então me dei conta de que poderia ter lhe devolvido as chaves da livraria ao encontrá-lo na noite anterior. Tinha que devolvê-las e, assim, romper o último vínculo com Orlando e o mundo mágico da Livraria Arthur Morston. Precisava também de uma carta de recomendação e sentia que a merecia. Escrevi uma carta para Orlando e decidi que, se a livraria estivesse fechada, deixaria a mensagem e as chaves na caixa de correio. Além do mais, precisava sair daquele apartamento, caso contrário ficaria ruminando o que Shanthi me dissera na véspera.

Quando subi no ônibus, pensei que o que havia me desestabilizado não fora a pergunta dela sobre a minha sexualidade. Afinal de contas, em todas as minhas viagens com Ceci, as pessoas que encontráramos tinham imaginado que fôssemos um casal, pois não parecíamos irmãs: ela com a pele escura de caramelo e a estatura diminuta; eu, alta e de tez clara. E exibíamos um afeto físico evidente e natural. O que me incomodava não era sequer o fato de Shanthi ter deixado claro que me achava atraente... o *restante* é que me abalara. Sua percepção aguçada como um raio laser tinha atingido o coração do meu mais profundo problema.

Saltei do ônibus e fui até a livraria. Rezei para Orlando ainda estar trancafiado no andar de cima, para poder jogar a carta e as chaves na caixa de correio e sair correndo. Empurrei a porta da frente e constatei que estava aberta. Meu estômago se contraiu com a perspectiva de encará-lo.

Felizmente, não havia sinal dele na livraria, por isso deixei os itens na mesa e refiz o caminho até a porta. Quando estava prestes a ir embora, estaquei. Sabia que era uma irresponsabilidade deixar em plena vista um molho de chaves de uma loja abarrotada de livros raros. Tornei a pegá-las e as levei para o nicho escondido nos fundos da livraria. Guardei-as na primeira gaveta de baixo e decidi mandar um torpedo para Orlando avisando onde as colocara.

Virei-me para ir embora depressa, e foi então que vi que a porta que conduzia ao andar de cima estava entreaberta. Atrás dela havia um sapato preto muito encerado, com um pé dentro, posicionado em um ângulo estranho em relação ao piso mais abaixo. Abafei um grito. Inspirei fundo e empurrei a porta o máximo que consegui.

E ali estava Orlando, estendido no minúsculo saguão que ia dar na escada, com a cabeça pousada no primeiro degrau e o bolo das três da tarde ainda na mão.

– Ai, meu Deus!

Abaixei-me para ouvir sua respiração rasa e vi um talho ensanguentado no meio de sua testa.

– Orlando, sou eu, Estrela. Está me ouvindo?

Não houve resposta. Sentei-me no chão, peguei meu celular e liguei para 999, o número de emergência da Inglaterra. Narrei para a atendente da maneira mais sucinta possível o que havia acontecido. Ela me perguntou se o acidentado tinha alguma doença e, de repente, me lembrei.

– Sim, ele é epiléptico.

– Certo. Uma ambulância vai chegar em breve.

Ela me instruiu sobre como pôr Orlando em posição de recuperação. Fiz o que pude para seguir as orientações. Orlando era magro, mas tinha 1,80 metro e estava imprensado em um espaço minúsculo no pé de uma escada. Felizmente, poucos minutos depois, escutei uma sirene se aproximando e, ao erguer os olhos, vi uma luz azul piscando em frente à vitrine da livraria.

– Ele está aqui. – Acenei para os paramédicos quando eles entraram. – Não consigo acordá-lo...

– Não se preocupe, senhorita, vamos cuidar dele – disse um dos profissionais.

Levantei-me de modo a lhes dar espaço para cuidar do paciente.

Enquanto eles verificavam o estado de Orlando e prendiam um sensor no seu dedo para monitorar os sinais vitais, liguei para Mouse. A ligação caiu na caixa postal e expliquei com a maior calma de que fui capaz o que havia acontecido.

– Senhorita, ele está acordando. Como levou uma pancada feia na cabeça, vamos colocá-lo na ambulância para os médicos darem uma olhada nele no hospital. Quer embarcar junto?

Enquanto os socorristas punham Orlando na maca que o aguardava, tornei a tirar as chaves da livraria da gaveta, tranquei tudo ao sair e andei até a ambulância atrás deles.

❂ ❂ ❂

Algumas horas mais tarde, Orlando estava sentado na cama com um aspecto atordoado e pálido, mas pelo menos consciente. Um médico havia me explicado que ele tivera uma convulsão epiléptica e provavelmente tropeçara na escada, caíra e perdera os sentidos.

– Ele teve uma concussão por causa da pancada, mas a tomografia não deu nada. Vamos mantê-lo aqui em observação durante a noite e amanhã ele deve estar recuperado o suficiente para ter alta.

– Desculpe – veio uma voz rascante da cama.

– Orlando, não precisa se desculpar.

– Você foi maravilhosa comigo e agora salvou minha vida. – Uma pequena lágrima rolou pelo rosto dele. – Serei eternamente grato, Srta. Estrela, eternamente grato.

Ele pegou no sono. Saí para tomar um pouco de ar puro e mandei um torpedo para Ceci avisando que meu patrão sofrera um acidente e que eu estava no hospital com ele, portanto talvez chegasse tarde em casa. Bem na hora em que me preparava para entrar outra vez, o telefone tocou.

– Mil perdões, Estrela. Passei o dia inteiro naquele maldito trator e a porcaria do celular nunca pega lá – disse Mouse, com a voz tensa. – Estou na estação de Ashford. Chego daqui a cerca de uma hora. Como ele está?

– Bastante abatido, mas bem.

– Garanto a você que ele não está tomando os remédios como deve. Talvez tenha sido em protesto porque vou vender a livraria. Ele bem que seria capaz disso.

– Não acho que Orlando iria pôr a própria vida em risco de propósito, Mouse.

– Você não o conhece como eu. Enfim, graças a Deus que você o encontrou a tempo.

– Vou voltar lá para dentro. Mais tarde nos vemos.

Desliguei o telefone e tornei a entrar no hospital.

Orlando foi transportado para um quarto privativo em uma das alas e, depois que as enfermeiras o acomodaram e concluíram suas verificações, pude vê-lo.

– Faça bom proveito – murmurou uma delas ao passar por mim na saída.

– O que você andou aprontando? – perguntei a ele ao me sentar.

– Quem, eu? Só perguntei se eles tinham Earl Grey em vez da água suja que servem como chá. E pelo visto não há bolo.

– Já passou bastante das três.

– Imagino que sim – respondeu ele, examinando a escuridão do outro lado da janela. – Minha barriga deve ter perdido duas horas do dia por causa do meu... incidente. Pelo visto está com *jet lag*.

– É provável.

– Pensei que você tivesse ido para casa e me abandonado – acrescentou ele.

– Tive que dar uns telefonemas. Mouse está a caminho para ver você.

– Então vou dizer às enfermeiras que não quero que o deixem entrar.

– Orlando, ele é seu irmão!

– Bom, ele não precisava ter se importado comigo. Mas tenho certeza de que você ficará feliz em vê-lo.

Permaneci calada. Embora Orlando estivesse se comportando como um menino mimado, no fundo fiquei contente por ele aparentemente estar de volta à sua antiga forma.

– Perdoe-me, Srta. Estrela – disse ele por fim. – Tenho consciência de que essa situação toda não tem nada a ver com você. E que as palavras que eu lhe disse no outro dia foram cruéis e desnecessárias. A verdade é que senti falta da sua companhia. Aliás, hoje estava justamente subindo para lhe telefonar, pedir seu perdão e perguntar se você poderia voltar ao trabalho. A menos que tenha aceitado o emprego em High Weald, quero dizer.

– Não, não aceitei.

– E já arrumou outro?

– Não. Sou leal a você.

– Embora eu, no desespero, tenha me precipitado e demitido você?

– É.

– Ora, mas que coisa boa. – Orlando conseguiu abrir um débil sorriso. – Então você vai voltar para a livraria? Ou pelo menos vai voltar pelo tempo que for necessário para tripular o "navio" de livros até ele ser definitiva-mente afundado?

– Sim. Senti falta de lá... e de você.

– Ora, ora... é mesmo? Meu Deus, Srta. Estrela, quanta bondade sua dizer isso. Você é um verdadeiro anjo de misericórdia para todos nós. E é claro...

Ele fez uma pausa e fechou os olhos por tanto tempo que temi que ele tivesse perdido a consciência outra vez.

– Sim? – indaguei.

Orlando abriu os olhos.

– Entendo que seria egoísta mantê-la só para mim quando outras pes-soas, em especial Rory, precisam de você. Decidi que preciso pôr a felici-dade dele em primeiro lugar e compartilhar você. – Ele tornou a fechar os olhos e ergueu a mão num gesto cansado. – Dou-lhe a minha bênção para ir a High Weald sempre que for preciso.

Houve uma breve batida na porta e a enfermeira entrou.

– Seu irmão está aqui para vê-lo, Sr. Forbes.

– Deixe o Mouse entrar. Ele só quer ver se você está bem – falei antes que Orlando pudesse abrir a boca para protestar.

Ele me encarou, então aquiesceu como um menino obediente. Se ficou surpreso com a minha firme repreensão, não foi o único.

Mouse entrou no quarto e veio na nossa direção. Parecia exausto, muito pior do que o seu irmão na cama de hospital.

– Olá, meu velho. Como está se sentindo?

– Ver você não ajuda – respondeu Orlando, tenso, e virou a cabeça para olhar pela janela.

Mouse olhou para mim com ironia.

– Ele está ficando bom, então.

– Sim – falei, e levantei-me para lhe ceder a cadeira.

– Sério, não vá embora por causa do meu irmão – comentou Orlando, ácido.

– Eu preciso mesmo ir andando.

– Claro – disse Mouse.

– Comporte-se, ou pelo menos tente.

Com um sorriso, dei um beijo na testa de Orlando, tentando evitar o curativo sobre o ferimento. Peguei a mochila e andei em direção à porta.

– Me avise como vai o paciente – pedi a Mouse.

– Pode deixar. E obrigado mais uma vez, Estrela. Você é uma heroína.

❀ ❀ ❀

Naquela noite, durante o jantar com Ceci, meu celular tocou.

– Desculpe, preciso atender.

Levantei-me e fui até a varanda; pude sentir os olhos da minha irmã me queimarem as costas.

– Oi, Estrela – disse Mouse. – Só para dar as últimas notícias. Se tudo correr bem, ele deve ter alta amanhã. Mas, por causa da pancada na cabeça e da epilepsia, o médico estava receoso em deixá-lo sozinho nos próximos dias. Ele talvez tenha outras convulsões, sobretudo porque, como eu desconfiava, confessou ter se "esquecido" de tomar os remédios nos últimos tempos. Conclusão: quer ele queira ou não, vou ter que levá-lo comigo de volta para Kent.

– Quer que eu vá junto para ajudar? Orlando disse que tudo bem.

– Se você pudesse, seria fantástico. Marguerite vai para a França outra vez no domingo de noite e Orlando deixou muito claro que não ficaria em Home Farm comigo, logo você permaneceria com Rory e com ele em High Weald. Me mande um torpedo com o horário de chegada do seu trem no domingo e eu vou buscá-la na estação.

– Certo, farei isso. Tchau.

Encerrei a ligação e voltei para a mesa.

– O que essa família quer de você agora? – perguntou Ceci.

– Tenho que ir para High Weald no domingo. Meu patrão está se recuperando lá e precisa da minha ajuda.

– Precisa de você como enfermeira não remunerada, você quer dizer – desdenhou Ceci. – Meu Deus, Sia, você ganha uma miséria e, vamos encarar os fatos, não passa de uma funcionária da livraria.

– Eu já disse que adoro a casa e a família. Não é esforço nenhum. – Empilhei a louça suja sobre a mesa e carreguei tudo para a pia. – Podemos mudar de assunto? Eu vou, ponto final.

– Sabe de uma coisa? – falou Ceci depois de uma pausa. – Você mudou desde que conheceu essa família. Mudou mesmo.

33

*T*alvez fosse verdade... talvez eu tivesse *mesmo* mudado. E a exemplo de qualquer vício, fosse ele em drogas ou em uma pessoa, tinha recebido sinal verde para retornar a High Weald. E qualquer motivo para não fazê-lo havia desaparecido da minha mente feito fumaça dissipada pelo vento. Meu celular tocou quando eu estava tirando a mesa do café, e vi que era Orlando.

– Oi. Como você está? – perguntei.

– Pelo menos não estou mais confinado, porém fui carregado sem a menor cerimônia para o clima ártico de High Weald. Contra a minha vontade, devo acrescentar. Estou em perfeita saúde e posso cuidar de mim mesmo; desagrada-me ser tratado como uma criança de 3 anos.

– Estou certa de que Mouse estava apenas cumprindo ordens do médico.

– A única luz no horizonte é que ouvi dizer que você em breve vai se juntar a nós. Pelo menos poderei ter a perspectiva de uma comida decente neste meu deserto de infelicidade.

– Vou, sim.

– Graças a Deus. Sério, não sei como o pobre Rory sobrevive. Não me surpreenderia se ele sofresse de desnutrição e escorbuto. Kent é conhecido como a horta da Inglaterra, mas ainda assim nós vivemos à base de torradas e feijão enlatado. Vou ligar para a loja do povoado e encomendar mantimentos agora mesmo, e quando você chegar vamos comer feito reis. Além disso, estava pensando: será que eu poderia lhe pedir um favor?

– Qual?

– Você poderia passar na livraria e pegar meu laptop? Deve estar em cima da minha cama no segundo andar. Tenho dois clientes que estão atrás de um Trollope e de um Fitzgerald para dar de presente de Natal. Com certeza Tenterden tem internet e, no desespero, é preciso aceitar mesmo aquilo que se odeia.

– Mouse tem internet em Home Farm – lembrei a ele.

– Estou ciente, Srta. Estrela, já que tecnicamente lá é a casa da minha família também. Nas atuais circunstâncias, porém, eu não cruzaria a soleira dele nem por uma questão de vida ou morte, quanto mais por causa de um livro.

– Sim, posso ir à livraria – falei, ignorando o comentário.

– Obrigado. Será um prazer vê-la amanhã.

– Tchau, Orlando.

Peguei um ônibus até a Kensington High Street e, no caminho da livraria, comprei três grossos suéteres de lã, alguns pares de meias para dormir e uma bolsa de água quente como proteção para o frio.

Chegando à Morston, subi a escada e abri a porta do quarto de Orlando. Havia livros empilhados sobre cada centímetro de superfície disponível. Uma pilha fazia as vezes de criado-mudo e uma luminária se equilibrava de modo precário sobre um *Robinson Crusoé*. O laptop estava no meio da cama, em cima do edredom desbotado e cercado por mais livros, a ponto de eu me perguntar onde ele encontrava espaço para dormir à noite.

Levei o laptop para o térreo e pensei que restavam poucas dúvidas sobre quem era o amor da vida de Orlando. E um amor que fazia todas as suas vontades: bastava virar uma página e ele era transportado para qualquer lugar onde quisesse escapar das agruras da realidade.

Andei pela livraria e, ao parar junto à seção "Ficção britânica, 1900-1950", um pensamento me ocorreu. Com um sobressalto, vi que o trecho específico de prateleira estava agora vazio e que apenas uma fina camada de poeira cobria a madeira onde antes ficavam os diários de Flora MacNichol. Ao sair, perguntei-me se Orlando os teria mudado de lugar ou se tinha alguma outra coisa em mente para eles.

O trajeto até High Weald era agora conhecido e não entrei em pânico quando, ao chegar a Ashford, não vi o carro de Mouse à minha espera. Ele acabou aparecendo, me cumprimentou com um "oi" sucinto e deixamos a estação na velocidade máxima.

– Que bom que você chegou. Não tem sido nada divertido bancar o enfermeiro do meu irmão. Sei que você gosta dele, mas, meu Deus do céu, como ele consegue ser difícil quando quer... Ainda está se recusando a falar comigo.

– Ele vai acabar superando, tenho certeza.

– Talvez tenha que fazer isso mais depressa do que pensa. Recebi um telefonema dos donos da loja ao lado da livraria: eles vendem antiguidades do Extremo Oriente e parece que agora, com tantos russos comprando imóveis em Londres, os negócios estão indo de vento em popa. Eles fizeram uma boa proposta para comprar a livraria. O corretor acha que consegue levá-los a subirem um pouco o preço ameaçando anunciar o imóvel no mercado.

– Mas e os livros? Para onde iriam? Isso sem falar em Orlando.

– Só Deus sabe – respondeu Mouse, sombrio. – Eu não esperava ter que pensar nesse tipo de coisa tão cedo. Mas, com a dificuldade atual do mercado, precisamos considerar a proposta.

– Vai sobrar algum dinheiro para Orlando arrumar outro lugar para ele e para os livros?

– Quando a livraria for vendida e a dívida, paga, o resto do dinheiro vai ser dividido entre nós dois. Na verdade, como o acervo de Orlando vale centenas de milhares de libras, não vamos nos sair nada mal. Vai sobrar bastante para ele alugar outro local, se for o que quiser fazer.

– Ótimo.

– Para ser sincero, Orlando não é o único responsável por esta situação. Ela também se deve à minha má administração da fazenda. Enfim... – Ele deu um suspiro. – Tudo pode acontecer. Agora vamos ter que esperar para ver se quem fez a proposta está mesmo falando sério. – Ele embicou o carro no acesso que conduzia à casa. – Espero que não se importe se eu a deixar e for embora, mas tenho um milhão de coisas para fazer em casa hoje.

– Sem problema.

Desci do carro e Mouse foi até a mala pegar minha bolsa de viagem.

– Poderia aprontar Rory para sair para a escola às oito e meia amanhã de manhã? Fica a menos de um quilômetro daqui, no que chamamos com certa pompa de vilarejo de High Weald. Você sabe dirigir, Estrela?

– Sim. Tirei carteira na Suíça oito anos atrás.

– Excelente. Ajudaria muito se pudesse se locomover e dirigir o Fiat de Marguerite. Vou colocar seu nome no seguro.

– Está bem.

Engoli em seco ao pensar em quanto eu deveria estar enferrujada, sem falar em ter que dirigir do lado esquerdo da rua.

Mouse foi embora e arrastei minha bolsa até a porta da frente, que se abriu na mesma hora, e um comitê de boas-vindas surgiu.

– Estrela!

Rory se jogou nos meus braços e quase me derrubou do degrau.

– Chegou a salvação! Graças aos céus – disse Orlando atrás do menino.

Ele pegou minha mala, pousou-a junto ao pé da escada, então seguiu na frente até a cozinha, onde a mesa estava coberta pelos mantimentos encomendados na lojinha do povoado. Em meu íntimo, suspirei ao ver a maneira como Orlando gastava dinheiro: apesar da crise econômica que atravessava, a família Forbes pelo visto nunca havia aprendido a economizar.

– Como eu não sabia muito bem o que você iria querer, comprei tudo em que consegui pensar. Devo dizer que estava meio que torcendo por um pernil de cordeiro hoje à noite. Na verdade, Rory e eu até já colhemos o alecrim. Sabia que, depois que se planta um arbusto de alecrim no jardim, dá um baita azar arrancá-lo? – Ele pegou um ramo da erva e o colocou debaixo do nariz como se fosse um bigode falso. Rory riu. – Lembro que esse arbusto de alecrim já existia quando eu era um molecote igual a você. Mas, Srta. Estrela, o que podemos fazer para ajudar?

Sentamo-nos para comer duas horas mais tarde e, depois, jogamos uma partida de Scrabble, que Orlando ganhou de lavada.

– Tio Lando é muito inteligente – falou Rory, gesticulando a caminho do andar de cima. – Disse que Mouse está obrigando ele a vender a livraria.

– Pode ser. Mas agora é hora de dormir. Vou mandar Orlando subir para contar uma história.

– Boa noite, Estrela. Que bom que você voltou.

– Também estou feliz por ter voltado. Durma bem, Rory.

❈ ❈ ❈

– Bom dia – disse Mouse quando Rory e eu subimos no Land Rover.

Arrisquei uma olhada de viés na direção dele enquanto nos afastávamos da casa e pensei de novo em como ele parecia preocupado.

– Preste atenção no caminho, sim, Estrela? Se você puder dirigir o Fiat, não há motivo algum para não levar Rory à escola de hoje em diante.

Concentrei-me no caminho que ele fez, que deve ter durado menos de sete minutos mas teve várias curvas para a esquerda e para a direita. Paramos em frente a uma encantadora escola antiga, situada ao lado de um parque no centro do povoado.

– Entra comigo, Estrela – pediu Rory, e puxou-me do banco.

Passamos pelo portão e fomos nos juntar às mães que acompanhavam seus filhos pelo pátio. Enquanto todos penduravam seus casacos em ganchos, Rory estendeu os braços para mim.

– Você vem me pegar mais tarde?

Uma menininha apareceu e lhe deu a mão.

– Vamos, Rory – disse ela. – A gente vai chegar atrasado.

Com um último aceno, o garoto se afastou pelo corredor.

– Tudo bem? – indagou Mouse quando voltei para o carro.

– Tudo. Pelo visto ele é feliz aqui.

– Por enquanto, pelo menos. A escola tem sido ótima, mas se ele vai poder continuar no ensino convencional quando for mais velho são outros quinhentos. – Tomamos o caminho de volta pelas estradas rurais. – Você acha que consegue buscá-lo hoje no final do dia? Tenho uma reunião às três e meia.

– Vou treinar com o Fiat em frente à casa hoje à tarde.

– A chave está no porta-trecos ao lado do telefone. Me ligue se tiver algum problema.

Saltei diante da casa e ele partiu chispando sem dizer mais nada.

Na cozinha, Orlando estava sentado à mesa.

– Tem um bacon maravilhoso na geladeira e alguns cogumelos aqui da região. Adoro cogumelos – disse ele, olhando de esguelha para mim.

– Como está se sentindo?

Fui buscar os ingredientes que ele havia pedido na despensa e na geladeira.

– Estou tinindo. Nunca consegui entender por que usam essa palavra... Quando as pessoas estão bem não produzem nenhum som agudo. Bom, o que vai fazer hoje?

– Dar uma aula de direção a mim mesma no Fiat. Preciso buscar Rory na escola às três e meia.

– Perfeito! Então talvez possa me incluir nos seus planos. Preciso ir a Tenterden, uma cidadezinha muito respeitável aqui perto. Lá há uma livraria maravilhosa aonde minha mãe costumava me levar quando eu era criança... – Sua voz foi sumindo à medida que ele incluía no raciocínio a situação atual. – Enfim – disse ele depressa –, tenho certeza de que eles vão ter lá algum lugar com banda larga, e a delicatéssen da cidade faz a melhor mousse de foie gras que eu já comi.

343

Assim, depois de eu dar vida ao motor relutante do Fiat e ir e voltar do portão um par de vezes para me familiarizar com uma alavanca de marchas que parecia um grande pirulito preto, eu e meu passageiro igualmente nervoso partimos rumo a Tenterden. As instruções de Orlando em relação ao caminho eram tão pouco confiáveis quanto o carro que eu dirigia, que seguiu sacolejando, cantando pneus e morrendo pelas estreitas estradas rurais. Quando chegamos a Tenterden, meus nervos estavam em frangalhos. Consegui arrumar uma vaga ao lado do parque da cidade, cujas árvores já quase sem folhas protegiam uma fileira de bem cuidadas casas de ripas.

– Posso lhe garantir que a dificultosa viagem que acabamos de fazer terá valido a pena – afirmou Orlando, e começou a atravessar o parque.

Fui atrás dele, com a sensação de ter sido de fato transportada para uma época bem mais aprazível. Um campanário se erguia acima das velhas construções de estrutura de madeira e pessoas conversavam em frente a lojas coloridas ou sentadas nos bancos do parque.

Ele parou abruptamente em frente a um café de janelas típicas, com múltiplas vidraças quadradas pequeninas, e segurou a porta para me deixar entrar. Uma mulher que atendia um cliente levantou a cabeça e exibiu um largo sorriso.

– Senhor Orlando! Que prazer vê-lo por aqui.

– O prazer é todo meu, minha cara Sra. Meadows. Como vai a vida?

– Os tempos andam bicudos para nós, comerciantes independentes. O senhor deve ter visto o que aconteceu aqui do lado. – Ela apontou para a esquerda com o polegar.

– Não, viemos da outra direção. O que houve?

– O Sr. Meadows teve que fechar a livraria. Os dois aluguéis estavam nos matando. E é o café que gera dinheiro.

Orlando parecia ter levado um soco no estômago.

– A livraria fechou?

– Sim, já faz dois meses. Mas até agora nós não conseguimos encontrar ninguém para assumir o contrato. Vocês vão ficar para o almoço?

– Vamos, sim – respondeu ele. – Qual é o prato do dia?

– Empadão de frango com purê.

– Então vamos querer dois, Sra. Meadows, por favor. Com duas taças de...

– Sancerre – completou a dona do café. – Está mais magro do que nunca, Sr. Orlando. Esta sua senhorita não o está alimentando?

Ela olhou para mim e sorriu.

344

– Posso lhe garantir que ela me alimenta tão bem quanto a senhora costumava alimentar. Venha, Srta. Estrela.

Fomos nos sentar diante de uma mesa de pinho nodosa. Orlando afundou na cadeira de madeira e balançou a cabeça.

– Estou de luto. Mais uma parte da minha antiga vida desapareceu. A livraria Meadows era um verdadeiro farol de paz e tranquilidade que iluminava as lembranças da minha infância. E agora ela se foi.

Depois de comer nossos empadões de frango, de fato deliciosos, Orlando perguntou à Sra. Meadows se o estabelecimento tinha conexão de banda larga. Ela o conduziu junto com seu laptop até um escritório nos fundos.

Enquanto isso, fui explorar Tenterden e saborear o caráter inglês singular da cidade, com suas casinhas e lojas antiquadas em ruas estreitas de paralelepípedos. Espiei pela janela de uma loja de brinquedos, cheia de teias de mentira, aranhas de plástico e vassouras. Como faltavam dois dias para o Dia das Bruxas, pensei em Rory e em como seria divertido comemorar, como eu e minhas irmãs sempre tínhamos feito em Atlantis. Pa Salt nos dissera que, no Dia das Bruxas, as Plêiades estavam quase no seu ponto máximo no céu, e era como se esse dia fosse um feriado em nossa homenagem. Quando ele se encontrava em casa, nos levava até seu observatório e deixava-nos contemplar, uma de cada vez, a constelação pelo telescópio. Eu era a que sempre tinha dificuldade para achar a *minha* estrela, Astérope. Ela não parecia brilhar com tanta força quanto as das minhas outras irmãs.

– Mas, meu amor, você tem *duas* estrelas com seu nome. É que elas ficam tão juntinhas que parecem uma só. Está vendo?

Pa Salt tornara a me levantar. E eu tinha *visto*.

– Talvez eu seja sua estrela gêmea – falou Ceci.

– Não, Ceci, você tem a própria estrela – respondera Pa Salt com delicadeza. – E ela fica bem perto.

Depois de escolher para Rory uma fantasia de Harry Potter, comprei uma capa e um chapéu de bruxa para mim e uma roupa de mago para Orlando. Pelo menos sabia que não seria um problema convencer *a ele* a vestir a fantasia. Então parei diante de um par de orelhas, bigodes e rabo comprido de camundongo. Com uma risadinha, coloquei-os também ao lado da caixa registradora. Refiz meu caminho pela rua principal levando uma volumosa sacola e me detive para comprar uma abóbora.

Orlando me aguardava em frente à delicatéssen.

– Meu Deus! É só soltar uma mulher num lugar com lojas que ela arruina a própria família num piscar de olhos.

– Comprei umas coisinhas de Dia das Bruxas.

– High Weald já está cheio de fantasmas do passado, mas acho que alguns a mais não farão mal nenhum. Olhe só. – Ele apontou para a loja ao lado da delicatéssen, cuja vitrine estava dominada por um imenso cartaz de "ALUGA-SE". – Que tristeza – suspirou ele. – Que grande tristeza.

❀ ❀ ❀

No Dia das Bruxas, eu já havia me acostumado com as excentricidades do Fiat. Deixei Rory na escola e avisei que haveria uma surpresa quando ele voltasse. A caminho de casa, dirigi mais alguns metros e dobrei à esquerda em direção a Home Farm. *O máximo que pode acontecer é ele dizer "não"*, pensei. Marchei até a porta dos fundos e bati.

– Está aberta! – gritou alguém lá dentro.

Sentado à mesa, Mouse tinha a cabeça curvada acima do livro-caixa.

– Oi, Estrela – disse ele, dando o primeiro sorriso em muitos dias. – Como vai?

– Bem, obrigada.

– Para dizer a verdade, eu também. Recebi uma notícia. Vou fazer chá. – Ele se levantou, encheu uma velha chaleira de ferro e a pôs no fogão para ferver. – Nossos vizinhos de Londres aumentaram a proposta pela livraria e querem fechar negócio quanto antes. Tem até uma chance de o dinheiro entrar na conta antes do Natal.

– Ah.

– Você não parece muito satisfeita.

– Estou pensando em Orlando, só isso.

– Melhor assim do que nós dois acabarmos sem casa e sem dinheiro. E agora vai sobrar mesmo o suficiente para ele alugar uma livraria por aqui e até para comprar uma casinha para morar, se for a vontade dele.

– Vim convidar você para comemorar conosco hoje à noite lá em High Weald. É Dia das Bruxas e vamos todos nos fantasiar.

– Boa ideia – disse ele. Espantei-me com a reação positiva. – Nossa, Estrela, estou tão aliviado... Você não faz ideia da gravidade da nossa situação financeira.

– Posso lhe pedir para não comentar sobre isso com Orlando hoje? Queria que Rory se divertisse.

– Está bem. Como vai ele?

– Bem.

– E você? Pelo visto também. Esse suéter lhe cai bem. A cor combina com seus olhos. Ah, você ainda não encontrou aqueles tais diários lá em High Weald, encontrou? – perguntou ele de repente.

– Não, desculpe.

Era apenas uma meia mentira. No fim das contas, os diários tinham sumido outra vez. Só que não de High Weald.

– Bom, onde será que eles foram parar? É uma pena eu não poder confirmar o que meu pai me contou antes de morrer. Mas talvez seja melhor deixar o passado no lugar dele. Notícias de Marguerite?

– Sim, ela ligou ontem à noite. Disse que o trabalho estava indo bem.

– E estou certo de que o que a fez voltar correndo para a França não foi apenas o poder de atração dos murais, do dinheiro e do vinho diretamente saído da cave. Meu palpite é que ela conheceu alguém.

– Sério?

– Há anos não a vejo com tanta energia. É incrível o que o amor é capaz de fazer, não? Ele acende a pessoa por dentro. – Mouse abriu um sorrisinho triste. – Você já amou alguém, Estrela?

– Não – respondi, sincera.

– Que pena.

Levantei-me abruptamente, pouco à vontade com o rumo íntimo que aquela conversa estava tomando.

– Vejo você às sete em ponto. Ah, e antes que eu me esqueça, temos uma fantasia para você também.

❀ ❀ ❀

Quando Rory voltou da escola, acendemos a abóbora e a pusemos perto da porta da frente. Então o ajudei a vestir a fantasia.

– Nunca brinquei de Dia das Bruxas – anunciou ele, animado. – Marguerite falou que é uma ideia americana e que a gente não deve comemorar.

– Não acho que tenha importância de onde a ideia veio, contanto que seja boa. E se fantasiar é sempre divertido.

Descemos a escada juntos para exibir a fantasia de Harry Potter de Rory para Orlando, que já estava na cozinha de capa, chapéu e barba branca comprida. Pensei que ele poderia ter um segundo emprego como dublê de Dumbledore.

– Você está com uma cara malévola de verdade – comentou ele ao ver minha roupa de bruxa.

– Estrela é uma bruxa branca, então é boa – disse Rory, e me abraçou.

Bem na hora em que ele disse isso, Mouse entrou pela porta e Orlando fez cara feia para mim, contrariado.

– Você não me avisou que *ele* viria também – falou, num sussurro falso que podia ser ouvido perfeitamente bem pelo irmão.

– Mouse tem fantasia? – quis saber Rory.

– Claro. Aqui está. – Tirei a sacola de um armário e a passei para Mouse. Ele olhou lá dentro e franziu a testa.

– Sério, Estrela, não curto essas coisas.

– Por Rory? – cochichei para ele. – Só as orelhas, quem sabe?

Tirei-as da sacola e as estendi para ele.

– Agora você é um rato de verdade! – gritou Rory, encantado com a ideia. – Vou te ajudar.

Continuei a mexer a sopa de abóbora e não me atrevi a olhar para ver se Mouse estava cedendo aos insistentes pedidos do menino.

– Como vai, Orlando? – perguntou ele a caminho da despensa.

Como não houve resposta, voltou com vinho e uma garrafa de cerveja, e me ofereceu uma taça. Olhei para ele e reprimi uma risadinha ao ver as orelhas que Rory havia posto sobre a sua cabeça de qualquer maneira. Estendi a mão e endireitei uma que tinha se dobrado.

– Ficou bom – falei, sorrindo.

– Obrigado – resmungou ele, e virou-se de volta para a mesa.

Apesar da tensão entre os dois irmãos, a animação de Rory foi contagiante. Depois de tomarmos a sopa, servi "hambúrgueres de fantasma" com "batatas de aranha", feitas com purê e em seguida fritas. Após a sobremesa, fui até a gaveta e peguei um DVD do primeiro filme de Harry Potter que tinha comprado na cidade.

– Vamos assistir? – sugeri aos três.

– Não é *Superman*? – perguntou Rory.

– Não, mas acho que você vai gostar. Quer ligar o aparelho, Dumbledore?

– Claro. Venho tentando convencer Rory a me deixar ler esse livro para ele há um ano. – Orlando se levantou e girou a varinha de condão. – Venha, Harry. Deixe-me levá-lo até Hogwarts e todas as suas glórias.

– Preciso ir andando. – Mouse tirou as orelhas e as pôs sobre a mesa. – Obrigada por hoje, Estrela. Rory adorou.

– Que bom.

– Você tem muito jeito com ele. Sério.

Mouse se aproximou de mim, parou e, de repente, me deu um abraço apertado. Ergui os olhos para ele e vi sua expressão quando ele abaixou a cabeça na direção da minha. Então, como quem muda de ideia, deu um beijo estalado na minha testa.

– Boa noite.

– Boa noite – respondi quanto Mouse me soltou. Ele foi até a porta da cozinha e saiu.

Apesar de o primeiro filme de Harry Potter ser um dos meus preferidos de todos os tempos, mal prestei atenção. Não conseguia parar de pensar na hora em que Mouse quase havia me beijado na boca.

– Vamos lá, rapazote, já está mais do que na hora de você dormir.

Suspendi meu relutante Harry Potter do sofá enquanto os créditos do filme desfilavam na tela.

– Nada de história hoje, meu velho. Já é tarde – disse Orlando. – Durma bem, e sonhe com os anjos.

Depois de dar um beijo de boa-noite em Rory, desci de novo a escada com a intenção de limpar a cozinha.

Quando estava recolhendo as canecas de chocolate quente usadas na sala, Orlando brandiu a varinha de condão para mim.

– Para onde está indo agora? Você não para nunca, não é? Por favor, Srta. Estrela, sente-se. Tenho a impressão de que mal conversamos há dias.

– Ok. – Sentei-me na poltrona junto ao fogo, numa imitação de nossa posição costumeira na livraria. – Sobre o que você quer conversar?

– Sobre você.

– Ah – estranhei. Já estava preparada para outra enxurrada de lamentos em relação à venda da livraria.

– É, Srta. Estrela, sobre *você* – repetiu ele. – Acho que fez bastante coisa por esta família, sobretudo por mim e por Rory. Portanto, sinto que deveria lhe dar algo em troca.

– Sério, Orlando, não precisa. Eu...

– Com certeza não vai ser nenhuma compensação financeira, porém algo muito mais importante, na minha opinião.

– Ah, é?

– É. Eu não me esqueci do que a fez procurar a Arthur Morston, Srta. Estrela: seu pai a mandou até lá numa busca para saber mais sobre a sua verdadeira origem.

– Sim.

– No começo fiquei ressabiado, claro... como qualquer um ficaria quando um desconhecido anuncia um vínculo de sangue com a sua família. Principalmente uma família com uma história tão complexa quanto a nossa. Você me perguntou quem era Flora MacNichol e eu respondi que era irmã da nossa bisavó... em outras palavras, nossa tia-bisavó, o que de fato é verdade. Mas não *toda* a verdade.

– Entendo.

– Duvido muito que entenda. E ninguém entende tampouco, exceto eu. Isso porque, Srta. Estrela, durante todos os meus terríveis anos de doença na infância, minha única escapatória foi a leitura.

– Mouse me contou.

– Imagino que tenha contado. Mas nem mesmo ele podia saber que, na minha viagem voraz pelas estantes de Home Farm, li tudo que havia para ler. Inclusive os diários de Flora MacNichol. – Orlando fez uma pausa de efeito. – *Todos* os diários.

– Certo. – Decidi entrar no seu joguinho. – E sabia que alguns estão faltando? Mouse estava à procura deles para ajudar na pesquisa sobre a história da família. Você sabe onde estão?

– É claro que sei.

– Então por que não disse a ele?

– Na verdade, não achei que ele estivesse conduzindo a pesquisa com as melhores intenções. Srta. Estrela, você precisa entender que meu irmão tem sido um homem amargurado e atormentado desde a morte da mulher e do nosso pai. Senti que pôr as informações do diário à disposição dele teria jogado ainda mais lenha na sua fogueira interior. Posso garantir que ele estava tão afogado na própria infelicidade que mal era capaz de dizer uma palavra cortês a quem quer que fosse. Não se encontrava no seu estado normal.

– E por que os diários teriam piorado as coisas?

– Estou certo de que Mouse já comentou com você que nosso pai lhe revelou certas... informações antes de morrer. Mouse ficou obcecado em descobrir a verdade sobre o seu passado. Mas só porque não tinha futuro algum ao qual se agarrar. Entende isso?

– Entendo. Mas o que eu tenho a ver com isso?

– Bem, então... – Ele levou a mão a uma bolsa de lona guardada junto à poltrona em que estava sentado. Pôs a mão lá dentro e tirou uma pilha conhecida de cadernos envoltos em seda. – Sabe o que é isto?

– Os diários de Flora MacNichol.

– De fato, de fato – disse ele, aquiescendo. – É claro que eu os havia tirado de Home Farm algum tempo atrás e escondido entre os milhares de volumes da livraria. Como você sabe, seria preciso uma eternidade para encontrá-los lá – concluiu ele, satisfeito.

Decidi deixá-lo saborear aquele instante e não revelar que já sabia disso.

– Portanto, Srta. Estrela, aqui estão eles. A vida de Flora MacNichol entre os anos 1910 e 1944. Estes diários contêm provas escritas da farsa ocorrida na nossa família, cujas consequências atravessaram os anos. E, pode-se dizer, contribuíram muito para o lugar em que nós três estamos hoje.

Fiquei sentada em silêncio e supus que ele estivesse se referindo a si mesmo, Mouse, Marguerite.

– Então, considerando a nobreza de suas ações para com os combalidos Forbes, sinto que nada mais justo do que continuar a guiá-la na direção certa do ponto em que meu irmão parou.

– Está bem, obrigada.

– Mas até onde exatamente você foi com Mouse?

– Flora descobriu quem era seu verdadeiro pai. E fugiu de Londres para casa.

– Então sugiro que eu continue a história daí... Perdoe-me se não ler todas as palavras, temos trinta anos a cobrir. – Ele apontou para a pilha de cadernos. – Parte do texto é extremamente sem graça, mas, acredite, a narrativa progride rumo a um clímax fabuloso. Comecemos, portanto. Você tem razão quando diz que Flora naquele dia fugiu para sua "casa" nos Lakes. Ela conseguiu chegar a Near Sawrey e procurou Beatrix Potter, que a aceitou em sua residência e lhe deu abrigo. Então, alguns meses depois, usou a herança do pai para comprar uma pequena fazenda ali perto.

Durante os nove anos seguintes, viveu praticamente reclusa, cuidando de seus animais e da terra.

– Ela ainda era tão jovem... Tinha só 20 e poucos anos – sussurrei.

– Ora, ora, Srta. Estrela, paciência. Acabei de lhe dizer que as coisas acabam se animando para ela. – Orlando pegou o primeiro diário, folheou as páginas, em seguida o largou e percorreu a pilha até encontrar outro. – Então: estamos nos Lakes em fevereiro de 1919, na manhã de um dia de muito frio e neve...

Flora

Near Sawrey, Lake District

Fevereiro de 1919

34

lora abriu um caminho estreito na neve em frente à sua casa, uma tarefa ingrata, já que podia constatar, pelo céu pesado, que outra nevasca viria a qualquer momento arruinar seu trabalho. Mesmo assim, precisava sair do chalé e descer a estrada para visitar Beatrix, que recentemente fora acometida por uma crise de bronquite. Era inútil levar Giselle, seu pônei de Northumbria, que embora devesse estar acostumado com aquele clima, relinchava toda vez que a neve lhe ultrapassava os tornozelos e se recusava obstinadamente a sair do lugar.

Usando a grossa calça de tweed que havia costurado para si mesma, bem mais prática do que uma saia, e calçando pesadas botas, ela pegou o cesto de mantimentos e seguiu pelo aclive coberto de gelo até uma estradinha escondida debaixo dos montes de neve.

Parou, como sempre fazia, ao ver as janelas de Esthwaite Hall cintilarem do outro lado do lago, tão congelado que ela calculou que pudesse calçar um par de patins e atravessá-lo em poucos minutos. Nos nove anos desde que ali chegara, não conseguia se lembrar de um clima tão ruim. Para sua tristeza, havia perdido várias ovelhas, assim como todos os criadores do distrito.

Podia ver ao longe Castle Cottage, a casa para a qual Beatrix se mudara após se casar com William Heelis, o bondoso marido advogado. Fora a amiga quem lhe avisara que Wynbrigg Farm estava à venda e sugerira que ela comprasse a fazenda. Flora tivera muito trabalho para reformar o chalé e repor os animais.

Beatrix já não era mais tão jovem, embora continuasse a negar o fato e ainda pudesse ser vista no alto dos morros em busca de ovelhas ou de uma nova espécie de flor selvagem que ainda não crescesse no seu jardim. Muitas plantas acabavam indo parar nos canteiros de Flora.

Naquela fatídica noite de 1910 em que ela fugira de Londres sabendo apenas que precisava retornar aos seus amados Lakes, Beatrix a salvara. Muita gente no povoado a considerava uma velha estranha e mal-humorada, mas a jovem tinha visto e sentido a bondade que existia em seu coração.

Beatrix era a amiga mais próxima – na verdade, a única. Flora a adorava.

E a solidão era um baixo preço a ser pago pela independência, pensou ela enquanto percorria a neve que lhe subia até os joelhos. Pelo menos a Grande Guerra, cujo armistício só fora declarado no último mês de novembro, a afetara bem menos do que a maioria, pois ela não tinha ninguém próximo para perder. Embora fosse mentira sugerir que não houvesse pensado constantemente naqueles que ainda amava. Apesar de sua determinação em não pensar nele quando acordada, Archie Vaughan assombrava seus sonhos e pesadelos.

Pelo menos a fazenda a mantinha ocupada e a guerra tornou imprescindível que ela aprendesse a arte da autossuficência. Como a leiteria não era devidamente abastecida, já que tirava o que as poucas vacas eram capazes de produzir para alimentar os rapazes na França, Flora havia comprado uma cabra para prover as próprias necessidades. Os cavalos que puxavam as carroças tinham sido requisitados para o esforço de guerra e ela pudera manter apenas Giselle, o pônei. Os legumes também ficaram mais escassos, de modo que ela plantara a própria horta e passara a criar galinhas para ter ovos. Apesar da fome, jamais se sentira tentada a torcer o pescoço de nenhuma delas. Não comera uma fatia de carne sequer desde que voltara para os Lakes.

Às vezes Flora pensava nos suntuosos jantares da Portman Square, na vergonhosa abundância de comida e carne, e agradecia a Deus por ter agora condições de administrar a própria casa, por mais modesto que fosse o cardápio.

Uma imagem de Archie se formou na sua mente.

– Você está vivo? – indagou ela ao ar gelado.

Na verdade, a agonia de não saber era intolerável. Beatrix, a quem Flora havia contado toda a triste história ao chegar, anos antes, tinha lhe implorado para entrar em contato com a irmã a fim de avisar onde morava e perguntar como ambos estavam passando. "A guerra muda tudo", afirmara ela, mas Flora sabia que nada poderia mudar sua terrível traição. Nem a expressão de Aurelia ao lhe dizer que nunca mais queria vê-la.

De vez em quando, tinha notícias dos pais pelos boatos da região e fora com tristeza que soubera da morte do pai, dois anos antes. Escrevera para a mãe na Escócia, mas nunca chegara a despachar a carta. A amargura que sentia em relação a Rose, assim como a fuga após a morte do rei, tornara impossível o contato. Ficara sabendo recentemente que ela havia deixado as Terras Altas e se mudado para o estrangeiro – ninguém parecia saber para onde.

O inverno era sempre a época mais difícil do ano, pois não podia se extenuar com o trabalho físico para impedir a chegada dos pensamentos sombrios. Ficaria aliviada quando a primavera chegasse e seus dias se enchessem de atividade outra vez. Ofegante por causa do esforço de atravessar a neve, chegou a Castle Cottage e bateu à porta. Como sempre, os primeiros a acolhê-la foram os dois cães pequineses de Beatrix.

– Flora querida, entre – disse a dona da casa. Ela se sentiu envolvida por uma onda de ar quente. – Estava aqui fazendo um bolo com meu último ovo. O melhor seria você saboreá-lo, pois William atravessou a neve para ir ao escritório em Hawkshead. Não tenha medo de experimentar este. A Sra. Rogerson me ajudou a prepará-lo.

– Que gentileza a sua. E, veja, eu trouxe uns ovos frescos. – Flora tirou as luvas e pousou três sobre a mesa com cuidado. – Está melhor, querida Beatrix?

– Muito, obrigada. Foi um resfriado feio. E hoje em dia fico com o peito muito congestionado.

– Trouxe também um pouco de cânfora – acrescentou Flora, tirando o remédio do cesto. – E um vidro do mel das minhas abelhas do ano passado.

Ela se sentou à mesa da cozinha enquanto a amiga lhe cortava um pedaço do bolo branco cujas duas parcas metades eram mais do que compensadas pela quantidade de geleia do recheio. Quando ela levou o doce à boca, saboreando o aroma, foi acometida por uma súbita lembrança.

– Que dia é hoje? – perguntou.

– Dezesseis de fevereiro.

– Meu Deus! – Flora se recostou na cadeira e riu. – Acredita que hoje é meu aniversário? E você me ofereceu bolo!

– Querida! Então não poderia haver motivo melhor para eu ter decidido fazê-lo. – Beatrix se sentou e apertou sua mão. – Feliz aniversário, Flora.

– Obrigada.

– Quantos anos você está fazendo mesmo?

– Estou fazendo... – Ela teve que pensar por alguns segundos. – Vinte e nove.

– Tão jovem ainda... Pouco mais da metade da minha idade. Sempre penso em você como mais velha. Por favor, se conseguir, considere isso um elogio.

– Ah, eu considero, sim. Minha sensação é de já ter vivido muito tempo.

– Bem, você sabe que sou uma mulher da terra, mas até eu de vez em quando preciso voltar a Londres e à civilização, e às vezes me pergunto se você também não deveria. Principalmente agora que a guerra acabou.

– Sou feliz o suficiente aqui – comentou Flora, sentindo uma leve irritação.

– Eu sei que é, querida, mas William e eu estávamos comentando outra noite que nos preocupamos com você. Ainda é jovem e linda...

– Por favor, Beatrix, não há por que me bajular.

– Não estou bajulando você, só apontando os fatos. Não quer considerar a possibilidade de entrar em contato com sua família? Quem sabe sugerir uma visita ao sul para enterrar de vez os fantasmas?

– Você sabe que já falamos nisso antes, e a resposta ainda é não. Aurelia não quer me ver nunca mais. O que eu poderia trazer para a vida dela a não ser uma dolorosa lembrança do passado?

– Que tal amor, Flora?

Ela encarou a amiga sem entender. Em geral Beatrix não era dada a sentimentalidades; Flora não entendia por que estava falando naquilo. Engoliu o restante do bolo e se levantou.

– Preciso voltar agora. Obrigada por seus bondosos desejos, mas garanto que estou bem e feliz. Até logo.

Beatrix observou a jovem amiga sair da cozinha. Ainda profundamente preocupada com a solidão e o isolamento em que Flora vivia, viu-a descer marchando a estrada coberta de neve.

❀ ❀ ❀

Quatro meses mais tarde, em um dia ensolarado de junho, Flora abriu a porta da frente do chalé com o rosto banhado em lágrimas depois de Beatrix bater várias vezes.

– Meu Deus! – exclamou a amiga ao ver sua expressão consternada. – Mas o que foi que aconteceu?

– É Pantera! Ele ontem foi dormir como sempre na minha cama, mas hoje de manhã não... não acordou.

– Ah, querida... – Beatrix entrou e fechou a porta. – Eu sinto muito, muito mesmo.

– Eu o amava tanto! Ele era o único vínculo que eu tinha com o passado, entende? Na verdade, ele era *tudo* que eu tinha...

– Calma, calma... – Beatrix levou Flora até a cozinha, sentou-a e pôs a chaleira para ferver no fogão. – Ele teve uma vida longa e boa.

– Ele tinha só 10 anos. Já ouvi de muitos gatos que vivem bem mais.

Flora baixou a cabeça e seus ombros se sacudiram com soluços silenciosos.

– Bem, o tempo que ele viveu foi saudável e feliz. E nós duas sabemos que não há nada pior do que ver um animal velho sofrer uma morte lenta e dolorosa.

– Mas foi tão repentino! Eu não entendo.

– Ninguém entende, só o Senhor lá no céu. – Beatrix despejou a água num bule de chá. – Onde ele está agora?

– Em cima da minha cama ainda. Parece tão confortável ali que não quero mexer nele.

– Flora, você tem que ser prática. Pantera precisa ser enterrado. Quer que a ajude?

– Quero... – Os olhos de Flora se encheram de lágrimas outra vez. – Me perdoe o excesso de sentimentalismo. Você sabe que já perdi muitos animais na vida, mas Pantera era especial.

– Claro. Alguns animais são assim.

– Seria ridículo dizer quanto me sinto sozinha agora sem ele?

– De jeito nenhum. – Beatrix pôs uma xícara de chá na sua frente. – Tenho certeza de que você deve ter uma caixa no seu armário de mantimentos. Por que não a pega, vai até lá em cima e põe dentro dela o querido Pantera? Eu o trago aqui para baixo, e você pode se despedir antes de eu fechar a caixa. Depois podemos ir até lá fora e decidir onde no jardim você gostaria de fazer o túmulo.

– Obrigada.

Flora lhe lançou um sorriso infeliz e saiu da cozinha.

❂ ❂ ❂

Depois de enterrar Pantera e dar o melhor de si para consolar uma Flora arrasada, Beatrix foi embora de Wynbrigg Farm e percorreu o caminho de volta até Castle Cottage. Abriu uma gaveta de sua escrivaninha, pegou a carta recebida alguns dias antes e a leu outra vez. O conteúdo a fez chorar, uma raridade naqueles dias após a Grande Guerra, cenário de tantas tragédias. Durante o jantar, debateu a situação com o marido, William.

– Fui ver Flora hoje de manhã para lhe sugerir a ideia, mas não senti que era o momento certo. Ela estava abalada com a morte do gato.

William bateu no cachimbo com um ar pensativo.

– Pelo que você acaba de me contar, acho que a sua sugestão ficou ainda mais válida. E a minha tendência seria simplesmente apresentar a ela um *fait accompli*. O máximo que ela pode fazer é dizer não.

– Talvez você tenha razão. Obrigada, querido.

❀ ❀ ❀

Uma semana mais tarde, Flora, ainda desolada, viu Beatrix subir de novo o caminho até sua casa com uma trouxa grande nos braços.

– Bom dia, Flora – disse ela ao entrar no chalé. – Os canteiros que margeiam os caminhos do seu jardim estão maravilhosos... principalmente as estrelas-da-pérsia: excelente acréscimo.

– Obrigada – respondeu Flora, embora, desde a morte de Pantera, não tivesse ligado muito para nada. – E o que... o que é isso?

Beatrix removeu a manta que protegia o conteúdo da trouxa.

– Isto aqui, querida, é um bebê.

– Meu Deus! – Flora foi até a amiga e observou mais de perto o rostinho diminuto adormecido, de olhos bem fechados. – E o que exatamente ele está fazendo aqui com você?

– É um menino, e tem 15 dias de idade. Você sabe que eu sou benfeitora do hospital aqui da região e este pequenino foi levado para lá poucas horas depois de nascer. Uma vizinha ouviu o choro dele da casa ao lado, em Black Fell. Infelizmente, constatou que a mãe tinha falecido após dar à luz, mas esta coisinha estava berrando a plenos pulmões entre as pernas dela. O cordão umbilical ainda não havia se rompido. Ela o cortou com uma faca de pão, mandou o marido chamar o agente funerário e desceu o morro com o bebê até o hospital. Posso me sentar? Ele é mais pesado do que parece. Você é uma coisinha bem forte, não é? – arrulhou Beatrix afetuosamente para a trouxa.

Flora a levou até a cozinha e lhe puxou uma cadeira, maravilhada com aquele lado novo e maternal da amiga.

– E o pai do bebê, onde está?

– Bem, é uma história trágica. O pai era um pastor, que três anos atrás foi mandado para lutar na França. Sua última licença foi em agosto e, assim que voltou para o front, morreu na Batalha de Épehy. Isso apenas poucas semanas antes do armistício. O corpo nunca foi mandado de volta para cá. – Beatrix balançou a cabeça, com a tristeza estampada no rosto. – E agora nenhum dos dois vai ver o filho. Posso apenas rezar para estarem juntos no céu, e que Deus tenha suas almas.

– Ele tem parentes?

– Nenhum que a vizinha conhecesse. Tudo que ela conseguiu informar aos funcionários do hospital foi que a mãe era de Keswick e se chamava Jane. Quando lá cheguei para minha visita mensal, fiquei sabendo sobre o bebê e seu trágico destino. Fui visitá-lo e, embora o menino não estivesse passando muito bem na ocasião, reconheço que fiquei bastante tocada com ele e com a sua difícil situação.

– Ele parece muito bem agora.

Ambas observaram o bebê se mexer e seus pequeninos lábios rosados se franzirem em um biquinho desgostoso antes de emitirem um ruído de sucção.

– Daqui a pouco ele vai acordar e precisar comer. No meu cesto você vai encontrar uma mamadeira. Poderia aquecê-la? Fui informada de que bebês não gostam de leite frio.

– É leite humano? – indagou Flora, fascinada.

Pegou a mamadeira no cesto e a pôs para esquentar no fogão dentro de uma panela com água quente.

– Todos os bebês são desmamados com leite animal diluído em água, mas me disseram que leite de vaca às vezes provoca cólicas, por isso dão leite de cabra.

– Sim... – Flora hesitou. – Por que trouxe o bebê aqui? Você e William estão pensando em adotá-lo?

– Valha-me Deus, não! Por mais que eu lamente o fato de que jamais serei mãe, aceito que seria injusto adotar uma criança agora. Flora querida, você talvez tenha se esquecido dos meus 52 anos de idade: é o bastante para ser avó deste pequenino aqui. Que ideia... – Beatrix riu. – Eu e William provavelmente estaremos mortos quando ele atingir a maioridade.

– Quer dizer que está só cuidando dele por hoje?

– Isso. – O bebê começou a se mexer freneticamente; seus bracinhos surgiram de dentro da manta e se dobraram ao meio quando ele começou a espreguiçar os pequenos membros. – Nas minhas visitas ao hospital, vejo muitos bebês e crianças pequenas adoentadas, mas este aqui é um lutador. Apesar das circunstâncias traumáticas do nascimento, as enfermeiras me disseram que ele se recuperou por completo. Você se importaria em segurá-lo um pouco? Meus braços estão doendo muito.

– Eu... Eu nunca segurei um bebê na vida. Não quero deixá-lo cair nem machucá-lo...

– Isso não vai acontecer. Nós duas já fomos bebês um dia e estou certa de que, apesar de nossas mães ineptas, porém bem-intencionadas, conseguimos sobreviver. Tome. Vou pegar a mamadeira.

Beatrix passou o bebê para os braços de Flora. Ela levou um susto com a solidez da criança; apesar da aparência minúscula, quando todas as partes de seu corpo começaram a se mover em direções diferentes e ele choramingou igualzinho a Pantera pedindo comida, sua feroz determinação em sobreviver a deixou com lágrimas nos olhos.

– Testei o leite na mão para garantir que não esteja quente demais a ponto de queimá-lo, nem tão fria que ele não queira tomar – disse Beatrix, e passou-lhe a mamadeira.

– O que eu faço com isso? – indagou Flora, ao passo que o bebê, talvez sentindo o cheiro do leite tão próximo e ao mesmo tempo tão distante, começou a chorar bem alto.

– Ora, ponha na boca dele, claro!

Flora tentou colocar o bico entre os lábios rosados, que haviam se fechado perversamente.

– Ele não quer pegar.

– Então pingue um pouco de leite na boca dele. Flora, eu já vi você cuidar de vários cordeiros e fazê-los mamar. Aplique a mesma técnica, e pronto.

Flora assim fez e, após alguns segundos de tensão, enfim conseguiu enfiar o bico da mamadeira na boca da criança e sentir a sucção com os dedos que o seguravam. Ambas suspiraram aliviadas quando a paz voltou a reinar na cozinha.

– O que vai acontecer com ele? – indagou Flora dali a algum tempo.

– Quem pode saber? Agora que ele está bem, não pode mais ficar no hospital. Escreveram pedindo para eu tentar encontrar alguém que ficasse com o bebê por aqui, mas se não acharmos um lar que o queira, ele precisará ser mandado para um orfanato em Liverpool. – Beatrix estremeceu. – Ouvi dizer que é um lugar horrível. E depois, quando ele tiver idade suficiente, vai arrumar emprego em uma fábrica de algodão, se tiver sorte, ou nas minas se carvão, se não tiver.

– Isso é de fato o melhor que esta criança inocente pode esperar?

Horrorizada, Flora baixou os olhos para a calma expressão de contentamento do bebê.

– Infelizmente, sim. Talvez o melhor fosse ter sido levado junto com a mãe. Como o número de órfãos cresce a cada mês que passa, há pouca esperança de um futuro para ele. Já que os maridos não voltaram da França, muitas mulheres estão com dificuldades para sustentar os filhos.

– Mas será que já não vimos desperdício suficiente de vida humana?

– Desperdício gera desperdício, querida. O mundo inteiro está tentando se recuperar de quase ter sido destruído. Perdoe-me por dizer isso, mas para nós, abrigadas aqui em frente aos nossos fogos bem abastecidos, é muito fácil se distanciar do que anda acontecendo lá fora. Sempre que vou a Londres, vejo o desespero dos soldados mutilados a mendigar pelas esquinas e toda a pobreza que é o epílogo dessa guerra medonha.

– Ele acabou... Está pegando no sono. – Flora pôs a mamadeira em cima da mesa. – Beatrix, por que você trouxe este bebê aqui?

– Porque eu queria que você o visse.

– Só isso?

– Em grande parte, sim. E também....

– O quê?

– Às vezes me preocupo que você tenha se fechado para o mundo.

– Talvez eu deseje assim. Como você, prefiro animais a gente.

– Flora, isso não é verdade e você sabe disso. Minha principal fonte de felicidade é, sim, outro ser humano. Se não fosse o meu marido, eu teria uma vida muito vazia mesmo.

Flora lhe entregou o bebê adormecido.

– Tome. Já está alimentado.

– Por enquanto. – Beatrix tornou a pegá-lo no colo e se levantou. – Pode me passar o cesto?

Flora o fez e ficou observando a amiga enrolar o bebê na manta antes de ir embora. As duas saíram e começaram a descer o caminho.

– Obrigada por trazê-lo aqui – disse ela. Ao abrir o portão, perguntou: – Como ele se chama?

– As pessoas o chamam de Teddy, como o ursinho, porque todas as enfermeiras querem pegá-lo no colo. – Beatrix abriu um sorriso triste. – Adeus, Flora.

Naquela noite, Flora se sentou para escrever no diário, mas não conseguiu se concentrar. Os olhos imensos e francos do bebê a assombravam. Por fim, desistiu e começou a andar de um lado a outro da sala de estar impecável. Tudo estava no seu lugar, exatamente onde ela colocara. Ninguém vinha perturbar a ordem calma e segura que havia criado para si.

Flora preparou um copo de Ovomaltine, que Nannie sempre fazia questão de Violet e Sonia tomarem antes de se deitar.

Violet... A querida Violet, tão arrebatada, mas ainda assim controlada por um amor avassalador pela amiga Vita Sackville-West. Flora sabia que Vita tinha se casado alguns anos antes, mas Beatrix recentemente lhe trouxera boatos de Londres sobre um novo relacionamento entre as duas mulheres. Como sempre, a jovem havia fechado os ouvidos para aquela conversa sobre o passado, mas escutara o suficiente para entender que o amor entre as duas amigas de infância desabrochara em algo mais profundo.

Suspirou ao pensar que, de todas as pessoas em Londres, Violet era mesmo a mais adequada para ser protagonista daquela última relação clandestina, por ser tão parecida com a mãe. Tinha sido treinada para aquilo, e aprendido, com a sua criação, que a notoriedade era algo normal.

Enquanto Flora havia fugido...

Lá em cima, na cama, ficou escutando o pio de uma coruja, a única criatura ainda acordada à medida que as longas e vazias horas da noite iam passando. A solidão se abateu como um manto escuro e ela desceu novamente a escada e sentou-se à escrivaninha. Tirou uma chave de uma das gavetas, destrancou o pequeno compartimento e pôs a mão dentro do esconderijo. Pegou um diário, abriu-o e enfiou os dedos no bolso de seda na parte interna da contracapa. Então sacou a carta que seu pai lhe enviara por intermédio de sir Ernest Cassel. *Viva a sua vida com liberdade e anonimato, como eu gostaria de ter conseguido viver a minha. E, acima de tudo, seja verdadeira consigo mesma...*

Passou algum tempo encarando a assinatura.

– Teddy – falou de repente. Apelido de Edward...

Flora MacNichol riu pela primeira vez em muito tempo.

35

Teddy se mudou para a casa de Flora dois dias depois e ambos deram o melhor de si – e, em alguns casos, o pior – para se acostumar um com o outro. A abordagem de Flora foi considerar a criança um cordeirinho órfão que necessitava de calor, amor e, mais do que tudo, leite. Ficou surpresa ao constatar, porém, que enquanto era capaz de limpar qualquer forma de excremento animal sem o menor problema, sentia-se acometida por uma onda de náusea toda vez que trocava a fralda suja do bebê.

Ele não era nem de longe um menino calmo; como um cãozinho que houvesse perdido a mãe, depois de lhe dar a última mamadeira de leite Flora o deitava no berço improvisado, uma gaveta cheia de cobertas posta junto ao fogão. Então se preparava para dormir, subia as escadas pé ante pé, enfiava-se entre as cobertas e fechava os olhos aliviada. Após alguns minutos, porém, o choro começava.

Ela tentava ignorá-lo, pois Beatrix lhe instruíra que bebês precisavam ser "treinados como animais", mas Teddy não parecia inclinado a jogar conforme as regras. À medida que o choro aumentava de volume e começava a reverberar pelas grossas paredes de pedra da casa, Flora entendia que aquilo era uma guerra de nervos e Teddy sempre vencia.

A única hora em que ele parecia tranquilo era quando estava aninhado na cama ao seu lado. Por fim, embora soubesse que precisaria pagar o preço mais adiante, deixou-o dormir com ela durante a noite; sua exaustão física, mental e emocional era tão grande que não se importava mais.

Depois disso, uma paz relativa passou a reinar no chalé. Mesmo assim, a fazenda começou a sofrer de falta de atenção, logo Flora precisou contratar um jovem do povoado para fazer o serviço básico. Apesar de a sua rotina cuidadosamente elaborada ter sido perturbada sem qualquer esperança de normalidade, o fato de outro coração bater junto ao seu todas as noites ajudou o próprio coração congelado a começar a derreter.

Quando o sol de verão saiu, ela começou a levar Teddy para passear. Com um pedaço de algodão, fabricou uma faixa que enrolava em volta de ambos, pois os caminhos acidentados e o terreno pedregoso não eram adequados para um carrinho de bebê. Ignorava os olhares curiosos dos moradores do vilarejo; podia imaginar as fofocas que circulavam e ria do que eles podiam pensar. Com o passar dos dias, começou a experimentar uma sensação de paz e realização que pensara nunca mais recuperar. Isso até um dia quente de julho em que recebeu uma visita.

Havia acabado de pôr Teddy para tirar seu cochilo da tarde e estava ocupada no jardim, cujos canteiros cuidadosamente plantados tinham passado os últimos meses tão abandonados que clamavam tão alto por sua atenção quanto o bebê. Enquanto desenroscava as ervas daninhas, transpirando sob o forte sol da tarde, pensou como a natureza, se deixada sozinha até mesmo por um curto tempo, logo retomava o controle.

– Olá, Flora.

Suas mãos cheias de terra e plantas congelaram.

– Meu nome é Archie Vaughan. Está lembrada de mim?

Devo estar sofrendo de insolação, pensou ela. Se estava lembrada dele? O homem que a assombrara nos últimos nove anos? Aquela era a pergunta mais absurda que sua mente solitária já tinha inventado.

– Posso entrar, por favor?

Ela se virou para pôr fim àquela alucinação ridícula, mas, quando encarou a silhueta que aguardava pacientemente atrás do portão, mesmo balançando a cabeça e piscando algumas vezes, a imagem se recusava a sumir.

– Que ridículo! – gritou bem alto.

– Que ridículo o quê? – rebateu a alucinação.

Controlou-se e marchou em direção ao portão, pois tinha lido livros suficientes para saber que, em caso de desidratação, o oásis imaginário desaparecia assim que a pessoa chegava perto.

– Sou mesmo?

Flora agora olhava por cima do portão, perto o bastante para que ela sentisse seu cheiro conhecido e até mesmo um leve contato do seu hálito no rosto.

– Por favor, vá embora! – ordenou, desesperada.

– Flora, por favor... sou eu, Archie. Você não se lembra?

A miragem estendeu a mão e um dedo encostou na sua face, trazendo consigo sensações que não podiam de modo algum ser um sonho.

O contato dele pareceu sugar todo o sangue das veias de Flora, que cambaleou e esticou o braço para se apoiar no portão quando sua cabeça começou a girar.

– Meu Deus, Flora...

De repente, o chão veio ao seu encontro e ela desabou.

– Me perdoe – escutou vagamente, sentindo uma brisa fresca soprar no rosto. – Eu deveria ter mandado um telegrama avisando que viria. Mas tive medo de você fazer questão de estar ausente.

A voz suave a fez abrir os olhos e ela viu um leque de tecido bege sendo abanado em frente ao seu rosto. Quando seu olhar entrou em foco, percebeu que o leque era o seu próprio chapéu e que, atrás dele, havia um rosto: mais magro do que ela recordava, quase emaciado, com uma mecha de cabelos grisalhos a brotar da têmpora. Os olhos não eram mais límpidos e, sim, os de um homem atormentado.

– Consegue se levantar? Preciso tirar você do sol.

– Sim.

Ela se apoiou em Archie e deixou que ele a guiasse até dentro de casa. Apontou para lhe indicar a direção da cozinha.

– Não é melhor se deitar?

– Meu Deus, não! – retrucou ela, sentindo-se tão fraca e boba quanto qualquer heroína de romance barato. – Pode me trazer um pouco d'água da moringa que está na despensa?

Ele obedeceu e Flora bebeu em grandes goladas sôfregas diante do seu olhar grave que não parava de fitá-la. Teve uma súbita visão do que Archie devia estar vendo: uma mulher com o rosto coalhado de rugas, castigado pela tristeza, pela solidão e pelo clima árduo dos Lakes. Seus cabelos, como sempre desalinhados, escapuliam do coque e ela usava uma bata imunda e grosseira. Uma calça de algodão coberta de manchas de terra e tamancos de madeira completavam o traje. Em suma, era uma visão de meter medo.

– Você está tão linda... – murmurou Archie. – Os anos lhe fizeram bem.

Flora deu um misto de risada e muxoxo, achando que o sol forte o houvesse cegado. Por sorte, suas faculdades já estavam se recuperando e, qual um exército exausto, iam se submetendo relutantes ao seu comando.

– O que está fazendo aqui? – perguntou ela, incisiva. – Como me encontrou?

– Vou responder primeiro à segunda pergunta: há anos a sua família sabe onde você está. Sua presença aqui foi comunicada quase no mesmo instante à sua mãe por Stanley, o antigo ajudante de estrebaria de Esthwaite Hall. E Rose, alheia ao drama ocorrido entre as duas filhas, escreveu para Aurelia.

– Entendo.

– Com certeza entende também que, para que o nosso casamento sobrevivesse, o melhor para nós três era deixar tudo como estava e evitar qualquer contato. Mas Aurelia ficou observando você de longe.

– Isso muito me surpreende.

– É verdade mesmo que o tempo cura, Flora. E nos últimos anos todos nós percebemos o pouco tempo que talvez nos reste. – O olhar dele se tornou sombrio.

– Sim.

Fez-se um silêncio e ambos ficaram com os olhos perdidos ao longe enquanto as lembranças iam chegando e se acumulando.

Por fim, Archie tornou a falar:

– Estou aqui porque Aurelia queria fazer as pazes.

– Mas os culpados fomos nós.

– Sim, mas foi ela quem a baniu da sua vida. Quando nosso filho nasceu, um mês atrás, a primeira coisa que ela pensou foi em escrever para você. Sentiu que era chegada a hora.

– Mais um bebê? Quantos filhos vocês têm agora?

– Só esse. Eu...

A voz de Archie se embargou e Flora decifrou sua expressão. Foi então que compreendeu.

– Não... – sussurrou.

– Aurelia morreu três semanas atrás, dez dias depois do parto. Eu sinto muitíssimo, Flora. Você sabe que ela nunca foi forte e a gestação lhe debilitou de modo fatal a saúde.

Flora fechou os olhos e sentiu as lágrimas brotarem. Sua linda e doce irmã não mais respirava. Ela nunca mais iria encarar aqueles límpidos olhos azuis tão cheios de esperança e alegria. Mesmo naquele exílio ao qual havia se forçado, sempre sentira Aurelia consigo. O caráter definitivo de sua morte a horrorizou. E ela se recriminou por todos os anos perdidos.

– Ai, meu Deus... Ai, meu Deus do céu... – balbuciou. – Como é difícil suportar. Será que nós... Será que nós contribuímos? Eu teria ficado feliz em dar minha própria vida em troca da dela, você deve saber disso.

– Sei disso mais do que ninguém, Flora. Você sacrificou a própria felicidade em troca da alegria de Aurelia. E, para dizer a verdade, os primeiros tempos do nosso casamento foram... difíceis. Principalmente porque não conseguimos ter a única coisa de que precisávamos para nos unir... um filho. Aurelia perdeu nosso primeiro bebê e ainda teve outros abortos espontâneos. Pouco depois veio a Grande Guerra. Entrei para o Corpo Real de Voo e passei a maior parte dos três anos e meio seguintes longe de High Weald. Continuamos tentando ter um filho, mas sem resultado. O médico nos alertou que o melhor para a saúde de Aurelia seria evitar uma gravidez, mas ela não quis ouvir. Então, no outono passado, engravidou mais uma vez. Nós... – Ele se corrigiu. – Eu... Eu tenho uma filha.

– Eu... Ah, Archie!

Flora tirou do bolso um lenço de pano imundo e assoou o nariz.

– Muito me entristece ter vindo aqui por causa dessa notícia terrível. Mas Aurelia insistiu.

– Insistiu no quê?

– Em que eu viesse pessoalmente lhe entregar isso. Foi o último pedido que fez antes de morrer.

Archie sacou um envelope do bolso do paletó e lhe deu. Só de ver a caligrafia conhecida, Flora ficou tonta.

– Você sabe o que ele contém?

– Eu... Sim, talvez tenha uma ideia.

Ela alisou o envelope e suas mãos tremeram quando sentiu um terror brotar dentro de si ao pensar nas palavras duras que ele poderia conter. Então sentiu o calor da mão de Archie sobre a sua.

– Não tenha medo. Eu disse que ela queria fazer as pazes. Pode abrir?

– Com licença.

Flora se levantou, saiu da cozinha e cruzou o hall até a sala. Sentou-se em uma poltrona e rompeu o lacre de cera.

High Weald
Ashford, Kent
16 de junho de 1919

Minha amada irmã,
Há tanto que eu queria dizer, mas, como você sabe, não tenho o seu ta-

lento com as palavras. Além do mais, fico mais fraca a cada dia que passa, logo perdoe a relativa brevidade desta carta.

Senti muito a sua falta, irmã querida. Nenhum dia se passou sem que eu tenha pensado em você. No início a odiei, sim, mas recentemente comecei a me recriminar pelos atos que minha natureza ciumenta me levou a cometer nove anos atrás. Muito tempo se perdeu, que agora nunca mais poderá ser recuperado.

Sendo assim, e ao olhar para minha querida filha deitada tranquilamente no berço ao meu lado sem saber que jamais conhecerá a mãe quando crescer, preciso tentar reparar a situação. Flora, não quero que ela seja criada sem mãe. Por mais que Archie vá amar Louise, nunca poderá lhe proporcionar a ternura de braços femininos nem um ouvido para guiá-la e cuidar dela conforme minha filha for virando mulher.

A querida Sarah vai continuar aqui, claro, para prover as necessidades básicas de Louise, mas está envelhecendo. E ambas sabemos que a sua educação e visão de mundo são estreitas, embora não por culpa dela.

Isso me faz chegar ao favor que tenho a lhe pedir: quando perguntei recentemente sobre você a meus espiões em Esthwaite, eles me disseram que você mora sozinha. Se ainda for assim e se estiver disposta a sair do seu isolamento, imploro-lhe que considere a possibilidade de se transferir para High Weald e criar minha filha como se fosse sua.

Estou certa de que irá amá-la com cada pedacinho do seu lindo coração. Além disso, reconforte meu pobre marido na sua tristeza. Flora, você não tem ideia do que ele passou durante a guerra, e agora ter que encarar a morte da esposa e ser obrigado a criar nossa filha sozinho é um fardo insuportável.

Por favor, pelo menos considere a possibilidade de um arranjo desse tipo e permita que a minha alma imortal seja purificada do meu erro egoísta. Você já sofreu por tempo suficiente. Pode ser que fique surpresa com esta carta, mas eu me dei conta, com o tempo, de que não podemos controlar quem amamos. E Archie me confessou grande parte da culpa pelo que aconteceu tempos atrás. Contou-me como correu atrás de você e como lhe escondeu o arranjo já feito com nosso pai quando os dois estavam na Escócia.

Minha querida Flora, estou exausta e não consigo escrever muito mais. Porém, acredite quando digo que já houve muito sofrimento no mundo ultimamente, e meu último e ardoroso desejo é aliviar a dor futura de quem amo. E torcer para que encontrem a felicidade.

Rezarei para que você consiga achar forças no seu coração para me entender e perdoar. E, caso seja do seu agrado fazê-lo, para que crie minha filha com amor e compaixão na casa em que ela nasceu.

Deixo-lhe todo o meu amor, irmã querida.

Reze por mim também.

Aurelia

Flora olhou pela janela; aquela carta extraordinária lhe embotara os sentidos. A generosidade ali contida era de certa forma pior do que as recriminações que sentia merecer.

– Flora? Você está bem? – indagou uma voz da porta.

– Ela me pediu perdão – murmurou Flora. – Ai, meu Deus, Archie, ela não deveria ter feito isso. Quem lhe causou dor fui eu.

– Sim, embora boa parte da culpa repouse firmemente nos meus ombros. Meu amor por você me cegou.

– Como Aurelia conseguiu encontrar forças para perdoar desse jeito? Duvido que eu tivesse sido capaz. – Flora fez uma pausa para se recompor. – Além do mais, agora nunca vou poder lhe dizer que não foi só seu casamento que me forçou a fugir nove anos atrás e vir morar aqui sozinha.

– É mesmo?

Ela hesitou. Então, decidindo que não deveria haver mais segredos, foi até a escrivaninha. Pegou a carta no bolso de seda do seu diário de 1910 e a entregou a Archie.

– Foi por causa disso também.

Observou-o ler e o viu arquear uma sobrancelha vez por outra, espantado.

– Vejam só – disse ele, devolvendo-lhe a carta. – Ora, vejam só.

– Você sabia? Acho que Londres inteira sabia, na época.

– Para ser sincero, ouvi boatos sobre a sua... ligação com uma certa família, mas nunca lhes dei muito crédito. Além do mais, quando o velho rei morreu e Jorge V subiu ao trono, todas as fofocas sobre a antiga corte desapareceram no caixão com ele e os cortesãos começaram a tentar obter proeminência no novo regime. De modo que... – Um esboço de sorriso surgiu pela primeira vez. – Será que eu agora deveria chamá-la de "princesa Flora"? Meu Deus, mal sei o que dizer... embora isso explique muita coisa.

– Não há nada a ser dito, mas agora você pode entender por que fui embora de Londres imediatamente. O mundo estava chorando pela rainha e, assim como a Sra. Keppel, eu era um lembrete indesejado dos desvios de conduta do seu finado marido.

– Mas, ao contrário da Sra. Keppel, você não teve culpa em nenhum deles – contrapôs Archie. – E, enquanto você teve a dignidade de se manter afastada da sociedade, ela voltou para Londres e vai muito bem, obrigada. Já sua filha Violet está hoje no auge da notoriedade. Ela e Vita fugiram juntas para a França depois do armistício, e Vita deixou para trás o marido e os dois filhos. As fofocas correm por toda Londres; dizem até que foi Violet quem a incentivou a agir assim. A família Keppel não tem vergonha alguma, enquanto você se comportou com a dignidade e a graça dignas da princesa que é.

– Até parece.

Baixando os olhos para os próprios trajes, ela também conseguiu abrir um sorriso.

– Essas características vêm de dentro, Flora. Mas agora preciso perguntar: como se sente em relação aos últimos desejos de Aurelia?

– Archie, não sou capaz nem de começar a processar o que sinto. Além disso...

Como numa deixa, um choro alto veio do andar de cima. Archie franziu a testa.

– Que barulho é esse?

– Com licença – disse ela, levantando-se. – Preciso dar de comer a Teddy.

Enquanto Flora subia a escada para buscar o que sabia que seria uma trouxa suada, malcheirosa e fonte de um barulho incessante, permitiu-se uma risadinha. Embora fosse verdade que a sua vida tivesse estagnado nos nove anos anteriores, agora seria a sua vez de fazer uma surpresa a Archie Vaughan. *E que surpresa*, pensou, descendo com Teddy no colo e tomando o rumo da cozinha para pegar sua mamadeira de leite.

Poucos minutos depois, vencido pela curiosidade, Archie entrou lá atrás dela.

– Você tem um filho – falou enquanto ela se concentrava em segurar a mamadeira no ângulo favorito do bebê.

– Tenho.

– Entendo.

Ela ouviu-o soltar um longo suspiro.

– O pai mora aqui com você? – perguntou ele depois de um tempo.

– Não, ele morreu.

– Era seu marido?

– Não.

– Então...

Ela deixou passar tempo suficiente para a imaginação dele correr solta, embora não houvesse dito uma só palavra que fosse mentira. Só então tornou a falar.

– Ele é órfão. Faz pouco menos de um mês que mora comigo. Estou pretendendo adotá-lo.

Ergueu os olhos e por pouco não conseguiu conter uma risadinha ao ver o alívio no semblante de Archie.

– O nome dele é Teddy – acrescentou, para arrematar.

– Mas claro... Faz todo o sentido. Estou perplexo, confesso.

– Eu também, quando tomei a decisão de ficar com ele. Mas agora... – Ela baixou os olhos para o bebê saciado, que revirava os olhinhos de prazer por causa da barriga cheia, e lhe deu um beijo carinhoso na testa. – Não poderia viver sem ele.

– E quanto tempo Teddy tem?

– Quase um mês e meio. Ele é da última semana de maio.

– Então nasceu só alguns dias antes de Louise chegar, no início de junho. Os dois até poderiam ser gêmeos.

– Mas vêm de mundos bem diferentes. O pai deste pequeno aqui era um pastor que morreu na Grande Guerra.

– Vou dizer uma coisa, Flora: seja você nobre ou mendigo, a morte não respeita barreiras sociais. Não importa a classe do pai de Teddy; se ele lutou e morreu por seu país, foi um herói. Você precisa dizer isso ao filho dele – afirmou Archie com veemência.

– Ainda não decidi o que contar a ele.

– Quer dizer que você agora está bem versada em cuidados com crianças e...

As palavras de Archie ficaram suspensas no ar e Flora entendeu para onde estavam rumando.

– Onde Louise está agora? – perguntou.

– Sarah está cuidando dela em High Weald. E, se você sentir que não pode se mudar para cuidar dela por causa da sua situação... diferente, darei o melhor de mim, com a ajuda de Sarah, para ser a mãe e o pai da minha filha.

– Mas mesmo se eu aceitar a proposta, e Teddy? Você deixaria que ele se mudasse para o quarto das crianças de High Weald? Pois, se você sentir que não pode acolher meu filho, preciso dizer que, em circunstância alguma, poderia aceitar ir para lá.

– Flora, será que você não entende? Não poderia ser mais perfeito! Louise teria um companheiro de brincadeiras... um irmão, na verdade. Os dois cresceriam juntos...

Foi então que ela viu o desespero nos olhos de Archie. Não soube dizer se era pela filha, pela esposa morta ou por si próprio.

– Posso pegá-lo no colo? – indagou ele de repente.

– Claro.

Ela depositou Teddy nos seus braços abertos.

– Que rapaz bonito, com esses grandes olhos azuis e cabelos louros... Por ironia, Louise puxou ao meu lado da família e tem os cabelos escuros. Teddy é mais parecido com Aurelia. Olá, rapazinho – murmurou ele. Esticou o dedo na direção do bebê e Teddy o agarrou com força dentro do punho pequenino. – Acho que você e eu iríamos nos dar bem.

Flora se levantou. Sentia-se pressionada a tomar uma decisão sobre a qual ainda não tivera tempo de refletir.

– Prefiro que você vá embora agora – falou, tornando a pegar o bebê no colo. – Ainda não estou preparada para lhe dar uma resposta. Por mais vazia que você imagine que seja a minha vida aqui, há muita coisa que eu precisaria sacrificar. Administro uma fazenda; muitos animais dependem de mim. E, apesar dos momentos solitários, amo a minha casa e grande parte da minha vida, sobretudo agora que tenho um companheiro tão maravilhoso. Você está me pedindo para abrir mão de tudo isso sem olhar para trás.

– Perdoe o meu egoísmo, Flora. Você sabe que nunca consegui esconder o que sentia. Aceito que, mesmo parecendo haver uma solução ideal, ela talvez não seja ideal para você.

– Obrigada por ter vindo me ver. Escreverei avisando o que decidi.

– Embora eu vá esperar ansioso, você deve levar o tempo que precisar.

Eles foram até a porta da frente e Flora a abriu.

– Adeus, Archie.

– Só quero reiterar, antes de ir embora, que aceitaria a sua presença em High Weald fossem quais fossem os termos que você decidisse. E não teria a pretensão de pensar que fosse haver qualquer... relacionamento entre nós. Embora deseje lhe dizer que meu amor por você ainda vive. Por mais culpado que eu me sinta, não posso evitar. É simplesmente parte do que sou. No entanto, a pessoa mais importante em toda essa situação lamentável é minha filha sem mãe. Agora vou fazer o que você pede e deixá-la sozinha. Adeus.

Quando Archie estava descendo o caminho, Flora reparou pela primeira vez que ele agora mancava de modo pronunciado.

❁ ❁ ❁

Nos dois dias que se seguiram, ela leu e releu a carta da irmã. Levou Teddy para passear pelos morros e pediu orientação às folhas de grama que lhe faziam cócegas no nariz quando eles se deitavam à sombra de uma árvore, às cotovias que voavam lá em cima e até mesmo ao próprio céu.

Todos guardaram o mesmo silêncio que sua própria alma. Por fim, com a mente cansada e desesperada para tomar uma decisão, prendeu Teddy no pano que usava para carregá-lo e desceu a estrada para visitar a melhor amiga e conselheira.

– Ora, ora – comentou Beatrix quando as duas estavam sentadas no jardim da escritora, tomando chá. Ouvira Flora lhe contar de um só fôlego o mais recente capítulo da sua vida. – Devo dizer que você parece ter uma capacidade natural para atrair drama. Mas, afinal de contas, sua origem é extraordinária desde o início. Em primeiro lugar, preciso lhe dar meus sinceros pêsames pela morte da sua pobre irmã. Uma mulher tão jovem e, pela carta que você leu, tão generosa... e inteligente, devo acrescentar.

– Como assim?

– Com certeza você entende que o último presente dela para o marido e a irmã que amava foi encontrar um jeito de reunir vocês dois, certo? Pelo que você já me contou antes, Aurelia sempre teve total consciência do sentimento mútuo entre vocês. E ao mesmo tempo isso lhe possibilitaria dar à amada filha uma mãe de verdade, em vez de ela ser criada por uma babá mais velha. Será que não vê que ela quis dar aos três a felicidade que sentia que mereciam?

– Sim. Mas, ainda que eu decidisse ir, o que as pessoas iriam pensar?

– Como se você ou eu algum dia tivéssemos ligado para isso! – Beatrix riu. – E o que poderia ser mais natural do que a irmã solteira da mãe morta cuidar da sobrinha? Garanto a você que ninguém vai arquear sequer uma sobrancelha.

– Mas e se...

– Archie e você retomassem seu relacionamento? – concluiu Beatrix por ela. – Nesse caso também, acho que, após um intervalo de tempo suficiente, todos ficariam felizes pela criança sem mãe e pelo pobre viúvo que, recém-chegado da guerra como herói, teve que suportar mais uma perda trágica.

– E o próprio Archie? Fico me perguntando como ele algum dia vai suportar olhar para mim sem que a culpa lhe obscureça a visão.

– Flora, se tem uma coisa que aprendi em meus muitos anos nesta terra é que é preciso andar para a frente, não olhar para trás. E garanto que o seu lorde Vaughan já viu morte e destruição suficientes na guerra para se convencer disso. Como disse sua irmã na carta, não podemos escolher quem amamos. Ele não tem apenas a bênção da esposa em relação a esse futuro; ela na verdade o incentivou. Agora já não existem mais segredos nem motivo para culpa. E você sabe que sou pragmática: os mortos estão mortos, e de nada adianta tomar o que pode muito bem ser uma decisão errada por causa da culpa.

– Então você acha que devemos nos mudar para High Weald?

– Flora querida, é óbvio que devem fazer isso. Um ser humano sem amor é como um botão de rosa sem água. Sobrevive por um tempo, mas nunca desabrocha por inteiro. Além do mais, você não tem como negar que o ama.

– Não, não tenho. – Pela primeira vez, Flora pronunciou as palavras em voz alta.

– E ele também ainda a ama. Sob muitos aspectos, acho isso tudo um feliz acaso. Louise precisa de uma mãe, e Teddy, de um pai. A única tristeza é que eu perderia você como vizinha.

– Eu sentiria terrivelmente a sua falta, Beatrix. E de meus animais, e dos meus amados Lakes.

– Bem, em algum ponto do caminho há sempre sacrifícios a fazer. Eu teria prazer em comprar Wynbrigg Farm de você se quisesse vendê-la. Minha extensão de terras está aumentando depressa. Fiz meu testamento recentemente e, depois que eu morrer, as terras vão virar patrimônio da nação para serem devolvidas ao povo dos Lakes e preservadas para sempre, em doação perpétua. Mas de volta ao seu dilema... Não posso dizer mais nada para ajudá-la a não ser o seguinte: não demore muito a tomar uma decisão. É muito fácil se convencer a não mudar a situação para melhor. Sobretudo quando a mudança nos amedronta. Lembre-se: cada dia que passa é mais um dia perdido no seu futuro. Mas agora, infelizmente, preciso ir andando. Recebi uma nova leva de cartas de jovens leitores da América sobre meu querido Johnny Town-Mouse. Gosto muito de responder eu mesma a cada uma dessas crianças.

– Claro. – Flora se levantou e foi pegar Teddy. Deitado debaixo de uma árvore, o menino arrulhava para os pássaros que cantavam acima dele. – Obrigada por tudo, Beatrix. Não sei onde eu estaria sem você.

Ela sentiu um nó na garganta ao pensar na vida sem a amiga por perto. E nessa hora soube que havia tomado uma decisão.

36

lora não viajava para o sul da Inglaterra desde a morte do rei, seu pai. Ao pisar no hall de High Weald, foi assaltada por uma onda de lembranças, e também de choque ao constatar a condição da casa e do terreno, por tanto tempo preservados na perfeição da sua memória. Enquanto Archie lhe mostrava os jardins outrora mágicos, tomando cuidado para manter uma distância respeitosa ao seguir mancando ao seu lado, ela notou o mau estado que havia passado a imperar desde a sua última visita.

– Como você sabe, a família Vaughan sempre teve dificuldade com as finanças – disse Archie, pesaroso. – Foi difícil para Aurelia manter a propriedade enquanto eu estava fora e todos os rapazes do vilarejo combatiam na França. Ainda mais que minha mãe morrera poucos meses após o início da guerra.

Lá em cima, no quarto das crianças, Sarah a recebeu com alegria e muitas lágrimas.

– Que tragédia – comentou, fungando, enquanto conduzia Flora até o berço para lhe apresentar a sobrinha. – Depois de tanto tempo, Aurelia teve o bebê que sempre havia desejado, mas não está aqui para ver a filha. A menina é linda e tem um temperamento dócil igual ao da mãe.

Flora pegou Louise no colo e, na mesma hora, se sentiu submergida por uma onda de amor e instinto protetor.

– Olá, pequenina – falou com suavidade para a menina deitada calmamente nos seus braços.

Nesse instante, talvez percebendo que a atenção de Flora estava em outro lugar, Teddy começou a berrar do seu cesto de viagem. Sarah o pegou no colo.

– Que bebê mais forte – comentou ela. – Lorde Vaughan me contou que a família dele morreu. Foi muito generoso da sua parte acolher o menino, Srta. Flora, de verdade. E sei que a sua irmã também teria aprovado.

Nas primeiras duas semanas, boa parte do tempo de Flora foi passado com os bebês; Teddy exigia a maior fatia da sua atenção. Com o apoio de

Sarah, ela havia instalado o menino e Louise no quarto das crianças à noite, pois não queria mais continuar a levá-lo para a cama. Indignado, ele ficara azul de tanto chorar enquanto Flora andava de um lado para outro no corredor. Até que, certo dia, Sarah disse que assumiria o turno da noite. Flora foi para a cama, agradecida, e acordou na manhã seguinte depois de passar sua primeira noite em semanas sem ser incomodada. Correu para o quarto das crianças, em pânico, com medo de Teddy ter morrido durante a noite, e viu Sarah sentada em uma cadeira junto à janela.

– Bom dia, Srta. Flora – disse a babá ao vê-la correr até o berço de Teddy e encontrá-lo vazio.

– Onde ele está?

– Olhe ali. – Sarah apontou para o berço de Louise.

E lá estava Teddy, com a cabecinha aninhada junto à de Louise. Os dois dormiam a sono solto.

– Acho que ele gosta de companhia, só isso – comentou Sarah. – Ele começou a chorar e eu o pus no berço com Louise. Desde então, não ouço um pio de nenhum dos dois.

Flora suspirou aliviada.

– Sarah, você é maravilhosa.

– Era o que eu costumava fazer com Aurelia quando ela ficava agitada à noite. Eu a punha no berço com a senhorita. Eles parecem gêmeos, esses dois, da mesma idade e tudo...

– Parecem, sim – concordou Flora.

Mais tarde, Archie chegou ao quarto para dar bom-dia à filha e viu os dois bebês juntos no berço.

– Que paz. Talvez tudo esteja como deveria ser.

Ele tocou Flora de leve no ombro e saiu.

❀ ❀ ❀

À medida que Sarah começou a assumir mais tarefas com as crianças, Flora se viu com tempo para gastar. Acostumada a ficar ao ar livre nos Lakes do nascer ao pôr do sol, começou a fazer caminhadas pela fazenda e pelos jardins para aproveitar o ar veranil. Seu único desejo era poder sujar as mãos nos canteiros, cuja beleza agora se encontrava sufocada e escondida pelas ervas daninhas.

Contudo, os canteiros eram território de Archie, não seu. Até então, por respeito a Aurelia, os dois haviam estabelecido um acordo tácito para manter cada qual o próprio espaço; tendo em vista o tamanho da casa, a tarefa não era difícil. À noite, faziam uma refeição conjunta, malpreparada por uma senhora idosa dos arredores, a única a aceitar a parca quantia que Archie podia oferecer.

Sentados na sala de jantar, conversavam em detalhes sobre o bem-estar das crianças, tópico neutro que preenchia os silêncios, embora muita coisa permanecesse não dita entre eles. Imediatamente após a sobremesa ser servida, Flora pedia licença e subia para se deitar.

Não estava cansada, claro. Bastavam uns poucos segundos com Archie para fazer formigar suas terminações nervosas. Nas noites quentes de agosto, com a janela aberta para deixar entrar a mais leve das brisas, chegava a torcer para Teddy acordar e dar um berro – pelo menos isso quebraria a monotonia dos pensamentos impuros que a acompanhavam até a aurora.

Porém, à medida que foi chegando setembro – época em que a natureza, especialmente a do tipo controlado, necessitava de atenção para poder sobreviver ao inverno –, Flora decidiu confrontar Archie. Encontrou-o no pomar, enchendo um carrinho de mão com frutas caídas das ameixeiras.

– Olá – disse ele, quase tímido.

– Olá.

– Tudo bem com as crianças?

– Tudo perfeito. Estão tirando o cochilo da tarde.

– Ótimo. Que maravilha elas terem a companhia uma da outra.

– É mesmo. Archie, podemos conversar?

– Claro. Algum problema?

– Não, de forma alguma. É só que... bom, se eu for ficar aqui em High Weald e esta casa for o meu lar também... eu gostaria de dar alguma contribuição.

– Você já dá, Flora.

– Alguma contribuição financeira, quero dizer. A propriedade precisa de investimento e, com a... herança do meu pai e a venda de Wynbrigg Farm, eu tenho esses recursos.

– Agradeço a oferta, mas você precisa lembrar que a sua família já contribuiu para o poço sem fundo que é High Weald com a venda de Esthwaite Hall. Talvez não tenha consciência de quanto custa administrar a propriedade, quanto mais fazer melhorias.

– Bem, será que eu pelo menos poderia oferecer meus serviços de graça nos jardins? E quem sabe contratar dois rapazes para nos ajudar?

– Se conseguir encontrar algum ainda vivo... – balbuciou ele, pessimista. – Sei que eu já... não sou mais o que eu era. – Ele apontou para a própria perna.

– Eu gostaria de tentar, pois, se não fizermos algo antes do inverno, o seu trabalho aqui irá por água abaixo. E, assim, eu me mantenho ocupada. Sarah está ficando mais irritada a cada dia que passa com minhas visitas constantes ao quarto das crianças.

– Nesse caso, eu ficaria grato por qualquer ajuda que você puder dar. – Ele sorriu. – Obrigado.

No resto de setembro, os dois passaram todas as horas do dia trabalhando no jardim murado. Flora também conseguira encontrar no vilarejo dois ex-soldados que se dispuseram a dar uma mãozinha com a limpeza.

De volta ao seu habitat, vestindo uma roupa de jardinagem que Sarah lhe fabricara, mais condizente com uma dama, Flora se sentia mais calma. Agora, em vez das conversas banais e tensas durante o jantar, os dois falavam sobre podas e remoção de ervas daninhas ou examinavam catálogos de sementes. E os risos aos poucos começaram de novo a ecoar pelas paredes de High Weald.

Às vezes, à tarde, Flora punha o carrinho de bebê debaixo do imenso teixo enquanto eles trabalhavam, com Teddy e Louise ferrados no sono lado a lado.

– Eles parecem mesmo gêmeos – comentou Archie ao olhar para as crianças em uma tarde quente de setembro. – Quem poderia ter acreditado?

De fato, quem?, pensou Flora naquela noite ao se deitar, exaurida pelo árduo dia de trabalho no jardim. Pelo menos o cansaço a ajudava a dormir, embora ela se perguntasse por quanto tempo ainda conseguiria reprimir os próprios sentimentos. Passar mais tempo com Archie a fizera tomar uma dolorosa consciência de como a guerra o modificara. O rapaz exuberante que Flora havia amado amadurecera e se transformara num adulto introspectivo e contemplativo. Muitas vezes ela o notava distraído e via seus olhos se encherem de tristeza quando ele talvez revivesse alguma lembrança do que sofrera e do que vira os outros sofrerem.

Archie agora tinha uma vulnerabilidade nova, que levara embora toda sua arrogância de antes e que só fazia aumentar o carinho que ele lhe inspirava. Nos dois meses desde que ela chegara, ele havia se comportado de modo impecável, e Flora começara recentemente a se perguntar se teria sonhado com sua declaração de que ainda a amava.

Além do mais, os dois ainda caminhavam na sombra lançada em High Weald pela morte de Aurelia. Independentemente do que a carta de sua irmã tivesse dito, Flora muitas vezes pensava se ela algum dia iria desaparecer.

❋ ❋ ❋

As noites começaram a cair mais cedo. Loucos para concluir o serviço antes do gelo invernal, Archie e Flora se puseram a trabalhar no jardim à luz de lampiões.

– Para mim, por hoje chega – anunciou ele certa noite gelada de outubro, levantando-se do chão.

Flora viu que o movimento lhe exigiu esforço. Observou-o acender um cigarro, hábito adquirido na guerra, e caminhar até o grande teixo.

– Pode entrar. Eu termino tudo aqui – sugeriu ela.

– A luz dos lampiões e o ar frio me fazem lembrar aquela noite em que beijei você aqui, sabe? – comentou Archie.

– Não me lembre disso – balbuciou Flora.

– Do beijo ou das circunstâncias?

– Você sabe muito bem qual dos dois, Archie.

Ela tornou a se virar para o canteiro.

– Sei, sim.

Fez-se uma pausa.

– Queria beijar você de novo, Flora.

– Eu...

Um toque súbito em seu ombro a fez perceber que ele estava agora atrás dela. Segurou sua mão, puxou-a para fazê-la se levantar, em seguida a virou de frente para si.

– Posso? O amor nunca está errado, querida Flora. A única coisa que pode estar errada é o momento. E desta vez o momento é perfeito – murmurou ele.

Ela o encarou, tentando formular uma resposta, mas, antes de conseguir, sentiu os lábios dele encostarem nos seus. E, quando os braços de Archie a puxaram mais para perto, todos os motivos para não retribuir o beijo desapareceram da sua mente.

Depois disso, os dois se acomodaram em uma estranha domesticidade, mantendo segredo para o resto da casa em relação ao relacionamento, embora Archie se mostrasse ansioso para desposá-la quanto antes.

– Já perdemos tanto tempo... – insistia ele, mas Flora se mantinha irredutível.

– Devemos esperar pelo menos um ano antes de anunciar qualquer compromisso – afirmava ela. – Não quero ninguém discordando ou fazendo fofoca quando isso acontecer.

– Meu Deus, Flora. – Archie a tomou nos braços; eles agora estavam restritos a encontros combinados na estufa, o que, na opinião de Flora, só fazia aumentar a emoção. – Por que você se importa tanto com isso? Eu sou o chefe desta casa e, se puder decidir, você será minha mulher daqui a um ano. E devo lhe avisar que, façamos o que for, haverá fofoca.

– Então vamos esperar, em memória de Aurelia.

No fim das contas, Flora o convenceu a usar parte da própria herança a fim de contratar os empregados necessários para a casa e a propriedade. À medida que os operários começaram a percorrer o lugar para consertar o telhado, reparar as infiltrações e forrar os interiores com papel de parede para alegrar os cômodos, ela finalmente entendeu o que Beatrix tinha constatado estar faltando na sua vida. Apesar do caos em que viviam no presente momento, Flora se sentia mais feliz do que nunca, ainda que a natureza do seu relacionamento não fosse conhecida por mais ninguém.

❀ ❀ ❀

– Querida, preciso lhe confessar uma coisa. Uma surpresa, por assim dizer – falou Archie certa noite durante o jantar. – Há pouco tempo, lembrei que ainda não registrara o nascimento de Louise. O funcionário do cartório foi muito prestativo e, considerando as circunstâncias traumáticas da morte de Aurelia, até me dispensou da multa cobrada por fazer o registro depois do prazo de 42 dias. Além disso... – Ele inspirou fundo. – Quando eu estava lá, para manter as coisas claras, decidi registrar o nascimento de Teddy na mesma data de Louise. Teddy agora está seguro, querida, e nunca mais poderá ser tirado de nós. Para todos os fins, ele agora é meu filho e irmão gêmeo de Louise.

– Mas... – Perplexa, Flora o encarou. – Eu agora nunca mais poderei ser juridicamente a mãe dele! E você mentiu num documento oficial!

– Meu Deus, querida, não há desonestidade possível no amor. Pensei que você fosse ficar radiante! Isso nos poupa de toda a terrível papelada necessária, sobretudo levando em conta a origem desconhecida de Teddy... Isso sem falar nas audiências às quais é preciso comparecer para adotar uma criança. E agora nossos bebês poderão crescer acreditando que são de fato gêmeos.

– Mas e Sarah? E o médico? – Flora se perguntou se ele teria perdido a razão. – Os dois sabem a verdade.

– Já falei com Sarah e pedi a opinião dela quanto à minha decisão. Ela concordou que era o jeito mais fácil de garantir a segurança de Teddy. Quanto ao médico que fez o parto, ele se transferiu para outro consultório... no País de Gales.

– Meu Deus do céu, Archie, eu gostaria mesmo que você tivesse pedido a minha opinião sobre uma decisão tão importante assim.

– Pensei que o melhor fosse apresentá-la como um *fait accompli*, pelo simples fato de que conheço a honestidade do seu coração e da sua mente. E sei que você teria me convencido a não agir assim. Lembre, por favor, que fui eu quem entreguei de bandeja a Teddy meu título e minha propriedade. Um dia, o filho de um pastor de Lakeland será o próximo lorde Vaughan. – Archie deu um sorriso desanimado. – E não consigo pensar em um jeito melhor de prestar homenagem a um homem que morreu nas trincheiras do que fazer do seu filho um lorde.

Flora ficou calada; finalmente entendera o raciocínio dele. Tinha cada vez mais consciência da culpa que ele sentia por ter sobrevivido quando tantos outros haviam sucumbido. Aquele era o seu presente para se redimir por tantas vidas perdidas. E o dera a Teddy.

Flora sabia que não havia nada que pudesse dizer. A coisa estava feita. Para o melhor ou para o pior. E entendeu que ela agora também tinha culpa no cartório.

❀ ❀ ❀

Archie e Flora enfim anunciaram seu noivado no outono do ano seguinte, 1920, e planejaram se casar dali a três meses, no Natal.

Após muita hesitação e uma delicada insistência de Archie, ela decidira convidar Rose para o casamento. Sua mãe tinha voltado recentemente da Índia, onde fora morar com uma prima depois da morte do marido. Ao retornar, vendera a casa nas Terras Altas e alugara um elegante apartamento na Albemarle Street, em Londres. Escrevera para a filha ao receber o convite das núpcias e insistira em que Flora a visitasse na capital. Lá, durante a visita, havia chorado e pedido desculpas pelo engodo e pela infância difícil que Flora precisara suportar. E também pela subsequente falta de apoio após a morte do rei.

– Você entende que, assim como a Sra. Keppel, eu precisava me manter afastada? Com a suspeita que já pairava sobre você, sem falar na amargura que Alistair ainda sentia da situação toda, qualquer contato meu teria sido... Senti que era o melhor a fazer. Além do mais, tinha medo de revê-la e das coisas terríveis que você poderia dizer. Consegue me perdoar?

No final, Flora a perdoara – no seu atual estado de felicidade, teria perdoado qualquer coisa a qualquer um. E pelo menos as duas puderam compartilhar a dor do falecimento de Aurelia.

– Eu só soube da morte dela dois meses depois. O correio em Pune não é nada confiável – disse Rose. – Não pude sequer comparecer ao enterro da minha própria filha.

Embora no início houvesse questionado o fato de Archie ter mencionado apenas Louise na carta que lhe informava a morte de Aurelia, Rose logo atribuíra o erro a uma distração causada pela dor da perda. Quando chegou a High Weald para as celebrações do casamento e viu os "gêmeos" engatinhando e brincando juntos, todas as suspeitas que ainda restavam se dissiparam.

– O querido Teddy se parece tanto com a mãe... – comentou, enxugando as lágrimas, com a criança sentada sobre os joelhos.

De fato, os olhos azuis do menino também faziam Flora lembrar os da irmã.

– Quem teria pensado numa coisa dessas? – murmurou Rose na hora de ajudar Flora a pôr o vestido de noiva de cor creme no dia do casamento. – Todos nós pensávamos que você odiasse Archie Vaughan. Tenho certeza de que Aurelia ficaria feliz se pudesse ver o que aconteceu desde então. E como seus bebês estão passando bem sob os seus cuidados.

A cerimônia foi celebrada na antiga igreja onde Flora estivera para ver o novo marido desposar a própria irmã. Por respeito à falecida, foi um casamento pequeno, intimista. O olhar de Archie quando ele enfim pôs a aliança no seu dedo ficaria eternamente gravado em sua lembrança.

– Vou amá-la para sempre – disse baixinho, beijando-a.

– Eu também.

Foi só na noite de núpcias que Flora pôde ver o estrago que o acidente de avião durante a Grande Guerra tinha feito no corpo dele. Suas pernas eram um emaranhado de cicatrizes causadas pelas queimaduras no pouso de emergência do Bristol 22 que ele pilotava. Archie havia conseguido se soltar da carcaça em chamas, mas o copiloto sucumbira alguns minutos depois, quando o avião fora consumido pelo fogo.

Flora só pôde amá-lo ainda mais por sua coragem e bravura enquanto eles faziam amor delicadamente pela primeira vez.

❄ ❄ ❄

Durante o primeiro ano de casamento, Flora muitas vezes se perguntou como seu corpo era capaz de comportar a alegria que sentia com Archie ao seu lado, e Teddy e Louise crescendo em um High Weald agora repleto de positividade e amor.

Louise era dócil e delicada, igualzinha à mãe, mas também havia herdado a inteligência arguta e o ar natural de autoridade do pai. E, apesar do temperamento mais volátil do irmão, não só tolerava, mas adorava e defendia o menino que ela e todo mundo pensavam ser seu irmão gêmeo.

Certo dia, durante o jantar, Archie contou a Flora como levara Teddy, agora com 2 anos, até os estábulos e o sentara junto consigo sobre o cavalo.

– Ele não chorou nenhuma vez, sabe? Nem quando começamos a trotar. Ficou gritando: "Mais, papai! Mais!" – disse ele, orgulhoso.

Flora ficou feliz ao ver o vínculo entre os dois crescer e se aprofundar. E pensou que talvez a decisão de Archie de mentir sobre a verdadeira origem de Teddy houvesse sido acertada.

❄ ❄ ❄

A família Vaughan se acomodou para aproveitar os anos dourados do entreguerras no paraíso de sua linda casa. Os "gêmeos" cresciam e desabrochavam e a intimidade entre os dois era notada por todos que lá moravam ou vinham visitar.

Quando eles completaram 10 anos, porém, o desconforto de Flora por ter mentido quanto a ser a mãe de sangue tornou-se demais para ela.

– Sinto-me uma fraude – disse para Archie, desolada. – Louise pelo menos precisa saber que Aurelia era sua mãe de verdade. Além do mais, alguém no vilarejo com certeza vai falar nela quando eles forem mais velhos. Contudo, isso significa que precisamos mentir para Teddy em relação à mãe dele.

– Como já conversamos muitas vezes, com certeza esse é um preço baixo a pagar pela segurança e pelo conforto dele aqui conosco, não? – contrapôs Archie. – Mas concordo: precisamos contar a eles sobre Aurelia.

Alguns dias depois, Teddy e Louise entraram de mãos dadas na sala de estar, parecendo dois perfeitos querubins, límpidos após o banho. Os pais os fizeram se sentar e lhes contaram sobre a verdadeira mãe; Flora sentiu uma dor no coração ao ver a expressão confiante do menino se alterar. As duas crianças exibiam um ar chocado e hesitante.

– Ainda podemos chamar você de "mãe"? – perguntou Louise, tímida, com os olhos castanho-escuros fixos em Flora.

– É claro que sim, querida.

– Porque você sempre foi nossa mãe – acrescentou Teddy, cujos olhos ficaram marejados.

– E sou mesmo. – Flora puxou os dois para si. – E vou sempre amar e cuidar de vocês dois, prometo.

❀ ❀ ❀

À medida que Teddy foi ficando adulto, Archie lhe ensinou tudo que sabia sobre as atividades rurais. Sendo filho dos Lakes, o menino as abraçara de corpo e alma. Quando ele completou 13 anos, porém, Archie insistiu para que seguisse os seus passos e, contrariando os fervorosos desejos tanto de Flora quanto de Louise, despachou-o para Charterhouse, um colégio interno próximo à propriedade. Foi lá que Teddy começou a se rebelar contra a academia e a rotina imposta por um estabelecimento desse tipo. Flora tentou dizer ao marido que Teddy era mais feliz ao ar livre, que percorrer as terras estava no seu sangue, mas Archie não quis nem ouvir falar no assunto.

– Ele precisa fazer o que qualquer homem da sua classe faz, e aprender a ser um cavalheiro.

A infelicidade e a rebeldia constantes de Teddy eram a única pedra no sapato de Flora. Ela sabia que, assim como todas as outras pessoas em High Weald, Archie havia esquecido quem o menino realmente era.

37

Dezembro de 1943

*B*EATRIX MORREU!
Sem conseguir mais ver a página de seu diário, lady Flora Vaughan largou a caneta-tinteiro e chorou. O telegrama havia chegado poucas horas antes e ela mal podia acreditar que, em meio a toda a morte e destruição trazidas novamente pela guerra e à correspondência que não parava de chegar para os moradores do povoado de High Weald, ela própria recebera um.

– Minha amiga tão amada...

Parecia quase inconcebível que tal força da natureza – mulher, escritora e a pessoa mais bondosa e esperta que ela já conhecera – nunca mais fosse caminhar por seus adorados morros.

– O que houve, querida?

Archie se curvou acima dela para ler o telegrama.

– Sinto muito, muito mesmo. Sei o que ela significava para você.

– O que ela significava para *nós*. Beatrix foi a única que me incentivou a vir para cá morar com você e Louise. Sem falar que foi ela quem levou Teddy até minha porta.

– Sim, é uma perda terrível. Quer que eu fique com você hoje? Preciso ir a uma reunião no Ministério da Aviação, mas sempre posso cancelar.

– Não. – Flora beijou a mão que lhe apertava o ombro. – Como Beatrix sempre dizia, quando alguém morre, a vida tem que continuar. Mas obrigada pela sugestão. Vai voltar a tempo de jantar hoje à noite?

– Espero que sim. Você sabe como andam os trens. – Archie deu um beijo afetuoso na bochecha da esposa. – Se precisar de mim, sabe onde estou.

– Teddy vai levá-lo até a estação?

– Eu mesmo vou dirigindo – respondeu Archie, abrupto. – Mais tarde nos vemos, querida.

Ele saiu da sala e Flora olhou pela janela para o jardim murado que os dois haviam reconstruído. No presente momento, uma grossa camada de gelo cobria sua beleza, fazendo-a pensar naquele dezembro, 34 anos antes, em que Archie a beijara debaixo do teixo. Agora, tanto Louise quanto Teddy já eram mais velhos do que ela e Archie na ocasião. E outro Natal se aproximava.

Sabendo que não tinha tempo para chorar a morte de Beatrix naquele dia, Flora fez uma pequena prece por sua querida amiga que acabara de partir, em seguida consultou a lista de afazeres. Às cinco, as celebrações pré-natalinas começariam com uma festa para as moças da Women's Land Army e ela ajudaria a Sra. Tanit a servir a sidra caseira para acompanhar os empadões recém-assados. Flora queria uma noite divertida para as moças que haviam chegado no último ano para substituir na lavoura os homens que estavam fora combatendo e que tanto haviam se esforçado na propriedade de High Weald. Elas iriam embora cedo no dia seguinte, em um ônibus especialmente fretado que as levaria para passar o Natal com as famílias.

Então, no dia 24, sua mãe viria passar a temporada de festas em High Weald. Flora maravilhou-se ao pensar em como seu relacionamento com Rose havia mudado. Ela era uma hóspede sempre bem-vinda ali e suas visitas eram mais regulares agora que o racionamento em Londres tinha se intensificado. Flora agradecia a Deus pelas galinhas que punham ovos, embora a mais gorda delas já não fosse estar no galinheiro naquela noite. Com o tempo, tivera que ceder às demandas de sua família por carne e Dottie era o sacrifício daquele ano.

Para se animar, alegrou-se com o fato de a sua família não ter sofrido como outras durante a guerra. Nenhum dos dois homens que ela amava precisara lutar: Archie, por ter ficado inválido na Grande Guerra e ser velho demais para se alistar, e Teddy, devido ao ridículo milagre de ter pés chatos. Flora ainda não sabia de que maneira isso poderia tê-lo atrapalhado como soldado, sobretudo com aqueles pés tão enérgicos, mas tampouco se importava com isso. Era o que havia salvado o filho de uma possível morte.

A notícia tinha causado certa preocupação em Archie – afinal, o jovem nobre do vilarejo deveria ser um exemplo –, mas aquilo não era culpa do rapaz e Teddy havia jurado ter, em casa, um papel tão ativo na guerra quanto possível.

Infelizmente, suas tentativas nesse sentido viviam sendo prejudicadas. Archie dizia que era por falta de disciplina, mas Flora atribuía o fato ao excesso de animação de um rapaz que se tornara adulto durante uma guerra. Quando os amigos de Oxford largaram a faculdade para se alistarem, o entusiasmo de Teddy pelos estudos murchara e, depois de um semestre do que o diretor da instituição havia qualificado de "comportamento inadequado para um graduando de Oxford", seu filho fora mandado para casa.

Desde então, Teddy tentara o exército civil, mas achara difícil receber ordens e chamava os oficiais da região de "velhos rígidos e antiquados". Flora acabou cedendo ao seu pedido para administrar a fazenda depois de o administrador Albert se alistar. No entanto, a incapacidade do rapaz de se levantar cedo tinha irritado o punhado de antigos funcionários da fazenda sob o seu comando.

Archie conseguira para o filho um cargo administrativo no Ministério da Aviação, na Kingsway, onde ele próprio trabalhava, mas este tampouco havia durado muito. Flora não sabia ao certo os detalhes; com a cara fechada, Archie apenas contara ter decidido que Teddy deveria ir embora e arrumar outro emprego. Flora lera nas entrelinhas e deduzira que a situação tinha algo a ver com uma garota.

Não era de espantar que as mulheres se derretessem por Teddy. Com sua estatura, porte físico e olhos azuis, sem falar no charme, ele não tinha como deixar insensível o sexo feminino. Prestes a completar 25 anos, ainda não havia sossegado. Flora tinha certeza de que, quando o fizesse, todos os problemas seriam resolvidos e seu filho querido se tornaria digno do título e da propriedade que um dia iria herdar.

Ela desceu o corredor gelado até a cozinha quente e cheia de vapor, onde a Sra. Tanit elaborava algo que tinha cheiro de empadão de carne, mas que fora espertamente elaborado com ingredientes alternativos de todo tipo.

– Como vai a senhora? – indagou Flora.

– Muito bem, obrigada, madame. O que gostaria de jantar mais tarde? Eu poderia usar a sobra da massa e fazer um empadão para os outros. Tenho um pouco de espinafre, purê de batatas e ovos que posso fritar – disse ela com seu leve sotaque.

– Nossa, um empadão! Isso, sim, seria uma delícia. Contanto que consigamos achar ingredientes para o recheio.

– O Sr. Tanit encontrou um pouco de canela de boi sobrando no vilarejo. Pensei em usá-la.

Flora sabia que não deveria perguntar de onde vinha a canela. O mercado negro de carne da região ia de vento em popa. E, só dessa vez, ela não iria resistir.

– Pode usar, sim – concordou, sempre grata pela presença dos Tanits.

O jovem casal não tinha medo de trabalhar duro e o Sr. Tanit, além de dirigir, ajudava Flora a cuidar das inúmeras tarefas demandadas pelos jardins e pela horta, como colher as maçãs derrubadas pelo vento, e também dos animais que ela havia acolhido ao longo dos anos.

– A senhora poderia também preparar o quarto de sempre para minha mãe? – pediu ela à Sra. Tanit. – Ah, e claro, vamos precisar de sangria para os moradores do vilarejo beberem no almoço de amanhã. Pegue um pouco de tinto na adega, mas teremos que nos virar sem laranjas.

Só de pensar em uma laranja, Flora teve um formigamento de saudade.

– Pois não, madame.

– E hoje à tarde Louise vai trazer as moças às cinco em ponto – lembrou-se por último.

Saiu da cozinha e voltou ao escritório a fim de escrever uma carta de condolências para William, marido de Beatrix. Tinha acabado de largar a caneta quando alguém bateu à porta.

– Pode entrar.

– Oi, mãe. Estou atrapalhando?

Louise espichou a cabeça pela porta. Usava os cabelos ruivos na altura dos ombros, bem presos para trás com dois pentes, e tinha olhos escuros muito parecidos com os de Archie.

– É claro que não. Mas acabo de receber uma triste notícia. Minha amiga Beatrix morreu ontem.

– Ah, mãe, eu sinto muitíssimo... Sei quanto você gostava dela. E perdemos também um grande talento. Lembro-me de você ler as histórias de animais dela para Teddy e para mim.

– O mundo com certeza vai ser um lugar pior sem ela.

– Que tristeza ela não ter vivido para ver a paz... Estou certa de que a guerra vai acabar em breve. Ou pelo menos torço para isso – corrigiu-se a moça.

– Sobre o que você queria falar comigo, querida?

– Ah... nada. Pode esperar outro dia. As meninas estão todas muito animadas com a festa de hoje à noite – prosseguiu ela, alegre.

– E vamos fazer o melhor para tornar a festa o mais alegre possível.

– Costurei saquinhos de lavanda para elas levarem de lembrança. E vamos nos fantasiar!

– Maravilha. Por favor, não pense que estarei triste hoje à noite. Beatrix não teria querido nenhum de nós enlutado.

– Mesmo assim, toda perda é difícil e sei que você está só bancando a valente. – Louise se aproximou e a beijou na bochecha. – A gente se vê às cinco.

– Teddy virá à festa, você acha? Pedi a ele que viesse.

– Ele disse que tentaria, mas está muito ocupado hoje.

Fazendo o quê?, perguntou-se Flora enquanto Louise se retirava. Então afastou o pensamento: Teddy era seu filho e ela precisava confiar nele.

No final do dia, as moças que trabalhavam na propriedade se reuniram na sala, onde beberam sidra e comeram a excelente imitação de empadão de carne da Sra. Tanit, feita com ameixas secas e maçãs colhidas no pomar no início do outono. Louise foi encorajada a se sentar ao piano e todos cantaram energicamente canções natalinas antes de concluir com "We'll Meet Again", de Vera Lynn.

Quando Louise acompanhava as meninas até o hall para que pegassem seus casacos e voltassem aos dois chalés que ocupavam perto dos estábulos, Flora notou a expressão preocupada da filha.

– Está tudo bem, Louise?

– Parece que uma das minhas meninas está sumida... Tessie. Não faz mal, tenho certeza de que, mais cedo ou mais tarde, ela vai aparecer. – Louise lhe deu um beijo rápido no rosto. – Se não se importar, hoje não vou jantar com você e papai. Gostaria de passar o resto da noite com as meninas.

– Claro. Nenhum sinal de Teddy, então?

– Não. Boa noite, mãe.

Louise conduziu as moças para fora da casa e, por uma janela, Flora observou-a guiá-las pelo acesso à casa com o auxílio de uma lanterna. Pensou com carinho em quanto a filha havia ajudado ao administrar sozinha o grupo de moças de modo calmo e amistoso, sem qualquer sinal de esnobismo. Sabia que todas a adoravam.

Foi até a cozinha e, ao verificar o forno, viu o empadão de carne, o purê de batatas e o repolho que a Sra. Tanit tinha deixado ali para manter aquecido antes de voltar para o chalé onde morava.

Refletindo uma vez mais sobre como sua existência solitária e sem empregados nos Lakes a havia preparado de modo perfeito para os anos de guerra ali, foi buscar na sala uma bandeja de copos de sidra vazios e começou a lavá-los enquanto esperava a volta de Archie e de Teddy. Ultimamente, a família fazia as refeições na mesa da cozinha. Era o lugar mais quente da casa e, embora houvesse árvores adequadas para serem cortadas e virarem lenha, tanto Flora quanto Archie tinham concordado que não deveriam viver num luxo maior do que aqueles que sofriam privações mundo afora.

Vinte minutos mais tarde, Archie entrou pela porta dos fundos com o rosto abatido de exaustão, mas os olhos acesos.

– Querida, como vai? – Deu-lhe um beijo caloroso. – Como foi a festa? Perdoe-me ter faltado, mas eu estava em reunião. E trago boas notícias.

– Foi muito animada. – Flora pôs um avental e começou a servir o jantar; pensou que o melhor era não esperarem Teddy, senão o empadão iria estragar. – Que notícias?

– Basta dizer que não terei mais que fazer o longo trajeto até Londres. Serei lotado na base aérea de Ashford, a poucos quilômetros daqui. Você já sabe, pela imprensa local, que temos lá esquadrões da Real Força Aérea Britânica e da Real Força Aérea Canadense. Além dos ianques, claro.

– Sim.

Flora sorriu ao se lembrar da empolgação no começo do ano, quando as moças que trabalhavam na propriedade souberam que esquadrões canadenses, americanos e britânicos ficariam lotados na região. Houvera diversos bailes, dos quais as moças voltavam com chocolates e meias de náilon.

– Que boa notícia, querido. E qual vai ser a sua função?

– Tudo que posso dizer é que algo grande está por acontecer. Eu serei o oficial de ligação entre os vários esquadrões, responsável por organizar rotas de voo, coisas assim, e também por ajudar com a estratégia. Sabe de uma coisa, querida? Hoje, pela primeira vez, senti de verdade que um fim talvez esteja à vista.

– Todos ficaremos muito felizes se você estiver certo.

Ela depositou um prato em frente ao marido e o encarou com uma expressão afetuosa.

– Parece excelente, obrigado – disse ele, empunhando o garfo e a faca. – Louise e Teddy não vão comer conosco hoje?

– Não. Ela está nos chalés com as trabalhadoras e ele... saiu.

– Como de hábito – murmurou Archie.

Foi só às duas da madrugada que Flora, insone, ouviu as tábuas do piso rangerem e uma porta se fechar no corredor. Soube, então, que o filho finalmente havia chegado em casa.

❁ ❁ ❁

– Onde você esteve ontem à noite? – perguntou a Teddy ao vê-lo entrar na cozinha movimentada, onde ela e a Sra. Tanit picavam e assavam comida para a temporada de festas enquanto o rádio tocava canções natalinas.

– Saí. Algum problema com isso, mãe? Afinal, já passei há muito tempo da idade do consentimento legal. – Ele arrebatou duas tortinhas de geleia que esfriavam sobre a mesa em uma grelha. – E como vai a senhora neste belo dia, Sra. Tanit?

– Vou bem, senhor. Obrigada.

Flora já tinha reparado que a governanta da casa era uma das únicas mulheres que ela conhecia a se recusar a sucumbir ao charme considerável de seu filho.

– Excelente. – Ele abriu um sorriso radiante para a Sra. Tanit. – E quais os planos para hoje, mãe?

– Vamos receber os moradores do vilarejo para drinques na hora do almoço e, às cinco, sua avó chega a Ashford. Você poderia fazer a gentileza de buscá-la na estação.

– Depende.

Ele andou lentamente pela cozinha e foi se apoiar no fogão, perto de onde a Sra. Tanit misturava a sangria.

– Os rapazes do vilarejo me pediram para encontrá-los no pub antes do jantar. Afinal de contas, é véspera de Natal.

– Ajudaria todos nós se pudesse buscá-la.

– Aquele seu marido não pode ir? – indagou ele à Sra. Tanit, que tensionou o corpo ao senti-lo pousar a mão de leve nas suas costas.

– Os Tanits estão de folga hoje à noite para comemorar o Natal juntos, já que ela estará aqui amanhã para me ajudar a preparar e servir o almoço. Tenho certeza de que sua avó apreciaria o seu gesto.

Teddy correu os olhos pela cozinha.

– Tem pão? Estou com tanta fome que seria capaz de comer um cavalo.

Flora apontou para a despensa.

– Acabamos de assar três pães, mas, por favor, não pegue mais de uma fatia. Precisamos deles para fazer os sanduíches do almoço.

Ao ver o filho sair à procura dos pães, Flora suspirou. Às vezes até mesmo a sua paciência se esgotava.

– Acho que este Natal vai ser maravilhoso – disse Teddy ao sair da despensa mastigando um grande naco de pão.

– Espero que sim.

– E é claro que eu busco a vovó. – De repente ele sorriu, foi até a mãe e lhe deu um abraço. – Estava só brincando.

❂ ❂ ❂

No fim das contas, foi mesmo um Natal feliz. Havia muito tempo que Flora não via Archie tão otimista; imaginava que a animação se devia ao novo cargo em Ashford. Louise, como sempre, mostrou-se uma filha prestativa e zelou pelo conforto e felicidade de todos. E até mesmo Teddy conseguiu controlar o impulso de encontrar os amigos no pub do vilarejo e ficou em casa até o dia seguinte ao Natal.

Nessa noite, Flora e Archie caíram na cama, exaustos pelas festividades natalinas.

– Minha sensação foi de termos recebido a vizinhança inteira à nossa custa, tanto ricos quanto pobres.

– E recebemos mesmo – respondeu Flora com uma risadinha, pensando em todos que haviam passado por High Weald nos últimos dias. – Mas é como deve ser, não? Afinal, Natal é tempo de generosidade.

– Sim, e você foi a mais generosa de todas. Obrigado, querida. – Ele a beijou com ternura. – E vamos torcer para o novo ano trazer a paz que todos merecemos.

38

lora achou o inverno de 1944 mais longo do que qualquer outro. Talvez porque, assim como o resto do mundo, estivesse farta da guerra, das más notícias, daquela voz falsamente alegre no rádio dizendo a todos para não se deixar abater.

Além do mais, um estranho mau agouro lhe pesava nos ombros, como a neve densa e compacta que cobria os jardins. O único ponto positivo do inclemente mês de fevereiro tinha sido uma carta de William Heelis:

Castle Cottage
Near Sawrey
15 de fevereiro de 1944

Minha cara lady Vaughan.... ou será que posso chamá-la de Flora?

Espero mesmo que esta carta a encontre bem. Por aqui, escrevo cercado por uma neve alta e tudo anda muito silencioso, pois minha querida Beatrix não se encontra mais para me repreender. Escrevo para lhe dizer que o testamento dela foi lido por mim, tendo como única plateia o gato (que, devo notar, recebeu um pequeno legado na forma de uma lata de sardinhas). Foi um procedimento formal, exigido juridicamente pelo advogado (eu próprio) e pelo executor (eu próprio também). No devido tempo, haverá uma reunião oficial dos curadores e de todos os beneficiários, mas, nas atuais condições severas, decidi adiar sua organização até a neve derreter; farei isso em Londres, domicílio de vários dos beneficiários, entre eles o Patrimônio Nacional. Você pode imaginar como a lista é longa e é bem provável que eu precise alugar um salão de festas para acomodar todos. Estou brincando, mas trata-se de um testamento complexo, que levará algum tempo para ser destrinchado e que se torna ainda mais doloroso para este humilde advogado pelo fato de ser o de Beatrix.

Mas o que eu gostaria de lhe informar é que ela também lhe deixou um legado. Em anexo, segue a breve carta por ela escrita à guisa de explicação. Espero que você aprove!

Enquanto isso, cara Flora, vamos rezar para que este inverno interminável acabe passando e para que a primavera chegue trazendo para todos nós uma esperança de futuro. Confesso que, no momento, está sendo difícil aceitar a existência de um futuro sem minha amada esposa.

Mantenha contato, cara amiga.

William Heelis

Flora pegou o outro envelope, abriu-o e preparou-se antes de começar a ler:

Castle Cottage
Near Sawrey
20 de junho de 1942

Minha querida Flora,

Serei breve, pois sei que cartas do além-túmulo podem ser piegas.

Vamos direto ao ponto: deixei-lhe uma livraria em Londres que adquiri faz alguns anos, quando a família que a administrava estava passando por dificuldades financeiras. Arthur Morston (quero dizer, o bisneto do primeiro dono) morreu faz alguns anos e, como essa era a livraria do meu bairro na minha infância em Kensington e eu gostava do proprietário, comprei-a deles. Infelizmente, tive que fechá-la no começo da guerra por causa da escassez de funcionários. E ela segue assim até hoje.

Flora querida, faça com ela o que bem entender. O imóvel pelo menos vale alguma coisa. Como você mora bem mais perto de Londres do que eu, se decidir ficar com ela, poderá ser uma patroa e dona bem melhor do que eu fui. Se for vendê-la, estou certa de que, com seu amor pelos livros, saberá fazer bom uso do acervo. O milagre é a livraria ter conseguido sobreviver à guerra, pelo menos até agora, quando tantos outros prédios próximos foram destruídos. É um lugar maravilhoso e recomendo que o visite pelo menos uma vez antes de tomar sua decisão.

Assim sendo, Flora querida, é hora de me despedir. Sempre me lembrarei com afeto dos momentos que tivemos juntas. Mantenha contato com o querido William. Quando a hora chegar, temo que ele fique meio perdido sem mim.

Beatrix

❋ ❋ ❋

– Como ela foi sensível e generosa – comentou Archie naquela mesma noite durante o jantar. – Quando você receber a escritura e as chaves, temos que ir a Londres visitar a livraria.

– Minha única esperança é que ela ainda esteja de pé. Não poderia suportar dar de cara com uma pilha de destroços.

– Quem sabe Teddy se interessa em administrá-la? Ultimamente ele não parece ter mais grande coisa em que se concentrar. Não consegue nem levantar da cama antes da hora do almoço. E, pelos boatos que correm, é um frequentador diário do pub do vilarejo.

– Ele pegou um resfriado horrível, como você bem sabe.

– Todos nós pegamos resfriados neste inverno, Flora, o que não nos impediu de fazer algo útil.

– Acho que ele está deprimido. Seus anos de juventude foram obscurecidos pela guerra.

– Pelo menos ele tem muitos anos pela frente, ao contrário de tantos outros da sua geração – disparou Archie, tentando conter a raiva. – Não é hora de falar nisso, mas andei pensando recentemente que precisamos conversar sobre o teor do meu testamento. Eu o fiz logo depois do nosso casamento e nunca mais o revisei. High Weald atualmente vai ficar de herança para Teddy, já que ele é nosso primogênito e único filho homem, portanto, pela lei, meu herdeiro. Mas devo admitir que estou começando a questionar se ele é adequado para isso. Estava pensando hoje que, embora eu não possa fazer nada para impedir o título de passar diretamente para ele, talvez devesse deixar a propriedade para você em caráter perpétuo, querida. Nesse caso, não importando o comportamento futuro de Teddy, e também se Louise tiver um filho homem, você poderia decidir o melhor a fazer. O modo como ele anda se comportando no momento me faz duvidar se...

– Podemos falar sobre isso em outro momento? Quem sabe quando a guerra terminar e tudo estiver mais calmo? Com a morte tão recente de Beatrix, não consigo suportar pensar nessas coisas.

– É claro que sim, querida. – Archie estendeu a mão por cima da mesa e apertou a dela. – E, quando isso acontecer, vamos todos comemorar o fato de termos conseguido sobreviver.

❀ ❀ ❀

A disposição de Flora foi melhorando à medida que a Inglaterra emergia aos poucos do inverno e os primeiros sinais da primavera apareciam. Ela também se animou ao ver brotarem as sementes que havia plantado com a Sra. Tanit no outono anterior. Com ou sem guerra, um jardim, assim como uma criança, precisava de atenção constante. E, só de sentir a terra sólida sob os dedos, Flora já se fortalecia.

Apesar de não acreditar cegamente na propaganda otimista e parcial divulgada pelo Escritório da Guerra para manter elevado o moral da nação, até mesmo ela podia sentir a mudança na sorte do país. Pelo que Archie dizia – e também pelo que ele calava –, sabia que os Aliados estavam preparando algum tipo de ataque organizado na Europa. Embora as horas que o marido passava na base aérea muitas vezes se estendessem noite adentro, podia ver a expectativa nos seus olhos.

Houve também novidades boas para Louise, que tinha acompanhado Teddy a uma festa de ano-novo após grande insistência de Flora.

– Vai ser bom para você ir à cidade e descansar um pouco do trabalho aqui em High Weald.

Emprestara à filha um vestido de festa e a própria Louise tinha realizado os ajustes necessários, fazendo os dedos ágeis voarem sobre o tecido da mesma forma que os de Aurelia. Teddy a acompanhara no trem e, quando Louise voltou para casa, um dia depois, Flora notou um brilho antes ausente em seu olhar.

O rapaz em questão se chamava Rupert Forbes, amante da leitura com uma miopia crônica que o impedira de lutar pelo país. Teddy o conhecia de vista dos tempos de Oxford e Louise havia contado que ele agora trabalhava em algo relacionado ao serviço secreto.

– Ele não pode dizer o que é, claro, mas tenho certeza de que é muito importante. E é tão inteligente, mãe... Ganhou uma bolsa para cursar estudos clássicos em Oxford.

– O camarada é meio sem graça – intrometera-se Teddy. – Tão rígido... Chegou a recusar uma segunda taça de champanhe na noite de ano-novo!

– Nem todo mundo precisa esvaziar o bar o tempo todo para ser feliz – retrucara Louise, ríspida.

A jovem não era de fazer comentários ácidos com ninguém, muito menos com o amado irmão, e Flora havia se perguntado se a frase fora motivada por uma vontade de defender Rupert ou por uma irritação crescente com Teddy.

O romance entre Rupert e Louise transformou-se rapidamente em algo mais profundo. Tanto Flora quanto Archie tinham simpatizado com o rapaz assim que o conheceram e se emocionaram ao ver o amor que desabrochava entre os jovens. Então, fazia apenas quinze dias, os dois haviam anunciado o noivado e Rupert fora passar o fim de semana em High Weald para comemorar. Ficara fascinado com a herança que Flora recebera de Beatrix e pedira permissão para acompanhá-la quando ela visitasse a livraria, dali a algumas semanas. Pesquisas tinham confirmado que o prédio não fora bombardeado durante a Blitzkrieg, e Flora esperava receber a escritura a qualquer momento.

Embora de boa família, Rupert não tinha renda própria. Assim, Archie e Flora haviam decidido que o jovem casal se instalaria em Home Farm, do outro lado da estrada, que estava vazia desde a partida do administrador da fazenda. Ela sabia que, com uma demão de tinta e algumas cortinas e acessórios novos que os dedos hábeis da filha criariam, a casa seria perfeita para os recém-casados. E Flora já tinha em mente o presente de núpcias ideal para os dois.

❀ ❀ ❀

Em uma ensolarada manhã de maio, Louise foi procurar Flora no jardim.

– Mãe, posso falar com você?

– Claro. – Ela se levantou e estudou a expressão preocupada da filha. – O que houve?

– Podemos nos sentar?

Louise apontou para um banco situado na sombra, debaixo de um caramanchão de rosas construído recentemente pelo Sr. Tanit.

– O que aconteceu?

Flora pôde ver que Louise não parava de abrir e fechar os punhos de tanta aflição.

– É um assunto... delicado. Tem a ver com uma das moças que vieram trabalhar aqui. E com Teddy.

– Nesse caso, é melhor você me contar.

– Desde o Natal eu sabia que alguma coisa estava acontecendo entre os dois. Lembra-se da noite da festa das moças, quando Tessie não apareceu?

– Lembro.

– Bem, nessa noite eu estava voltando para casa dos chalés quando vi Teddy e Tessie surgirem do acesso que conduz a Home Farm. Já passava muito da meia-noite e aquilo confirmou o que algumas meninas já tinham comentado comigo.

– Quer dizer que elas sabiam onde a moça estava?

– Sabiam. Onde e com quem.

– Entendo.

– Torci para o relacionamento terminar naturalmente... Tenho certeza de que você conhece o fraco poder de concentração de Teddy, sobretudo quando se trata de mulheres. E foi o que pareceu acontecer.

– Então por que está me contando isso agora?

Louise deu um profundo suspiro e desviou o olhar na direção dos jardins.

– Porque Tessie veio falar comigo ontem, em prantos. E anunciou que estava, nas palavras dela, em "estado interessante". Mãe, ela está grávida e jura que o filho é de Teddy.

– Ai, meu Deus... – Foi a vez de Flora torcer os dedos de preocupação. – E é?

– Ela está de quatro meses, algo assim, e o noivo está lutando na França há seis, sem licença. Todas as outras meninas sabiam que ela estava com Teddy até aquela madrugada e a acobertaram. Infelizmente, as datas se encaixam direitinho. Então eu diria que sim, é.

– E Teddy? O que ele diz?

– Ela ainda não contou. Segundo Tessie, ele rompeu o relacionamento depois de conseguir o que queria.

– Então suponho que precise se casar com ela.

– Teddy não vai fazer isso. Ele não a ama; na verdade, nem gosta mais dela! Além disso, Tessie é uma moça inteligente e muito bonita, mas vem do East End londrino. Os dois não têm nada em comum. E a criança, se for menino, se tornaria o herdeiro de High Weald. O que papai iria dizer?

Flora avaliou as consequências dos atos desprezíveis do filho e, em seguida, pensou na reação de Archie caso ficasse sabendo. Aquilo seria a cereja no bolo do relacionamento tenso entre os dois.

– Você me disse que essa moça é noiva?

– É, sim. Os dois foram namorados de infância e estão juntos há anos.

– Acha que ele a amaria o suficiente para perdoá-la e criar o filho como se fosse seu? Ela não seria a primeira moça a ter esse destino durante a guerra, afinal.

– Não sei dizer, mãe, mas duvido muito. Você não? – respondeu Louise com cautela; seu tom sugeria que o desespero estava tornando a mãe ingênua. – Quero dizer, se fosse Rupert, ele me deixaria sem olhar para trás. E a questão não tem a ver só com o que o noivo de Tessie sente por ela. Tem a ver com o que Tessie sente por Teddy. Ela acha que está apaixonada.

– Pelo que você disse, é bem óbvio que Teddy não sente o mesmo.

– Quem sabe você não conversa com ele? É a única que ele parece escutar. Eu juro, mãe, nos últimos meses Teddy perdeu as estribeiras. E a reputação que está ganhando pelas farras na região deixaria papai chocado. Perdoe-me preocupar você com isso, mas algo precisa ser feito. E logo.

– Obrigada por me contar, Louise. Deixe comigo, vou tentar pensar no melhor a fazer.

– Vou dizer a Tessie que falei com você, e que você vai conversar com Teddy.

Flora passou o resto do dia no jardim, desejando que o filho fosse mais semelhante ao calmo e compenetrado Sr. Tanit, que era muito jeitoso com plantas e animais.

Ele tem compaixão, refletiu, e pensou se Teddy algum dia aprenderia o significado dessa palavra.

Durante uma longa noite passada observando Archie dormir tranquilamente do seu lado, Flora tentou decidir o que fazer. Caso ele se inteirasse do terrível deslize do filho, iria reagir. Para o marido, a honra era tudo e ela não ficaria surpresa se, na mesma hora, expulsasse o rapaz de High Weald com uma mão na frente e outra atrás.

Naquela tarde, pediu a Louise que chamasse a jovem Tessie para uma conversa. A moça entrou em seu escritório com o belo rosto pálido e os grandes olhos azuis cheios de temor. Flora reparou na leve curva do ventre e sentiu uma súbita pontada no próprio abdômen. Embora ela e Archie houvessem tentado ter um filho, jamais conseguira conceber. Mas já estava com 30 anos quando os dois finalmente tinham se casado e, poucos anos depois, entendera que perdera sua chance.

401

Enquanto estudava a moça, um instante de insensatez a fez se imaginar com aquele bebê nos braços, criando-o como se fosse seu. O filho de Teddy... fadado a ser mais uma criança sem pai. Descartou esse devaneio e se preparou para o confronto.

– Olá, Tessie. Entre, sente-se.

– Obrigada, madame. Sinto muito envolvê-la nisso tudo, ainda mais que a senhora tem sido tão boa comigo e com as outras meninas. Conversou com Teddy? O que ele falou?

Flora se preparou para mentir.

– Sim, conversei, e infelizmente ele nega conhecimento de qualquer relação desse tipo. Ou de qualquer evento.

– Como é possível? Todo mundo sabe que passamos meses saindo, durante o outono e na época do Natal. Se perguntar às outras meninas, elas dirão. Eu... – Tessie irrompeu em um pranto ruidoso.

Flora se levantou e foi até ela. Puxou da manga um lenço de renda e lhe entregou. Sentia pena da pobre moça, mas precisava pôr a família em primeiro lugar.

– Pronto, pronto – falou, suave. – Nada nunca é tão ruim quanto parece.

– É, sim! Como poderia ser pior, madame, se me perdoa a pergunta? Um bebê a caminho, concebido por um homem que nega o fato, e um noivo que com toda a certeza vai me virar as costas quando vir o que estou gerando. E meus pais... Eles vão me expulsar de casa assim que souberem. Vou ficar na miséria, no olho da rua. O melhor seria me jogar no rio e acabar logo com isso!

– Tessie, por favor, entendo que você esteja abalada, mas sempre existe um jeito, prometo.

– E que jeito seria esse, madame, se me perdoa a pergunta?

– Bom, o mais importante é você e o bebê terem um teto sobre a cabeça, não? Quero dizer, o próprio teto.

– É claro. Mas, com o meu salário, não tenho como pagar por um lugar só meu.

– Não. E é por isso que estou disposta a lhe dar uma quantia para comprar uma casinha própria. Também lhe fornecerei uma renda anual até a criança entrar para a escola e você poder arrumar trabalho.

Tessie a encarou, desconfiada.

– Desculpe-me, madame, mas por quê? Quero dizer, se o seu filho lhe disse que o bebê não é dele, e que ele nunca sequer... esteve comigo, por que não me bota para fora daqui sem pestanejar?

– Meu filho disse que o bebê não pode ser dele, mas isso não me impede de ajudar uma moça em apuros, certo? Eu também já fui jovem, Tessie, e já estive desesperada. E, quando precisei, tive quem me tratasse com gentileza e me ajudasse. Só estou retribuindo uma coisa com outra – respondeu Flora, calma.

Tessie assoou o nariz no lenço ruidosamente.

– Mas casas custam muito dinheiro.

– Você poderia comprar algo adequado perto dos seus pais se desejar. Onde eles moram?

– Em Hackney.

– Tenho certeza de que vão mudar de ideia quando o bebê nascer. Talvez até seu noivo mude. Quero dizer, se ele a ama.

– Ah, ele me ama, sim. Me chama de raio de sol. E veja só o que fui fazer com ele. Não. – Tessie balançou a cabeça. – Ele nunca vai me perdoar por isso, nunca. Mas o que a senhora esperaria em troca?

– Nada. A não ser vez por outra uma foto do bebê, talvez. E sua promessa de que não vai arrastar a reputação do meu filho na lama espalhando mentiras.

– Juro por tudo que é mais sagrado que Teddy é o pai desse bebê, madame. E acho que a senhora também sabe que é, por isso está agindo assim conosco. É o seu neto que estou carregando aqui dentro. – Ela pousou a mão na barriga. – Ele pode ser o herdeiro de tudo isto aqui.

– Como você sabe muito bem, não há como provar nem uma coisa nem outra. Enfim, essa é minha proposta. Deseja aceitá-la?

– A senhora está acobertando, protegendo Teddy, não é? Seu menino adorado... Todo mundo sabe que é a menina dos seus olhos e que a senhora não suporta ouvir uma palavra contra ele. Onde ele está? – Agora tremendo de raiva, Tessie se levantou. – Imagino que haja uma chance de vocês nem terem conversado. Quero falar com ele eu mesma. Agora!

– Fique à vontade. – Flora deu de ombros com a maior desenvoltura de que foi capaz, então virou as costas e andou até a escrivaninha. – Mas, no instante em que você sair desta sala, retiro minha oferta. E posso garantir que não vai ouvir nada diferente da boca de Teddy. Pergunte a Louise. Ele também negou para ela – acrescentou, por garantia. Sentou-se à escrivaninha e pegou o talão de cheques. – O que vai ser? Você pode sair daqui com um cheque de mil libras no seu nome, voltar para o chalé e fazer as malas. Mandarei o Sr. Tanit levá-la até a estação de Ashford daqui a uma hora. Ou pode ir embora com as mãos abanando e suplicar a clemência do meu filho. E essa, como tanto eu quanto você sabemos a muito custo, não é uma qualidade que ele possua.

Um silêncio se fez e ela torceu para ter feito o suficiente para convencer a moça. Mas Tessie era orgulhosa e esperta, e Flora admirou sua força de caráter.

– Isso é chantagem...

Flora não disse nada, mas pegou a caneta-tinteiro e desatarraxou a tampa devagar. Um suspiro longo e derrotado reverberou pelo recinto.

– Como a senhora bem sabe, eu não tenho escolha. Vou pegar seu dinheiro e ir embora.

– Muito bem – disse Flora, sentindo o alívio inundá-la ao preencher o cheque. – Você tomou a decisão certa, Tessie.

– Não havia decisão nenhuma a tomar, madame, não é mesmo? Eu o amei, sabia? – falou a jovem com tristeza. – Sempre fui uma boa moça antes disso, mas ele me prometeu mundos e fundos, garantiu que se casaria comigo.

– Aqui está o cheque e o nome do meu advogado, que tratará de qualquer futura correspondência. Ele também a ajudará com a compra de uma casa se preciso for.

– Obrigada, madame – conseguiu dizer Tessie. – A senhora com certeza é uma mulher bondosa. Teddy é muito sortudo... Tem uma mãe como a senhora, que faz o trabalho sujo dele. Uma coisa eu lhe digo: ele não presta.

– Adeus, Tessie. Cuide bem de vocês dois.

– Farei o melhor que puder, madame, eu juro.

Tessie saiu da sala e Flora se deixou cair na cadeira. O alívio e a repulsa a dominavam em igual medida.

Não há desonestidade possível no amor...

Lembrou-se das palavras ditas por Archie tantos anos antes. Mas o seu amor por Teddy e a necessidade de protegê-lo a haviam transformado em uma pessoa que ela não reconhecia. E Flora se detestou por isso.

❁ ❁ ❁

– O que foi, mãe? Preciso sair para uma reunião às cinco – disse Teddy, emburrado, ao entrar no escritório de Flora.

– E já está dez minutos atrasado, logo é melhor irmos direto ao assunto.

– O que foi que eu fiz agora? Que fofoca você escutou?

– Acho que você sabe muito bem o que é.

– Ah. – Ele deu uma risadinha. – Imagino que tenha ficado sabendo sobre o meu suposto caso com a tal garota Smith.

– Sim, fiquei sabendo, pelas outras trabalhadoras e pela sua irmã, que diz ter visto vocês dois saindo de Home Farm na antevéspera do Natal. E pela própria Tessie hoje mais cedo.

– Ela veio falar com você?

– Eu pedi que viesse.

– Meu Deus do céu, mãe. Você parece esquecer que tenho 24 anos. Posso limpar minhas próprias sujeiras.

– Então admite que essa "sujeira" é sua?

– Não, eu... – Teddy hesitou. – Não preciso que a minha mãe se meta na minha vida. Você entende que essa história toda é um monte de mentiras?

– Depois de falar com Tessie hoje, duvido sinceramente que seja. Vou ser bem direta. Você sabe que Tessie está grávida e, ao que tudo indica após a conversa que tive com ela, o filho é seu. Você se recusou a assumir qualquer tipo de responsabilidade pelos seus atos, assim como não assume responsabilidade por nada. Vive mentindo de modo descarado para salvar a própria pele.

– Mãe... eu...

– Por favor, não me interrompa. Você é um bêbado preguiçoso e insolente e, para ser bem franca, um constrangimento para esta família. Na semana passada mesmo, seu pai falou em revisar o testamento.

– E me deserdar?

– Sim. – A expressão dele fez Flora ver que havia acertado o alvo. – E eu com certeza posso entender por quê. Se o seu pai viesse a escutar qualquer insinuação dos boatos que circulam sobre Tessie, seria a gota d'água.

– Entendo.

Teddy se deixou cair na poltrona.

– Sugiro que, se quisermos salvar a situação, de agora em diante não haja mais mentiras entre nós.

Teddy olhou pela janela atrás dela.

– Está bem.

– Mandei Tessie embora com dinheiro suficiente para garantir a segurança dela e do bebê.

– Mãe, você não precisava ter feito isso, não mesmo. Eu...

– Acho que precisava, sim. Esse filho provavelmente é seu, portanto é nosso neto. Pelo amor de Deus, Teddy, admita.

– Sim – disse ele por fim. – Existe uma chance, mas...

– Não estou interessada em nenhum "mas". É simples: você não pode continuar assim. Entendo que esteja entediado e sem saber o que fazer da vida, mas a sua reputação de mulherengo e bêbado está crescendo depressa.

– Estou entediado mesmo. E não é nada espantoso que me sinta assim. Se não fossem esses meus malditos pés chatos, teria ido embora há anos e estaria cumprindo meu dever e servindo ao país.

– Sejam quais forem as suas desculpas, você agora precisa fazer uma escolha. Pode ficar e se tornar um filho do qual eu e seu pai consigamos nos orgulhar. Ou sugerirei ao seu pai que o mandemos morar com tia Elizabeth e tio Sidney no Ceilão, onde poderá ajudá-los na fazenda de chá. Em ambos os casos, você terá que provar ao seu pai que é digno de ser o herdeiro.

Assim como ocorrera com Tessie, da poltrona ouviu-se apenas silêncio.

– Você me mandaria embora? Mãe, o mundo está em guerra. – A voz de Teddy falhou ligeiramente. – Navios não param de ser bombardeados e afundados.

Flora inspirou fundo antes de prosseguir:

– Mandaria, pelo simples fato de que não estou mais preparada para acobertar você nem desculpar seus atos. Se as coisas não chegaram a um ponto de crise com seu pai antes, foi apenas graças às minhas constantes intervenções a seu favor. No entanto, por mais que eu o ame, a expressão daquela moça hoje, sentada bem aí onde você está, quando eu disse que você havia negado ter se envolvido com ela, me fez perceber que não posso mais sancionar o seu comportamento recente. Está me entendendo, Teddy?

Ele baixou a cabeça, arrasado.

– Sim, mãe. Estou.

– Ainda acredito que exista um homem bom dentro de você. Você é jovem e há uma chance de reverter a situação e provar ao seu pai que um dia poderá herdar esta propriedade.

– Sim. Eu vou ficar, mãe – disse ele por fim. – E prometo não decepcionar mais você nem papai.

Sem falar mais nada nem olhar para ela, Teddy se retirou.

39

As duas semanas que se seguiram, Teddy de fato pareceu ter virado uma página. Mostrou-se tão prestativo quanto pôde, tanto em casa quanto no jardim. E havia muito a fazer, pois, no dia seguinte à conversa, o Sr. Tanit anunciou que ele e a esposa iriam sair de High Weald imediatamente. Não quis mencionar os motivos e, quando Flora perguntou se poderia convencê-los a ficar, Tanit manteve a boca fechada.

– É melhor assim, madame. A Sra. Tanit não se sente mais à vontade aqui em High Weald.

O casal foi embora na mesma noite e Flora ficou acordada até de madrugada se perguntando o que teria feito para ofender a afável governanta.

No dia seguinte, na cozinha, Louise deu de ombros, desanimada, ao receber a notícia.

– Com certeza você sabe por quê, não? – sussurrou ela. – Teddy não deixou a moça em paz nos últimos meses. Quero dizer, não tenho como saber com certeza, mas, se eu fosse aquela pobre coitada, duvido que tivesse conseguido suportar.

Flora fechou os olhos e se lembrou do filho pondo a mão nas costas da Sra. Tanit quando os dois estavam na cozinha, em frente ao fogão.

Na noite seguinte, jantou sozinha, pois Archie tinha ligado para avisar que ficara retido na base aérea, algo frequente naqueles tempos. Nessa noite, na cama, ouviu o zumbido de bombardeiros alemães próximos, mas não deu muita importância. Aqueles ruídos haviam se tornado tão familiares quanto os trinados dos passarinhos ao alvorecer. Só que agora o barulho parecia bem próximo e Flora suspirou de irritação ao pensar que talvez fossem obrigados a descer e passar a noite na adega, caso os aviões chegassem mais perto.

De fato, pouco antes da meia-noite, as sirenes de ataque aéreo dispararam e Flora, Teddy e Louise desceram a escada. Duas horas mais tarde, o aviso soou anunciando o fim do bombardeio e eles voltaram para a cama; provavelmente Archie iria passar o resto da noite em um bunker na base.

❂ ❂ ❂

– Mãe! Mãe, acorde! – Os gritos de Louise a despertaram no dia seguinte. – Telefone para você. Um tal líder de esquadrão. É urgente.

Com o coração na boca, Flora desceu voando a escada e, na pressa de chegar ao telefone, quase tropeçou. Mas já sabia o motivo da ligação.

O líder do esquadrão comunicou que Archie e mais catorze pessoas na base aérea de Ashford tinham morrido na hora quando uma bomba atingira a área das barracas que acomodavam os pilotos de caça reservas e outros funcionários.

Apesar da força até então demonstrada por Flora diante da adversidade, ela desmoronou. A ironia de tudo aquilo era demais... Archie ter sobrevivido até ali, a alegria de ambos com o novo cargo em Ashford em vez de Londres – principal alvo dos bombardeiros alemães –, tudo só para que ele perdesse a vida a poucos quilômetros de casa... Sua mente confusa não conseguia compreender aquela situação.

Louise chamou o médico, que receitou sedativos; Flora passou vários dias deitada, sem vontade ou energia para sair da cama. Sem seu amado Archie, preferiria estar morta também. Nem mesmo a visão do rosto abalado da filha lhe bastou para sair do quarto. Permaneceu deitada, revivendo cada instante que ela e Archie haviam compartilhado e protestando contra o deus no qual não conseguia mais acreditar, pois o tirara dela para sempre.

E o pior de tudo era que os dois nem haviam tido a chance de se despedir.

❂ ❂ ❂

Na sexta manhã depois do fatídico telefonema, um toc-toc-toc na janela despertou Flora de um sono induzido por remédios. Ela ergueu a cabeça e viu um filhote de tordo, que decerto caíra do ninho no velho carvalho junto à janela. O peitoril havia aparado a queda, mas em sua histeria o passarinho corria o risco de despencar pela borda, de tanto pular e piar à procura da mãe.

– Já estou indo, pequenino – sussurrou Flora. Abriu a janela com cuidado e deu um jeito de segurar a minúscula criatura. – Pronto, pronto –

falou, para tranquilizá-lo. – Está seguro agora. Vamos pegar uma escada e devolver você para sua mãe sem demora.

Com o passarinho na mão, desceu para a cozinha, onde Teddy e Louise estavam sentados juntos à mesa.

– Mãe, você levantou! Estava subindo para levar um chá – disse Louise.

– Não se importe com isso. Esta pobre coisinha caiu do ninho no carvalho. Teddy, pode buscar uma escada para eu subir e devolvê-lo antes de ele morrer de susto?

– Claro, mãe.

Louise olhou para o irmão, que piscou o olho para ela ao se levantar.

– Ela vai ficar bem agora – articulou ele, sem som, antes de sair da cozinha atrás da mãe.

❂ ❂ ❂

O funeral foi na igreja da propriedade e muitos moradores do vilarejo, amigos e parentes compareceram. Archie era uma pessoa querida e respeitada na região e Flora, sentada entre os dois filhos, sorriu em meio às lágrimas ao escutar as homenagens feitas por seus colegas da RAF em ambas as guerras. Durante a missa, teve que buscar bem no fundo de si cada ínfima parcela de força e coragem. A semana de luto solitário pelo menos lhe permitira se livrar do tormento da perda e ela agora poderia apoiar os filhos na dor. Sua vida, ou pelo menos sua principal fonte de felicidade, podia ter sido interrompida para sempre. Mas os filhos ainda tinham a deles para viver. E ela não iria decepcioná-los.

No dia seguinte ao funeral, o advogado da família, Sr. Saunders, a visitou. Após as manifestações costumeiras de pêsames, eles passaram aos assuntos a tratar:

– A senhora talvez saiba que lorde Vaughan não reescreveu o testamento depois de 1921. – Ele tirou da vetusta pasta de couro uma pilha de papéis bem-arrumados. – Suponho que ele ainda quisesse que a propriedade passasse para seu filho Teddy.

– Eu... só posso supor que sim – respondeu Flora, e sentiu a culpa oprimir seu peito.

– Nesse caso, vou iniciar os trâmites para efetuar a transferência para o nome do rapaz. Infelizmente, como não existe documentação legal que lhe garanta uma residência na propriedade de High Weald, devo também alertá-la que o seu filho tem o direito legal de, ahn, expulsá-la. Não que ele vá fazer isso, tenho certeza, mas já vi situações desse tipo ocorrerem.

– Falarei com Teddy sobre os desejos dele – disse Flora, tensa. – Estou certa de que podemos resolver a questão entre nós dois. Só tenho uma pergunta, Sr. Saunders: se minha irmã Aurelia só tivesse dado à luz Louise, em outras palavras, uma mulher... ou se Teddy houvesse morrido na guerra – acrescentou ela, baixinho –, o que teria acontecido?

– Bem, nesse caso as coisas iriam se complicar. Primeiro procuraríamos um herdeiro homem para a propriedade. Se não encontrássemos nenhum, Louise provavelmente teria recebido High Weald em usufruto até a ocasião em que tivesse um filho homem. Quando este atingisse a maioridade, herdaria tanto as terras quanto o título. Se ela tivesse uma filha, esta receberia o mesmo usufruto até que viesse a ter um herdeiro homem. A menos, é claro, que uma das irmãs de lorde Vaughan tivesse um filho homem antes dela. Et cetera, et cetera.

– Entendo.

– Como a senhora talvez tenha compreendido, devemos agradecer aos céus pela existência de um herdeiro direto do sexo masculino. – Ele deu uma risadinha seca. – Devido às duas guerras que devastaram gerações de pais e filhos, conheço várias famílias desprovidas de um. A senhora tem sorte, lady Vaughan. A verdadeira linhagem de sangue ainda pode se perpetuar em High Weald enquanto muitas famílias em situação semelhante não tiveram a mesma transição fácil.

– Seria possível, Sr. Saunders, dar a Louise pelo menos uma parte da propriedade? Ela vai se casar em breve e o marido não é um homem rico. Sendo eu própria mulher, não sinto que o fato de ela pertencer ao sexo feminino deva privá-la de algum tipo de direito sobre a propriedade familiar – disse Flora com cuidado. – Principalmente ela sendo gêmea de Teddy.

– Concordo, lady Vaughan. As regras em relação a isso são arcaicas e só torço para que, com o tempo, as mulheres conquistem direitos iguais tanto às terras quanto aos títulos. No entanto, temo que, agora, isso vá ser uma questão para o seu filho decidir. Entristece-me dizer que nenhuma de vocês duas tem qualquer influência legal sobre o que vai acontecer com a propriedade de High Weald. É uma pena o seu marido não ter vivido para reescrever o testamento. A senhora agora vai ter que depender da boa vontade do seu filho. E a irmã dele também.

– Obrigada pelo conselho, Sr. Saunders. O senhor manterá contato comigo e com Teddy, certo?

– De agora em diante, todas as comunicações feitas por mim não passarão mais pela senhora, mas irão direto para Teddy – respondeu o advogado, guardando os documentos na pasta. – Mais uma vez, meus pêsames pela perda. Seu finado marido era um homem muito bom. Vamos torcer para que o filho seja um sucessor digno do seu legado. Tenha um bom dia, lady Vaughan.

O Sr. Saunders se retirou com um profundo suspiro, indicando que as fofocas relacionadas a Teddy deviam ter se espalhado pelas redondezas.

Flora ficou sentada olhando pela janela, para o jardim que não mais estaria sob o seu comando. E entendeu que Archie, na época com intenções nobres, havia na prática anulado os seus direitos e, o mais importante, os direitos genuínos que a linhagem de Louise conferia à sua sobrinha. Apesar das reclamações recentes quanto à inadequação de Teddy ao papel de assumir High Weald como seu herdeiro, não havia absolutamente nada a fazer sem expor o engodo inicial do finado marido.

Pelo menos ela estava grata pelo bom senso de manter a maior parte da herança do verdadeiro pai em investimentos seguros, originalmente com os conselhos e o auxílio de sir Ernest Cassel. Desde então, ela passara a se interessar e a se informar sobre títulos e ações e seus recursos haviam resistido bem aos altos e baixos do volátil mercado financeiro. Em suma, era uma mulher rica.

Além disso, o processo de transferência da fazenda de Home Farm para o nome de Rupert e Louise já começara. Archie assinara a autorização para que o jovem casal pudesse se mudar logo após o casamento, em agosto. Teddy não se oporia a isso, certo?

Flora sabia que o simples fato de cogitar tal hipótese só fazia sublinhar a gravidade da situação.

Naquela noite, sentou-se com Teddy e Louise na cozinha e relatou a conversa tida com o Sr. Saunders. Observou com atenção a expressão do filho e se reconfortou ao constatar indícios de tristeza e alívio.

– Bem, Rupert e eu seremos extremamente felizes lá em Home Farm – disse Louise, alegre. – É um lugar encantador e tenho certeza de que conseguiremos torná-lo aconchegante.

– Estou certa de que sim – garantiu Flora, e amou-a pela docilidade e gratidão do seu temperamento. Além do mais, imaginou que a sobrinha, alheia como estava às reais circunstâncias, não esperasse nada além disso.

– Então, Teddy, tudo isto aqui será seu. – Ela gesticulou alegremente ao redor. – Como se sente?

– Mãe, eu estou só recebendo o que é meu por direito, não? – falou ele, com um ar superior.

– Sim, mas você sabe muito bem que esta propriedade exige muito trabalho. Como o Sr. Saunders vai lhe explicar, os recursos para sua manutenção estão escassos. Sobretudo no caso da fazenda. Você vai ter que contratar um novo administrador. E alguém para ajudar dentro de casa, já que, no verão, Louise vai se mudar para morar com o marido.

– Você vai estar aqui comigo para resolver tudo isso, mãe. Quero dizer, até eu me casar. – Teddy deu um sorriso maroto. – E pode ser que eu já tenha alguém em mente.

– É mesmo? – O semblante de Louise se iluminou. – Seria maravilhoso nós dois termos filhos de idades próximas, que possam crescer juntos. Não é, Teddy querido?

– Não tenho certeza se ela faz o tipo maternal, mas com certeza estou muito interessado nela.

– Você esconde mesmo o jogo, Teddy. Como ela se chama? – quis saber Louise.

– Tudo será revelado no devido tempo. Ela não é daqui.

– Bem, é claro que eu sairei de casa assim que você se casar – disse Flora. – Posso me mudar temporariamente para a residência de Londres, até quem sabe podermos remobiliar a casa da viúva? Ela não é ocupada há muitos anos.

– A residência de Londres de agora em diante será apenas para o meu uso. Quem sabe, quando for à cidade, você não possa ficar com sua mãe na Albemarle Street? – Teddy consultou o relógio. – Agora preciso ir andando. O trem para Londres sai daqui a meia hora. Vou dirigindo até a estação de Ashford no Rolls-Royce de papai.

– Mas, Teddy, ele não o usa há anos. O carro consome gasolina demais e precisamos dos cupons para o maquinário da fazenda – replicou Louise, lançando um olhar nervoso na direção da mãe.

– Estou certo de que a minha propriedade pode pagar por isso só desta vez. Volto daqui a uns dois dias.

Ele se levantou, beijou de leve a mãe e a irmã no alto da cabeça e saiu da cozinha. Fez-se um silêncio atordoado. Louise se virou para Flora.

– Não se preocupe, mãe. Sempre haverá um lugar para você conosco em Home Farm.

❋ ❋ ❋

Flora passou o mês seguinte se fortalecendo para dizer adeus a High Weald enquanto Teddy se fazia notar pela ausência: passava a maior parte do tempo na casa de Londres. Ela e Louise lutaram para superar a dor e administrar a quatro mãos a propriedade. Mais por diplomacia do que por necessidade, o Sr. Saunders havia escrito a Flora uma carta na qual informava que a transferência de High Weald, da casa em Londres e do título de nobreza para o nome de Teddy estava correndo sem entraves e deveria se concluir, no mais tardar, no mês de novembro.

Flora e Louise não demonstraram ressalvas em relação ao fato de Teddy receber a herança. E junho ao menos trouxe uma explosão de ânimo renovado causada pelo sucesso dos desembarques do Dia D na França. Flora deu o melhor de si para se concentrar no casamento iminente de Louise e resolveu dar seu presente ao casal quando Rupert fosse conversar sobre os preparativos no final de semana. Ficou satisfeita ao ver a expressão radiante de ambos ao lhes contar sobre a Livraria Arthur Morston.

– Caramba! – Rupert sacou um lenço e enxugou os olhos. – E eu preocupado, pensando como poderia sustentar sua filha no estilo de vida ao qual ela está acostumada. Bom, a senhora acaba de me dar a resposta. Jamais poderei lhe agradecer o suficiente. Estou.... Estou sem palavras.

Flora ficou com lágrimas nos olhos ao ver o jovem casal se abraçar, feliz e apaixonado. Tinha certeza de que fizera a coisa certa.

– Tem também um apartamentozinho em cima da livraria, que pode ser modernizado para vocês usarem quando estiverem na cidade. Embora eu tenha certeza de que o seu irmão vai lhes oferecer o uso de sua casa em Londres.

– Duvido, mãe – retrucou Louise. – E, mesmo se ele oferecer, acho que o apartamento da livraria nos conviria bem mais, seja qual for o estado em que esteja.

Poucos dias depois, Flora recebeu um telegrama de Teddy:

casei-me com dixie hoje no cartório de chelsea pt muito feliz pt de partida pra itália pra lua de mel pt nos vemos em breve pra comemorar pt diga a louise que cheguei antes dela ao altar pt teddy pt

Louise leu o texto em silêncio; sua expressão traiu tudo que ela sentia.

– Ai, não.

– Você conhece essa moça?

– Não, não a conheço bem. Mas já ouvi falar nela. Londres inteira já ouviu. Teddy nos apresentou rapidamente no ano-novo.

– E quem ela é?

– Lady Cecilia O'Reilly. Nasceu na Irlanda e vem de uma família boa mas um tanto... boêmia. É de uma beleza estonteante. Na noite de ano-novo, todos os homens no recinto ficaram bobos assim que ela entrou no Savoy. Tem cabelos ruivos até a cintura e, ao que dizem, um temperamento igualmente inflamado. Teddy ficou louco por ela nessa noite e imagino que, por isso, esteja passando tanto tempo em Londres ultimamente. Eles com certeza vão formar um casal... interessante.

– Entendo.

Flora leu nas entrelinhas dos comentários de Louise e ficou ainda mais desanimada.

– Perdoe-me, mãe. Como você sempre me disse, nunca se deve julgar um livro pela capa. Nem pela reputação. Dixie pode ser considerada "fácil", mas talvez também seja uma boa pessoa. E com certeza vai animar High Weald e manter Teddy na linha.

A jovem abriu um sorriso tristonho.

Nessa noite, deitada na cama, Flora ansiou pelo calor e pelo reconforto do corpo que antes se deitava ao seu lado. Ao se recostar nos travesseiros, começou a fazer planos para o próprio futuro... e se perguntou como um dia poderia aliviar a consciência pesada em relação a Louise.

❀ ❀ ❀

Um mês mais tarde, o novo herdeiro de High Weald levou para casa a nova esposa. Ao contrário do que esperava, Flora gostou na mesma hora da jovem Dixie. Com a risada rouca – sem dúvida provocada pelos intermináveis cigarros franceses fortes que fumava –, a linda pele muito branca e o corpo esguio, com certeza não passava despercebida. Além do mais, era também bastante inteligente, a julgar pelos foras que dava em Teddy a cada comentário insincero que ele fazia.

Após uma noite de comemoração regada a muito álcool, na qual a pobre Louise ficou invisível enquanto Dixie manifestava sua opinião em alto e bom som sobre todos os assuntos, da situação na Irlanda à guerra, e compartilhava seu conhecimento "íntimo" da personalidade depressiva de Churchill, Flora deu boa-noite e subiu a escada para se deitar. Ela se reconfortava com o fato de que Archie teria apreciado a companhia animada da nova nora.

No dia seguinte, convocou Teddy ao seu escritório. Deu-lhe um beijo caloroso e pediu que ele se sentasse.

Antes que o filho pudesse começar a falar, tomou a dianteira:

– Meus parabéns, Teddy. Achei Dixie um encanto. Você escolheu bem e tenho certeza de que nós duas vamos nos tornar grandes amigas. Só queria lhe dizer que estou disposta a pagar do meu próprio bolso pelas reformas necessárias na casa da viúva. E queria saber: você estaria preparado para me vender os 80 hectares que a cercam? Como ficam do outro lado da estrada, essas terras também fazem fronteira com Home Farm. Estou disposta a assumi-las e explorá-las no seu lugar. Já consultei um corretor da região e posso lhe oferecer um preço justo, que lhe daria assim alguns recursos para a manutenção de High Weald e da casa em Londres.

– Entendo. – A expressão de Teddy demonstrava sua surpresa. – Primeiro eu teria que conversar com Dixie e com meus advogados.

– Faça isso. Vou me mudar de High Weald depois do casamento de Louise.

– Claro.

– É tudo que eu tenho a dizer.

– Certo. – Teddy se levantou. – Por favor, fique à vontade para pegar o que quiser na casa.

– Preciso de pouco e tenho grande talento para recomeçar do zero. Você recebeu um belo legado. High Weald é um lugar muito especial e torço para que você e Dixie o valorizem como seu pai e eu valorizamos.

Antes de irromper em prantos, Flora se retirou.

❀ ❀ ❀

Em um dia de calor escaldante em agosto, Louise desposou Rupert Forbes na mesma igreja em que tão pouco tempo antes Flora havia enterrado o marido. Ao rezar pelo casal, pôde apenas implorar às potências superiores que trouxessem a paz tantas vezes prometida. Tanto para a própria vida quanto para o mundo.

❀ ❀ ❀

No final do outono, Flora percorreu High Weald, sentindo-se ridícula por se despedir de uma casa que sabia que ainda visitaria muitas vezes, mas que não seria mais sua. Mas, pensando bem, refletiu com tristeza, jamais tinha sido – na verdade, nunca fora de ninguém. O lugar pertencia apenas a si mesmo, como acontece com as construções antigas. E iria durar muito depois de os atuais ocupantes terem morrido.

Espiou o jardim murado pela janela da cozinha e recordou os diversos momentos felizes que ela e Archie haviam compartilhado ali.

– Instantes de felicidade...

Nada durava para sempre, ponderou, embora os seres humanos esperassem que sim. Tudo que se podia fazer era aproveitar as situações enquanto possível.

O pônei e a charrete aguardavam lá fora, carregados com uma alta pilha formada por seus mais preciosos pertences. Ela saiu pela porta da frente e embarcou.

– Adeus...

Pôs um beijo na palma da mão e o soprou para a propriedade, para Archie e todas as lembranças. Ficou parada um momento para se perdoar por todos os erros que havia cometido, deu um tapa de leve na anca do pônei e partiu pelo caminho rumo a mais um novo futuro.

Estrela

Novembro de 2007

40

As batidas do relógio de pé me tiraram do passado com um sobressalto. Olhei para o pulso e vi que eram quatro da madrugada. Na minha frente, Orlando tinha os olhos fechados e o rosto pálido de exaustão. Tentei me concentrar em todas as coisas que ele havia me contado, mas soube que precisaria dormir antes de conseguir dar sentido a elas.

– Orlando? – sussurrei, sem querer assustá-lo. – Hora de dormir.

Ele abriu abruptamente os olhos turvos.

– Sim. Amanhã conversamos sobre o que lhe contei. – Ele se levantou e cambaleou até a porta como se estivesse drogado, então se virou e tornou a me encarar. – Entende agora por que achei melhor manter esses diários longe do meu irmão? Ele estava tão amargurado... Ter certeza de que o nosso ramo da família havia sido privado indevidamente de High Weald só o faria se sentir ainda pior.

– Acho que sim. – Apontei para os diários. – Quer que os guarde em algum lugar?

– Leve com você. Minha reles tentativa de narrar uma história tão complexa só transmitiu o básico. Esses volumes poderão suprir os detalhes. Boa noite, Srta. Estrela.

– Mas eu ainda não entendi: por que essa história é relevante para mim?

– Caramba – disse ele, encarando-me com um ar intrigado. – Estou surpreso. Pensei que a sua mente arguta já tivesse deduzido. Amanhã nos falamos.

Ele me deu um aceno e saiu da sala.

❁ ❁ ❁

Na manhã seguinte, já passava das onze quando Orlando apareceu na cozinha.

– Hoje estou sentindo cada um dos meus 36 anos, e uns 50 a mais – comentou ele, deixando-se cair pesadamente em uma cadeira.

Eu também estava cansada; havia passado o que restava da noite me virando e revirando na cama. Só tinha conseguido pegar no sono meia hora antes de o despertador tocar e acordara às sete para preparar o café da manhã de Rory e levá-lo à escola.

– Que tal um brunch? Ovos beneditinos e salmão defumado? – sugeri para Orlando.

– Não sou capaz de pensar em nada mais perfeito. Podemos fingir que estamos no hotel Algonquin, em Nova York, para onde fomos depois de dançar até o sol raiar. E como está se sentindo hoje, Srta. Estrela?

– Pensativa – respondi, sincera, enquanto preparava os ovos.

– Tenho certeza de que estimular a digestão vai ajudar a absorção dos fatos.

– O que não entendo é o seguinte: por que Mouse me deu a impressão de que Flora MacNichol era uma pessoa sem escrúpulos? Acho que ela foi maravilhosa.

– Concordo plenamente. Se não fosse a injeção de dinheiro proporcionada por ela para reformar a casa e os jardins depois da morte de nossa bisavó Aurelia, sem falar no seu trabalho de restauração e administração da propriedade durante a Segunda Guerra Mundial, nenhum Vaughan ou Forbes estaria morando aqui hoje. Ao morrer, ela também deixou as terras compradas de Teddy para Louise e Rupert. São elas que hoje geram o grosso da renda de Home Farm.

– Ela fez o melhor que pôde para compensar a sobrinha.

– Sim, e não só isso. Segundo meu pai, durante os difíceis anos do pós-guerra, foi Flora quem impediu a família de se dissolver. Além de manter a contabilidade da Arthur Morston, ela ajudou Dixie a criar o filho, Michael, e auxiliou na administração de High Weald. Como você pode imaginar, Teddy não servia para muita coisa em nenhuma das duas frentes. Flora teve uma vida longa e produtiva.

– E quantos anos tinha quando morreu?

– Quase 80. Meu pai disse que ela foi encontrada sentada debaixo do caramanchão de rosas sob o sol da tarde.

– Que bom que os últimos anos dela foram felizes. Ela mereceu. Como Mouse pôde pensar que Flora fosse culpada por tudo? Afinal, quem tomou a decisão de registrar Teddy como gêmeo de Louise nas certidões foi Archie.

– E por motivos altruístas que se pode compreender – acrescentou Orlando. – À própria maneira, estava prestando homenagem a todos os que tinham morrido à sua volta durante a guerra. Lembre-se, por favor, que Mouse só soube por alto da história, por meio de nosso pai, quando foi visitá-lo na Grécia antes de ele morrer. Voltou para casa abalado... Não sei se você se lembra, mas eu disse que nosso pai morreu apenas dois anos depois de Annie. E foi nessa época que peguei os diários e levei para a livraria. Para mim, a pior coisa seria Mouse remoer mais ainda o passado.

– Ele se sentia privado injustamente de tudo – murmurei. – Da mulher, do pai e da herança à qual tinha direito.

– Sim. A depressão é uma coisa terrível, Srta. Estrela. – Orlando suspirou. – E pelo menos desse mal não pareço padecer.

– Talvez ele *devesse* ler os diários, Orlando, e descobrir o que de fato aconteceu. Sinto que quem mais perdeu foi Flora.

– Concordo, embora seja uma pena a propriedade não ter sido deixada em usufruto para nossa avó Louise à espera dos filhos homens que ela pudesse ter... a saber, Laurence, nosso pai. E Rupert, meu avô, era um sujeito genial.

– Talvez o amor por um filho deixe todo mundo cego.

– Em muitos casos, sim – concordou Orlando. – Flora era uma mulher sensível e pragmática. Sabia que Archie e ela própria tinham culpa na mentira relacionada ao direito de Teddy receber a herança. Ele fora criado pensando ser o herdeiro natural. No fim das contas, não foi por culpa dela. Se Flora tentasse lhe negar a herança, o mais provável é que o tivesse perdido para sempre nos bordéis de Londres, e Teddy passaria o resto da vida se entregando ao vinho, às mulheres e à boa vida... algo que, de todo modo, fez em High Weald, a julgar pelos diários dela. Quem salvou a situação foi sua mulher, Dixie. Ela deu à luz o pai de Marguerite, Michael, e manteve a propriedade em funcionamento enquanto Teddy bebia até morrer. Perceba que High Weald sempre foi salva por gerações de mulheres fortes.

– E agora Rory vai herdar o título e a propriedade por meio de Marguerite – concluí, pondo o prato sobre a mesa e sentando-me.

Orlando pegou os talheres e começou a comer.

– Ah, o revigorante perfeito. Fico felicíssimo que lady Flora tenha deixado a livraria para Rupert e Louise. Ele a administrou com cuidado durante os difíceis anos do pós-guerra e eu acabei recebendo uma herança maravilhosa. Mouse me disse que o imóvel provavelmente vale mais do que o que sobrou de High Weald.

– Flora não teve filhos de sangue, teve? – perguntei, dando voz a um dos pensamentos que haviam me atormentado durante as primeiras horas daquela manhã.

– Não. – Orlando me encarou. – Então, já fez a ligação?

– Acho que já.

– Sim, bom, é mesmo uma pena, Srta. Estrela, pois sinto que você teria dado uma aristocrata britânica extremamente elegante. No entanto, os fatos até agora indicam que não há uma só gota de sangue real nas suas veias.

– Então por que meu pai me deixou o gato Fabergé como pista?

– Arrá! Desde o instante em que você me contou sobre a sua busca, foi isso que mais me intrigou. Pelo que me falou do seu pai... e ouça bem o que digo: eu escutei tudo que você disse e, devo acrescentar, também o que não disse... pensei que ele tivesse um motivo.

– E qual você acha que foi?

Eu achava que sabia, mas queria ouvir de Orlando primeiro.

– Ele precisava de algo que a vinculasse de modo definitivo com a linhagem dos Vaughans, e não com a dos Forbes. E Teddy era filho adotivo de lady Flora. Então é preciso buscar na linhagem dele...

Finalmente dei voz à minha suspeita:

– O filho ilegítimo da moça que trabalhava na lavoura, você quer dizer?

– Isso! Eu sabia que você não iria me decepcionar. – Orlando apoiou o queixo nos dois punhos fechados e me estudou. – Naquele fatídico dia na livraria em que você voltou para recuperar sua preciosa pasta, contou que as coordenadas da esfera armilar indicavam que você tinha nascido em Londres.

– Sim.

– E onde morava a tal moça?

– No East End londrino.

– Isso. E que endereço as suas coordenadas indicaram quando você as pesquisou na internet?

– Mare Street. Código postal E8.

– Que fica em...?

– Hackney.

– Sim. No East End londrino! – Orlando jogou a cabeça para trás e socou a mesa, louco de alegria com a própria percepção e esperteza. Aquilo me irritou, pois minha origem não era motivo de piada. – Perdoe-me, Srta. Estrela. Não posso evitar achar essa ironia divertida. Você me aparece com um gato Fabergé que a vinculava a um rei da Inglaterra. E acabamos descobrindo que é quase certo não ter parentesco de sangue algum nem com a realeza nem com os Vaughans. Mas possivelmente é a bisneta ilegítima do nosso estranho no ninho de nefasta reputação.

De repente, senti meus olhos se encherem de lágrimas. Embora compreendesse o cérebro analítico e não emotivo de Orlando, o fato de ele achar tudo aquilo tão hilariante me feria profundamente.

– Não estou nem aí para o *lugar* de onde vim – rebati, zangada. – Eu... – Embora mil respostas adequadas tenham surgido no meu cérebro exausto, optei por me levantar. – Com licença, vou dar uma volta.

Coloquei um casaco muito velho e um par de galochas que estavam no hall e saí para a manhã gelada. Ao passar pelos portões, protestei contra Pa Salt, sentado em algum lugar lá do céu, e questionei seu raciocínio. No melhor dos casos, eu parecia ser a bisneta ilegítima de um homem que, involuntariamente, havia roubado High Weald da herdeira legítima bem debaixo do seu nariz. No pior dos casos, eu não era nada. Não tinha coisa alguma a ver com nada daquilo.

Quando virei à direita na estrada, meus pés me levaram automaticamente para a Trilha das Amoras, como eu e Rory a havíamos batizado. Lágrimas embaçavam minha visão e a risada de Orlando ecoava em meus ouvidos. Será que a intenção dele tinha sido me humilhar? Será que ele se alegrava em provar, sem sombra de dúvida, que eu não fora planejada? Que o seu suposto sangue aristocrático o tornava superior? Por que os britânicos eram tão obcecados com status social?

– Pouco importa se eles marcharam pelo mundo, criaram um império e tiveram uma família real. As pessoas são todas iguais, independentemente da origem – sibilei, irada, para um passarinho que inclinou a cabeça para mim, piscou, em seguida saiu voando. – Na Suíça isso não significa nada. E não teria significado para Pa Salt, eu sei que não. Então por quê...?

Desci o caminho pisando firme, detestando a mim mesma pela desesperada necessidade de pertencer a algum lugar ou a alguém que não fossem Ceci nem o mundo surrealista de fantasia criado por Pa Salt em Atlantis para as distintas filhas. De criar o meu próprio mundo, que pertencesse apenas a mim.

Cheguei a um campo aberto, sentei-me num toco de árvore, enterrei o rosto nas mãos e chorei copiosamente. Depois de algum tempo, controlei-me e enxuguei os olhos com força. *Vamos lá, Estrela, controle essas emoções. Isso não está levando você a lugar nenhum.*

– Oi, Estrela. Tudo bem?

Virei-me e vi Mouse em pé a poucos metros de distância.

– Tudo, sim.

– Não parece. Quer um chá?

Dei de ombros, num gesto que em geral associava com adolescentes recalcitrantes.

– Bom, acabei de ferver a água.

Ele apontou para trás e percebi que, ao andar às cegas, tinha ido parar no campo nos fundos de Home Farm.

– Desculpe – balbuciei.

– Desculpe por quê?

– Não olhei para onde estava indo.

– Não faz mal. Quer o chá ou não?

– Preciso ir para casa lavar a louça.

– Deixe de ser ridícula.

Ele chegou mais perto, segurou-me pelo cotovelo e me obrigou sem qualquer cerimônia a caminhar até a casa. Quando chegamos à cozinha, empurrou meus ombros para baixo de modo a me fazer sentar em uma cadeira.

– Fique aí. Eu sirvo. Leite e três cubos de açúcar, certo?

– Sim. Obrigada.

– Aqui está.

Ele pousou na minha frente uma caneca de chá fumegante. Não fui capaz de erguer os olhos; fiquei apenas encarando a madeira da velha mesa de pinho. Ouvi Mouse se sentar na minha frente.

– Você está tremendo.

– Está frio lá fora.

– Está, mesmo.

Seguiu-se um longo intervalo de silêncio. Fiquei bebericando o chá.

– Quer que eu pergunte o que aconteceu?

Encolhi os ombros mais uma vez, voltando a encarnar a tal adolescente obstinada.

– Bom, você é que sabe.

Envolvi a caneca com as mãos e pude sentir o calor do recinto começar a penetrar minhas veias geladas. Alguém devia ter enchido o aquecedor a óleo desde a minha última visita.

– Acho que eu sei por que meu pai me mandou à Arthur Morston – falei, por fim.

– Certo. E é algo bom?

– Não sei – respondi, passando as costas da mão por um nariz prestes a pingar de modo deselegante bem dentro da minha caneca.

– Na primeira vez em que você apareceu na livraria e contou sua história a Orlando, ele me ligou.

– Ah, que ótimo – falei, rígida. Detestava o fato de os dois irmãos conversarem sobre mim pelas costas.

– Pare com isso, Estrela. Nós não sabíamos quem você era. É natural que ele me contasse. Você não contaria para sua irmã?

– Contaria, mas...

– Mas o quê? Apesar do que viu ou escutou recentemente, Orlando e eu sempre fomos próximos. Nós somos irmãos; aconteça o que acontecer, sempre apoiamos um ao outro.

– Bem, o sangue sempre fala mais alto, não é? – retruquei, desanimada, pensando que a única pessoa que eu estava certa de ter o meu "sangue" era eu mesma.

– Entendo que você esteja se sentindo assim agora. A propósito, eu sabia que Orlando tinha pegado os tais diários.

– Eu também.

Ele cruzou olhares comigo do outro lado da mesa e trocamos um ínfimo sorriso.

– Acho que todos temos manipulado uns aos outros. Estava torcendo para você conseguir descobrir com ele onde os diários estavam. Eu também sabia por que ele os pegara.

– Eu não; só soube ontem à noite. Pensei que fosse por estar chateado com você devido à venda da livraria – admiti. – Ao que parece, ele estava tentando proteger você.

– Então, quem ele acha que você é?

– Ele vai poder lhe dizer. É seu irmão.

– Você talvez tenha percebido que ele não está falando comigo no momento.

– Mas vai falar. Ele já perdoou você. – Cansada de toda aquela conversa, levantei-me. – Preciso ir.

– Estrela, por favor.

Comecei a andar em direção à porta, mas, quando segurei a maçaneta, ele me pegou pelo braço.

– Me solta!

– Olha, sinto muito.

Balancei a cabeça. Não conseguia dizer nada.

– Entendo como você está se sentindo.

– Não entende, não – falei entre os dentes cerrados.

– Entendo, sim. Deve estar se sentindo completamente usada por todos nós. Igual a Flora... Um peão em um jogo do qual desconhece as regras.

Eu mesma teria sido incapaz de uma descrição melhor. Pisquei para reprimir novas lágrimas e pigarreei.

– Preciso voltar para Londres. Você pode avisar a Orlando que fui embora e que ele precisa buscar Rory às três e meia?

– Posso. Mas, Estrela...

Ele estendeu a mão para mim, mas me desvencilhei com violência.

– Está bem – disse Mouse com um suspiro. – Quer carona até a estação?

– Não, obrigada. Eu chamo um táxi.

– Como quiser. Sinto muito mesmo. Você não... merecia isso.

Passei pela porta e fechei-a com força, lutando para controlar o impulso desesperado de sair batendo nas coisas, então andei de volta até High Weald. Graças a Deus, Orlando não estava na cozinha e vi que todas as coisas do brunch tinham sido arrumadas. Liguei para a empresa de táxi, pedi que fossem me buscar quanto antes e subi correndo a escada para jogar tudo que fosse meu dentro da bolsa de viagem.

Quinze minutos mais tarde, afastava-me de High Weald dizendo a mim mesma que só o futuro importava, não o passado. Detestava o fato de Pa Salt – que eu amava e em quem confiava mais do que qualquer outra pessoa no mundo – só ter me causado ainda mais dor. Tudo que eu havia descoberto era que não podia confiar em ninguém.

Chegando a Charing Cross, caminhei feito um robô até o ponto do ônibus que me levaria a Battersea. Enquanto esperava, não consegui suportar a ideia de voltar outra vez para casa e para Ceci depois de mais uma tentativa fracassada de encontrar minha própria vida. Nem a alegria inevitável que isso iria lhe causar, pensei, cruel.

Repreendi a mim mesma por pensar assim, pois, embora uma parte dela

425

fosse ficar feliz em me ter de volta só para si, eu também sabia que ela era a pessoa que mais me amava no mundo e que iria querer me reconfortar na minha dor. Porém, isso significava contar o que tinha descoberto e, por ora, eu não era capaz de revelar isso a ninguém, nem mesmo a ela.

Em vez de voltar para casa, subi num ônibus em direção a Kensington e parei em frente à livraria Arthur Morston, onde aquela história toda havia começado. Peguei as chaves na mochila, abri a porta e entrei; ali fazia mais frio do que do lado de fora. A noite estava caindo depressa e tateei às cegas para acender a luz antes de fechar as velhas persianas das janelas. Com as mãos enregeladas e trêmulas, acendi a lareira. Sentei-me na minha poltrona de sempre e, enquanto o calor me aquecia os dedos, tentei racionalizar a tristeza que sentia. Pois bem lá no fundo eu sabia que ela era irracional. Orlando não tivera a intenção de me magoar: ao me contar aquela história, seu intuito fora me ajudar. Só que eu estava tão profundamente cansada, confusa e sensível que tivera uma reação exagerada.

Por fim, tirei os suéteres da bolsa para me cobrir, encolhi-me no tapete em frente à lareira e dormi.

✦ ✦ ✦

Acordei na mesma posição e fiquei espantada ao ver que eram quase nove da manhã. Eu devia ter dormido feito uma pedra. Levantei-me e fui fazer um café para me ressuscitar. Bebi-o quente, com açúcar e sem leite, e por fim se senti mais calma. Quem sabe poderia passar os dias seguintes acampada ali, pensei, irônica. Paz e espaço eram justamente aquilo de que eu precisava no momento.

Tirei o laptop da bolsa e o liguei. O sinal de wi-fi era fraco ali no térreo, mas pelo menos a internet funcionava. Entrei no Google Earth para digitar minhas coordenadas de novo e ter certeza de que não havia me enganado.

E ali estava o endereço: "Mare Street, código postal E8".

Então... depois de tudo que eu havia descoberto, será que o fato de Tessie Smith ter morado em Hackney era mera coincidência?

Não.

Peguei o caderno em que começara a escrever meu romance e o abri na última página, pensando em como a minha história estava rapidamente se tornando mais interessante do que qualquer ficção que eu pudesse inventar.

Anotei os nomes em duas colunas – uma para a linhagem de Louise, outra para a de Teddy – e entendi que a atual linhagem masculina dos Forbes tinha também um parentesco distante com Flora por meio de sua irmã Aurelia: ela era a tia-bisavó de Orlando e Mouse.

Mas... se eu era bisneta de Tessie, tinha um parentesco direto com Marguerite por meio de Teddy. E, por conseguinte, com Rory. Pelo menos pensar isso me fez sorrir. Meu dilema seguinte era se eu queria levar aquilo tudo adiante. Havia uma grande chance de meus pais ainda estarem vivos.

Levantei-me e comecei a andar pelo recinto, tentando decidir se queria localizá-los. Como sabia o nome de Tessie e o bairro onde havia morado, provavelmente seria bem simples descobrir algo sobre o filho que ela tivera em 1944. E qualquer outro que houvesse tido depois.

Mas... por que meus pais haviam me entregado para adoção?

Meu devaneios foram abruptamente interrompidos quando ouvi vozes na porta da frente e o barulho de uma chave sendo enfiada na fechadura.

– Merda!

Corri em direção à lareira na tentativa desesperada de esconder os vestígios do meu pernoite. A porta da frente se abriu e Mouse apareceu seguido por um chinês baixinho, que reconheci da loja de antiguidades vizinha à livraria.

– Oi, Estrela – cumprimentou ele, a surpresa estampada no rosto.

– Oi – falei, apertando uma almofada contra o peito.

– Sr. Ho, esta é Estrela, nossa assistente da livraria. Não me dei conta de que você viria trabalhar hoje.

– É. Bem, achei que seria bom vir dar uma olhada – comentei, indo até a janela para abrir depressa a persiana.

– Obrigado – agradeceu ele, dirigindo o olhar pra a lareira, onde os suéteres que eu havia usado para me aquecer durante a noite estavam embolados em uma pilha ao lado da bolsa de viagem aberta.

– Quer que eu acenda a lareira? – perguntei. – Está frio aqui dentro.

– Não por nossa causa. O Sr. Ho só queria dar uma olhada no apartamento do primeiro andar.

– Certo. Bom, agora que você chegou eu vou embora.

Abaixei-me para guardar meus pertences na bolsa de viagem.

– Na verdade, eu ia mesmo dar uma passada no seu apartamento. Orlando me deu algo para lhe entregar. Espere um instantinho, não vamos demorar.

Ele se virou e conduziu o Sr. Ho até os fundos da livraria.

Acendi a lareira mesmo assim. Minhas bochechas ardiam de tanta vergonha. Depois que os dois voltaram, fiquei inventando o que fazer nos fundos da livraria enquanto eles conversavam junto à porta da frente, e tentei não escutar os detalhes.

A porta abriu e fechou para o Sr. Ho sair, então Mouse veio até mim.

– Você passou a noite aqui, não foi?

Não soube dizer se os seus olhos verdes exprimiam raiva ou preocupação.

– Passei. Desculpe.

– Não tem problema. Só estou interessado em saber por que não foi para casa.

– É que... eu queria um pouco de paz, só isso.

– Sei como é.

– Como vai Rory?

– Com saudades de você. Fui buscá-lo na escola ontem e, depois que ele foi para a cama, tive uma longa conversa com Orlando. Contei sobre a oferta do Sr. Ho. Na verdade, ele recebeu a notícia muito melhor do que pensei. Parecia bem mais preocupado com o fato de ter chateado você.

– Que bom. Fico feliz por vocês dois. – Pude notar o tom petulante da minha voz.

– Estrela, pare com isso. Você está beirando a autocomiseração. E nisso eu sou especialista – disse ele baixinho. – Orlando ficou muito preocupado com o seu estado emocional, e eu também. Deixamos recados no seu celular, mas você não atendeu.

– Não é permitido usar o celular na livraria. Então não, não atendi.

Um sorriso repuxou os lábios dele.

– Enfim... – Ele enfiou a mão no bolso do casaco. – Isto aqui é para você. – Entregou-me um grande envelope pardo. – Orlando disse que andou fazendo umas pesquisas.

– Certo. – Guardei o envelope no bolso da frente da mochila e peguei minha bolsa de viagem do chão. – Bom... Pode agradecer a ele.

– Estrela, por favor... cuide-se. Pelo menos você tem sua irmã.

Não respondi.

– Vocês duas brigaram? – perguntou ele depois de um tempo. – Foi por isso que não voltou para casa ontem à noite?

– Acho que não devíamos depender tanto uma da outra – falei, abrupta.

– Quando eu a conheci, ela com certeza me pareceu muito defensiva em relação a você.

– E é. Mas ela me ama.

– Assim como Orlando e eu nos amamos... mesmo quando brigamos. Se ele não tivesse ficado ao meu lado nos últimos anos, não sei o que teria sido de mim. Ele tem um coração de ouro, sabe? Não faria mal nem a uma mosca.

– Sei disso.

– Por que não abre o envelope que ele mandou?

– Vou abrir.

– Quero dizer, aqui, agora. Acho que seria bom ter uma companhia.

– Por que de repente está sendo tão simpático comigo? – perguntei a ele baixinho.

– Porque vejo que você está sofrendo. E quero ajudar. Assim como você me ajudou nessas últimas semanas.

– Não acho que eu tenha ajudado.

– Isso quem sabe sou eu. Você foi gentil, paciente e tolerante com todos nós, quando eu, em especial, não merecia. Você é uma boa pessoa, Estrela.

– Obrigada.

Eu ainda estava parada com a bolsa na mão, sem saber muito bem o que fazer.

– Olha, por que não vem se sentar perto do fogo enquanto eu subo para recolher as coisas que Orlando me pediu que levasse para ele?

– Está bem – concordei, pelo simples fato de que minhas pernas pareciam feitas de geleia.

Quando Mouse desapareceu pela porta dos fundos, tirei o envelope da mochila e abri.

High Weald
Ashford, Kent
1º de novembro de 2007

Minha querida Estrela,

Escrevo para implorar seu perdão pelo modo insensível como falei ontem. Não estava zombando de você, acredite, longe disso. Só me admirei da ironia da genética e do destino.

Preciso agora confessar que, desde a primeira vez que você entrou na livraria e me mostrou o gato Fabergé e as coordenadas, venho seguindo o rastro da sua origem biológica. Pois, é claro, ela talvez esteja inextricavel-

mente ligada à nossa. Junto a este segue outro envelope com todos os fatos que você precisa saber sobre a sua família de origem.

Nada mais direi (o que não é do meu feitio), mas tenha certeza de que estou aqui para ajudá-la caso precise de alguma explicação.

Mais uma vez, peço que me perdoe. E Rory também manda todo o seu amor.

Seu amigo e admirador,

Orlando

Meus dedos alisaram o envelope caro de papel grosso fechado com um lacre de cera. Então ali estava ela, bem na minha frente: a verdade sobre o meu nascimento. Meus dedos começaram a tremer e me senti horrivelmente enjoada e tonta.

Quando Mouse entrou, encontrou-me com a cabeça apoiada nas mãos.

– Está tudo bem? – perguntou ele.

– Sim... Não.

Ele se aproximou e pousou a mão no meu ombro. Minha cabeça girava.

– Pobre Estrela... O Dr. Mouse deduz que a paciente está sofrendo de choque, altas emoções e, quase certamente, fome. Portanto, como é hora do almoço, vou atravessar a rua e alimentar você, para variar um pouco. Vai ser rapidinho.

Observei-o partir e, involuntariamente, abri um sorriso ao banir a imagem do Rato de Esgoto – pelo menos por aquele dia – e substituí-la por uma criatura branquinha e macia, com orelhas adoráveis e um nariz rosa.

– Fique aí sentada e não se mexa – disse Mouse ao voltar com nossas quentinhas. – Hoje quem vai cuidar de você sou eu.

Apesar da minha leve desconfiança devido ao histórico dele, foi agradável ser paparicada por alguém. Enquanto comíamos e eu tomava uma taça de Sancerre que me subiu direto à cabeça, fiquei procurando um motivo escuso de Mouse, mas não consegui achar nenhum. Então ocorreu-me uma coisa:

– Quem vai buscar Rory hoje à tarde?

– Marguerite. Ela voltou da França ontem à noite. E eu nunca a vi tão feliz. Não é incrível como se pode caminhar pelo raso durante anos, sem que nada mude, e então, do nada, um maremoto de acontecimentos empurra você para o mar aberto ou traz você suavemente até a praia? Com certeza um verdadeiro terremoto sacudiu todos nós nesses últimos tempos, os Vaughans e os Forbes. E parece que o catalisador disso foi você.

– Acho que é só uma coincidência.

– Ou o destino. Você acredita em destino, Estrela?

– Acho que não. A vida é o que fazemos dela.

– Certo. Bom, passei os últimos sete anos acreditando que o meu destino fosse sofrer. E me entreguei de corpo e alma a ele. Na verdade, eu chafurdei nele. E nunca vou conseguir compensar o dano que isso causou à minha família. Agora é tarde demais.

Vi seu olhar se obscurecer e a expressão tensa retornar.

– Você pode tentar.

– Sim, posso, não é? Mas, enfim, chega de falar de mim. Vai abrir esse envelope para podermos falar sobre o assunto ou não?

– Não sei. Tudo que ele vai revelar é por que meus pais me entregaram para adoção, não?

– Não tenho ideia.

– Ou isso ou dizer que eles morreram. Mas, se eles me deram para a adoção, como é que eu algum dia vou poder perdoá-los? Como um pai ou mãe pode abandonar um filho? Ainda mais o bebezinho que eu sei que era quando cheguei a Atlantis.

– Bem... – Mouse suspirou fundo. – Talvez você devesse saber os motivos antes de julgar. Tem gente que não está gozando das suas plenas faculdades mentais quando faz esse tipo de coisa.

– Como uma depressão pós-parto, você quer dizer?

– É, acho que sim.

– Não é exatamente a mesma coisa que não ter o que comer ou um teto para morar.

– Não, não é. Enfim, é melhor eu ir andando. Coisas a fazer. Você bem sabe.

– Sei.

Ele se levantou.

– Se eu puder ajudar com algo, é só ligar.

– Obrigada. – Percebendo a súbita mudança nas suas emoções, fiquei de pé também. – E obrigada pelo almoço.

– Não me agradeça por nada, Estrela. Eu não mereço agradecimento. Tchau.

E ele se foi.

Fiquei ali sentada, balançando a cabeça e me recriminando por ter me deixado manipular. Qual era o problema com aquele cara? Ele mudava de atitude num piscar de olhos. Tudo que eu sabia era que algo... o assombrava.

41

Naquela noite, Ceci e eu jantamos juntas; a tensão entre nós era palpável. Ela costumava falar tudo que lhe passava pela cabeça, mas agora seus olhos pareciam uma fortaleza impenetrável.

– Vou deitar. Dia cheio amanhã – disse ela, levantando-se para subir. – Obrigada pelo jantar.

Tirei a mesa, saí para a noite fria e fiquei vendo o rio correr lá embaixo. Pensei em Mouse e na sua analogia marítima. Eu também estava passando por um terremoto; até mesmo meu relacionamento com Ceci ia enfim se modificando. Então pensei no envelope ainda fechado que aos poucos abria um rombo na minha mochila e soube que precisava urgentemente falar com alguém em quem confiasse. Alguém que não fosse me julgar, capaz de me dar um conselho calmo e sensato. Ma.

Tirei o celular do bolso de trás da calça, liguei para casa – minha *verdadeira* casa – e esperei que ela atendesse, como sempre fazia quando uma de nós telefonava, mesmo que fosse tarde. Nessa noite, a ligação caiu na caixa postal e uma mensagem automática me informou que não havia ninguém em casa. Fiquei desanimada. Para quem mais poderia ligar?

Maia? Ally? Tiggy? Com certeza não Electra... Embora eu a amasse e admirasse pelas conquistas, ela não era dada à empatia. Pa sempre a qualificara de "nervosa". Ceci e eu a chamávamos entre nós de mimada.

Acabei tentando Ally. Minha irmã atendeu no terceiro toque.

– Estrela?

– Oi. Te acordei?

– Não. Tudo bem?

– Tudo. E você?

– Estou bem.

– Que bom.

– Bom ouvir sua voz.

– Quando a gente se vir, conto todos os detalhes. Mas em que posso ajudar? – perguntou Ally.

A resposta automática me fez sorrir. Ela sabia que, quando uma das irmãs mais novas telefonava, não era para se informar sobre o seu estado de saúde. E aceitava isso, pois era esse o seu papel de "líder" na nossa família.

– Recebi um envelope. E estou com medo de abri-lo.

– Ah. Por quê?

Expliquei do modo mais sucinto de que fui capaz.

– Entendi.

– O que você acha que eu deveria fazer?

– Abrir esse envelope, claro!

– Sério?

– Estrela, eu juro: por mais doloroso que seja, Pa queria que todas nós tocássemos a vida. Além do mais, se você não fizer isso agora, vai ser só uma questão de tempo. É claro que mais cedo ou mais tarde vai abri-lo.

– Obrigada, Ally. Como vai a Noruega?

– Aqui é... maravilhoso. Maravilhoso. Eu tenho... uma ótima notícia.

– Qual?

– Estou grávida. Do Theo – esclareceu ela depressa. – Ma já sabe, mas ainda não contei para nenhuma das nossas irmãs.

– Ally... – falei, com a voz embargada. – Que maravilha, mesmo! Ai, meu Deus! Que incrível!

– Não é? E, ah, também encontrei minha família biológica aqui em Bergen. Então, mesmo que as duas pessoas mais importantes não estejam aqui, tenho quem me apoie e uma nova vida está a caminho.

– Estou muito feliz por você, Ally. Você merece... É tão corajosa.

– Obrigada. E, olha, vou tocar flauta num concerto na Sala Grieg, aqui em Bergen, no dia 7 de dezembro. Ainda vou convidar todas as irmãs, claro, mas adoraria que você viesse. E Ceci, se ela estiver por aí.

– Eu vou, sim, prometo.

– Ma disse que também vem, então quem sabe você pode organizar a viagem junto com ela? Estou feliz, Estrela, mesmo pensando que isso fosse impossível depois... depois do que aconteceu. Mas escute, sobre a sua questão: você agora precisa ser valente se quiser que a vida mude.

– Eu quero.

– Vou logo avisando que talvez não seja exatamente o que você quer escutar; o conto de fadas era Atlantis... mas essa era a nossa vida de antes, e não vai mais ser assim. Só não esqueça uma coisa: a única responsável pelo seu destino é você. Mas é preciso ajudá-lo a acontecer. Entende o que estou dizendo?

– Entendo. Obrigada, Ally. A gente se vê no começo de dezembro.

– Eu amo você, Estrela. Saiba que pode contar sempre comigo.

– Eu sei. Fique com Deus.

– Fique com Deus.

Encerrei a ligação e entrei; reparei que meus dedos tinham ficado azuis de tanto frio. Verifiquei meus recados e escutei vários de Orlando e Mouse. Tomei uma ducha rápida e entrei de fininho no quarto onde Ceci dormia sem fazer barulho.

– Um terremoto – murmurei ao pousar a cabeça no travesseiro, agradecida.

Decidi que seguiria o conselho da minha irmã mais velha.

E seria valente.

❈ ❈ ❈

Ceci teve um pesadelo por volta das quatro da madrugada e, depois de ficar na cama com ela para reconfortá-la, não consegui mais dormir. Levantei-me e desci para fazer um chá. Observei a escuridão aveludada que era Londres. As Plêiades, que no hemisfério norte atingiam o ápice do brilho durante o inverno, reluziam intensamente. Meu olhar seguiu o rio na direção leste e me perguntei se meus parentes de verdade estariam dormindo em algum lugar, quem sabe se perguntando como eu estava. Ou onde.

Cerrei os dentes e tirei o envelope da mochila. Sem pensar muito, e com a cidade ainda adormecida como minha única testemunha, abri.

Lá dentro havia duas folhas de papel. Desdobrei-as e as pus sobre a mesa de centro. Uma era uma árvore genealógica preenchida pela caligrafia exuberante de Orlando, com setas apontando para seus diversos comentários. A segunda era a cópia de uma certidão de nascimento.

Data: 21 de abril de 1980
Local: Maternidade do Exército da Salvação, Hackney
Nome e sobrenome: Lucy Charlotte Brown
Pai: ----------
Mãe: Petula Brown

– Lucy Charlotte – falei baixinho. – Nascida no dia do meu aniversário. Será que aquela era eu?

Passei à árvore genealógica cuidadosamente desenhada por Orlando e comecei a estudá-la. Tessie Eleanor Smith tinha dado à luz, em outubro de 1944, uma menina chamada Patricia, cujo sobrenome também era Smith. Nenhum pai figurava na genealogia, mas Orlando havia escrito na margem: *filha de Teddy?* Isso indicava, portanto, que a jovem não conseguira se reconciliar com o noivo. E que criara a filha sozinha...

Então, em agosto de 1962, Patricia dera à luz uma filha batizada de Petula. O pai era um tal de Alfred Brown. E, no dia 21 de abril de 1980, Petula, aos 18 anos, tivera Lucy Charlotte.

Verifiquei mais uma vez a árvore genealógica e vi que Orlando havia registrado a morte de Tessie em 1975, e a de Patricia recentemente, em setembro de 2007. O que devia significar que a minha mãe estava viva... Só de pensar nisso, senti um arrepio de medo e expectativa subir pela minha espinha.

Ao ouvir a porta do banheiro bater lá em cima, levantei-me e comecei a preparar o café, perguntando-me se deveria pedir conselho a Ceci.

– Bom dia – disse ela ao descer, recém-saída do banho. – Dormiu bem?

– Nada mal – menti.

Ceci nunca recordava os próprios pesadelos e eu não a constrangia fazendo-a lembrar. Ao se sentar para comer, ela parecia mais pálida e calada do que de hábito.

– Está tudo bem?

– Tudo – respondeu ela, mas eu sabia que estava mentindo. – Você está de vez em casa agora?

– Não sei. Quero dizer, talvez tenha que voltar se precisarem de mim.

– Eu me sinto sozinha aqui sem você, Sia. Isso não me agrada.

– Quem sabe você não convida alguns dos seus amigos da faculdade quando eu estiver fora?

– Eu não tenho amigo nenhum e você sabe disso – retrucou ela, emburrada.

– Com certeza tem, sim.

– É melhor eu ir andando – falou Ceci, levantando-se.

– Ah, a propósito, falei com Ally ontem à noite e ela nos convidou para ir a Bergen ouvi-la tocar num concerto no começo de dezembro. Você acha que consegue?

– Você vai?

– Vou, claro! Pensei que pudéssemos ir juntas de avião.

– Ok, por que não? Até mais tarde, então.

Ela vestiu a jaqueta de couro, recolheu a pasta com seus trabalhos e me lançou um "tchau" ao sair do apartamento.

O carvalho e o cipreste não crescem à sombra um do outro...

Apesar de eu não saber muito bem sair da sombra da minha irmã, pelo menos estava tentando. E continuava convencida de que era melhor para nós duas, mesmo que Ceci ainda não entendesse.

Tomei uma ducha e chequei meus recados. Orlando tinha deixado um dizendo que viria de Kent para ir à livraria, querendo saber se eu estaria lá. "Minha cara, por favor, venha. Quero muito falar com você. Obrigado. Ah, é Orlando Forbes", acrescentou ele sem necessidade, fazendo-me sorrir.

Como eu ainda era oficialmente sua funcionária, decidi ir. No entanto, ao subir no ônibus rumo a Kensington, admiti que isso não passava de um pretexto: eu precisava era falar com Orlando sobre a família que ele havia descoberto para mim.

– Bom dia, Srta. Estrela. Que maravilha vê-la por aqui. E como está passando neste lindo dia brumoso? – cumprimentou-me à porta. Estava com um aspecto decididamente animado.

– Ok.

– "Ok" não vai bastar, não mesmo. Pretendo melhorar essa expressão lamentável agora mesmo. Agora sente-se, pois temos muito que conversar.

Ao me sentar, reparei que a lareira já estava acesa e pude sentir o cheiro do café sendo preparado. Orlando não estava disposto a perder tempo. Serviu uma xícara para cada um de nós, em seguida pôs na mesa à nossa frente uma grossa pasta de plástico.

– Vamos começar do começo: aceita minhas desculpas pela abordagem insensível da sua atual crise familiar?

– Aceito.

– Eu realmente deveria me contentar em falar sozinho ou gritar com personagens. Não pareço ter muito jeito com pessoas.

– Você se dá muito bem com Rory.

– Bem, ele é outra história, mas felizmente não é a minha. Então, abriu seu envelope?

– Abri. Hoje de manhã.

– Meu Deus! – Orlando bateu palmas como um menino empolgado. – Fico feliz. E permita-me dizer, Srta. Estrela, que você é bem mais corajosa do que eu. Depois de ter passado a vida inteira sendo Orlando, teria sido difícil descobrir que eu era Dave ou Nigel ou ainda, que Deus me proteja, Gary!

– Eu até que gosto de Lucy. Já tive uma ótima amiga com esse nome – retruquei, sem paciência para tolerar o esnobismo dele.

– Sim, mas o seu destino, Astérope, é voar até as estrelas. Assim como fez sua mãe – acrescentou ele misteriosamente.

– Como assim?

– Bom, tirando a certidão de nascimento, não consegui encontrar nenhum registro de uma "Petula Brown" durante minha longa e árdua pesquisa sobre as suas origens. Nenhum mísero rastro na internet, o que é estranho, considerando o nome de batismo pouco usual. No fim das contas, para tentar descobrir o que aconteceu com ela, acabei escrevendo para o Arquivo Nacional e para todas as outras instituições em que consegui pensar. E ontem recebi enfim uma resposta. Você consegue adivinhar qual foi?

– Não faço a menor ideia, Orlando.

– Que Petula fez uma solicitação legal para mudar de nome. Não é de espantar, tendo que carregar um nome desses. Ela não se chama mais Petula Brown e, sim, Sylvia Gray. Srta. Estrela, a pessoa que acredito ser a sua mãe é, quase sem sombra de dúvida, professora de literatura russa na Universidade de Yale! O que me diz disso?

– Ahn...

– Segundo a biografia dela no site de Yale... – Orlando folheou os papéis na pasta em cima da mesa e sacou uma folha. – "A professora Sylvia Gray nasceu em Londres, em seguida ganhou uma bolsa para estudar em Cambridge." É muito raro uma moça do East End conseguir um feito desses, Srta. Estrela. Ela prosseguiu os estudos, fez mestrado e doutorado e ficou cinco anos em Cambridge antes de receber a oferta de Yale, "onde conheceu e desposou o marido, Robert Stein, professor de astrofísica nessa instituição. Atualmente vive em New Haven, Connecticut, com os três filhos e quatro cavalos, e está trabalhando em seu novo livro".

– Ela é escritora?

– Publicou algumas críticas literárias pela editora universitária de Yale. Veja só! Não é incrível como os genes se manifestam?

– Odeio cavalos. Sempre odiei – balbuciei.

– Deixe de ser pedante. Achei que você fosse ficar felicíssima!

– Não muito. Afinal de contas, ela me abandonou.

– Mas tenho certeza de que você entendeu, pela genealogia que desenhei com tanto cuidado, que Petula, hoje Sylvia, tinha só 18 anos quando teve você. Ela nasceu em 1962.

– Entendi, sim.

– Ela devia ser caloura em Cambridge, ou seja, deve ter engravidado em algum momento do verão anterior...

– Orlando, por favor, mais devagar. Estou fazendo o que posso para absorver tudo isso, mas está complicado.

– Perdoe-me. Como eu já disse, deveria me concentrar na ficção.

Ele se calou feito uma criança repreendida enquanto eu tentava processar o que acabara de saber.

– Posso dizer uma coisa? – indagou então, timidamente.

Dei um suspiro.

– Pode.

– Existe algo que você deveria ver, Srta. Estrela.

– O quê?

Ele me passou uma folha impressa.

– Ela vai estar na Inglaterra na semana que vem. Dando uma palestra em Cambridge, sua antiga *alma mater*.

– Ah.

Li o papel sem prestar atenção e o pousei.

– Não é incrível? Chegar aonde ela chegou sem ter nenhum privilégio. Isso mostra como o mundo mudou.

– Coisa que você detesta.

– Reconheço que já fui contra a marcha do progresso – disse ele. – Mas, como estava conversando com meu irmão na outra noite mesmo, você ajudou a me modificar. Para melhor, devo acrescentar. E investigar sobre as suas origens... Bem, isso me ensinou muito. Obrigado, Srta. Estrela. Eu estou em dívida com você de muitas maneiras. Você vai?

– Aonde?

– Encontrá-la em Cambridge, claro.

– Não sei. Não pensei nisso...

– É claro que não. – Orlando finalmente entendeu a indireta e entrelaçou os dedos compridos. – E que tal eu lhe dizer o que decidi?

– Certo.

– Bom, já falei que tive uma longa conversa com Mouse na outra noite. E você ficará satisfeita em saber que nós fizemos as pazes.

– É, ele me contou.

– Então você também deve saber que o Sr. Ho nos ofereceu uma quantia extremamente generosa pela livraria, que permitirá sanar as dívidas que tanto Mouse quanto eu contraímos sobre nossos diversos bens, assim como procurar outro lugar para morar e colocar meus livros. A boa notícia é que eu acho que talvez já tenha encontrado.

– Sério?

– Sim, sério.

Ele me falou sobre a livraria em Tenterden, e disse que já havia se oferecido para assumir o aluguel. E que o Sr. Meadows concordara na hora.

– Tem também uns quartos no primeiro andar onde eu vou poder morar – acrescentou ele. – E acredito que, depois de tanto tempo no ramo, conquistei o direito de batizar o local de "Ilustríssimo O. Forbes – Livros Raros". O que acha?

– Da ideia ou do nome?

– De ambos.

– Perfeitos.

– Acha mesmo? – indagou Orlando, cujo semblante se acendeu feito um raio de sol. – Bom, eu também acho. Talvez esteja na hora de um novo começo para todos nós na família. E a família inclui você. Afinal de contas, você é parente da querida Marguerite.

– E de Rory – acrescentei.

– Mouse e eu debatemos se deveríamos contar a ela tudo sobre o passado. Quero dizer, agora já quase não faz diferença, pois foi tanto tempo atrás, mas a ironia é que, na verdade, ela nunca quis High Weald. Depois da extravagante administração de Teddy, a propriedade ficou totalmente falida. Para não afundar de vez, Michael, primo do meu pai, filho de Teddy e Dixie, teve que vender partes do que restavam das terras cultiváveis, além da casa da viúva e dos outros chalés. Mas é claro que não sobrou dinheiro nenhum para reformas. Mouse e eu conversamos sobre repassar para Marguerite uma parte da venda da livraria, para ajudar com itens básicos como hidráulica e calefação. Quem teria pensado que...?

– Que o quê?

– Que, mais de sessenta anos depois, seríamos nós, os primos pobres do outro lado da estrada, simples comerciantes e agricultores, que estaríamos oferecendo caridade à senhora da propriedade. Mas é isso que pode acontecer com o tempo. Como no caso da sua mãe e da guinada no seu destino, muita coisa pode mudar em duas gerações.

– Pode mesmo.

– Vai a Cambridge assistir à palestra dela?

– Orlando... – Revirei os olhos diante daquele seu jeito de retornar ao assunto anterior. – Não posso simplesmente aparecer e dizer que sou a filha que ela não vê há anos.

– Insisto para que veja mais um indício. Pode-se dizer que ele é o ápice do meu competente trabalho de detetive. Mas onde foi que coloquei? – Orlando vasculhou mais uma vez a pilha de papéis. – Ah! Aqui está!

Ele me entregou um papel com um floreio. Olhei-o e vi um rosto a me encarar, tão conhecido quanto o meu, só que mais velho e mais bem-cuidado, com os olhos azuis realçados por uma maquiagem sutil e a pele de alabastro emoldurada por cabelos louro-platinados cortados curtos. Pude sentir os olhos de Orlando a me estudar; a animação dele era palpável.

– Onde conseguiu isso?

– Na internet, claro. Num daqueles sites de networking. Agora me diga que a professora Sylvia Gray não é sua mãe, Srta. Estrela.

Voltei a encarar o rosto que eu sem dúvida teria aos 40 e poucos anos. Apesar de todas as provas escritas que Orlando havia reunido para mim, foi essa foto que tornou tudo real.

– Ela é muito bonita, não é? – tornou a dizer ele. – Igualzinha a você. E o destino conspirou para colocá-la bem debaixo dos nossos narizes daqui a poucos dias. Com certeza você deveria aproveitar a oportunidade, não? Pessoalmente, eu adoraria conversar com a professora Sylvia. Ela é uma das maiores autoridades em literatura russa... pela qual, como você sabe, eu tenho uma quedinha toda especial. Sua biografia informa que ela passou um tempo morando em São Petersburgo durante o doutorado.

– Não, Orlando, pare com isso, por favor! É cedo demais. Preciso de tempo para pensar...

– É claro que precisa. Mais uma vez, queira me perdoar pela animação.

– Eu não posso simplesmente entrar numa sala de conferência em Cambridge! Não sou aluna de lá.

– Verdade – concordou Orlando. – Mas, por sorte, nós temos a bênção de conhecer alguém que é. Ou pelo menos foi.

– Quem?

– Mouse. Ele estudou arquitetura lá e conhece o protocolo para essas coisas. Já aceitou contrabandear você.

– Ele também está sabendo?

– Minha cara menina, é claro que sim.

Levantei-me de supetão.

– Orlando, por favor, chega.

– O assunto está encerrado a partir de agora, até você querer reabri-lo. Espero que antes da próxima terça-feira – acrescentou ele com um sorrisinho maroto. – Mas agora de volta ao trabalho. O Sr. Meadows acha ótimo nos mudarmos para nosso novo lar assim que quisermos. Sugeri daqui a quinze dias, para aproveitar as vendas pré-natalinas. O contrato já está sendo preparado. – Ele apontou para as estantes. – É preciso embalar tudo isso em caixotes numerados, que já encomendei e vão chegar amanhã. Avisei a Marguerite e Mouse que eles não devem chamá-la para nenhum serviço até terminarmos. Teremos que trabalhar dia e noite, Srta. Estrela, dia e noite.

– Claro.

– Tudo aconteceu muito depressa depois que fechamos a venda daqui... O Sr. Ho está ansioso para concluir tudo antes do Natal. Você precisa ir ver a livraria Meadows por dentro. Acho que é ainda mais excêntrica do que esta aqui. E, o mais importante, tem lareira. Quando estivermos embalando o estoque, vamos ter que fazer uma seleção... Infelizmente o espaço nas prateleiras é menor, mas Marguerite concordou em armazenar o restante em High Weald. E há também o estoque do Sr. Meadows, que concordei em comprar. Vamos ser inundados pelo mundo escrito!

Tentei me concentrar em Orlando e me alegrar com sua empolgação e seu alívio diante daquela guinada nos acontecimentos. Mas meus olhos não paravam de se voltar para a folha de papel pousada na minha frente: a fotografia da professora Sylvia Gray, minha mãe...

Virei-a de cabeça para baixo e estampei um sorriso no rosto.

– Certo. Por onde começamos?

Esvaziar a livraria me manteve ocupada, tanto em termos físicos quanto mentais. À medida que os dias passavam e a terça-feira ia chegando, bloqueei

441

qualquer pensamento em relação ao assunto. E assim cheguei à noite de segunda, exausta e toda suja de poeira depois de dias embalando livros sem parar.

– Hora de um intervalo, Srta. Estrela – disse Orlando ao vir do porão, onde estivera embalando meticulosamente os livros mais valiosos guardados no cofre antigo. – Caramba, não estou nem um pouco acostumado com esse esforço físico todo. Além disso, não combina comigo. Acho que nós dois merecemos uma boa taça de vinho tinto por todo esse trabalho.

Enquanto ele subia até o primeiro andar, sentei-me na poltrona diante da lareira, uma área que parecia um oásis em meio ao pântano de caixotes empilhados à nossa volta.

– Saquei a rolha duas horas atrás, para ele poder respirar – anunciou Orlando.

Ele avançou pelo estreito corredor entre os caixotes com uma garrafa e duas taças na mão e sentou-se na minha frente.

– Tim-tim – falou ao brindarmos. – Não tenho como lhe agradecer o suficiente por sua ajuda. Não teria conseguido sem você. E, naturalmente, torço para estar disposta a se mudar comigo para o novo local.

– Ah.

– "Ah"? Com certeza você já deve ter pensado nisso. Ou não? Também vou tentar seduzi-la lhe oferecendo o cargo superior de gerente, com o aumento de salário que uma promoção dessas merece.

– Obrigada. Posso pensar no assunto?

– Não demore muito. Sabe quanto valorizo a sua capacidade. Acho que formamos um time imbatível. E você já deve ter entendido o significado disso, não?

– Que significado?

– Sessenta anos depois, os dois ramos díspares da família Vaughan/Forbes estão reunidos em uma mesma empreitada.

– É, acho que sim.

– E como esta, afinal de contas, era a livraria de Flora MacNichol, e ela tecnicamente é sua trisavó, mesmo que não de sangue, você tem tanto direito de estar aqui quanto eu. Entendeu? Tudo acaba dando certo no final.

– Dá mesmo?

– Vamos, Srta. Estrela, ser pessimista não é do seu feitio. Mas agora preciso lhe perguntar...

Eu já sabia o que ele ia dizer.

– Não! Eu não vou amanhã. Não... consigo.

– Posso perguntar por que não?

– Porque... – Mordi o lábio. – Porque estou com medo.

– É claro que está.

– Talvez eu entre em contato com ela depois. Mas agora é cedo demais para mim.

– Entendo.

Ele deu um suspiro derrotado. Esvaziei minha taça e me levantei.

– É melhor eu ir andando. Já passa das oito.

– Amanhã bem cedo nos vemos, então? E pense na minha proposta. Já perguntei a Marguerite se você pode ficar em High Weald até achar um lugar para morar lá perto. Ela adorou a ideia. Rory também.

– Você não contou a ela sobre a nossa... ligação?

– Não... talvez Mouse tenha contado. Mas Marguerite vive no presente, não no passado. Principalmente agora. Bem, boa noite, Srta. Estrela.

– Boa noite.

❀ ❀ ❀

Seria mentira dizer que não passei o dia e a noite seguintes pensando na professora Sylvia Gray e detestando a mim mesma pela covardia. Às sete e meia em ponto, imaginei-a subindo no tablado ao som dos aplausos.

Para minha vergonha, sabia que havia outro motivo para não ter feito a viagem até Cambridge naquela noite: a oportunidade que eu deixara passar dez anos antes ao não aceitar a vaga que eles tinham me oferecido. Fiquei acordada por muito tempo depois de minha irmã ir para a cama e admiti que estava com inveja dessa mãe que nunca conhecera. A mãe que não deixara nada impedi-la de estudar em Cambridge, o que lhe possibilitara uma carreira de prestígio no mundo acadêmico literário. Nem mesmo eu, sua filha...

Sua determinação de subir na vida apesar das origens humildes me fez sentir que eu havia conquistado muito pouca coisa na vida em comparação a ela: esposa, mãe de três filhos provavelmente muito inteligentes, criadora de cavalos e dona de uma carreira que lhe permitira chegar ao auge da profissão.

Ela sentiria tanta vergonha de mim quanto eu mesma sinto...

Fui até a janela e olhei para o céu gelado e limpo, salpicado de estrelas.

– Me ajude, Pa – sussurrei. – Me ajude.

42

— ntão, vou precisar de você lá em Kent neste fim de semana para começar a desembalar os livros na livraria nova – disse Orlando no dia seguinte enquanto comíamos nosso bolo das três da tarde. – Vou para lá de manhã supervisionar tudo e espero que, quando você chegar, a fachada já tenha sido pintada e o responsável por confeccionar a placa tenha começado a trabalhar. Assim, poderei recebê-la na "Ilustríssimo O. Forbes – Livros Raros".

Ele estava radiante, mas eu sentia a minha energia diminuir cada vez mais até se transformar em um pontinho sem brilho no céu.

– Todo mundo vai ter que pôr a mão na massa – prosseguiu Orlando. – Mouse disse que iria ajudar, e Marguerite também; aliás, ela vai para a França de novo no domingo. Então realmente seria mais prático, sob todos os aspectos, se você estivesse disposta a passar um tempo em High Weald para me ajudar e cuidar de Rory. Quem sabe considera isso um teste antes de aceitar um cargo mais permanente comigo?

– Eu vou, sim.

Afinal de contas, o que poderia fazer ali depois de a livraria fechar as portas?

– Maravilha! Combinado, então.

Conversamos sobre como eu supervisionaria o embarque dos caixotes na van ali em Londres enquanto ele transportava os livros que não queríamos do novo local para High Weald e se preparava para receber a van.

Naquela noite, avisei a Ceci que iria para Kent dali a poucos dias.

– E depois vai voltar, não é? – Se as suas palavras não eram de súplica, a expressão certamente era.

– Claro.

– Quero dizer, não está pensando em se mudar para lá, está? Pelo amor de Deus, Estrela, você é só uma assistente de vendas. Tenho certeza de que

444

conseguiria encontrar um emprego com um salário bem mais alto aqui em Londres. Passei em frente à livraria Foyle's no outro dia e vi um anúncio de vagas. Você não vai demorar a encontrar algo.

– Não, com certeza não vou.

– Você sabe como detesto ficar aqui sozinha sem você. Promete que vai voltar?

– Vou fazer o melhor que puder.

Estava na hora de eu pensar em mim e não queria lhe dar falsas esperanças. Afinal de contas, ela não era um bebê indefeso como eu quando minha mãe tinha posto a própria vida em primeiro lugar...

Passei o dia seguinte na livraria, desde cedinho até muito depois de escurecer. Na sexta de manhã, a van parou em frente à porta e já estava tudo pronto. Orlando me ligava o tempo todo para dar instruções e, no final, acabei quebrando minha regra de ouro e atendi o celular dentro da livraria.

Alguns dos clientes assíduos apareceram para ver com tristeza os livros sendo transportados até a van. Para isso também eu estava preparada e, junto com Orlando, havia escolhido um livro para dar a cada um deles como presente de despedida. Depois de a van ir embora, com os poucos pertences que Orlando deixara no apartamento espremidos na traseira, passeei pela livraria deserta e senti que aquilo era de fato o fim de uma época, que remontava toda a história familiar até Beatrix Potter em pessoa.

Minha última tarefa era retirar a carta emoldurada escrita por Beatrix para Flora ainda criança, embrulhá-la em papel pardo e levá-la pessoalmente para Kent. Enquanto o fazia, prometi para mim mesma ir algum dia ao Lake District ver onde Flora tinha morado. Embora soubesse não haver nenhum vínculo de sangue, sentia uma ligação com ela. Flora também fora uma mulher incomum, uma solitária, que não pertencia a lugar nenhum. Mas conseguira sobreviver graças à própria coragem e determinação e acabara encontrando seu lugar ao lado do homem que amava.

– Adeus – sussurrei para a escuridão e, pela última vez, olhei para o lugar em que minha vida havia mudado para sempre.

Mais tarde, cheguei de táxi a Tenterden e fiquei parada em frente à nova livraria, cujas luzes se destacavam na noite enevoada. Ergui os olhos para a fachada recém-pintada: Orlando havia escolhido verde-garrafa, a mesma cor da livraria de Kensington. Acima da vitrine já se podia ver o contorno indistinto do trabalho inicial do responsável pelo letreiro. Fiquei feliz com o fato de pelo menos um integrante do clã Forbes/Vaughan estar contente naquela noite.

Orlando serpenteou entre os caixotes na minha direção.

– Bem-vinda ao meu novo lar, Srta. Estrela. Mouse e Marguerite devem chegar a qualquer momento. Mandei buscar champanhe aqui do lado. Os Meadows também vêm. Sabe de uma coisa? Talvez eu até prefira este lugar ao antigo. Repare só na vista.

Olhei e vi as árvores no parque depois da rua estreita, com os postes antiquados a cintilar de leve entre elas.

– Que lindo.

– E tem até uma porta interna que dá para o café. É o fim das quentinhas no almoço. Em vez disso, a comida vai chegar fumegando já no prato, direto do fogão. – Orlando olhou para trás de mim e acenou. – Ah, eles chegaram.

Vi que o velho Land Rover de Mouse tinha parado em frente à loja. Marguerite e Rory entraram atrás dele.

– Bem na hora – anunciou Orlando, e vi a Sra. Meadows surgir por uma porta nos fundos da livraria carregando uma bandeja com taças e champanhe, acompanhada por um homem atarracado de certa idade que usava uma gravata-borboleta de poá.

– Senhor e senhora Meadows, acho que vocês já conhecem meu irmão e minha querida prima Marguerite. E Rory, claro. A Sra. Meadows já cruzou rapidamente com minha assistente – completou ele, conduzindo-me até a frente. – Esta moça tem o nome perfeito de Astérope D'Aplièse, mais conhecida como Estrela. E é isso mesmo que ela é – arrematou ele, baixando os olhos para mim com afeto.

Deixando-me com os Meadows, foi cumprimentar o resto da família. Fiquei bebericando uma taça de champanhe e conversando com o casal de idosos, ambos radiantes com o fato de Orlando assumir a livraria.

– Oi, Estrela.

– Oi.

Vi Mouse em pé ao meu lado. Então senti um par de braços finos me enlaçar a cintura por trás.

– Oi, Rory – falei, e um sorriso genuíno me veio aos lábios.

– Onde você estava? – perguntou o menino.

– Em Londres, ajudando o Orlando a trazer todos os livros para cá.

– Estava com saudades.

– Eu também.

– A gente pode fazer brownies amanhã?

– É claro que pode.

– Mouse tentou fazer comigo, mas ficou uma droga. Tudo grudento. Eca! – Ele produziu ruídos exagerados de repulsa.

– Ficou mesmo, concordo – disse Mouse, resignado. – Pelo menos tentei.

– Estrela! – Fui abraçada por Marguerite, que me beijou no rosto três vezes. – É assim que as pessoas se cumprimentam na Provença! – exclamou ela, rindo.

Observei seus grandes olhos cor de violeta e seu corpo de membros compridos, e refleti sobre nosso vínculo genético. Por fora, éramos bem diferentes. No entanto, reparei que ela, na verdade, tinha um tom de pele parecido com o meu. Mas muitas pessoas que não eram meus parentes também tinham.

– Mouse me disse que os seus últimos dias foram bem interessantes. – Ela se curvou para sussurrar no meu ouvido. – Bem-vinda à nossa família maluca – falou, e deu uma risadinha. – Não foi à toa que você conquistou tão depressa nosso coração. Seu lugar é conosco. Simples assim.

Naquela noite, cercada por meus "parentes" na livraria nova de Orlando, comecei a sentir que era mesmo.

❈ ❈ ❈

Na manhã seguinte, acordei mais tarde do que o normal, decerto por causa da tensão mental e física dos últimos dias. Desci para a cozinha deserta, que, durante a minha ausência, tinha rapidamente retornado ao seu estado caótico habitual. Havia um recado em cima da mesa:

Fomos ajudar Orlando na livraria. Mouse vai passar às onze para buscar você. Beijos, M. e R.

Ao ver que já eram nove e meia, subi para me lavar rapidamente na banheira com água gelada. Perguntei-me se poderia mesmo ter uma vida ali em Kent. Sequei-me o mais depressa possível, sacudi os cabelos e os espremi com as mãos, em seguida vesti a calça jeans e meu suéter azul.

O mesmo que Mouse tinha dito cair bem em mim...

Não que isso tivesse qualquer importância, claro.

Então por que está tentando agradar a ele?

Controlei meu inconsciente e obriguei-o a calar a boca. Quando ouvi um carro chegar e os conhecidos passos na porta da cozinha, já estava diante do fogão com uma travessa de brownies fresquinhos.

– Oi, Estrela – disse Mouse ao entrar.

– Oi. Vamos sair agorinha? Porque fiz uns brownies e estou passando café.

– Que maravilha – falou uma voz ao mesmo tempo conhecida e nova. Parecia eu com sotaque americano.

– Eu trouxe uma pessoa para conhecer você – avisou Mouse, a culpa estampada no rosto.

E então, de trás dele, uma cópia xerox da foto que Orlando tinha me mostrado avançou do hall para a cozinha.

– Oi, Estrela.

Encarei aquela mulher, seu rosto, seu corpo, e não consegui ver mais nada, pois as lágrimas me deixaram cega – não sabia se de raiva, medo ou amor.

– Estrela – disse Mouse, suave. – Esta é Sylvia Gray. Sua mãe.

Não recordo grande coisa dos minutos seguintes, apenas que os braços dele me protegeram enquanto eu chorava no seu ombro.

– Sinto muito – sussurrou ele no meu ouvido. – Fui a Cambridge assistir à palestra e, depois, me apresentei. Ela ficou louca para conhecer você. Me diga o que fazer.

– Eu não sei – falei, com a voz abafada pelo seu casaco.

Então senti outro par de braços me envolver.

– Eu também sinto muito – lamentou Sylvia. – Me perdoe, Estrela, me perdoe. Nunca esqueci você, nem por um segundo. Eu juro. Pensei em você todos os dias.

– NÃO! – gritei, e me desvencilhei dela.

Atravessei o hall e adentrei o ar revigorante de novembro, cruzando o jardim murado, onde andei pelo labirinto de ervas e plantas. Eu não queria um passado, eu não queria uma mãe... Só desejava um futuro – um que fosse seguro, real e imaculado. E aquela mulher, prestes a pular em cima de mim em High Weald, não era nenhuma dessas coisas.

Andei cegamente até a estufa, onde Archie costumava fazer germinar as plantas que Flora colocava na terra para que crescessem fortes e firmes, alimentadas pelo amor. E desabei no chão, tremendo de frio.

Como ela se atreve a vir me perseguir?! E como Mouse se atreveu a trazê--la aqui? Será que essa família acha mesmo que pode controlar minha vida desse jeito?

Não sei quanto tempo se passou antes de eu ouvir Mouse entrar na estufa.

– Estrela? Está aí dentro? Sinto muito, muito mesmo. Não pensei direito. Deveria ter avisado você, pedido sua permissão... Quando fui a Cambridge, procurei Sylvia depois da palestra e contei quem eu e Orlando éramos e quem eu achava que você fosse, e ela me implorou que a trouxesse até High Weald para conhecê-la.

– Deve estar querendo ver a casa que era do avô dela, não me ver – cuspi.

– Bom, talvez ela queira ver a casa também, mas o que mais desejava era ver você, eu juro.

– Ela não quis me ver por 27 anos, então por que agora?

– Porque a mãe dela mentiu e disse que você tinha morrido quando era bebê. Ela tem até um atestado de óbito seu falsificado que a mãe lhe deu.

Ergui os olhos para ele.

– O quê?

– É verdade. Mas... – Ele suspirou fundo. – Acho que quem deve explicar tudo isso é ela, não eu. Me perdoe, Estrela. Foi tudo errado, a coisa toda... Nós deveríamos ter respeitado os seus desejos. Mas, quando eu a vi, o desespero dela para conhecer você me subjugou.

Não respondi. Precisava pensar.

– Bom, vou deixar você em paz. E, mais uma vez, me desculpe.

– Tudo bem. – Limpei o nariz na manga e me levantei. – Eu vou com você.

Recorrendo a cada tendão do meu corpo para me ajudar a ficar em pé, levantei-me. Cambaleei na direção de Mouse, que me amparou com um braço forte e me levou de volta pelo jardim murado até a casa.

Quando tornei a entrar na cozinha, pude ver que Sylvia tinha chorado. A maquiagem sutil e perfeita estava borrada debaixo dos olhos e, de repente, ela parecia muito mais frágil.

– Que tal eu pôr uma água para ferver? – sugeriu Mouse.

– Boa ideia – respondeu a mulher que, pelo visto, era minha mãe.

Mouse foi encher a chaleira enquanto eu tremia de costas para o fogão, tentando me recompor.

– Não quer vir se sentar?

– Por que você me abandonou? – perguntei de supetão.

O semblante de Sylvia se desfez e houve um intervalo enquanto ela se esforçava para escolher as palavras adequadas.

– Eu não a abandonei, Estrela. Depois que você nasceu, durante as férias de Páscoa, minha mãe insistiu para eu voltar a Cambridge e fazer as provas finais do primeiro ano; tinha planos ambiciosos para mim. Eu era boa aluna, inteligente... Ela via em mim um futuro que lhe fora negado. Minha mãe teve uma vida dura: meu pai morreu jovem e ela teve que me criar sozinha... Era uma mulher amargurada, Estrela... Muito amargurada.

– Quer dizer que a culpa agora é da sua mãe? – disparei, horrorizada ao constatar a agressividade na minha voz.

– Você tem todo o direito de estar brava. Mas eu juro: quando a deixei aos cuidados da minha mãe naquele mês de maio, você era uma bebê saudável, cheia de vida e muito linda. O plano era que ela cuidasse de você até eu terminar a universidade e me formar. Eu nunca cogitei abandonar você. Nenhuma vez, eu juro. Mas, sim, a verdade é que eu precisava melhorar a vida de nós duas. Então, poucos dias depois das provas, recebi uma carta dizendo que você tinha morrido... de morte súbita, ao que parece. – Ela enfiou a mão na fina bolsa de couro e sacou um envelope. – Este é o atestado de óbito que ela me deu. Pode olhar.

– Como é possível falsificar um documento desses? – perguntei, sem pegar o papel.

– Fácil, se você for praticamente casada com o médico da cidade. Depois de o meu pai morrer, ela foi empregada dele durante anos. Ele devia estar tão disposto a ajudar minha mãe quanto ela a me enganar. Era um homem horrível... um membro leal da comunidade católica da cidade. Também devia achar que eu merecia ser punida.

– Dizendo que o seu bebê tinha morrido? – Balancei a cabeça. – Difícil de acreditar. Como a senhora podia saber que eu estava viva agora, se pensava que... eu não estivesse?

– Porque a minha mãe morreu faz poucas semanas. Não fui ao funeral;

fazia quase 27 anos que não nos falávamos. Mas recebi uma carta do advogado dela, a ser aberta depois da sua morte. Na carta, ela confessava o que tinha feito tantos anos atrás. É claro... – disse Sylvia, mais para si mesma do que para mim. – Ela devia pensar que iria para o inferno depois da mentira horrível que havia me contado.

– A carta dizia quem tinha me adotado?

– Segundo ela, o médico entregou você para o padre da igreja, que a levou para um orfanato em algum lugar no East End. Mas, quando estive lá, faz apenas dois dias, logo antes de encontrar Mouse, eles disseram não ter registro de nenhum bebê chamado Lucy Charlotte Brown.

– Meu pai adotivo nunca teria ficado comigo se soubesse a situação real – falei, na defensiva.

– Tenho certeza de que não. Mas minha mãe sempre foi uma mentirosa bastante eficiente. Graças a Deus puxei à minha avó, Tessie. Que mulher maravilhosa. Trabalhou duro a vida inteira e não reclamou nem uma vez.

Senti as pernas fracas. Com os braços cruzados em frente ao peito, deslizei pelo fogão até o chão.

– Não entendo como Pa Salt me encontrou.

– Pa Salt é o seu pai adotivo?

Ignorei a pergunta e questionei:

– Por que a senhora não conseguiu encontrar meu nome no orfanato?

– O padre pode ter registrado você com outro nome, mas o interessante é que nenhum bebê chegou nas duas semanas depois de ela me dizer que você tinha morrido. Verifiquei os registros da época com a secretária quando estive lá. Não sei mesmo, Estrela. Sinto muito.

– E agora meu pai também morreu e nunca vou poder perguntar.

Minha cabeça girava. Abracei os joelhos e descansei a cabeça neles.

– Bem... – Era a voz de Mouse. – Suas coordenadas apontam para a Mare Street, que é onde sua avó Patricia Brown morou até morrer. Foi para lá que você foi enviada, não para um orfanato. Talvez tenha havido alguma forma de adoção particular. – Ele fez uma pausa. – Que ironia, não? Vocês duas começarem a procurar uma à outra quase no mesmo momento?

– Se ela estiver dizendo a verdade – balbuciei.

– Ela está, Estrela. Confie em mim: ninguém poderia ter tirado uma história dessas da cartola quando fui falar com ela depois da palestra – murmurou ele, pousando uma xícara de chá fumegante no chão ao meu lado.

451

– E Mouse não teria me deixado chegar perto de você se não acreditasse em mim – completou Sylvia. – Ele chegou a consultar o Arquivo Nacional para ver se a sua morte tinha sido oficialmente registrada. E não tinha. Ai, Estrela, fiquei tão feliz! Adiantei minha vinda à Inglaterra para tentar encontrar você, sem sucesso. Já havia perdido quase todas as esperanças quando o seu namorado apareceu.

– Ele não é meu namorado.

– Amigo, então – corrigiu-se ela.

– Por que a senhora mudou de nome?

– Depois que a minha mãe me disse que você tinha morrido, passei um tempo mal. Esperaria qualquer coisa dela, sério, até mesmo assassinar você com as próprias mãos. Ela me falou até que havia organizado o seu funeral sozinha, para me poupar da dor. Voltei para casa na hora, claro, para me certificar de que não era mentira, e foi aí que ela me entregou o atestado. Eu a acusei de não ter cuidado direito de você... – Sylvia mordeu o lábio e vi nos seus olhos uma dor genuína. – E ela me expulsou de casa. Jurei nunca mais voltar. E não voltei mesmo. Fiquei em Cambridge e, nas férias, trabalhava para me manter. Não queria mais ter nenhuma ligação com ela. E imaginei que, se trocasse de nome, ela nunca conseguiria me encontrar.

– Quem era o meu pai?

– Meu patrão na fábrica de roupas onde trabalhei durante o verão antes de entrar em Cambridge, tentando ganhar um dinheirinho para me sustentar durante os estudos. Casado, claro... Meu Deus! Que vergonha contar isso para você...

Vi minha mãe segurar a cabeça com as mãos e chorar. Não a reconfortei. Não consegui. Depois de um tempo, ela se recompôs e tornou a falar:

– Não era eu quem devia estar chorando. Não tenho desculpa nenhuma, mas ele na época me parecia tão glamoroso, me levou para jantar em restaurantes chiques, me dizia que eu era linda... Meu Deus! Como eu fui ingênua. Você não faz ideia de como era a minha mãe... superprotetora. Durante toda a minha infância, insistiu para que eu participasse de mil atividades na igreja. Eu não tinha a menor ideia de como impedir uma gravidez. Você foi o resultado inevitável.

– Você teria abortado se pudesse?

– Eu... Eu não sei. Estou tentando ser o mais honesta possível, Estrela. O fato é que, depois desse verão, entrei em Cambridge e, em novembro, finalmente me dei conta de que alguma coisa não estava certa. Pedi para uma amiga me comprar um teste de gravidez. Um médico confirmou que eu já estava com mais de quatro meses.

Quando ela pegou a xícara para tomar um gole do chá, vi que suas mãos tremiam violentamente e senti os primeiros sinais de empatia por aquela mulher. *Ela não precisa passar por isso*, pensei. Poderia ter dito a Mouse que não sabia da minha existência.

– Desculpe se eu estiver sendo grosseira – falei.

– Ela não costuma ser – interveio Mouse. – Sua filha mudou todos nós desde que entrou nas nossas vidas.

Ergui os olhos e vi que ele me fitava com algo semelhante a afeto.

– Bem, vou deixar vocês a sós.

Mouse saiu da cozinha e tive um súbito impulso de chamá-lo de volta.

– Tome. Trouxe uma coisa que mandei fazer para você quando voltei para Cambridge, logo depois do seu nascimento. Ia pôr no seu pulso assim que voltasse para casa e a visse de novo. – Sylvia se levantou e veio se ajoelhar ao meu lado. – Era uma pequena lembrança para o período em que eu não poderia ficar com você.

Ela me entregou uma pequena caixa de joias feita de couro. Abri-a e, na parte interna, vi o nome de um joalheiro de Cambridge gravado em letras douradas. Sobre o veludo azul havia uma minúscula pulseira. Peguei-a e examinei o pingente em formato de coração pendurado nela.

Lucy Charlotte
21/04/1980

– Eu ia acrescentar um pingente por ano na data do seu aniversário, mas nunca tive a oportunidade de lhe dar o presente. Até hoje. Tome.

Ela tornou a pegar a caixa, levantou o display central de veludo e tirou de baixo dele um pedaço de papel amarelado. Entregou-me e eu o li. Era o recibo da pulseira, com a data de 20 de maio de 1980. O preço, 30 libras.

– Era muito dinheiro na época.

Sylvia me deu um sorriso débil e reparei no gigantesco anel de noivado de brilhante a reluzir no seu anular; senti também o cheiro do seu perfume caro e adocicado. Fiquei sentada sem dizer nada, mexendo na diminuta pulseira. E reconheci que, se aquilo tudo era uma farsa, fora muito bem arquitetada.

– Lucy... *Estrela*, pode olhar para mim, por favor? – Ela estendeu a mão e ergueu meu queixo na sua direção. – Eu amava você na época e amo você agora. Por favor, por favor, acredite.

E, de repente, eu acreditei.

– Posso... Posso lhe dar um abraço? – pediu ela. – Esperei tanto tempo...

Eu não disse "não" e Sylvia chegou mais perto e me puxou para si. Depois de muito hesitar, meus braços a enlaçaram por vontade própria e eu me senti retribuindo o abraço.

– É um milagre – murmurou ela junto aos meus cabelos enquanto me acariciava com suas mãos delicadas. – Meu bebê... minha neném mais linda...

❂ ❂ ❂

– Tudo bem? – indagou Mouse ao entrar na cozinha, quase uma hora mais tarde, e ver nós duas ainda sentadas no chão, com as costas apoiadas no fogão quentinho.

– Tudo. – Abri um sorriso. – Estamos bem.

– Bom, se precisar é só chamar – disse ele, encarando-nos com atenção. Foi até a porta e se virou. – Vocês são a cara uma da outra.

Ele saiu da cozinha.

– Esse Mouse é um bom sujeito – comentou minha mãe sem parar de acariciar meus dedos, como se quisesse gravá-los na memória.

Sylvia não havia parado de me tocar na última hora e se desculpara alegando que precisava apenas se convencer de que eu era de verdade e ela não estava sonhando.

– Ele é parente nosso?

– Não.

Tentei lhe contar uma versão breve da minha vida e da infância em Atlantis com as cinco irmãs. Então passamos a High Weald e às complexidades da família Forbes/Vaughan.

– Parece que Mouse tem um irmão bem excêntrico. Chama-se Orlando, é isso? – indagou ela.

– Isso. Ele é maravilhoso.

– Acho que Mouse tem uma queda por você, Estrela. Falando nisso, fico muito feliz que o seu pai adotivo a tenha batizado com um nome tão lindo. Combina com você. Sabia que "Lucy" quer dizer "luz"?

– Sabia.

– Então você é uma estrela de brilho intenso – disse ela com um sorriso.

Continuamos a conversar, desviando-nos do assunto com frequência sempre que surgia alguma pergunta. Fiquei sabendo dos meus três meios-irmãos, todos bem mais jovens, chamados James, Scott e Anna, em homenagem a Joyce e Fitzgerald e à trágica heroína de Tolstói. Ela me contou que tinha um casamento feliz com Robert, pai dos três. A vida deles parecia realmente perfeita.

– Robert sabe de você, claro. Ele me apoiou muito quando recebi a carta do advogado da minha mãe, algumas semanas atrás. Vai ficar empolgadíssimo quando eu ligar avisando que a encontrei. É um homem bom. Você iria gostar dele.

– Recebi a oferta de uma vaga em Cambridge – confessei, de repente.

– Foi mesmo? Uau! É um feito e tanto hoje em dia. Na minha época era mais fácil, ainda mais que eu tinha o que era classificado como "origens desfavorecidas". O governo dava muita importância ao igualitarismo na época. Você se saiu bem melhor do que eu. Por que não aceitou?

– Eu teria que me separar da minha irmã. E nós precisávamos uma da outra.

– Ceci? A que mora com você em Londres?

– Isso.

– Bom, você poderia voltar agora se quisesse. Nunca é tarde para mudar nosso destino, sabe?

– A senhora fala igual a Pa Salt. – Eu sorri. – Esse é o tipo de coisa que ele vivia dizendo.

– Estou gostando desse Pa Salt. Uma pena eu não poder conhecê-lo.

– Sim, ele foi um pai maravilhoso para todas nós.

Senti-a estremecer ao meu lado, mas ela logo se recuperou.

– Mas você faz alguma ideia do que quer fazer da vida agora que se instalou na Inglaterra?

– Não, na verdade não. Quero dizer, pensei que quisesse escrever, só que é mais difícil do que parece e não sei bem se tenho talento.

– Talvez agora não seja o momento e seu talento desperte mais tarde, como aconteceu com muitos escritores. Comigo foi assim.

– Eu gosto de coisas simples: cuidar da casa, cozinhar, jardinar... – Virei-me para ela de repente. – Não sou muito ambiciosa. Isso é errado?

455

– É claro que não! Enfim, todos nós ficamos satisfeitos que a emancipação feminina tenha avançado, e vou lhe dizer uma coisa: nós, garotas dos anos 1980, fomos as pioneiras, a primeira geração de mulheres instruídas a fincar o pé num mercado de trabalho dominado pelos homens. Mas acho que o que fizemos simplesmente deu uma escolha às mulheres que vieram depois. Em outras palavras, permitiu a elas serem quem quiserem ser.

– Então tudo bem eu dizer que no momento não quero ter uma carreira?

– Tudo, querida – disse ela, apertando minha mão com força e me dando um beijo no alto da cabeça. – Foi essa a liberdade que a minha geração lhes deu. Além do mais, não há nada de errado em ser mãe e dona de casa, embora eu saiba muito bem que é mais fácil se encontramos alguém disposto a nos sustentar enquanto criamos os filhos.

– Bom, isso eu não tenho – falei, rindo.

– Mas vai ter, minha linda. Vai ter.

– Ahn... oi – disse Mouse da porta da cozinha. – Só para avisar que Orlando ligou: ele, Marguerite e Rory estão voltando de Tenterden.

– Então é melhor eu ir andando – comentou Sylvia.

Quando minha mãe fez menção de se levantar, eu a puxei de volta.

– Mouse, tudo bem se ela ficar?

– Tudo, Estrela – respondeu ele, sorrindo para mim. – Tudo bem, sim.

43

em mais tarde, ao deitar na cama, decidi que aquela havia sido uma das melhores noites da minha vida. Os Vaughans e os Forbes tinham chegado em peso e, obviamente preparados por Mouse, receberam Sylvia de braços abertos.

– Afinal de contas, ela é da família – dissera-me Marguerite, aos risos, acendendo um de seus intermináveis Gitanes e bebendo a enésima taça de vinho enquanto eu preparava uma peça de carne que Orlando trouxera.

À mesa do jantar, nós todos havíamos explicado um pouco melhor para Sylvia como ela e eu nos encaixávamos no quebra-cabeça familiar. E, conforme o vinho ia sendo consumido, senti uma certa paz começar a penetrar as velhas paredes úmidas de High Weald, como se os segredos do passado houvessem por fim se soltado, qual flocos de neve, e estivessem aos poucos se assentando com calma no chão.

Mais tarde, remexendo os dedos para encontrar um lugar mais quente sob as cobertas geladas, percebi que, com minha mãe ao meu lado, eu finalmente sentira que pertencia a algum lugar.

❀ ❀ ❀

– Meu Deus do céu! – exclamou Sylvia na manhã seguinte ao entrar na cozinha, onde eu já estava a postos em frente ao fogão preparando o café. – Estou com uma baita ressaca. Tinha me esquecido de como os ingleses bebem. – Ela veio até mim e me deu um abraço espontâneo. – Que cheiro bom – comentou, espiando as linguiças que eu estava fritando.

Eram para Rory, que havia saído de fininho para ver o primeiro *Harry Potter* – agora seu filme predileto – antes que alguém o proibisse.

– Você cozinha divinamente, Estrela, sério. Igualzinho à sua bisavó Tessie. Eu ainda sonho com as batatas chips caseiras que ela fazia.

– Eu também sei fazer.

– Bom, eu adoraria provar as suas um dia – disse ela, relanceando os olhos para a cafeteira. – Posso pegar um café?

– Claro, pode se servir.

– Obrigada. Marguerite e eu ficamos acordadas depois de vocês todos irem dormir, sabe? Passamos quase o tempo todo tentando decifrar nosso parentesco. Acabamos concluindo que somos primas de segundo grau, mas quem vai saber? E quem se importa com isso?! Nossa, aquela moça bebe mais que um estivador. – Ela sentou-se à mesa. Apesar de se dizer de ressaca, estava toda elegante de jeans e suéter de caxemira. – Ela me contou que se apaixonou pela dona do *château* onde está pintando os murais na França. E que está cheia de High Weald e de tentar manter esta casa. Tive a impressão de que ela gostaria de se mudar daqui.

– Para onde?

– Ué, para a França, claro!

– Mas e Rory? Ele teria que aprender a língua dos sinais francesa, que é bem diferente da versão britânica...

– Não sei, Estrela, não sei mesmo, mas quem sabe ela conversa com você sobre o assunto? Vir aqui me mostrou como eu sou normal, sabia? E que vida simples eu tive comparada aos meus primos ingleses recém-descobertos.

– Quando vai embora para os Estados Unidos?

– Meu voo é hoje mais tarde. Então, se você quiser, podemos passar juntas o tempo que ainda tenho, que tal?

– Eu gostaria muito.

Depois de eu servir o café e lavar a louça, encarregamos Rory de nos mostrar os jardins. Ele saiu pedalando na nossa frente pelos caminhos congelados, gesticulando a palavra "tartaruga" para mim sempre que ficávamos muito para trás.

– Que menino mais fofo. E inteligente – comentou minha mãe. – Sem contar que gosta muito de você.

– Eu também amo Rory. Ele é tão alto-astral...

– É mesmo. Que Deus o abençoe. Só espero que a vida o trate bem daqui para a frente.

– Ele tem a família por perto para protegê-lo.

– Tem mesmo. Pelo menos por enquanto – arrematou ela, com um sorriso triste.

À tarde, pedi o Fiat emprestado a Marguerite e levei minha mãe a Tenterden, onde Orlando – que também parecia de ressaca – estava organizando os livros.

– Ah! As senhoras desocupadas se dignam a vir me visitar na minha humilde morada. Bem-vinda, professora Gray. Quem sabe agora poderei dizer que minha cliente número um foi uma professora de literatura? Mas a primeira coisa que preciso lhe mostrar é minha maravilhosa primeira edição de *Anna Kariênina*.

– Orlando, eu já disse ontem: por favor, me chame de Sylvia.

Enquanto ele e minha mãe se entregavam à paixão compartilhada, assumi a arrumação das estantes. Senti-me um pouco como Rory ao tentar entender sobre o que eles conversavam.

– Mas é claro que a maior especialista em literatura do século XX é a nossa Estrela aqui. – Orlando olhou na minha direção; era sensível o suficiente para entender que eu talvez me sentisse excluída. – Pode perguntar a ela qualquer coisa sobre o Grupo de Bloomsbury... em especial sobre a ex-vizinha de High Weald, nossa querida Vita Sackville-West, e suas várias amantes. Uma ironia, visto o passado da própria lady Flora Vaughan.

– Estrela comentou comigo por alto sobre essa ligação ontem à noite – disse minha mãe.

– Da próxima vez que estiver por aqui, Sra. Sylvia, precisa ler os diários completos. Eles são uma visão fascinante da Inglaterra eduardiana.

– Bem, quem sabe Estrela não poderia publicá-los? Tenho certeza de que o mundo inteiro ficaria fascinado com a história de Flora.

– Ora, vejam! Que excelente ideia, Sra. Sylvia. Com o profundo conhecimento que ela tem da literatura do período, além da ligação pessoal com lady Flora, não consigo pensar em ninguém mais qualificado para essa tarefa – concordou Orlando, e senti dois pares de olhos cravados em mim.

– Quem sabe um dia – falei, e dei de ombros.

– Se você fizer isso, tenho certeza de que a editora de Yale se interessaria em publicar.

– E várias editoras comerciais aqui da Inglaterra também – contrapôs Orlando. – A história tem todos os ingredientes do que se poderia chamar de "romances de mulherzinha", fora que é verídica!

Sylvia consultou o relógio.

– Infelizmente vou ter que voltar para casa... Meu trem para Londres é daqui a pouco.

De volta a High Weald, minha mãe desceu a escada com sua mala.

– Mouse vai lhe dar uma carona até a estação.

– Ai, Estrela. – Ela me tomou nos braços e me apertou com força. – Por favor, comunique-se com a maior frequência possível. Senão eu talvez acabe pensando que sonhei isso tudo. Você tem todos os meus telefones? E o e-mail?

– Tenho tudo, sim.

Uma buzina soou lá fora.

– Então está bem, vou ter que me despedir. Mas, assim que eu chegar em casa, vamos combinar outra viagem. Ou você vai a Connecticut conhecer seus meios-irmãos ou eu volto aqui, está bem?

– Seria ótimo.

Minha mãe me deu um forte abraço, depois me soprou um beijo ao sair pela porta. Observei-a entrar no Land Rover ao lado de Mouse. Quando o carro se afastou, senti-me subitamente perdida sem ela. Aquela mulher parecia me conhecer de forma íntima, de um jeito que ninguém mais fazia, ao passo que eu apenas começava a conhecê-la.

❀ ❀ ❀

Mais tarde, depois de Rory dormir, servi o guisado que tinha preparado com os restos de carne e batata e jantamos num silêncio confortável, todos exaustos por causa dos últimos dias. Orlando pediu licença e foi se deitar, e Mouse subiu para ver um vazamento que Marguerite havia descoberto no teto do seu quarto.

– Agora está pingando dentro de uma panela – disse ela, suspirando, enquanto me ajudava a tirar a mesa. – Amanhã viajo para a França de manhã bem cedo, aliás. Mouse vai lhe dar um dinheiro para as compras que precisará fazer durante a minha ausência.

– E quando você volta?

– Se eu pudesse escolher, nunca, mas enfim... Meu Deus, como odeio esta casa. É como cuidar de um parente muito velho e doente que você sabe que vai morrer. – Depois de secar um prato, ela pegou o maço de Gitanes, acendeu um e deixou-se cair em uma cadeira. – Eu estava dizendo a Mouse que precisava vendê-la. Sei que ela deveria ficar para Rory, mas tenho certeza de que algum jovem rapaz da City e sua esposa ambiciosa adorariam enterrar seus milhões em uma casa de campo como esta. Pelo menos Mouse falou que ele e Orlando vão me dar algum dinheiro com o lucro da livraria. É o mínimo que mereço, considerando a situação – concluiu ela, sombria.

– Rory é feliz aqui.

– Sim, porque esta casa virou lar dele. Uma ironia mesmo...

Marguerite relanceou os olhos para a janela e deu um profundo suspiro, soltando uma baforada.

– Enfim, a partir de amanhã vou passar um tempo longe daqui, e isso tudo graças a você, Estrela. Sério, você estabilizou esta casa e os moradores. Principalmente Mouse.

– Não acho que seja bem assim – balbuciei.

– Você não sabe como ele era antes. Mouse está diferente, Estrela, e pelo menos isso me deu esperanças de que as coisas possam mudar daqui para a frente. Tem feito um esforço genuíno com Rory, o que, a meu ver, é um milagre. Até Orlando se tornou menos desconectado do mundo real desde que você entrou na vida dele. Muitas vezes me perguntei se ele era gay, mas nunca o vi com ninguém, fosse homem ou mulher. Meu palpite é que é assexuado. O que acha?

– Acho que ele é apaixonado pelos livros. E não precisa de nada além disso.

Eu não me sentia à vontade debatendo a sexualidade do meu patrão.

– E não é que é isso? Acho que você acertou em cheio.

Ela sorriu.

– Rory vai sentir sua falta quando você viajar – falei, querendo desviar a conversa outra vez para um território mais seguro.

– E eu, a dele, mas o bom é que diversas pessoas já cuidaram de Rory e ele está acostumado. Teve várias babás antes de eu resolver que era hora de assumir. Agora, se não se importa, vou deixar você continuar o que está fazendo. – Ela se levantou e apagou o cigarro no pobre vaso de cacto. – Uma dica: estar apaixonada é maravilhoso. Ilumina tudo em volta. Boa noite, Estrela.

Ela me soprou um beijo e me deixou com as mãos na água cheia de sabão e a cabeça girando.

Terminada a louça, atravessei o corredor em direção à sala com uma xícara de chocolate quente, pois sentia que precisava de um tempo para me recuperar.

Mouse entrou bem na hora em que me sentei.

– Oi.

– Oi.

– Vou ter que chamar um bombeiro amanhã para ver esse vazamento. Não que ele vá conseguir fazer grande coisa. Meu palpite é que é o telhado.

– Ah – disse simplesmente, e me concentrei nas chamas que saltavam da lenha na lareira.

– Você se importa se eu me sentar?

– Não. Quer que eu vá pegar um chocolate quente?

– Não, obrigado. É que... eu queria falar com você, Estrela.

– Sobre o quê?

– Ah, sobre vários assuntos, na verdade – respondeu ele, sentando-se na cadeira à minha frente e parecendo tão pouco à vontade quanto eu. – Bem... – falou, tomando fôlego. – Muita coisa aconteceu desde a primeira vez que você apareceu na livraria, não é?

– É.

– E como você está se sentindo depois de encontrar sua mãe?

– Bem. Obrigada por ter se dado o trabalho de ir a Cambridge por mim.

– Não foi trabalho nenhum, sério. Na verdade me fez bem voltar a um lugar onde fui tão feliz. Foi lá que conheci Annie.

– Sério?

– Sim. Cheguei algumas horas antes da palestra e tomei uma cerveja no pub onde falei com ela pela primeira vez.

– Deve ter sido bom – arrisquei.

– Na verdade não. Foi horrível. Fiquei lá sentado e tudo que consegui escutar foi a opinião dela sobre o meu comportamento desde a sua morte. E sobre a pessoa egoísta e, em última instância, cruel que tenho sido desde que ela me deixou. Eu fui mau, Estrela, mau mesmo.

– Você estava sofrendo. Isso não é maldade.

– Quando afeta todo mundo em volta, é, sim. Eu quase destruí esta família, e não estou exagerando – disse ele com veemência. – Aí, nessa mesma noite, eu conheço a sua mãe e vejo o amor que ela nutriu por você durante todos esses anos, mesmo tendo acreditado, até poucas semanas atrás, que você estivesse morta. E imaginei Annie, em algum lugar lá em cima, olhando para mim e para o que eu tinha feito. Ou para o que não tinha feito... – corrigiu-se ele. – Fui até a ponte perto da King's College e quase me joguei no rio Cam. Faz tempo que eu sei o caos que meu comportamento causou, mas, como um alcoólatra que sabe que é um bêbado imundo e depois toma uma dose para se sentir melhor, não sabia como consertar as coisas.

– Entendo – falei baixinho, e entendia mesmo.

– Essa noite em Cambridge foi um divisor de águas. Compreendi que precisava me desapegar do passado e dizer adeus para Annie de uma vez. E parar de sentir pena de mim mesmo. De que adiantava eu me apegar à memória dela quando estava afetando de modo tão negativo aqueles que continuavam vivos? Então voltei para casa decidido a tentar consertar as coisas.

– Que bom – incentivei-o.

– E minha primeira parada é *você*. Nessa noite, na ponte, reconheci para mim mesmo que tenho... sentimentos por você. E isso vem me deixando confuso... Eu sinceramente pensava que nunca mais fosse amar ninguém. Tenho andado atormentado pela culpa: depois de passar sete anos pondo a minha mulher morta num pedestal, senti que de alguma forma a estava traindo, que o fato de me sentir feliz na sua companhia era errado. E fiquei... ainda estou... morto de medo. Você talvez tenha entendido que, quando eu amo alguém, esse amor consome tudo em volta. – Ele abriu um leve sorriso de ironia. – E, Estrela, embora eu tenha certeza de que isso é uma inconveniência para você, percebi que eu a amo. Você é linda sob todos os aspectos possíveis.

– Não sou, não, Mouse. Isso eu posso garantir – falei depressa.

– Bom, para mim você é, mas eu sei que deve ter lá os seus defeitos, do mesmo jeito que Annie. Escute... – Ele se inclinou para a frente e segurou minhas mãos e eu, com relutância, deixei que o fizesse; senti o coração bater tão depressa que pensei que meu peito fosse explodir. – Não faço ideia do que você sente por mim. Seu exterior calmo é impenetrável. Perguntei a Orlando ontem à noite, pois ele parece ser quem a conhece melhor. Ele disse que meu comportamento em relação a você foi tão errático, indo do amor à culpa por sentir esse amor, que você provavelmente devia estar apavorada de sentir algo, mesmo que sentisse.

Em geral tão eloquente e econômico em suas palavras, Mouse agora não parava de falar:

– Então decidi que a primeira coisa a fazer no meu caminho rumo à reabilitação e, com sorte, à criação de um "eu" novo e melhorado era reunir coragem e lhe dizer isso tudo. Então, você acha que poderia sentir algo por mim?

O que eu sentia era que aquela epifania da ponte dera a Mouse uma vantagem injusta. Ele tivera tempo para organizar de alguma forma os próprios sentimentos, fossem reais ou imaginários. Já eu não tivera nenhum.

– Eu... Eu não sei.

– Bom, não chega a ser uma fala de *Romeu e Julieta*, mas pelo menos não é um "não" categórico. – Ele soltou minhas mãos, levantou-se e pôs-se a andar pela sala. – Antes que você se decida, tem algo mais que preciso lhe contar. Uma coisa tão horrorosa que provavelmente matará qualquer sentimento que você nutra por mim. Mas não posso enganar você desde o início e, se eu quiser que tenhamos alguma chance juntos, você precisa saber.

– Saber o quê?

– Certo... – Ele parou de andar e se virou para mim. – É o seguinte: Annie era surda.

Ergui os olhos para Mouse, que aguardou que eu fizesse a conexão. Eu sabia que havia uma, mas não conseguia alcançá-la.

– Em outras palavras, Rory é nosso... é *meu* filho.

– Ai, meu Deus... – sussurrei.

Tudo que eu não tinha entendido sobre aquela família enfim se encaixou em um instante de revelação. Encarei a lareira e ouvi Mouse soltar o ar e se sentar pesadamente.

– Quando Annie engravidou, nós dois ficamos muito animados. Aí ela foi fazer a primeira ultra e descobriu que tinha um câncer no ovário. É claro que não podia fazer nenhum tipo de tratamento, pois havia o risco de prejudicar o bebê, logo tivemos que fazer uma escolha terrível: prosseguir com a gestação e assumir as consequências de adiar a quimioterapia ou abortar e iniciar o tratamento sem demora. Como Annie era otimista, optou pela primeira alternativa, pois sabia que, vivendo ou morrendo, aquela seria sua única chance de ter um filho biológico. Os médicos tinham lhe dito que tudo precisaria ser removido logo depois do parto. Está conseguindo entender?

– Estou.

– Rory nasceu e Annie foi operada quase na mesma hora. Àquela altura, porém, o câncer já havia se espalhado para o sistema linfático e o fígado. Ela morreu uns dois meses depois. – Sua voz falhou antes que ele conseguisse prosseguir: – A verdade é que, quando o câncer foi descoberto, implorei para ela abortar e dar a si mesma a melhor chance possível de se salvar. Você já sabe quanto eu a adorava. Então, quando ela me deixou, toda vez que eu olhava para Rory, o que via não era um bebê inocente, mas o assassino da mãe. Eu odiei o menino, Estrela. Odiei-o por ter matado a própria mãe... o amor da minha vida. Ela era tudo para mim.

Mouse engasgou e levou algum tempo para se recompor. Continuei sentada na cadeira, petrificada, mal me atrevendo a respirar.

– Depois disso, na verdade não lembro muito bem, mas tive algum tipo de falência mental e passei um tempo internado. Foi então que Marguerite, que Deus a abençoe, não teve outra escolha senão levar Rory para morar com ela em High Weald. Após tomar muitos remédios, acabei tendo alta e Rory me foi devolvido com uma babá para tomar conta dele. Fui incentivado a desenvolver um "vínculo" com ele, como dizia meu terapeuta. Só que não consegui. Não suportava sequer olhar para ele. Aí meu pai também morreu, e foi a gota d'água. No fim das contas, depois de uma série de babás que não deram certo e que assustei com meu comportamento agressivo, Marguerite sugeriu que Rory fosse morar com ela em High Weald permanentemente. Todos eles me consideravam uma causa perdida. E eu era mesmo. Abandonei tanto meu escritório de arquitetura quanto a fazenda. O resultado foi que Marguerite assumiu o fardo de cuidar de Rory nos últimos cinco anos e não conseguiu progredir na própria vida nem na carreira. Quanto ao menino... Meu Deus, Estrela, ele acha que eu sou seu tio! E o pior de tudo é que não sabe nada sobre a própria mãe! Não deixei ninguém falar sobre Annie desde que ele nasceu! E ele se parece tanto com ela... Annie também era uma artista talentosa. Como é que algum dia vou poder me redimir com meu filho?

Fez-se então um silêncio e Mouse ficou sentado, ofegante, segurando a cabeça entre as mãos.

– Bom – falei, depois de um tempo. – Pelo menos você fez brownies para ele no outro dia.

Mouse ergueu os olhos para mim; a agonia era evidente. Ele levantou as mãos.

– Fiz, sim. E obrigado – gesticulou para mim numa língua de sinais perfeita.

44

alei para Mouse que ele precisava dormir. Estava exausta com o trauma que eu mesma havia sofrido nos últimos dias, e agora aquilo. Deitei-me na cama e me enrolei no cobertor e no edredom como se fossem um casulo. Precisava analisar os fatos antes de o meu coração tomar qualquer decisão.

Embora sentisse enorme empatia por Mouse e pela complexidade da perda que ele fora obrigado a suportar, sentia o mesmo por Orlando, por Marguerite e, principalmente, por Rory. Inocente de qualquer acusação. Amaldiçoado pelo simples fato de ter nascido.

Apesar disso... ele era uma alma feliz, sem neuroses, que gerava amor pela simples doação generosa. Havia aceitado suas circunstâncias atípicas como as crianças costumam fazer, sem questionamento, do mesmo jeito que eu. E, apesar do modo como seu pai o tratara, houvera outros para ampará-lo e impedi-lo de cair, assim como no meu caso.

Quanto à confissão de Mouse sobre os seus sentimentos, tentei me fortalecer para não levá-la muito a sério. Ele tivera uma epifania provocada pela volta a Cambridge. E todos aqueles anos de solidão e infelicidade provavelmente haviam se materializado em um amor mal direcionado à única mulher ao seu alcance. Eu trabalhara para o seu irmão, alimentara Mouse e cuidara de seu filho...

Era um erro fácil de cometer.

Sim, pensei, *é esse o motivo*. E não havia hipótese alguma de eu abrir meu coração sensível e permitir que ele despejasse os seus sentimentos nas turbulentas águas da tempestade de Mouse.

Mas eu vou ficar, pensei, fechando os olhos. *Por Rory.*

✿ ✿ ✿

Na manhã seguinte, tinha acabado de chegar depois de levar Rory à escola quando Mouse entrou. Reparei que ele usava as mesmas roupas da véspera, como se nem tivesse ido para a cama.

– Oi.

– Oi – falei, passando a caminho da despensa para pegar ovos e bacon para o café da manhã de Orlando.

Olhei-o de relance ao voltar para o fogão e achei que, naquela manhã, Mouse estava com uma cara totalmente arrasada. Parte de mim sentiu que ele merecia.

– Pensou no que eu lhe disse ontem à noite? – quis saber Mouse.

– Pensei.

– E...?

– Mouse, por favor, já tive que absorver coisas demais nos últimos dias. Não consigo fazer isso agora.

– Claro.

– Além do mais, não se trata de você nem de mim. O mais importante é Rory. Seu filho.

– Eu sei. Olhe, eu também andei pensando... Você tem razão. Depois do modo como me comportei com vocês dois, não posso esperar que confie em mim, quanto mais que me ame. Mas você... você vai ficar?

– Vou. Rory precisa de estabilidade. Além do mais, no momento tenho um emprego aqui na livraria.

– Bom, nesse caso... – Observei-o transferir o peso de uma perna para a outra. – Nesse caso, o que eu gostaria de fazer, com a sua ajuda, é tentar consertar meu relacionamento... ou pelo menos *começar* um relacionamento com o meu filho. Não tenho grande coisa para fazer antes de a compra ser concluída e o dinheiro entrar na conta, então pensei que poderia usar esse tempo para ficar com Rory. Não vou ser um pai muito bom, eu sei, mas posso melhorar, tenho certeza.

– Se você quiser, pode, sim.

– Eu quero, Estrela. Acredite, eu quero.

– Bom, isso resolve um dos meus problemas. Você poderia buscar Rory na escola, assim posso ficar mais tempo ajudando Orlando na livraria e trazê-lo para casa de carro. Ainda tem coisa à beça a fazer antes de abrirmos.

– Ótimo – disse ele na mesma hora. – Mas não tenho certeza se a minha comida vale grande coisa.

– Eu preparo a comida quando voltar, mas tem a hora do banho...

– E a hora da história na cama. Eu sei.

Ele me abriu um sorriso hesitante.

– Bom dia, todo mundo – cumprimentou Orlando ao entrar na cozinha. Olhou para nós dois e sentiu a tensão no ar. – Cheguei numa hora ruim?

– De jeito nenhum – respondi. – O café está quase pronto. Você pode buscar Rory às três e meia? – confirmei com Mouse, sem vontade de lhe oferecer também o café da manhã.

– Vou, sim. Tchau então – murmurou ele, e saiu.

Orlando inclinou a cabeça para mim com um ar intrigado.

– Mouse me contou ontem que Rory é filho dele.

– Ah. Bom, é uma evolução, com certeza, pois até recentemente ele não admitia isso sequer para si mesmo. Você operou um milagre, Srta. Estrela. Operou mesmo.

– Eu não fiz nada, Orlando.

Coloquei o prato de ovos com bacon na sua frente.

– Então eu deveria dizer que o *amor* operou um milagre. É claro que eu sabia desde o primeiro instante em que pus os olhos em você que...

– Orlando, chega.

– Perdoe-me, mas, por favor, Srta. Estrela, pelo menos dê a ele uma chance de se redimir e conquistar o seu amor.

– Estou mais interessada em que ele conquiste o amor de Rory – retruquei, e bati com a frigideira na pia para lavá-la.

– Ora, será que enfim estou vendo algum fogo arder aí dentro? Talvez Mouse não seja o único a ter mudado por aqui recentemente devido aos assuntos do coração.

– Orlando...

– Não direi mais nada. A não ser que, quando um pecador se arrepende e tenta se redimir dos seus pecados, o dever de um cristão é perdoar. Eu pelo menos perdoei. Meu irmão é um homem decente e, se não fosse a morte de Annie...

– *Chega!*

Virei-me para Orlando com a frigideira na mão e ele ergueu os braços fingindo se proteger.

– Já parei, prometo. Boca de siri. A bola agora está com Mouse.

– É – concordei, enfática. – Está mesmo.

❋ ❋ ❋

Nos dias que se seguiram, Mouse cumpriu o prometido: levava Rory à escola todos os dias de manhã e o buscava à tarde, depois faziam as compras anotadas na lista que eu elaborava todas as manhãs, chegando em casa algumas horas antes de mim. Eu trazia Orlando de carro de Terterden, em seguida preparava o jantar para nós quatro e observava de longe Mouse dar o melhor de si para compensar os anos que havia perdido da vida do filho. Após o jantar, ele o levava para tomar banho e lia uma história. Rory ainda estava assombrado com o talento novo e repentino de Mouse para a língua de sinais.

– Ele é melhor até do que você, Estrela. Aprende depressa, né?

– Com certeza está determinado, porque ama você.

Dei-lhe um beijo de boa-noite.

– E eu amo ele. Boa noite, Estrela. Bons sonhos.

Fui até a porta para apagar a luz. Eu estava pensando que, durante todos aqueles anos, Mouse soubera a língua de sinais, pois aprendera para se comunicar melhor com Annie. Torci para Rory um dia saber mais sobre a mãe, que o amara tanto que tinha dado a própria vida por ele.

❋ ❋ ❋

Na quinta-feira, Mouse me avisou que Marguerite havia ligado enquanto eu estava na livraria.

– Ela quer ficar na França até o início de dezembro e voltar só para a inauguração da livraria. Eu lhe disse que cuidaria de Rory neste fim de semana. Você deve ter que voltar para Londres, não?

– Tenho, sim.

Era importante Mouse e Rory passarem o máximo de tempo possível juntos sem mais ninguém por perto.

– Certo. Então amanhã nós damos uma carona para você até a estação depois do seu turno na livraria.

– Obrigada. Quem sabe você e Rory podem dar uma mãozinha para Orlando no fim de semana? Ele quer se mudar para o apartamento em cima da livraria no domingo.

– Vamos dar, sim. Boa noite, então.

– Boa noite.

✦ ✦ ✦

Na noite seguinte, desci do trem em Londres e embarquei no ônibus com destino a Battersea. Vi que as ruas já estavam todas enfeitadas para o Natal e me perguntei vagamente onde iria passar a data. Não conseguia pensar em nada pior do que uma comemoração natalina no apartamento estéril e sem alma, após os anos de natais gloriosos em Atlantis, ou então em praias distantes banhadas de luar.

O Natal em High Weald seria perfeito...

Ordenei ao meu inconsciente recém-rebelado que se calasse. Recusei-me também a permitir que ele percebesse como havia observado de relance Mouse sentado pacientemente com Rory no colo, gesticulando na língua de sinais e lendo um livro para ele, e sentira... sim, sentira uma pequena onda de emoção por ele. Mas era muito, muito cedo ainda para abrir meu coração e liberar o que tinha tanto medo de que este contivesse.

Quando cheguei ao apartamento, Ceci ficou louca de felicidade ao me ver e combinamos de passar o fim de semana juntas.

– Preciso cortar o cabelo – disse ela. – Está comprido demais.

Encarei-a e lembrei que, na infância, Ceci costumava ter uma esplendorosa cabeleira cacheada cor de chocolate que descia até bem abaixo dos ombros. Então, aos 16 anos, chegara em casa depois de mandar cortar tudo, dizendo que dava trabalho demais.

– Não corte, não, Ceci – falei, pensando em como ela estava bonita naquela noite, com as suaves ondas a emoldurar os lindos olhos castanho-escuros. – Fica melhor mais comprido.

– Tá bom – concordou ela, surpreendendo-me. – Também preciso comprar roupas mais quentes, mas sei como você odeia fazer compras.

– Eu vou com você. Vai ser divertido.

Na manhã seguinte, portanto, aventuramo-nos até a Oxford Street para disputar espaço com os outros clientes de Natal. Fiz uma extravagância e comprei um vestido para o concerto de Ally e até convenci Ceci a adquirir uma bela blusa de seda para usar com uma calça cinza de alfaiataria e um par de botinhas de salto alto.

– Esta roupa não tem nada a ver comigo – resmungou ela, olhando-se no espelho do provador.

– Você está linda, Ceci – elogiei, sincera, admirando seu corpo esbelto.

Ela devia ter perdido peso nas últimas semanas, mas eu só percebera agora, porque em geral minha irmã usava suéteres de moletom e jeans extragrandes. Além do mais, eu havia passado muito tempo fora.

No domingo, preparei um assado tradicional para o almoço, inspirei fundo e lhe contei que conhecera minha mãe.

– Meu Deus do céu, Sia! Por que diabo não me contou nada disso antes?

Pude ver a mágoa nos seus olhos.

– Não sei. Talvez porque precisasse me acostumar com a ideia antes de contar para alguém.

– Eu não sou "alguém" – protestou ela. – A gente antes contava tudo uma para a outra, principalmente as coisas "particulares".

– Foi muito estranho no começo – tentei explicar. – Mas ela parece uma mulher encantadora. Eu talvez vá visitá-la nos Estados Unidos. Na verdade, recebi um e-mail dela hoje mesmo me convidando para o Natal e o ano-novo.

– Você não vai, certo? – perguntou ela, com uma cara horrorizada. – Já é ruim o suficiente você passar a semana inteira fora, quanto mais o Natal. Nós nunca passamos as festas separadas. O que eu iria fazer?

– É claro que vamos passar juntas – respondi, reconfortando-a.

– Ótimo. Na verdade, também tenho uma coisa para contar. Estou pensando em largar a faculdade.

– Ceci! Por quê?

– Porque estou detestando. Acho que não tenho talento para fazer parte de instituições, principalmente depois de todos os anos que passamos vivendo livres.

– O que você vai fazer?

– Tentar ser artista, acho. – Ela deu de ombros. – Enfim, esqueça isso. Estou muito feliz que tenha encontrado sua mãe. E agora posso contar...

Consultei o relógio e vi que já passava das três.

– Sinto muito, Ce, preciso pegar o trem. Mas conversamos quando eu voltar, certo?

– Claro.

Ela me observou subir a escada, desolada. Fiz a mala às pressas e, ao descer, encontrei-a pintando no estúdio.

– Tchau então – disse, alegre, ao me encaminhar para a porta da frente.

– Aviso se for voltar no fim de semana que vem. Boa semana para você.

– Para você também – foi a resposta abafada dela.

❁ ❁ ❁

De volta a Kent, fiquei ocupada preparando o que Orlando chamava de sua "grande inauguração", dali a duas semanas. Postado em frente à livraria, vestido com seu melhor terno de veludo, ele se deixou fotografar pelos jornais da região. As imagens acompanhariam uma entrevista sua e senti um imenso orgulho.

A vida em High Weald continuava de modo parecido e vi que tanto Rory quanto Mouse começavam a relaxar na nova rotina. Fiz o possível para não interferir quando, vez por outra, o pai perdia a paciência com o filho, pois isso também era muito natural. Mesmo que Mouse precisasse aprender o que significava "natural".

Como a "grande inauguração" iria acontecer no sábado, optei pela alternativa covarde e mandei um torpedo para Ceci de Tenterden explicando que não voltaria para casa no fim de semana. Recebi uma resposta ríspida:

Tá. Me liga! Queria conversa.

Recusei-me a me sentir culpada. Percebi que, sob alguns aspectos, aquilo era como o fim de uma história de amor – um desprendimento gradual, um desapego –, doloroso, mas no fundo o mais certo para nós duas. E mesmo que eu fosse embora de High Weald no dia seguinte para nunca mais voltar, era essencial que acontecesse. Pois eu não podia retornar para onde estava antes. Nem eu nem ela. Torci para encontrarmos um jeito de evoluir para um relacionamento diferente e mais natural.

Mouse respeitou meu pedido de tempo. Todas as noites, depois de dar boa-noite a Rory, ele saía pela porta da cozinha com um aceno e um "até amanhã". Como Orlando agora morava no diminuto apartamento acima da livraria em Tenterden, as noites começaram a se estender diante de mim como um abismo e compreendi que eu era tão novata quanto Ceci na arte de ficar sozinha.

Bom, teria que aprender e pronto. Embora estivesse na ponta da minha língua pedir para Mouse ficar e tomar uma cerveja na hora de ele ir embora, eu não o fazia. Acendia a lareira na sala e ficava sentada em frente, lendo os diários de Flora e me perguntando se conseguiria editar todos aqueles detalhados anos de sua vida em um livro que as pessoas fossem querer ler. No entanto, vivia me distraindo e meus pensamentos não para-

472

vam de escapulir para Home Farm do outro lado da estrada. Imaginava o que Mouse estaria pensando e fazendo...

Aquele homem atormentado e traumatizado que dissera me amar.

A pergunta era: será que eu o amava?

Talvez.

Mas... eu também tinha um segredo que ele não sabia. E a ideia de lhe contar, de contar a qualquer pessoa, era algo que não conseguia conceber.

❋ ❋ ❋

– Tudo pronto? – indagou Orlando, elegantíssimo com sua casaca eduardiana vintage recém-adquirida, de gola engomada e gravata bordô.

– Tudo.

– Certo, então.

Ambos olhamos pela última vez para a livraria impecável e fui atrás dele, em direção à porta. Torci para que houvesse pessoas lá fora para vê-lo cortar a fita vermelha que, por insistência sua, eu havia amarrado mais cedo pela manhã.

Orlando abriu a porta e vi Mouse, Rory e Marguerite, ladeada por uma loura mignon que não reconheci. Atrás deles, um grupo de transeuntes fascinados tinha parado com suas sacolas de compras, espantado com a visão de Orlando em traje tão extravagante.

– Senhoras e senhores, gostaria de anunciar a inauguração da "Ilustríssimo O. Forbes – Livros Raros". Agora entregarei a tesoura à gerente da livraria; sem a sua ajuda, eu não estaria aqui. Pegue – sibilou ele para mim, praticamente me apunhalando na barriga com a tesoura.

– Não, Orlando! Tem que ser você.

– Por favor, Srta. Estrela. Você tem sido o meu esteio, seja lá o que isso signifique, e quero que corte a fita.

– Certo – falei, com um suspiro, e obedeci.

Nossa "família" reunida reagiu com palmas e altos vivas, assim como os passantes. A livraria se encheu de gente e um fotógrafo chegou para tirar mais fotos enquanto todos bebíamos champanhe.

– Oi, Estrela. – Marguerite me deu dois beijinhos no rosto. – Esta aqui é Hélène. Ela é a dona do *château* e minha cara-metade, por assim dizer.

Ela sorriu com afeto para a loura mignon e deu um aperto na sua mão.

– É um *prazerr estarr* aqui – disse Hélène num inglês hesitante.

– Estrela fala um francês perfeito, entre outros talentos – informou Marguerite.

A francesa e eu passamos um tempo conversando sobre seu *château* próximo a Gigondas, vilarejo central do glorioso vale do Ródano, sobre os maravilhosos murais de Marguerite, e sobre como ela era incrível.

– Ela me disse que foi você quem tornou possível que a gente passasse mais tempo juntas – comentou Hélène. – Obrigada.

– Oi – falou uma voz atrás de mim.

Virei-me e Mouse me beijou de modo formal nas duas bochechas. Rory estava ao seu lado.

– O que achou da nova livraria de Orlando? – perguntei ao menino.

– Fiz um desenho dela para ele.

– E eu mandei emoldurar. Veja só que maravilha – disse Mouse enquanto Rory me entregava o quadro.

Era uma aquarela da fachada da livraria.

– Uau, Rory, que fantástico – gesticulei para o menino. – Ele tem muito talento – falei para Mouse.

– Tem mesmo, não é?

Sua voz transmitia um orgulho genuíno. Na mesma hora, senti vontade de chorar.

– Escute... – Ele se abaixou para cochichar no meu ouvido. – Posso levar você para sair hoje? Tenho certeza de que o resto de High Weald pode se virar sozinho para variar um pouco.

– Pode – respondi sem hesitar.

❋ ❋ ❋

Talvez eu só houvesse respondido "sim" mais cedo porque havia tomado champanhe ao meio-dia, pensei, desanimada, ao percorrer minha parca coleção de roupas naquela noite. Só podia escolher entre dois suéteres e dois jeans. Optei pelo suéter azul e fui para a cozinha, onde os moradores de High Weald ainda comemoravam a inauguração da livraria.

– Mouse acabou de ligar dizendo que vem pegar você na porta daqui a poucos minutos – avisou Orlando.

– Obrigada – agradeci, sentindo o cheiro de linguiças queimadas na frigideira e estendendo a mão por instinto para tirá-las do fogo. Uma buzina soou em frente à casa.

– Divirtam-se – falou Marguerite, abrindo um sorriso maroto, com o braço de Hélène ao redor dos ombros e Rory sentado no colo chupando, satisfeito, balinhas coloridas. – E não se atrevam a voltar antes de o dia nascer – arrematou ela.

A cozinha inteira explodiu em sonoras gargalhadas. Vermelha de vergonha, fui até o hall e abri a porta. Senti-me um cordeiro a caminho do abatedouro.

– Oi – disse Mouse, e me deu dois beijos no rosto quando entrei no carro. Havia feito a barba e, por um breve instante, senti o contato da sua pele macia na minha. – Pronta?

– Claro. Aonde vamos?

– Ao pub aqui perto. Tudo bem? Eles servem uma ótima comida.

O White Lion estava lotado e muito agradável; tinha um fogo a rugir na lareira e muitas vigas no teto. Mouse pediu uma cerveja para si e uma taça de vinho branco para mim, pegou dois cardápios e me conduziu até uma mesa em um nicho reservado e tranquilo na lateral do bar principal.

– Obrigado por ter vindo, estou agradecido – falou ele. – Pensei que seria bom conversarmos.

– Sobre o quê?

– Sobre o fato de Marguerite querer morar com Hélène na França. De vez.

Quer dizer que isto é uma conversa "profissional", não um encontro, pensei.

– O que você disse?

– Que sim, claro. Afinal de contas, Rory é meu filho. E preciso encarar minhas responsabilidades. Ele vai herdar o título que recebi quando meu tio morreu, pois Marguerite era filha única. Por ironia, quem herda High Weald se Marguerite morrer antes de mim sou eu, uma vez que ela já está com 43 anos e é pouco provável que tenha filhos. Mas, no fim das contas, a propriedade vai passar para Rory.

– Quer dizer que você, na realidade, é "lorde Vaughan"? – indaguei, com um sorriso de viés.

– Tecnicamente sim, mas é claro que não uso o título. Esse povo aí nunca me deixaria em paz. – Ele deu um meio sorriso, apontando para os clientes do bar. – Enfim, para resumir uma longa história, Marguerite sugeriu trocarmos de casa. Como ela pretende passar o mínimo de tempo possível aqui, acha que é o melhor a fazer, ainda mais que High Weald é o lar de

Rory e vai ficar para ele no futuro. Portanto, Marguerite vai ficar com Home Farm. Com a venda da livraria em Kensington, se também vendermos o que sobrou das terras agrícolas, teremos um dinheiro razoável para custear a reforma das duas casas. E vou dizer uma coisa: já estou farto de "brincar de trator", como fala Rory. Orlando e eu também concordamos que, se decidirmos por isso, todas as cotas da livraria ficam para ele. O que acha?

– Bom, Rory adora High Weald, então provavelmente o melhor para ele seria ficar lá.

– E, para mim, seria uma empreitada e tanto reformar a casa. Ou eu poderia vendê-la e achar um lugar mais em conta.

– Não faça isso – falei. – Quero dizer, é uma possibilidade, mas não acho que devesse. High Weald é o seu lugar... seu e da sua família.

– A pergunta, Estrela, é se lá... é o seu lugar também.

– Você sabe quanto eu amo aquela casa.

– Não foi o que eu quis dizer. Olha, pode me chamar de impaciente, mas estas últimas três semanas foram uma tortura. Ver você em High Weald, tão perto, mas ao mesmo tempo tão longe, tem me deixado maluco. Então eu a trouxe hoje até aqui para perguntar o que você pensa sobre a questão. Quero dizer, sobre a questão de nós dois. Se não quiser ficar comigo, vou ter que aceitar. Mas, nesse caso, acho que seria melhor arrumar um lugar para morar em Tenterden. Não se trata de uma ameaça – acrescentou ele depressa –, mas um ultimato, acho. – Ele passou a mão pelos cabelos. – Por favor, Estrela, entenda que, a cada dia que você passa conosco naquela casa, meus sentimentos se aprofundam um pouco mais. E, para o bem de Rory, realmente não posso me dar ao luxo de ficar mal outra vez.

– Entendo.

– Então?

Ele me encarou do outro lado da mesa.

Vamos lá, Estrela, coragem, diga SIM...

– Não sei – ouvi-me dizer outra vez.

– Certo. Bom, então é isso. – Ele encarou o vazio. – Essa resposta diz tudo.

Não diz absolutamente nada, a não ser que me apavora pensar em expor meus sentimentos e confiar em você... e em mim mesma.

– Desculpe – acrescentei, patética.

– Tudo bem. – Observei-o esvaziar o copo de cerveja. – Bom, como não resta mais nada a dizer, vou levar você para casa.

Segui-o para fora do pub; a comida que íamos pedir estava agora inteiramente esquecida. Fazia apenas vinte minutos que tínhamos entrado e subi no Land Rover me sentindo um caco. Percorremos a estrada em silêncio e ele subiu o acesso de carros e parou o automóvel em frente à casa com um tranco.

– Obrigada pelo vinho.

Abri a porta e estava a ponto de descer quando senti a mão dele segurar a minha.

– Estrela, do que você está com medo? Por favor, não vá embora... Pelo amor de Deus, fale comigo! Me diga o que está sentindo!

Abri a boca para falar, mas nenhuma palavra saiu. Todas permaneceram trancadas dentro de mim, como sempre haviam estado.

Por fim, ele suspirou fundo.

– Tome, leve isto. Achei que você pudesse gostar. – Ele pôs um envelope na minha mão. – Se mudar de ideia... Caso contrário, obrigado por tudo. Tchau.

– Tchau.

Bati a porta e andei em direção à entrada da casa, decidida a não olhar para trás enquanto ele dava ré e se afastava. Passei pelo hall sem fazer barulho e ouvi risos vindos da cozinha. Constrangida demais para deixar alguém notar minha presença, subi a escada direto e avancei pelo corredor para checar se alguém tinha lembrado de pôr Rory na cama. Dei-lhe um beijo de leve na bochecha e ele se mexeu, abrindo os olhos.

– Você voltou. Foi legal com o Mouse?

– Foi, sim, obrigada.

– Estrela?

– Hum?

– Vocês vão casar? – Ele fingiu dar beijos e sorriu para mim. – Por favor.

– Rory, nós dois amamos você...

– Estrela?

– Hum?

– Mag ficou brava quando o telefone quebrou e disse que Mouse era meu pai e quem tinha que pagar era ele. É verdade?

– Ahn... você vai ter que perguntar a ele. Agora durma bem.

Dei-lhe outro beijo.

– Queria que fosse – sussurrou ele, sonolento. – E você podia ser minha mãe.

Deixei-o lá, maravilhada ao constatar a capacidade de perdoar das crianças pequenas. E também como tudo lhes parecia tão simples. Fui para o quarto e me encolhi debaixo das cobertas, sem me importar em tirar as roupas, pois fazia frio demais. Então abri com um rasgo o envelope que Mouse tinha me dado.

Querida Estrela,

Queria levar você para passar uns dois dias fora no fim de semana que vem. Já pensei num lugar. Acho que precisamos ficar um tempo juntos, longe de tudo que está acontecendo aqui. Sem compromisso. Me avise se topar. Beijos, E.

P.S.: Desculpe estar escrevendo; é só para o caso de eu não ter coragem de convidar você pessoalmente no pub.

❂ ❂ ❂

Na manhã seguinte, acordei sobressaltada, revivendo mentalmente todo o ocorrido na noite anterior. Talvez devesse apenas atravessar a estrada e lhe dizer "sim", pensei enquanto colocava um segundo suéter para me proteger do frio.

Faça isso, Estrela, faça e pronto...

Vesti-me, desci depressa e adentrei uma cozinha cheia de pratos e panelas sujas, sem falar nas taças de vinho e inúmeras garrafas vazias. Estava a caminho da porta dos fundos, consciente de que precisava pronunciar as palavras antes de perder a coragem, quando vi um bilhete no meio da mesa.

Estrela! Sua irmã ligou pra cá ontem à noite. Pode retornar? Ela disse que é urgente!!! P.S.: Espero que tenha se divertido. Bjs, M.

– Merda!

Qualquer pensamento sobre um possível futuro com Mouse foi varrido da minha mente. Peguei o telefone e, trêmula, liguei para o apartamento em Londres. Ninguém atendeu. Quando tentei o celular de Ceci, a ligação caiu direto na caixa postal. Pus o fone no gancho, achando que ela havia desligado o celular e não escutara o fixo, ainda que fosse capaz de ouvir um alfinete que caísse a quilômetros dela. Tentei os dois outra vez, mas ninguém atendeu.

Corri lá para cima e procurei meu celular, desejando que, pelo menos dessa vez, ele captasse algum sinal. Mas é claro que não funcionou. Joguei minhas coisas na bolsa de viagem, tornei a descer às pressas e chamei um táxi para me buscar na mesma hora.

Só no trem consegui acessar meus recados, que foram entrando em uma grande sucessão de bipes a ponto de os outros passageiros me olharem com irritação.

"Estrela, sou eu, Ceci. Por favor, pode me ligar?"

"Estrela, você está aí?"

"Disseram que você saiu. Preciso falar com você... Me liga."

"Preciso muito falar..."

"POR FAVOR! ME LIGA!"

Merda, merda, merda!

Desejei que o trem andasse mais depressa até Londres. Meus olhos se encheram de lágrimas quando pensei no meu egoísmo das últimas semanas. Eu havia abandonado minha irmã. Não existia outra descrição possível para o que eu fizera. E, no momento em que ela precisara de mim, eu não estava ao seu lado. *Que tipo de pessoa eu sou?*, perguntei a mim mesma.

Ao chegar ao apartamento, abri a porta com o coração batendo feito um tambor. Ao ver a sala e a cozinha desertas e estranhamente arrumadas, subi correndo até o quarto. Nenhum sinal dela por lá tampouco. De modo atípico, até mesmo a cama estava feita, como se ninguém houvesse dormido ali.

Olhei no banheiro, no quarto de hóspedes e até dentro do armário, que – mesmo levando em conta o guarda-roupa restrito de Ceci – pareceu-me especialmente vazio. Tornei a descer e fui verificar a varanda, só para garantir.

Foi então que vi o bilhete em cima da mesa de centro.

– Por favor, por favor, por favor – implorei, e peguei-o, trêmula de medo.

Afundei no sofá e li depressa uma primeira vez para me certificar de que não era um bilhete suicida. Aliviada, constatei que não e reli mais devagar.

Sia,

Ontem liguei pra tal casa que você tá, mas diseram que vc tinha saído. Acho que não recebeu nenhum dos meus recado. Queria falar com vc porque decidi larga a facudade. E queria sabe o que vc achava. Mas larguei mesmo assim.

Tá tudo muito estranho desde a morte de Pa, né?

Sei que vc preciza viver sua própria vida. E acho que eu também. Me sinto sozinha aqui, e com saudade de vc. E resolvi que preciso passa um tempo fora pra pensa na vida. Te desejo tudo do melhor, sério. Então tomara que vc esteja feliz. Tomara que nós duas poçamos ser feliz.

Não se procupe comigo. Tô bem.

Ti amo.

Ce

PS: Pode pedir desculpas pra Ally? Não vou consegui ir a Noruega. E pus sua camelha pra dento porque achei que ela estava com frio.

Minhas lágrimas molharam o papel ao ler aquilo. Como Ceci era disléxica, eu sabia que, para ela, era difícil escrever uma frase, quanto mais uma carta: sempre trocava letras. Aquela era a única que minha irmã já me escrevera; ela nunca precisara antes porque até então eu sempre estivera do seu lado. Fui espiar seu estúdio e vi a camélia perto de uma das janelas. Havia uma flor caída no chão, as pétalas brancas delicadas já escurecendo com a decomposição. A planta fora negligenciada também e tinha um aspecto tão abandonado quanto sua salvadora devia estar se sentindo ao escrever aquela carta; isso fez com que eu me detestasse ainda mais.

Na mesma hora, digitei mais um torpedo para lhe mandar, acumulando-se com os outros apavorados que tinha escrito no trem. Mas não recebi resposta. Sentada naquele apartamento vazio e silencioso, olhando para o rio, imaginei as noites intermináveis que ela devia ter passado ali, sozinha, enquanto eu estava envolvida com minha família repleta de drama, mas também de amor.

A noite caiu e continuei esperando minha irmã entrar em contato. Porém, meu celular permaneceu mudo como em High Weald. O fato de ele ter sinal só fazia piorar as coisas, pois agora não era o aparelho que estava calado, mas uma pessoa. Quando por fim me arrastei até minha cama, ou melhor, até a cama de Ceci, fiquei deitada tremendo, embora no apartamento fizesse um calor muito agradável.

Não era Ceci quem tinha um problema, mas eu. Depois de tudo que ela havia feito por mim – me amado, me protegido, falado por mim –, eu a abandonara sozinha sem olhar para trás. Recordei o jeito casual com que lhe contara ter encontrado a minha mãe e, em seguida, na pressa de voltar para High Weald, nem tinha parado para escutar a sua história. E entendi quanto ela devia ter ficado magoada.

A manhã chegou e deixei um recado de voz para Orlando dizendo que não poderia trabalhar por causa de um problema familiar. Para minha surpresa, ele respondeu com um torpedo poucos minutos depois:

Entendo.

A brevidade incomum da mensagem me deixou mais incomodada ainda. Talvez ele tivesse encontrado Mouse, e o irmão falara que me pedira para ir embora de High Weald caso eu não pudesse me comprometer com ele. Sentindo-me entorpecida, fui até o mercado mais próximo, pois sabia que precisava alimentar o corpo, mesmo que não a alma. As decorações de Natal tentavam me seduzir com sua alegria multicolorida e o sistema de som tocava uma baboseira natalina. De volta ao apartamento, fiz uns ovos mexidos que não queria comer, em seguida atendi um telefonema de Ma, que desejava combinar de nos encontrarmos no hotel reservado em Bergen. Avisei a ela que Ceci não poderia mais ir, porém me contive para não dizer que estava quase louca de preocupação, pois não queria explicar o ocorrido. Estava envergonhada demais.

Quando meu celular tocou outra vez à tarde, corri até ele, mas a decepção pesou sobre meus ombros ao ouvir a voz sedosa de Shanthi do outro lado.

– Só liguei para saber como você está. Faz um tempinho que não tenho notícias. E tive a... sensação de que estava acontecendo alguma coisa.

– Está... Está tudo bem.

– Dá para ouvir na sua voz que não está. Quer falar sobre o assunto?

– É... Minha irmã sumiu.

Incentivada delicadamente por ela, despejei tudo que havia acontecido e cada palavra que eu dizia me fazia sentir de novo a perda de Ceci.

– É que eu... Você não acha que ela faria nenhuma bobagem, acha?

– Pelo tom da carta que ela deixou, não. Estrela, sinto muito que você passe por isso, mas me parece que Ceci está fazendo o que você própria fez: encontrando a si mesma. Ela só deve precisar de um tempo sozinha. Escute, quer vir tomar um vinho comigo? Talvez sair lhe faça bem.

– Não, obrigada – falei, engolindo em seco. – Ceci pode voltar. E eu preciso estar em casa.

＊ ＊ ＊

Três dias longos e excruciantes se passaram e Ceci não voltou. Escrevi e reescrevi uma carta para lhe deixar no apartamento caso ela voltasse enquanto eu estivesse na Noruega. E o silêncio perdurou, apesar das minhas mensagens de voz e texto cada vez mais numerosas. Fiquei me torturando e pensando se, como um animal ferido, ela precisava estar sozinha para fazer algo terrível. Em determinado momento, pensei em ir à delegacia dar parte do sumiço, mas o bom senso me fez ver que Ceci deixara uma carta explicando sua ausência. E, como ela era uma mulher de 27 anos, duvidava que a polícia fosse se interessar.

Além do mais, estava com saudades de High Weald. Não parava de pensar em Rory... e também em Mouse. Percebi que, naquelas últimas e turbulentas semanas, ele dera um jeito de estar ao meu lado no momento exato em que eu havia precisado dele.

Bom, mas Mouse não estava ali agora. Apesar da minha decisão inicial de lhe dizer "sim" no fim de semana anterior, o fato de não ter tido notícias desde então me fez supor que ele houvesse desistido de mim.

＊ ＊ ＊

Quando a semana chegou ao fim, o que restava de mim pegou a bolsa de viagem preparada dias antes por falta do que fazer. Bem na hora em que eu saía para Heathrow, meu celular tocou. Atendi de pronto.

– Estrela? É Mouse. Desculpe incomodar você, mas estive em High Weald hoje de manhã... Não ia lá desde o fim de semana. Marguerite queria passar um tempo com Rory antes de ir para a França. Além disso, a venda da livraria foi concluída e tive que cuidar de toda a interação de última hora entre os advogados. Quando liguei no começo da semana para saber como Rory estava, disseram que você tinha voltado para Londres no domingo.

– Pois é.

– Enfim, hoje de manhã, quando fui lá, encontrei um bilhete endereçado a você ainda na mesa da cozinha. Está tudo bem? Com a sua irmã, quero dizer?

– Sim... quero dizer... não. Ela foi embora, e eu não sei para onde.

– Entendi. Você deve estar preocupadíssima.

– Um pouco, sim.

– Foi por isso que você partiu no domingo?

– Foi.

– Sinceramente, queria que alguém tivesse me dito por que você foi embora! Não imagina as coisas que eu pensei. Família é fogo, né?

– É, sim.

Engoli em seco, sentindo o alívio me inundar.

– Escute, quer que eu vá a Londres? Marguerite vai ficar com Rory até terça, então até lá estarei livre.

– Estou de saída para a Noruega para ouvir minha irmã tocar num concerto.

– Qual delas?

– Ally. A que perdeu o noivo. Ela está grávida – arrematei.

– Ah. – Fez-se uma pausa do outro lado. – É uma boa notícia?

– É, sim – respondi, segura. – Ela está muito feliz.

– Estrela...

– Hum?

– Estou com saudades. Você está com saudade de mim?

Aquiesci, então me dei conta de que ele não podia me ver, de modo que inspirei fundo e abri a boca.

– Estou.

Houve uma longa pausa.

– Uau. Mas você leu o que estava no envelope?

– Li.

– E quer passar uns dias fora comigo quando voltar?

– Posso... Posso pensar?

Ouviu-se do outro lado um suspiro de frustração.

– Ok, mas pode me avisar até a hora do almoço amanhã? Marguerite vai embora na terça, então tenho que voltar a Kent para ficar com Rory no máximo até o meio da tarde. Se quiser mesmo ir, busco você no domingo quando estiver voltando de lá.

– Aviso, sim.

– Bem, boa viagem. E espero que tenha notícias da sua irmã sumida.

– Obrigada. Tchau.

– Tchau.

Desci a escada correndo até a porta da frente, torcendo para o táxi que chamara ainda estar à minha espera. Quando partimos, meu celular apitou com um torpedo:

Desculpe, Sia, acabei de receber todas as suas mensagens. Tava viajando. Tô bem. Conto tudo qdo chegar. Te amo, Ce

Respondi na hora:

Ce! Graças a Deus! Tava morta de preocupação. Sinto muito, muito mesmo por tudo. Tb te amo. DÊ NOTÍCIAS. Bjs

Então me recostei no táxi, eufórica de tanto alívio.

45

As luzes do auditório diminuíram e vi minha irmã se levantar de seu lugar no palco. Pude ver o nítido contorno da nova vida que ela carregava desenhado por baixo do vestido preto. Ally fechou os olhos por um instante, como quem faz uma prece. Quando finalmente levou a flauta à boca, uma mão segurou a minha e apertou de leve. E eu soube que Ma também estava sentindo a emoção daquele momento.

À medida que se espalhava pelo auditório a linda e conhecida melodia que fizera parte da nossa infância em Atlantis, senti um pouco da tensão das últimas semanas me deixar conforme a música ia ficando mais alta. Enquanto escutava, soube que Ally tocava por todos aqueles que havia amado e perdido, mas entendi também que, assim como o sol nasce após uma longa noite escura, sua vida agora tinha uma nova luz. E, quando a orquestra se juntou à sua flauta e o lindo som alcançou um crescendo, comemorando o raiar de um novo dia, senti o mesmo.

No meu próprio renascimento, porém, outros tinham sofrido, e essa era a parte que eu ainda precisava racionalizar. Só havia compreendido recentemente que existiam muitos tipos diferentes de amor.

No intervalo, Ma e eu fomos até o bar, e Peter e Celia Falys-Kings, que se apresentaram como os pais de Theo, juntaram-se a nós para uma taça de champanhe. O modo como o braço de Peter repousava de modo protetor na cintura de Celia os fazia parecer um jovem casal apaixonado.

– *Santé* – falou Ma, batendo com a taça na minha. – Que noite maravilhosa, não?

– Sim, é mesmo – respondi.

– Foi tão lindo quando Ally tocou... Queria que as suas irmãs tivessem estado aqui para escutar. E o pai dela, claro.

Vi a testa dela se franzir com uma súbita preocupação e me perguntei que segredos ela estaria guardando. E que peso a obrigavam a suportar. Assim como os meus.

– Ceci não conseguiu vir, afinal? – perguntou Ma, hesitante.

– Não.

– Vocês têm se visto ultimamente?

– Não tenho passado muito tempo no apartamento, Ma.

– Quer dizer que a senhora é a "mãe" que cuidou de Ally quando ela era pequena? – indagou Peter a Ma.

– Sou, sim.

– Fez um trabalho incrível.

– Isso se deve a ela, não a mim – retrucou Ma, modesta. – Todas as minhas meninas me dão muito orgulho.

– E você é uma das famosas irmãs da Ally? – perguntou Peter, voltando para mim os olhos penetrantes.

– Sou.

– Qual é o seu nome?

– Estrela.

– E você é a segunda, a terceira irmã...?

– Sou a terceira.

– Interessante. – Ele tornou a me encarar. – Eu também era o terceiro dos meus irmãos. Ninguém nunca me escutava nem prestava atenção no que eu dizia. Certo?

Não respondi.

– Aposto que passa uma porção de coisas pela sua cabeça, não é? – insistiu ele. – Na minha, pelo menos, passava.

Mesmo que ele tivesse razão, eu não iria contar. Então dei de ombros e fiquei calada.

– Ally é uma pessoa muito especial. Nós dois aprendemos muito com ela – falou Celia, abrindo-me um sorriso caloroso e mudando de assunto.

Ela percebera que o meu silêncio significava que eu estava achando difícil lidar com Peter.

– Sim, é mesmo. E agora nós vamos ser avós. Que presente sua irmã nos deu, Estrela – falou Peter. – E dessa vez quero estar sempre por perto do pequeno. A vida é curta demais, não é?

O sinal de dois minutos tocou e todos à minha volta esvaziaram os copos, por mais cheios que estivessem. Tornamos a entrar no auditório e ocu-

486

pamos nossos lugares. Ally já tinha me contado por e-mail sobre as suas descobertas na Noruega. Observei Felix Halvorsen atentamente quando ele subiu ao palco e concluí que o vínculo genético não tivera pouco impacto nas características físicas de Ally. Reparei também em seu passo arrastado ao caminhar em direção ao piano e me perguntei se ele estaria bêbado. Fiz uma pequena prece para que não fosse o caso. Pelo que Ally havia comentado mais cedo, eu sabia o que aquela noite significava para ela e para Thom, o irmão recém-descoberto. Eu havia simpatizado com ele na hora, ao sermos apresentados mais cedo.

Felix se deteve com os dedos acima do teclado e senti todo mundo na plateia prender a respiração comigo. A tensão só foi rompida quando os primeiros compassos do *Concerto do Herói* foram tocados em público pela primeira vez, segundo o programa, pouco mais de 68 anos após terem sido escritos. Durante a meia hora seguinte, todos fomos testemunhas de uma apresentação de rara beleza, gerada por uma perfeita harmonia entre compositor e intérprete, pai e filho.

Quando meu coração ganhou asas e se pôs a voar junto com a linda música, tive um vislumbre do futuro.

– "A música é o amor à procura de uma voz" – falei entre os dentes, citando Tolstói. Agora precisava encontrar a minha voz. E também a coragem para usá-la.

Os aplausos foram estrondosos e muito merecidos; a plateia inteira se levantou para bater os pés no chão e dar vivas. Felix fez várias reverências, então chamou os filhos que estavam na orquestra para que se juntassem a ele no palco, acalmou a plateia e dedicou a apresentação aos dois e ao falecido pai. Nesse gesto, vi uma prova viva de que era possível continuar e operar uma mudança que os outros acabariam aceitando, por mais difícil que fosse.

Quando os espectadores começaram a se levantar, Ma tocou meu ombro e me disse algo. Aquiesci, distraída, sem escutar direito o que ela falava e murmurei que a encontraria no foyer. E fiquei sentada ali. Sozinha. Pensando. Enquanto isso, tive uma vaga consciência de todos da plateia subindo os corredores do auditório e passando por mim. Então, com o rabo do olho, vi uma silhueta conhecida.

Meu coração disparou, meu corpo se levantou por vontade própria e saí correndo pelo auditório vazio até a multidão que se aglomerava junto às saídas, no fundo. Tentei desesperadamente tornar a ver *aquilo*, implorando para aquele perfil inconfundível reaparecer para mim no meio de tanta gente.

Abri caminho até o foyer e minhas pernas me carregaram até o lado de fora e o ar gelado de dezembro. Fiquei parada na rua, torcendo para ver de novo só para ter certeza, mas o vulto tinha desaparecido.

– Ah, aqui está você! – exclamou Ma, aparecendo atrás de mim. – Pensamos que a tivéssemos perdido. Estrela? Tudo bem com você?

– Eu... eu acho que o vi, Ma. Lá na sala de concerto.

– Viu quem?

– Pa! Tenho certeza de que era ele.

– Ah, *chérie*... – disse ela, me envolvendo num abraço. Eu estava em choque. – Sinto muito. Essas coisas acontecem depois que morre alguém que amamos. Acho que vejo seu pai o tempo todo em Atlantis... no jardim, no Laser. E fico esperando ele sair do escritório a qualquer momento.

– Era ele, eu sei que era – sussurrei junto ao seu ombro.

– Então talvez tenha sido o espírito dele presente no auditório, escutando Ally tocar. Não foi lindo?

Ma saiu me guiando com firmeza pelo caminho.

– Sim. Foi uma noite maravilhosa, até...

– Tente não pensar nisso. Só vai lhe fazer mal. A pobre Ally pensou ter ouvido a voz dele ao telefone quanto estava em Atlantis. Era a secretária eletrônica, claro. Bom, tem um carro lá fora esperando para nos levar até o restaurante. Os pais de Theo já embarcaram.

Ainda abalada, deixei Ma se encarregar da conversa durante o trajeto. Ela sem dúvida tinha razão: eu apenas vira um homem mais velho com o mesmo tipo físico que, por estar um pouco longe, meu coração desesperado transformara em Pa Salt.

O restaurante era aconchegante, iluminado por velas, e quando Ally chegou acompanhada pelo irmão gêmeo, Thom, nós todos nos levantamos para aplaudir.

– Está faltando alguém?

Ma olhou para a cadeira vazia na cabeceira.

– Esse é o lugar do nosso pai – explicou Thom num inglês perfeito, sentando-se ao meu lado. – Mas duvido que ele vá aparecer. Não é, Ally?

– Podemos perdoá-lo por isso hoje – respondeu ela sorrindo. – Quando saímos, ele estava rodeado por jornalistas e admiradores se rasgando em elogios. Esperou muito tempo por isso. Hoje é a noite dele.

– Ally me forçou a lhe dar outra chance – disse Thom, virando-se para mim. – E ela estava certa. Hoje estou muito orgulhoso do meu pai. *Skål!*

Ele bateu de leve com a taça de champanhe na minha.

– Todo mundo merece outra chance, não é? – murmurei, quase para mim mesma.

Passei o resto da noite ouvindo Thom contar como Ally tinha aparecido na sua porta e a subsequente descoberta de que eram gêmeos.

– E tudo por causa disto aqui – concluiu ele, levando a mão ao bolso e pousando na mesa um pequeno sapo. – Todo mundo na orquestra ganhou um hoje, em homenagem ao grande homem.

Já era tarde quando saímos do restaurante e nos despedimos do lado de fora.

– A que horas vocês vão embora amanhã? – perguntou Ally a mim e Ma, abraçando-nos.

– Meu voo para Genebra decola às dez, mas o de Estrela, só às três – respondeu Ma.

– Então quem sabe você vai me visitar lá em casa, para a gente pôr a conversa em dia direito? – sugeriu Ally. – De lá você pode pegar o táxi direto para o aeroporto.

– Ou eu posso levá-la – ofereceu Thom.

– Amanhã a gente combina. Boa noite, Estrela querida. Durma bem.

Minha irmã acenou para mim e entrou num carro estacionado em frente ao restaurante; Thom foi atrás.

– Até amanhã – disse ele.

O automóvel partiu.

❀ ❀ ❀

Na manhã seguinte, fiquei observando com interesse enquanto o táxi me conduzia até a casa de Ally e Thom. Na noite anterior, estava escuro demais para ver os picos nevados que cercavam Bergen, mas agora pude apreciar sua perfeição de cartão-postal. Fomos subindo, subindo, até chegarmos a uma estrada estreita e pararmos diante de uma casa de madeira tradicional, recém-pintada de creme, com venezianas azuis.

– Estrela, entre – disse Ally, que veio me receber à porta.

Obedeci, adentrando um hall agradavelmente quentinho.

– Que coisa mais linda, Ally! – exclamei quando ela me conduziu até uma sala bem iluminada, mobiliada com um sofá confortável e peças escandinavas de madeira clara. Um piano de cauda ficava perto da imensa janela panorâmica, que dava vista para o lago lá embaixo e os morros encimados de neve mais atrás.

– Que vista. Me faz pensar em Atlantis.

– Eu também. Mas, de certo modo, esta paisagem é mais suave, como tudo aqui em Bergen... inclusive os moradores. Café ou chá?

Pedi um café e me sentei diante de uma moderna lareira de vidro, na qual a lenha ardia com intensidade.

– Pronto. – Ally pousou uma xícara na minha frente e sentou-se ao meu lado no sofá. – Caramba, Estrela, por onde começar? A gente tem tanto a pôr em dia... Thom já lhe contou a maior parte do que aconteceu por aqui. Agora quero saber de você. Como vai Ceci, aliás? E, mais exatamente, *onde* está Ceci? Não estou acostumada a ver vocês duas separadas.

– Não sei. Ela saiu de Londres e viajou. E... a culpa é minha – confessei.

– Vocês brigaram?

– Foi... É que... Bom, ando tentando encontrar minha própria vida.

– E Ceci ainda não?

– Não. Estou me sentindo péssima com isso, Ally.

– Talvez ela também precise se encontrar. Alguma coisa precisava mudar... Nós todas nos preocupávamos com a relação de vocês duas.

– Sério?

– Sim. Eu, pessoalmente, acho que essa separação é muito importante para ambas. E tenho certeza de que será apenas algo temporário.

– Espero que sim. Só gostaria de saber onde Ceci está. Ela ficou chateada por eu não ter contado que conheci minha mãe.

– Você encontrou sua mãe?! Estrela, uau! Quer me contar sobre ela?

E foi o que fiz, lutando, como sempre, para encontrar as palavras certas; com a ajuda de Ally, porém, fiz o relato resumido mais exato que consegui.

– Caramba. E eu pensando que a minha jornada tivesse sido complicada e traumática... – disse ela, baixinho. – Mas e esse tal de Mouse? Vai dar outra chance a ele?

– Eu... acho que sim.

– Tente enquanto puder – falou ela com veemência. – Eu bem sei que nada dura para sempre.

– Pois é. – Por instinto, segurei sua mão. – Eles precisam de mim. Tanto o pai quanto o filho.

– E todos nós queremos ser necessários, não é? – Ally passou a mão de leve pela barriga que despontava. – É melhor eu chamar um táxi para você. Thom ficou muito decepcionado por ter que ir trabalhar e não poder conversar sobre o triunfo de ontem à noite. – Ela se levantou sorrindo e foi até o telefone. – Uma coisa é certa: você ganhou um fã. Devo dizer a ele que já está comprometida?

– Sim. Acho que sim.

No aeroporto de Bergen, enquanto os passageiros já embarcavam no voo, peguei o celular. Pouco antes da decolagem, mandei um torpedo para Mouse:

Sim, por favor.

❋ ❋ ❋

Acordei no dia seguinte, já em Londres, e vi que eram nove e meia. Mouse iria me buscar às onze.

Tomando banho, senti um frio na barriga e um pouco de enjoo ao pensar na sua chegada. E no dia e na noite que viriam a seguir. Refiz minha mala; só por via das dúvidas, deixei lá dentro o vestido preto que tinha usado no concerto da véspera. Então coloquei em mim o grosso suéter de lã que havia comprado em Bergen. Pus na mala minhas botas de caminhada e completei com duas mudas limpas de roupa íntima por cima – o que me provocou um calafrio.

Quando ele souber, eu talvez não chegue nem até o carro, pensei, sentindo o pânico aumentar.

O interfone tocou às onze em ponto e apertei o botão para deixá-lo entrar. Com o coração batendo loucamente, escutei o elevador subir, depois o barulho dos passos dele atravessando o corredor estreito.

– Está aberta – avisei, e minha voz saiu estrangulada.

– Oi – disse ele, e abriu um sorriso. Veio até mim, então parou a poucos metros. – Estrela, o que houve? Aconteceu alguma coisa? Você parece apavorada.

– E estou mesmo.

– Por quê? Por minha causa?

– Não... e sim. – Tentando respirar, reuni toda a coragem. – Pode sentar, por favor?

– Tudo bem – respondeu ele, e se acomodou no sofá. – Você mudou de ideia? É isso?

– Não. É que... preciso contar uma coisa.

– Sou todo ouvidos.

– O fato é que... – Andei de um lado para outro. – O fato é que...

– Estrela, seja lá o que for, não pode ser pior do que o que eu lhe contei. Por favor, diga logo de uma vez.

Virei as costas para ele, fechei os olhos e falei:

– Eu sou... sou virgem.

O silêncio pareceu durar uma eternidade.

– É só isso? – questionou Mouse. – Quero dizer, era isso que precisava me contar?

– Era!

Sobressaltei-me ao sentir o toque delicado da sua mão no meu ombro.

– Você já teve algum relacionamento?

– Não. Eu e Ceci... A gente estava sempre junta. Nunca tive oportunidade.

– Entendo.

– Entende mesmo?

– Sim.

Ardendo de vergonha, senti-o me virar e me envolver com os braços.

– Me sinto tão tola... – murmurei. – Tenho 27 anos e...

Ficamos calados um pouco enquanto ele acariciava suavemente meu cabelo.

– Posso dizer uma coisa?

– Pode.

– Sei que vai soar esquisito, mas o fato de você ser, para usar uma expressão batida, "intocada por outras mãos" é um presente, não algo negativo. Além do mais, nesse... "departamento" específico do qual estamos falando, já faz anos que eu não... Enfim, posso falar com toda sinceridade que você não é a única a ter perdido o sono por causa disso.

O nervosismo dele fez com que eu me sentisse melhor. Ele se afastou um pouco e segurou minhas mãos.

– Estrela, olhe para mim.

Ergui os olhos para os seus.

– Antes de seguirmos em frente, você precisa saber que eu nunca, jamais tentaria pressioná-la, contanto que você me trate da mesma forma. Temos que ser delicados um com o outro, não é?

– Sim.

– Então... – Ele me encarou. – Vamos tentar? Duas pessoas feridas procurando resgatar uma à outra?

Olhei pela janela, para o rio que corria sempre em frente sem descanso, impossível de conter. E foi como se a barragem protetora que havia construído em volta do meu coração começasse a ruir. Tornei a encarar Mouse, sentindo o amor por fim começar a escorrer pelas rachaduras. E torci para um dia ele virar uma enxurrada.

– Vamos – respondi.

❁ ❁ ❁

– Onde estamos exatamente? – perguntei enquanto Mouse tirava nossa bagagem do porta-mala e um carregador aparecia para pegá-la.

– Não está reconhecendo pela descrição de Flora?

Ergui os olhos para a imensa casa cinza; uma luz acolhedora emanava das janelas em meio à noite que já caía. E de repente eu entendi.

– Esthwaite Hall, a casa da infância de Flora MacNichol!

– Acertou em cheio. Quando estava procurando um lugar para ficar aqui nos Lakes, descobri que ela havia sido transformada em hotel fazia pouco tempo. – Mouse me beijou no alto da cabeça. – Foi aqui que a sua história começou... e a minha, de certa forma. Vamos entrar?

Na recepção, Mouse me ofereceu educadamente um quarto separado, mas acabamos optando pelo meio-termo de uma suíte. Ele pediu uma cama extra para a saleta e disse que dormiria nela.

– Não quero que você entre em pânico – falou, para me tranquilizar.

Lá em cima, pus meu vestido preto novo para jantar no restaurante chique do hotel. Quando saí do banheiro, Mouse fez *fiu-fiu*.

– Que gata! Nunca a vi com as pernas de fora antes, e elas são tão compridas e esguias... Desculpe – disse ele, controlando-se. – Só queria dizer que você está linda. Tudo bem?

– Tudo – respondi, sorrindo.

Durante o jantar, Mouse me explicou que não precisaria pagar ninguém para fazer o projeto de reforma de High Weald, já que era formado em Arquitetura. Seus vivazes olhos verdes brilharam enquanto ele discorria sobre a modernização da casa e, de repente, percebi que ele também amava aquele lugar. Ao ver a antiga paixão se reacender, senti o filete que escorria do meu próprio coração começar a se derramar feito uma torneira aberta até o fim.

– Antes que eu me esqueça... – Mouse pôs a mão no bolso do paletó e pegou uma caixa de joias familiar. – A Sotheby's acabou de devolver. É de fato um Fabergé, encomendado pelo rei Eduardo VII em pessoa. Estrela, isso vale um dinheirão.

Ele me entregou a caixa e tirei lá de dentro a estatueta. Assombrava-me pensar como Flora MacNichol um dia tinha valorizado aquele objeto, e a viagem que havia feito.

– Não tenho certeza se ela é minha.

– É claro que é. Para ser sincero, achava que Teddy tivesse penhorado a estatueta anos atrás. Com certeza foi o que fez com outros tesouros de família. Não importa como ela foi parar nas suas mãos: você é neta de Teddy. Estrela, essa herança é sua... Tenho pensado cada vez mais no passado, sabia? – revelou ele, com os olhos pregados em Pantera na palma da minha mão. – E entendi o que Archie tentou fazer ao assumir Teddy como filho... o trauma que sofreu na guerra... – Mouse balançou a cabeça. – Quaisquer que tenham sido as consequências, ele quis se redimir de toda a morte e destruição aleatórias que presenciara dando High Weald de presente para o filho de um soldado desconhecido. Assim como eu espero poder me redimir reformando a propriedade para Rory.

– Sim, acho que ele fez uma coisa linda.

Depois do jantar, Mouse me levou de volta para o quarto.

– Então tá... – falou ao entrar. – Boa noite.

Observei-o tirar o paletó na saleta. Fui até ele, fiquei na ponta dos pés e o beijei na bochecha.

– Boa noite.

– Posso abraçar você? – perguntou ele; senti seu hálito na pele.

– Sim, por favor.

Quando ele o fez, senti dentro de mim uma súbita fisgada.

– Mouse?

– Hum?

– Será que você pode me beijar?

Ele inclinou meu queixo na sua direção e sorriu.

– É, eu acho que consigo dar um jeito nisso.

❄ ❄ ❄

Na manhã seguinte, quando acordamos, a gloriosa paisagem de Lakeland tinha se aberto como um presente desembrulhado na janela do nosso quarto. Passamos o dia explorando: visitamos Hill Top Farm, antiga casa de Beatrix Potter transformada em museu, depois fomos procurar Wynbrigg Farm, a casa de Flora, onde ela havia suportado tantos anos de solidão. Apertei a mão de Mouse com mais força do que o normal, radiante com o fato de ter evitado o mesmo destino por um triz.

De volta ao hotel, fomos passear no meio das árvores à margem de Esthwaite Water e vi uma cotovia sobrevoar a água, atravessando a bruma sob o sol poente. Com os narizes rosados de frio, ficamos de mãos dadas admirando a serenidade absoluta daquela vista, cuja beleza nos deixava mudos.

Naquela noite, fomos ao Tower Bank Arms, o pub onde Archie Vaughan tinha se hospedado na primeira vez em que fora visitar Flora.

– Talvez eu devesse ter arrumado um quarto lá, como ele.

Mouse me deu um sorriso travesso.

– Que bom que não arrumou – retruquei, e percebi que era verdade.

Embora eu tivesse dormido sozinha depois do beijo, ficara deitada na cama sentindo um delicioso formigamento percorrer meu corpo. E sabia que, com tempo e confiança, chegaria lá. Na verdade, poderia até gostar do passeio.

Saímos de Esthwaite Hall na manhã seguinte e Mouse nos conduziu até o vale de Langdale, onde fomos caminhar no majestoso desfiladeiro.

De repente, algo me ocorreu.

– Mouse?

– Sim?

– Qual é o seu nome de verdade? Só sei que começa com E.

Os lábios dele se curvaram num sorriso maroto.

– Pensei que você nunca fosse perguntar.

– Qual é?

– Enomau. Em grego, Oenomaus, daí "Mouse".

– Ai, meu Deus!

– Eu sei. Ridículo, né?

– Seu nome?

– Bom, meu nome também, claro... A culpa é do meu pai, obcecado por mitologia grega. Mas quis dizer a coincidência. Segundo o mito, Enomau era casado com Astérope... e outras histórias dizem que era seu filho.

– Sim, já ouvi falar nisso. Por que não me contou antes?

– Um dia perguntei se você acreditava em destino. Você respondeu que não. Já eu soube, naquele primeiro dia em que a vi em High Weald e escutei seu nome verdadeiro, que o nosso destino era ficar juntos.

– Sério?

– Sério. Estava escrito nas estrelas – brincou ele. – E pelo visto você tem o pai *e* o filho aos seus pés.

– Bom... Espero que não tenha problema continuar chamando você de Mouse.

Então, nossas risadas ecoaram pelo vale quando Enomau Forbes, lorde Vaughan de High Weald, me deu um abraço apertado.

– E aí? – perguntou ele.

– E aí o quê?

– Quer voltar comigo hoje à noite para High Weald, Astérope?

– Quero – respondi sem hesitar. – Preciso trabalhar amanhã de manhã, lembra?

– Ah, sim, sua romântica. Então tá. – Ele me soltou e me deu a mão. – Chegou a hora de nós dois irmos para casa.

Ceci

Dezembro de 2007

46

Sentada em Heathrow enquanto esperava meu voo ser chamado, fiquei olhando os outros passageiros passarem por mim, entretidos em conversas com os filhos ou companheiros. Todos pareciam felizes, cheios de expectativa. E, mesmo que viajassem sozinhos, imaginei que deviam ter alguém à sua espera no local de destino.

Já eu não tinha mais ninguém, nem ali, nem no lugar para onde ia. De repente, senti pena de todos aqueles velhos que vira sentados em bancos de parque londrinos no caminho entre o apartamento e a faculdade. Pensava que estivessem satisfeitos ali sob o sol de inverno, vendo a vida passar... mas agora entendia como era péssimo se sentir solitária no meio de uma multidão. E desejei ter parado para cumprimentá-los. Assim como desejei que alguém falasse comigo agora.

Sia, cadê você?

Queria poder escrever o que está passando pela minha cabeça e enviar, para você ler as coisas que sinto de verdade. Mas você sabe que, na folha, as palavras saem erradas... Levei uma eternidade para escrever aquela carta que deixei no apartamento e, mesmo assim, ficou uma porcaria. E você nem está aqui pra gente conversar, então o jeito é só pensar, aqui no meio do Terminal 3.

Achei que você fosse ouvir meu pedido de socorro. Mas você não ouviu. Passei todas essas semanas vendo você se afastar de mim e me esforcei muito para deixá-la ir. Para não me importar com o fato de você me deixar toda hora para ver aquela família, nem com a sua irritação comigo, a mesma de todo mundo.

Com você eu sempre pude ser eu mesma. E acreditei que você me amasse por isso. Que me aceitasse como eu era. E pelo que eu tentava fazer por você.

Sei o que os outros pensam de mim. E não tenho certeza onde é que eu erro, porque está tudo aqui dentro: todas as coisas boas, como o amor. E o desejo de cuidar dos outros e de fazer amigos. É como se houvesse um interruptor entre quem sou por dentro e o que sai para fora. Aliás, sei que é redundante dizer "sair para fora"; você sempre corrigia os erros dos meus trabalhos antes de o professor ler.

Fomos boas uma com a outra. Você não gostava de falar, mas eu sabia falar as palavras no seu lugar, assim como você as escrevia melhor para mim. Formávamos uma boa equipe.

Pensei que você fosse ficar muito feliz quando comprei aquele apartamento para nós duas com a minha herança. Estávamos seguras para sempre. Era o fim das viagens, pois eu sabia que você estava cansada disso; hora de sossegar e ser quem éramos, juntas. Mas o apartamento só pareceu piorar as coisas.

E foi só nos últimos dias, quando estava sozinha no apartamento esperando você me ligar, que eu entendi. Fiz você se sentir um animal enjaulado que não podia fugir. Fui grosseira com seus amigos porque estava apavorada de perder a única pessoa que parecia me amar além de Pa e Ma...

Então fui embora, Sia. Deixei-a sozinha um pouco, porque sei que é isso que você quer. Porque eu a amo mais do que qualquer outra pessoa no mundo, mas acho que você encontrou outra pessoa para amar e não precisa mais de mim...

Ergui os olhos e vi que os passageiros estavam embarcando. Senti um frio na barriga, pois nunca, jamais havia pisado num avião sem Sia do meu lado. Ela se sentava na janela, comigo na poltrona do meio, pois gostava de estar entre as nuvens. Eu sempre preferia a terra. Ela me dava um comprimido vinte minutos antes da decolagem para eu dormir direto e não sentir medo.

Tateei o bolso da frente da mochila para achar a bolsinha onde sabia que tinha guardado o comprimido antes de sair do apartamento, mas não o encontrei.

Decidi que teria que me virar sem o remédio e continuei a vasculhar a bagunça dentro do bolso para encontrar meu passaporte e cartão de embarque. Precisaria viver sem um monte de coisas de agora em diante. Meus dedos tocaram o envelope que continha a carta de Pa Salt. Peguei-o e vi que havia pedacinhos de uma velha rosquinha de geleia grudados, manchando o papel. Aquilo era a minha cara, pensei: eu não era capaz nem de manter limpa a carta mais importante que recebera. Limpei o açúcar, peguei a pequena foto em preto e branco e a encarei pela centésima vez. Bem, pelo menos um dia houvera alguém no mundo a quem eu pertencera de verdade. Reconfortei a mim mesma pensando que pelo menos eu tinha a minha arte, a única coisa que ninguém poderia me tirar.

Tornei a guardar o envelope no bolso da frente, então me levantei e pus a mochila nas costas. Fui seguindo devagar o aglomerado, em direção ao portão de embarque, perguntando-me por que raios estava jogando para o alto todos os meus planos. Mas, para ser sincera, não era só Sia quem tinha achado a mudança difícil. Mesmo depois de poucas semanas em Londres, meus pés haviam começado a coçar e a vontade de viajar me atacara outra vez. Eu não servia para ficar no mesmo lugar por mais de algumas semanas; compreendi que nutria um terror inato por qualquer coisa institucionalizada.

Deveria ter pensado nisso antes de se matricular na faculdade de artes, sua burra...

O que eu mais gostava no mundo era de carregar minha casa nas costas, da emoção de não saber onde acabaria passando a noite. De ser livre. E a boa notícia, achava eu, era que essa com certeza seria a minha vida de agora em diante.

Pensei como era estranho que um dois lugares no mundo que eu sempre tinha evitado visitar fosse o meu atual destino.

Enquanto caminhava pelo saguão e pisava na esteira rolante, olhei de relance para um cartaz de anúncio de banco. Estava ridicularizando o diretor de arte por sua falta de imaginação quando tive um vislumbre de um rosto muito conhecido passando por mim. Meu coração quase pulou do peito. Virei-me e estiquei o pescoço para procurá-lo. Mas ele já se afastava, ao passo que eu avançava depressa na outra direção.

Comecei a correr pela esteira rolante, esbarrando nas pessoas com a mochila ao passar, mas, no afã de sair dali, nem liguei. Ao chegar ao final da esteira, dei meia-volta e continuei a correr pelo saguão no sentido contrário, agora aos arquejos por causa do choque e do peso da mochila. Fui me desviando das pessoas até por fim chegar à entrada do setor de embarque.

Meus olhos vasculharam desesperadamente a multidão para tentar vê-lo outra vez, mas, quando ouvi a chamada final do meu voo, soube que era tarde demais.

Nota da autora

Quando tive a ideia de escrever uma série de livros com base nas Plêiades, não fazia ideia para onde isso iria me levar. Atraía-me o fato de todas as irmãs mitológicas serem mulheres únicas e fortes. Há quem diga que elas foram as Sete Mães que semearam nossa terra – e não resta dúvida de que, nas histórias, foram todas muito férteis! – e tiveram muitos filhos com os vários deuses fascinados por sua força, beleza e ar etéreo de misticismo.

Eu queria celebrar as conquistas das mulheres, sobretudo no passado, onde tantas vezes a sua contribuição para tornar nosso mundo o lugar que é hoje foi ofuscada pelas conquistas tão mais documentadas dos homens.

No entanto, a definição de "feminismo" é igualdade, não dominação, e as mulheres sobre as quais escrevo, tanto no passado quanto no presente, aceitam querer e precisar dos homens em suas vidas. Talvez o masculino e o feminino sejam o verdadeiro yin e yang da natureza e precisem se esforçar para alcançar o equilíbrio; em suma, para aceitar as forças e fraquezas de cada um.

E é claro que todos nós precisamos de amor – não necessariamente na forma tradicional de casamento e filhos. Acredito que ele seja a fonte da vida, sem o qual nós, humanos, definhamos e morremos. A série As Sete Irmãs celebra, sem qualquer pudor, a busca incessante do amor e explora as consequências devastadoras que sua perda nos inflige.

Em minhas viagens pelo mundo, nas quais sigo os passos de minhas personagens factuais e fictícias para pesquisar suas histórias, vivo experimentando assombro e humildade ante a tenacidade e a coragem das gerações de mulheres que me precederam. Quer estivessem lutando contra os diversos preconceitos sexuais e raciais do passado, perdendo quem amavam para a devastação da guerra ou da doença ou construindo uma nova vida do outro lado do mundo, foram elas que prepararam o caminho para gozarmos da liberdade de expressão e de comportamento que temos hoje. E, muitas vezes, ela não é valorizada da forma devida.

Infelizmente, o mundo ainda não é um lugar perfeito e duvido que um dia vá ser, pois sempre haverá um novo desafio pela frente. Apesar disso, acredito de verdade que os desafios fazem bem aos seres humanos, em especial às mulheres. Afinal de contas, nós somos as deusas multitarefa! E, diariamente, ao segurar uma criança com uma das mãos e, com a outra, um manuscrito, celebro o fato de a minha "liberdade" de ser quem sou ter sido conquistada por milhares de gerações de mulheres notáveis, remontando, quem sabe, às próprias Sete Irmãs...

Espero mesmo que vocês tenham gostado da viagem de Estrela. Muitas vezes, a coragem silenciosa, a gentileza e a força interior passam despercebidas. Ela não transformou o mundo, mas tocou as vidas de quem estava à sua volta e as mudou para melhor. E, ao fazer isso, encontrou a si mesma.

Agradecimentos

Este projeto não teria sido possível sem o gentil auxílio de muitas pessoas e sou-lhes profundamente grata pelo seu apoio nesta maratona que é uma série de sete livros.

Na Cúmbria: muito obrigada a Anthony Hutton, do Tower Bank Arms, o pub frequentado por Beatrix Potter em Near Sawrey, pelo profundo conhecimento da história local e pela calorosa hospitalidade. Obrigada também a Alan Brockbank, que aos 95 anos se dispôs a ser entrevistado sobre a vida no vilarejo quando Beatrix ainda era viva, e que nos fez morrer de rir com as histórias de aventura que contava com a cara mais lavada deste mundo. E também a Catherine Pritchard, administradora do Patrimônio Nacional de Hill Top, pelo seu conhecimento sobre tudo relacionado à Srta. Potter. Meu maior desejo teria sido incluir nestas páginas todos os curiosos detalhes sobre a sua vida, ela que se manteve ativa até o dia da morte, como esposa, agricultora, escritora, ilustradora, pesquisadora, defensora da natureza, amante dos animais e amiga de muitos.

Obrigada a Marcus Tyers, dono da St. Mary's Books, em Stamford, por sua inestimável expertise nos meandros do comércio de livros raros, e por me aconselhar sobre quanto Orlando teria gastado com a tal edição de *Anna Kariênina* (uma quantia exorbitante!).

Gostaria de agradecer também à minha fantástica assistente pessoal, Olivia, que corajosamente escalou os picos do Lake District sozinha debaixo de chuva para encontrar um monumento em homenagem a Eduardo VII que eu insistia haver lá, mas que não existia! E à minha esforçada equipe editorial e de pesquisa formada por Susan Moss e Ella Micheler, que me ajudaram a dar conta de todas as receitas de Estrela, assim como da língua de sinais britânica e da cultura dos surdos.

Aos meus trinta editores internacionais do mundo inteiro, que hoje tenho a honra de afirmar serem meus amigos, em especial Catherine Richards e Jeremy Trevathan, da Pan Macmillan UK; Claudia Negele e George

Reuchlein, da Random House alemã; a equipe da Cappelen Damm, na Noruega: Knut Gørvell, Jorid Mathiassen, Pip Hallen e Marianne Nielsen; Annalisa Lottini e Donatella Minuto, da Giunti Editore, na Itália; e Sarah Cantin e Judith Curr, da Atria, nos Estados Unidos.

Escrever a história de Estrela foi um prazer absoluto, já que desta vez pude fazê-lo no conforto da minha casa, com o apoio da família. Eles aprenderam a me ignorar quando eu andava pela casa feito um fantasma em todas as horas do dia e da noite, falando no ditafone e tecendo a trama de *A irmã da sombra*. Harry, Bella, Leonora e Kit, vocês todos sabem o que significam para mim, e obrigada a Stephen, meu marido/agente, que me mantém no prumo e no rumo sob todos os aspectos possíveis! O que eu faria sem você? Um "obrigada" especial a Jacquelyn Heslop, que administra o castelo dos Riley com tanta competência e cuida de nós todos. À minha irmã, Georgia, e à minha mãe, Janet. E a Flo, a quem este livro é dedicado. Saudades.

Por fim, aos meus leitores. Em 2012, escrever uma série de sete livros parecia uma ideia maluca; nunca imaginei que as histórias das minhas irmãs fossem tocar tanta gente mundo afora. Fiquei honrada por receber todos os seus e-mails, cartas e palavras de apoio, e por ter a sorte de conhecer alguns de vocês em minhas turnês pelo mundo. Obrigada.

Bibliografia

A irmã da sombra é uma obra de ficção com fundo histórico. As fontes usadas para pesquisar o período e os detalhes sobre as vidas de meus personagens estão listadas abaixo:

ANDREWS, Munya. *The Seven Sisters of the Pleiades*. North Melbourne, Victoria: Spinifex Press, 2004.

DENYER, Susan. *Beatrix Potter at Home in the Lake District*. Londres: Frances Lincoln, 2000.

HATTERSLEY, Roy. *The Edwardians*. Londres: Abacus, 2014.

JULLIAN, Philippe; PHILLIPS, John. *Violet Trefusis: Life and Letters*. Bristol: Hamish Hamilton, 1976.

KEPPEL, Sonia. *Edwardian Daughter*. Londres: Hamish Hamilton, 1958.

LAMONT-BROWN, Raymond. *Edward VII's Last Loves*: Alice Keppel and Agnes Keyser. Londres: Sutton Publishing, 2005.

LEAR, Linda. *Beatrix Potter*: The Extraordinary Life of a Victorian Genius. Londres: Penguin, 2008.

LINDER, Leslie. *A History of the Writings of Beatrix Potter*. Londres: Frederick Warne, 1971.

LONGVILLE, Tim. *Gardens of the Lake District*. Londres: Frances Lincoln, 2007.

MARREN, Peter. *Britain's Rare Flowers*. Londres: Academic Press, 1999.

MCDOWELL, Marta. *Beatrix Potter's Gardening Life*. Londres: Timber Press, 2013.

PLUMPTRE, George. *The English Country House Garden*. Londres: Frances Lincoln, 2014.

PRIESTLEY, J. B. *The Edwardians*. Londres: Penguin, 2000.

RIDLEY, Jane. *Bertie*: A Life of Edward VII. Londres: Chatto & Windus, 2012.

SACKVILLE-WEST, Vita. *The Edwardians*. Londres: Virago, 2004.

SOUHAMI, Diana. *Mrs. Keppel and Her Daughter*. Londres: Harper Collins, 1996.

TAYLOR, Judy. *Beatrix Potter*: Artist, Storyteller and Countrywoman. Londres: Frederick Warne, 1986.

TREFUSIS, Violet. *Don't Look Round*. Londres: Hamish Hamilton, 1989.

Perguntas e respostas

1) Qual a relação de Estrela, a terceira irmã, com sua correspondente mitológica?

Na mitologia grega, Astérope é a irmã sobre a qual menos sabemos. É ofuscada pelas outras estrelas da constelação das Plêiades e, como nossa protagonista descobre ao olhar no telescópio de Pa Salt, na verdade é formada por duas estrelas bem pouco brilhantes e muito próximas uma da outra. Isso forma a base do seu temperamento: uma jovem que vive sempre na sombra, isolada do resto, mas que tem outro lado ainda a ser descoberto.

No mito, ela é sempre acompanhada pela irmã Celeno, mais forte e mais exuberante. O relacionamento estreito das duas sempre me fascinou, pois, espremidas no meio de sua família de seis irmãs, Estrela e Ceci são forçadas a criar uma codependência e desenvolver a própria relação especial.

Nos vários mitos que se confundem, diz-se que Astérope se tornou esposa *ou* mãe de Enomau, que mais tarde viria a ser rei de Pisa. Foi complexo lidar com as muitas contradições da mitologia grega, mas decidi abraçar por completo essas duas histórias. Meu Enomau, Mouse, é carrancudo e complexo, mas tem um grande coração. Esforça-se para assumir o papel de pai de Rory e senhor de High Weald. Estrela assume o papel tanto de parceira romântica dele quanto de mãe de Rory... O destino dos três foi de fato escrito nas estrelas (ou, bem, escrito por mim!). A hora em que Estrela descobre o verdadeiro nome de Mouse talvez seja meu momento preferido de todo o livro.

2) É provável que você veja um pouco de si mesma em cada uma das irmãs. Que aspectos você e Estrela têm em comum?

Com certeza meu amor pelos livros: todos os romances que Estrela menciona em *A irmã da sombra* foram obras que li e adorei. Também costumo ficar tímida e hesitante em grandes eventos sociais e detesto falar em público. Como isso é algo que agora preciso fazer com frequência, assim como Estrela tive que tentar superar meus medos, e com certeza estou melhorando.

3) Estrela não tem muita voz própria. Foi difícil escrever suas falas?

No início, sim. Como eu dito a primeira versão de cada romance, o diálogo em geral é algo que flui com muita facilidade. Nesse caso, demorei um tempo para "sacar" qual era a voz de Estrela. Seu mundo interior era muito claro para mim, mas, como ela é um tanto monossilábica, suas interações com os outros eram bem difíceis de escrever! No entanto, conforme o livro avança, ela começa a sair da concha e cria conexões mais profundas com os outros. Escrever da perspectiva dela me pareceu muito natural. Seu monólogo interior é rico e vibrante, e a capacidade de escutar é uma das maiores forças. Por isso, foi um prazer escrever as cenas dela com Rory: os dois se entendem em um nível fundamental que não requer palavras ditas.

4) No livro, Orlando administra uma livraria de obras raras. Seu amor por elas é evidente. Quais são os preferidos da sua coleção e por quê?

Fazer Orlando administrar uma livraria do tipo foi uma desculpa para viver por intermédio dele. Para mim, as obras raras são o luxo do luxo. Assim como Estrela, prefiro mil vezes um estabelecimento do gênero a uma bolsa ou sapatos de grife! Todos os anos, me dou de presente um "livro raro" especial ou uma coleção. Também compro um para meu filho mais velho no Natal e no aniversário dele. Meus preferidos são os clássicos da Penguin, meus exemplares de Brontë encadernados em couro e as edições especiais de Dickens.

5) Os personagens de *A irmã da sombra* falam abertamente sobre depressão, em especial Mouse. Você considera importante discutir a saúde mental?

Sim, com certeza. Segundo a Organização Mundial de Saúde, 350 milhões de pessoas de todas as idades sofrem hoje de depressão no mundo. Estamos aos poucos começando a falar sobre o assunto sem o temor do estigma e a tratá-la como uma doença, em vez de um motivo de vergonha. Mouse sofreu um trauma emocional extremo ao perder a mulher, o que pode ter provocado a depressão. Com o tempo, graças ao apoio da família e à gentileza de Estrela, ele consegue ter um relacionamento com ela e o filho e deixar o passado para trás. Nunca é tarde para pedir ajuda, e falar a respeito é o primeiro passo. Essa é uma das coisas mais corajosas que se pode fazer.

6) Seus livros são conhecidos pelos cenários exóticos e estrangeiros. O que a fez escolher a Inglaterra como ambientação para este romance? Foi mais fácil de escrever do que o normal?

A Inglaterra tem uma paisagem muito diversa e fascinante; a oportunidade de escrever sobre ela foi um deleite. Há momentos em que se está em pé no alto de um morro no Lake District, admirando os vales e rios selvagens e intocados, em que você mal acredita que aquilo e a movimentada e linda cidade de Londres ficam dentro das mesmas fronteiras. Escrever sobre meu próprio país foi fácil no sentido que pude trabalhar no conforto da minha casa, mas difícil porque, quando se conhece um lugar tão bem assim, é preciso usar um novo par de olhos para transmitir sua magia ao leitor. Para mim, "exótico" nem sempre significa praias distantes e palmeiras, mas algo empolgante e desconhecido... e a Inglaterra tem muita coisa que ainda preciso descobrir.

7) No livro, você descreve a linda paisagem do Lake District e os jardins de Kent, na Inglaterra. Qual das duas localidades a inspirou mais durante a escrita?

Os jardins de Sissinghurst, em Kent, são mágicos. Foram projetados nos anos 1930 pela escritora Vita Sackville-West e seu marido, o escritor e diplomata Harold Nicholson. São românticos e excêntricos e um exemplo perfeito desse período literário e artístico no país. Projetados como uma série de "cômodos", cada um conta uma história diferente; eram o modelo ideal para High Weald. Acredito que as casas realmente refletem os donos e a chance de descrever High Weald ao longo de várias gerações proporcionou à amante de jardins que tenho dentro de mim um terreno de trabalho maravilhoso.

No Lake District, a vista do alto de Scafell Pike é de tirar o fôlego. Tenho vívidas lembranças de meu pai me levando até lá quando eu tinha 7 ou 8 anos, e de me agarrar à encosta da montanha quando fomos surpreendidos por uma chuva, assim como aconteceu com Flora e Archie.

8) Você tem algum fascínio especial pela monarquia britânica?

A Grã-Bretanha tem uma história muito rica e uma das monarquias mais longevas da história moderna. Na década de 1900, o Império Britânico dominava o mundo e, para muita gente, a família real ainda define a nação.

O que me interessava era a relação cambiante entre ela e o público. Na época de Eduardo VII, a mídia britânica nunca teria se atrevido a publicar boatos maliciosos sobre o rei, apesar de Bertie ter várias amantes e não fazer esforço algum para escondê-las. Uma delas, lady Susan Vane-Tempest, supostamente deu à luz um filho ilegítimo seu em 1871. Junto com Lillie Langtry, Alice Keppel foi sua amante mais famosa. A caçula dela, Sonia, iria se tornar bisavó de Camilla Parker-Bowles, esposa do príncipe Charles. Por tudo que li sobre a vida e as motivações de Alice, estou certa de que ela teria adorado o fato de sua descendente direta ser hoje casada com o príncipe de Gales.

9) Alice Keppel foi obviamente uma mulher notável. Por suas pesquisas, você a considera um personagem positivo e bem-intencionado ou equivocado e manipulador?

Não acho que seja assim tão preto no branco. Alice era uma mulher do seu tempo, que usava os talentos e o carisma para alavancar o próprio status e o da família. O caminho que ela percorreu é admirável: uma moça escocesa casada com um cavalheiro de Norfolk que alcançou o status informal de rainha. Era uma pessoa sociável, alegre e positiva, mas é claro que tinha suas falhas. Alice vivia conversando com reis e imperadores durante o jantar, era ativa politicamente e seu salão era um dos mais requisitados de Londres: esse tipo de autoridade não pode prescindir de certo talento para a manipulação.

Acredito que, a seu modo, ela amava o rei de verdade, mas acredito também que a sua dor pela morte dele foi também causada pela mudança na própria situação. Alice Keppel é um personagem realmente complexo, que influenciou a história britânica por trás dos panos, e descrever sua derrocada às vésperas da morte do rei foi um desafio. Os acontecimentos e a reação dela foram tirados de relatos em primeira mão da noite em que o rei morreu e do dia seguinte.

10) Por que você acha que o relacionamento entre Violet Trefusis e Vita Sackville-West goza de tanta fama mesmo depois de noventa anos?

Violet e Vita, assim como outros integrantes do Grupo de Bloomsbury, foram precursoras no rompimento das barreiras de gênero. Elas eram boêmias, criativas e, sim, privilegiadas: nascidas em famílias ricas, tiveram liberdade para quebrar as normas sociais. Sua recusa em se submeter a essas regras é o que as torna personagens tão interessantes. Vita inspirou uma das grandes autoras do modernismo britânico, Virginia Woolf, a escrever *Orlando*, obra que imortalizou a ela e a liberdade que representava. Apesar das dificuldades, Violet e Vita não pararam de fugir juntas, a ponto de os maridos, Dennis e Harold, terem que ir à França em 1920 tentar convencer as esposas a voltar para casa. Seu amor foi intenso, arrebatador e notório.

11) Outro personagem real de *A irmã da sombra* é a escritora e ilustradora infantil Beatrix Potter. Por que você acha que a popularidade da obra dela é tão duradoura? Já leu as histórias para seus filhos?

Admiro imensamente a dedicação de Beatrix à natureza e à Inglaterra, assim como o fato de ela ter deixado um legado duradouro de paisagem e vida selvagem para as gerações seguintes na forma de um patrimônio nacional. Suas histórias de animais são inocentes e criativas e retratam uma Inglaterra pastoral pela qual, penso eu, todos nós ansiamos na era moderna. Eu mesma já li seus livros e os li também para meus filhos. Inclusive, o nome da Tiggy foi tirado de seu livro *O conto da Sra. Tiggy-Winkle*. Todos os seus personagens, em especial Pedro Coelho, se tornaram figuras onipresentes da infância britânica e símbolos no mundo inteiro.

Beatrix foi uma mulher de muitos talentos numa época em que isso ainda era muito raro: foi escritora, ilustradora, astuta mulher de negócios, agricultora, política, botânica, esposa, amiga e defensora do meio ambiente. Aproveitou a vida em sua plenitude, e escrever sobre ela foi uma alegria.

12) Nos primeiros dois livros da série, você se concentra sobretudo em uma única irmã, enquanto, nesta história, Ceci tem um papel importante. Isso se deve apenas ao relacionamento especialmente estreito entre as duas ou seu plano de agora em diante é incluir mais irmãs em todos os livros?

Em *As sete irmãs* e *A irmã da tempestade*, e no começo de *A irmã da sombra*, Ceci e Estrela formam um "par". A história de Estrela é sobre como ela se liberta do instinto protetor da irmã. O que Ceci sente em relação a isso será revelado apenas na sua própria história, no próximo livro. O mais interessante é como as pessoas vão percebê-la de modo distinto quando compreenderem melhor seus pensamentos e emoções. Durante boa parte de *A irmã da sombra*, vemos duas irmãs superando o vínculo que as liga e aprendendo a ser independentes. Como em todas as relações familiares íntimas, isso nem sempre é fácil.

13) Pode nos dizer em que está trabalhando agora e aonde a jornada de Ceci vai levar o leitor?

A história de Ceci vai nos levar à turbulenta história da Austrália, e também ao sul da Ásia. Ceci é uma andarilha, sempre inquieta, sempre curiosa. A separação de Estrela no começo lhe parte o coração, mas depois também vai lhe dar a chance de descobrir realmente quem é, e o que é capaz de criar. Talvez ela até abra seu coração para alguém novo entrar...

14) Por fim, você tem algum personagem preferido em *A irmã da sombra*?

Com certeza os dois irmãos, Orlando e Mouse. Quero Orlando como irmão e Mouse como namorado!

CONHEÇA OS LIVROS DE LUCINDA RILEY

A garota italiana
A árvore dos anjos
O segredo de Helena
A casa das orquídeas
A carta secreta
A garota do penhasco
A sala das borboletas
A rosa da meia-noite

Série As Sete Irmãs

As Sete Irmãs
A irmã da tempestade
A irmã da sombra
A irmã da pérola
A irmã da lua
A irmã do sol
A irmã desaparecida

Para descobrir mais sobre as inspirações da série,
incluindo mitologia grega, a constelação das Plêiades
e esferas armilares, confira o site de Lucinda em português:

http://br.lucindariley.co.uk/

Na página você também encontrará informações sobre fatos históricos e pessoas reais que aparecem neste livro, como a suíte *Peer Gynt*, do compositor Edvard Grieg; o dramaturgo Henrik Ibsen; o Conservatório de Leipzig, na Alemanha; a Orquestra Filarmônica de Bergen; a regata Fastnet.

editoraarqueiro.com.br